미들마치 1 <small>지방 생활의 고찰</small>

Middlemarch-A Study of Provincial Life

세계문학전집 436

미들마치 1 <small>지방 생활의 고찰</small>

Middlemarch-A Study of Provincial Life

조지 엘리엇

이미애 옮김

민음사

일러두기

1 이 책은 George Eliot, *Middlemarch*(Oxford World's Classics, 1998)를 저본으로 번
  역했다.
2 본문의 각주는 모두 옮긴이 주이다.

차례

프렐류드

인간의 역사에 지대한 관심을 가진 사람이라면, 인간이라는 신비로운 혼합체가 시간의 다양한 실험대에 올라서 어떻게 행동하는지를 알고자 하는 사람이라면 성녀 테레사의 생애를 잠시라도 곰곰이 생각해 보지 않았을까? 어느 날 아침 어린 소녀가 더 어린 남동생과 손을 잡고 무어인들의 땅으로 순교를 찾아 걸어가는 모습을 상상하며 잔잔한 미소를 짓지 않았을까? 거친 아빌라에서 아장아장 걸음을 뗀 아이들은 새끼 사슴처럼 동그랗게 뜬 눈에 연약해 보였지만 이미 어떤 국가적 이념에 고동치는 인간의 마음을 갖고 있었다. 결국 삼촌의 모습으로 등장한 가정이라는 현실에 부딪혀 위대한 결심을 포기하고 돌아서야 했지만 그 어릴 적 순례는 적절한 서막이었다. 테레사의 열정적이고 이상주의적인 성격에는 서사시

적 삶이 필요했다. 여러 권으로 이어지는 기사들의 연작 모험
담이나 화려한 아가씨들의 사교계 정복이 그녀에게 무슨 의미
가 있겠는가? 그녀의 불꽃은 그런 하잘것없는 연료를 재빨리
태워 버렸다. 내면에서 일어난 그 불꽃은 어떤 무한한 충족감,
피로를 결코 용납하지 않을 어떤 목적, 자아를 초월한 삶에
대한 황홀한 자각으로 스스로에 대한 절망을 달래 줄 어떤 목
적을 추구하며 솟아올랐다. 그녀는 한 종교 교단의 개혁에서
자신의 서사시를 발견했다.

　300년 전에 살았던 그 스페인 여자는 확실히 그와 같은 부
류의 인물 중 마지막은 아니었다. 그 후에도 많은 테레사가
태어났지만 그들은 널리 공명을 일으킬 행위가 꾸준히 펼쳐
질 서사시적 삶을 찾아내지 못했다. 숭고한 정신이 그에 걸맞
지 않은 변변찮은 기회와 결부된 나머지 실수투성이인 인생
을 살았을 뿐이다. 그들의 비극적 실패는 그네들을 칭송해 줄
경건한 시인이 없었기에 애도받지 못하고 망각으로 사라졌을
것이다. 사방이 어둑하고 복잡하게 뒤얽힌 상황에서 그네들은
사고와 행동을 고귀하게 일치시키려고 노력했다. 그렇지만 보
통 사람들의 눈에 그네들의 몸부림은 앞뒤가 맞지 않고 모호
하게 보였을 뿐이다. 후세에 태어난 테레사들은 자신들의 열
렬한 영혼에 지식으로 작용할 일관된 사회적 믿음과 규율을
찾을 수 없었다. 그네들의 열정은 막연한 이상에 이끌리거나
여자들의 평범한 갈망에 빠져들었다. 그래서 전자는 방종하
다는 비난을 받았고, 후자는 일탈이라고 매도되었다.

　그들의 실수투성이 인생은 지고하신 조물주께서 여자들의

본성을 곤란하게도 모호하게 만드셨기 때문이라고 생각하는 사람들이 있다. 숫자를 셋까지밖에 세지 못한다는 사실처럼 여자들의 무능을 엄밀하게 평가할 기준이 있다면 여자들의 사회적 운명을 과학적으로 명확하게 논의할 수 있을 거라고 말이다. 하지만 모호함은 여전히 존재하고, 실로 그 변동의 폭은 여자들의 똑같은 머리 모양이나 인기 있는 연애 소설과 시를 보고 짐작하는 것보다 훨씬 더 넓다. 여기저기 새끼 오리들이 사는 누런 연못에 새끼 백조가 거북하게 자라고 있고, 그 새끼 백조는 자기와 똑같은 물갈퀴를 가진 부류와 더불어 살아갈 물줄기를 결코 찾지 못한다. 여기저기 성녀 테레사가 태어나지만 그 무엇도 창시하지 못했고, 이루지 못한 선을 향한 다감한 심장의 고동과 흐느낌은 오랫동안 인정받을 행위에 집중하지 못한 채 장애물들 사이에서 파르르 떨며 흩어져 버린다.

1부

브룩 양

1장

"난 여자라서 좋은 일을 할 수 없으니
그 가까이에 이르려고 늘 애써요."

— 보몬트와 플레처, 『처녀의 비극』[1]

브룩 양은 수수한 옷을 걸칠 때 아름다움이 한층 돋보이는 것 같았다. 손과 손목이 아주 섬세하게 생겼기에 이탈리아 화가들이 상상한 성모 마리아의 옷처럼 밋밋한 소매가 달린 옷이 잘 어울렸다. 체격과 몸가짐뿐 아니라 옆모습도 수수한 옷을 입었을 때 더 품위 있게 보였다. 시골에서 유행하는 옷차림과 비교해 볼 때 그녀의 옷은 오늘 자 신문의 한 문단에서 인용한 성서의 좋은 구절이나 옛 시인의 시구처럼 인상적이었다. 사람들은 대개 그녀가 놀랍도록 똑똑하다고 말했지만 동생 실리아가 더 상식적이라고 덧붙였다. 그렇다고 실리아가 장

---

1) 프랜시스 보몬트(Francis Beaumont, 1584~1616)와 존 플레처(John Fletcher, 1579~1625)의 합작 희곡으로 1619년 출간되었다.

식이 많은 옷을 입지는 않았다. 자세히 관찰하는 사람들이라야 실리아가 언니와 다르게 교태기가 약간 드러나도록 차려입는다는 것을 알 수 있었다. 브룩 양이 수수한 옷을 입는 것은 여러 복잡한 사정 때문이었고 동생도 대체로 마찬가지였다. 그것은 우선 숙녀라는 자부심과 관련되어 있었다. 브룩 집안은 정확히 말해서 귀족은 아니지만 의심할 바 없이 '훌륭한' 가문이었다. 한두 세대를 거슬러 올라가더라도 측량을 하거나 꾸러미를 포장하는 등의 비천한 일을 하던 조상은 찾아볼 수 없고, 지체가 아무리 낮아도 해군 제독이나 목사 정도는 되었다. 어느 조상은 크롬웰 치하에서 청교도 신사로 봉사하며 두각을 드러내다가 후에 국교도로 개종하고 온갖 정치적 동란의 와중에 어떻게 해서인지 상당한 시골 대저택을 장만하기도 했다. 그런 혈통을 이어받은 아가씨라면 한적한 시골 저택에서 살면서 응접실만 한 마을 교회에 다니더라도 번지르르한 옷은 행상인의 딸이나 탐내는 것이라고 으레 생각했다. 또한 절약 정신이 철저히 몸에 배어 있었다. 당시 절약 정신을 가진 아가씨라면 좀 더 특별한 일에 쓸 여유 자금이 필요할 때 무엇보다도 옷의 허식을 줄여야 한다고 생각했다. 종교적인 감정은 별도로 치더라도 이런 이유만으로도 수수한 옷을 입어야 하는 사정을 충분히 설명할 수 있을 것이다. 하지만 브룩 양의 경우에는 수수한 옷을 고집하는 데 신앙심 하나만으로 충분했다. 실리아는 언니의 생각을 순순히 따랐다. 다만 중대한 교리를 받아들이면서도 그리 흥분하지 않는 상식적인 생각을 은근히 불어넣었을 뿐이다. 도러시아는 파스칼의

『팡세』와 제러미 테일러의 저서에 나오는 많은 문장을 외우고 있었고, 그리스도교 정신에 비추어 인류의 운명을 생각해 볼 때 유행하는 옷차림에 관심을 기울이는 것은 정신 병원의 환자들에게나 적합한 소일거리라고 생각했다. 영원한 결말을 수반할 영적 삶에 대한 불안은 소매가 짧은 블라우스나 볼록 튀어나온 주름에 대한 각별한 관심과 양립하지 않았다. 마음은 사색적이었고, 본성은 팁턴 교구를 포함한 온 세상에 대한 숭고한 관념과 그 안에서 자신의 행위를 이끌어 갈 원칙을 추구했다. 그녀는 강력하거나 위대한 행동에 매료되었고, 그렇게 보이는 것이라면 무엇이든 성급하게 열렬히 받아들였다. 그래서 순교를 찾아 나섰다가 포기하고, 그다음에 결국 자신이 추구하지 않았던 곳에서 순교할 것 같았다. 결혼 적령기의 아가씨에게 이런 성격적 요소가 있다면 분명히 순탄치 않게 살아갈 테니 예쁜 자태나 허영심, 개에 대한 애정[2]에 따라 인습적으로 운명이 결정될 리 없었다. 이 모든 특성에도 불구하고 자매 중 언니는 스무 살이 채 되지 않은 나이였다. 자매는 열두 살 무렵 양친을 잃은 후 처음에는 영국인 가정에서, 나중에는 로잔의 어느 스위스인 가정에서 협소한 계획에 따라 되는대로 교육을 받았다. 독신이었던 큰아버지는 후견인으로서 고아가 된 질녀들의 불리한 상황을 이런 식으로 보완해 주려 했다.

일 년 전쯤 자매는 큰아버지와 함께 살기 위해 팁턴 그레인

---

2) 뒤에서 제임스 체팀 경이 도러시아에게 구애하며 강아지를 선물한 일과 관련지을 수 있는 언급이다.

지에 왔다. 예순이 다 된 큰아버지는 기질적으로 다른 사람들의 말을 잘 듣는 데다 잡다한 의견을 갖고 있었고 어느 정당을 지지할지 분명치 않았다. 젊은 시절에 여행을 많이 해서 마음이 너무 산만해졌다고 이 고장 사람들은 생각했다. 브룩 씨가 어떤 결론을 내릴지는 날씨만큼이나 예측하기 어려웠다. 다만 그가 너그러운 의도로 행동하되 그 의도를 실천하는 데 가급적 돈을 쓰지 않으리라고 해도 지나친 말은 아니었다. 모호하기 그지없는 마음도 그 나름의 확고한 습성 한 가지는 있기 마련이다. 온갖 관심사에 느긋한 태도를 보이면서도 자기 코담뱃갑에 대해서만은 그렇지 않아서 남들을 경계하고 의심하며 꼭 움켜쥐고 인색하게 구는 사람도 있다.

유전적으로 이어진 청교도의 활력적 기질이 분명 브룩 씨에게서는 일시 중단되었지만 조카딸인 도러시아에게서 그 미덕과 결함 모두 똑같이 타올랐다. 그녀는 사유지[3]를 "그대로 내버려 두라."라는 큰아버지의 말과 운영 방식에 때로 답답해하면서 자신이 관대한 계획을 실천하기 위해 돈을 쓸 수 있도록 어서 성년이 되기를 갈망했다. 그녀는 이른바 상속녀였다. 자매는 부모의 유산에서 매년 700파운드를 받게 되어 있었고, 도러시아가 결혼해 아들을 낳으면 그 아들은 연 3000파운드가량의 수입이 보장되는 브룩 씨의 사유지를 상속받게 된다. 시골 사람들에게 그만한 지대는 큰 재산이었다. 그들은 가

---

3) estate. 시골의 큰 사유지에 속한 소작농과 일꾼들은 농사를 지어 분기마다 지대를 냈고, 그 수입이 시골 신사 계층의 중요한 소득원이었다.

톨릭 문제에서 필 씨가 최근에 저지른 소행[4]에 대해 여전히 왈가왈부했고, 미래의 금광이나 상류 생활의 필수 조건을 매우 품위 있게 드높인 화려한 금권 정치[5]에 대해서는 알지 못했다.

그러니 도러시아가 어떻게 결혼하지 않을 수 있겠는가? 매우 예쁘고 그처럼 앞날이 보장된 아가씨가! 결혼에 장애물이 있다면 그녀가 파격적인 행동을 좋아하고 어떤 관념에 따라 살아가겠다고 고집한다는 점뿐이었다. 신중한 남자라면 그녀에게 청혼하기 전에 망설일 테고, 그녀는 결국 청혼을 모두 거절할지 모를 일이었다. 집안이 좋고 재산도 많은 아가씨가 갑자기 병든 노동자의 침상 옆 벽돌 바닥에 무릎을 꿇고 마치 옛날 사도들의 시대에 살고 있기라도 한 듯 열렬히 기도를 올린다면! 가톨릭 교인처럼 변덕스럽게 금식을 하거나 밤늦은 시간까지 잠을 자지 않고 낡아 빠진 신학책을 읽는다면! 그런 아내라면 어느 맑은 아침에 갑자기 남편을 깨워 자기 재산을 새로운 계획에 따라 쓰겠다고 알려줄 테고, 그 계획이란 살림살이와 승마용 말을 건사하는 데 틀림없이 지장을 줄 것이다. 이런

----

4) 영국 내상이었고 가톨릭의 종교적, 정치적 자유를 반대하던 로버트 필(Robert Peel, 1788~1850) 경은 돌연 입장을 바꿔 가톨릭 해방을 지지했다. 1673년 이후 가톨릭교도는 국회 의원이나 공무원이 될 수 없고 전문직에 취업할 수도 없으며 토지도 구입 못 하는 등 차별을 받으며 해방운동을 벌여 왔는데, 대외적 난관에 봉착한 정부가 가톨릭 해방령(1829)을 공표함으로써 이후 국회 의원 피선거권을 얻었고 공직에도 취임하게 되었다.
5) 빅토리아 시대 이전의 섭정 시대는 상류 계층의 호화롭고 사치스러운 생활로 특히 유명하다.

위험을 무릅쓰고 배우자를 선택하기 전에 남자들은 으레 다시 생각해 보게 된다. 여자들의 의견은 설득력이 없다고 여겨진다. 그러므로 가정과 사회를 안전하게 지키는 중요한 예방책은 여자들의 의견에 따라 행동하지 않는 것이다. 온전한 마음을 가진 사람은 이웃들과 똑같이 행동하기 때문에 어떤 정신 이상자가 제멋대로 나돌아 다니면 알아보고 피할 수 있다.

새로 온 이 아가씨들에 대해 시골 사람들 대부분이 심지어 오두막에 사는 일꾼들까지도 실리아가 사랑스럽고 순진하게 보인다고 더 좋아했다. 반면에 브룩 양의 큰 눈은 그녀의 신앙심만큼이나 너무 유별나고 두드러져 보였다. 가엾은 도러시아! 그녀와 비교했을 때 순진해 보이는 실리아는 오히려 빈틈없고 세상 물정을 잘 아는 아가씨였다. 인간의 마음이란 일종의 문장(紋章)이나 시계의 문자반처럼 그것을 장식하는 바깥 세포 조직보다 훨씬 더 미묘하다.

하지만 도러시아와 접촉한 사람들은 이런 놀라운 소문 때문에 편견을 품었더라도 그 소문과 희한하게도 잘 어울리는 매력을 발견했다. 대개의 남자들은 말을 타고 있는 그녀의 모습이 매우 고혹적이라고 생각했다. 그녀는 맑은 공기와 시골의 다양한 풍경을 매우 사랑했다. 기쁨으로 발그레하게 뺨이 달아오른 채 눈을 반짝이고 있을 때 그녀는 광신도처럼 보이지 않았다. 사실 그녀는 승마의 즐거움에 탐닉하면서 양심의 가책을 느꼈다. 자신이 이교도처럼 관능적으로 승마를 즐긴다고 생각했기에 그 즐거움을 포기할 수 있기를 늘 바랐다.

그녀는 솔직하고 열성적이었으며 조금도 우쭐해하지 않았

다. 그녀가 실리아를 자기보다 훨씬 매력적이라고 생각하는 것은 참으로 보기 좋았다. 어떤 신사가 브룩 씨를 만나기 위해서가 아니라 다른 의도에서 그레인지 저택을 방문한 것 같으면 틀림없이 실리아를 사랑하고 있으리라고 생각했다. 가령 제임스 체텀 경에 대해 늘 실리아의 관점에서 생각했고, 실리아가 그를 받아들이는 것이 좋을지 어떨지 속으로 숙고하기도 했다. 남들이 그가 자기에게 구혼할 거라고 생각한다면 우스꽝스럽고 터무니없다고 여겼을 것이다. 도로시아는 인생의 진실을 알기를 열망했지만 결혼에 대해서는 극히 어린아이 같은 생각을 갖고 있었다. 현명한 후커[6]가 가련하게 실수를 저질러 결혼하지 않도록 구해 줄 수 있는 시절에 자신이 태어났더라면 틀림없이 그를 받아들였을 거라고 믿었다. 혹은 실명한 존 밀턴이나 다른 위대한 남자를 받아들였을 테고, 그들의 기묘한 습성을 참아 내며 영광스럽고 성스러운 일로 여겼을 것이다. 하지만 그녀가 잘 모르겠다고 말할 때도 "네, 그렇고말고요!"라고 대답하는 상냥하고 잘생긴 남작 같은 사람은 감동을 주는 애인이 될 수 없다. 참으로 기쁜 결혼이란 아버지 같은 남편이 아내가 원한다면 히브리어도 가르쳐 줄 수 있는 것이어야 한다.

이처럼 특이한 도로시아의 성향 때문에 근방의 다른 집안들은 브룩 씨가 조카딸들을 이끌어 주고 말벗이 되어 줄 중년

---

6) 로버트 후커(Robert Hooker, 1554~1600)는 신학자로서 영국 국교회를 옹호했으며『교회 조직의 원칙에 관하여』를 저술했다.

부인을 고용하지 않은 데 대해 비난했다. 그러나 브룩 씨는 그런 역할을 할 훌륭한 여성을 내심 두려워하여 도러시아의 반대 의견을 순순히 받아들였고, 이 문제에서는 용감하게 세상의 여론에 맞섰다. 다시 말해서 교구 목사 캐드월레이더의 아내와 로엄셔[7] 북동쪽에 사는 몇몇 명문 집안들의 의견에 저항했다. 결국 브룩 양은 큰아버지의 집안 살림을 관장하게 되었고, 그로 인해 얻은 새로운 권위와 존중을 전혀 싫은 기색 없이 받아들였다.

오늘 제임스 체텀 경은 그레인지 저택에서 어떤 신사와 정찬을 하기로 되어 있었다. 아가씨들이 만나 본 적은 없지만 도러시아가 약간 경외심을 느끼며 기다리던 신사는 에드워드 캐소본 목사였다. 그 지역에서 학식이 높은 사람으로 유명했고 종교사와 관련된 위대한 저서를 집필하는 데 오랫동안 전념해 왔다고 알려져 있었다. 또한 그의 신앙심에 광채를 더할 만큼 재산이 많았으며, 저서가 출간될 때 분명히 확인될 자기 나름의 견해를 갖고 있었다. 그의 이름에도 고전 연구의 역사[8]를 잘 알지 못하면 감지하기 힘든 인상적인 울림이 있었다.

그날 일찍 도러시아는 자신이 마을에 마련한 유아 놀이방에서 돌아와 자매의 두 침실 사이에 있는 아담한 거실의 늘 앉는 의자에 앉아서 어떤 건물의 설계도(그녀가 즐겨 하는 일)를 끝내기 위해 열중하고 있었다. 그때 뭔가 하고 싶은 말이

---

7) 조지 엘리엇이 첫 장편 소설 『아담 비드』에서 처음 사용한 가상의 주 이름.
8) 아이작 캐소본(1559~1614)과 아들 메릭 캐소본(1599~1671)은 프랑스의 고전학자다.

있는 기색으로 망설이며 언니를 바라보던 실리아가 말했다.

"도러시아, 괜찮으면, 너무 바쁘지 않으면, 오늘 엄마의 패물을 살펴보고 나누는 것이 어떨까? 큰아버지께서 언니에게 주신 지 오늘로 정확히 여섯 달이 되었는데 언니는 아직 열어 보지도 않았잖아."

실리아는 약간 샐쭉한 얼굴이었는데 도러시아와 원칙, 그 두 가지를 무의식적으로 겁내고 있어 완전히 토라진 표정을 짓지는 못했다. 두 가지를 무심코 잘못 건드렸다가는 이해하기 힘든 격렬한 흥분을 불러올 수 있었다. 그런데 다행히 도러시아가 눈가에 웃음을 지으며 올려다보았다.

"참, 놀랍게도 달력 같구나, 실리아! 양력으로 여섯 달이야, 음력으로 여섯 달이야?"

"오늘이 9월 마지막 날이잖아. 큰아버지께서 언니에게 주신 게 4월 1일이었어. 그때까지 잊고 계셨다고 하셨지. 언니는 그걸 여기 캐비닛에 넣고 잠근 후에 한 번도 생각하지 않았을 거야."

"아, 그래. 알다시피 우리는 그 장신구들로 몸치장을 하면 안 되니까." 도러시아는 달래기도 하고 설명도 하려는 듯이 다정하게 말했다. 연필을 들고 여백에 작은 측면 설계도를 그리고 있었다.

실리아는 얼굴을 붉히며 진지한 표정을 띠었다. "우리가 그 패물을 치워 놓고 거들떠보지도 않는다면 엄마의 유품을 존중하지 않는 거 같잖아. 게다가……." 그녀는 잠시 망설이다가 굴욕적인 느낌에 목이 메어 덧붙였다. "목걸이 같은 장신구는 요즘 아주 흔하거든. 어떤 점에서는 언니보다 더 엄격한 프앙송 부인도 장신구를 달곤 했어. 그리스도교인들도 거의 다 그래. 지금은 천국에도 보석을 단 여자들이 있을 거야." 이처럼 진심 어린 주장을 펴 나가면서 실리아는 마음속에 솟아나는 힘을 느꼈다.

"그런 걸 달고 싶니?" 도러시아가 큰 소리로 말했다. 프앙송 부인이 장신구를 달았다는 말에서 새로운 사실을 깨닫고는 깜짝 놀라서 온몸이 연기하듯 활기를 띠었다. "그렇다면 물론, 꺼내 보자. 왜 일찍 말하지 않았니? 그런데 참, 열쇠, 열쇠가 어디 있더라!" 그녀는 양손으로 관자놀이를 눌렀다. 기억이 나지 않는 모양이었다.

"여기 있어." 실리아는 이 말을 오래 궁리하고 준비했다.

"그럼 캐비닛의 큰 서랍을 열고 보석함을 꺼내 와."

곧 보석함의 뚜껑이 열렸다. 탁자 위에 여러 가지 보석을 펼쳐 놓자 화려한 꽃밭처럼 보였다. 대단한 수집품은 아니었지만 몇 가지는 놀랍도록 아름다웠다. 한눈에 보아도 가장 멋진 것은 정교한 금세공에 자수정이 박힌 목걸이와 다이아몬드 다섯 개가 박힌 진주 십자가였다. 도러시아는 즉시 목걸이를 집어 동생의 목에 걸어 주었다. 팔찌처럼 꼭 끼었다. 그러나 십자가가 달린 목걸이는 실리아의 머리와 목에 헨리에타-마리아[9]풍으로 잘 어울렸고, 맞은편에 있던 체경에서도 그 사실

---

9) Henrietta Maria(1609~1671). 찰스 1세의 왕비이며 목에 딱 맞는 진주 목걸이를 건 모습으로 초상화에 그려졌다.

을 확인할 수 있었다.

"자, 실리아! 그건 네 인도산 모슬린 옷과 잘 어울리겠어. 이 십자가는 검은 드레스를 입을 때 해야겠다."

실리아는 기쁜 미소를 억누르려고 애썼다. "아, 도도, 이 십자가는 언니가 가져야 해."

"아니, 아냐, 절대 아니야." 도러시아는 무심코 반대하듯이 손을 들어 올리며 말했다.

"아니, 정말 언니가 가져야 해. 언니에게 잘 어울릴 거야. 검은 드레스에. 자……." 실리아가 조르듯이 말했다. "그 목걸이는 걸어도 될 거야."

"절대 안 할 거야. 절대로. 십자가는 절대 장신구로 달지 않겠어." 도러시아는 몸서리를 쳤다.

"그럼 내가 거는 것도 옳지 않다고 생각하겠네." 실리아가 불안하게 말했다.

"아니, 그렇지 않아." 도러시아는 동생의 뺨을 어루만지며 말했다. "영혼에도 색깔이 있어. 어느 사람에겐 어울리더라도 다른 사람에게는 어울리지 않는 거지."

"그렇지만 엄마를 추모하기 위해서 간직하고 싶겠지."

"아니, 내겐 엄마의 다른 유품이 있어. 내가 무척 좋아하는 백단향 상자라든가 많은 물건이. 사실 이건 전부 다 네 거야. 더 이상 이야기할 필요도 없어. 자, 네 물건들을 가져가."

실리아는 마음이 살짝 상했다. 이 같은 청교도적 관대함에는 우월감이 강하게 배어 있었고, 광신적이지 않은 동생의 하얀 살결에 그것은 청교도들이 받은 박해 못지않게 견디기 어려웠다.

"하지만 언니가 하지 않는데 동생이 어떻게 장신구를 달 수 있겠어?"

"아니, 실리아, 네 체면을 세우기 위해 내게 장신구를 달라고 요구한다면 너무 심해. 혹시라도 그런 목걸이를 걸게 되면 난 발끝으로 뱅뱅 도는 느낌일 거야. 세상도 빙빙 돌아갈 테고. 그럼 걸음을 어떻게 떼어야 할지 모를걸."

실리아는 목걸이를 풀어서 벗어 놓았다. "이 목걸이가 언니 목에는 좀 조일 거야. 언니한텐 길게 늘어지는 목걸이가 더 잘 어울리겠지." 실리아는 조금 흐뭇한 기분으로 말했다. 어떤 면에서 보더라도 이 목걸이는 도러시아에게 어울리지 않으니 더 기쁘게 받을 수 있었다. 반지 상자를 열자 다이아몬드가 박힌 아름다운 에메랄드 반지가 모습을 드러냈고, 그 순간 구름 사이로 지나가던 태양이 탁자 위에 눈부신 빛을 던졌다.

"이 보석들은 정말 아름답구나!" 도러시아는 광선처럼 돌연히 솟구친 새로운 감정에 휩싸여 말했다. "신기하게도 보석은 사람의 마음을 깊이 꿰뚫고 들어가는 향기 같아. 「요한 계시록」에서 보석이 정신의 표상으로 사용된 것은 그 때문일 거야. 천국의 조각들처럼 보이거든. 에메랄드가 다른 보석보다 더 아름다운 것 같아."

"그 반지에 어울리는 팔찌도 있어." 실리아가 말했다. "처음에는 못 봤지만."

"참 아름답구나." 도러시아는 섬세하고 고운 손가락과 팔목에 반지와 팔찌를 끼고 손을 눈높이로 들어 창가를 향해 내밀었다. 그러면서 색채에서 느끼는 즐거움을 신비로운 신앙의 기쁨과 결부시켜 정당화하려는 생각을 했다.

"그건 언니 마음에 들 거야, 도러시아." 실리아가 다소 망설이듯이 말했다. 놀랍게도 언니가 다소 약한 면을 드러낸다는 생각이 들었고, 또 자수정보다 에메랄드가 자기 얼굴색에 훨씬 더 잘 어울릴 거라고 생각했다. "그 반지와 팔찌는 언니가 가져야 해. 다른 건 갖지 않더라도. 그런데 이 마노는 아주 예쁘네. 차분하고."

"그래! 이건 내가 가질게. 이 반지하고 팔찌는." 도러시아가 말했다. 그러더니 손을 탁자에 올려놓으며 달라진 어조로 말했다. "그렇지만 이런 보석들을 찾고 세공하고 파는 사람들의 삶은 얼마나 비참할까!" 그녀는 다시 말을 멈췄다. 실리아는 언니가 장신구들을 단념하리라고 생각했다. 그래야 일관성이 있을 것이다.

"그래, 이걸 가질게." 도러시아는 단호하게 말했다. "하지만 나머지는 모두 가져가. 보석함도."

그녀는 반지와 팔찌를 빼지 않은 채 연필을 들고 계속 바라보았다. 이 보석들을 옆에 두고서 이따금 순수한 색채의 원천을 바라보며 눈을 즐겁게 하리라고 생각했다.

"사람들을 만날 때 끼고 나갈 거야?" 언니가 무엇을 할 작정인지 호기심을 느끼며 관찰하던 실리아가 말했다.

도러시아는 재빨리 동생을 쳐다보았다. 그녀는 사랑하는 사람들을 아름답게 상상하곤 했지만 이따금 날카로운 인식이 느닷없이 튀어나왔고, 거기에는 가차 없이 물어뜯으려는 기미가 없지 않았다. 브룩 양이 혹시라도 한없이 유순해진다면 내면의 격정적인 불길이 부족하기 때문은 아닐 것이다.

"어쩌면." 도러시아는 다소 오만하게 말했다. "내가 어느 수준까지 떨어질지 나도 모르니까."

실리아는 얼굴을 붉혔다. 기분이 언짢아졌다. 언니의 기분을 상하게 했다는 것을 알기에 보석을 줘서 고맙다는 말도 감히 하지 못하고 보석함을 치웠다. 도러시아도 도면을 계속 그리면서 기분 좋지 않았다. 조금 전에 살짝 화를 냈을 때 자신의 감정과 말이 과연 순수했는지 의심스러웠다.

실리아는 잘못한 일이 전혀 없다고 생각했다. 그 질문은 지극히 당연하고도 타당했다. 더욱이 도러시아의 행동은 일관성이 없다고 속으로 되뇌었다. 자기 몫의 보석을 다 갖든지, 아니면 자기 말과 일치하도록 보석을 전부 포기해야 했다.

'목걸이를 건다고 해서 기도에 방해가 되지는 않을 거야. 난 적어도 그렇게 믿어.' 실리아는 생각했다. '그리고 이제 우리는 사교계에 나가야 할 텐데 언니의 의견에 늘 좌지우지되어야 할 이유는 없어. 물론 언니야 자기 생각대로 하겠지. 하지만 언니가 늘 일관성이 있는 건 아니거든.'

그리하여 실리아가 고개를 숙이고 말없이 태피스트리를 짜는데 이윽고 도러시아가 부르는 소리가 들렸다.

"키티, 이리 와서 설계도 좀 봐. 계단과 벽난로가 붙을 수 없어서 그렇지 그것만 아니면 내가 위대한 건축가라고 생각할 텐데."

실리아가 도면을 보느라 고개를 숙였을 때 도러시아가 애무하듯이 동생의 팔에 뺨을 댔다. 실리아는 그 행동을 이해했다. 도러시아가 자기 잘못을 인정한 것이고, 실리아는 언니를 용서했다. 언니에 대한 실리아의 마음에는 기억할 수 있는 아주 어린 시절부터 늘 비판과 두려움이 뒤섞여 있었다. 멍에를 쓰고 속박된 쪽은 언제나 동생이었다. 하지만 멍에에 매였다고 해서 자기 의견이 없는 사람이 있을까?

2장

"저기 얼룩덜룩한 군마를 타고 황금 투구를 쓴 기사가 우리 쪽으로 오는 것이
보이지 않느냐?" "제 눈에 보이는 것은 저처럼 회색 당나귀를 탄 사람인데요.
뭔가 번쩍이는 것이 머리에 달려 있군요." 산초가 대답했다. "바로 그거야." 돈
키호테가 대답했다. "저 빛나는 것이 맘브리노의 투구라고."

— 세르반테스[10]

"험프리 데이비 경이라고?" 데이비의 『농경 화학』[11]을 탐구
하고 있다는 제임스 체텀 경의 말을 브룩 씨는 수프를 먹으면
서 평소처럼 편안한 웃음을 지으며 되풀이했다. "그래, 지금은
험프리 데이비 경이지. 난 여러 해 전에 카트라이트에서 그와
정찬을 한 적이 있네. 그때 워즈워스도 동석했지. 알다시피 시
인 워즈워스 말이야. 지금 보면 아주 묘한 구석이 있어. 내가
케임브리지에 다닐 때 워즈워스도 다녔다는데 대학에서 만난

---

10) 미겔 데 세르반테스(Miguel de Cervantes, 1547~1616)의 『돈키호테』
21장.
11) 험프리 데이비(Humphrey Davy, 1778~1829)는 과학자이자 발명가이
며 이류 시인으로 『농경 화학의 요소』에서 농경에 전기를 사용할 때 미치는
효과를 검토했다.

적이 한 번도 없거든. 그런데 이십 년 후에 카트라이트에서 함께 정찬을 하게 되었으니 참 묘한 일이지. 그 자리에 데이비도 있었어. 그도 시인이었지. 아니, 이렇게 말하면 되겠군. 워즈워스는 일류 시인이고 데이비는 이류라고. 어느 모로 보나 맞는 말일세."

도러시아는 평소보다 좀 불안한 느낌이었다. 정찬에 동석한 사람이 몇 명 되지 않는 데다 식당이 조용했기 때문에 치안 판사인 큰아버지의 넓은 마음에서 나온 티끌 같은 이야기는 지나치게 주목을 끌었다. 캐소본 씨 같은 사람이 이런 하찮은 이야기를 어떻게 참아 주는지 궁금했다. 그의 태도가 무척 위엄 있어 보인다고 그녀는 생각했다. 철흑색 머리카락과 움푹 들어간 눈구멍 때문에 로크[12]의 초상화 같았다. 여윈 체구와 창백한 얼굴빛은 학자에게 잘 어울렸고, 제임스 체텀 경이 대변하는 혈색 좋고 수염이 불그레한 영국인 유형과 전혀 달랐다.

"저는 『농경 화학』을 읽고 있습니다." 이 훌륭한 남작은 말을 이었다. "농장 중 한 곳을 제 손으로 직접 운영하면서 소작인들에게 좋은 농법을 알려 줄 수 있을지 시험해 보려고요. 브룩 양, 제 생각에 찬성하세요?"

"그건 큰 실수를 저지르는 걸세, 체텀." 브룩 씨가 끼어들었다. "농지에 전기를 공급하는 일에 착수해서 외양간을 응접실

---

12) 인간의 마음은 '백지상태'(타블라 라사)이며 경험이 그 위에 흔적을 남긴다고 주장한 영국 경험주의 철학의 창시자 존 로크(John Locke, 1632~1704).

처럼 만들려 하다니. 안 될 일이야. 나도 한때 과학에 발을 들여놓은 적이 있지만 그래서는 안 된다는 걸 알았네. 그러다 보면 온갖 다른 것들로 이어지기 때문에 원래 상태로 남는 것이 하나도 없거든. 아니, 그러면 안 돼. 자네 소작인들이 밀짚 같은 것들을 몰래 팔아먹지 않는지 살펴보게. 그들에게 배수용 토관이나 주고. 하지만 멋진 농장이란 안 될 말이야. 쓸데없는 일에 가장 큰 비용을 치르는 셈이지. 차라리 사냥개들을 키우는 편이 낫겠네."

"확실히……" 도러시아가 말했다. "사람들을 먹고살게 해 주는 땅을 최대한 잘 이용할 방법을 찾아내는 데 돈을 쓰는 편이 더 나을 거예요. 그 땅에서 뛰어다닐 개와 말을 키우는 데 돈을 쓰는 것보다 말이죠. 사람들의 이익을 위해 실험하다가 가난해진다면 그건 죄라고 볼 수 없겠지요."

그녀는 젊은 아가씨에게서 기대하기 어려운 당찬 어조로 말했다. 하지만 제임스 경이 자기 입장을 지지해 달라고 호소하지 않았던가. 그의 그런 호소에 익숙해서 그녀는 그가 제부가 되면 좋은 일을 많이 하도록 설득할 수 있을 거라고 생각했다.

그녀가 말하는 동안 캐소본 씨는 눈을 돌려 도러시아를 유심히 쳐다보았다. 새롭게 관찰하는 것 같았다.

"아시다시피 어린 아가씨들은 정치 경제학을 이해하지 못한다오." 브룩 씨가 캐소본 씨를 바라보고 웃음을 띠며 말했다. "우리 모두 애덤 스미스를 읽었던 때가 기억나는군. 대단한 책이지. 나도 새로운 사상을 받아들인 적이 있어. 인간이 완벽해질 수 있다고 주장하는 그런 사상 말이오. 하지만 역사가 순환한다고 주장하는 이들도 있지. 그런 주장도 상당히 설득력이 있어. 나도 그런 주장을 했었지. 그런데 문제는 인간의 이성이 좀 지나치게 멀리 나간다는 거야. 그러다 보면 실로 울타리를 넘게 되거든. 한때 나도 꽤 멀리 나갔지만 그게 소용이 없다는 걸 알았다오. 나는 멈췄지. 때맞춰 멈췄어. 그렇다고 지나치게 강경했던 건 아니라오. 나는 늘 소이론을 좋아했으니까. 우리에게는 사상이 있어야 해. 그렇지 않으면 다시 암흑시대에 빠져들 테니. 그나저나 책 이야기가 나왔으니 말인데 사우디의『반도 전쟁』이라는 책이 있다오. 그 책을 아침나절에 읽었지. 사우디를 알고 있소?"

"아니요." 캐소본 씨는 브룩 씨의 우왕좌왕하는 논리를 따라가지 않고 그 책에 대해서만 생각하며 대답했다. "요새는 그런 책을 읽을 여유가 없습니다. 최근에 고문자들을 읽느라 눈을 너무 혹사했어요. 실은 저녁에 책을 읽어 줄 사람이 필요해요. 그런데 제가 목소리에 까다로운 데다 정확하지 않은 낭독은 참고 듣지를 못합니다. 어떤 점에서는 불행한 일이지요. 지나치게 내적 힘에 의지해서 살고 또 지나치게 죽은 자들과 어울려 살아가니까요. 제 마음은 고대인의 유령과 비슷합니다. 세상을 떠돌아다니면서 파괴되고 혼란스럽게 변화한 세계를 과거의 모습으로 구성하려고 정신적 노력을 기울이고 있지요. 하지만 눈을 혹사하지 않도록 극히 조심해야 한다는 것을 알게 되었습니다."

캐소본 씨가 입을 열어 길고 상세하게 말하기는 이번이 처음이었다. 그는 마치 공적으로 진술 요청을 받기라도 한 것처럼 의견을 정확하게 피력했다. 이따금 고개를 끄덕이며 거기에 맞춰 균형을 이루듯 단조롭고 말끔하게 진술한 그의 말은 산만하고 종잡을 수 없는 브룩 씨의 말과 대조되어 더욱 두드러졌다. 도러시아는 지금껏 캐소본 씨처럼 흥미로운 사람을 만나 본 적이 없는 것 같았다. 발도파의 역사에 관한 회의를 열었던 그 교파의 목사 리레 씨를 포함해도 그러했다. 의심할 바 없이 진실에 도달하려는 지고한 목적으로 과거의 세계를 재구성하는 일, 그 일에 어떤 식으로든 동참하고 도울 수 있다면 얼마나 좋을까! 기껏해야 램프를 들고 서 있을 뿐이라도 말이다. 가슴을 들뜨게 하는 이런 생각에 그녀는 정치 경제학을 모른다는 조롱을 받고 느꼈던 불쾌한 기분을 잊었다. 들어본 적도 없는 학문이 끼어들어 그녀의 정신적 열망에 찬물을 끼얹었던 것이다.

"그런데 승마를 좋아하시지요, 브룩 양." 제임스 경이 곧 기회를 잡아 말을 걸었다. "사냥의 즐거움도 조금 맛보실 수 있지 않을까 궁금했습니다. 허락해 주시면 당신이 탈 만한 구렁말을 보내 드리고 싶습니다. 숙녀들이 타도록 잘 훈련되었어요. 지난 토요일에 어울리지 않는 작은 말을 타고 언덕을 느린 구보로 올라가시는 것을 보았지요. 시간만 알려 주시면 제 말구종이 매일 코리돈을 데리고 올 겁니다."

"고마워요. 무척 친절하시네요. 하지만 전 승마를 포기할 생각이에요. 이제는 말을 타지 않으려고요." 도러시아는 캐소본 씨에게 집중하고 싶은데 자꾸 관심을 끌려는 제임스 경에게 약간 화가 나서 충동적으로 결심하고 퉁명스럽게 말했다.

"아니, 너무하시네요." 제임스 경은 강한 관심을 드러내며 비난하듯이 말했다. "언니분은 스스로 고행에 탐닉하고 있어요. 그렇지 않아요?" 그는 오른쪽에 앉은 실리아에게 고개를 돌리며 말을 이었다.

"그런 것 같아요." 실리아는 언니가 불쾌해할까 걱정하며 말했다. 목걸이를 걸고 있는 목과 얼굴에 홍조가 더없이 예쁘게 어렸다. "언니는 단념하는 것을 좋아해요."

"그게 사실이라면, 실리아, 단념은 자발적인 고행이 아니라 자기 탐닉이겠지. 하지만 즐거운 일을 하지 않겠다고 결정할 때는 타당한 이유가 있을 거야."

브룩 씨가 동시에 말하고 있었지만 캐소본 씨는 도러시아를 관찰하는 게 분명했고, 그녀는 그것을 알고 있었다.

"그렇고말고요." 제임스 경이 말했다. "당신은 고귀하고 너그러운 동기가 있어서 단념하는 것이지요."

"아뇨, 실은 그렇지 않아요. 저 자신에 대해 말한 게 아니에요." 도러시아는 얼굴을 붉히며 대답했다. 실리아와 달리 그녀는 얼굴을 붉히는 일이 극히 드물었는데 매우 기쁘거나 몹시 화가 났을 때만 그랬다. 이 순간 그녀는 고집스러운 제임스 경에게 화가 났다. 왜 실리아에게 관심을 쏟고 자신은 캐소본 씨의 말을 경청하도록 내버려 두지 않는 걸까? ── 그 학자가 브룩 씨의 말을 들을 필요 없이 자기 말만 할 수 있다면. 그 순간 브룩 씨는 종교 개혁에 어떤 의미가 있거나 그렇지 않다고 피력하고, 자신은 철두철미한 신교도이지만 가톨릭교는 엄연히 존재한다고 그에게 말하고 있었다. 로마 가톨릭 성당을 위해 4000제곱미터의 땅도 양도하지 않은 일에 대해 말하자면 모든 인간에게는 종교의 속박이 필요하고, 정확히 말해서 그것은 내세에 대한 두려움이라는 것이었다.

"한때 나는 신학을 열심히 파고들었다오." 브룩 씨가 방금 피력한 통찰을 설명하려는 듯이 말했다. "어떤 교파에 대해서든 어느 정도는 알았소. 전성기의 윌버포스[13]를 알았지. 윌버포스를 아시오?"

캐소본 씨는 "모릅니다."라고 말했다.

"글쎄, 윌버포스는 사상가로서 자질이 충분하지 않았을 거요. 하지만 남들이 권유한 대로 내가 의회에 진출했다면 나는 윌버포스처럼 무소속 의원이 되어 박애주의를 연구했겠지."

캐소본 씨는 고개를 숙여 경의를 표하고는 그 분야가 광범위하다고 말했다.

"그렇지." 브룩 씨는 태평하게 미소를 지으며 말했다. "하지만 내게는 자료들이 있소. 오래전부터 문서를 모으기 시작했지. 그것들을 정리해야 해. 어떤 의문이 떠오르면 누군가에게 편지를 보내서 답을 알아냈거든. 그래서 내 뒤에는 문서들이 잔뜩 쌓여 있소. 그런데 문서를 어떻게 정리하시오?"

"일부는 정리함에 넣습니다." 캐소본 씨는 조금 놀란 기색으로 간신히 말했다.

---

13) 영국의 정치가 윌리엄 윌버포스(William Wilberforce, 1759~1833)는 복음주의자이고 박애주의자이며 노예 철폐론자로 1825년 하원직을 포기했다.

"아, 정리함으로는 안 될 거요. 나도 정리함을 써 보았는데 그 안에서 뒤죽박죽이 되고 말거든. 어떤 서류가 A에 있는지 Z에 있는지 도무지 알 수 없단 말이야."

"제가 서류를 정리하게 해 주세요, 큰아버지." 도러시아가 말했다. "서류들을 전부 알파벳에 따라 분류하고 각 문자에 들어가는 주제들을 목록으로 만들겠어요."

캐소본 씨는 진지하게 찬성하는 미소를 지으며 브룩 씨에게 말했다. "보시다시피 바로 옆에 탁월한 비서를 두고 계시는군요."

"아니, 안 돼." 브룩 씨가 고개를 저으며 말했다. "어린 아가씨가 내 서류를 주무르도록 둘 수는 없어. 아가씨들은 너무 경솔하거든."

도러시아는 마음이 상했다. 캐소본 씨는 큰아버지가 그렇게 말할 만한 특별한 이유가 있다고 생각할 것이다. 사실 그것은 그의 마음속 온갖 파편 중에서 부서진 벌레 날개처럼 가볍게 떠다니다 우연히 기류에 실려 그녀에게 내려앉은 말이었다.

두 아가씨만 거실에 있을 때[14] 실리아가 말했다.

"캐소본 씨는 정말로 무척 못생긴 사람이야!"

"실리아! 그분은 지금껏 내가 본 굉장히 돋보이는 분 중 하나야. 로크의 초상화와 놀랍도록 닮았어. 눈구멍이 푹 꺼진 것도 똑같아."

---

14) 보통 정찬 식사가 끝나면 여자들은 거실로 자리를 옮기고 남자들은 식당에 남아 포도주를 마시고 담배를 피우며 대화를 나눈다. 그런 다음 남자들이 거실로 자리를 옮겨 함께 차를 마신다.

"로크도 사마귀가 두 개 나고 그 위에 털이 있었어?"

"아, 맙소사! 어떤 사람들은 그런 식으로 보겠지." 도러시아 가 조금 물러서며 말했다.

"캐소본 씨는 혈색이 너무 없어."

"그래서 더 낫지. 넌 젖 빠는 돼지처럼 혈색 좋은 사람을 좋 아하겠지만."

"도도!" 실리아는 놀라서 언니를 바라보며 소리쳤다. "언니 가 그런 비유를 쓰는 건 처음 들어 봐."

"필요하지도 않은데 그런 비유를 쓸 이유가 있겠어? 그건 좋은 비유야. 완벽하게 잘 들어맞으니까."

실리아는 브룩 양이 분명히 평정을 잃고 있다고 생각했다.

"언니가 화를 내는 게 이상해."

"네가 인간을 기껏해야 화장한 동물로 보고 한 인간의 얼 굴에서 위대한 영혼을 보지 못하는 게 너무 안타까워."

"캐소본 씨가 위대한 영혼을 갖고 있어?" 실리아의 말에 천 진난만한 악의가 실리지 않은 것은 아니었다.

"응, 그렇다고 생각해." 도러시아가 확고하고 단정적인 목소 리로 말했다. "그분에게서 본 모든 것이 성서적 우주론에 관한 그분의 논문과 일치해."

"그분은 말을 거의 하지 않았잖아." 실리아가 말했다.

"대화를 나눌 만한 사람이 없었던 거지."

실리아는 속으로 생각했다. '언니는 제임스 체텀을 경멸할 뿐이야. 보나 마나 그를 받아들이지 않을 거야.' 실리아는 그 것이 유감스러웠고, 그 남작이 누구에게 관심을 두는지에 대해 전혀 오해하지 않았다. 사실 언니가 자신과 같은 관점을 갖지 않은 사람과 결혼하면 남편을 행복하게 만들어 주지 못할 것 같기는 했다. 그리고 언니가 너무나 종교적이라서 평안한 가정을 이루지 못하리라는 예감이 마음속 깊이 감추어져 있었다. 관념과 도덕관이란 사방에 흩어져 있는 바늘 같아서 혹시라도 밟거나 그 위에 앉거나 심지어 입에 넣지 않을까 걱정하게 만든다.

브룩 양이 다탁 옆에 있을 때 제임스 경이 다가와 앉았다. 그는 그녀가 대답하는 방식에 전혀 불쾌감을 느끼지 않았다. 그럴 이유가 있을까? 그는 브룩 양이 자기를 좋아할 가능성이 크다고 생각했다. 사실 어떤 태도든지 아주 뚜렷해진 다음에야 자신만만하거나 회의적인 선입견에 의해 해석되지 않는다. 그녀는 더없이 매력적으로 보였다. 하지만 물론 그는 자신의 애정을 약간은 논리적으로 합리화했다. 제임스 경은 인간적으로 성격이 좋은 사람이었고, 자신이 재능을 펼쳐도 그 지역의 극소수 사람조차 놀라게 하지 못하리라는 것을 잘 아는 드문 미덕의 소유자였다. 그래서 이런저런 일에 대해 아내에게 "어떻게 하면 좋을까?"라고 물어볼 수 있기를 바랐다. 아내는 합리적으로 남편을 도와야 하고, 또 그러기 위해 재산 자격을 갖춘 여자라야 한다. 그는 입방아에 오르내리는 브룩 양의 지나친 종교적 성향에 대해 그 바탕이 무엇인지 확실히 아는 바가 없었고, 결혼과 더불어 그런 성향은 사라질 거라고 생각했다. 간단히 말해서 그는 매우 적합한 여자를 사랑하게 되었다고 느꼈으며, 여자의 지배를 다분히 참고 견뎌 줄 마음이 있었다. 결국 원할 때는 언제라도 그 지배를 억누를 수 있을 테니까. 제임스 경은 영리한 면모로 자신을 즐겁게 해 주는 이 매력적인 아가씨의 지배를 혹시라도 억누르고 싶어질 거라고는 생각하지 않았다. 왜 그런 생각이 들지 않았을까? 남자의 마음은 — 그 안에 무엇이 들어 있든 간에 — 언제나 남성적이라는 장점이 있고 — 아주 어린 자작나무라도 높이 치솟은 종려나무보다 더 고귀한 품종이듯이 — 심지어 남성의 무지도 건전한 속성을 가진다. 제임스 경이 이런 평가를 만들어 낸 것은 아니겠지만 아무리 후줄근한 남자라도 자비로운 신의 은총으로 말미암아 전통이라는 형태로 풀기나 전분을 얻어 빳빳해지기 마련이다.

"말을 타지 않겠다는 결심을 철회하시기 바랍니다, 브룩 양." 참을성 있는 구혼자가 말했다. "정말로 승마는 건강에 가장 좋은 운동이거든요."

"저도 알고 있어요." 도러시아가 차갑게 대답했다. "실리아에게 좋을 거예요. 그 애가 승마 습관을 들이면요."

"하지만 당신은 말을 완벽하게 타잖아요."

"실례지만 저는 연습을 거의 하지 않았어요. 말에서 쉽게 내동댕이쳐질 거예요."

"그렇다면 더욱더 연습을 해야지요. 숙녀라면 누구나 남편과 동행할 수 있도록 승마에 숙달되어야 합니다."

"보시다시피 우리 생각이 상당히 다르군요, 제임스 경. 저는 승마에 숙련된 여자가 되지 않겠다고 마음먹었어요. 그러니 당신이 바람직하게 생각하는 숙녀에는 결코 들어맞지 않겠어요." 도러시아는 앞을 똑바로 바라보며 차갑고 무뚝뚝하게 말하면서 잘생긴 사내아이 같은 분위기를 풍겨 그 구애자의 세심하게 배려하는 상냥한 태도와 재미있는 대조를 이루었다.

"이렇게 잔인한 결정에 이른 이유를 알고 싶군요. 승마를 나쁘다고 생각할 수 없으니까요."

"제게는 나쁘다고 생각할 수 있어요."

"아니 어째서 그렇지요?" 제임스 경이 부드럽게 항의하는 투로 말했다.

캐소본 씨가 찻잔을 들고 다탁으로 다가와 들고 있었다.

"우리는 심리적 동기에 대해 너무 꼬치꼬치 캐물어서는 안 됩니다." 캐소본 씨가 그 나름의 조심스러운 말투로 끼어들었다. "브룩 양은 자신의 동기를 입 밖에 내놓으면 약해지기 쉽다는 것을 알고 있어요. 탁한 공기에 향기가 뒤섞이지요. 싹트는 낱알은 빛이 들지 않는 곳에 두어야 합니다."

도러시아는 기쁨으로 얼굴이 붉어졌고, 그렇게 말한 사람을 고마워하며 올려다보았다. 여기에 고귀한 내면의 삶을 이해할 수 있는 사람, 정신적으로 교류할 수 있는 사람이 있었다. 아니 광범위한 지식으로 원칙을 밝힐 수 있는 사람, 높은 학식으로 자신의 어떤 믿음이든 거의 입증할 수 있는 사람이었다!

도러시아의 추론은 과장되어 보일지도 모른다. 하지만 이처럼 과감한 결론이 허용되지 않았더라면 실로 삶은 어느 시기에도 지속될 수 없었을 것이다. 그것은 문명사회의 곤경 속에서 결혼을 촉진했다. 혼전 교제라는 거미줄을 꼭 집어서 작은 알약처럼 뭉쳐 본 사람이 과연 있을까?

"그렇고말고요." 사람 좋은 제임스 경이 말했다. "브룩 양이 말씀하시지 않으려는 이유를 알려 달라고 조르지 않겠어요. 브룩 양에게 명예로운 이유일 거라고 믿으니까요."

그는 도러시아가 캐소본 씨에게 관심을 나타내며 쳐다보아도 전혀 질투하지 않았다. 자신이 청혼하려는 아가씨가 쉰 살이 되어 가는 시들어 빠진 책벌레를 좋아할 수 있다고는 꿈에도 생각하지 않았다. 약간 유명한 목사에게 교인으로서 느끼는 호감을 제외하고는.

어떻든 브룩 양이 발도파의 성직자에 관해 캐소본과 이야기를 나누고 있었기 때문에 제임스 경은 실리아에게 가서 언니에 대해 말하고 런던에 있는 저택에 대해 이야기하고는 브룩 양이 런던을 싫어하는지 물어보았다. 언니가 옆에 없어서 실리아는 아주 편안한 마음으로 이야기했다. 제임스 경은 어린 브룩 양이 일부 사람들의 주장대로 언니보다 더 영리하고 분별력이 있는 것은 아니더라도 예쁠 뿐 아니라 아주 기분 좋은 아가씨인 것은 사실이라고 생각했다. 그는 자신이 어느 모로 보나 우월한 쪽을 선택했다고 느꼈다. 사람은 당연히 최고를 얻고자 갈망한다. 그것을 기대하지 않는 척하는 총각이 있다면 바로 위선자일 것이다.

3장

말해 주오, 여신이여, 그때 어떤 일이 일어났는지,
라파엘, 그 친절한 대천사가…….
　　　　하와는
그 이야기에 귀를 기울였고,
그토록 고귀하고 기이한 것을 듣고는
찬탄하며 깊은 묵상에 잠겼다.

— 『실낙원』[15] 7권

　만일 캐소본 씨의 마음에 브룩 양이 적합한 아냇감이라는 생각이 실로 떠올랐다면 그녀의 마음에는 그를 받아들여야 할 이유가 이미 뿌리를 내렸고, 이튿날 저녁이 되자 싹을 틔우고 꽃을 피웠다. 아침나절에 그들은 긴 대화를 나누었던 것이다. 한편 캐소본 씨의 사마귀와 누리끼리한 얼굴을 보고 싶지 않았던 실리아는 목사관으로 달아나서 헌 신발을 신고도 명랑한 아이들과 함께 놀았다.

　이때쯤 도러시아는 가늠할 수 없이 넓은 저수지 같은 캐소본 씨의 마음을 깊이 들여다보았고, 흐릿한 미로처럼 넓게 펼

---

15) 존 밀턴의 대서사시 『실낙원』 중 7권 40~41, 50~53행. 여신은 밀턴의 뮤즈인 우라니아이고, 대천사 라파엘은 아담과 하와에게 천국에서 사탄이 반역을 일으킨 이야기를 들려준다.

쳐진 그곳에 그녀 자신이 들이댄 자질이 반사된 것을 보았다. 그녀는 자기 경험을 많이 털어놓았고, 그에게서 그의 위대한 연구 영역과 매력적으로 미로처럼 뒤얽힌 범위에 대해 들었다. 그는 밀턴의 "친절한 대천사"처럼 잘 가르쳐 주었다. 대천사 같은 태도로 그는 세상의 모든 신화 체계나 이상야릇한 신화적 단편들이 원래 계시된 성전(聖傳)의 와전된 형태라는 사실을 밝히고자 시도했다고 (사실 예전에도 이런 시도가 있기는 했지만 캐소본 씨가 이루려는 완벽함이나 공정한 비교, 효과적인 정리에는 미치지 못했다.) 말했다. 일단 올바른 입장을 정립하고 확고한 입지를 구축하고 나자 신화를 구성하는 방대한 영역을 이해하게 되었고, 아니 서로 상응하는 것들이 빛을 반사하면서 아주 선명해졌다. 그러나 이 풍요로운 진실의 수확을 거둬들이는 일은 수월하지 않고 신속하게 이뤄 낼 수도 없었다. 그가 기록해 놓은 메모가 이미 수십 권에 달하는 만만찮은 분량인데, 지금도 계속 쌓이고 있는 이 방대한 메모들을 압축하여 히포크라테스의 초기 저서들처럼 작은 선반 하나를 가득 채우기에[16] 적합하게 만들어야 이 과업이 완성될 것이다. 캐소본 씨는 도러시아에게 이를 설명하면서 동료 연구가에게 말하듯이 했다. 그는 두 가지 방식으로 말할 줄 아는 사람이 아니었다. 물론 그리스어나 라틴어 구절을 사용할 때는 늘 세심하게 주의를 기울여 영어를 덧붙였다. 그러나 그는 어

---

16) 고대의 가장 탁월한 의사 히포크라테스의 저서 『전염병』 1권과 3권에 대해 2세기의 의사였던 갈렌은 이런 식으로 언급했다.

떤 경우에든 그렇게 했을 것이다. 학식 있는 지방 목사는 지인들이 "라틴어를 거의 모르는 귀족과 기사, 고귀하고 훌륭한 양반들"[17]이라고 생각하곤 했다.

도러시아는 광범위하고 포괄적인 이 생각에 완전히 매료되었다. 여기에는 숙녀 학교에서 가르치는 얄팍한 문학을 능가하는 무언가가 있었다. 여기에 살아 있는 보쉬에가 있었고, 그의 과업은 완벽한 지식과 경건한 신앙심을 아우를 것이다. 여기에 학자의 영광과 성인의 영광을 결합한 현대의 성 아우구스티누스가 있었다.

캐소본의 경건한 감정은 그의 학식 못지않게 두드러져 보였다. 도러시아가 예전에 팁턴에서 만난 그 누구에게도 언급할 수 없었던 주제, 특히 그녀가 보기에 국교회의 형식과 신앙 개조[18]는 아득히 먼 옛날 최고의 기독교 서적에서 표현되었던, 완벽한 신성과 교감하는 자아의 몰입을 역설한 영적 신앙과 비교하면 그리 중요하지 않다고 솔직히 말했을 때 캐소본 씨는 그녀의 말을 즉시 이해했고, 국교회에 현명하게 순응함으로써 적절히 조절된다면 그 견해에 동의한다고 확언했으며, 그녀가 알지 못했던 역사적 사례들도 제시해 주었다.

'이분의 생각은 나와 똑같아.' 도러시아는 생각했다. '아니

---

17) 영국의 여행 작가 존 맨더빌(가상의 필명) 경이 쓴 것으로 추정되는 『존 맨더빌 경의 항해와 노고』의 서곡에 나오는 부분이다.

18) 39개 신조(Thirty-Nine Articles of Religion). 영국 국교회가 칼뱅주의나 로마 가톨릭과 차별화된 교리를 정의한 성명서로 1563년 제정되었고, 이후 『공동기도서』에 포함되면서 지속적인 영향을 미쳤다.

그게 아니라 이분은 온 세계를 생각하는데 내 생각은 그 세계의 싸구려 거울에 불과해. 이분의 감정도, 이분의 모든 경험도 ─ . 그 거대한 호수에 비하면 나는 작은 웅덩이일 뿐이야!"

브룩 양은 또래의 여느 아가씨들처럼 주저 없이 말을 근거로 성향을 유추하며 주장을 펼쳐 나갔다. 겉으로 드러난 표지는 측정할 수 있는 작은 것들이지만 해석은 무궁무진하다. 그리고 상냥하고 열성적인 아가씨들에게는 어떤 표지든 하늘처럼 광대한 경이와 희망, 믿음을 불러일으키곤 하고, 지식이랍시고 손톱만큼 유포된 것에 의해 채색된다. 그렇다고 해서 아가씨들이 언제나 지독한 기만에 빠지는 것은 아니다. 신드바드는 운이 좋아서 옳은 설명을 찾아낼 수 있었고, 가엾은 인간들은 그릇된 추리를 하다가 때로 옳은 결론에 이른다. 처음에는 올바른 논점과 멀리 떨어진 곳에서·출발해 맴을 돌고 지그재그로 나아가다 보면 이따금 바로 우리가 가야 할 곳에 있기도 하다. 브룩 양이 너무 성급하게 신뢰했다고 해서 캐소본 씨가 신뢰를 받을 자격이 없다고 단정할 수 있는 것은 아니다.

캐소본 씨는 원래 의도보다 조금 더 오래 팁턴 그레인지에 머물렀다. 브룩 씨가 기계를 파괴하고 건초를 불태운 사건[19]에 대한 문서를 미끼 삼아 더 머물기를 권하며 조금 압박을 가했다. 캐소본 씨는 서재로 불려 가서 산더미처럼 쌓인 문서들을 살펴보았다. 집주인은 이것저것 골라서 마구 건너뛰며 읽

---

19) 1차 선거법 개정 이전 공장 노동자들의 러다이트 운동과 소작인 농부들의 소요 사태를 뜻함.

어 주었고, 한 문단을 끝내지도 않고 다른 문단으로 넘어가며 "그래, 그런데 여기 좀 보시게!"라고 말하곤 했다. 그러다가 결국에는 문서들을 죄다 옆으로 밀어 놓고 자신이 젊은 시절에 쓴 유럽 대륙 여행기를 펼쳤다.

"여기를 보시게…… 모두 그리스에 대한 것들이네. 라무스, 라무스의 폐허. 이제 위대한 그리스인이 되는 걸세. 자네가 지형학을 많이 연구했는지 모르겠네만 나는 무한한 시간을 들여 이걸 작성했지. ── 자, 헬리콘산이네. 자, 여기! ── '우리는 다음 날 아침에 파르나소스, 쌍봉이 있는 파르나소스를 향해 출발했다.' 이 책 전체가 그리스에 관한 것이라네."[20] 브룩 씨는 책을 내밀면서 엄지손가락으로 낱장의 가장자리를 따라 가로로 문질렀다.

캐소본 씨는 약간 불만스러웠지만 점잖은 태도로 귀를 기울였고, 적절한 부분에서 고개를 숙여 동의의 뜻을 표했으며, 무관심이나 조급함을 드러내지 않으면서 가급적 문서를 보지 않으려 했다. 이런 산만한 대화가 시골의 관습과 결부되어 있고, 자기 마음을 이처럼 황급히 이리저리 뛰어다니게 만든 사람이 친절한 집주인일 뿐 아니라 지주이자 공문서 보관자라는 것을 잊지 않았다. 또한 브룩 씨가 도러시아의 큰아버지라는 사실을 기억하면서 더욱 인내심을 발휘할 수 있지 않았을까?

실리아가 혼자 중얼거렸듯이 분명히 캐소본 씨는 도러시아에게 말을 걸고 이야기에 끌어들이려는 마음이 점점 굳어진

---

20) 라무스는 아티카의 도시, 헬리콘과 파르나소스는 뮤즈에게 바쳐진 산.

것 같았다. 도러시아를 바라볼 때 그의 얼굴은 흐릿한 겨울 햇살 같은 미소가 퍼지며 밝아지곤 했다. 이튿날 아침 팁턴 그레인지를 떠나기 전에 브룩 양과 함께 자갈이 깔린 테라스를 즐겁게 산책하는 동안 그는 외로움으로 인한 불편을 느낀다고 말했다. 원숙한 나이의 진지한 고뇌를 덜어 주거나 변화를 가져다줄 젊은 사람과 유쾌한 교류가 필요하다는 것이었다. 이런 취지를 극히 신중하고 정확한 용어로 전달했기 때문에 마치 자기 말에 대한 답변이 나오기를 기대하는 외교 사절 같았다. 사실 캐소본 씨는 사무적인 일이든 사적인 일이든 자신이 전달한 사항을 반복하거나 수정할 필요가 없으리라고 생각하는 사람이었다. 자신이 10월 2일에 신중하게 진술한 의도를 언급하려면 그 날짜만 말해도 충분하다고 생각했다. 그의 기억을 기준으로 판단하면 그러했다. 그 기억은 무수한 반복 대신에 '위를 보라.'라는 구절을 사용할 수 있는 책이었고, 오래 사용되어 얼룩지고 잊힌 기록만 보여 주는 평범한 책이 아니었다. 하지만 이번에 캐소본 씨의 기대는 어긋날 것 같지 않았다. 도러시아는 새로운 경험을 획기적 사건으로 여기는 싱그럽고 젊은 아가씨의 열성적 관심으로 그의 말을 새겨듣고 마음속에 간직했던 것이다.

산들바람이 부는 아름다운 가을날 오후 3시에 캐소본 씨는 팁턴에서 8킬로미터밖에 떨어지지 않은 로윅에 있는 그의 목사관을 향해 말을 달렸다. 도러시아는 모자를 쓰고 숄을 두르고서 급히 관목 숲을 따라 파크를 가로질렀다. 아가씨들의 산책에 늘 따라다니는 큰 세인트버나드 개 몽크 외에는 누구와도 벗하지 않고 마음대로 숲속을 거닐고 싶었다. 그녀가 떨리는 희망을 품고 기대해 왔던 미래의 환상이 눈앞에 펼쳐졌던 것이다. 그러므로 어떤 방해도 받지 않고 그 환상적 미래에 빠져 이리저리 거닐고 싶었다. 상쾌한 공기 속에서 힘차게 걷다 보니 뺨이 발그레해지고 (요즘 사람들은 못쓰게 된 바구니를 보듯이 의아한 마음으로 호기심을 느끼며 바라볼 법한) 밀짚모자가 뒤로 늘어졌다. 그녀의 외모에서 특징적인 면을 묘사하려면 갈색 머리카락을 당겨 땋아서 머리통의 윤곽이 선명히 드러나도록 뒤쪽에 꼬아 붙인 것을 빠뜨릴 수 없다. 피지인들말고는 어떤 위대한 인종도 능가할 수 없도록 머리카락을 둥글게 말아 높이 올려붙여서 타고난 빈약한 머리통을 감추어야 한다고 느끼던 시절에 그것은 과감한 머리 모양이었다. 브룩 양의 금욕주의적 성향을 드러내는 한 가지 특징이기도 했다. 그러나 반짝이는 열렬한 눈에는 금욕주의자의 표정이 전혀 깃들어 있지 않았다. 강렬한 감정에 휩싸인 그녀의 눈은 아무것도 의식하지 않고 멀리까지 줄지어 늘어선 참피나무들 사이로 긴 빛줄기가 스며들어 그림자들이 서로 맞닿은 오후의 장엄한 풍경을 망연히 쳐다볼 뿐이었다.

젊은이나 노인들이 (다시 말해서 선거법 개정 이전 시대의 모든 사람이) 그녀의 뺨과 눈에서 타오르는 빛을 갓 피어난 풋풋한 사랑의 일상적 이미지로 여겼더라면 그녀를 흥미로운 대상으로 보았을 것이다. 클로이가 스트레판에게 품었던 환상[21]은

---

21) 스트레판과 클로이는 전원시에서 젊은 연인들을 지칭하는 이름들이다.

저절로 일어난 애처롭고 사랑스러운 소망이 으레 그래야 하듯이 많은 시에서 성스럽게 묘사되어 왔다. 젊은 펌프킨을 연모하며 결코 싫증나지 않을 교제가 영원히 이어지기를 꿈꾸던 피핀 양에 대한 귀여운 드라마에 우리 부모들은 절대로 물리지 않고 온갖 의상을 입혀 꾸며 왔다. 펌프킨이 허리선이 높은 제비 꼬리 연미복의 불리한 조건을 감당할 외모만 갖추었으면 상냥한 아가씨가 곧장 그의 미덕과 특별한 능력을, 특히 그의 진실성을 믿는 것은 자연스러울 뿐 아니라 완벽한 여자다움에 필요한 일이라고 사람들은 생각했다. 그러나 당대 사람들은 ― 팁턴 근방에 살던 사람이라면 누구나 ― 인생의 목적에 대한 숭고한 열정으로 결혼에 대해서도 전적으로 달리 생각하는 아가씨의 꿈을 공감하거나 이해하지 못했을 것이다. 대체로 그 자체의 불꽃으로 점화된 열정에는 우아한 혼숫감이나 접시의 무늬, 한창 성숙한 부인의 명예나 감미로운 기쁨이 담겨 있지 않았다.

이제 도러시아의 마음에 캐소본 씨가 자신을 아내로 맞고 싶어 하리라는 생각이 떠올랐다. 그러자 존경과 감사의 감정으로 가슴이 울렁였다. 그는 얼마나 좋은 분인가! 아니 마치 날개 달린 천사의 전령이 갑자기 길옆에 서서 그녀에게 손을 내밀어 준 것 같았다! 아주 오랫동안 그녀는 매우 유용한 삶을 살아가려는 온갖 욕망 너머로 짙은 여름 안개처럼 마음속에 드리워진 불명확함에 시달려 왔다. 무엇을 할 수 있을까? 무엇을 해야 할까? ― 이제 여성으로 싹트기 시작한 나이였지만 적극적인 양심과 큰 정신적 욕구를 지닌 그녀는 여기저기 조금씩 갉아먹고 판단하는 변덕스러운 생쥐처럼 소녀들이 얻는 지식에 만족하지 못했다. 그녀가 조금 아둔하거나 자만했더라면 아마 이렇게 생각했을 것이다. 재산이 많은 그리스도교인 아가씨는 마을에서 자선 활동을 하고, 신분이 낮은 목사를 후원하고, 옛 율법 시대의 사라와 새 율법 시대의 도르가의 내밀한 경험을 기술한 『성서의 여성 인물들』[22]을 정독하고, 방에서 수를 놓으며 제 영혼을 보살피는 일에서 이상적인 삶을 찾아야 한다고. 장차 어떤 남자와의 결혼을 염두에 두면서 말이다. 남편이 자기만큼 엄격한 신앙심을 갖고 있지 않다면 양심적으로 도무지 이해 못 할 사건에 연루될 터이므로 그를 위해 기도하고 시기적절하게 충고할 수 있을 거라고. 가여운 도러시아는 이런 만족감에서 배제되었다. 그녀의 강렬한 종교적 성향, 그 성향이 삶에 가한 압박은 오로지 열정적이고 사변적이며 지적으로 일관된 본성의 일면이었다. 이런 본성을 가진 사람이 그저 하찮은 행실의 미궁이나 어디에도 이르지 않는 좁은 길들로 둘러막힌 미로처럼 보이는 사교 생활에 갇히고 편협한 가르침의 굴레에 얽매여 몸부림칠 때 그 결말은 다른 이들의 눈에는 틀림없이 과장된 몸짓이자 자가당착으로 보일 것이다. 그녀는 자신이 최고로 여기는 바를 완벽한 지식으로 입증하고 싶지, 절대로 실행에 옮기지 않을 원칙들

---

22) 프랜시스 엘리자베스 킹(Frances Elizabeth King, 1757~1821)이 쓴 『성서의 여성 인물들: 여성 미덕의 예시』에 대한 언급. 『구약 성서』에서 사라는 아브라함의 아내였고, 『신약 성서』의 「사도행전」에 나오는 도르가는 훌륭한 일을 많이 한 인물이다.

을 인정하는 척하면서 살고 싶지 않았다. 지금까지 그녀는 이런 영혼의 갈망에 젊음의 열정을 모두 쏟아부었다. 그녀에게 매력적인 결혼이란 여자아이처럼 무지에 빠진 자신을 구해 주고, 더없이 숭고한 길로 이끌 안내자에게 자발적으로 순종하는 자유를 스스로에게 부여하는 것이었다.

'그러자면 모든 것을 배워야 해.' 그녀는 숲속의 승마로를 따라서 재빨리 걸음을 옮기며 속으로 말했다. '그분의 위대한 연구를 잘 도울 수 있도록 공부하는 것이 내 의무가 되겠지. 우리 생활에는 하찮은 구석이 전혀 없을 거야. 우리에게는 일상적인 것이 가장 위대한 것일 테니까. 파스칼과 결혼하는 것과 같겠지. 위대한 사람들이 진실을 보아 온 빛으로 나도 진실을 보게 될 거야. 그러면 내가 나이 들었을 때 무엇을 해야 할지 알 수 있겠지. 지금, 여기, 영국에서 어떻게 해야 숭고한 삶을 살아갈지 알게 될 거야. 지금은 어떻게 해도 좋은 일을 한다는 확신이 들지 않아. 무슨 일을 하더라도 내가 모르는 언어를 쓰는 사람들에게 선교하러 가는 것 같거든. 좋은 오두막을 짓는 일만 빼고. 그 일에 대해서는 의심할 여지가 없어. 아, 로윅에 사는 사람들에게 좋은 오두막을 지어 줄 수 있으면 좋을 텐데! 시간이 있을 때 설계도를 많이 그려야겠어.'

도러시아는 불확실한 사건을 주제넘게 기대하는 자신을 꾸짖으며 갑자기 생각을 멈추었다. 하지만 굽은 길을 돌아서 누군가 말을 타고 천천히 다가오는 바람에 생각을 돌리려고 애쓰지 않아도 되었다. 말끔하게 손질한 구렁말과 아름다운 사냥개 두 마리로 보아 말에 탄 사람은 제임스 체텀 경이 분명했다. 그는 도러시아를 알아보고 즉시 말에서 뛰어내려 말을 말구종에게 넘기고는 하얀 것을 안고 다가왔다. 그러자 사냥 개 두 마리가 흥분해서 짖어 댔다.

"뵙게 되어 정말 기쁩니다, 브룩 양." 그는 모자를 들어 매끄러운 금발 고수머리를 드러내고 인사하며 말했다. "기대하던 기쁨을 앞당겨 주셨어요."

브룩 양은 방해를 받아 화가 났다. 실리아에게 적합한 남편 감인 이 상냥한 준남작은 그 언니에게도 싹싹하게 굴어야 한다고 지나치게 생각하고 있음이 분명했다. 앞으로 제부가 되어서도 처형과 늘 아주 좋은 관계를 유지해야 한다고 생각하거나 자기 입장과 반대되는 처형의 의견에 늘 동의하려 든다면 참기 어려울 것이다. 그가 바로 자신에게 구애하려는 실수를 저지르고 있다는 생각은 꿈에도 들지 않았다. 온 정신이 다른 구혼을 확신하는 데 빠져 있었던 것이다. 그런데 이 순간 그는 분명 주제넘게 나섰고, 포동포동한 손은 몹시 불쾌하게 보였다. 그녀는 화가 나서 얼굴이 빨갛게 달아오른 채 약간 오만하게 그의 인사에 답했다.

제임스 경은 그녀의 홍조를 가장 기분 좋은 의미로 해석했고, 브룩 양이 이렇게 예쁘게 보인 적이 없다고 생각했다.

"조그만 청원자를 데려왔어요." 그가 말했다. "아니 그보다는 청원하기 전에 먼저 이 녀석이 인정받을 수 있을지 알아보려고 데려왔지요." 그는 품에 안고 있던 하얀 것을 보여 주었다. 자연이 만들어 낸 가장 순진무구한 장난감 중 하나인 몰티즈 강아지였다.

"순전히 애완용으로 키우는 이런 동물을 보면 가슴이 아파요." 도러시아가 말했다. 그녀의 의견은 (의견들이 대체로 그렇듯이) 그 순간 분노의 열기 속에서 형성되었다.

"아, 왜 그렇지요?" 함께 걸으면서 제임스 경이 말했다.

"애완동물은 귀여움을 받아도 행복하지 않을 거예요. 너무나 무력하거든요. 삶이 너무나 덧없고요. 독자적으로 살아가는 족제비나 생쥐가 더 흥미로워요. 저는 우리 주위의 동물들에게도 우리와 같은 영혼이 있어서 각자 나름대로 사소한 일을 해 나가거나 아니면 여기 있는 몽크처럼 우리에게 동무가 될 수 있다고 생각하고 싶어요. 하지만 애완동물은 기생할 뿐이죠."

"이런 동물을 좋아하시지 않는 것을 알게 되어 기쁩니다." 성격 좋은 제임스 경이 말했다. "앞으로 애완동물을 절대 키우지 않겠어요. 하지만 숙녀들은 대체로 이런 몰티즈 강아지를 좋아하던데요. 여기, 존, 이 개를 가져가게."

새까만 코와 눈에 어린 표정이 풍부했지만 이 못마땅한 강아지는 태어나지 않는 편이 더 낫다고 브룩 양이 단정 지었으므로 그렇게 치워졌다. 하지만 그녀는 설명을 덧붙일 필요가 있겠다고 느꼈다.

"제 감정에 따라서 실리아의 감정을 판단하시면 안 돼요. 그 애는 작은 애완동물을 좋아하거든요. 예전에 조그만 테리어가 한 마리 있었는데 실리아가 무척 좋아했어요. 저는 그 개를 밟을까 봐 겁이 나서 불편했죠. 제가 좀 근시거든요."

"브룩 양, 당신은 모든 것에 대한 자기 나름의 의견이 있고,

그 의견은 언제나 훌륭합니다."

이런 한심한 칭찬에 뭐라고 대답할 수 있을까?

"제가 부러워한다는 것을 아세요?" 도러시아의 활달한 걸음에 맞춰 걸으면서 제임스 경이 말했다.

"무슨 말씀인지 모르겠어요."

"뭔가를 평가하는 당신의 능력 말입니다. 저는 사람들에 대해서는 평가할 수 있어요. 사람들이 마음에 드는 때도 알고요. 하지만 다른 문제들에 관해 결정을 내릴 때는 종종 어려움을 느낍니다. 반대편에서도 상당히 지각 있는 주장을 듣거든요."

"혹은 지각 있게 보이겠죠. 우리가 지각과 몰지각을 늘 구별하는 것은 아닐 거예요."

도러시아는 다소 무례하게 대답했다고 느꼈다.

"그렇고말고요." 제임스 경이 말했다. "하지만 당신은 구별할 능력이 있는 것 같습니다."

"그 반대예요. 저도 종종 결정할 수 없으니까요. 하지만 그건 무지하기 때문이지요. 저는 알 수 없을지라도 올바른 결론은 언제나 있을 테니까요."

"그것을 당신보다 더 빨리 알아낼 사람은 없을 겁니다. 어제 러브굿이 말하더군요. 당신의 오두막 설계도는 세상에서 최고라고요. 젊은 숙녀가 그런 일을 하다니 아주 놀랍다고요. 그의 표현을 빌리자면 당신에게 진짜 재능이 있답니다. 당신은 브룩 씨가 오두막들을 새로 짓기를 바라셨다고 하더군요. 하지만 백부님께서 동의할 가능성은 거의 없다고 그는 생각하는 것 같았어요. 그런데 아세요? 제가 하고 싶은 일 중 한 가지가 바로 그거랍니다. 물론 제 사유지에서 말이지요. 설계도를 보여 주시면 아주 기꺼운 마음으로 실행에 옮기겠어요. 물론 밑 빠진 독에 돈을 붓는 일이죠. 그래서 사람들이 반대하고요. 일꾼들은 건축비에 부합하는 임대료를 낼 수 없으니까요. 하지만 어떻든 시도할 가치가 있는 일이지요."

"가치가 있다고요! 네, 그럼요." 도러시아는 조금 전의 사소한 짜증을 잊어버리고 열렬히 대답했다. "이 근방의 돼지우리 같은 오두막에서 소작인들이 살도록 내버려 두는 우리 같은 사람들이야말로 채찍질을 당하고 아름다운 저택에서 쫓겨나야 마땅하다고 생각해요. 그 오두막들이 의무와 애정을 보여 줄 사람들에게 적합한 진정한 집이 된다면 오두막에서 사는 것이 우리 삶보다 더 행복할 거예요."

"설계도를 보여 주시겠어요?"

"아, 물론이죠. 정말이지 결함이 많아요. 하지만 루던[23]의 책에 나오는 오두막 설계도를 전부 다 검토하고 제일 나아 보이는 것을 골랐어요. 아, 이 근방에서 본보기가 될 수 있으면 얼마나 기쁠까! 우리는 문 앞에 나사로[24]를 세워 두는 게 아니라 파크 대문 밖에 돼지우리 같은 오두막을 두는 거예요."

이제 도러시아는 더없이 기분이 좋아졌다. 동생 남편으로서

---

23) 조경 정원사이고 원예 작가인 존 클로디우스 루던(John Claudius Loudon, 1783~1843)의 『농장 설계에 관한 의견』에 대한 언급이다.
24) 「누가복음」 16장 19~31절에 나오는 부자의 집 대문 앞에 선 거지 나사로에 대한 이야기이다.

제임스 경이 그의 사유지에 모범적인 오두막을 짓고, 그런 다음에 어쩌면 로윅에도 오두막들을 지을 것이다. 다른 지역에도 그것들을 본뜬 오두막이 점점 많아지면 오베를랭[25]의 정신이 그 교구들을 휩쓸고 지나며 빈궁한 삶을 아름답게 만들어 놓은 듯이 보일 것이다.

제임스 경은 설계도를 모두 보고 러브굿과 상의하기 위해 하나를 가지고 갔다. 또한 브룩 양의 호감을 얻는 데 상당한 진척을 이루었다는 만족스러운 기분으로 돌아갈 수 있었다. 그는 몰티즈 강아지를 실리아에게 선사하지 않았다. 나중에 그 사실을 떠올린 도러시아는 깜짝 놀랐지만 자기 탓으로 돌렸다. 제임스 경을 자기 관심사에만 몰두하게 했던 것이다. 어떻든 발에 밟힐 강아지가 없는 것은 다행스러운 일이었다.

설계도를 검토하는 동안 옆에 있던 실리아는 제임스 경의 착각을 간파했다. '제임스 경은 도도가 자기를 좋아한다고 생각해. 언니는 설계도에만 관심이 있는데. 하지만 언니는 자신이 모든 일을 관장하면서 자기 생각을 실행에 옮기도록 허용해 줄 것 같으면 그를 거절하지 않을지도 몰라. 그런데 제임스 경은 얼마나 불편해질까! 난 엉뚱한 생각을 참아 줄 수 없는데.'

이런 반감을 실컷 만끽하는 것은 실리아가 은밀히 누리는 기쁨이었다. 언니에게 직접 고백하는 것은 꿈도 꿀 수 없었다. 그랬다가는 온갖 선함과 어떻게든 반목하고 있다는 설교를 들

---

25) 요한 프리드리히 오베를랭(Johann Friedrich Oberlin, 1740~1826)은 알자스 지방의 박애주의자이자 청교도 목사로서 경작법을 개선하고 도로와 교량을 만들고 학교들을 세웠다.

게 될 테니까. 하지만 좋은 기회가 있을 때마다 실리아는 자신의 소극적 지혜를 발휘해서 간접적으로 도러시아에게 영향을 미쳤고, 사람들이 도러시아의 말을 경청하는 것이 아니라 빤히 쳐다보고 있다고 알려 줌으로써 언니를 열광적인 기분에서 끌어내렸다. 실리아는 충동적이지 않았다. 그녀가 할 말은 나중에 해도 괜찮았고, 한결같이 조용하고 똑똑 끊어지는 고른 억양으로 흘러나왔다. 사람들이 힘주어 강조하며 말할 때 그녀는 그들의 얼굴과 몸짓을 그저 물끄러미 바라보았다. 가정교육을 잘 받은 사람들이 어떻게 발성 연습에나 필요할 우스꽝스러운 얼굴로 입을 크게 벌리고 읊어 댈 수 있는지 도무지 이해가 안 되었다.

여러 날 지나지 않아 캐소본 씨는 오전에 다시 방문했고, 이번에도 다음 주 정찬 식사에 와서 하룻밤을 묵어가라는 초대를 받았다. 그래서 도러시아는 그와 세 번 더 대화를 나누었고, 처음에 받은 인상이 옳았다고 확신했다. 그는 그녀가 상상했던 인물 그대로였다. 그의 말은 거의 다 광산에서 캐 온 견본 같거나 과거의 보물을 공개할 박물관 정문에 새겨진 명문 같았다. 그가 그녀를 보기 위해 방문했다는 것이 이제는 명백해졌으므로 그의 풍부한 마음에 대한 신뢰는 그녀가 품은 호감에 더 깊고 강한 영향을 미쳤다. 학식을 갖춘 남자가 겸손하게도 스스로를 낮춰 어린 아가씨를 생각해 주었고, 수고스럽게도 말을 건네면서 터무니없이 칭찬한 것이 아니라 그녀의 이성에 호소했으며 때로 잘못을 바로잡고 가르쳐 주었다. 이 얼마나 즐거운 교제인가! 캐소본 씨는 세상에 사소한 일들이 존재한다는 것을 알지도 못하는 듯했다. 그는 찬장 냄새가 밴 오래 묵은 웨딩 케이크처럼 달갑지 않은, 고지식한 남자들의 잡담에 끼어드는 적도 없었다. 그저 관심을 느끼는 주제에 대해서만 이야기했고, 그렇지 않으면 입을 다물고 예의 바르게 고개를 끄덕일 뿐이었다. 이런 태도는 놀라우리만치 진실하고, 또 가식을 떨려 애쓰며 영혼을 고갈시키는 인위적 꾸밈을 신앙심으로 절제하는 것이라고 도러시아는 생각했다. 그녀는 캐소본 씨의 지성과 학식을 존경하듯이 자신의 신앙심을 능가하는 그의 숭고한 신앙심을 우러러보았다. 그는 대개 적절한 문구를 인용하면서 그녀의 독실한 감정 표현에 동의했다. 젊은 시절에 정신적 갈등을 겪었다고 인정하기도 했다. 간단히 말해 도러시아는 바로 이 남자에게서 이해와 공감, 인도를 기대할 수 있다고 생각했다. 그녀가 좋아하는 화제 중한 가지, 딱 한 가지에서만 실망했다. 분명 캐소본 씨는 오두막을 짓는 일에 그리 관심이 없었다. 너무 높은 기준을 억제하려는 듯이 고대 이집트인들의 주거지를 보면 아주 좁은 방들뿐이었다는 말로 화제를 돌렸던 것이다. 그가 돌아간 후 도러시아는 약간 동요를 느끼며 이 문제에 대한 그의 무관심을 곰곰이 생각해 보았다. 그녀는 인간의 욕구를 변화시키는 다양한 기후 조건이나 이교도 전제 군주들의 공인된 사악함을 전제로 이끌어 낸 주장을 거듭 가다듬었다. 다음에 캐소본 씨를 만날 때 이런 주장을 피력하면 안 될까? 그러나 조금 더 생각해 보자 그런 주제에 그의 관심을 요구하는 자신이 주제넘게 여겨졌다. 여가 시간에 다른 여자들이 옷이나 수예에 몰두하듯이 그녀가 그런 일에 몰두하는 데 그는 반대하지 않을 것이다. ─ 그는 금지하지 않을 것이다 ─ 도러시아는 이런 생각을 하는 자신을 깨닫자 오히려 부끄러워졌다. 그런데 그는 큰아버지에게 로윅에 와서 이틀간 묵어가시라고 초대했다. 캐소본 씨가 브룩 씨와의 교류 자체를 문서들이 있든 없든 간에 즐거워한다고 가정하는 것이 타당할까?

한편 그 작은 실망 때문에 그녀는 바라던 개량 작업을 제임스 체텀 경이 신속히 착수해 주어서 더욱 기뻤다. 체텀 경은 캐소본 씨보다 더 자주 찾아왔고, 그가 매우 진지한 태도를 보여 준 이후로 도러시아는 더 이상 그를 불쾌하게 여기지 않았다. 그는 실제로 유능하게 이미 러브굿의 견적을 검토하기 시작했고, 게다가 매력적으로 고분고분했다. 도러시아는 오두막 두 채를 짓고 두 가족을 옮긴 후 그들의 예전 오두막을 허문 자리에 새 오두막을 짓자고 제안했다. 제임스 경이 "그렇고말고요."라고 대답했지만 그녀는 꽤 잘 참아 줄 수 있었다.

참신한 생각을 거의 떠올리지 못하는 이런 남자들은 좋은 여자에게 지도를 받으면 분명히 사회의 유용한 구성원이 될 수 있다. 그들이 운 좋게 처형을 잘 고르기만 한다면! 도러시아가 현재 자신과 관련된 다른 종류의 선택이 논의될 가능성에 계속 눈을 감고 있었던 것이 약간 고의적이었는지 아닌지는 말하기 어렵다. 하지만 지금 그녀의 생활은 희망과 적극적인 활동으로 가득했다. 그녀는 설계도에 대해 생각했을 뿐 아니라 서재에서 학술 서적들을 꺼내 와 (캐소본 씨와 대화할 때 조금 덜 무지하게 보이도록) 많은 것을 서둘러 읽었고, 그러면서

도 자신이 이런 보잘것없는 행동을 과대평가하며 만족스러워
하는 것은 아닌가라는 양심적인 질문에 시달리곤 했다. 그런
자기만족이야말로 무지와 어리석음의 마지막 파국이었다.

4장

첫 번째 신사: 우리의 행동은 우리 스스로 만들어 낸 족쇄라네.
두 번째 신사: 그래, 맞아. 하지만 그 쇠를 갖다준 것은 세상이지.[26]

"제임스 경은 언니가 원하는 일이라면 뭐든지 하려고 작정한 것 같아." 새 건물터를 돌아본 후 마차를 타고 집으로 오는 길에 실리아가 말했다.

"좋은 분이야. 사람들의 예상보다 더 분별력이 있고." 도러시아가 무심코 대답했다.

"그 말은 그분이 바보처럼 보인다는 뜻이겠지."

"아니, 아냐." 도러시아는 정신을 차리고 동생의 손에 잠시 손을 올려놓으며 말했다. "하지만 그분이 어떤 주제에 대해서나 한결같이 말을 잘하는 건 아니지."

---

26) 여기처럼 출처를 밝히지 않은 제사는 조지 엘리엇이 쓴 것으로 추정할 수 있다.

"불쾌한 사람들만 말을 잘하는 것 같아." 실리아는 평소처럼 가르랑거리듯이 말했다. "그런 사람들과 함께 살려면 굉장히 끔찍할 거야. 생각해 봐! 아침 식사 때도 그렇고 언제나 그럴 테니."

도러시아는 웃었다. "아, 키티! 넌 참 놀라운 애야!" 그녀는 동생이 아주 매력적이고 사랑스럽게 느껴져 실리아의 턱을 살짝 꼬집었다. 동생은 앞으로도 영원히 아기 천사로 남기에 적합하고, 이런 말이 교리에 어긋나지 않는다면, 다람쥐와 마찬가지로 구원이 필요하지 않은 존재였다. "물론 사람들이 늘 말을 잘할 필요는 없겠지. 다만 사람들이 말을 잘하려고 애쓸 때는 자기 마음의 자질을 드러내거든."

"언니 말은 제임스 경이 애를 썼지만 실패했다는 뜻이네."

"난 일반적인 사실을 말하는 거야. 왜 제임스 경에 대해서 꼬치꼬치 캐묻니? 그분이 날 기쁘게 하는 일을 인생의 목적으로 삼은 것도 아닌데 말이야."

"아니, 도도, 정말로 그렇게 믿을 수 있어?"

"물론이지. 그분은 나를 장래의 처형으로 생각해. 그뿐이야." 도러시아는 이 같은 암시를 내비친 적이 없었고, 그런 주제에 대해 약간 수줍었기 때문에 결정적인 사건이 일어나서 이야기를 꺼낼 수 있을 때까지 기다려 왔다. 실리아는 얼굴을 붉혔지만 즉시 대답했다.

"제발 더는 그런 착각을 하지 마, 도도. 전에 탠트립이 내 머리를 빗겨 주면서 말했어. 제임스 경이 브룩 양과 결혼할 거라는 이야기를 제임스 경의 시종이 캐드월레이더 부인의 하녀에게서 들었다고."

"어떻게 넌 탠트립이 그런 뜬소문을 떠벌리게 내버려 둘 수 있니, 실리아?" 도러시아는 화가 나서 말했다. 기억 속에 묻혀 있던 자질구레한 일들이 이제 되살아나면서 달갑지 않은 뜻밖의 소식을 확인시켜 주었기에 더 화가 났다. "틀림없이 네가 물어보았겠지. 그건 품위를 떨어뜨리는 일이야."

"탠트립이 소문을 알려 주는 건 해롭지 않은 일 같아. 사람들이 어떤 말들을 하는지 아는 편이 더 나으니까. 언니가 마음대로 생각하면서 어떤 실수를 저지르는지 알 수 있잖아. 제임스 경은 틀림없이 언니에게 청혼할 생각일 거야. 그리고 언니가 응낙할 거라고 믿고 있어. 특히 설계도 일로 언니가 무척 고맙게 생각하게 된 다음에 말이야. 그리고 큰아버지도 그러기를 기대하실 거야. 제임스 경이 언니를 무척 사랑한다는 건 누가 봐도 알 수 있으니까."

너무나 강렬하고 고통스러운 불쾌감 때문에 도러시아의 눈에 눈물이 고이며 줄줄 흘러내렸다. 자신의 소중한 설계도도 불쾌하게 보였고, 자신이 연인으로 인정한다고 제임스 경이 생각했을 것을 떠올리자 정나미가 떨어졌다. 실리아에게도 화가 났다.

"대체 그 사람은 어떻게 그런 기대를 할 수 있지?" 도러시아가 격렬하게 소리쳤다. "난 오두막 말고는 어떤 문제에 대해서도 그의 의견에 동의한 적이 없어. 그 이전에는 예의 바르게 대하지도 않았고."

"하지만 그 후로는 언니가 아주 기분 좋게 대했잖아. 그분은 언니가 자기를 좋아한다고 확신하게 되었고."

"그를 좋아한다고, 실리아! 어떻게 그런 끔찍한 표현을 쓰니?" 도러시아는 성을 내며 말했다.

"참 내, 남편으로 받아들일 남자를 좋아하는 건 당연하지 않아?"

"제임스 경이 내가 자기를 좋아한다고 생각할 수 있다는 말이 불쾌한 거야. 게다가 내가 남편으로 받아들일 사람에 대해 느낄 감정은 그런 게 아니야."

"글쎄, 제임스 경이 안쓰럽네. 난 언니에게 이 말을 해 주는 게 옳다고 생각했어. 언니는 늘 그러듯이 자기가 어디 있는지 보지도 않고 밟아서는 안 될 곳을 밟으며 가니까 말이지. 언니는 늘 다른 사람들이 보지 않는 것을 보기 때문에 도저히 비위를 맞출 수 없어. 그러면서 너무나 명백한 것은 절대로 보지 않아. 언니는 늘 그런 식이야, 도도." 왠지 몰라도 분명 실리아는 평소와 달리 용기를 냈고, 종종 두려워하던 언니에게 가차 없이 비판을 가하고 있었다. 고양이 무어[27]가 우리처럼 폭넓게 사색하는 존재에게 어떤 공정한 비판을 가할 수 있을지 누가 알겠는가?

"너무 괴로워." 도러시아는 채찍질을 당한 기분이었다. "더는 오두막 문제에 관여하지 않겠어. 그에게 무례하게 대하겠어. 오두막 문제에 상관하지 않겠다고 말하겠어. 무척 고통스

---

27) 독일 작가 E. T. A. 호프만(Ernst Theodor Amadeus Hoffmann, 1776~1822)의 미완성 소설 『수고양이 무어의 인생관』에는 수고양이 무어의 희극적인 자서전이 포함되어 있다.

러워." 그녀의 눈에 다시 눈물이 고였다.

"잠깐만. 생각 좀 해 봐. 알다시피 그분은 누이를 만나러 하루 이틀 떠나 있을 거야. 러브굿 외에는 아무도 없을 거야." 실리아는 마음이 누그러질 수밖에 없었다. "가엾은 도도." 그녀는 상냥하게 똑똑 끊으며 말을 이었다. "무척 괴로운 일이지. 설계도를 그리는 게 언니가 열광하는 취미인데."

"열광하는 취미라고! 다른 사람들의 집에 대한 내 관심이 그렇게 유치한 거라고? 내가 착각을 했더라도 당연해. 그처럼 치졸한 생각을 하는 사람들 사이에 살면서 어떻게 고결한 그리스도교인다운 일을 하겠어?"

더 이상 아무 말도 오가지 않았다. 도러시아는 너무 충격을 받은 나머지 기분이 풀리지 않았고, 잘못을 인정한다는 것을 보여 주는 행동도 할 수 없었다. 오히려 자신을 둘러싼 사회의 참을 수 없는 편협과 둔감한 양심을 질책하고 싶은 심정이었다. 이제 실리아는 영원한 아기 천사가 아니라 그녀의 정신에 박힌 가시이고, 분홍색과 흰색이 어우러진 옷을 입은 무신론자이며, 『천로역정』[28]에 등장하는 훼방자들보다 더 나빴다. 설계도를 만드는 일이 열광하는 취미라고! 삶은 대체 어떤 가치가 있는 걸까? 온갖 노력을 바친 행위가 시들어서 이처럼 바싹 마른 쓰레기가 되고 마는데 과연 어떤 위대한 믿음을 품을 수 있을까? 마차에서 내렸을 때 그녀의 뺨은 창백하

---

28) 존 버니언(John Bunyan, 1628~1688)의 우화 소설 『천로역정』은 그리스도교도가 갖은 악덕의 유혹을 받으면서 순례하는 과정을 그렸다.

고 눈자위가 붉게 물들어 있었다. 그녀는 슬픔의 화신처럼 보였다. 홀에서 마주친 큰아버지는 옆에 있던 실리아가 아주 예쁘고 차분하게 보여 도러시아의 눈물은 지나치게 깊은 신앙심 때문이었을 거라고 즉시 추측했기에 망정이지 그러지 않았더라면 무척 놀랐을 것이다. 그는 범죄자의 사면을 청원하는 문제로 주도에 갔다가 그들이 외출한 사이에 돌아와 있었다.

"아, 얘들아." 그는 조카딸들이 다가와서 입맞춤을 하자 다정하게 말했다. "내가 집을 비운 사이에 불쾌한 일이 없었으면 좋겠구나."

"없었어요, 큰아버지." 실리아가 말했다. "저희는 오두막을 둘러보러 프레싯에 다녀왔어요. 큰아버지께서 점심때 돌아오실 줄 알았어요."

"로윅에 들러서 점심을 먹었단다. 내가 로윅에 들른 것을 너희가 몰랐구나. 그리고 네게 줄 소책자를 두 개 가져왔단다, 도러시아. 서재에 있어. 서재 탁자 위에 있단다."

도러시아의 몸속에 전류가 흐른 듯 전율이 일었고, 마음은 단숨에 절망에서 벗어나 기대에 부풀었다. 초기 교회에 대한 소책자였다. 그녀는 실리아와 탠트립, 제임스 경 때문에 느꼈던 압박감을 떨치고 곧장 서재로 갔다. 실리아는 위층으로 올라갔다. 전갈을 듣느라 지체했던 브룩 씨가 서재에 들어섰을 때 도러시아는 이미 책에 푹 빠져 있었다. 캐소본 씨가 여백에 메모를 조금 써 놓은 소책자를 그녀는 무덥고 건조한 날 지치도록 산책한 후 돌아와서 들이마신 싱싱한 꽃다발의 향기처럼 열렬히 받아들이고 있었다.

그녀의 마음은 팁턴과 프레싯에서 벗어나고 있었고, 새 예루살렘[29]으로 가는 길에 발을 잘못 디딜 가능성이 농후한 자신의 안타까운 성향에서도 멀어지고 있었다.

브룩 씨는 안락의자에 앉아 장작 받침쇠 사이에서 놀랍게도 주사위 모양으로 붉은빛을 발하는 깜부기불 쪽으로 발을 쭉 뻗었다. 그러고는 양손을 부드럽게 문지르며 특별히 할 말은 없는 듯이 무심하고 한가한 태도로 다정하게 도러시아를 바라보았다. 도러시아는 큰아버지가 들어온 것을 알아차리자마자 책자를 접고 나가려는 듯이 일어섰다. 평소라면 범죄자를 선처하려는 큰아버지의 너그러운 여행의 결과[30]에 대해 관심을 나타냈을 것이다. 그러나 조금 전의 흥분 때문에 정신이 다른 데 팔려 있었다.

"알다시피 로윅에 들렀단다." 브룩 씨는 나가려는 조카딸을 붙잡으려는 의도가 아니라 이미 한 말을 되풀이하기 잘하는 평소의 버릇대로 말을 꺼냈음이 분명했다. 인간 담화에서 이 근본적인 원칙은 브룩 씨에게서 특히 두드러졌다. "거기서 점심을 했고 캐소본의 서재와 그런 것들을 둘러보았어. 말을 달리는데 공기가 얼얼하더구나. 좀 앉지 않겠니, 애야? 추워 보이는구나."

---

29) 천국의 도시. 「요한 계시록」 21장 2절.
30) 시골 지주들은 치안 판사로 활동하며 그 지역에서 일어난 사건들을 재판하고, 도로 보수나 쓰레기 처리 등 공공 문제에 대해 결정을 내렸다. 19세기 초에 절도 행위는 사형이나 유형 등 가혹한 처벌을 받는 경우가 많았고, 양 절도죄는 1832년까지 사형에 처할 중죄로 간주했다.

도러시아는 이 제안에 기꺼이 응했다. 매사를 느긋하게 받아들이는 큰아버지의 태도가 짜증을 일으키지 않을 때는 이따금 그것이 마음을 달래 주기도 했다. 그녀는 외투와 모자를 벗고 큰아버지의 맞은편에 앉아 장작불을 쬐며 예쁜 두 손을 들어 불기가 닿지 않도록 얼굴을 가렸다. 여위고 작은 손이 아니라 힘차고 여성적이며 모성적인 손이었다. 그녀는 지식을 얻고 사고를 발전시키려는 열렬한 욕망을 달래기 위해 손을 들고 있는 것 같았다. 그 욕망 때문에 팁턴과 프레싯의 비우호적인 환경에서 결국 눈물을 흘리고 눈시울을 붉게 물들였던 것이다.

　이제야 그녀는 유죄 선고를 받은 범인에게 생각이 닿았다. "그 양 도둑은 어떻게 되었나요, 큰아버지?"

　"뭐, 가엾은 번치 말이냐? 형벌을 면해 줄 수 없을 것 같구나. 교수형을 당하게 되겠어."

　도러시아는 질책과 동정의 표현으로 이마를 찌푸렸다.

　"교수형을 당한다고." 브룩 씨는 조용히 고개를 끄덕이며 말했다. "가엾은 로밀리![31] 그러면 우리를 도울 수 있을 텐데. 예전에 로밀리를 알았지. 캐소본은 로밀리를 알지 못하더구나. 그는 책에 파묻혀 있더군. 알다시피 캐소본 말이야."

　"중요한 연구를 하면서 위대한 책을 쓰는 사람이라면 으레 세상살이를 많이 포기해야겠지요. 그분이 어떻게 사람들과 친

---

31) 새뮤얼 로밀리 경(Sir Samuel Romilly, 1757~1818)은 법률 개혁가로서 영국과 웨일스의 사형 제도를 포함한 형법의 야만성을 지적하며 그 개정에 힘썼다.

분을 쌓겠어요?"

"맞는 말이다. 하지만 그렇게 사는 사람은 침울해지기 마련
이야. 나는 독신으로 살기는 했지만 절대로 침울해지지 않았
지. 어디든 돌아다니면서 모든 것을 받아들이는 방식으로 살
아왔거든. 침울한 적이 없었어. 그런데 캐소본은 그렇지 않더
구나. 그에게는 말벗이 필요해. 말벗 말이다."

"그분의 말벗이 될 수 있다면 누구에게든 큰 명예일 거예
요." 도러시아가 힘주어 말했다.

"너는 캐소본이 마음에 드는 모양이구나?" 브룩 씨는 놀라
움이나 어떤 감정도 내비치지 않으며 말했다. "나는 캐소본이
로윅에 온 후 십 년간 알고 지냈지. 그런데 그에게서 한 가지
도 알아내지 못했어. 어떤 의견도 말이야. 하지만 그는 최고위
층에 속하는 사람이고 주교가 될지도 몰라. 필[32]이 그 자리에
계속 있으면 캐소본은 주교가 될 수 있을 게다. 그가 너를 아
주 높이 평가하더구나, 얘야."

도러시아는 아무 대답도 하지 못했다.

"실은 너를 정말이지 대단히 존중하고 있단다. 그리고 평소
와 달리 말을 아주 잘하더구나. 캐소본 말이야. 네가 아직 성
년이 되지 않아서 내 결정에 맡겼단다. 간단히 말해서 내가 너
에게 이야기를 해 보겠다고 약속했지. 내 생각에는 가능성이
별로 없다고 말했지만 말이야. 그에게 그 말을 꼭 해야 했다.

---

32) 로버트 필(Sir Robert Peel, 1788~1850)은·웰링턴 정부가 가톨릭 문제
에 대한 정책의 결과로 1830년에 실각했을 때 사임했다.

조카딸이 아직 어리다는 둥 그런 말도 했단다. 하지만 모든 것을 시시콜콜 늘어놓을 필요는 없다고 생각했지. 요컨대, 간단히 말하자면 그는 네게 청혼할 수 있도록 내게 허락해 달라고 했단다. 결혼 말이야." 브룩 씨는 설명하듯이 고개를 끄덕이며 말했다. "네게 말해 주는 편이 낫겠다고 생각했단다, 얘야."

브룩 씨의 태도에서 불안을 감지할 수는 없었지만 그는 조언이 필요한 경우에 때늦지 않게 조언하기 위해 조카딸의 마음을 어느 정도 알고 싶었다. 과거에 아주 다양한 사상을 받아들였던 치안 판사로서 그에게 어떤 감정이 들어설 여지가 남아 있든 간에 그 감정은 불순함이 섞이지 않은 친절한 것이었다. 도러시아가 곧바로 대답을 하지 않자 그는 되풀이해서 말했다. "네게 말해 주는 편이 낫겠다고 생각했단다, 얘야."

"감사합니다, 큰아버지." 도러시아는 흔들림이 없는 분명한 어조로 말했다. "캐소본 씨에게 무척 감사하게 생각해요. 그분이 청혼하신다면 받아들이겠어요. 제가 지금껏 만난 어느 누구보다 그분을 흠모하고 존경하니까요."

브룩 씨는 잠시 침묵하다가 낮은 목소리로 우물쭈물하며 말했다. "어? ……그래! 어떤 점에서는 좋은 남편감이지. 하지만 체텀도 좋은 남편감이란다. 게다가 우리 토지도 붙어 있고 말이지. 나는 네가 원하는 것을 절대 방해하지 않을 생각이란다, 얘야. 혼인이나 그런 문제에서 사람은 자기 뜻대로 해야지. 어느 정도는 말이야. 나는 늘 그렇게 말해 왔단다. 어느 정도까지라고. 나는 네가 결혼을 잘하기를 바라. 그리고 체텀이 너와 결혼하기를 바란다고 믿을 만한 이유도 있고. 네게 분명히 말한다, 얘야."

"제임스 체텀 경과의 결혼은 있을 수 없는 일이에요." 도러시아가 말했다. "그분이 저와 결혼할 생각이라면 아주 잘못된 생각이에요."

"바로 이게 문제야. 도통 알 수 없다니까. 난 여자들이 바로 체텀 같은 남자를 좋아할 거라고 생각해 왔거든."

"제발 그분을 그렇게 언급하지 말아 주세요, 큰아버지." 도러시아는 앞서의 짜증이 다시 이는 것을 느끼며 말했다.

브룩 씨는 어리둥절한 심정이었고, 여자들이란 무궁무진한 연구 대상이라고 느꼈다. 이 나이가 되어서도 여자들에 대해 과학적으로 정확히 예측할 수 없다니! 체텀 같은 사람이 전혀 가능성이 없다니 말이다.

"그래, 그런데 캐소본은 말이지. 서둘 필요가 전혀 없단다. 널 위해 하는 말이야. 사실 해가 갈수록 그는 세월의 영향을 받을 거야. 알다시피 마흔다섯이 넘었으니 너보다 족히 스물일곱 살이나 나이가 많단 말이야. 물론 네가 학식이나 사회적 지위, 그런 것을 좋아한다면야. 모든 것을 가질 수는 없지. 그는 괜찮은 수입이 있고, 성직과 별도로 상당한 재산이 있단다. 그래도 그는 젊지 않아. 그리고 얘야, 숨김없이 말하자면 건강이 썩 좋은 편은 아닌 것 같아. 그 외에는 반대할 점이 없단다."

"저는 제 또래의 남편을 얻고 싶지 않아요." 도러시아가 진지하고 단호하게 말했다. "판단력이나 지식에서 저보다 우월한 남편을 얻고 싶어요."

브룩 씨는 나지막하게 "그래?"라고 말했다. "너는 대개의 아가씨보다 자기 의견이 많다고 생각했지. 네 나름의 의견을 좋아한다고 생각했어. 그걸 좋아한다고."

"제가 어떤 의견도 없이 사는 것은 상상할 수 없어요. 하지만 제 의견에 타당한 근거가 있는지 알고 싶어요. 현명한 남자라면 어떤 견해가 가장 타당한지를 알 수 있도록 돕고, 제가 그 견해에 따라 살아가도록 도와줄 거예요."

"매우 옳은 말이다. 그보다 더 잘 말하기는 힘들 테지…….
더 잘 표현할 수는 없을 게야. 알다시피 사전에는 말이야. 하지만 세상사란 묘하게 돌아간단다." 브룩 씨가 말을 이었다. 이 사건에서 조카딸을 위해 최선의 노력을 다하려는 양심이 실로 일깨워졌던 것이다. "인생이란 어떤 틀에 넣어 찍어 내는 게 아니란다. 자로 잰 듯이 정확히 잘리는 것도 아니고. 나는 결혼한 적이 없고, 너와 네 가족을 위해서는 그편이 더 낫겠지. 하지만 실은 누군가를 위해 내 목을 올가미에 넣을 만큼 그렇게 누군가를 사랑한 적도 없어. 결혼이란 사실 올가미 같은 거란다. 기질도 있지. 기질적인 문제가 생길 수도 있어. 그리고 남편들은 주인으로 지배하기를 좋아한단다."

"제가 시련을 예상해야 한다는 것은 알고 있어요, 큰아버지. 결혼이란 더 높은 의무를 수행하는 상태라고요. 결혼을 그저 일신의 안락을 누리는 것으로 생각한 적은 없어요." 가엾은 도러시아가 말했다.

"그래, 너는 몸치장이니 성대한 저택이니 무도회나 정찬 파티 같은 것들을 좋아하지 않지. 어쩌면 체텀보다 캐소본의 방식이 더 잘 맞을 수도 있겠구나. 네가 원하는 대로 하렴, 애야. 나는 캐소본을 막지 않을 거란다. 그렇게 말했어. 사람 일이 어떻게 될지는 아무도 모르니까. 네 취향이 다른 아가씨들과 다르니 네게는 목사이자 학자이고 주교가 될지 모를 사람이 체텀보다 더 잘 맞을지 모르지. 체텀은 좋은 사람이고 선량한 데다 건전한 마음을 지녔어. 다만 사상에 그다지 관심이 없더구나. 그의 나이였을 때 나는 그랬단다. 그런데 캐소본의 눈 말이야. 독서를 너무 많이 해서 눈이 상한 것 같더라."

"저는 더 행복할 거예요, 큰아버지. 제가 그분을 도울 여지가 더 커지니까요." 도러시아가 열렬히 대답했다.

"네 마음이 확고하구나. 알겠다. 자, 애야, 실은 네게 전해 줄 편지가 주머니에 있어." 브룩 씨는 편지를 도러시아에게 건네주었다. 그녀가 나가려고 일어서자 그가 덧붙였다. "하지만 너무 서둘 필요는 없단다. 잘 생각해 보거라."

도러시아가 방을 나섰을 때 브룩 씨는 자신이 분명 강력하게 말했다고 생각했다. 결혼의 위험을 조카딸의 눈앞에 생생히 제시한 것이다. 그는 그래야 할 의무가 있었다. 하지만 젊은이들에게 현명한 충고를 해 주는 것에 대해 말하자면…… 어떤 큰아버지라도, 젊은 시절에 아무리 여행을 많이 하고 새로운 사상을 많이 받아들이고 지금은 고인이 된 유명 인사들과 식사를 많이 한 사람이더라도 체텀보다 캐소본이 더 좋다는 아가씨에게 어떤 결혼이 더 나은 결과를 가져올지를 판단할 수 있다고 주장하기는 힘들었다. 간단히 말해서 여자란 비정형 고체의 변화 못지않게 복잡할 수 있는 문제였으므로 그 앞에서 브룩 씨의 마음은 공백이 되어 버린 느낌이었다.

5장

열심히 연구하는 학자는 일반적으로 통풍, 콧물, 눈물, 악액질, 소화 불량, 시력 저하, 결석, 복통, 체증, 변비, 현기증, 고창증, 결핵과 너무 오래 앉아 있어서 생기는 온갖 병으로 고생한다. 과도한 통증과 엄청난 연구 때문에 그들은 대개 여위고 건성 체질에 혈색이 나쁘다……. 이 말의 진실성을 믿지 못한다면 위대한 토스타투스와 토마스 아퀴나스의 저서를 찾아보고 그들이 고통을 겪었는지 어떤지를 알아보라.

— 버턴, 『우울증의 해부』[33] p. 1, s. 2.

캐소본 씨의 편지는 다음과 같았다.

친애하는 브룩 양,

내가 가장 간절히 바라는 문제에 관해 당신에게 말해도 좋다고 당신의 후견인께서 허락해 주셨습니다. 당신을 알게 되었을 즈음 내 생활에 무언가 결핍되어 있음을 자각하게 되었다는 사실에서 시기의 일치보다 더 의미심장한 일치를 인식하게 되었어도 그것은 착각이 아니라고 믿습니다. 당신을 처음 만났을 때 나는 당신이 그 결핍 (결코 포기하지 못하는 특별한 연구에

---

33) 로버트 버턴(Robert Burton, 1577~1640)이 1621년 출판한 책으로 우울증의 증상을 다룬 의학서이지만 실제로는 인간의 학식과 노력의 무용성에 관한 풍자다.

몰두해도 늘 묵살할 수만은 없었던 애정과 관련된 문제라고 말할 수 있지요.)을 훌륭하게 채워 줄 여성이고, 어쩌면 그것을 채워 주기에 적합한 사람은 오직 당신뿐이라는 인상을 받았습니다. 연이어 당신을 관찰할 기회가 주어질 때마다 이미 기대했던 적합성을 더욱 확신하게 되면서 그 인상은 더욱 깊어졌고, 그리하여 조금 전에 언급한 그 애정은 더 확고해졌습니다. 우리가 나눈 대화를 통해 당신은 내 삶의 행로와 목적을 명확히 알게 되었으리라고 생각합니다. 그 행로는 보다 평범한 인간들의 마음에 적합하지 않다는 것을 알고 있습니다. 하지만 나는 당신에게서 숭고한 생각과 헌신적 능력을 발견했습니다. 그런 마음의 자질은 갓 피어난 청춘이나 여성의 매력과 양립하지 못한다고 지금껏 생각해 왔지요. 그 매력은 당신에게서 두드러지게 드러나는 바와 같이 위에서 언급한 마음의 자질과 결합할 때 명예를 얻고 동시에 명예를 베풀어 준다고 말할 수 있습니다. 고백하건대 나는 중대한 노고를 기울이는 시간에 도움을 주고 여가 시간을 매혹적으로 만드는 데 적합하도록 충실하면서도 동시에 매력적인 요소들이 이처럼 희귀하게 결합한 여성을 만나리라고는 희망할 수 없었습니다. 그리고 당신을 소개받지 못했더라면 (다시 말하건대 당신을 만난 사건은 결핍의 예감과 표면적으로 일치한 것이 아니라 자비로우신 신의 은총으로 인생의 계획을 완성하기 위해 나아갈 단계로서 그것에 관련되어 있다고 믿습니다.) 나는 결혼을 통해 외로움을 덜려는 시도를 하지 않은 채 끝까지 살아갔을 겁니다.

내 감정을 정확히 진술하자면 이렇습니다, 친애하는 브룩 양.

당신의 친절하고 너그러운 성향을 믿으면서 이제 당신의 감정이 어느 정도나 내 행복한 예감을 확인해 줄지를 감히 묻고자 합니다. 내가 당신의 남편으로, 당신의 안락함을 지켜 주는 지상의 수호자로 받아들여진다면 나는 그것을 하느님의 가장 고귀한 선물로 여길 것입니다. 선물에 대한 보답으로 나는 적어도 지금까지 허비되지 않은 애정과 충실하고 헌신적인 삶을 당신에게 바칠 수 있습니다. 그 삶이 아무리 짧더라도 당신이 그 삶의 갈피를 뒤적여 본다면 지나온 날들의 갈피에서 괴로움이나 수치심을 일으킬 기록은 찾지 못할 것입니다. 당신이 당신의 감정을 표현해 주기를 초조한 마음으로 기다립니다. 평소보다 더 열심히 연구함으로써 (가능하다면) 불안감을 돌리려고 애쓰는 것이 지혜롭겠지요. 하지만 나는 이런 종류의 경험에 아직 미숙합니다. 그리고 불운한 가능성을 예상해 볼 때 잠시나마 희망의 빛을 품었다가 체념하고 고독한 생활을 감수해야 한다면 더욱 힘겨우리라고 느낄 수밖에 없습니다.

어떤 경우이든 당신에게 진심으로 헌신할
에드워드 캐소본

도러시아는 온몸을 떨며 편지를 읽고는 무릎을 꿇고서 양손으로 얼굴을 감싸고 흐느껴 울었다. 엄숙한 감정에 압도되어 머릿속이 아득해지고 불분명한 이미지들이 떠올라 기도를 올릴 수 없었다. 의식을 지탱하는 신성한 의식의 무릎에 어린아이 같은 심정으로 몸을 맡겨야 했다. 정찬 식사를 위해 옷을 갈아입을 때까지 그녀는 꼼짝하지 않고 앉아 있었다.

편지를 꼼꼼히 검토하고 사랑의 고백으로서 편지를 비판적으로 살펴보려는 생각이 어떻게 머릿속에 떠오르겠는가? 그녀의 온 영혼은 자기 앞에 더 충만한 삶이 펼쳐지리라는 사실에 사로잡혀 있었다. 이제 그녀는 더 높은 단계에 입문하려는 신참자였다. 자신의 무지와 하찮고 위압적인 세상의 관습에 막연히 억눌려 불안하게 꿈틀거리던 에너지를 쏟을 곳을 얻게 될 것이다.

이제 그녀는 커다란 의무, 하지만 명확한 의무에 헌신할 수 있을 것이다. 이제 존경할 수 있는 마음에 비추어 늘 살아갈 것이다. 이 희망에 은밀히 자랑스러운 기쁨이 섞이지 않은 것은 아니었다. 자신이 흠모하며 선택한 남자에게 선택되었다는, 처녀로서 느낄 만한 놀랍고 즐거운 마음이었다. 도러시아의 온 열정은 이상적인 삶을 향해 몸부림치는 마음에 흘러들었고, 그리하여 아름답게 변모한 처녀 시절의 광채가 그 지평에 들어온 첫 번째 대상에게 쏟아져 내렸다. 그날의 사소한 사건들로 말미암아 자기 삶의 현실적 상황에 대한 불만이 일깨워졌기 때문에 그녀의 의향은 더욱 강한 추진력을 얻어 이내 결단으로 바뀌었다.

정찬이 끝난 후 실리아가 '변주곡'을 연주하면서 아가씨들이 받는 교육의 미학적 부분을 상징하는 딸랑딸랑 소리를 내고 있을 때 도러시아는 캐소본 씨의 편지에 답장을 쓰려고 방으로 올라갔다. 답장을 미룰 필요가 있을까? 그녀는 편지를 세 번 넘게 고쳐 썼다. 표현을 바꾸기 위해서가 아니라 글씨체가 유난히 불안정했기 때문이었다. 캐소본 씨가 글씨를 알아보지 못할 정도로 형편없다고 생각한다면 참기 어려울 것이다. 그녀는 한눈에 보아도 모든 글자가 확연히 구분되는 자신의 필체를 자랑스럽게 여겼고, 캐소본 씨의 눈을 혹사하지 않도록 이 재주를 한껏 발휘할 생각이었다. 그녀는 세 번을 다시 썼다.

친애하는 캐소본 씨,

저를 사랑해 주시고, 제가 당신의 아내가 될 가치가 있다고 생각해 주셔서 대단히 감사합니다. 제가 바랄 수 있는 최고의 행복은 당신의 행복과 하나가 되는 것입니다. 말씀을 더 드린다면 똑같은 이야기를 장황하게 늘여 쓰는 데 불과하겠지요. 저는 지금 당신에게 평생 헌신하겠다는 것 외에는 다른 생각을 할 수 없으니까요.

당신에게 헌신적인

도러시아 브룩

그날 밤늦게 그녀는 큰아버지를 따라 서재에 들어가서 편지를 건넸다. 다음 날 아침에 편지를 보낼 수 있게 하기 위해서였다. 그는 깜짝 놀랐지만 단 몇 분간 침묵했을 뿐이었다. 그 몇 분 동안 책상 위에 널린 여러 물건을 치우고 램프를 난롯불 쪽으로 옮기고는 콧잔등에 안경을 걸친 다음에 도러시아가 준 편지의 주소를 보았다.

"이 일에 대해 충분히 생각해 보았니, 얘야?" 그가 마침내 말했다.

"오래 생각할 필요가 없었어요, 큰아버지. 망설일 이유가 없으니까요. 혹시라도 제 마음이 달라지려면 아주 중요하고 새로운 일이 일어나야 할 거예요."

"아아! 그렇다면 캐소본을 받아들이겠다는 거냐? 체텀에게는 기회가 전혀 없고? 체텀에게 화가 난 적이 있느냐? 혹시 불쾌한 일이 있었어? 체텀의 어떤 점이 마음에 들지 않더냐?"

"그분에게는 제가 좋아하는 점이 하나도 없어요." 도러시아가 다소 충동적으로 말했다.

브룩 씨는 누군가 가벼운 무기를 던지기라도 한 듯이 머리와 어깨를 뒤로 홱 젖혔다. 도러시아는 즉시 자책하는 마음이 들었다.

"남편으로 생각할 때 그렇다는 뜻이에요. 그분은 무척 친절하시다고 생각해요. 오두막과 관련해 정말이지 친절하셨어요. 선량한 의도를 가진 분이에요."

"하지만 너는 학자라든가 뭐 그런 사람을 원한다는 말이냐? 그래, 우리 집안에 그런 성향이 좀 있기는 하지. 내게도 그런 욕구가 있었고 ― 지식에 대한 사랑과 무엇에든 깊이 파고들려는 성향이 좀 지나치게 강했어 ― 너무 멀리 나아갔지. 하지만 그런 성향이 여자들에게 이어지는 경우는 흔치 않은데. 아니면 그리스의 강들처럼 지하에서 흐르다가 아들에게 표출된단다. 영리한 아들에게는 영리한 엄마가 있지. 나도 한때 그런 것에 몰두했다. 하지만 얘야, 난 이런 일에서는 어느 정도만 자기 뜻대로 해야 한다고 늘 말해 왔어. 네 후견인으로서 나는 좋지 않은 혼인에 동의할 수 없단다. 그러나 캐소본은 평판이 좋지. 지위도 괜찮고. 다만 유감스럽게도 체텀이 상처를 받겠구나. 그리고 캐드월레이더 부인이 날 비난하려고 들 거야.”

물론 실리아는 그날 밤에 무슨 일이 있어나고 있는지 전혀 알지 못했다. 집에 돌아온 후 도러시아의 멍한 표정과 더 많은 눈물 자국을 보고는 제임스 체텀 경과 오두막 때문에 화가 났기 때문이라 생각하고 언니의 화를 돋우지 않기 위해 조심했다. 하고 싶은 말을 이미 다 했으므로 불쾌한 주제를 다시 떠올릴 마음이 없었다. 실리아는 어릴 때 누구와도 말다툼을 하지 않았고, 시비를 걸어오면서 얼굴이 새빨개지는 친구들을 보면 놀라워했다. 그러다가 친구들의 기분이 풀어지면 기꺼이 함께 실뜨기 놀이를 했다. 도러시아에 대해 생각해 보면 늘 동생의 말에서 잘못을 찾으려 했다. 실리아는 상황이 어떻다고 말했을 뿐이고 그 외에 아무 잘못도 없다고 속으로 항의했다. 마음대로 말을 만들어 내지도 않았고 그럴 수도 없었다. 그러나 언니의 가장 좋은 점은 화를 내도 오래가지 않는다는 것이었다. 지금도 저녁 내내 말을 거의 나누지 않았지만 실리아가 평소처럼 일찍 잠자리에 들려고 일거리를 치우자 도러시아가 말을 건넸다. 생각에 잠기는 것 말고는 아무 일도 할 수 없어서 나지막한 의자에 가만히 앉아 있던 도러시아의 목소리는 깊고 고요한 감정을 느끼는 순간에 우러나오는 음악적인 어조 때문에 멋진 오페라의 서곡처럼 들렸다.

“실리아, 이리 와서 입맞춤해 줘.” 그녀는 팔을 벌리며 말했다.

실리아는 높이를 맞추기 위해 무릎을 꿇고 나비처럼 가볍게 입술을 댔다. 반면 도러시아는 부드러운 두 팔로 동생을 감싸 안고 번갈아 두 뺨에 진지하게 입술을 댔다.

"늦게까지 깨어 있지 마, 도도. 오늘 밤에는 얼굴이 너무 창백해. 곧 자도록 해." 실리아는 연민을 느끼는 기색이 조금도 없이 편안하게 말했다.

"아냐, 난 너무, 너무나 행복해." 도러시아는 열렬히 말했다.

'그럼 잘됐네.' 실리아가 생각했다. '하지만 도도는 너무 이상하게 극단을 왔다 갔다 한다니까.'

다음 날 점심시간에 집사가 브룩 씨에게 뭔가를 내밀며 말했다. "조너스가 돌아왔는데 이 편지를 가져왔습니다."

브룩 씨는 편지를 읽고 도러시아에게 고개를 끄덕이며 말했다. "캐소본 씨 편지란다, 얘야. 오늘 정찬에 오겠다는구나. 서둘러 보내느라 다른 말은 쓰지 않았어. 서둘러 썼구나."

정찬에 참석할 손님을 언니에게 미리 알려 주는 것은 이상한 일이 아니었다. 하지만 실리아는 큰아버지의 눈길이 향한 곳을 보다가 그 소식에 도러시아가 나타낸 특이한 반응을 보고 깜짝 놀랐다. 마치 흰 날개의 그림자 같은 것이 햇빛을 받으며 언니의 얼굴을 가로지른 후 흔치 않은 홍조를 빚어 놓은 것 같았다. 비로소 실리아의 머릿속에 캐소본 씨가 학구적인 말을 늘어놓기 좋아하고 언니가 그런 이야기를 듣기 좋아한다는 것 이상의 뭔가가 두 사람 사이에 벌어지고 있을지 모른다는 의혹이 떠올랐다. 지금까지 실리아는 그 '못생긴' 학자에 대한 언니의 경탄이 똑같이 못생기고 학구적이었던 로잔의 리렛 씨에 대한 경탄과 마찬가지라고 생각했었다. 실리아는 그의 움직이는 대머리 살갗이 보기 끔찍해서 잔뜩 겁을 먹고 가급적 달아나려 했지만 도러시아는 늙은 리렛 씨의 이야기를 조금도 싫증 내지 않고 들었다. 그렇다면 도러시아는 리렛 씨에게 열광했듯이 캐소본 씨에게도 똑같이 열광할 수 있었다. 그리고 학식 있는 사람들은 젊은이들을 선생의 눈으로 바라볼 것이다.

그러나 이제 어떤 의혹이 쏜살같이 머리를 스치는 바람에 실리아는 깜짝 놀랐다. 그녀는 이런 식으로 놀라는 일이 거의 없었다. 어떤 종류의 징후에 대해서는 아주 예리하게 관찰하기 때문에 관심 있는 사건이 일어날 것을 대체로 예상할 수 있었다. 캐소본 씨가 이미 연인으로 받아들여졌다고 생각한 것은 아니었다. 다만 그런 결과로 나아갈 가능성을 도러시아의 마음속 어딘가에서 감지하고는 혐오감이 들기 시작했을 뿐이었다. 도도에 대해 정말로 화가 나는 것은 바로 이 점이었다. 제임스 체텀 경을 받아들이지 않는 건 그렇다고 치자. 그런데 캐소본 씨와 결혼하겠다고 나선다면! 실리아는 우스꽝스럽기도 하고 창피한 기분이 들었다. 하지만 도도가 정말로 그런 터무니없는 생각을 품었다면 어쩌면 그런 생각을 버리도록 마음을 돌릴 수 있을지 모른다. 과거의 경험을 돌이켜 보건대 언니의 감정에 영향을 미칠 때가 종종 있었다. 날이 습해서 산책을 나가지 않을 예정이라 둘은 그들의 거실로 올라갔다. 그곳에서 실리아는 도러시아가 평소처럼 열성적으로 어떤 일에 몰두하지 않고 그저 책을 펼쳐 놓고는 팔꿈치를 괴고 앉아서 빗물에 젖어 은빛이 도는 창밖의 큰 삼나무를 바라보는 모습을 관찰했다. 실리아는 부목사의 자녀들에게 줄 장난감을 만들기 시작했고, 어떤 말이든 너무 성급하게 꺼내지 않기로 다짐했다.

사실 도러시아는 캐소본 씨의 지난번 방문 이후로 그의 지위에 중대한 변화가 있었음을 실리아에게 알려 주는 것이 바람직할지 어떨지 생각하는 중이었다. 그에 대한 실리아의 태도에 영향을 미칠 수밖에 없는 사건을 알리지 않는다면 온당하지 않을 터였다. 하지만 말을 꺼내려니 망설이지 않을 수 없었다. 도러시아는 이 소심함에 비겁한 구석이 있다고 스스로를 나무랐다. 자기 행동에 대해 조금이라도 두려움이나 부자연스러움을 느끼는 것은 늘 불쾌한 일이다. 하지만 이 순간 다분히 세속적이고 진부한 실리아의 마음에서 나올 신랄한 반응을 겁내지 않으려고 가급적 도움이 될 것을 찾고 있었다. 실리아가 평소처럼 목구멍에 걸린 작은 목소리로 딴청을 부리듯이 "그런데"라고 입을 떼었을 때 도러시아의 생각은 중단되고 결정의 어려움도 사라졌다.

"정찬 식사에 캐소본 씨 말고 다른 사람도 오는 거야?"

"내가 알기론 그렇지 않아."

"다른 사람들도 있으면 좋겠어. 그럼 그분이 수프를 먹으면서 내는 소리를 듣지 않아도 될 테니까."

"그분이 수프를 드실 때 별다른 점이 있다는 말이니?"

"아니, 도도, 그분이 숟가락으로 그릇을 긁는 소리를 듣지 못했단 말이야? 그런 데다 말하기 전에는 언제나 눈을 껌뻑거리고. 로크도 눈을 껌뻑거렸는지 모르지만 만일 그랬다면 그의 맞은편에 앉았던 사람들이 정말로 가엾어."

"실리아." 도러시아는 단호하고 진지하게 말했다. "제발 더는 그런 이야기 하지 마."

"왜? 그건 전부 다 사실이야." 실리아는 좀 겁이 나기 시작했지만 그래도 계속 버텨야 할 이유가 있었다.

"아주 평범한 사람들만이 관찰할 수 있는 많은 것이 사실이지."

"그렇다면 아주 평범한 마음들이 오히려 쓸모가 있을 거야. 캐소본 씨의 모친에게 평범한 마음이 없었던 것이 유감이야. 아들을 더 잘 가르칠 수도 있었을 텐데." 실리아는 속으로 잔뜩 겁이 나서 달아날 준비를 마치고 이제 가벼운 창을 하나 던졌다.

도러시아의 감정은 점점 고조되어 눈사태처럼 밀어닥칠 것 같았다. 그러므로 더 이상 준비할 겨를도 없었다.

"네게 말해 줘야겠지, 실리아. 난 캐소본 씨와 결혼하기로 약속했어."

실리아의 얼굴이 그토록 새하얗게 질린 적은 예전에 없었을 것이다. 손에 쥔 것을 늘 조심하는 습관만 아니었더라면 만들고 있던 종이 인형은 다리가 부러졌을 것이다. 그녀는 망가지기 쉬운 인형을 즉시 내려놓고 몇 분간 가만히 앉아 있었다. 마침내 입을 열었을 때 눈에 눈물이 고이고 있었다.

"아, 도도, 행복하기를 바라." 이 순간은 언니에 대한 애정이 다른 감정을 억누르지 않을 수 없었고, 그녀가 느낀 두려움도 애정에서 우러나온 것이었다.

도러시아의 마음은 아직 상처를 입고 흥분한 상태였다.

"그럼 완전히 결정된 거야?" 실리아는 두려움을 느끼며 낮은 목소리로 말했다. "큰아버지는 알고 계셔?"

"난 캐소본 씨의 청혼을 받아들였어. 청혼 편지를 큰아버지께서 갖다주셨고. 이미 알고 계셨어."

"언니 마음을 상하게 할 말을 했다면 미안해, 도도." 실리아는 흐느끼며 말했다. 이런 감정을 느끼리라고는 상상해 본 적이 없었다. 이 상황 전체가 왠지 장례식 같은 느낌을 주었고, 캐소본 씨는 장례식을 집전하는 목사 같았다. 그 목사에 대해서 뭐라고 트집을 잡는다면 적절치 않을 것이다.

"괜찮아, 키티, 슬퍼하지 마. 우리가 같은 사람을 흠모하는 일은 절대 없을 테니까. 나도 종종 똑같이 네 마음을 상하게 하잖아. 내 마음에 들지 않는 사람들에 대해서 너무 심하게 비판하곤 하니까."

이처럼 너그럽게 말했지만 도러시아의 마음은 여전히 쓰라렸다. 실리아가 사소한 점들을 헐뜯었기 때문이기도 하지만 그 못지않게 경악감을 억눌렀기 때문이었을 것이다. 물론 팁턴 근방의 이웃들은 전부 다 이 결혼에 찬성하지 않을 것이다. 도러시아는 자신과 같은 방식으로 인생과 그 최고의 목적에 대해서 생각하는 사람을 본 적이 없었다.

그럼에도 그날 저녁이 지나기 전에 도러시아는 무척 행복한 기분이었다. 캐소본 씨와 단둘이 한 시간 동안 이야기를 나누면서 전보다 더 거리낌 없이 말할 수 있었다. 그에게 헌신한다는 생각에, 그의 위대한 목적에 최대한 동참하고 진척시키는 법을 배울 거라는 생각에 기쁨으로 부푼 마음을 털어놓기도 했다. 이렇게 어린아이처럼 억제되지 않은 열의에 캐소본 씨는 예전에 알지 못했던 즐거움을 느꼈다. (어떤 남자가 그러지 않겠는가?) 자신이 그 열정의 대상이라는 데는 조금도 놀라지 않았다. (어떤 연인이 그러겠는가?)

"친애하는 아가씨, 브룩 양, 아니 도러시아!" 그는 양손으로 그녀의 손을 꼭 잡고 말했다. "날 위해 이런 행복이 마련되어 있으리라고는 상상도 못 했소. 결혼을 매력적으로 만들어 줄 여러 미덕을 너무나 풍부히 갖춘 마음과 몸을 만나리라고는 정녕 생각도 해 보지 못했소. 당신은 내가 여성의 탁월한 특성이라고 지금껏 생각해 온 자질들을 모두 다, 아니 그 이상으로 갖고 있어요. 당신의 성이 지닌 큰 매력은 열렬한 자기희생적 애정을 품을 수 있는 능력이라오. 그 점에서 여성이 남성의 존재를 완성하고 완전하게 만드는 데 적합한 존재인지를 알수 있지. 지금까지 나는 한층 가혹한 기쁨을 제외하면 기쁨을 누린 적이 거의 없소. 그저 고독한 학자로서 누릴 수 있는 만족을 얻었을 뿐이지. 내 손에서 시들어 버릴 꽃을 따고 싶은 마음이 거의 없었지만 이제는 당신 가슴에 꽂아 주도록 열심히 꽃을 따겠소."

그 의도에서 이처럼 속속들이 정직한 말은 없었을 것이다. 마지막 말의 형식적인 수사는 개 짖는 소리나 호색적인 까마귀의 울음소리만큼이나 진심에서 우러나왔다. 우리에게는 가냘픈 만돌린 소리처럼 들리는 『델리아에게 바치는 소네트』[34]

_____

34) 시인이자 역사가이며 희곡 작가인 새뮤얼 다니엘(Samuel Daniel,

의 이면에 열정이 전혀 없다는 결론을 내린다면 성급한 노릇이 아닐까?

도러시아는 캐소본 씨가 말하지 않고 비워 둔 것을 모두 자신의 믿음으로 채웠다. 믿음을 가진 사람은 불안감을 주는 생략이나 부적절한 표현에 주목하지 않는 법이다. 예언자나 시인의 말은 우리가 의미를 부여하는 바에 따라서 확대되고, 그들의 틀린 어법조차 숭고하게 여겨진다.

"저는 아는 것이 너무 없어요. 제 무지에 정말 놀라실 거예요." 도러시아가 말했다. "제 생각 중 완전히 틀린 것도 많을 거예요. 이제는 그 생각들을 당신에게 말씀드리고 여쭤볼 수 있겠지요. 하지만……." 그녀는 캐소본 씨가 어떤 감정일지 재빨리 짐작하면서 덧붙였다. "당신을 너무 성가시게 하지는 않겠어요. 당신이 제 말을 들어 주실 여력이 있을 때만 그렇게 하겠어요. 당신의 진로에 따라 연구하시느라 틀림없이 종종 지치실 테니까요. 그곳에 동행하게만 해 주시면 저는 많은 것을 얻을 수 있을 거예요."

"당신이 동행해 주지 않으면 이제 내가 어떻게 어떤 연구든 해 나갈 수 있겠소?" 캐소본 씨는 이렇게 말하면서 그녀의 정직한 이마에 입을 맞추었고, 어느 모로 보나 자신의 특별한 욕구에 적합한 축복을 받았다고 느꼈다. 그는 당장 미칠 영향이나 먼 미래의 결과를 은밀히 따져 볼 줄 모르는 성격의 매력에 자기도 모르게 영향을 받았던 것이다. 바로 이런 성격 때문

1562~1619)의 소네트 모음집으로 1592년 출간되었다.

에 도러시아는 너무나 어린아이 같았고, 매우 영리하다는 평판이 있기는 했지만 어떤 사람들의 판단에 따르면 너무나 어리석었다. 예컨대 바로 지금처럼, 비유적으로 말해서 캐소본 씨의 발밑에 몸을 던지고 그가 청교도의 교황이라도 되는 양 그의 멋없는 구두끈에 입을 맞춘 이 경우에도 그러했다. 그녀는 캐소본 씨가 그녀에게 걸맞은 좋은 사람인지를 스스로에게 물어보도록 일깨우지 않았다. 그저 자신이 캐소본 씨에게 걸맞은 좋은 사람이 될지를 염려하며 자문했을 뿐이다. 이튿날 그가 출발하기 전에 결혼식은 육 주 내에 치르기로 결정되었다. 그러지 않을 이유가 어디 있겠는가? 캐소본 씨의 집은 이미 마련되어 있었다. 그가 사는 곳은 목사관이 아니라 넓은 대지가 딸린 상당히 큰 저택이었다. 목사관에는 아침 예배의 설교를 제외한 모든 의무를 맡고 있는 부목사가 살았다.

6장

"아씨의 혀는 풀밭의 풀잎 같아서
한가하게 만지작거리다가는 손을 베이지.
예리하게 자르는 것이 그녀의 천직.
정신의 칼날로 좁쌀을 쪼개서
손에 잡히지 않는 것들을 쌓아 두지."

대문을 나서던 캐소본 씨의 마차는 그 순간 들어오던 조랑말이 끄는 작은 마차를 가로막았다. 어떤 부인이 하인을 뒤에 앉히고서 마차를 몰고 있었다. 캐소본 씨는 멍하니 앞만 보고 있었으므로 양쪽이 서로를 알아보았는지 알 수 없다. 하지만 부인은 재빨리 그를 쳐다보고 고개를 끄덕이면서 아슬아슬하게 때맞추어 "안녕하세요?"라고 말을 붙였다. 초라한 모자를 쓰고 낡은 인도산 숄을 걸치고 있음에도 그 작은 마차가 들어왔을 때 허리를 깊이 숙여 절했던 것으로 보아 문지기는 그녀를 중요한 인물로 여기고 있음이 분명했다.

"피챗 부인, 요새 닭들이 알을 잘 낳고 있어요?" 혈색 좋은 얼굴에 검은 눈의 부인은 카랑카랑한 목소리로 또박또박 말했다.

"알은 잘 낳습니다만, 마담, 알을 먹는 버릇이 들었답니다. 닭들 때문에 제 마음이 편치 못해요."

"저런, 서로 잡아먹다니! 당장 싸게 팔아 치우는 게 낫겠네. 두 마리를 얼마에 팔겠어요? 성질이 고약한 닭을 비싼 값에 사 먹을 수는 없지."

"글쎄요, 마담, 반 크라운이요. 그 밑으로는 못 팔겠어요."

"요즘 같은 때에 반 크라운이라니! 자, 자, 일요일에 목사님이 드실 닭 국물이 필요해요. 우리 집에서 잡아도 되는 닭은 모두 드셨거든. 당신은 설교를 들을 때 닭값의 절반은 받는 거예요, 피쳇 부인. 그걸 기억해요. 그 닭들 대신에 공중제비를 하는 비둘기 두 마리를 받아요. 작고 귀여운 것들이죠. 그걸 보러 와요. 당신이 가진 비둘기 중에 공중제비를 하는 건 없잖아요."

"글쎄요, 마담, 남편이 일이 끝난 다음에 보러 갈 거예요. 새로운 거라면 사족을 못 쓰고 좋아하거든요. 마담께서 원하시는 대로 해 드리도록 말이죠."

"내가 원하는 대로 해 준다고! 그렇게 좋은 거래는 지금껏 없었을걸. 자기가 낳은 알을 먹어 치우는 못된 스페인산 닭 두 마리를 교회 비둘기 두 마리와 바꾸는 거라고요! 당신 남편이나 당신이나 너무 자랑하고 다니지 않도록 해요. 그럼 됐어요!"

이 말을 끝으로 마차는 앞으로 나아갔고, 뒤에 남은 피쳇 부인은 웃으면서 고개를 천천히 흔들며 "그럼요, 그렇고말고요!"라고 소리쳤다. 이것으로 보아 목사 부인이 거리낌 없이 말하는 사람이 아니거나 구두쇠가 아니었다면 피쳇 부인은 시골 생활을 더 지루하게 느꼈으리라고 짐작할 수 있다. 사실 프레싯이나 팁턴 교구의 농부와 일꾼들은 캐드월레이더 부인의 말과 행동에 대해 수군거릴 일이 없었다면 안타깝게도 이야깃거리가 부족하다고 느꼈을 것이다. 목사 부인은 꽤 높은 가문 태생이었고, 말하자면 망령이 된 영웅들처럼 모호한 백작들의 혈통을 이어받았지만 가난을 핑계 삼아 값을 깎았다. 자신이 누구인지를 드러내는 말투는 잊지 않았으나 더없이 허물없는 태도로 농담을 걸었다. 이 부인 덕분에 사람들은 상류 사회나 성직자 집단에 대해 친근감을 느꼈고, 십일조를 농작물로 바칠 때 쓰라린 마음을 달랠 수 있었다. 훨씬 더 바람직한 성격이었더라도 까다롭게 위엄을 부리는 사람이었다면 39개 신조[35]에 대한 교구민들의 이해도를 더 높이지 못했을 테고, 그들과의 사회적 화합도 잘 이루지 못했을 것이다.

하지만 캐드월레이더 부인의 미덕을 전혀 다른 관점에서 판단했던 브룩 씨는 서재에 혼자 앉아 있다가 하인이 부인의 방문을 알리자 약간 움찔했다.

"로윅의 키케로께서 여기 오셨더군요." 그녀는 편안하게 자리에 앉으면서 숄을 뒤로 젖히고 여위었지만 체격이 좋은 몸을 드러내며 말했다. "당신이 그 사람과 고약한 술책을 꾸미고 있는 게 분명해요. 그렇지 않으면 그 활기찬 사람을 그리 자주 만날 일이 없을 테니까. 당신에게 경고하죠. 당신이 가톨릭 법

---

35) 영국 국교회의 신앙 개조.

안에 대한 필의 입장을 두둔한 다음부터 당신네 두 사람 모두 의심받고 있다는 걸 기억하세요. 난 누구에게나 말할 거예요. 핑커턴 노인이 사임할 때 당신이 휘그당 편에서 미들마치 국회 의원으로 입후보하고 캐소본이 비밀리에 당신을 도울 거라고, 유권자들을 팸플릿으로 매수하고 술집들 문을 활짝 열어서 그걸 나눠 줄 거라고. 자, 고백하세요!"

"그럴 일은 전혀 없소." 브룩 씨는 미소를 띠고 안경을 문지르며 말했지만 실은 그 비난에 얼굴이 약간 붉어졌다. "캐소본과 나는 정치 이야기를 거의 나누지 않아요. 그는 박애주의나 형벌 같은 것에 거의 신경을 쓰지 않소. 오로지 교회 문제에만 관심이 있지. 알다시피 내 노선은 그쪽이 아니고."

"이보세요, 오히려 지나치게 그쪽이라고 볼 수 있죠. 난 당신이 무슨 일을 했는지 들었어요. 자기 땅을 미들마치의 가톨릭교도에게 판 사람이 누구죠? 나는 당신이 그걸 일부러 샀다고 믿어요. 당신은 가이 포크스[36]와 똑같은 사람이에요. 돌아오는 11월 5일에 당신을 본뜬 모형이 불태워지지 않는지 어디 두고 봅시다. 그 문제에 대해서 험프리가 당신과 왈가왈부하고 싶어 하지 않기 때문에 내가 온 거예요."

"좋소. 나는 박해하지 않았기 때문에 박해당할 준비가 되어 있소. 알다시피 박해해서가 아니라."

"저거 봐요! 정견 발표용으로 그런 허튼소리를 준비하셨군

---

36) Guy Fawkes(1570~1606). 로마 가톨릭교도를 박해하는 법에 대한 보복으로 1603년 11월 5일에 국회 의사당을 폭파하려고 음모를 꾸민 주동자.

요. 자, 친애하는 브룩 씨, 사람들의 꼬임에 빠져서 국회 의원에 입후보하지 않도록 하세요. 연설을 한답시고 장광설을 늘어놓다가는 꼭 우스운 꼴이 된다고요. 우물거리다가 말이 막혀도 축복받을 수 있으려면 정의로운 편에 서는 것 외에는 다른 핑곗거리가 없어요. 미리 경고하는데 당신은 틀림없이 망신당할 거예요. 온갖 당파의 의견을 뒤섞어서 결국 모두에게 질타를 받을 거라고요."

"그게 바로 내가 기대하는 바요." 브룩 씨는 장래에 대한 이런 예언에 달갑지 않은 기분을 드러내지 않으려 애쓰며 말했다. "어떤 당파에도 속하지 않은 개인으로서 내가 기대하는 바이지. 휘그당에 대한 이야기가 나왔으니 말인데 사상가들의 의견에 동조하는 사람은 어떤 당파의 꼬임에도 빠지지 않을 거요. 휘그당파와 어느 지점까지는 같이 갈 수 있겠지. 어느 지점까지 말이오. 하지만 그것은 당신네 숙녀들이 절대로 이해하지 못할 것이지."

"그 명확한 지점이라는 게 어딘데요? 아니, 어느 당에도 속하지 않고, 이리저리 방랑하면서 살아가고, 친지들에게 주소도 알려 주지 않는 사람에게 어떤 명확한 지점이 있다는 건지 알고 싶군요. 솔직히 말하면 사람들은 당신에 대해 이렇게 수군대요. '브룩이 어느 쪽에 설지는 아무도 몰라. 브룩은 믿을 수 없어.' 자, 이제 좀 존중을 받도록 하세요. 모두들 의심스럽게 쳐다보는데 당신은 떳떳지 못한 심정으로 주머니는 텅 빈채 치안 판사로 재판하러 가면 좋으시겠어요?"

"정치에 대해서는 숙녀들과 왈가왈부할 생각이 없소." 브룩 씨는 무심한 척 미소를 지으며 말했지만 캐드월레이더 부인의 공격 때문에 방어전을 펴다가 경솔하게 스스로를 드러냈음을 의식하며 다소 불쾌한 기분이었다. "알다시피 여자들은 사상가가 아니오. 알다시피…… '언제나 변덕스럽고 불안정한'[37]…… 그런 존재라고. 부인은 베르길리우스를 알지 못하겠군. 나는 알았는데." — 때마침 브룩 씨는 자신도 아우구스투스 시대의 그 시인을 직접 알지 못한다는 사실을 떠올렸다 — "내가 하려던 말은 가엾은 스토다트[38]였소. 그가 그런 말을 했거든. 당신네 부인들은 늘 독자적인 태도에 반대해요. 진실이나 그런 것을 추구하는 남자에 대해서만 반대하지. 게다가 이 지역 사람들은 여타 지역보다도 편협한 의견을 가졌소. 나는 돌을 던지며 비난할 생각이 없어요. 하지만 누군가는 독자적인 노선을 취해야 해요. 내가 하지 않으면 누가 하겠소?"

"누가 하냐고요? 혈통도 없고 지위도 없는 벼락부자라면 누구든지 하겠죠. 신분이 높은 사람이라면 그 독자적이라는 허튼 생각을 집 안에 가만히 앉아서 삭여야 해요. 밖에 나가서 외치고 다닐 게 아니라. 게다가 당신은! 딸이나 다름없는 조카딸을 이 지역의 최고 집안에 시집보내야 할 사람이. 제임스 경은 몹시 속이 탈 거예요. 당신이 이제 방향을 바꿔서 휘그당의 간판이 된다면 그에게는 아주 가혹한 일이 될 거라고요."

---

37) varium et mutabile semper. 고대 로마 시인 베르길리우스의 『아이네이스』 4권 569행. "(여자는) 언제나 변덕스럽고 불안정하다."
38) 1826년까지 《뉴 타임스》의 편집인으로서 풍자를 쓴 존 스토다트 경(John Stoddart, 1773~1856)을 가리키는 듯하다.

브룩 씨는 속으로 또다시 움찔했다. 도러시아의 약혼이 결정되었을 때 캐드월레이더 부인의 힐책을 받으리라고 예상했던 것이다. 아무것도 모르는 관찰자라면 "캐드월레이더 부인에 맞서 싸우세요."라고 쉽게 말하리라. 하지만 가장 오랜 이웃과 말다툼을 벌이는 시골 신사가 대체 어디에 갈 수 있겠는가? 만일 브룩이라는 이름이 사람들 사이에서 마개 열린 포도주병처럼 가볍게 이리저리 건네진다면 누가 그 이름에서 오묘한 풍미를 맛보겠는가? 분명 사람이 세계주의자가 될 수 있는 것도 어느 정도까지다.

　　"나는 체텀과 늘 사이좋게 지내기를 바라고 있소. 하지만 유감스럽게도 그가 내 조카딸과 혼인할 가능성은 없다고 말해야겠군." 브룩 씨는 실리아가 들어오는 것을 창문 너머로 보고 안도감을 느꼈다.

　　"왜 없다는 말이죠?" 캐드월레이더 부인은 깜짝 놀라서 날카로운 목소리로 물었다. "우리가 그 가능성에 대해 이야기한 지 두 주도 채 지나지 않았잖아요."

　　"조카딸이 다른 구혼자를 선택했소. 다른 사람을 택했지. 나는 그 일에 아무 관련도 없소. 나라면 체텀을 선택했을 거요. 체텀이야말로 어떤 여자든 선택할 사람이라고 말했소. 그런데 이런 일은 도무지 설명할 길이 없어요. 알다시피 여자들은 변덕스러우니 말이지."

　　"아니 그 애를 누구와 혼인시킨다는 말인가요?" 캐드월레이더 부인은 속으로 도러시아가 선택할 가능성이 있는 사람들을 재빨리 훑어보았다.

그런데 이제 실리아가 정원을 산책하고 건강미가 넘치는 발그레한 얼굴로 들어섰고, 그녀를 맞느라 브룩 씨는 즉시 대답할 필요가 없었다. 그는 서둘러 일어서더니 "그건 그렇고 말들에 대해 라이트에게 일러 줄 것이 있소."라고 말하면서 발을 끌며 재빨리 나가 버렸다.

"애야, 이게 대체 무슨 말이니? 네 언니가 약혼했다고?" 캐드월레이더 부인이 말했다.

"캐소본 씨와 결혼하기로 약속했어요." 실리아는 평소처럼 순순히 사실을 진술했고, 이처럼 목사 부인과 단둘이 이야기하게 되어서 기뻤다.

"끔찍한 일이구나. 대체 얼마나 되었니?"

"저도 어제서야 알았어요. 육 주 내로 결혼할 거래요."

"그렇다면 실리아, 형부가 생겨서 기쁘기를 바란단다."

"언니가 무척 안쓰러워요."

"안쓰럽다고! 그렇다면 그 애가 결정한 일이구나."

"네, 언니는 캐소본 씨가 위대한 영혼을 갖고 있대요."

"제발 그렇기를!"

"아, 캐드월레이더 부인, 위대한 영혼을 가진 남자와 결혼하는 것은 멋진 일 같지 않아요."

"그래, 이 일을 교훈으로 삼아라. 이제는 그런 남자가 어떻게 생겼는지 아니까 다음에 그런 사람이 와서 결혼하자거든 절대로 받아들이지 마라."

"절대 받아들이지 않을 거예요."

"그래야지. 그런 사람은 가족 중에 한 명만 있어도 충분해.

그래, 네 언니가 제임스 체텀 경을 좋아하지 않는다는 말이지? 그 사람이 네 형부라면 어땠겠니?"

"무척 좋았을 거예요. 그분은 좋은 남편이 되실 거라고 믿어요. 다만……." 실리아는 약간 얼굴을 붉히며 (그녀는 때로 숨을 쉴 때 얼굴이 붉어지는 것 같았다.) 덧붙였다. "언니에게는 맞지 않았을 거예요."

"체텀이 충분히 야심적이지 않다는 말이냐?"

"언니는 아주 엄격해요. 온갖 문제에 대해서 너무 많이 생각하고 사람들의 말에 아주 까다롭게 반응해요. 제임스 경은 언니의 마음에 들지 않는 것 같았어요."

"도러시아가 틀림없이 그에게 호감을 보여 주면서 고무했을 거야. 그건 그리 칭찬할 만한 일이 아니야."

"제발 도도에게 화내지 마세요. 언니는 매사를 제대로 보지 않아요. 오두막에 큰 관심을 쏟았고, 이따금 제임스 경에게 정말로 무례하게 굴었어요. 하지만 그분은 너무 친절해서 그걸 알아차리지 못했죠."

"글쎄다." 캐드월레이더 부인은 서둘러 숄을 두르며 일어섰다. "당장 제임스 경에게 가서 이 소식을 알려 줘야겠다. 지금쯤이면 어머니를 모시고 돌아왔을 거야. 곧장 찾아가야겠어. 네 큰아버지는 절대로 그에게 그 말을 하지 않을 테니까. 우리 모두 실망했단다, 애야. 젊은 애들은 결혼할 때 자기 가족을 생각해야 돼. 내가 나쁜 선례를 남겼지. 가난한 목사와 결혼하는 바람에 드 브레이시 가문에서 동정받는 가련한 대상이 되고 말았거든. 그러고는 이렇게 저렇게 머리를 짜내서 석탄을 얻고 샐러드기름을 얻기 위해 하늘에 기도하며 살아야 했어. 하지만 캐소본에게 돈은 많지. 그 점은 인정해야겠지. 혈통을 따져 보면 그 집안의 4등분 문장[39]에는 새까만 오징어 세 마리와 뒷발로 선 주석자가 섞여 있을 거야. 그런데 가기 전에 페이스트리 만드는 법에 대해서 여기 카터 부인과 이야기를 나눠야겠다. 우리 집 어린 요리사를 부인에게 보내서 배우게 할 생각이거든. 나처럼 애가 넷이나 딸린 가난한 사람은 알다시피 훌륭한 요리사를 둘 여유가 없단다. 카터 부인은 내 부탁을 들어주겠지. 제임스 경의 요리사는 성미가 팔팔한 사람이라서 말이야."

한 시간도 지나지 않아 캐드월레이더 부인은 카터 부인을 만나고 프레싯 홀로 마차를 몰았다. 남편이 팁턴에 부목사를 두고 프레싯에 상주했기 때문에 목사관에서 멀지 않았다.

이틀간의 짧은 여행에서 돌아온 제임스 체텀 경은 옷을 갈아입고 팁턴 그레인지로 말을 달릴 생각이었다. 그의 말이 문간에서 대기하고 있을 때 캐드월레이더 부인의 마차가 도착했고, 곧 그가 채찍을 들고 나타났다. 레이디 체텀은 아직 돌아오지 않았지만 캐드월레이더 부인은 말구종들이 서성거리는 곳에서 용건을 말할 수 없어 가까이 있는 온실에 가서 새 식물을 보여 달라고 청했다. 식물을 바라보기에 적당한 장소에

---

39) 4등분 문장은 한 방패에 여러 가문의 문장을 배열한 것을 말한다. 여기서 캐드월레이더 부인은 먹물을 뿜고 달아나는 오징어와 주석자의 이미지를 통해 신화를 연구하는 캐소본을 형상화하면서 그 혈통이 보잘것없으리라고 암시한다.

이르자 그녀가 말을 꺼냈다.

"경에게 충격적인 소식이 있어요. 당신이 자처한 대로 사랑에 깊이 빠져 있지 않으면 좋겠네요."

캐드윌레이더 부인이 말하는 방식에 대해서는 항의해 봤자 소용없었다. 하지만 제임스 경은 얼굴빛이 약간 달라졌고, 막연한 불안감을 느꼈다.

"브룩이 결국에는 나설 거라고 믿어요. 그에게 휘그당 쪽에서 입후보하려 한다고 비난했더니 바보 같은 표정을 지으면서 부정하지 않더군요. 독자적인 노선이니 뭐니 하면서 평소처럼 터무니없는 소리만 하고요."

"그게 전부입니까?" 제임스 경은 마음이 놓였다.

"아니⋯⋯." 캐드윌레이더 부인은 훨씬 더 날카롭게 말했다. "브룩이 그런 식으로 공인이 되려 하고 정치적으로 싸구려 상인이 되는 게 마음에 든다는 말은 아니겠죠?"

"마음을 돌리시도록 설득할 수 있을 겁니다. 돈이 들어갈 일은 좋아하시지 않을 테니까요."

"나도 그렇게 말했어요. 그 부분에서는 그가 합리적인 설득에 약하니까요. 욕심은 한 됫박쯤 되는데 상식이 몇 알갱이쯤 들어 있는 거죠. 인색함이란 가족 대대로 내려오는 중요한 자질이에요. 광기를 씻어 내려면 그쪽에 담그는 편이 안전하죠. 그런데 브룩 집안에는 약간 머리가 돈 사람이 있었음에 틀림없어요. 그렇지 않았더라면 앞으로 일어날 일을 보지 않아도 되었을 테니까."

"무슨 일이요? 브룩이 미들마치 의원으로 입후보하는 것 말입니까?"

"그보다 더 나쁜 일이에요. 정말이지 나도 좀 책임을 느껴요. 당신에게 브룩 양이 훌륭한 신붓감이라고 늘 말해 왔으니까. 그 아가씨에게 감리교 신도처럼 엉뚱한 면이 있다는 것은 알았지만 그런 건 여자아이들이 커 가면서 차차 사라지기 마련이죠. 그런데 이번에는 정말로 놀랐어요."

"무슨 말씀인가요, 캐드월레이더 부인?" 제임스 경이 말했다. 브룩 양이 모라비아 교파나 상류 계층에 알려지지 않은 희한한 교파에 가담하려고 달아났을지 모른다는 걱정이 더럭 일었다. 하지만 이 부인은 늘 과장해서 말하곤 한다는 것을 생각하고 불안을 조금 가라앉혔다. "브룩 양에게 무슨 일이 있습니까? 솔직히 말해 주세요."

"좋아요. 그녀가 약혼했다는군요." 캐드월레이더 부인은 잠시 말을 멈추고 큰 충격을 받은 그의 표정을 관찰했다. 그는 불안한 미소로 감정을 숨기려 하면서 채찍으로 구두를 내리쳤다. 그녀가 곧 덧붙였다. "캐소본과 약혼했대요."

제임스 경은 채찍을 떨어뜨리고는 그것을 주우려고 몸을 굽혔다. 다시 고개를 들어 부인을 바라보면서 "캐소본이라니!"라고 말했을 때 얼굴에는 전에 없이 강렬한 혐오감이 응집되어 나타났다.

"그래요. 이제 내 용건이 뭔지 아시겠죠."

"맙소사! 끔찍한 일이군요! 그는 송장이나 다름없는데!"(이 말은 한창때인 낙심한 경쟁자의 관점임을 참작해야 한다.)

"그에게 위대한 영혼이 있다고 한다는군요. 말라빠진 콩들이 달각거리는 위대한 콩깍지랄까!" 캐드월레이더 부인이 말했다.

"그런 노총각이 왜 결혼을 해야 합니까?" 제임스 경이 말했다. "한 발은 이미 무덤에 들어가 있는데."

"그 발을 다시 빼낼 생각인가 보죠."

"브룩이 허락해서는 안 돼요. 그녀가 성년이 될 때까지 결혼을 연기하도록 주장해야 합니다. 그때가 되면 생각이 달라질 거예요. 대체 후견인이라는 사람이 뭘 하는 겁니까?"

"브룩을 옥죄면 결단을 끌어낼 수 있을 것처럼 말하는군요."

"목사님이 브룩에게 말할 수 있겠지요."

"그는 그런 일 못 해요! 험프리는 누구에게나 호감을 갖고 있거든요. 내가 어떻게 해도 남편은 절대로 캐소본을 비난하지 않을 거예요. 심지어 주교님에 대해서도 칭찬할 거라고요. 성직록을 받는 성직자에게 그런 일은 인도에 어긋난다고 내가 아무리 말해도 말이지요. 체면에 관심을 두지 않는 남편을 데리고 내가 뭘 할 수 있겠어요? 나는 모든 사람을 비난함으로써 그걸 되도록 잘 숨기려고 하지요. 자, 자, 기운 내세요! 당신이 브룩 양에게서 벗어난 건 차라리 잘된 일이에요. 그 아가씨는 당신더러 대낮에 별을 보라고 요구할 테니까. 우리끼리 말이지만 어린 실리아가 도러시아보다 두 배는 더 나아요. 결국에는 더 나은 혼사가 될 거예요. 캐소본과 결혼하는 것은 수녀원에 가는 거나 마찬가지니까."

"아, 나 때문이 아니라…… 브룩 양을 위해서 그녀 친지들이 영향을 미치도록 애써야 합니다."

"글쎄, 남편은 아직 몰라요. 하지만 내가 알려 주면 틀림없이 이렇게 말할 거예요. '왜 안 된다는 거요? 캐소본은 좋은 사람이오. 그리고 충분히 젊어요.' 남편처럼 자비로운 사람은 포도주와 식초도 구별하지 못하기 때문에 식초를 삼키고 배 앓이를 하고 나야 안다고요. 어떻든 내가 남자라면 실리아를 더 좋아하겠어요. 특히 도러시아가 떠난 다음에 말이죠. 사실 당신은 한쪽에 구애했지만 다른 쪽을 얻은 거예요. 실리아는 어떤 남자든 부러워할 만큼 당신을 흠모하고 있거든요. 나 아닌 다른 사람이 이런 말을 했다면 당신은 과장이라고 생각하겠죠. 그럼 안녕히!"

제임스 경은 캐드월레이더 부인의 손을 잡아 마차에 태워 주고 펄쩍 말에 뛰어올랐다. 이웃이 불쾌한 소식을 전했다고 해서 승마를 포기할 생각은 아니었다. 다만 팁턴 그레인지가 아닌 다른 방향으로 더 빨리 말을 몰았을 뿐이다.

그런데 캐드월레이더 부인은 대체 무엇 때문에 브룩 양의 결혼에 대해 수선을 떨었을까? 그리고 자신이 관여했다고 흐뭇하게 생각했던 혼사가 좌절되자 왜 곧바로 다른 혼사의 서막을 궁리했을까? 거기에는 망원경으로 주의 깊게 관찰하면 알아낼 수 있을 교묘한 책략이나 숨바꼭질 같은 방책이 있었을까? 전혀 그렇지 않다. 캐드월레이더 부인이 마차를 타고 돌아다니는 팁턴과 프레싯 교구의 전 지역을 망원경으로 훑어보아도 수상쩍은 방문이나 평소 그녀의 침착한 눈빛과 타고난 건강한 혈색이 확연히 달라져서 돌아오는 모습 같은 것은 목격할 수 없을 것이다. 사실 그 편리한 마차가 일곱 명의 현인[40]이 살던 시대에도 있었더라면 현인 중 한 명은 조랑말이 끄는 마차를 몰고 돌아다니는 여자들을 따라다녀 봐야 그들에 대해서 알 수 있는 바가 거의 없다고 말했을 것이다. 물방울에 현미경을 들이대고 관찰해서 끌어낸 해석도 다소 조잡하다는 사실이 입증되곤 한다. 초점이 낮은 렌즈 밑에서는 어떤 생물이 적극적으로 식탐을 드러내고 더 작은 생물들이 자력을 띤 동전처럼 그 속으로 활발히 빨려 들어가는 듯이 보이지만, 초점이 높은 렌즈로 보면 그 폭식자가 가만히 기다리며 공물을 받아들이는 동안 이 희생물들에게 소용돌이를 일으키는 가느다란 솜털이 드러난다. 비유적으로 말해서 이런 식으로 초점이 높은 렌즈를 들이대고 캐드월레이더 부인의 중매 작업을 살펴보면 사소한 이유들이 작동하여 그녀가 원하는 음식을 그녀에게 가져다줄 이른바 생각과 말의 소용돌이를 일으키고 있음이 드러날 것이다.

시골에서 소박하게 살아가는 그녀의 일상은 비열하거나 위험한 비밀, 그 밖에 달리 중대한 비밀 같은 것이 전혀 없고 세상의 중요한 사건들로 영향을 받는 일도 없었다. 사교계의 떠들썩한 사건들은 신분이 높은 친척들의 편지로 전해질 때 더욱 흥미로웠다. 가령 매력적인 차남들이 정부와 결혼함으로써 몰락하고 말았다든지, 혈통이 좋고 젊은 테이퍼 경이 바보 천치 같은 일을 저질렀다든지, 늙은 메가테리움 경이 통풍에 걸

---

40) 기원전 6~7세기경 고대 그리스의 철학자들.

려서 무섭게 화를 냈다든지, 어느 귀족 가문이 엄밀히 말해 이종 교배로 새로운 분파를 만들어서 물의를 일으킬 관계를 넓혔다든지. 이런 이야깃거리를 그녀는 세세히 아주 정확하게 기억했고, 멋진 경구로 포장해서 되풀이했다. 그녀는 사냥 감과 해충을 구분하듯이 의심할 여지 없이 혈통이 있는 사람과 없는 사람의 차이를 믿었기에 그런 이야기들을 한층 더 즐거워했다. 혈통이 좋은 사람이 가난하다고 해서 그 권위를 인정치 않는 일은 없었을 것이다. 정찬 식사를 대야에 담아 먹을 정도로 몰락한 드 브레이시 가문 사람이라면 과장해야 마땅한 연민의 대상으로 보았을 것이다. 그가 귀족적 비행을 저질렀더라도 유감스럽게도 그녀는 혐오감을 느끼지 않았을 것이다. 그러나 그녀가 천박한 부자들에 대해 느낀 감정은 가히 종교적 증오심이라고 불릴 만했다. 그들은 소매가를 높이 매겨서 돈을 벌었을 테고, 캐드월레이더 부인은 목사관에 현물로 공급되지 않는 물건을 비싸게 사야 하는 것을 몹시 싫어했다. 하느님은 세상을 만드실 때 그런 사람들을 계획에 넣지 않으셨다. 게다가 그들의 억양은 귀를 따갑게 했다. 그런 극악무도한 사람들이 우글거리는 도시는 저급한 코미디에 지나지 않았고, 점잖은 우주를 설계할 때 계획에 없던 것이었다. 캐드월레이더 부인을 가혹하게 비판하고 싶은 숙녀가 있다면 자신의 아름다운 관점은 얼마나 포용력이 넓은지 살펴보고, 그 관점이 영광스럽게도 그녀와 함께 살아가는 모든 사람의 삶을 수용하는지를 확인해 보도록 하자.

가까이 다가오는 것들을 인광성 물질처럼 활활 타오르는

마음으로 모두 물어뜯어서 그 마음에 적합한 형태로 만들어 놓는 캐드월레이더 부인이 어떻게 브룩 자매와 그들의 결혼을 자신과 무관한 일이라고 느끼겠는가? 더욱이 그녀는 오랫동안 습관적으로 브룩 씨를 더없이 친절하고도 솔직하게 비판해 왔고, 그를 한심한 사람으로 여기고 있음을 은근히 알려 주었으니 말이다. 아가씨들이 팁턴에 처음 왔을 때부터 그녀는 도러시아와 제임스 경의 결혼을 정해 놓았고, 그 일이 성사되었으면 자신의 공이라고 믿었을 것이다. 그 예상에도 불구하고 성사되지 않자 짜증이 일었다. 생각을 할 줄 아는 사람이라면 누구나 그런 짜증에 공감할 것이다. 그녀는 팁턴과 프레싯의 전략가였으므로 자신이 세운 계획과 무관하게 일어나는 일은 모두 다 불쾌하기 짝이 없는 변칙이었다. 캐드월레이더 부인은 브룩 양의 변덕을 도무지 참아 줄 수 없었고, 이 아가씨에 대한 자기 생각이 남편의 나약한 관대함에 물들어 있었음을 이제 깨닫게 되었다. 브룩 양의 감리교도 같은 변덕이나 목사와 부목사를 합친 것보다도 더 독실한 태도는 지금껏 믿고 싶지 않았던 뿌리 깊은 체질적 질환에서 비롯된 것이었다.

"어떻든 간에……." 캐드월레이더 부인이 처음에는 속으로, 나중에는 남편에게 말했다. "난 도러시아를 포기하겠어요. 그 아가씨가 제임스 경과 결혼했더라면 온건하고 분별 있는 여자가 되었겠지요. 그는 그녀 말에 반대하지 않았을 테고, 자기 의견에 대한 반대가 없을 때 여자들은 어리석은 일을 끝까지 고집하지 않거든요. 그러나 이제는 스스로 선택한 고행을 기쁘게 받아들이기를 바라요."

그래서 캐드월레이더 부인은 제임스 경의 새로운 신붓감을 정해야 했고, 어린 브룩 양이 적합하다고 결정했다. 그러므로 계획을 성사시키기 위해서는 준남작에게 그가 실리아의 마음에 강한 인상을 심어 주었다고 넌지시 암시하는 것이 최고의 묘수였다. 그는 꼭대기 가지에 매달려 미소 짓는, 도저히 손에 넣을 수 없는 사포의 사과[41]를 동경하며 괴로워할 신사가 아니었으니까. 그 매혹이 "간절히 손을 내밀어도 닿지 않는/ 절벽 위에 무리 지어 핀 앵초처럼 미소 짓고"[42] 있더라도 말이다. 하지만 제임스 경은 소네트를 쓸 사람이 아니었다. 그리고 자기가 좋아하는 여자에게서 애정을 받지 못했다는 사실을 기분 좋게 받아들일 수 없었다. 도러시아가 캐소본 씨를 선택했다는 것을 알자 애정은 이미 상처를 입었고, 그를 사로잡았던 사랑의 힘이 느슨해졌다. 제임스 경은 사냥을 즐기기는 했지만 여자들에 대해서 뇌조나 여우와는 다른 감정을 갖고 있었으므로 미래의 아내를 고려할 때 대개 추격의 흥분 때문에 가치가 더 높아지는 사냥감에 견주어 생각하지 않았다. 또한 아내를 얻기 위해 가령 도끼를 손에 들고 전형적인 격투를 벌이는 것이 결혼이라는 유대를 역사적으로 유지해 나가는 데 필요하다고 느낄 만큼 원시 종족들의 습성에 젖어 있는 것도 아니었다. 오히려 그는 붙임성이 있는 데다 허영심도 있어서

---

41) 그리스 시인 사포(기원전 625~기원전 565)는 결혼을 묘사한 시에서 젊은 신부를 '따지 않은 사과'에 비유한다.

42) 로버트 블레어(Robert Blair, 1699~1746)의 시 『무덤(The Grave)』의 한 구절.

자기를 좋아하는 사람들에게 애정을 느꼈고 자기에게 무관심한 사람들에게는 마음을 주지 않았다. 또한 고마워할 줄 아는 선량한 성격이어서 어떤 여자가 호감을 품고 있다는 생각만으로도 가슴에는 그녀를 향한 애정의 가느다란 실오라기들이 자아졌다.

그리하여 제임스 경은 팁턴 그레인지와 반대쪽으로 삼십 분간 급히 말을 달린 후 속도를 늦추고는 마침내 되돌아가는 지름길에 들어섰다. 복잡다단한 감정들이 마음속에 일어났다가 결국에는 아무 일도 없는 듯이 곧장 그레인지에 가겠다는 결심에 이르게 되었다. 자신이 아직 청혼하지 않았고 거절당하지도 않았다는 사실을 기뻐할 수밖에 없었다. 친절하고 예의 바르게 행동하려면 도러시아를 찾아가서 오두막에 대한 이야기를 나눠야 했다. 다행히 캐드월레이더 부인이 마음의 준비를 시켜 주었으므로 이제 필요하다면 너무 어색한 표정을 짓지 않고 축하 인사를 건넬 수도 있었다. 정말로 내키지 않았다. 도러시아를 포기하는 것은 무척 고통스러웠다. 하지만 곧바로 도러시아를 찾아가서 자기 감정을 드러내지 않도록 억제하겠다는 결심에는 뭔가가 있었다. 그것은 일종의 헛수고이자 반대 자극제라고 할 수 있었다. 그리고 그가 그 충동을 분명히 의식한 것은 아니었지만 그 자리에 실리아가 있을 것이며 이제 그녀에게 전보다 더 관심을 기울이겠다는 생각이 있었음은 분명하다.

남자건 여자건 우리 인간은 아침 식사와 정찬 시간 사이에 수많은 실망감을 삼키곤 한다. 눈물을 참고 약간 핏기가 사

라진 입술로 누군가 묻는 말에 "아, 아무 일도 아니에요!"라고
대답하곤 한다. 자존심이 우리를 돕는다. 우리가 입은 상처를
숨기라고 촉구할 때의 자존심은 나쁘지 않다. 다른 이들에게
상처를 주지 않기 위한 것이니.

7장

쾌락과 멜론은
같은 날씨에서 자란다.

— 이탈리아 속담

   쉽게 예상할 수 있듯이 캐소본 씨는 몇 주일간 그레인지 저택에서 많은 시간을 보냈다. 교제 기간에 위대한 연구인『모든 신화의 핵심 요소』의 진척에 지장이 야기되므로 당연히 그는 그 기간이 무사히 끝나기를 더욱 간절히 바랐다. 하지만 지장을 초래한 것은 의도적인 일이었다. 바로 지금이야말로 여자와의 우아한 교제로 자기 인생을 장식하고, 노고를 들여 연구하는 동안 피로감이 드리운 우울을 여자의 장난기 어린 공상으로 밝게 비추고, 이제 정점에 이른 나이에 앞으로 쇠락할 세월에 대비해서 여자의 보살핌으로 위안을 확보할 때라고 생각했던 것이다. 그러므로 그는 감정의 흐름에 자신을 내맡기겠다고 결심했다. 그런데 그 흐름이 얼마나 얕은 실개천에 불과한지를 알게 되었을 때 꽤 놀랐을 것이다. 가뭄이 극심한 지역에서는 물속에 뛰어들어 치르는 세례 의식을 상징적으로만 치를 수 있듯이 감정의 흐름에 아무리 빠져들려고 애써도 물을 살짝 끼얹는 데 불과하다는 것을 캐소본 씨는 깨달았다. 그래서 그는 시인들이 남자의 열정을 묘사할 때 지나치게 과장한 모양이라고 결론을 내렸다. 그럼에도 브룩 양이 보여 주는 열렬하고 순종적인 애정을 관찰하면서 즐거웠다. 그런 애정이야말로 자신이 기대하는 가장 유쾌한 결혼 생활을 실현시켜 줄 것 같았다. 자기 감정이 그저 미지근한 데 불과한 것은 아마도 도러시아에게 어떤 결함이 있기 때문일 거라는 생각이 한두 번 스치기도 했다. 하지만 무엇이 부족한지 알 수 없었고, 자신을 즐겁게 해 줄 여자로 그녀보다 더 나은 여자를 상상할 수도 없었다. 그러므로 인간의 연애 관습이 과장되었다는 것 외에는 딱히 다른 이유를 들 수 없었다.

"이제 제가 더 쓸모가 있도록 준비할 수 있을까요?" 약혼 기간이 시작된 지 얼마 되지 않은 어느 날 아침에 도러시아가 말했다. "당신에게 책을 읽어 드리도록 라틴어와 그리스어를 배울 수 없을까요? 밀턴의 딸들이 뜻도 알지 못하면서 부친에게 책을 읽어 드렸던 것처럼 말이에요."

"당신이 싫증을 낼까 봐 걱정이오." 캐소본 씨는 미소를 지으며 말했다. "그리고 내 기억이 틀리지 않다면 당신이 언급한 아가씨들은 모르는 언어를 억지로 배워야 했기 때문에 그 시인에게 반역하려 들었지."

"그래요. 하지만 그 아가씨들은 버릇이 없었어요. 그렇지 않았더라면 위대한 부친을 도와 드리는 것을 자랑스럽게 생각했겠지요. 스스로 공부하고 익혀서 자신들이 낭독하는 것을 이해할 수도 있었을 거예요. 그랬더라면 낭독하는 책들이 흥미로웠을 텐데. 당신은 제가 버릇없고 어리석은 여자이기를 바라시지 않겠지요?"

"나는 당신이 인생의 어느 부분에서나 훌륭한 아가씨가 이룰 수 있는 것을 모두 이루기를 기대하고 있소. 당신이 그리스 문자를 베껴 쓸 수 있으면 분명 큰 도움이 될 거요. 그러려면 책을 조금 읽는 것으로 시작하는 편이 좋겠지."

도러시아는 이 말을 귀중한 허락으로 받아들였다. 하지만 도움을 주기는커녕 성가신 존재가 될까 봐 두려웠기에 당장 가르쳐 달라고 부탁하지는 않았다. 그런데 그녀가 라틴어와 그리스어를 배우고 싶었던 것은 미래의 남편에게 헌신하려는 마음 때문만은 아니었다. 남자들이 가진 그 분야의 지식이 모든 진실을 보다 올바로 볼 항구적인 기반으로 여겨졌기 때문이었다. 사실 그녀는 무지하다고 느꼈기 때문에 자신이 내린 결론에 대해 늘 의혹을 품을 수밖에 없었다. 가령 고전에 해박한 남자들이 오두막에 대한 무관심과 하느님의 영광에 대한 열망을 조화롭게 절충시키는 듯이 보일 때 방 한 칸짜리 오두막은 그 영광을 드러내지 않는다고 어떻게 확신할 수 있을까? 사물의 핵심에 도달하려면, 그리고 그리스도교인의 사회적 의무에 대해 온당하게 판단하려면 어쩌면 히브리어도 필요할 테고, 적어도 그 알파벳과 몇 가지 어근이라도 알아야 할 것이다. 그녀는 현명한 남편을 얻은 것으로 만족하며 체념하는 단계에 그치지 않고, 가엾게도 스스로 현명해지기를 바랐다. 브룩 양은 똑똑하다는 평판이 있음에도 매우 순진했음이 분명하다. 반면 실리아는 강력한 마음의 소유자라는 평가를 받은 적이 없지만 다른 사람들의 공허한 주장을 훨씬 더 쉽게 간파했다. 대체로 아주 적은 감정을 느끼는 것이 어떤 특정한 경우이든 너무 많이 느끼는 것을 막아 주는 유일한 보장책인 듯하다.

어떻든 캐소본 씨는 통틀어 한 시간 동안 귀 기울여 들어주고 가르치는 데 동의했다. 어린 사내아이들을 가르치는 교사처럼, 아니 오히려 기초적인 것도 몰라 끙끙대는 사랑하는 여인에게 적절히 동정심을 느끼는 애인처럼. 그런 상황에서 알파벳을 가르치기 싫어한 학자는 없었을 것이다. 하지만 도러시아는 자신의 아둔함에 약간 충격을 받고 낙심했다. 그리스어 억양의 음가에 대해 소심하게 질문하고 그 답을 들었을 때 여기에 실로 여자의 이성으로는 설명할 수 없는 비밀이 있을지 모른다는 고통스러운 의혹이 들었던 것이다.

이 점에서는 조금도 의혹이 없었던 브룩 씨가 어느 날 책 읽기가 진행되는 동안 서재에 들어왔다가 평소처럼 강력하게 의견을 밝혔다.

"자, 그런데 캐소본, 고전이니 수학이니 그런 심오한 학문은 여자에게 지나치게 부담스러운 것이라네. 너무 큰 부담일세."

"도러시아는 그저 글자 읽는 법을 배우고 있습니다." 캐소본 씨가 그 지적을 얼버무려 넘기며 말했다. "매우 사려 깊게도 제 눈을 보호해 주려고요."

"아, 그래, 이해도 못 하면서 말이지. 그건 그리 나쁘지 않겠지. 하지만 여자의 마음은 너무 가벼워서 뭐든지 가볍게 건드리고는 딴 데로 간단 말이야. 여자는 음악이나 미술 같은 것들을 어느 정도만 배워야 해. 아주 가볍게 말이지. 피아노를 칠 줄 알고 훌륭한 옛 영국 민요를 부를 수는 있어야지. 나는 민요를 좋아하네. 온갖 음악을 거의 다 들어 보았지만 말일세. 빈에서 오페라도 보았고, 글루크와 모차르트 같은 작곡가들의 음악도 다 들어 보았지. 하지만 나는 음악에서는 보수적일세. 사상과는 다른 문제야. 나는 멋진 옛 민요가 좋네."

"캐소본 씨는 피아노를 좋아하지 않으세요. 그래서 다행이에요." 집 안에서 여자들이 악기를 연주하거나 그림을 그리는 일에 대해서 도러시아의 관심이 부족했던 것은 그 어두운 시절의 음악과 미술의 수준이 대체로 피아노를 시원찮게 딸랑거리거나 물감을 문질러 놓는 정도에 지나지 않았음을 생각하면 용서해 주어야 한다. 그녀는 미소를 띠고 고마운 눈길로 약혼자를 올려다보았다. 그가 늘 「여름의 마지막 장미」를 연주해 달라고 했다면 그녀는 체념할 일이 훨씬 많았을 것이다. "로윅에는 낡은 하프시코드밖에 없는데 그 위에 책이 쌓여 있다고 하세요."

"아, 그 점에서는 네가 실리아에게 뒤지지. 실리아는 피아노를 아주 예쁘게 잘 치고 늘 연주하려고 하니까. 캐소본이 음악을 좋아하지 않는다니 네게는 잘된 일이구나. 하지만 자네가 기분 전환을 즐기지 않는다니 유감이네, 캐소본. 늘 팽팽히 당겨진 활로는, 알다시피 그런 상태로는 뭐든지 잘해 나갈 수 없거든."

"규칙적인 소음으로 귀를 괴롭히는 것은 기분 전환이라고 생각할 수 없습니다." 캐소본 씨가 말했다. "계속 반복되는 곡조를 듣다 보면 터무니없이 영향을 받아 마음속의 단어들이 미뉴에트를 추듯이 박자를 맞추곤 하거든요. 어린 시절 이후로는 그런 영향을 참아 줄 수 없었지요. 장엄한 의식에 수반되는 더욱 장중한 양식의 음악이나 예로부터 전승된 개념에 따라서 교육적 영향을 미치는 음악 양식에 대해서는 언급하지 않겠습니다. 현재 우리 관심사는 그런 음악이 아니니까요."

"맞아요. 그런 음악이라면 저도 좋아할 거예요." 도러시아가 말했다. "우리가 로잔에서 돌아오는 길에 프라이베르크에서 큰아버지께서 저희를 오르간 연주회에 데려가 주셨어요. 음악을 듣고 저는 흐느껴 울었어요."

"그건 건전한 게 아니란다, 얘야." 브룩 씨가 말했다. "캐소본, 이제 도러시아를 자네 손에 맡겼으니 내 조카딸에게 매사를 좀 더 온건하게 받아들이도록 가르쳐야 하네. 그렇지, 도러시아?"

그는 조카딸의 마음을 다치지 않으려고 미소를 지으며 말을 맺었지만 실은 그녀가 체텀에게 관심을 두지 않으니 캐소본처럼 차분한 사람에게 일찍 시집가는 편이 나을지도 모른다고 생각했다.

'하지만 놀라운 일이야.' 그는 발을 끌면서 서재를 나와 혼자 중얼거렸다. '도러시아가 캐소본을 좋아하다니 참으로 놀라운 일이지. 하지만 이 혼사는 나무랄 데가 없어. 캐드월레이더 부인이 뭐라 말하든 말이야. 이 혼사를 막았어야 한다는 비난을 듣지 않도록 여행이라도 떠날걸. 캐소본은 틀림없이 주교가 될 거야. 그럴 거라고. 가톨릭 문제에 대한 그의 소논문은 아주 시기적절했어. 적어도 지방 부감독은 될 거야. 그에게 지방 부감독 자리는 줄 만하지.'

여기서 나는 철학적으로 숙고할 권리를 주장하면서 이 순간 브룩 씨가 훗날 자신이 주교들의 소득[43]에 관해 매우 급진적인 연설을 하게 되리라고는 꿈에도 생각하지 않았다는 점을 말해야겠다. 품위 있는 역사가치고 자신이 다루는 인물이 세계 역사를, 아니 심지어 제 행동도 예측하지 못했다는 사실을 지적할 절호의 기회를 무시할 사람이 어디 있을까? 가령 나바라의 앙리[44]는 신교도이던 어린 시절에 가톨릭 군주가 되리라고는 꿈도 꾸지 못했고, 앨프레드 대왕은 타들어 가는 촛불로 시간을 헤아리며 힘겹게 밤을 지새웠을 때 미래의 신사들이 태엽 감는 시계로 한가한 나날을 측정하리라고는 생각하지 못했다. 여기에 진실의 광산이 있다. 아무리 활발히 가동하더라도 그 광산은 석탄이 다 고갈된 이후에도 남아 있을 것이다.

---

43) 19세기 영국 국교회는 신사의 종교였고 대체로 세속적 취향과 야심이 있는 성직자들에 의해 운영되었다. 주교들은 거의 혈연이나 결혼 혹은 후원에 의해 귀족 계층과 관계를 맺었으며 상원에서 대체로 토리당의 정책을 강력하게 지지하는 기득권 집단으로 활동했다. 성직자로서 넉넉한 보수를 받으면서 성직 겸직이나 부재 교구 등 부패한 관행을 통해 일부 주교들은 제왕 못지않은 호화로운 생활을 누렸다.
44) 1593년 가톨릭으로 개종한 이후 프랑스의 앙리 4세(1553~1610)가 되었다.

그러나 브룩 씨에 대해서는 선례를 들어 장담하기 어렵더라도 한마디 덧붙여야겠다. 즉 그가 앞으로 할 연설을 미리 알았더라도 별 차이가 없었으리라는 것이다. 조카딸의 남편이 성직자로서 많은 수입을 얻고 있음을 흐뭇하게 생각하는 것과 진보적인 연설을 하는 것은 전혀 다른 문제다. 그리고 어떤 문제를 다양한 관점에서 보지 못한다면 편협하기 그지없는 마음이다.

8장

"오, 그녀를 구하라! 지금 나는 그녀의 오빠,
당신은 그녀의 부친. 숙녀라면 누구나
신사들에게 보호를 받아야 한다."

　　제임스 체텀 경은 다른 남자의 약혼녀로서 도러시아를 처
음 대면하는 곤혹스러움을 일단 겪고 나자 그레인지 저택을
방문하는 것이 여전히 매우 즐겁다는 사실을 깨닫고 스스로
도 놀라워했다. 물론 처음에 도러시아에게 다가갔을 때는 번
개가 몸속을 지그재그로 뚫고 지나가는 것 같았고, 이야기를
나누는 내내 불편한 마음을 감추고 있음을 의식해야 했다. 하
지만 그가 선량한 사람이기는 하더라도 그 경쟁자가 탁월하고
바람직한 신랑감이라면 느꼈을 법한 불편함은 느끼지 않았다
는 사실을 인정해야 한다. 그는 캐소본 씨가 자신보다 우월하
다고 생각하지 않았다. 다만 안타깝게도 도러시아가 환상에
빠져 있기에 충격을 받았고, 그의 굴욕감은 그녀에 대한 연민
과 뒤섞여 쓰라림을 약간 덜 수 있었다.

제임스 경은 도러시아를 완전히 단념했다고 속으로 다짐했다. 그럼에도 그녀가 데스데모나[45]처럼 외고집을 부리면서 분명 자연의 이치에 더 부합하는 청혼을 받아들이지 않았으므로 그녀와 캐소본 씨의 약혼을 가만히 앉아서 받아들일 수는 없었다. 현재 아는 사실에 비추어 두 사람이 함께 있는 모습을 처음으로 보았을 때 그는 자신이 그 사건을 진지하게 고려하지 않았음을 깨달았다. 실로 책임져야 할 사람은 브룩이었다. 브룩이 막았어야 했다. 누가 그에게 그런 말을 할 수 있을까? 지금이라도 최소한 결혼을 연기하도록 뭔가 할 수 있을지 모른다. 집으로 돌아가는 길에 그는 캐드월레이더 씨를 만나기 위해 목사관에 들렀다. 다행히 목사는 집에 있었고, 준남작은 온갖 낚시 도구들이 걸린 서재로 안내되었다. 목사는 서재 옆에 붙은 작은 방에서 공작 기구를 가지고 작업하다가 준남작에게 들어오라고 소리쳤다. 두 사람은 시골에 사는 어떤 지주와 목사보다도 가까운 사이였고, 그 중요한 사실은 그들의 얼굴에 드러난 친근한 표정과도 일치했다.

캐드월레이더 씨는 체구가 큰 사람이었고 두툼한 입술로 상냥하게 미소를 머금곤 했다. 겉모습은 평범하고 거칠게 보였지만 편안하고 즐거운 기분을 흔들림 없이 확고하게 드러내곤 했다. 그 기분은 다른 사람들에게도 쉽게 전해져서 햇살이 비치고 풀이 무성한 드넓은 언덕처럼 이기적인 짜증마저 가라

---

45) 셰익스피어의 희곡 『오셀로』의 여자 주인공으로 귀족층 백인 여성이지만 흑인 장군이었던 오셀로를 사랑하여 부친의 반대를 거역하고 비밀리에 결혼한다.

앉히며 그런 기분을 부끄럽게 여기게 했다. "그래, 어떻게 지냈소?" 그는 악수하기에 그리 적절하지 않은 손을 내밀면서 말했다. "전에 집에 없어서 미안했소. 무슨 특별한 일이라도 있소? 화가 난 얼굴이군."

제임스 경은 눈썹을 찌푸려 이마에 주름이 졌는데, 일부러 더 찌푸리면서 대답하는 것 같았다.

"순전히 브룩 때문이에요. 정말이지 누군가는 그에게 말을 해야 해요."

"무엇에 대해서? 국회 의원에 출마하려는 것 말이오?" 캐드월레이더 씨는 방금 돌리고 있던 물레를 정리하면서 말했다. "브룩 씨가 그럴 의도가 있을 것 같지는 않소. 하지만 정 출마해 보고 싶다면 해로울 일이 뭐 있겠소? 휘그당이 가장 강력한 인물을 후보로 지명하지 않으면 휘그당의 반대파들은 기뻐하겠지. 휘그당이 우리 벗 브룩의 머리를 공성 망치로 삼아서는 나라를 뒤엎을 수 없을 테니까."

"아, 그 이야기가 아니에요." 제임스 경은 모자를 내려놓고 의자에 털썩 주저앉은 후 자신의 다리를 살피고 구두창을 유심히 바라보며 씁쓸하게 말했다. "혼사에 관해서 말이지. 한창 피어나는 꽃다운 아가씨가 캐소본과 결혼하도록 브룩이 내버려 두는 것 말입니다."

"캐소본에게 무슨 문제가 있소? 나는 그에게서 해로운 점을 본 적이 없소. 그 아가씨가 그를 좋아한다면야."

"너무 어려서 자기가 무엇을 좋아하는지 몰라요. 그러니 보호자가 당연히 간섭을 해야지 이렇게 일사천리로 진행되게 내버려 두어서는 안 된다는 말입니다. 딸자식이 있는 사람이 이 문제에 무심하다는 게 놀랍군요. 목사님 같은 마음을 가진 사람이! 이 문제에 대해서 진지하게 생각해 보세요."

"농담이 아니라 최대한 진지하게 말하고 있소." 목사는 속으로 약간 짜증 섞인 웃음을 지었다. "경은 엘리너 못지않게 고약하군. 아내는 나더러 브룩에게 가서 훈계를 하라고 성화였소. 그래서 아내에게 상기시켜 주었지. 나와 결혼했을 때 아내의 친지들이 그 혼인을 몹시 한심하게 여겼다고."

"하지만 캐소본을 보라고요!" 제임스 경은 화가 나서 말했다. "그는 오십은 되었을 겁니다. 그리고 평생 뼈와 가죽 외에 아무것도 없었을 거예요. 그의 다리를 보라고요!"

"제기랄, 경처럼 잘생긴 젊은이들은 세상사를 오로지 자기 방식대로 생각한다니까. 경은 여자를 이해하지 못해요. 여자들은 경이 스스로에 대해 찬탄하는 만큼 경에게 찬탄하지 않소. 엘리너는 내가 못생겼기 때문에 나와 결혼했다고 자매들에게 말하곤 했지. 내 이목구비가 너무 제멋대로인 데다 우습게 생겼기 때문에 경계심이 완전히 무너졌다고."

"목사님이라면야! 여자들은 쉽게 목사님을 사랑할 수 있어요. 하지만 이건 외모 문제가 아니에요. 나는 캐소본이 마음에 들지 않아요." 이 말은 누군가의 성격을 나쁘게 생각한다고 암시할 때 제임스 경이 쓸 수 있는 가장 강력한 표현이었다.

"무엇 때문에? 그에게 반감을 품을 이유라도 있소?" 목사는 물레를 내려놓고 신중한 태도로 두 엄지손가락을 겨드랑이에 밀어 넣으며 말했다.

제임스 경은 잠시 말을 멈췄다. 이유를 설명하는 일이 그에게는 대체로 쉽지 않았다. 자신이 느끼는 것은 너무나 타당했으므로 다른 사람들이 설명을 듣지 않고는 모른다는 사실이 기이할 뿐이었다. 마침내 그가 말했다.

"그럼, 캐드월레이더, 그 사람에게 따뜻한 마음이 있어 보입니까?"

"글쎄, 그렇소. 그의 마음에 인정이 넘친다고 말할 생각은 없지만 본성은 건전한 사람이오. 그것은 믿어도 좋소. 그는 가난한 친척들에게 친절을 베풀었소. 여자 친척 몇 명에게 생활비를 보조하고 상당한 돈을 들여 어떤 젊은이를 교육시키고 있어요. 캐소본은 자기 나름의 정의감에 따라서 행동하고 있소. 이모가 불행한 결혼을 했는데 아마 폴란드인과 결혼해서 체면을 잃었다는 것 같소. 어쨌든 가족에게 의절당했다지. 그 일이 아니었더라면 캐소본은 지금 가진 돈의 절반도 물려받지 못했을 거요. 그는 직접 수소문해서 사촌들을 찾았고 그들을 위해 무엇을 해 줄 수 있을지 알아봤을 거요. 사람들의 자질을 점검할 때 모두 다 그처럼 좋은 면을 드러내는 건 아니오. 경이라면 그렇겠지, 체텀. 하지만 누구나 다 그런 건 아니오."

"글쎄." 제임스 경이 얼굴을 붉히며 말했다. "나 자신에 대해서도 그리 확신하기는 힘들어요." 그는 잠시 멈췄다가 덧붙였다. "캐소본의 그런 행동은 옳지요. 하지만 옳은 일을 하겠다고 마음먹은 사람이라도 양피지에 적힌 법전 같을 수 있어요. 그와 함께 있는 여자가 행복하지 않을 수 있단 말이지. 그리고 브룩 양처럼 어린 아가씨의 경우에는 어리석은 일을 저지르지 않도록 친지들이 참견해야 한다고 생각합니다. 목사님이야 웃으시겠지요. 내 감정에 이해관계가 걸렸다고 생각할 테니까. 하지만 내 명예를 걸고 말하건대 결코 그런 문제가 아니에요. 내가 브룩 양의 오빠이거나 큰아버지였어도 똑같이 느꼈을 겁니다."

"글쎄, 경이라면 어떻게 하겠소?"

"성년이 될 때까지 결혼을 보류해야 한다고 말하겠어요. 그러면 그 혼인은 결코 성사되지 않을 겁니다. 목사님이 이 문제를 내 관점에서 보시기 바랍니다. 이 일에 대해서 브룩 씨와 이야기를 나누면 좋겠고요."

이 말을 끝내면서 제임스 경은 일어섰다. 서재에서 들어오는 캐드월레이더 부인을 보았던 것이다. 다섯 살쯤 된 막내딸의 손을 잡고 있었고, 그 아이는 곧장 아빠에게 달려가서 편안히 무릎에 올라앉았다.

"경이 하는 말을 들었어요." 아내가 말했다. "하지만 험프리에게 아무 영향도 미치지 못할 거예요. 그는 물고기가 자기 미끼에 속아 넘어가기만 하면 누구든 아무 문제도 없다고 생각하거든요. 다행히 캐소본의 집 근처 강에 송어가 많은데 그는 낚시에 전혀 관심이 없어요. 그러니 캐소본보다 더 좋은 사람이 어디 있겠어요?"

"자, 아주 일리 있는 말이오." 목사는 조용히 웃으며 말했다. "송어가 사는 개천을 가졌다는 건 아주 훌륭한 자질이지."

"농담은 그만두고……." 제임스 경은 아직 화가 다 풀리지 않은 목소리로 말했다. "목사님이 조언을 하면 좋은 결과가 있을 거라고 생각하지 않으세요?"

"아, 남편이 뭐라고 할지 경에게 이미 말했잖아요." 캐드월레이더 부인이 눈썹을 치켜올리며 말했다. "나는 내가 할 수 있는 것을 다 했어요. 이 혼사에서 손을 떼겠어요."

"우선……." 목사가 다소 진지한 얼굴로 말했다. "내가 브룩을 설득해서 어떤 행동을 하도록 만들리라는 기대는 터무니없소. 브룩은 아주 좋은 사람이지만 흐물흐물해. 어떤 틀에도 들어가겠지만 형체를 그대로 유지하지는 않을 거요."

"결혼을 미룰 정도로는 형체를 유지할 수 있겠지요." 제임스 경이 말했다.

"하지만 친애하는 체텀, 내 행동이 브룩 양에게 이득이 될 거라고 지금보다 더 확신하지 않는 한 내가 왜 캐소본에게 손해를 입히는 행동을 해야겠소? 나는 그가 악행을 저질렀다는 말을 들어 본 적이 없어요. 그의 지우수드라[46]와 피-파이-포-펌[47]이나 그 밖의 다른 관심사에 대해 나는 조금도 개의치 않소. 하기는 그도 내 낚시 도구에 대해 전혀 개의치 않지. 가톨릭 문제에서 그가 취한 노선은 좀 뜻밖이었어. 하지만 내게 늘 예의 바르게 대했어요. 그러니 그의 기쁨을 망쳐 놓아야 할 이유를 모르겠소. 내가 생각하기에 브룩 양은 다른 남자들보다 캐소본과 함께할 때 더 행복할 수도 있소."

"험프리! 당신 말을 도저히 못 참겠어요. 당신은 캐소본과

---

46) 대홍수에 관한 수메르의 전설에 나오는 영웅 중 하나.
47) 『잭과 콩나무』 같은 동화와 『리어 왕』 등에 나오는 감탄사.

단둘이 식사하느니 차라리 산울타리 밑에서 혼자 밥 먹는 걸 택할 거잖아요. 서로 할 말이 없으니까."

"그것이 브룩 양이 그와 결혼하는 일과 무슨 관계가 있소? 그녀가 나를 기쁘게 해 주려고 결혼하는 것도 아닌데."

"그의 몸에는 진짜 붉은 피가 흐르지 않아요." 제임스 경이 말했다.

"맞아요. 누가 그의 피 한 방울을 돋보기 아래에 떨어뜨려 보았더니 온통 세미콜론과 괄호뿐이었다고요." 캐드월레이더 부인이 말했다.

"결혼을 할 것이 아니라 책이나 출간할 일이지 왜 안 하는 거야?" 제임스 경이 혐오감을 드러내며 말했다. 영국 평신도의 건전한 감정으로 판단하건대 그런 혐오감을 느끼는 건 지극히 정당하다고 생각했다.

"아, 그는 각주를 꿈꾸고 있는데 그 각주들이 머리를 완전히 제압해 버린 거예요. 사람들 말로는 아주 어릴 때 『엄지 소년』의 초록을 만들었대요. 그 후로 계속 초록을 만들어 왔고요. 우우! 당신은 바로 그런 남자와 같이 있는 여자가 행복할 수 있다고 주장하는 거예요."

"글쎄, 그는 브룩 양의 취향에 맞는 사람이오." 목사가 말했다. "내가 모든 아가씨의 취향을 이해한다고는 말하지 않겠소."

"하지만 만일 당신 딸이라면?" 제임스 경이 말했다.

"그렇다면 다른 문제겠지. 하지만 내 딸도 아니고, 나는 간섭해야 한다고 느끼지 않소. 캐소본은 대개의 사람들처럼 좋은 사람이오. 학구적인 목사인 데다 성직자로서 평판이 좋아요. 미들마치에서 장광설을 늘어놓던 어떤 급진주의자의 말로는 캐소본은 밀짚을 자르는 유식한 목사고, 프레크는 벽돌에 회반죽을 바르는 목사고, 나는 낚시질을 하는 목사라더군. 정말이지 그중 어느 한쪽이 다른 쪽보다 더 낫거나 더 못하다고는 생각하지 않소." 목사는 조용히 웃으며 말을 맺었다. 그는 자신을 조롱하는 농담을 언제나 잘 받아들였다. 그의 양심은 체구처럼 크고 편안했으며, 골치를 썩이지 않고 할 수 있는 일만 했다.

캐드월레이더 씨를 통해서 브룩 양의 결혼을 방해하려는 계획은 실현 가능성이 없어 보였다. 제임스 경은 그녀가 자유롭게 잘못된 결정을 내릴 수 있게 되었다고 생각하며 씁쓸한 기분이었다. 그래도 도러시아의 오두막 설계도를 실행에 옮기는 계획을 중단하지 않고 그대로 밀고 나간 것은 그의 선량한 성품을 보여 주었다. 물론 이처럼 버티고 나가는 것이 품위를 지키는 가장 좋은 방법이었다. 그러나 자존심은 우리를 너 그렇게 처신하도록 도와줄 뿐 너그러운 인간으로 만들어 주지는 않는다. 허영심이 우리를 재치 있는 인간으로 만들지 않는 것과 마찬가지로. 이제 도러시아는 자신에 대한 제임스 경의 감정을 잘 알기에 그가 처음에 연인으로서 고분고분하게 추진했던 지주의 의무를 올바르게 지속적으로 실천해 나가는 것을 고맙게 생각했다. 그 일에서 느낀 큰 기쁨이 현재 그녀가 누리는 행복의 상당 부분을 차지했다. 그녀는 캐소본 씨에게서, 아니 그 유식한 신사로 인해 영혼에 울려 퍼진 희망찬 꿈과 찬탄 어린 신뢰와 열정적 헌신의 교향악에서 떼어 낼 수 있는 관심을 제임스 체텀 경의 오두막에 모두 쏟아부었다. 그러므로 선량한 준남작이 연이어 방문하면서 실리아에게 작은 관심을 기울이기 시작했을 때 도러시아와 점점 더 즐겁게 이야기를 나누는 자신을 발견하게 되었다. 이제 그녀는 어떤 거리낌이나 짜증스러운 기색 없이 그를 대했다. 그는 열정을 숨기거나 고백할 일이 없는 남녀 간의 진솔하고 친절한 교류의 즐거움을 차차 발견하고 있었다.

9장

첫 번째 신사: 고대 신탁에서 고대의 땅은
　　　　　　'법에 대한 갈증'[48]이라 불렸지.
　　　　　　질서와 완벽한 통치를 위한 투쟁을 벌이던 곳.
　　　　　　자, 그런 땅이 지금 어디 있겠나? ……
두 번째 신사: 글쎄, 옛날에 있었던 곳 — 인간의 영혼 속에 있겠지.

혼인 재산권에 관한 캐소본 씨의 처사는 브룩 씨에게 매우 흡족했고, 결혼 준비가 순조롭게 진행되면서 약혼 기간이 지나갔다. 약혼한 여자는 앞으로 자기 집이 될 곳을 미리 살펴보고 바꾸고 싶은 것이 있으면 지시해야 한다. 결혼 전에 여자가 자기 뜻을 지시하는 것은 결혼 이후 순종하려는 열망을 품도록 하기 위해서다. 확실히 남자든 여자든 사람들이 뜻대로 할 때 저지르는 실수를 보면 그것을 그토록 좋아한다는 사실은 상당히 놀라운 일이 아닐 수 없다.

우중충한 잿빛 날씨에 비는 내리지 않는 11월의 어느 아침

---

48) 고대 페르시아의 성스러운 문헌 『젠드아베스타』에서 언급된, 법을 갈망하는 아리아의 땅.

에 도러시아는 큰아버지와 실리아와 함께 로웍으로 마차를 달렸다. 캐소본 씨의 집은 옛 장원의 저택이었다. 정원 한쪽에서 보이는 가까운 곳에 작은 교회가 자리하고 그 맞은편에 오래된 목사관이 있었다. 처음 목사가 되었을 때 캐소본 씨는 재산이 교회의 성직록뿐이었지만 형의 죽음으로 인해 장원을 물려받았다. 작은 파크에는 여기저기 멋진 참나무 고목들이 있고, 남서쪽을 향한 저택의 정면에는 참피나무들이 가로수 길을 이루었으며, 파크와 사냥터 사이에는 나지막한 울타리가 있었다. 그래서 응접실 창문에서 내다보면 잔디가 깔린 비탈이 막힘없이 드넓게 펼쳐지고 참피나무들이 끝나는 곳에서 평평한 밀밭과 목초지가 이어졌다. 풀밭은 석양빛을 받을 때 종종 호수 속으로 녹아드는 것 같았다. 이쪽에서 볼 때 저택은 아름다웠고, 남쪽과 동쪽은 화창한 아침 햇살을 받을 때도 다소 음울하게 보였다. 경내는 사방이 막혔고 꽃밭을 세심하게 돌본 흔적이 거의 보이지 않았으며, 특히 칙칙한 주목이 주를 이루는 나무들이 창가에서 9미터도 떨어지지 않은 곳에 큰 무리를 지어 높이 솟아 있었다. 녹색이 감도는 석조 건물은 옛 영국식이어서 보기 흉하지는 않았지만 창문들이 작고 우울하게 보였다. 그 저택이 즐거운 가정으로 보이려면 뛰노는 아이들, 활짝 핀 꽃들, 열린 창문들, 화사한 나무들이 늘어선 작은 가로수길이 있어야 했다. 늦가을에 드문드문 남아 있는 노란 나뭇잎들이 햇빛도 들지 않는 정적 속에서 칙칙한 상록수들을 가로지르며 천천히 떨어지고 저택도 가을의 쇠락한 기운을 띠었다. 캐소본 씨가 정문에 모습을 드러냈을 때 그의 외모에는 쇠락한 배경 때문에 돋보일 수도 있을 한창때의 싱싱함이 한 군데도 없었다.

'오, 맙소사!' 실리아는 속으로 생각했다. '프레싯 홀은 이보다 훨씬 더 쾌적했을 텐데.' 그녀는 하얀 석회석 건물과 기둥들이 늘어선 주랑, 꽃들이 만발한 테라스, 제임스 경이 장미 덤불 속에서 마술에 걸려 있다가 깨어난 왕자처럼 달콤한 향기를 내뿜는 꽃잎들이 재빨리 탈바꿈하여 생겨난 손수건을 손에 들고 그들에게 미소를 지으며 내려다보는 광경을 떠올렸다. 아주 쾌활하게 늘 상식에 맞는 이야기를 하고 학구적 지식에 대해서는 절대로 입에 올리지 않는 제임스 경! 실리아의 어린 아가씨다운 가벼운 취향은 세파에 찌든 진지한 신사들도 이따금 아내의 자질로 바랄 법한 것이었다. 캐소본 씨가 그런 취향을 좋아하지 않은 것은 다행이었다. 그가 실리아에게 접근했더라면 가능성이 없었을 테니까.

반면 도러시아는 그 저택과 대지에서 더 바랄 것이 없다고 느꼈다. 긴 서재의 어둠침침한 서가들, 세월이 흐르면서 바랜 카펫과 커튼, 기이하게 낡은 지도들과 복도의 벽에 걸린 조감도, 그 밑에 흩어져 있는 옛 화병들은 그녀에게 중압감을 주지 않았다. 큰아버지가 오래전 여행에서 가져온, 아마도 그가 과거에 받아들였던 사상들과 관련이 있을 그레인지 저택의 주물이나 그림들보다 훨씬 기분 좋게 느껴졌다. 세밀하고 고전적인 나체화와 능글맞은 웃음을 보여 주는 코레조의 그림들은 가엾은 도러시아에게 곤혹스럽게도 도무지 설명할 수 없는 것들이었고, 그녀의 청교도적 관념의 응어리를 빤히 응시했다. 그녀는 그런 그림들을 어떤 식으로든 자기 삶과 연관시키는 방법을 배운 적이 없었다. 그러나 로윅의 주인들은 여행을 즐기지 않았음이 분명했고, 캐소본 씨는 그런 것들의 도움 없이 과거를 연구했다.

도러시아는 즐거운 마음으로 집을 돌아보았다. 그녀의 눈에는 모든 것이 성스럽게 정화되어 보였다. 이곳이 이제 아내로서 자신이 살아갈 집이 될 것이다. 캐소본 씨가 특히 구체적인 준비에 대해 이야기를 꺼내며 집 안에서 바꾸고 싶은 것이 있는지를 물어보았을 때 그녀는 신뢰에 찬 눈길로 그를 올려다보았다. 취향을 배려하려는 태도를 고맙게 받아들였지만 바꿔야 할 것은 하나도 없었다. 그녀에게 깍듯하게 예의 바르고 격식을 차리면서 다정히 대하려는 그의 노력은 조금도 부족함이 없어 보였다. 그녀는 빈 곳이 있으면 겉으로 드러나지 않은 완벽함으로 메웠고, 하느님의 섭리를 해석하듯이 그의 말을 해석했으며, 불협화음처럼 들리는 것은 자신이 더 고귀한 하모니를 듣지 못하기 때문이라고 생각했다. 몇 주의 약혼 기간에 빈자리가 많았지만 애정 어린 믿음으로 그곳에 행복한 확신을 채워 넣었다.

"자, 사랑하는 도러시아, 어느 방을 당신의 내실로 쓰고 싶은지 알려 주면 고맙겠소." 캐소본 씨는 이런 질문을 할 만큼 여자의 본성을 이해하는 매우 넓은 아량을 지녔음을 드러내며 말했다.

"그런 것도 생각해 주시다니 너무 친절하세요." 도러시아가 말했다. "하지만 저는 당신이 이런 문제를 다 결정해 주시는 편이 더 좋겠어요. 모든 것을 있는 그대로, 당신에게 지금껏 익숙한 대로, 아니면 당신이 선택해 주시는 대로 받아들이는 편이 더 행복할 거예요. 다른 것을 바라는 마음은 전혀 없어요."

"아, 도도……." 실리아가 말했다. "내닫이창이 있는 위층 방을 쓰지 않을래?"

캐소본 씨는 그 방으로 그들을 안내했다. 창문 밑으로 참피나무 가로수 길이 내려다보였다. 가구는 모두 빛바랜 푸른색이었고, 벽에는 머리에 분을 뿌린 신사와 숙녀의 작은 초상화들이 걸려 있었다. 문 위의 태피스트리도 푸르스름한 녹색 바탕에 희끄무레한 수사슴 무늬가 있었다. 의자와 탁자들은 다리가 가늘고 넘어지기 쉬워 보였다. 꼭 끼는 코르셋을 입은 숙녀의 유령이 자기가 수놓던 곳을 다시 찾아올 것 같은 방이었다. 송아지 가죽으로 장정한 12절판 순문학책들이 밝은색 책장에 꽂혀 있고, 가구는 그게 전부였다.

"그래……." 브룩 씨가 말했다. "커튼과 소파 같은 것들을 새로 장만하면 아담한 방이 되겠군. 지금은 좀 휑하게 보이니까."

"아니에요, 큰아버지." 도러시아가 열렬히 말했다. "바꾼다는 말씀은 하지 마세요. 세상에는 바꿔야 할 것이 많지요. 저는 이 방을 있는 그대로 받아들이고 싶어요. 당신은 지금 있는 그대로를 좋아하시겠죠, 그렇지 않아요?" 그녀가 캐소본 씨를 보며 덧붙였다. "어쩌면 이 방은 당신 어머니께서 젊을 때 쓰시던 방이었겠죠."

"그렇소." 그는 천천히 고개를 숙이면서 말했다.

"이분이 당신 어머니시지요." 도러시아는 몸을 돌려 초상화들을 자세히 살펴보며 말했다. "당신이 보여 준 작은 초상화와 비슷해요. 다만 이 초상화가 더 잘 그린 것 같아요. 그런데 맞은편의 이분은 누구신가요?"

"어머니의 언니라오. 당신과 당신 동생처럼 동기로는 두 분뿐이었고. 그 위에 걸려 있는 분들이 두 분의 부모님이시지."

"언니분이 예쁘시네요." 실리아는 이렇게 말하며 캐소본 씨의 어머니에 대해 그리 호의적이지 않은 마음을 드러냈다. 캐소본에게도 가족이 있었고 그 가족 모두에게 젊은 시절이 있었다는 사실 — 부인들은 목걸이를 하고 — 에 실리아의 상상력은 새롭게 눈을 떴다.

"특이한 얼굴이에요." 도러시아는 자세히 살펴보며 말했다. "진회색 눈 사이의 미간이 다소 좁고, 코는 섬세하지만 약간 굴곡이 있어 매끄럽지 않고, 분을 뿌린 곱슬머리를 뒤로 넘기고. 전체적으로 보면 예쁘다기보다 다소 특이하게 보여요. 이분과 당신 어머니는 자매간에 닮은 점이 없군요."

"그렇소. 그분들의 운명도 닮은 점이 없었소."

"당신 이모님에 대해서는 말씀하신 적이 없지요." 도러시아가 말했다.

"이모님은 불행한 결혼을 하셨소. 나는 뵌 적이 없소."

도러시아는 약간 의아했지만 캐소본 씨가 말해 주지 않는데 더 물어본다면 실례가 될 것 같아 창으로 몸을 돌리고 경치를 바라보며 감탄했다. 햇빛이 막 잿빛 구름 사이로 쏟아져 내려 참피나무 가로수 길에 그림자를 드리웠다.

"지금 정원을 산책할 수 있을까요?" 도러시아가 말했다.

"교회도 보고 싶겠지." 브룩 씨가 말했다. "단조로운 작은 교회란다. 그리고 마을이라고 해 봐야 아주 작아. 하지만 네게는 딱 맞는 곳일 게야, 도러시아. 오두막들은 사설 구빈원처럼 일렬로 늘어섰고, 작은 뜰에 카네이션이며 꽃들이 피어 있지."

"네, 정말이지……." 도러시아가 캐소본 씨를 바라보며 말했다. "전부 다 보고 싶어요." 그녀는 로윅의 오두막들에 대해 "그리 나쁘지 않다."라는 말 외에는 자세히 듣지 못했다.

곧 그들은 화단과 덤불 사이로 이어진 자갈길에 들어섰다. 교회로 가는 지름길이라고 캐소본 씨가 말했다. 교회의 작은 문 앞에서 그들은 잠시 걸음을 멈추었고, 캐소본 씨는 열쇠를 가지러 목사관으로 갔다. 약간 뒤에서 어슬렁거리던 실리아는 캐소본 씨의 모습이 사라지자 곧 도러시아에게 다가와서 늘 악의적인 의도가 있을지 모른다는 의혹을 반박하듯이 느긋하게 똑똑 끊어지는 목소리로 말을 건넸다.

"그런데 도러시아, 어떤 청년이 산책로를 따라 걸어가는 걸 봤어."

"그게 놀라운 일이니, 실리아?"

"젊은 정원사일지 모르지. 그렇지 않겠니?" 브룩 씨가 말했다. "정원사를 바꿔야 한다고 내가 캐소본에게 말했거든."

"아뇨, 정원사가 아니에요." 실리아가 말했다. "스케치북을 들고 있는 신사였어요. 연갈색 곱슬머리였고요. 등밖에 못 봤지만 아주 젊은 사람이었어요."

"부목사의 아들일지 모르지." 브룩 씨가 말했다. "아, 캐소본이 오는군. 터커도 함께. 터커를 소개해 주겠지. 넌 아직 터커를 만난 적이 없지?"

중년의 터커 씨는 '하급 성직자' 중 하나인 부목사였고, 부목사들에게는 대개 아들이 여럿 있었다. 그러나 소개가 끝난 후 가족에 대한 질문이 이어지지 않았기에 실리아를 빼고는 모두들 유령처럼 나타났던 젊은이에 대해 잊어버렸다. 그녀는 연갈색 곱슬머리와 날씬한 모습이 터커 씨와 아무 관계도 없다고 생각했다. 터커 씨는 그녀가 캐소본 씨의 부목사에 대해 상상한 대로 곰팡이가 핀 늙은이처럼 보였다. 틀림없이 천국에 갈 훌륭한 사람이겠지만(실리아는 도덕적 원칙이 없는 사람은 되고 싶지 않았으므로) 입꼬리가 너무나 보기 흉했다. 그녀는 자신이 신부 들러리로 로윅에서 보내야 할 시간을 생각하며 우울한 기분이 들었다. 여기 부목사에게는 아마도 그녀가 원칙과 상관없이 좋아할 귀여운 어린아이들이 없을 것이다.

터커 씨는 함께 산책하기에 매우 요긴한 사람이었다. 어쩌면 캐소본 씨도 이를 예상했을 것이다. 부목사는 마을 사람들과 다른 교구민들에 대한 도러시아의 질문에 모두 대답해 줄 수 있었다. 그는 로윅의 주민들이 모두 잘산다고 그녀를 안심시켰다. 두 줄로 늘어선 오두막에서 소액의 임대료를 내며 사는 사람 중에 돼지를 키우지 않는 사람이 없었고, 뒤쪽의 작은 정원들도 잘 손질되어 있었다. 어린 사내아이들은 품질이 좋은 코르덴 옷을 입었고, 여자아이들은 말쑥한 하녀로 일하러 외지에 가거나 집에서 밀짚을 엮었다. 여기에는 방적기[49]도 없고

---

49) 1830년 전후로 방직 공장에서 일어난 폭동에 대한 암시.

비국교도도 없었다. 사람들은 정신적인 것을 갈구하기보다 돈을 모으는 데 관심이 많았지만 악행이라 할 만한 것은 많지 않았다. 얼룩덜룩한 닭이 눈에 많이 띄자 브룩 씨가 말했다. "당신네 농부들은 보리 이삭 줍는 일을 여자들에게 맡기는 모양이오. 여기 가난한 사람들은 냄비에 닭을 삶아 먹을 수 있겠어. 그 훌륭한 프랑스 왕[50]이 자기 백성 모두가 그럴 수 있기를 바랐듯이 말이지. 프랑스인들은 닭고기를 무척 많이 먹지. 알다시피 말라비틀어진 닭 말이야."

"그건 아주 저급한 소망 같아요." 도러시아가 분개하며 말했다. "그런 소망을 왕의 미덕으로 봐 줘야 할 만큼 왕들은 괴물인가요?"

"백성들이 비쩍 마른 닭을 먹기를 바랐다면……." 실리아가 말했다. "그건 좋은 일이 아니었겠지. 하지만 그는 백성들이 살진 닭을 먹기를 바랐을 거야."

"그렇소. 하지만 그 단어는 원전에서 탈락했거나 아니면 왕의 마음속에만 있고 표현되지 않았을 거요." 캐소본 씨는 미소를 띠고 실리아에게 고개를 끄덕이며 말했다. 실리아는 캐소본 씨가 자기에게 눈을 깜박이는 것을 참을 수 없었기에 즉시 뒤로 물러섰다.

도러시아는 저택으로 돌아가는 길에 침묵에 잠겼다. 로윅에서 자신이 할 일이 아무것도 없어 약간 실망스러웠고, 또 그 실망감이 부끄럽기도 했다. 그리고 그다음 몇 분간 그녀는 더

---

50) 앙리 4세.

만족스러웠을 가능성을 상상하는 데 빠져들었다. 비참하고 가난한 교구에서 살게 되었더라면 더 적극적으로 의무를 다할 수 있었을 것이다. 그러고 나서 눈앞에 실제로 펼쳐진 미래로 돌아와 캐소본 씨의 목적에 더욱 완벽하게 헌신하는 자기 모습을 그려 보았다. 그 목적에서 새로운 의무가 생겨나기를 기다릴 것이다. 남편과 벗하면서 더 높은 지식을 얻으면 그런 의무들이 많이 드러날 것이다.

터커 씨는 교회 일 때문에 저택에서 점심을 함께할 수 없었기에 곧 돌아갔다. 그들이 작은 대문을 지나 다시 정원에 들어설 때 캐소본 씨가 말했다.

"약간 슬퍼 보이는구려, 도러시아. 오늘 둘러본 것들에 만족하리라 믿소."

"제가 어리석고 그릇된 감정을 느끼는 거예요." 도러시아는 평소처럼 솔직하게 대답했다. "이곳 사람들이 자신들을 위해 더 많은 일이 이뤄지기를 바라면 좋겠다고 느끼고 있으니까요. 저는 무엇을 위해서도 유용하게 살아가는 법을 알지 못했어요. 물론 제가 생각하는 유용함이란 편협한 것이겠지요. 사람들을 도울 새로운 방법을 배워야겠어요."

"의심할 바 없이……." 캐소본 씨가 말했다. "각자의 신분에는 그에 따른 의무가 있기 마련이오. 로윅의 안주인으로서 당신의 의무는 교구민들의 소망을 실현시키는 것이라고 믿소."

"진심으로 저도 그렇게 믿어요." 도러시아가 진지하게 말했다. "제가 슬퍼한다고 생각하지 마세요."

"좋소. 피곤하지 않으면 아까 온 길과 다른 길로 해서 집에 돌아갑시다."

도러시아는 전혀 피곤하지 않았다. 그래서 그들은 길을 약간 돌아 저택의 한쪽 뜰에서 대대로 장관을 이뤄 온 멋진 주목 숲을 향해 나아갔다. 그곳에 다가갔을 때 짙푸른 상록수를 배경으로 눈에 띄는 한 사람이 긴 의자에 앉아 고목을 그리고 있었다. 실리아와 함께 앞에서 걷고 있던 브룩 씨가 고개를 돌리고 말했다.

"저 청년은 누구인가, 캐소본?"

그들이 가까이 다가갔을 때 캐소본 씨가 대답했다.

"젊은 친척입니다. 육촌이지요." 그는 도러시아를 보고 덧붙였다. "실은 당신이 눈여겨보았던 그 초상화 속 부인 줄리아 이모님의 손자라오."

젊은이는 스케치북을 내려놓고 일어섰다. 젊고 숱 많은 연갈색 곱슬머리로 보아 실리아가 아까 말했던 사람이라는 것을 즉시 알 수 있었다.

"도러시아, 내 친척 래디슬로 씨를 소개하겠소. 윌, 이분이 브룩 양이네."

이제 가까이 다가갔기에 그가 모자를 벗었을 때 도러시아는 잿빛 눈 사이의 다소 좁은 미간과 섬세하면서도 매끄럽지 않게 굽은 코와 뒤로 넘겨진 머리카락을 볼 수 있었다. 그러나 굽은 입과 턱은 할머니의 초상화보다 더 두드러지고 위협적이었다. 젊은 래디슬로는 미래의 육촌과 그 친척들에게 소개되어 기쁜 듯이 미소를 지어야 한다고 느끼지도 않았다. 그저 불만스러운 듯 입을 약간 내밀고 있었다.

"자네는 화가로군." 브룩 씨가 스케치북을 집어 들고는 격식을 차리지 않고 넘겨 보며 말했다.

"아뇨, 스케치를 조금 할 뿐입니다. 보실 만한 그림이 전혀 없습니다." 젊은 래디슬로는 겸손해서라기보다 불쾌해서 얼굴을 붉히며 말했다.

"아, 무슨 소리야, 여기 이 그림은 훌륭하군. 나도 예전에는 이런 식으로 좀 그렸었지. 자, 여기를 봐. 멋진 그림이라 할 만하고, 이른바 '활력'이 있어." 브룩 씨는 돌바닥과 나무들, 연못이 그려진 커다란 채색화를 두 아가씨에게 내밀었다.

"저는 이런 것을 판단하지 못해요." 도러시아는 쌀쌀하지 않지만 자기 의견을 묻지 않기를 열렬히 바라는 어투로 말했다. "큰아버지께서 잘 아시듯이 저는 극찬을 받는 그림에서도 아름다움을 전혀 느끼지 못했어요. 그건 제가 이해하지 못하는 언어예요. 그림과 자연 사이에 어떤 관계가 있기는 한데 제가 너무 무지해서 느끼지 못하는 거죠. 그리스어로 쓰인 문장이 무슨 의미인지 당신은 알지만 제게는 아무 뜻도 없는 거나 마찬가지로요." 도러시아는 캐소본 씨를 올려다보았고, 그는 그녀에게 고개를 끄덕였다. 브룩 씨는 태연히 미소를 지으며 말했다.

"이런 참, 사람들이 이렇게 다르다니까! 그렇지만 네가 받은 교육 방식이 좋지 않았던 거야. 아가씨들은 바로 이런 것을 배워야 하는데. 스케치라든가 미술이라든가 등등 말이야. 그래도 넌 설계도를 그리는 것은 좋아하지. 섬세한 색조나 그런 것을 알지 못하는 거야. 바라건대 우리 집에 오시면 내가 이런 식으로 그렸던 그림들을 보여 드리지." 그는 젊은 래디슬로에게 몸을 돌리고 말을 이었다. 래디슬로는 도러시아를 골똘히 관찰하고 있다가 정신을 차려야 했다. 그는 그녀가 캐소본과 결혼할 예정이므로 틀림없이 불쾌한 여자일 거라고 결론을 내렸고, 그림에 대해 둔감하다는 말을 곧이곧대로 믿더라도 자신의 결론이 옳다고 확신했을 것이다. 그러나 실은 그녀의 말을 은밀한 비판으로 받아들였고, 그녀가 자기 스케치를 혐오스럽게 여긴다고 생각했다. 그녀는 너무나 교묘한 변명으로 큰아버지와 그를 비웃고 있었다. 하지만 목소리는! 먼 옛날에 올리언 하프[51]에 담겨 있던 영혼의 목소리 같았다. 분명 자연이 만들어 낸 모순 가운데 하나였다. 캐소본과 결혼하려는 아가씨라면 어떤 열정도 있을 리 없었다. 그러나 그는 그녀에게서 몸을 돌리고 고개를 숙여 브룩 씨의 초대에 감사하는 뜻을 표했다.

"내가 소장한 이탈리아 판화들을 함께 살펴보세." 그 호인이 말을 이었다. "여러 해 동안 모은 것이 끝없이 많다네. 알다시피 이런 시골에 묻혀 살다 보면 녹슬기 마련이지. 자네는 아닐세, 캐소본. 자네 연구에 매진하니까. 하지만 내가 품었던 최고의 사상들은 밑바닥에 떨어져서 알다시피 도태하고 말았다네. 자네처럼 영리한 젊은이는 나태해지지 않도록 조심해야 하네. 나는 너무나 나태했어. 그러지 않았더라면 뭔가 한 번은 이루었을 텐데."

---

51) 바람이 불면 울리는 현악기.

"적절한 충고입니다." 캐소본 씨가 말했다. "그런데 이제 집으로 들어가시지요. 아가씨들이 오래 서 있느라 피곤하지 않도록."

그들이 돌아서자 젊은 래디슬로는 다시 앉아서 그림을 계속 그렸다. 그림을 그리면서 얼굴에 즐거워하는 표정이 떠올랐고, 그 표정이 점점 더 뚜렷해지더니 마침내 고개를 젖히고 큰소리로 웃음을 터뜨렸다. 폭소를 터뜨린 것은 그림에 대한 반응 때문이기도 했고, 또한 엄숙한 친척이 그 아가씨의 연인이라는 사실 때문이기도 했을 것이다. 또한 브룩 씨가 나태함이라는 장애 요인만 없었다면 탁월한 수준에 도달했을 거라고 생각했기 때문이기도 했다. 우스꽝스러움을 느낄 때 윌 래디슬로의 얼굴은 아주 유쾌하게 빛났다. 우스운 것을 그저 즐기는 표정이었고, 거기에는 조롱이나 자만이 전혀 섞여 있지 않았다.

"조카는 앞으로 무엇을 할 생각이오, 캐소본?" 걸어가면서 브룩 씨가 말했다.

"제 육촌 말씀이시겠지요. 조카가 아니라."

"아, 그래, 육촌. 어떤 직업을 택하려는가 말이지."

"유감스럽게도 그 질문에 대한 답은 분명치 않습니다. 럭비 스쿨[52]을 나왔는데 그러고 나서 영국 대학에 진학하기를 거

---

52) 영국의 사립 학교. 영국 시인 매슈 아널드(Matthew Arnold, 1822~1888)의 부친이자 "건강한 몸에 건강한 마음"이라는 발전적 이상을 내건 교육 개혁가로서 유명했던 토머스 아널드(Thomas Arnold, 1795~1842)가 교장으로 있었다.

부했어요. 저는 기꺼이 보내고 싶었습니다만. 그러더니 하이델
베르크에 가서 제 생각으로는 이례적인 과정을 밟으며 공부하
겠다고 하더군요. 그리고 지금은 특별한 목적도 없이 다시 외
국에 나가고 싶어 합니다. 그가 교양이라 부르는 모호한 목적
을 제외하면 스스로도 뭔지 모르는 것을 준비한답시고 말이
지요. 그는 전문직을 선택하지 않으려 합니다."

"자네가 제공하는 것 외에는 다른 생계 수단이 없겠지."

"저는 그를 교육시켜 버젓이 살아갈 수 있도록 필요한 것을
적절히 제공하겠다고 그와 그 친지들에게 늘 말해 왔습니다.
그러니 그에 따른 기대를 충족시킬 의무가 제게 있지요." 캐소
본 씨는 자신의 선행을 그저 공정한 것으로 설명했다. 도러시
아는 그 섬세한 마음씨에 주목하며 속으로 경탄했다.

"여행을 갈망하는 젊은이로군. 어쩌면 브루스나 먼고 파크[53]
같은 탐험가가 될지도 모르지." 브룩 씨가 말했다. "한때 나도
그런 생각을 했었거든."

"아뇨, 그는 탐험이나 지질학의 발전에 관심이 없습니다. 그
런 특별한 목적이 있다면 저도 어느 정도 찬성하며 인정해 주
었겠지요. 아주 젊은 나이에 사고로 죽는 경우가 허다한 직업
을 갖는 것을 축하하지는 않았겠지만 말입니다. 그러나 그는
지표면을 더 정확하게 알아내려는 욕구 같은 것을 느끼지 않
습니다. 나일강의 수원은 모르는 편이 더 낫다고 하더군요. 시

---

53) 제임스 브루스(James Bruce, 1730~1794)와 먼고 파크(Mungo Park,
1771~1806)는 아프리카를 탐험한 영국인이다.

적 상상력이 거침없이 뛰놀도록 미지의 지역이 잘 보존되어 있기를 바란다고요."

"흠, 그 말은 일리가 있네." 브룩 씨가 말했다. 그가 공정한 마음을 지녔음은 분명했다.

"유감입니다만 그것은 대체로 치밀하지 않고 어떤 일에도 철저하지 못한 성향을 드러낸 말에 불과합니다. 공직이든 성직이든 어떤 직업을 갖더라도 그런 성향은 좋지 않은 조짐을 드러내겠지요. 혹시 그가 일반적 관습에 순응해서 직업을 선택하더라도 말이지요."

"자신이 부적합하다는 생각 때문에 신중하게 망설이고 있을지 모르지요." 도러시아가 호의적인 설명을 바라며 말했다. "법학과 의학은 아주 진지한 전문직이라서 선택하기 어렵지 않을까요? 사람들의 생명과 재산이 달렸으니까요."

"물론 그렇소. 하지만 유감스럽게도 내 친척 윌 래디슬로가 그런 직업을 단호히 혐오하는 것은 근면하게 일하기를 싫어하기 때문이고, 또 그런 직업을 얻기 위해 꼭 필요한 학식을 습득하기 싫어하기 때문이오. 자기 방종적인 취향에는 그런 학식이 매력적으로 보이지 않고 직접적인 호소력도 없으니까. 나는 아리스토텔레스가 놀랍도록 간결하게 진술한 말을 토대로 그에게 역설했소. 목적으로 삼은 어떤 일을 성취하고자 한다면 그 이전에 많은 노력을 들여서 부차적인 재능을 습득해야한다고 말이오. 그것은 참을성이 필요한 일이오. 나는 수십 권에 달하는 내 원고를 예로 들었소. 아직 완성되지 않은 저서를 준비하기 위해 오랜 세월 동안 바친 노고를 뜻하니까. 하지만 아무 소용도 없었소. 이처럼 신중한 설득에 그는 스스로를 페가수스라고 부르고 미리 정해진 모든 일을 '마구'라고 부르며 대답하더군."

실리아는 웃었다. 캐소본 씨가 이렇게 재미있는 말을 할 수 있다는 것이 놀라웠다.

"글쎄, 알다시피 결국 바이런이나 채터턴, 처칠[54] 같은 인물이 될지도 모르지. 누구도 모르는 일이라네." 브룩 씨가 말했다. "이탈리아나 그가 원하는 곳 어디로든 보내 줄 생각인가?"

"그렇습니다. 일 년 정도 적절한 경비를 대겠다고 했습니다. 그 이상은 요구하지 않더군요. 그가 자유의 시련을 겪도록 내버려 둘 생각입니다."

"매우 친절하세요." 도러시아는 캐소본 씨를 즐거운 얼굴로 올려다보며 말했다. "고귀한 일이에요. 결국 사람의 내면에는 어떤 소명이 있겠지만 본인에게는 그것이 분명치 않을 수 있을 거예요. 그렇지 않을까요? 그들은 성장 과정에 있기 때문에 나태하고 나약하게 보일 수 있고요. 우리는 서로에게 인내심을 가져야 한다고 생각해요."

"언니는 약혼하면서 인내심이 좋은 거라고 생각하게 된 것 같아." 도러시아와 단둘이 있게 되자 외투를 벗으면서 실리아가 말했다.

"내가 무척 성급하다는 말이구나, 실리아."

---

54) 토머스 채터턴(Thomas Chatterton, 1752~1770)과 찰스 처칠(Charles Churchill, 1731~1764)은 시인이자 풍자가였다.

"응, 언니가 원하는 대로 사람들이 행동하거나 말하지 않을 때 그래." 실리아는 도러시아가 약혼한 후로 언니에게 '의견을 말하는' 것이 전처럼 겁나지 않았다. 영리하다는 것이 전보다 더 가련하게 보였던 것이다.

10장

청년 래디슬로는 브룩 씨의 초대를 받았음에도 불구하고
방문하지 않았다. 엿새가 지난 후 캐소본 씨는 친척이 유럽으
로 떠났다고 말했는데 냉랭하고 모호한 이 말로 사람들의 질
문을 털어 버리려는 것 같았다. 사실 월은 유럽이라는 대륙 전
체 외에는 구체적인 목적지를 정하려 들지 않았다. 재능이란
으레 족쇄를 참지 못하는 법이라고 그는 주장했다. 한편으로
재능은 최대한 자발성을 발휘해야 한다. 다른 한편으로 재능
은 그 특별한 재능에 걸맞은 일을 일러 줄 우주의 전갈을 확
신을 갖고 기다리면서 오로지 그 숭고한 기회를 수용하려는
태도를 취할 것이다. 이 수용의 태도는 다양했고, 월은 그 가

---

55) 토머스 풀러(Thomas Fuller, 1608~1661)의 『영국 명사들의 역사』.

운데 많은 것을 진지하게 시도해 보았다. 포도주를 아주 좋아하는 편이 아니지만 취중의 황홀경을 실험하려고 몇 차례 폭음한 적도 있다. 졸도할 때까지 단식을 한 적도 있고, 그런 다음에는 바닷가재만 먹기도 했으며, 아편을 복용하다가 탈이 나기도 했다. 이런 방법들을 시도해도 대단히 독창적인 것은 나오지 않았다. 아편을 복용하고 나서는 체질이 드퀸시와 전혀 다르다는 점을 확인했을 뿐이다.[56] 재능을 발달시키도록 주어지는 특별한 상황은 아직 도래하지 않았다. 우주는 아직 그를 손짓하며 부르지 않았다. 카이사르의 운명도 한때는 숭고한 예감에 불과했다. 발달이란 가장무도회처럼 은폐되어 있으며 인상적인 형태가 무력한 배아 속에 감춰졌을 수 있다는 것을 우리는 안다. 실로 세상은 희망찬 추론과 가능성이라 불리는 멋지고도 수상적은 배아들로 가득 차 있다. 윌은 오랫동안 알을 품고도 병아리를 부화하지 못하는 가련한 경우들을 꽤 명확히 보았고, 고마운 마음만 아니었으면 캐소본을 비웃었을 것이다. 캐소본의 끈질긴 면학과 줄지어 쌓인 공책들, 세상의 내팽개쳐진 폐허를 탐구하는 작은 촛불 같은 학구적인 이론은 자신을 우주의 의도에 선선히 내맡기려는 윌의 의지를 전적으로 장려하는 도덕을 역설하는 듯했다. 윌은 그처럼 우주를 신뢰하는 것이 천재의 특징이라 여겼다. 그 반대의 특징이 아님은 분명하다. 천재적 재능은 자만이나 자기 비하에 있

---

56) 토머스 드퀸시(Thomas De Quincey, 1785~1859)는 자기 경험을 바탕으로 『어느 아편 중독자의 고백』을 출간했다.

는 것이 아니고, 무엇이든 일반적인 것이 아니라 특정한 어떤 것을 만들거나 실행하는 능력에 있다. 그렇다면 우리는 그의 미래에 대해 판단을 내리지 말고 그를 대륙으로 떠나도록 내버려 두자. 온갖 과오 가운데 예단이야말로 가장 무익하니까.

그런데 너무 성급한 판단을 내리지 말자는 이 다짐은 지금 캐소본 씨의 젊은 친척보다는 바로 캐소본 씨와 관련해서 더욱 내 관심을 끈다. 도러시아에게 캐소본 씨가 젊은 환상의 섬세하고 불붙기 쉬운 자질에 불을 붙인 계기에 불과했다면 지금까지 그에 대해 판단을 내려 온 그리 열정적이지 않은 사람들의 마음속에는 그가 공정하게 그려진 것일까? 나는 이웃 마을 목사의 이른바 위대한 영혼을 경멸한 캐드월레이더 부인이나 경쟁자의 빈약한 다리를 한심하게 생각한 제임스 체텀 경, 이웃의 의견을 끌어내지 못한 브룩 씨, 중년 학자의 외모를 비판한 실리아, 그 누구의 절대적 결론이나 편견에 대해서도 이의를 제기한다. 어느 시대의 가장 위대한 사람도 만약 그런 최고의 인물이 한 명 존재한다면 여러 작은 거울들에 비친 자신의 탐탁지 않은 모습을 피할 수 없으리라고 나는 생각한다. 심지어 밀턴도 숟가락에 비친 자기 얼굴을 보면서 시골뜨기의 각진 얼굴을 인정해야 한다. 게다가 캐소본 씨가 생각을 말할 때 다소 냉랭한 수사를 구사한다고 해서 선량한 의도나 섬세한 감정이 없다고 확신할 수는 없다. 불멸의 명성을 얻은 의사이자 상형 문자를 해독한 사람[57]도 혐오스러운 시를

57) 토머스 영(Thomas Young, 1773~1829)은 의사, 물리학자, 이집트학자

쓰지 않았던가? 태양계 이론이 우아한 태도와 재치 있는 대화로 개진된 적이 있었던가? 우리가 한 인간에 대한 외적 평가에서 눈을 돌려 그 사람의 의식이 자기 행위와 역량을 어떻게 평가하는지에 대해 좀 더 예리한 관심을 기울이고 궁금해하면 어떨까. 그가 어떤 방해를 받으며 일상의 노고를 지속하는지, 해를 거듭할수록 시들어 가는 희망과 더 깊이 천착하는 자기기만을 마음속으로 어떻게 기록하는지, 그리고 언젠가는 감당 못 할 만큼 버거워져 결국 심장을 멈추게 할 전반적 압박에 저항하면서 어떻게 용기를 내어 씨름하고 있는지. 의심할 바 없이 그의 눈에는 자기 운명이 가장 중요하다. 그가 너무나 많은 배려를 받기 원한다고 우리가 생각하는 가장 큰 이유는 우리가 그를 위해 비워 둔 공간이 작기 때문이다. 그렇기 때문에 우리는 더없는 확신을 품고 그를 하느님의 배려에 맡긴다. 아니 우리 이웃이 신에게 최고의 배려를 기대하는 것을 숭고하게 여기기도 한다. 그가 우리에게 받은 배려가 아무리 적더라도 말이다. 캐소본 씨도 자기 세계의 중심이었다. 만일 그가 다른 사람들에 대해서 신의 섭리에 의해 자신을 위해 만들어진 존재라고 생각한다든지, 특히 『모든 신화의 핵심 요소』의 저자의 목적에 부합하는지에 따라 다른 사람들을 재단하는 경향이 있다면 이 특성은 우리에게 낯선 것도 아니고 인간들이 애걸하는 다른 희망들과 마찬가지로 우리의 동정을 받을 만하다.

로서 광학에 관한 중요한 연구를 했고 로제타석을 해독했다.

확실히 브룩 양과의 결혼이라는 이 사건은 지금까지 그 결혼을 반대해 왔던 사람들보다 캐소본에게 더 밀접하게 영향을 미쳤다. 그리고 현재 상황에서 나는 상냥한 제임스 경이 경험한 실망보다 캐소본 씨가 이룬 성공에 더욱 연민을 느낀다. 왜냐하면 결혼식을 치르기로 예정된 날이 가까워지면서 사실 캐소본 씨는 기운이 나지 않는다는 것을 알게 되었기 때문이다. 또한 결혼 생활의 정원 풍경을, 온갖 경험이 보여 주듯이 소로에 꽃들이 만발한 정원 풍경을 아무리 숙고해 보아도 그에게는 가느다란 초를 들고 걷던 친숙한 지하실보다 더 매혹적으로 보이지 않았다. 사랑스럽고 고귀한 마음을 가진 아가씨를 얻었지만 기쁨을 얻은 것은 아니라는 놀라운 사실을 그는 스스로에게 고백하지 않았고, 더더욱 누구에게도 발설할 수 없었다. 그 기쁨도 열심히 탐구하면 발견할 수 있을 목적으로 생각했다. 사실 그는 정반대의 의미가 담긴 고전 문단을 모두 알고 있었다. 그러나 알다시피 고전 문구를 안다는 것은 한 가지 활동 방식이고, 바로 그렇기 때문에 그 문구들을 개인의 삶에 적용할 힘이 거의 남지 않은 것이다.

가엾은 캐소본 씨는 면학가로서 지내 온 기나긴 총각 시절이 자신을 위한 즐거움을 복리로 저축해 두었으므로 그의 애정을 듬뿍 인출하면 지급되지 않을 리 없다고 상상했었다. 진지한 사람이든 가벼운 사람이든 우리 인간은 자기 생각을 비유에 얽어매고, 그 비유에 따라서 돌이킬 수 없는 행동을 하게 된다. 지금 그는 다름 아닌 유난히 행복한 상황에 있다는 그 확신 때문에 슬픔에 빠질 위험에 처해 있었다. 그가 가장 활기찬 즐거움을 기대했을 때, 익숙하고 단조로운 로윅의 서재를 그레인지 저택 방문으로 바꾸었을 때, 바로 그때 그를 엄습한 어떤 공허한 감정을 외적 이유로는 설명할 수 없었다. 목적지에 조금도 가까이 다가가지 못하면서 저술의 늪을 헤쳐 나가려고 애쓰는 동안 때로 그를 위협하던 절망에 빠졌을 때처럼 여기서도 피로감을 느끼며 완전히 외로움에 빠져들었다. 그 외로움은 동정을 받을까 봐 움츠리는 가장 고약한 것이었다. 그는 도러시아를 얻은 구혼자에게 세상 사람들이 기대하는 만큼 자신이 행복하다고 도러시아가 생각하기를 바랐다. 그리고 저술 작업과 관련해 그녀의 풋풋한 신뢰와 존경에 의지했고, 스스로를 격려하기 위한 수단으로 그녀가 경청하면서 드러내는 참신한 관심을 즐겨 이끌어 냈다. 그녀에게 말할 때는 교사의 자신감을 갖고 자신의 성취와 의도를 설명했고, 노고를 바쳐도 결실이 없는 시간들을 지옥에서 올라오는 뜨거운 증기의 압력으로 채워 놓던 상상 속의 냉랭한 청중에게서 잠시 벗어날 수 있었다.

교육이랍시고 대체로 어린 아가씨들에게 맞도록 개작한 장난감 상자처럼 간략한 세계 역사밖에 배운 것이 없는 도러시아에게 캐소본 씨가 들려준 그의 위대한 저서에 관한 이야기는 완전히 새로운 전망을 펼쳐 주었다. 스토아학파와 알렉산드리아학파에 보다 근접하게 되었을 때 자기 생각과 전적으로 다르지 않은 관념을 가진 사람들을 발견하고 느낀 놀라움, 이처럼 계시를 받은 느낌으로 인해 그녀는 자기 삶과 신념을 그 놀라운 과거와 밀접히 연결하고 자기 행위를 가장 심원한 지식의 근원과 결부시킬 수 있는 하나의 결합 이론에 대한 평소의 열망을 잠시 보류해 두었다. 앞으로 더 완전한 가르침이 이어지고, 캐소본 씨는 모든 것을 말해 줄 것이다. 그녀는 결혼을 고대하면서 더욱 높은 관념에 입문하기를 고대했고, 두 가지에 대한 모호한 생각들을 뒤섞었다. 도러시아가 그저 교양을 얻기 위해 캐소본 씨의 학식을 공유하고 싶어 했으리라고 생각한다면 큰 착오일 것이다. 프레싯과 팁턴 근방 주민들은 그녀를 영리하다고 생각했지만, 영리함이라는 단어를 성격과 별개로 순전히 지식을 습득하고 행동하는 능력이라고 더욱 엄밀하게 정의하는 집단에서는 영리하다는 형용사로 그녀를 평할 수 없겠기 때문이다. 지식을 습득하려는 그녀의 열망은 공감적인 동기의 충일한 흐름 속에 자리 잡았고, 그녀의 관념과 충동은 늘 그 흐름 안에서 휩쓸려 나아갔다. 그녀는 지식으로 자신을 치장하기를 바라지 않았다. 자기 행동에 원동력을 제공한 신경과 혈액에서 벗어난 지식을 걸치고 싶어 하지도 않았다. 만일 책을 썼다면 성녀 테레사가 그랬듯이 양심에 압박을 가한 어떤 권위의 명령에 따라서 썼을 것이다. 그러나 그녀는 자기 삶을 이성적이면서도 열렬한 행동으로 채워 줄 그 무엇을 갈망했다. 다만 환영이나 영적 지도자의 인도를 받을 수 있던 시대는 이미 지나갔고, 기도하면 열망이 강해질 뿐 지침이 뚜렷해지는 것은 아니었으므로 지식 외에 어떤 등불이 남아 있겠는가? 분명 학식이 높은 남자들만이 그 등불에 넣을 유일한 기름을 간직하고 있었다. 그리고 캐소본 씨보다 학식이 더 많은 사람이 어디 있을까?

그래서 짧은 몇 주일간 도러시아가 즐겁고 감사한 마음으로 품었던 기대는 깨지지 않았다. 연인은 이따금 맥 빠지는 기분이 들었지만 그녀의 다정한 관심이 줄었기 때문이라고는 결코 말할 수 없었다.

날씨가 온화한 계절이었기에 신혼여행을 멀리 로마까지 확대하려는 계획을 세울 수 있었고, 캐소본 씨는 바티칸 궁전에서 검토하고 싶은 원고가 있었기에 로마에 가고 싶어 했다.

"동생이 함께 가지 않겠다니 여전히 유감이오." 실리아가 함께 가기를 거절했고 도러시아가 동생의 동행을 원하지 않는다는 것이 확인되고 난 후 어느 아침에 그가 말했다. "당신은 많은 시간을 외롭게 보내야 할 거요, 도러시아. 나는 로마에 머무는 시간을 최대한으로 활용해야 할 테니까. 당신에게 말동무가 있으면 내가 좀 더 홀가분하게 느낄 텐데."

"내가 좀 더 홀가분하게 느낄 텐데."라는 말에 도러시아는 기분이 상했다. 캐소본 씨와 대화하면서 처음으로 불쾌함에 얼굴을 붉혔다.

"저를 잘못 생각하신 거예요." 그녀가 말했다. "제가 당신의 시간이 귀중하다는 것에 공감하지 않는다고 생각하신다면, 당신이 최고 목적을 위해 시간을 쓰는 데 방해되는 것을 제가 기꺼이 포기하지 않을 거라고 생각하신다면요."

"마음이 무척 고운 사람이구려, 사랑하는 도러시아." 캐소본 씨는 그녀가 상처를 입은 것을 전혀 알아차리지 못했다. "하지만 당신에게 말동무가 있으면 두 사람을 관광 안내인의 보호에 맡길 수 있고, 그러면 우리는 같은 시간에 두 가지 목적을 이룰 텐데."

"제발 다시는 그런 말씀 말아 주세요." 도러시아는 다소 오만하게 말했다. 그렇지만 이내 자신이 잘못했을까 봐 걱정되어 그에게로 몸을 돌리고 그의 손에 손을 얹고는 다른 어조로 덧붙였다. "제발 저에 대해서는 걱정하지 마세요. 혼자 있는 시간에 생각할 것이 아주 많을 거예요. 그리고 탠트립이 돌봐줄 테니 말동무로 충분할 테고요. 하지만 실리아를 데려가는 것은 차마 안 되겠어요. 그 애는 비참한 기분일 거예요."

옷을 갈아입을 시간이었다. 그날 정찬 파티가 열리기로 되어 있었고, 결혼식의 합당한 예비 절차로서 그레인지에서 열린 파티 중에 마지막이었다. 도러시아는 평소보다 준비할 것이 많은 듯이 종이 울리자마자 일어섰고, 방을 나설 핑곗거리가 있어서 다행이라고 생각했다. 스스로에게도 명확히 밝힐 수 없는 이유로 화를 낸 것이 부끄러웠다. 거짓을 말할 의도가 없었어도 캐소본 씨에게 한 대답은 내면의 진짜 상처를 언급하지 않았던 것이다. 캐소본 씨의 말은 매우 합리적이었지만 순간적으로 그가 냉담하게 멀리 떨어져 있다는 막연한 느낌을 불러일으켰다.

'내가 이상하게도 이기적이고 나약한 마음에 빠진 모양이야.' 그녀는 생각했다. '나보다 훨씬 우월한 남편을 두고서 내가 그를 필요로 하는 만큼 그가 나를 필요로 하지 않으리라는 것을 어떻게 모를 수 있지?'

캐소본 씨가 전적으로 옳았다고 스스로를 설득했기에 그녀는 마음의 평정을 되찾았고, 은회색 드레스를 입고 평온한 기품을 보기 좋게 드러내며 응접실에 들어섰다. 암갈색 머리카락을 이마 위로 소박하게 가르마를 타서 나누고 뒤쪽에서 풍성하게 꼬아 올렸는데 그녀의 태도와 표정에 단순히 효과만 노리는 기색이 전혀 없었기에 잘 어울렸다. 사람들과 어울릴 때 이따금 도로시아는 마치 탑에 갇혀서 청명한 바깥 공기를 내다보는 성녀 바르바라[58]의 그림처럼 완벽하게 평온한 분위기에 감싸여 있는 것 같았다. 그러나 이처럼 잠시 이어진 고요함 때문에 어떤 외적 호소에 반응했을 때 그녀의 강렬한 말과 감정은 더욱 두드러졌다.

이날 저녁 그녀는 당연히 많은 사람의 화제에 올랐다. 성대한 정찬 파티였고, 브룩 씨가 조카딸들과 함께 산 이후에 그레인지에서 열렸던 어떤 파티보다도 다양한 부류의 남자들이 모였다. 그러므로 그들은 다소 조화를 이루지 못하고 두세 명씩 모여서 대화를 나누었다. 새로 선출된 미들마치의 시장도 파티에 참석했는데 그는 제조업자였다. 그의 매부이자 박애주의자인 은행가는 이 소도시의 많은 영역을 지배하고 있었기에 사람들이 각자 말버릇에 따라서 그를 감리교도라고도 부르고 위선자라 부르기도 했다. 전문직에 종사하는 사람도 많이 참석했다. 사실 캐드월레이더 부인은 브룩이 미들마치 주민들을 매수하기 위해 대접을 시작했다고 말했고, 자신은 십일조를 내는 날에 열리는 만찬에 참석하는 농부들을 더 좋아한다

---

58) 그리스도교 성인이자 순교자. 신앙을 버리기를 거부하여 부친에 의해 탑에 갇혔고, 이후에 살해되었다.

고 말했다. 농부들은 가식 없이 자기 건강을 위해 축배를 들어 주고 조상들의 살림살이를 부끄러워하지 않는다는 것이다. 선거법 개정안[59]으로 인해 정치의식이 발달하기 이전 그 지방에서는 계층 간 차이가 더 두드러졌고 당파 간 차이는 그리 뚜렷하지 않았다. 그래서 브룩 씨가 여러 부류의 사람들을 가리지 않고 초대한 것은 무절제한 여행과 여러 사상을 너무 많이 받아들인 습성에서 비롯한 전반적으로 느긋한 성향 때문인 듯했다.

식사가 끝나고 브룩 양이 식당을 나서자마자 '여담'을 끼워 넣을 기회가 마련되었다.

"훌륭한 아가씨야, 브룩 양은! 맹세코, 흔치 않게 멋진 아가씨지!" 늙은 변호사인 스탠디시 씨가 말했다. 그는 지주 신사계층의 일에 오랫동안 종사하다가 자신도 지주가 되었고, 지위가 높은 사람의 말을 새겨 넣는 문장(紋章)처럼 그 맹세를 낮고 굵직한 목소리로 입에 올렸다.

은행가인 불스트로드 씨에게 건넨 말 같았지만 그 신사는 야비하고 불경스러운 것[60]을 싫어했으므로 고개를 끄덕일 뿐이었다. 그 말을 받은 치첼리 씨는 중년의 총각으로 토끼 사냥의 명수였다. 얼굴빛은 부활절 달걀 같았는데 몇 올 되지 않는 머리카락을 세심하게 정리했고, 그의 태도는 두드러진 외

---

59) 1차 선거법 개정안은 영국 정치사에서 획기적인 분수령에 해당하는 사건이었고, 『미들마치』는 그 개정안이 통과되기 직전의 시점을 배경으로 한다.
60) "맹세코(by God)"라는 표현이 신의 이름을 헛되이 부르는 불경스러운 것이라는 의미.

모를 의식하고 있음을 은연중에 드러냈다.

"그래요, 하지만 제가 좋아하는 스타일의 아가씨는 아닙니다. 저는 남자를 기쁘게 해 주려고 애쓰는 여자가 좋거든요. 여자에게는 장식이 좀 있어야 해요. 교태 같은 거랄까. 남자는 일종의 도전을 좋아하지요. 여자가 열렬히 구애를 하면 할수록 더 낫습니다."

"자네 말에 일리가 없는 건 아닐세." 스탠디시 씨가 기분 좋게 대하려고 말했다. "그리고 맹세코, 여자들은 대개 다 그렇다네. 그래야 지혜로운 목적에 이바지하겠지. 하느님의 섭리로 여자들은 그렇게 만들어졌다네, 그렇지 않나, 불스트로드?"

"나는 교태의 원천을 다른 곳에서 찾고 싶소." 불스트로드 씨가 말했다. "오히려 악마에게서 나왔다고 해야겠지."

"아, 물론 여자에게는 약간 악마적인 데가 있어요." 치첼리 씨가 말했다. 여자를 연구하다 보니 그의 신학은 해를 입은 것 같았다. "그리고 저는 금발에 백조처럼 목이 길고 좀 특이한 걸음걸이로 걷는 여자가 좋아요. 우리끼리 이야기지만 브룩 양이나 실리아 양보다는 시장님의 딸이 제 취향에 더 잘 맞아요. 제가 결혼한다면 두 아가씨보다는 빈시 양을 선택할 겁니다."

"자, 그럼 결정해, 결정하라고." 스탠디시 씨가 익살맞게 말했다. "보다시피 중년 남자들이 성공의 기치를 올리고 있지 않은가."

치첼리 씨는 의미심장하게 고개를 가로저었다. 그는 자신이 선택할 여자가 자신을 받아들일 거라는 확신을 위험에 빠뜨리지 않을 것이다.

치첼리 씨의 이상형이라는 명예를 얻은 빈시 양은 물론 그 자리에 없었다. 지나친 행보에 대해 늘 반대해 온 브룩 씨는 공식 석상에서가 아니라면 조카딸들이 미들마치 제조업자의 딸과 마주치지 않도록 조치했을 것이다. 참석한 여자들 가운데 레이디 체텀과 캐드월레이더 부인이 싫어할 사람은 하나도 없었다. 대령의 미망인인 렌프루 부인은 나무랄 데 없는 교양을 갖추었는데 갖가지 질병을 호소하는 사람이라서 더욱 흥미로웠다. 그녀가 하소연하는 증세는 의사들도 어리둥절하게 만들었기에 완벽한 전문 의학 지식에다 돌팔이 의술까지 동원해야 할 질병 같았다. 자신의 놀라운 건강이 집에서 담근 비터 맥주와 끊임없는 의료 서비스 덕분이라고 생각한 레이디 체텀은 상상력을 발휘하면서 렌프루 부인의 증세에 대한 설명과 온갖 원기 증진제가 놀랍게도 전혀 효과가 없었다는 이야기에 귀를 기울였다.

"그 약효가 다 어디로 갔을까?" 렌프루 부인이 잠시 다른 곳에 정신을 파는 동안 온순하지만 당당한 미망인은 깊은 생각에 잠긴 듯 캐드월레이더 부인에게 말했다.

"병을 더 키운 거지요." 너무 훌륭한 가문 출신이라 약에 관해서는 아마추어일 리가 없는 목사 부인이 말했다. "뭐든지 다 체질에 달렸어요. 어떤 사람은 지방을, 어떤 사람은 피를, 어떤 사람은 담즙을 만들죠. 내가 보기에는 그래요. 사람들이 먹는 것은 무엇이든 쓸데가 있지요."

"그렇다면 렌프루 부인은 증상을 줄일 약을 먹어야겠군. 당신 말이 옳다면 말이야. 당신 말이 타당한 것 같아요."

"물론 타당하지요. 두 종류의 감자가 같은 땅에서 자란다고 합시다. 그중 하나는 점점 물이 많아지고……."

"그래! 이 가엾은 렌프루 부인처럼 말이지. 나도 그렇게 생각해. 전신 부종이라고! 아직은 부어 오르지 않았지만 속으로는 그럴 거야. 부인은 몸을 말리는 약을 먹어야 해. 그렇지 않아요? 아니면 건조하고 뜨거운 공기욕을 하든지. 바싹 말리는 성질이 있는 것을 많이 써 봐야 할 거야."

"어떤 사람의 소책자를 써 보라고 하세요." 응접실로 들어오는 신사들을 쳐다보면서 캐드월레이더 부인이 나지막하게 말했다. "바싹 말릴 필요가 없는 사람이니까."

"아니, 누구 말이에요?" 레이디 체텀은 눈치가 빠르지 않아서 설명을 해 줘야 하는 즐거움을 고스란히 남겨 주는 매력적인 여성이었다.

"저 신랑 — 캐소본 말이에요. 약혼한 다음에 더 바짝 말랐어요. 정열의 불꽃 때문이겠지요."

"내 생각에는 체질이 좋은 사람이 아니에요." 레이디 체텀이 한층 목소리를 낮춰서 말했다. "그런 데다 그의 연구는 당신 말대로 메마르기 짝이 없지."

"정말이지 제임스 경 옆에 서 있는 모습이 특별 행사를 위해 시체의 두개골에 가죽을 씌워 놓은 것 같군요. 제 말을 똑똑히 기억해 두세요. 일 년 안에 저 아가씨는 그를 미워하게 될 거예요. 지금은 신탁이라도 되는 양 우러러보지만 서서히 정반대의 극단으로 갈 거라고요. 저렇게나 경솔하다니!"

"너무 충격적인 말이네요! 유감스럽게도 브룩 양이 고집이 센 모양이지. 하지만 얘기 좀 해 봐요. 캐소본 씨에 대해서 잘 알 테니까. 무슨 안 좋은 점이라도 있어요? 진실을 말해 봐요."

"진실이요? 그는 고약한 설사약 같은 사람이에요. 먹기에도 불쾌하고 몸에도 틀림없이 해롭고요."

"그보다 더 고약한 건 없겠군." 레이디 체텀이 말했다. 그 약 의 이미지가 너무 생생했기에 캐소본 씨의 단점을 정확히 알 게 된 것 같았다. "하지만 제임스는 브룩 양에 대한 나쁜 말은 듣지 않으려 하더군요. 여전히 이 아가씨를 여자들의 귀감이 라고 말하더라고."

"제임스 경이 너그럽기 때문에 그렇게 말하는 거죠. 틀림없 이 어린 실리아를 더 좋아할 거예요. 그 애는 그를 고맙게 생 각하고요. 부인께서도 실리아를 좋아하시기 바라요."

"물론이에요. 그녀는 제라늄을 좋아하고 더 온순하게 보여 요. 그렇게 멋진 몸매는 아니지만. 그런데 참 약에 대한 이야 기를 하고 있었지. 새로 온 젊은 의사 리드게이트 씨에 대해 알려 줘요. 놀랍도록 영리하다는 말을 들었어요. 확실히 그렇 게 보이거든. 정말이지 이마가 훤하고."

"신사예요. 그가 험프리와 이야기하는 것을 들었어요. 말을 잘하더군요."

"그래요, 브룩 씨의 말로는 노섬벌랜드의 훌륭한 리드게이 트 집안 출신이래요. 대개 의사들에게서는 좋은 가문을 기대 할 수 없는데 말이지. 나는 하인들 수준의 의사가 더 좋아요. 하인들이 더 영리한 경우도 종종 있으니까. 정말이지 가엾은 힉스의 판단은 늘 딱 들어맞았어요. 그가 틀린 걸 본 적이 없어. 상스러운 데다 푸주한 같았지만 내 체질을 잘 알았지. 그리 갑자기 죽다니 내게는 큰 손실이었어요. 아니 브룩 양이 리드게이트 씨와 활기차게 이야기를 나누고 있군."

"그녀는 오두막과 병원에 대해 이야기하고 있어요." 귀가 민감하고 해석 능력이 뛰어난 캐드월레이더 부인이 말했다. "그는 박애주의자일 거예요. 그러니 브룩이 그를 보호하려 들 것이 틀림없어요."

"제임스……." 아들이 다가오자 레이디 체텀이 말했다. "리드게이트 씨를 데려와서 소개해 다오. 그를 시험하고 싶으니."

이 상냥한 미망인은 리드게이트 씨에게 그가 새로운 방법으로 열병 치료에 성공했다는 이야기를 들었다며 만나게 되어 기쁘다고 말했다.

리드게이트 씨는 의사로서 소양을 쌓은 사람이라 아무리 터무니없는 말을 들어도 진지한 표정에 흔들림이 없었다. 검은 눈으로 차분히 응시하면서 상대방의 말을 듣는 태도가 인상적이었다. 고인이 된 힉스 씨와 전연 달랐고, 옷차림과 말투가 무심한 듯하면서도 세련미를 풍긴다는 점에서 특히 그러했다. 하지만 레이디 체텀은 그에 대해 상당한 신뢰감을 갖게 되었다. 자기 체질이 특이하다고 말하자 그는 모든 사람의 체질이 특이하다고 말할 수 있다는 대답으로 그녀의 생각을 수긍했고, 그녀의 체질이 다른 사람들보다 더 특이할 거라는 사실을 부정하지 않았다. 그는 피를 뽑는 것을 포함해 지나치게 열을 내리는 방법들을 찬성하지 않았고, 반면에 기나나무 껍질과 포트와인을 섞어서 끊임없이 마시는 것[61]도 찬성하지 않았다. 그가 통찰력 있게 그녀의 말에 동의하며 매우 공손한 태도로 "저는 그렇게 생각합니다."라고 말했기에 그녀는 그의 재능을 진심으로 믿었다.

"당신의 피보호자가 무척 마음에 들어요." 레이디 체텀은 돌아가기 전에 브룩 씨에게 말했다.

"내가 보호하는 사람이라니? 맙소사! 누구를 말씀하시는 거요?" 브룩 씨가 말했다.

"저기 새로 온 젊은 의사 리드게이트 말이에요. 자기 전문직에 탁견이 있는 것 같아요."

"아, 리드게이트! 그는 내 피보호자가 아니라오. 그의 큰아버지를 알 뿐인데 그에 관해서 편지를 보냈더군요. 어떻든 그는 최고일 거요. 파리에서 공부했고, 브루세[62]도 알고, 새로운 생각도 갖고 있으니. 알다시피 의학을 발전시키려 애쓰고 있지요."

"리드게이트는 환기와 섭생 같은 것들에 대해 참신한 생각을 많이 갖고 있다네." 브룩 씨는 레이디 체텀을 마차에 태워 준 후 남아 있는 미들마치 주민들을 대접하러 돌아가서 다시 말을 꺼냈다.

"제기랄, 그게 안전한 일 같소? 영국인들을 지금 상태로 만들어 준 옛 치료법을 모두 뒤엎어 버리는 것 말이오." 스탠디

---

61) 열을 내리기 위한 요법으로 키닌을 추출한 기나나무 껍질과 포트와인을 섞어 마시거나 피를 뽑는 방법이 대중적으로 사용되었다.
62) 프랑수아 브루세(François Broussais, 1772~1838)는 프랑스의 의사이고 거머리 요법의 주창자다.

시 씨가 말했다.

"우리 의학 지식은 쇠퇴기에 접어들었소." 불스트로드 씨가 나지막한 소리로 말했는데 얼굴색이 다소 병자처럼 창백했다. "나로서는 리드게이트 씨가 와서 반갑소. 새로 지은 병원 운영을 믿고 맡기게 훌륭한 자질이 있으면 좋겠소."

"아주 잘됐군." 불스트로드 씨를 좋아하지 않는 스탠디시 씨가 대답했다. "그가 자네 병원의 환자들을 대상으로 실험하고 선심 써서 몇 사람을 죽이도록 내버려 둘 생각이라면 나는 반대하지 않겠네. 하지만 나를 실험 대상으로 삼으라고 내 지갑에서 돈을 꺼내 주지는 않겠어. 나는 이미 검증된 치료법이 좋네."

"이런, 스탠디시, 알다시피 자네가 먹는 약도 모두 실험이야, 실험이라고." 브룩 씨가 변호사에게 고개를 끄덕이며 말했다.

"아, 그런 뜻으로 말한다면야!" 스탠디시 씨는 그 비법률적인 모호한 단어에 대해 귀중한 고객에게 드러내도 괜찮을 정도의 혐오감을 드러내며 말했다.

"나는 나를 불쌍한 그레인저처럼 해골로 만들지 않고 낫게 해 줄 치료법이라면 뭐든지 좋겠소." 시장인 빈시 씨가 말했다. 혈색이 좋은 그는 프란체스코 수도회 수사처럼 창백한 불스트로드 씨와 정반대인 인간 신체를 연구하는 데 적합한 대상이었을 것이다. "누군가 말했듯이 질병의 화살을 막아 줄 살집이 없다는 건 특히 위험한 일이지. 이 말은 아주 좋은 표현 같소."

물론 리드게이트 씨는 이 대화를 듣지 못했다. 그는 일찌감치 파티에서 돌아갔고, 새로운 사람들, 특히 브룩 양을 소개받지 못했더라면 몹시 지루하다고 생각했을 것이다. 한창 피어나는 아가씨와 노쇠한 학자의 임박한 결혼, 그리고 사회적으로 유용한 일에 대한 그녀의 관심이 특이하게 결합하여 독특한 인상을 남겼다.

'괜찮은 사람이야. 좋은 아가씨지. 다만 좀 지나치게 진지해.' 그는 생각했다. '그런 여자와 이야기하려면 골치 아파. 언제나 이유를 알고 싶어 하는데 너무 무식하기 때문에 어떤 질문에 대해서도 옳고 그름을 이해하지 못하거든. 그리고는 대개 자신의 도덕관에 따라서 취향에 맞는 대로 결정해 버리지.'

분명 브룩 양은 치첼리 씨의 여성 취향에 맞지 않았듯이 리드게이트 씨에게도 맞지 않는 여자였다. 원숙한 마음을 가진 치첼리 씨의 관점에서 보면 그녀는 전적으로 실패작이었고, 멋진 아가씨를 혈색 좋은 총각에게 짝지어 주는 것을 포함해서 궁극적 섭리에 대한 그의 믿음에 충격을 주도록 태어난 여자였다. 하지만 리드게이트의 마음은 아직 성숙하지 않았고, 앞으로 경험을 통해서 여자의 탁월한 점에 대한 의견을 수정하게 될지 모른다.

그러나 브룩 양이 처녀 시절의 성을 달고 있는 동안에는 이들 신사 중 누구도 다시 만날 일이 없었다. 정찬 파티가 열린 지 얼마 지나지 않아 그녀는 캐소본 부인이 되었고, 로마로 신혼여행을 떠났다.

11장

그러나 자연이 시대상을 보여 주고
범죄가 아니라 인간의 우행을 조롱하려 할 때는
사람들의 실제 행위와 언어를 사용하고
코미디에 나올 인물을 보여 줄 테니.

— 벤 존슨[63]

사실 리드게이트는 브룩 양과 전혀 다른 아가씨에게 끌리는 것을 이미 의식하고 있었다. 균형을 잃고 사랑에 빠졌다고 생각하지는 않았지만 그 특별한 여자에 대해서는 이렇게 말했다. "우아함 그 자체야. 완벽하게 사랑스러운 데다 교양도 있어. 여자는 바로 그래야 해. 정교한 음악 같은 느낌을 줄 수 있어야지." 그는 못생긴 여자들에 대해서는 인생의 가혹한 사실들에 대해 그러듯 달관한 태도로 직시하고 과학적으로 탐구해야 한다고 여겼다. 그러나 로저먼드 빈시에게는 순수한 선율의 매력이 있는 것 같았다. 어떤 남자가 곧 결혼할 의도가 있었다면 선택했을 법한 여자를 만났을 때 그가 계속 독신으

---

63) 벤 존슨(Ben Jonson, 1572~1637)의 『십인십색』 중 프롤로그에서.

로 남을지는 대체로 그의 결심보다 여자의 결심에 달렸다. 리드게이트는 앞으로 몇 년간 결혼해서는 안 된다고 생각했다. 이미 나 있는 탄탄대로와 동떨어진 자기만의 길을 확실히 개척하고 밟아 다질 때까지 결혼할 수 없었다. 그는 캐소본 씨가 약혼하고 결혼하는 데 걸린 시간만큼 빈시 양을 자기 시야에 놓고 바라보았다. 하지만 그 학자는 재산이 있었고, 방대한 주석을 모아 두었고, 실제 성과가 나오기 이전의 명성 — 종종 그때의 명성이 더 크다 — 을 이미 얻은 사람이었다. 이미 보았듯이 그는 인생에 남은 사분면을 장식하고 예상할 수 있는 혼란을 거의 일으키지 않을 작은 위성이 될 아내를 얻었다. 하지만 리드게이트는 젊고, 가난하고, 야심이 있었다. 오십 년의 세월이 이미 지나가 버린 것이 아니라 앞에 놓여 있었다. 그리고 성공이나 큰 수입과는 직접적인 관련이 없을 여러 가지 일을 시도하려고 미들마치에 왔다. 그런 상황에 처한 남자가 아내를 얻는 것은 아무리 장식적 요소를 높이 치더라도 장식의 문제에 그칠 일이 아니었다. 그런데 리드게이트는 아내의 여러 기능 중에서 장식적 요소를 가장 중요하게 치는 성향이 있었다. 단 한 번 나눈 대화로 짐작해 보건대 브룩 양은 부정할 수 없는 미모에도 불구하고 바로 이 점에서 그의 취향에 맞지 않았다. 그녀는 여자에게 적합한 시각으로 사물을 보지 않았다. 그런 여자와 교제하는 것은 새들의 노랫소리 대신 달콤한 웃음소리가 들리고 창공 대신 푸른 눈동자가 보이는 낙원에 누워 쉬는 것이 아니라 하루 종일 일하고 돌아와서 2학년 학생들을 가르치는 것처럼 피곤한 일이다.

물론 현재 리드게이트에게 브룩 양의 성향은 전혀 중요하지 않은 문제였고, 마찬가지로 브룩 양에게 이 젊은 의사를 매혹시킨 여자의 자질은 하찮은 문제였을 것이다. 그러나 은밀히 수렴하는 인간들의 운명을 예리하게 관찰하는 사람이라면 한 인생이 다른 인생에 미칠 영향이 서서히 마련되고 있음을 감지한다. 그것은 우리가 소개받지 않은 이웃을 바라볼 때의 무심하거나 냉담한 시선에 계획된 짓궂은 장난처럼 영향을 미친다. 운명은 우리 배역표를 접어 손에 들고는 냉소하며 방관하고 있다.

옛 시골 사회에도 그 나름대로 알게 모르게 이런 변동이 있었다. 눈에 띄게 몰락하기도 하고, 전문직을 가진 젊고 영리한 멋쟁이가 결국에는 행실이 단정치 못한 여자와 아이 여섯 명의 등장으로 그들의 안정된 생활을 위해 살다가 생을 마감하기도 한다. 그뿐 아니라 사교적 교류의 범주를 끊임없이 변화시키며 상호 의존이라는 새로운 의식을 만들어 내는 그리 눈에 띄지 않는 변화도 있다. 어떤 이들은 약간 추락했고, 어떤 이들은 더 높은 발판을 얻었다. 어떤 사람들은 후음을 떼어 버리고 큰 재산을 모았고,[64] 까다로운 신사들이 선거에 출마했다. 어떤 이들은 정치 흐름에 휩싸이고, 어떤 이들은 교회의 시류에 휘말리다가 놀랍게도 중요한 집단을 이루었음을 알

---

64) 후음은 hunderstand, hup, hexcuse와 같이 단어 앞에 붙여서 발음한 h 음을 말하며, 교육받지 못한 하류 계층이 대체로 이 음을 발음했다. 후음을 떼어 버린 사람들이란 하류 계층 출신으로 계층 상승에 성공한 사람을 의미한다.

게 되었다. 한편 온갖 변동의 와중에 바위처럼 확고하게 버티던 일부 명사나 가족들은 그 견고함에도 불구하고 새로운 면모를 서서히 드러내었으며, 스스로 그리고 관찰자로서 이중의 변화를 겪었다. 예전에 양말이 맡았던 기능이 은행으로 넘어가고 솔라 기니65)에 대한 숭배가 사라지면서 자치 도시와 시골 교구는 차차 새로운 연결의 끈을 만들어 갔다. 과거에는 평민들에게서 멀리 떨어져 티끌 하나 묻히지 않고 살던 시골 유지와 준남작, 심지어 귀족도 평민과 더 가깝게 접촉하면서 오점을 묻히게 되었다. 또한 멀리 떨어진 주에서 사람들이 몰려와 정착했는데 어떤 이들은 놀랍게도 신기한 기술을 가져왔고, 어떤 이들은 불쾌하게도 교활한 재주를 부려 이득을 보았다. 실은 오래전 헤로도토스의 역사서에서 찾아볼 수 있는 것과 거의 똑같은 이동과 혼합이 옛 영국에서도 진행되었다. 그 역사가도 과거의 역사를 풀어 갈 때 한 여자의 운명을 출발점으로 삼는 것이 적절하다고 생각했다.66) 매력적인 물건에 속아 넘어간 처녀 아이오는 브룩 양과 정반대였고, 어쩌면 로저먼드 빈시와 비슷했을 것이다. 로저먼드는 의상에 관한 취향이 남달랐고, 님프 같은 몸매에 순수한 금발 미인이라서 우아하게 늘어지는 옷감과 색깔을 마음대로 선택할 수 있었다. 그러나 매력은 이것만이 아니었다. 그녀는 주에서 제일 좋은 학

---

65) 옛날에 쓰던 금화. 1813년 새로운 금화(sovereign)로 바뀌었다.
66) '역사의 아버지'라고 불리는 그리스의 역사가 헤로도토스(기원전 484?~기원전 425?)가 페르시아 전쟁을 중심으로 저술한 『역사』는 아르고스 왕의 딸 아이오를 페니키아의 선원들이 납치한 사건으로 시작한다.

교인 레먼 부인의 학교를 대표하는 꽃으로 인정되었다. 그 학교는 교양 있는 여성에게 필요한 것을 모두 가르쳤고, 심지어 마차를 타고 내릴 때의 예절도 특별히 훈련시켰다. 레먼 부인은 늘 빈시 양을 귀감으로 여겼다. 지적 능력의 습득과 예의 바른 언어 구사에서 이 아가씨를 능가할 학생이 없으며 악기 연주도 탁월하다는 것이었다. 사람들이 우리에 대해 어떤 식으로 이야기하든 우리는 어쩔 도리가 없다. 레먼 부인이 줄리엣이나 이모젠[67]에 대해 묘사했더라면 이 여주인공들은 시적 인물로 보이지 않았을 것이다. 판단력이 있는 사람이라면 로저먼드를 한번 보기만 해도 레먼 부인의 찬사 때문에 일어난 편견을 다 없앴을 것이다.

리드게이트는 미들마치에 온 지 오래지 않아 그 보기 좋은 모습을 보았고, 빈시 가족과 친분을 맺게 되었다. 그에게 진료권[68]을 판 피콕 씨는 빈시 가족의 주치의가 아니었지만(그가 사용한 해열 방법을 빈시 부인이 좋아하지 않았기에) 친지 중 많은 이가 피콕 씨의 진료를 받았다. 미들마치에서 조금이라도 중요한 인물 중에서 빈시 집안과 연결되지 않았거나 적어도 그 집안을 알지 못하는 사람은 없었다. 빈시 집안은 오래

---

67) 각각 셰익스피어의 『로미오와 줄리엣』과 『심벨린』에 등장하는 여자 주인공이다.
68) 의사들이 주로 왕진하며 환자들을 치료하던 19세기 영국에서 의사가 맡은 환자들의 진료에 대한 권한을 뜻한다. 의사들은 암묵적으로 자기 권한을 배타적으로 인정했으며, 그것이 침해될 때 상당한 갈등을 일으키기도 했다.

전부터 제조업에 종사했고, 삼대에 걸쳐서 호사스럽게 살았으며, 그 사이에 당연히 어느 정도 점잖은 집안들과 혼인을 맺어 왔다. 빈시 씨의 누이는 불스트로드 씨의 청혼을 받아들여 부잣집에 시집을 갔다. 그 고장 출신이 아니고 태생에 대해 알려진 바가 거의 없던 불스트로드 씨의 입장에서 보면 미들마치의 토박이 집안과 혼사를 맺은 것은 잘한 일이었다. 반면에 빈시 씨는 여관 주인의 딸과 결혼했으므로 지체가 약간 낮아졌다. 하지만 이쪽에서도 돈 냄새가 기운을 북돋아 주었다. 빈시 부인의 언니는 부자 영감 페더스톤 씨의 두 번째 아내였는데 여러 해 전에 자식 없이 죽었으므로 조카와 조카딸들이 홀아비의 애정을 받으리라고 여겨졌던 것이다. 피콕의 진료를 받던 사람 가운데 가장 중요한 인물인 불스트로드 씨와 페더스톤 씨는 논란과 파벌까지 야기한 후임자를 서로 다른 이유에서 각별히 환영했다. 빈시 집안의 단골 의사이던 렌치 씨는 처음부터 리드게이트 씨의 의학적 판단력을 경멸할 이유가 있었다. 손님들이 자주 드나드는 빈시 씨의 집에서는 리드게이트에 대한 소문이 하나도 빠지지 않고 되풀이되었다. 빈시 씨는 어느 쪽을 편들기보다 누구하고나 잘 지내려는 성격이었으나 새로운 사람과 서둘러 친분을 맺을 필요는 없었다. 로저먼드는 아무 말도 하지 않았지만 아버지가 리드게이트 씨를 초대하기를 바랐다. 늘 익숙한 얼굴과 모습들, 어린 소년이던 시절부터 보아 온 미들마치 청년들의 특징적 말투와 걸음걸이, 투박한 모습에 식상했던 것이다. 그녀가 다닌 학교에는 지체 높은 집안의 딸들이 있었는데 그 아가씨들의 오빠들에 대해서는 늘 마주치는 미들마치의 청년들보다 더 관심을 느낄 것 같았다. 어쨌든 그녀는 자신이 원하는 바를 아버지에게 말하지 않으려 했고, 그는 그 문제에서 서둘 이유가 전혀 없었다. 곧 시장이 될 부시장이라면 정찬 파티의 규모를 차차 늘려야겠지만 성찬이 차려진 그의 식탁에는 지금도 손님이 많이 모여들었다.

빈시 씨가 둘째 아들과 함께 공장으로 출근하고 한참 지난 후에도, 모건 양이 교실에서 어린 아가씨들과 아침 수업을 시작한 지 한참 지난 후에도 식탁에는 아침 식사에서 남은 음식이 그대로 놓인 때가 종종 있었다. 가족 중 느림보를 기다리느라 그러했는데 그는 시간에 맞춰 일어나기보다는 (남들에게) 불편을 끼치는 쪽을 덜 불쾌하게 여기는 사람이었다. 우리가 얼마 전에 그레인지 저택을 방문한 캐소본 씨를 보았던 10월의 어느 날 아침도 그러했다. 난롯불의 열기로 방이 약간 더웠기에 스패니얼 한 마리가 멀리 떨어진 구석에서 헐떡거렸고, 로저먼드는 무슨 이유에선지 평소보다 더 오래 앉아 수를 놓다가 이따금 몸을 약간 흔들고는 일감을 무릎에 내려놓고 망설이며 지친 기색으로 그것을 바라보았다. 부엌에서 돌아온 어머니는 한결 차분한 모습으로 조그마한 작업대의 맞은편에 앉았다가 마침내 시계가 다시 울릴 기미를 보이자 통통한 손가락으로 열심히 뜨고 있던 레이스에서 고개를 들고는 종을 울렸다.

"프레드 씨의 방문을 다시 두드려 봐라, 프리처드. 10시 30분이 넘었다고 말해."

빈시 부인이 이렇게 말했을 때 사십오 년이 흐르도록 각진 부분이나 주름살이 전혀 없는 얼굴에서 빛나는 명랑한 기색은 조금도 변함이 없었다. 그녀는 분홍빛 모자 끈을 뒤로 넘기고 일감을 무릎에 놓고는 감탄하듯이 딸을 바라보았다.

"엄마……." 로저먼드가 말했다. "프레드가 내려오거든 훈제 청어를 먹지 못하게 해 주세요. 아침에 그 냄새가 온 집 안에 진동하는 건 참을 수 없어요."

"아, 얘야, 넌 오라비에게 너무 심하게 굴어! 그게 네 유일한 결점이지. 세상에 너보다 더 상냥한 아가씨가 없지만 오라비에게는 너무 성을 잘 내거든."

"성을 내는 게 아니에요, 엄마. 내가 숙녀답지 않게 말하는 건 들으신 적이 없잖아요."

"그래, 그렇지만 오라비들의 요구를 안 들어주려 하잖아."

"너무 불쾌하게 굴어요."

"아, 얘야, 젊은 남자아이들은 좀 봐줘야 한단다. 마음이 착하기만 하면 고맙게 여겨야지. 여자는 사소한 것을 참는 법을 배워야 해. 너도 언젠가는 결혼할 테니까."

"프레드 같은 사람과는 안 할 거예요."

"네 오라비를 헐뜯지 마라, 얘야. 프레드처럼 나무랄 데 없는 청년도 없어. 학위는 못 받았지만 말이야. 정말이지 왜 그런지 도무지 이해할 수 없구나. 내가 보기에는 프레드처럼 영리한 애도 없는데. 알다시피 대학에서도 최고 무리에 속한다고 했잖아. 네가 까다롭기는 해도 오빠가 그런 신사다운 청년이라는 것을 기뻐하지 않다니 참 이상하구나. 너는 늘 밥에 대해서도 흠을 잡잖아. 그 애가 프레드가 아니라서 말이지."

"아니에요, 엄마. 그 애가 밥이라서 그런 거죠."

"글쎄다, 그러다 보면 네 눈에는 미들마치에서 나무랄 데 없는 젊은이가 단 한 명도 보이지 않을 거야."

"하지만⋯⋯." 이 부분에서 로저먼드가 미소를 짓자 갑자기 보조개 두 개가 나타났다. 그녀는 보조개가 보기 싫다고 생각했기에 사람들이 모인 곳에서는 미소를 짓지 않았다. "하지만 난 미들마치의 청년과 결혼하지 않을 거예요."

"그럴 것 같구나, 얘야. 그중 제일 삐져나온 사람을 거절한 거나 다름없으니. 더 나은 사람을 찾을 수만 있다면 그 사람을 차지할 가장 훌륭한 아가씨는 바로 너겠지."

"미안하지만, 엄마, '그중 제일 삐져나온 사람'이라고 말하지 않으면 좋겠어요."

"아니 그럼 뭐란 말이니?"

"내 말은, 엄마, 그 표현이 좀 상스럽다는 거예요."

"그야 그렇겠지. 나는 말을 잘 못하니까. 그럼 뭐라고 말해야 하니?"

"그중 제일 나은 사람."

"그래, 그건 똑같이 쉽고 흔한 말 같구나. 좀 생각할 시간이 있었으면 '가장 탁월한 젊은이'라고 말했을걸. 하지만 네가 교육을 받았으니 잘 알겠지."

"로지가 뭘 알아요, 엄마?" 숙녀들이 고개를 숙이고 일하느라 알아채지 못하는 사이에 반쯤 열린 문으로 프레드가 슬쩍 들어와서 말했다. 그는 난롯가에 등지고 서서 슬리퍼 바닥을 말렸다.

"'탁월한 젊은이'라는 말이 옳은지 어떤지 말이야." 빈시 부인이 종을 울리며 말했다.

"아, 요즘은 탁월한 차와 탁월한 설탕이 아주 많아요. 탁월하다는 말은 상점 주인들이 쓰는 은어예요."

"그럼 오빠는 은어를 싫어하게 됐어?" 로저먼드는 부드럽게 정색을 하며 물었다.

"나쁜 종류만 싫어하지. 특별히 선택된 단어들은 모두 은어야. 그건 계층을 나타내지."

"하지만 정확한 영어도 있잖아. 그건 은어가 아니야."

"미안하지만 정확한 영어란 역사와 에세이를 쓰는 학자들의 은어라고. 무엇보다도 강력한 은어는 바로 시인들이 쓰는 것이지."

"오빠는 자기주장을 내세우려고 무슨 말이든 다 끌어다 붙일 거야, 프레드."

"그렇다면 황소를 '주름 잡힌 다리'라고 부르는 것이 은어인지 시인지 말해 봐."

"물론 원한다면 시라고 부를 수 있지."

"아하, 로지 양, 호머의 시와 은어를 구분하지 못하는군. 새로운 게임을 만들어야겠다. 은어와 시어를 종이에 적어 놓고 네게 구분해 보라고 해야겠어."

"아, 정말, 젊은 애들 이야기를 들으면 얼마나 재밌는지 몰라!" 빈시 부인이 유쾌하게 감탄하며 말했다.

"아침 식사에 다른 건 없어, 프리처드?" 프레드는 커피와 버터 바른 토스트를 가져온 하녀에게 말했다. 그러면서 식탁을 한 바퀴 돌고는 혐오감을 드러내지 않으려고 자제하면서 햄과 병조림 쇠고기, 남아 있는 찬 음식들을 말없이 거부하는 몸짓으로 살펴보았다.

"달걀 드시겠어요?"

"달걀이라고, 아니! 구운 고기를 갖다줘."

"정말이지, 프레드……." 하녀가 방을 나서자 로저먼드는 말했다. "아침 식사에 뜨거운 음식을 먹어야겠다면 좀 더 일찍 내려와. 사냥하러 갈 때는 6시에 일어날 수 있잖아. 다른 날에는 일찍 일어나는 것이 왜 그리 어려운지 모르겠어."

"네 이해심이 부족해서 그래, 로지. 사냥하러 갈 때는 그걸 좋아하니까 일찍 일어날 수 있는 거야."

"내가 다른 사람들보다 두 시간 늦게 내려와서 구운 고기를 달라고 하면 오빠는 나를 어떻게 생각하겠어?"

"유난히 부지런한 아가씨라고 생각하겠지." 프레드는 태연히 토스트를 먹으며 대답했다.

"왜 오라비들은 자매들보다 더 불쾌하게 구는지 모르겠어."

"내가 불쾌하게 구는 게 아니야. 네가 날 그렇게 보는 거지. 불쾌하다는 말은 내 행동이 아니라 네 감정을 묘사하는 단어거든."

"그건 구운 고기 냄새를 묘사하는 거야."

"전혀 그렇지 않아. 그건 레먼 부인의 학교에서 최고 규범으로 삼은 어떤 까다로운 관념과 관련된 네 작은 코의 감각을 묘사하는 거야. 엄마를 봐. 직접 하시는 일 외에는 어떤 일에도 반대하지 않으시잖아. 엄마는 내가 생각하는 유쾌한 여자에 딱 들어맞는 분이야."

"제발, 얘들아, 말다툼 좀 그만하렴." 빈시 부인은 어머니답게 상냥하게 말했다. "그런데 프레드, 그 새로 온 의사에 대해서 말해 주렴. 이모부께서 그를 마음에 들어 하시던?"

"상당히 마음에 드신 것 같아요. 리드게이트에게 온갖 것을 꼬치꼬치 물어보시고는 마치 그의 대답들이 발가락을 꼬집기라도 하는 듯이 얼굴을 찌푸리고 계시던데요. 이모부께선 늘 그러시죠. 아, 구운 고기가 왔군."

"그런데 왜 그렇게 늦게 돌아왔니? 이모부 댁에 갈 거라고 했잖아."

"플림데일의 집에서 저녁을 먹었어요. 휘스트 카드놀이도 했고. 리드게이트도 거기 있었어요."

"그래서 그 사람은 어떻든? 아주 신사다운 사람일 테지. 훌륭한 가문 출신이라더구나. 친척들이 그 지방의 재산가라고."

"맞아요." 프레드가 말했다. "존스⁶⁹⁾에 리드게이트라는 성을 가진 학생이 있었는데 돈을 물 쓰듯이 썼죠. 이 사람이 그와 육촌 간이더군요. 하지만 부자들의 육촌은 찢어지게 가난할 수도 있어요."

"그렇지만 좋은 가문 출신이라는 건 언제나 중요하지." 로저먼드의 단호한 어조는 그 문제에 대해 깊이 생각해 보았음을 드러냈다. 그녀는 자신이 미들마치의 제조업자 딸이 아니었더

---

69) 케임브리지 대학교의 세인트존스 칼리지.

라면 더 행복했을 거라고 느꼈다. 외할아버지가 여관 주인이었다는 사실을 상기시키는 것은 무엇이든 싫었다. 분명 그 사실을 기억하는 사람은 빈시 부인이 까다로운 신사의 주문을 받는 데 익숙한 예쁘고 성격이 무던한 여관 안주인처럼 보인다고 생각할 것이다.

"이름이 터시어스라니 좀 특이한 것 같구나." 얼굴을 반짝이며 부인이 말했다. "하지만 물론 그 집안에 내려오는 이름이겠지. 이제 어떤 사람인지 자세히 말해 주렴."

"아, 키가 큰 편이고 가무잡잡하고 영리하고 말을 잘해요. 다소 젠체하는 사람이에요."

"젠체한다니 무슨 뜻이야?" 로저먼드가 말했다.

"자기 의견이 있다고 과시하고 싶어 하는 사람 말이야."

"아니 의사들이야 으레 자기 의견이 있어야지." 빈시 부인이 말했다. "그렇지 않으면 의사가 무슨 소용이겠니?"

"맞아요, 엄마, 의사들은 그 의견 덕분에 보수를 받죠. 하지만 자기 의견을 늘 남들에게 나눠 주려는 사람은 젠체하는 거예요."

"메리 가스는 리드게이트 씨에게 경탄하겠군." 로저먼드의 말에 빈정거리는 기색이 없지 않았다.

"글쎄, 모르겠는데." 프레드는 다소 퉁명스럽게 말하며 탁자에서 일어나 자신이 가져온 소설을 들고 안락의자에 몸을 파묻었다. "메리에 대해 질투심을 느끼면 스톤 코트에 더 자주 가서 그녀를 납작하게 만들어 봐."

"그런 저속한 말을 쓰지 않으면 좋겠어, 프레드. 밥을 다 먹었으면 제발 종을 울려서 치우게 해."

"하지만 네 오빠 말이 맞단다, 로저먼드." 하녀가 식탁을 다 치운 다음에 빈시 부인이 말을 꺼냈다. "네 이모부께서 너를 무척 자랑스러워하고 너와 함께 지내기를 바라시는데 네가 참을성을 갖고 더 자주 뵈러 가지 않는 건 천만번 유감스러운 일이야. 그분이 프레드뿐 아니라 너를 위해서도 무엇을 해 주실지 알 수 없잖니. 물론 난 너와 집에서 함께 지내는 것이 좋지만 자식을 위해서라면 떨어질 수도 있지. 그런데 이제는 페더스톤 이모부께서 메리 가스를 위해 뭔가 해 주시지 않겠니?"

"메리 가스는 스톤 코트에서 지내는 걸 잘 견딜 거예요. 가정 교사가 되느니 차라리 그편이 더 나을 테니까요." 로저먼드는 뜨갯거리를 접으며 말했다. "난 아무것도 물려받지 않는 편이 더 좋아요. 이모부의 기침과 그 꼴사나운 친척들을 참아 주면서 그걸 벌어야 한다면 말이죠."

"그분은 오래 사실 리 없어. 빨리 돌아가시도록 재촉할 생각이야 없지만 천식과 속병이 있으니 다음 세상에서 더 편안하시길 바라야지. 그리고 내가 메리 가스에 대해 악감정이 있는 건 전혀 아니지만 공정함을 생각해야지. 페더스톤 씨의 첫 아내는 내 언니와 달리 결혼할 때 지참금을 전혀 갖고 오지 않았어. 그러니 그 부인의 조카들은 내 언니의 조카들처럼 권리를 주장할 수 없는 거야. 그런 데다 메리 가스는 몹시 못생겼어. 가정 교사가 되기에 더 적합하지."

"그 점에 관해서 사람들이 모두 엄마 말에 동의하지는 않을 거예요, 엄마." 프레드가 말했다. 그는 책을 읽으면서도 듣고 있는 모양이었다.

"그래, 애야." 빈시 부인은 능숙하게 화제를 돌리며 말했다. "만일 그 애가 재산을 조금 상속받는다면…… 남자는 아내의 친척과 결혼하는 거란다. 그런데 가스 집안은 너무 가난해서 근근이 먹고살잖아. 이제 네가 공부하도록 난 나가 봐야겠다. 장 보러 가야 하거든."

"오빠는 진지하게 공부하는 게 아니에요." 로저먼드가 어머니와 함께 일어서며 말했다. "그저 소설을 읽고 있거든요."

"그래, 그래, 책을 보다 보면 서서히 라틴어 같은 것들도 공부하겠지." 빈시 부인은 아들의 머리를 쓰다듬으며 달래듯이 말했다. "흡연실에 일부러 불을 피워 놓았단다. 알다시피 아버지가 바라시는 건 바로 그거야, 프레드, 난 네가 마음을 다잡고 대학에 돌아가서 학위를 받을 거라고 늘 네 아버지께 말씀드린단다."

프레드는 어머니의 손을 잡아 자기 입술에 댔지만 아무 말도 하지 않았다.

"오빠, 오늘 말 타러 가지 않을 거지?" 어머니가 나간 후 로저먼드는 잠시 서성이며 말했다.

"안 갈 거야. 왜?"

"내가 구렁말을 타도 좋다고 아빠가 허락해 주셨거든."

"괜찮으면 내일 함께 갈 수 있어. 단 스톤 코트에 갈 거야. 기억해 둬."

"말을 타고 싶으니까 어디를 가든지 상관없어." 사실 로저먼드는 어디보다도 스톤 코트에 가고 싶었다.

"아, 그래, 로지." 그녀가 방을 나설 때 프레드가 말했다. "네가 피아노를 칠 생각이면 함께 몇 곡조 연주해 줄게."

"제발 오늘 아침에는 하지 마."

"오늘 아침에는 왜 안 된다는 거지?"

"실은 프레드, 오빠가 플루트 연주를 그만두면 좋겠어. 플루트를 부는 남자는 바보처럼 보이거든. 게다가 오빠 연주는 음이 너무 안 맞잖아."

"언젠가 누가 네게 청혼한다면, 로저먼드 양, 네가 대단히 상냥한 아가씨라고 그에게 말해 주지."

"오빠의 플루트 연주를 들어 달라는 요청을 내가 왜 들어 줘야 하지? 나는 플루트를 불지 말아 달라는 내 요청을 오빠가 들어주면 좋겠는데."

"그럼 넌 왜 내가 널 데리고 말을 타러 가기를 바라지?"

로저먼드는 말 타러 가려는 마음이 확고했기에 이 질문에 타협할 수밖에 없었다.

그래서 프레드는 「밤새도록」과 「그대 강둑과 비탈이여」, 그리고 플루트 교본에서 마음에 드는 곡조들을 거의 한 시간 동안 마음껏 연습했다. 그는 쌕쌕거리면서 크나큰 야심과 억누를 수 없는 희망을 불어넣었다.

12장

그는 저비스가 알지 못하게
물렛가락을 더 끌어당겼지.

— 초서[70]

다음 날 프레드와 로저먼드는 말을 타고 초원과 목초지가
이어진 아름다운 잉글랜드 중부 지방의 풍경을 가로질러 스
톤 코트를 향해 달려갔다. 산울타리가 여전히 무성하고 아름
다운 가운데 새들이 먹을 산홋빛 열매를 내뻗고 있었다. 들판
마다 특징적 지형을 이루는 소소한 것들은 어린 시절부터 보
아 온 사람들의 눈에 더없이 소중하다. 풀들이 축축하게 젖고
나무들이 속삭이듯 기대선 한쪽 구석의 연못, 목초지의 헐벗
은 땅에 그늘을 드리운 커다란 참나무, 물푸레나무가 서 있는
높은 둑, 우엉이 자라는 옛 이회토 채굴장의 붉고 가파른 비

---

70) 제프리 초서(Geoffrey Chaucer, 1343?~1400)의 『캔터베리 이야기』 중
「방앗간 주인의 이야기」, 3774~3775행.

탈, 접근로가 보이지 않는 농가의 옹기종기 모인 지붕과 건초 가리들, 인접한 깊은 숲과 경계를 이루는 잿빛 울타리와 출입문, 뿔뿔이 흩어져 있는 헛간과 낡은 초가지붕들, 경이롭게도 빛과 그림자가 교차하는 이끼 긴 언덕과 계곡들. 훗날 우리가 먼 곳을 여행하게 된다면 이보다 더 광대한 경치는 볼 수 있어도 더 아름다운 풍경은 보지 못할 것이다. 중부 지방에서 자란 사람들이 자연 풍경에서 느끼는 기쁨은 바로 이런 것들에서 나온다. 이것들 사이에서 그들은 아장아장 걸어 다녔고, 혹은 한가롭게 마차를 모는 아버지의 다리 사이에 서서 샅샅이 기억에 담아 두었다.

그러나 마찻길은 샛길도 꽤 훌륭했다. 우리가 이미 보았듯이 로윅은 좁은 진창길에 가난한 소작인들이 사는 교구가 아니었다. 프레드와 로저먼드는 3킬로미터가량을 달린 후 로윅 교구에 들어섰다. 2킬로미터 정도만 더 가면 스톤 코트에 이를 것이다. 800미터쯤 더 가자 벌써 저택이 시야에 들어왔다. 그 집은 큰 저택으로 확장되다가 뜻밖에 왼쪽 옆구리에서 농가 건물들이 삐져나오는 바람에 중단된 것 같았고, 그래서 농장 주인의 견실한 주택 이상이 되지 못하게 억제된 듯했다. 그럼에도 멀리서 바라볼 때 오른쪽에 멋지게 줄지어 서 있는 호두나무들과 균형을 맞춘 뾰족탑처럼 높이 쌓인 곡물 가리들로 쾌적하게 보였다.

곧 현관문 앞으로 둥글게 이어진 마찻길에 서 있는 이륜마차 같은 것이 보였다.

"맙소사." 로저먼드가 말했다. "이모부의 끔찍한 친척들이 찾아오지 않았으면 좋을 텐데."

"왔을걸. 월 부인의 마차니까. 저건 마지막 남은 노란색 이륜마차야. 저 마차에 탄 월 부인을 보면 노란색이 상장(喪章)에 쓰일 수도 있겠다는 걸 알게 되지. 영구차보다 저 마차가 장례식에 더 잘 어울려. 월 부인은 늘 검은 상장을 달고 다니는데 어떻게 그러지, 로지? 친척들이 늘 죽을 수는 없잖아."

"모르겠어. 부인은 복음주의자가 아니잖아." 로저먼드는 상장을 늘 달고 다니는 것을 종교적 관점으로 설명할 수도 있다는 듯이 생각에 잠겨 말했다. "그리고 가난하지도 않아." 잠시 후에 그녀가 덧붙였다.

"물론 아니지! 이 월 집안과 페더스톤 집안은 유대인들처럼 부유해. 말하자면 절대로 돈을 쓰지 않는 구두쇠 같지. 그런데도 이모부 주위를 독수리처럼 맴돌면서 돈이 한 푼이라도 새어 나갈까 봐 노심초사한단 말이야. 하지만 이모부는 그들 모두를 미워할 거야."

이 먼 친척들이 보기에 결코 찬사를 받을 수 없는 인물인 월 부인은 우연히도 바로 그날 아침에 (도전적인 어조가 아니라 솜뭉치를 입에 대고 말하듯이 나지막하고 희미하고 뚜렷하지 않은 목소리로) "그들에게서 칭찬을 받고 싶지" 않다고 말하고 있었다. 그녀는 친오빠의 난롯가에 앉아 있었다. 제인 월이 되기 전 이십오 년간 제인 페더스톤이었으므로 그녀는 그 이름에 대한 권리가 없는 사람들이 친오빠의 이름을 마음대로 이용했을 때 한마디 할 권리가 있었다.

"무슨 말을 하려는 게냐?" 페더스톤 씨는 무릎 사이에 지팡이를 놓고 가발을 쓰면서 말했다. 한순간 날카로운 눈으로 그녀를 노려보았는데 그 반작용으로 차가운 외풍이라도 맞은 듯이 기침을 해 댔다.

메리 가스가 시럽을 먹이고 그의 기침이 멎을 때까지 월 부인은 대답을 미뤄야 했다. 그는 매서운 눈으로 난롯불을 응시하며 지팡이의 황금 손잡이를 문지르기 시작했다. 난롯불은 활활 타고 있었지만 추운 듯이 자줏빛으로 질린 월 부인의 얼굴색은 전혀 달라지지 않았다. 얼굴도 목소리처럼 뚜렷하지 않아 눈은 그저 갈라진 틈에 불과했고, 입술은 말을 할 때도 거의 움직이지 않았다.

"그 기침은 의사들이 어떻게 해도 나을 수 없어요, 오빠. 내 기침과 똑같아요. 나는 체질로 보나 뭐로 보나 친동생이니까요. 그런데 아까 말했듯이 빈시 부인의 가족이 처신을 잘못하는 건 유감이에요."

"쳇, 네 말은 그게 아니었어. 누군가 내 이름을 마음대로 이용했다고 했잖아."

"증명할 수도 있을 거예요. 사람들 말이 사실이라면 말이죠. 솔로먼 오빠의 말로는 빈시 씨네 아들이 건들거리면서 집에 돌아온 후 계속 도박 당구에 빠져 있다는 소문이 미들마치에 파다하대요."

"허튼소리야. 당구 게임이 뭐라고? 신사에게 어울리는 좋은 게임이지. 젊은 빈시는 시골뜨기가 아니야. 네 아들 존이 당구에 빠진다면야 웃음거리가 되겠지."

"오빠의 친조카 존은 당구든 어떤 노름에든 빠진 적이 없어요. 수백 파운드를 잃은 적도 없고요. 사람들 말이 사실이라면 그는 그 정도 돈을 부친 빈시 씨의 호주머니가 아닌 다른 곳에서 메워야 한다는 거예요. 빈시 씨가 늘 사냥을 다니고 그 집안이 남들에게 대접을 잘하는 걸 보면 누구도 그렇게 생각하지 않겠지만 그는 장사에서 몇 년간 손해를 봐 왔대요. 그리고 누구보다도 경솔해서 아이들을 망쳐 놓았다고 불스트로드 씨가 빈시 부인을 비난했다더군요.”

“불스트로드가 나하고 무슨 상관이야? 나는 그와 은행 거래를 하지 않아.”

“글쎄, 불스트로드 부인은 빈시 씨의 누이이고, 빈시 씨는 대체로 은행 돈을 이용한다고 사람들이 말하더군요. 그리고 사십이 넘은 여자가 늘 분홍색 리본을 휘날리면서 경박하게도 매사에 비웃고 다니는 걸 오빠도 봤을 거예요. 하지만 자식들의 버릇을 잘못 들여서 제멋대로 하게 내버려 두는 것과 자식들의 빚을 갚으려고 돈을 마련하는 건 전혀 다른 문제예요. 젊은 빈시가 앞으로 받을 유산을 담보로 돈을 마련했다는 이야기가 공공연히 돌고 있어요. 어떤 유산을 상속받는지는 말하지 않겠어요. 가스 양이 내 말을 들었으니 전해도 괜찮아요. 젊은이들끼리 잘 어울리는 걸 알고 있으니까.”

“아뇨, 괜찮습니다, 월 부인.” 메리 가스가 말했다. “저는 험담을 듣는 것이 너무 싫어서 되풀이하고 싶은 마음은 털끝만큼도 없어요.”

페더스톤 씨는 지팡이 손잡이를 문지르며 잠시 발작적으로 웃었다. 휘스트 카드놀이에 노련한 사람이 서툰 사람을 보고

껄껄대듯이 진심에서 우러나오는 웃음이었다. 여전히 난롯불을 바라보며 그가 말했다.

"그런데 프레드 빈시가 유산을 받지 않을 거라고 누가 감히 말한다던? 그렇게 훌륭하고 활기찬 젊은이는 상속을 받을 만하지."

월 부인은 약간 멈칫했다가 대답했다. 여전히 메마른 표정이었지만 대답하는 목소리는 약간 눈물에 젖은 것 같았다.

"그렇든 아니든 간에, 오빠, 나와 솔로먼은 다른 사람들이 오빠 이름을 제멋대로 들먹이는 걸 들으면 당연히 괴로워요. 오빠가 질환으로 갑자기 숨이 끊어질 수도 있고, 페더스톤이라는 이름과 아무 상관도 없는 사람들이 장터의 허풍쟁이처럼 오빠의 재산을 아예 드러내 놓고 기대하고 있으니까요. 그런데 나는 친여동생이고, 솔로먼은 친남동생이잖아요! 만일 그렇게 된다면 전능하신 하느님께서 왜 가족을 만들고 기뻐하셨겠어요?" 이 부분에서 월 부인은 눈물을 떨구었지만 적당히 하고 그쳤다.

"자, 솔직히 털어놔라, 제인!" 페더스톤 씨가 말했다. "프레드 빈시가 내 유서에 대해 알고 있다면서 누군가에게 돈을 빌리려 했다는 거냐, 어?"

"내가 그렇게 말한 건 아니에요, 오빠."(월 부인의 목소리는 다시 메마르고 확고해졌다.) "어젯밤에 솔로먼이 시장에서 오는 길에 오래 묵은 밀을 어떻게 할지 알려 주려고 들렀다가 말해 주었어요. 난 과부인 데다 존은 누구보다도 착실하지만 스물세 살밖에 안 되었으니까요. 솔로먼은 믿을 만한 소식통에게서 들었다는데 한 명도 아니고 여럿이었대요."

"터무니없는 시시한 소리야! 한마디도 믿을 수 없어. 다 꾸며 낸 이야기일 뿐이야. 아가씨, 창가에 가 봐라. 말발굽 소리가 들린 것 같아. 의사가 오는지 봐라."

"내가 꾸며 낸 이야기가 아니에요. 솔로먼이 꾸민 것도 아니고요. 솔로먼은 다른 건 몰라도 — 그에게 좀 묘한 점이 있다는 건 나도 부정하지 않아요 — 이미 유서를 작성했고, 가깝게 지내는 친척들에게 공평하게 재산을 나눠 놓았어요. 물론 내 입장에서는 누군가를 다른 사람들보다 더 배려해야 할 때가 있다고 생각하지만요. 어쨌든 솔로먼은 자기가 무엇을 할 작정인지 숨기지 않아요."

"그러니까 더 바보지!" 페더스톤 씨는 조금 힘주어 말하다가 다시 발작적인 기침을 일으켰다. 그래서 옆에 서 있던 메리 가스는 현관 앞 자갈길에 지금 멈춰 선 말들이 누구의 것인지 알 수 없었다.

페더스톤 씨의 기침이 멎기 전에 우아하게 승마복을 차려입은 로저먼드가 들어섰다. 그녀는 월 부인에게 격식을 차려 인사했고, 부인은 딱딱하게 "잘 지내요, 아가씨?"라고 말했다. 로저먼드는 미소를 지으며 메리에게 말없이 고개를 까닥이고는 이모부가 기침을 멈추고 바라볼 때까지 가만히 서 있었다.

"야아, 아가씨……." 그가 마침내 말했다. "얼굴색이 좋구나. 프레드는 어디 있느냐?"

"말들을 살펴보고 있어요. 곧 들어올 거예요."

"앉아라, 앉아. 월 부인은 돌아가는 게 좋겠군."

피터 페더스톤을 늙은 여우라고 부르는 이웃 사람들도 그가 위선적으로 예의를 차린다는 비난을 한 적은 없었고, 동생은 그가 특이하게도 혈족을 무례하게 대하는 데 꽤 익숙했다. 사실 그녀도 전능하신 하느님께서 가족들이 서로를 기분 좋게 대할 필요는 없다고 생각하실 거라고 여겨 왔다. 그녀는 화난 기색이 조금도 없이 천천히 일어서서 평소처럼 분명치 않은 단조로운 목소리로 말했다. "오빠, 새로 온 의사가 오빠에게 도움이 되기를 바라요. 솔로몬 말로는 사람들이 그에 대해 영리하다고 한다더군요. 오빠의 목숨을 살려 주기를 간절히 바라고 있어요. 그리고 친여동생과 조카딸들만큼 오빠를 기꺼이 간호하려는 사람도 없어요, 오빠가 말만 하면 말이죠. 레베카, 조안나, 엘리자베스가 있잖아요."

"그래, 그래, 알고 있어. 내가 기억한다는 걸 알게 될 거다. 모두 까무잡잡하고 못생겼지. 그 애들도 돈이 좀 필요하겠지, 안 그래? 우리 집안 여자 중에는 미인이 없었어. 하지만 페더스톤 집안은 늘 돈이 좀 있었지. 월 집안도 그렇고. 월도 돈이 있었어. 월은 정이 많은 사람이었지. 그래, 그래, 돈이란 좋은 달걀 같은 거야. 물려줄 돈이 있으면 따뜻한 둥지에 묻어 줘야지. 잘 가시게, 월 부인."

이때 페더스톤 씨는 귀를 막고 싶은 듯 가발의 양 끝을 잡아당겼고, 동생은 신탁 같은 그의 말을 곰곰이 생각하며 방을 나섰다. 빈시네 식구들과 메리 가스를 질투했지만 그녀의 마음에는 피터 오빠가 혈족에게 재산을 물려주지 않을 리 없다는 확신이 바닥에 깔려 있었다. 만일 그렇지 않다면 그가 망간[71] 같은 것들을 파내서 예상치 않게 큰돈을 벌었는데 전능하신 분께서 두 아내를 데려가시며 자식을 주지 않은 이유가 무엇이겠는가? 그리고 만일 피터 오빠가 죽은 다음 일요일에 그의 재산이 혈족에게서 빠져나갔다는 것을 알게 된다면 월 집안과 파우더렐 집안이 여러 세대에 걸쳐 로윅 교회의 같은 줄에 앉아 왔고 그 옆줄에 페더스톤 집안이 앉았던 것은 무엇 때문이란 말인가? 어떤 시절에도 인간의 마음은 도덕적 혼돈을 받아들인 적이 없다. 그러므로 그처럼 도리에 어긋나는 결과는 상상조차 힘들었다. 그러나 상상도 할 수 없는 많은 일에 우리는 겁을 먹는다.

프레드가 방에 들어서자 노인은 묘하게 빛나는 눈으로 쳐다보았고, 젊은이는 그 시선을 자신의 만족스러운 외모를 뿌듯하게 여기는 마음으로 해석했다.

"두 아가씨는 나가 있어라." 페더스톤 씨가 말했다. "프레드와 이야기하고 싶으니."

"내 방으로 가자, 로저먼드. 잠시 추워도 괜찮지?" 메리가 말했다. 두 아가씨는 어릴 때부터 서로 알아 왔고 같은 시골 학교에 (메리는 고용된 학생[72]으로) 다녔으므로 공유하는 기억이 많아서 함께 이야기 나누기를 좋아했다. 사실 로저먼드가 스톤 코트에 온 이유 중 하나는 메리를 만나려는 것이었다.

문이 닫힐 때까지 페더스톤 노인은 입을 열지 않았다. 그는

---

71) 염색과 날염에 사용한 광물로 영국 중서부 지방에서 채굴했다.
72) 교육비를 내지 않고 하급반을 가르치거나 다른 일을 하면서 교육을 받는 학생.

습관적으로 얼굴을 찌푸리고 입을 오므렸다 벌렸다 하면서 여전히 빛나는 눈으로 프레드를 계속 응시했다. 마침내 입을 열었을 때 나지막한 목소리는 화가 난 노인의 목소리라기보다 기꺼이 매수되려는 밀고자의 목소리처럼 들렸다. 그는 자기 권리가 침해되더라도 강렬한 도덕적 분노를 느낄 사람이 아니었다. 다른 사람들이 자기에게서 이익을 보려는 것은 당연했다. 다만 그런 경우에 그가 그들에 비해 좀 지나치게 약삭빠를 뿐이었다.

"그래, 내가 죽어 없어진 다음에 내 땅을 저당 잡아 갚기로 하고 1할을 내고서 돈을 빌렸다고? 그래? 내 목숨을 열두 달로 잡았다고? 하지만 내 유서는 아직 달라질 수 있어."

프레드는 얼굴을 붉혔다. 그는 그런 식으로 돈을 빌린 적이 없고, 타당한 이유가 있어서 그랬다. 하지만 현재의 빚을 갚기 위한 미래의 수단으로 페더스톤의 땅을 상속받을 가능성에 대해 약간 (어쩌면 자신이 정확히 기억하는 것보다 더) 자신 있게 말했던 것을 알고 있었다.

"무슨 말씀을 하시는지 모르겠군요. 저는 그런 불확실한 근거로 돈을 빌린 적이 없습니다. 설명해 주세요."

"아니, 설명할 사람은 바로 자네야. 다시 말하지만 난 아직 내 유서를 바꿀 수 있어. 정신이 말짱하기 때문에 복잡한 이자 계산도 머릿속으로 할 수 있고, 이십 년 전과 다름없이 바보들의 이름도 죄다 기억해. 놀라운 일은 아니지! 아직 팔십도 안 되었으니까. 자, 이 이야기에 반박해 보게."

"이미 반박했습니다." 프레드는 이모부가 반박과 반증을 용어상 구별하지 못한다는 생각을 못 하고 약간 성급하게 대답했다. 스스로 주장하기만 하면 증거가 된다고 여기는 바보가 많다는 사실에 종종 놀라워했던 페더스톤 노인은 두 가지를 절대로 혼동하지 않는 사람이었다. "하지만 다시 반박하겠어요. 그 이야기는 터무니없는 거짓말입니다."

"쓸데없는 소리! 증거를 가져와. 믿을 만한 소식통에게서 나온 이야기니까."

"소식통이 누구인지 말씀해 주세요. 제가 누구한테 돈을 빌렸는지 그 사람에게 밝히라고 하세요. 그러면 그 이야기가 거짓이라는 걸 입증할 수 있어요."

"꽤 믿을 만한 소식통이야. 미들마치에서 일어나는 일을 거의 다 아는 사람이지. 바로 훌륭하고 경건하고 자선 사업을 잘하는 네 고모부라고. 자, 뭐라고 할래?" 이 부분에서 페더스톤 씨는 기이하게 속으로 부르르 떨면서 흥거운 기분을 드러냈다.

"불스트로드 씨라고요?"

"아니면 누가 있겠어?"

"그렇다면 고모부께서 저에 관해 흘린 설교조의 말씀에서 이런 거짓말로 커진 모양입니다. 고모부께서 제게 돈을 빌려준 사람의 이름을 밝혔다고 하던가요?"

"그런 사람이 있으면 불스트로드는 틀림없이 그 사람을 알고 있겠지. 네가 돈을 빌리려다가 빌리지 못했으면 그것도 알 거야. 네가 내 땅을 담보로 빚을 갚겠다고 약속하지 않았다는 내용의 문서를 불스트로드에게서 받아 와라. 자, 어때!"

페더스톤 씨는 자신의 말짱한 정신에 말없이 의기양양해하면서 그 기분을 근육으로 표출하느라 오만상을 찌푸렸다.

프레드는 불쾌한 궁지에 빠진 기분이었다.

"농담이시겠지요. 다른 사람들과 마찬가지로 불스트로드 씨도 사실이 아닌 것을 많이 믿습니다. 그리고 저에 대한 편견을 갖고 계세요. 이모부께서 말씀하신 소문에 대해 그것을 입증하는 사실을 알지 못한다고 불스트로드 씨에게 써 주십사 부탁하는 건 쉬운 일이에요. 하지만 불쾌한 일로 이어질 수도 있어요. 그리고 저에 대해서 무엇을 믿는지, 무엇을 믿지 않는지 써 달라고 그분에게 부탁할 수는 없습니다." 프레드는 한순간 말을 멈추더니 이모부의 허영심에 정중하게 호소하듯이 덧붙였다. "그것은 신사가 요청할 만한 일이 아닙니다."

하지만 그 결과는 실망스러웠다.

"그래, 자네 말뜻은 알겠어. 불스트로드의 화를 돋우느니 차라리 내 화를 돋우겠다는 거지. 그런데 불스트로드는 대체 어떤 작자야? 이 근방에 그의 땅이 있다는 말은 들어 본 적도 없어. 그저 투기만 하는 작자지! 악마가 떠받쳐 주지 않으면 언젠가는 곤두박질칠 작자라고. 그의 종교가 바로 그거야. 전능하신 하느님이 개입하시기를 바라는 거 말이야. 말도 안 되는 소리지! 내가 교회에 나가면서 확실히 깨달은 게 한 가지 있어. 바로 전능하신 하느님께서 땅에 집착하신다는 거야. 그분은 땅을 약속하시고, 땅을 주시고, 곡식과 가축으로 부자를 만들어 주시지. 하지만 자네는 다른 쪽을 편들고 있어. 페더스톤과 땅보다 불스트로드와 투기를 더 좋아하는 거야."

"죄송합니다만……." 프레드는 일어나 난롯불을 등지고 서서 구두를 채찍으로 내리치며 말했다. "저는 불스트로드 씨나 투기를 좋아하지 않아요." 막다른 골목에 처한 심정으로 그는 다소 부루퉁하게 말했다.

"그래, 그래, 자네는 내가 없어도 잘 살겠지. 그건 분명해." 늙은 페더스톤은 프레드가 자립할 가능성을 싫어하면서도 이렇게 말했다. "자네를 배곯는 목사가 아니라 시골 유지로 만들어 줄 토지도 바라지 않고, 게다가 100파운드 보태 주는 것도 바라지 않겠지. 내게는 아무 상관도 없어. 마음이 내키면 유서에 추가 조항을 다섯 개라도 붙일 수 있고, 은행권을 비상금으로 남겨 둘 수도 있지. 내게는 어떻든 매한가지니까."

프레드는 다시 얼굴을 붉혔다. 페더스톤은 그에게 돈을 준 적이 거의 없었다. 그런데 바로 이 순간에 돈을 받을 가능성을 단념하는 것은 먼 장래에 토지를 물려받을 전망을 포기하는 것보다 더 힘들었다.

"저는 은혜를 모르지 않습니다. 이모부께서 저에 대해 품고 계실 친절한 의도를 무시하는 모습을 보여 드릴 생각은 없습니다. 그 반대이지요."

"그래, 좋아. 그렇다면 증명해 봐. 자네가 내 땅을 담보로 삼아 빚을 갚겠다고 떠벌리며 약속하고 돌아다니지 않았다는 편지를 불스트로드에게서 받아 와라. 그런 다음에 자네가 혹시 궁지에 빠져 어려움을 겪고 있다면 내가 좀 도와줄 수 있을지 살펴보지. 자! 그럼 결정됐어. 날 부축해 다오. 방 안을 좀 걸어야겠다."

짜증이 일었음에도 프레드는 선량한 마음을 지녔기에 사랑과 존경을 받지 못하는 이 노인에게 약간 연민을 느꼈다. 수종에 걸린 다리로 절뚝거리며 걷는 노인이 평소보다 더 가련해 보였다. 팔을 내밀면서 그는 이렇게 쇠약한 노인이 되고 싶지 않다 생각했고, 그래서 온순하게 시중을 들었다. 먼저 창문 앞에서 뿔닭과 풍향계에 대한 진부한 이야기를 들었고, 그다음에 자랑거리라고는 검은 송아지 가죽으로 장정한 요세푸스, 컬페퍼, 클롭슈토크의 『메시아』[73]와 《신사의 매거진》 몇 권뿐인 빈약한 서가 앞에 서서 기다렸다.

"이 책들의 제목을 읽어 봐라. 자! 자네는 대학생이니까."

프레드는 제목들을 알려 주었다.

"그 애는 책을 많이 봐서 뭘 하려는 거지? 뭣 때문에 그 애에게 책을 갖다주는 게냐?"

"책을 읽으면 즐거우니까요. 메리는 책 읽기를 굉장히 좋아해요."

"지나치게 좋아해." 페더스톤 씨는 헐뜯듯이 말했다. "내 옆에 앉아서 책을 읽어 주려 하더구나. 못 하게 했지. 큰 소리로 신문을 읽으면 되니까. 하루치 읽을거리로 그거면 충분해. 그 애가 혼자 읽는 것도 봐줄 수 없어. 앞으로는 책을 갖다주지

---

73) 플라비우스 요세푸스(Flavius Josephus, 37?~100?)는 1세기의 유대인 역사학자이고, 니콜라스 컬페퍼(Nicholas Culpeper, 1616~1654)는 『영국의 의약 혹은 본초서』(1653)의 저자이며, 프리드리히 고틀리프 클롭슈토크(Friedrich Gottlieb Klopstock, 1724~1803)는 독일의 종교 시인으로 『메시아』를 완성했다.

말도록 해라, 내 말 알아들었지?"

"네, 알겠어요." 프레드는 이 명령을 전에도 들었지만 몰래 어겼고, 이번에도 따르지 않을 생각이었다.

"종을 울려라." 페더스톤 씨가 말했다. "아가씨들에게 내려오라고 해."

로저먼드와 메리는 앉지도 않고 창가의 화장대 옆에 서서 남자 친척들보다 더 빠른 어조로 말하고 있었다. 로저먼드는 모자를 벗고 베일을 정리한 다음 손가락 끝으로 머리카락 — 누렇지도 노랗지도 않은 아기 머리카락 같은 금발 — 을 살짝 매만졌다. 거울 속의 님프와 그 밖에 있는 님프는 푸른 하늘색 눈으로 서로를 응시했다. 그 눈은 독창적인 관찰자만이 묘사할 지극히 섬세한 의미를 담을 만큼 깊었고, 만일 그 의미가 그리 섬세한 것이 아니라면 눈의 주인이 품은 의도를 숨길 수 있을 만큼 깊었다. 두 님프 사이에 비스듬히 서 있던 메리 가스는 더 못생겨 보였다. 로저먼드 옆에 섰을 때 금발로 보이는 아이들은 미들마치에서도 몇 명 되지 않았다. 승마복 차림으로 드러난 날씬한 몸매는 섬세한 곡선을 이루었다. 사실 오라비들을 제외한 미들마치의 남자들은 대부분 빈시 양을 세상에서 최고로 멋진 아가씨라 생각했고, 천사라고 부르는 이들도 있었다. 반면에 메리 가스는 세상의 평범한 죄인들처럼 그저 인간에 불과하기에 피부는 가무잡잡하고 검은 곱슬머리는 거칠고 뻣뻣했으며 키가 작았다. 하지만 다행히 외모와 반대로 온갖 미덕을 갖추었다고 주장한다면 그 주장은 사실이 아닐 것이다. 평범한 외모도 아름다운 외모와 마찬가지로 그 나름의 특이한 유혹과 결함이 있다. 그런 외모는 상냥함을 가장하기 쉽고, 그런 척하지 않을 때는 온갖 불쾌한 불만을 드러내기 십상이다. 어떻든 옆에 있는 사랑스러운 아가씨와 대조적으로 못생겼다는 말을 듣는다면 그 말의 순수한 진실성과 용어의 적합성을 인식하는 것 이상의 어떤 영향을 받기 마련이다. 스물두 살인 메리가 운이 그리 좋지 않은 아가씨에게 흔히 권장되는 완벽한 분별력과 훌륭한 원칙 — 이 두 가지가 이미 혼합되어 있고 필요에 따라 체념도 곁들여 다량으로 입수할 수 있기라도 한 듯이 — 을 갖추지 못한 것은 분명했다. 그녀의 영리한 마음은 신랄하게 비꼬는 기질이 있었고, 그 성향은 완전히 사라지지 않고 끊임없이 되살아났다. 다만 그녀에게 만족하라고 말만 하는 것이 아니라 만족하도록 무언가를 해 준 사람들에 대한 고마운 마음이 넘쳐흐를 때는 예외였다. 여성으로 성숙해 가면서 그녀의 평범한 외모는 부드러워졌다. 어느 위도에 살든 인류의 어머니들이 그럭저럭 어울리는 모자 밑에서 흔히 드러내는 인간적인 얼굴이었다. 렘브란트는 기꺼이 그녀를 그렸을 테고, 그 넓적한 얼굴이 영리하고 정직한 눈길로 캔버스에서 내다보도록 만들었을 것이다. 메리의 가장 큰 미덕은 정직함과 진실을 말하는 공정함이었다. 그녀는 환상을 만들어 내려 애쓰지 않았고, 또한 자신을 위한 환상에 빠지는 일도 없었다. 기분이 좋을 때는 스스로를 비웃을 만한 유머 감각도 있었다. 로저먼드와 자신의 모습이 나란히 거울에 비치자 그녀는 웃으며 말했다.

"네 옆에 있으니까 내가 누르스름한 누더기처럼 보이는구나, 로지! 넌 내게 가장 어울리지 않는 친구야."

"아, 아냐! 누구도 네 외모에 대해서 생각하지 않아. 너는 분별력이 있고 유용한 사람이니까, 메리. 현실에서 미모는 거의 중요하지 않아." 로저먼드는 말하면서 얼굴을 메리 쪽으로 돌렸지만 눈은 자기 목을 다시 바라보려고 거울로 향했다.

"내 미모가 그렇다는 말이겠지." 메리는 다소 빈정대듯이 말했다.

로저먼드는 '가엾은 메리, 친절한 말을 나쁘게 받아들이다니.'라고 생각하며 말했다. "요새 뭘 하면서 지냈어?"

"나? 아, 집안일을 하고, 물약을 따르고, 친절하고 만족한 척하고, 모든 사람을 나쁘게 생각하는 걸 배우고 있어."

"견디기 힘들겠구나."

"아니." 메리는 고개를 살짝 저으면서 무뚝뚝하게 말했다. "모건 양⁷⁴⁾보다는 내 생활이 훨씬 즐겁다고 생각해."

"그래. 그렇지만 모건 양은 흥미롭지 못한 사람인 데다 젊지도 않잖아."

"그녀도 자기 자신에게는 흥미로운 인물일걸. 그리고 사람이 나이를 먹는다고 매사가 더 편해지는 것 같지는 않아."

"그래……." 로저먼드가 생각에 잠겨 말했다. "앞날에 기대할 것이 없는 그런 사람들은 무엇을 하면서 살아가는지 궁금해. 틀림없이 종교가 버팀목이 되어 주겠지. 하지만……." 그녀는 보조개를 지으며 말했다. "너와는 전혀 달라, 메리. 너는 청

---

74) 빈시 집안의 어린 딸들을 가르치는 가정 교사.

혼을 받을 테니까."

"그가 내게 청혼할 생각이라고 누가 말해 주던?"

"물론 아니지. 내 말은 너를 거의 매일 보면서 너를 사랑하게 될지 모르는 신사가 있다는 거야."

메리의 얼굴에 드러난 변화는 어떤 변화도 드러내지 않겠다는 결심을 드러냈다.

"매일 보면 사랑에 빠지니?" 그녀는 무덤덤하게 대답했다. "오히려 서로를 혐오하게 될 것 같은데."

"흥미롭고 유쾌한 사람일 때는 그렇지 않아. 리드게이트 씨가 그렇다고 들었어."

"아, 리드게이트 씨!" 메리는 의심할 여지 없이 냉담한 기분에 빠져들며 말했다. "그분에 대해 뭔가 알고 싶은 모양이구나." 그녀는 에둘러 말하는 로저먼드의 방식에 장단을 맞추지 않기로 하고 덧붙였다.

"그냥, 그분에 대해 네가 호감을 느끼는지."

"지금은 좋아하고 말고 할 것도 없어. 나는 작은 친절이라도 받아야 호감을 느끼거든. 나를 쳐다보지도 않고 말하는 사람을 좋아할 만큼 도량이 넓지는 않으니까."

"그분이 그렇게 오만해?" 로저먼드가 더욱 만족감을 느끼며 말했다. "그분이 훌륭한 가문 출신이라는 것을 알고 있지?"

"아니. 그런 이유를 대지 않더라."

"메리! 정말이지 넌 이상한 아가씨야. 그런데 어떻게 생겼어? 그분을 묘사해 봐."

"사람을 어떻게 묘사할 수 있니? 특징들이야 열거할 수 있겠지. 눈썹이 짙고, 검은 눈에, 콧날이 곧고, 머리카락은 검고 두껍고, 크고 튼튼해 보이는 흰 손, 가만있자, 또 아, 그래, 멋진 삼베 손수건이 있었지. 그런데 곧 보게 될 거야. 왕진 올 시간이거든."

로저먼드는 얼굴을 약간 붉히더니 생각에 잠긴 듯이 말했다. "나는 오만한 태도를 좋아해. 수다스러운 젊은이는 참을 수 없어."

"리드게이트 씨가 오만하다고 말하지는 않았어. 하지만 어린 마드모아젤이 말했듯이 취향도 제각각이라면, 그리고 마음에 맞는 종류의 자만심을 골라도 되는 아가씨가 있다면 그건 바로 너겠지, 로지."

"오만과 자만은 달라. 나는 프레드가 자만심이 강하다고 생각해."

"프레드가 사람들에게서 더 나쁜 말을 듣지 않으면 좋겠구나. 네 오빠는 좀 신중해져야 해. 프레드가 건들거린다고 월 부인이 고모부께 말하더라." 메리는 아가씨다운 충동에 판단력을 잃고 말했다. '건들거린다'라는 단어에서 막연한 불안을 느꼈기 때문에 그녀는 로저먼드가 그 불안감을 씻어 낼 말을 해 주기를 바랐다. 그러나 월 부인의 특별한 암시에 대해서는 일부러 입을 다물었다.

"아, 프레드라면 지긋지긋해!" 로저먼드가 말했다. 메리 아닌 다른 사람 앞이었다면 이렇게 부적절한 단어를 입에 올리지 않았을 것이다.

"지긋지긋하다니 무슨 말이니?"

"너무나 게으른 데다 아빠를 몹시 화나게 하고. 성직을 택하지 않겠다고 하거든."

"난 프레드가 전적으로 옳다고 생각해."

"어떻게 옳다고 말할 수 있니, 메리? 넌 신앙심이 깊은 줄 알았는데."

"그는 목사님이 되기에 적합하지 않아."

"하지만 오빠는 적합해져야 해."

"글쎄, 그렇다면 그는 그가 되어야 할 사람이 아닌 거지. 똑같은 경우에 처한 다른 사람들도 보았어."

"하지만 누구도 그런 사람들을 괜찮게 생각하지 않잖아. 나는 목사와 결혼하고 싶지 않지만 목사님은 있어야 해."

"그렇다고 프레드가 목사가 되어야 하는 건 아니잖아."

"하지만 아빠는 오빠를 목사로 만들기 위해 교육에 엄청난 돈을 쓰셨단 말이야! 그리고 오빠에게 남겨진 재산이 없다고 생각해 봐."

"그건 쉽게 상상할 수 있지." 메리가 냉담하게 말했다.

"그렇다면 네가 프레드 편을 드는 것이 놀랍다." 로저먼드는 이 점을 강조해야겠다는 생각이 들었다.

"편을 드는 게 아니야." 메리가 웃으며 말했다. "난 그를 목사로 받아들이지 않을 교구를 지지할 거야."

"하지만 오빠가 목사가 되면 달라지겠지."

"그래, 대단한 위선자가 되겠지. 아직은 아니지만."

"무슨 말을 해도 소용없구나, 메리. 너는 늘 프레드 편을 드니까."

"그의 편을 들면 안 돼?" 메리가 얼굴을 환하게 밝히며 말했다. "그는 내 편을 들 거야. 내 기분을 맞춰 주려고 조금이라도 애를 쓰는 유일한 사람이니까."

"날 몹시 곤란하게 만드는구나, 메리." 로저먼드가 진지하면서도 부드럽게 말했다. "엄마에겐 절대 말하지 않을 거야."

"네 어머니에게 뭘 말하지 않겠다는 거야?" 메리가 화를 내며 말했다.

"제발 화내지 마, 메리." 로저먼드가 여전히 부드럽게 말했다.

"혹시 프레드가 내게 청혼할까 봐 네 어머니께서 걱정하신다면 그가 청혼하더라도 받아들이지 않을 거라고 말씀드려. 하지만 그는 그러지 않을 거야. 난 알고 있어. 그는 청혼하지 않았어."

"메리, 넌 늘 너무 격하게 말해."

"그리고 넌 늘 너무나 짜증 나게 해."

"내가? 내 어떤 점에 대해 비난하겠다는 거야?"

"아, 비난할 점이 없는 사람들이 가장 짜증 나는 사람들이야. 종이 울리네. 내려가야겠다."

"난 말다툼을 할 생각은 없었어." 로저먼드가 모자를 쓰면서 말했다.

"말다툼? 말도 안 돼. 우린 말다툼하지 않았어. 이따금 화를 낼 수 없다면 친구가 무슨 소용이겠니?"

"네 말을 전해도 괜찮을까?"

"좋을 대로 해. 난 옮겨질까 걱정되는 말은 절대로 하지 않으니까. 자, 내려가자."

이날 아침 리드게이트 씨는 조금 늦게 왕진을 왔지만 방문객들은 오래 머물렀기에 그를 만날 수 있었다. 페더스톤 씨가 노래를 불러 달라고 하자 로저먼드는 고분고분하게 (몹시 싫어하는) 「즐거운 나의 집」을 부르고 나서 그가 좋아하는 노래 「흘러라, 그대 빛나는 강이여」를 부르겠다고 제안했다. 이 냉정하고 노회한 술책가는 감상적인 노래가 아가씨들에게 적합한 장식이라 여겼고, 또한 감상이야말로 노래에 적합하므로 기본적으로 좋은 것이라고 생각했다.

페더스톤 씨가 마지막 노래에 손뼉을 치면서 그녀의 목소리가 지빠귀처럼 청아하다고 칭찬할 때 리드게이트의 말이 창밖을 지나갔다.

리드게이트는 영리한 의사라면 약을 써서 '자기를 일으켜 세울' 수 있으리라고 믿는 늙은 환자와 늘 나누는 불쾌한 이야기가 따분하게 반복되리라 예상했던 데다 미들마치에는 매력적인 여자가 없다고 믿었기에 로저먼드의 모습을 보자 두 배로 강렬한 인상을 받았다. 페더스톤 노인은 로저먼드를 조카딸이라고 서둘러 자랑하듯이 소개했다. 메리 가스에 대해서는 그런 식으로 소개할 가치가 없다고 생각했지만 말이다. 리드게이트는 로저먼드의 우아한 동작을 하나도 놓치지 않았다. 세련된 분별력이 부족한 노인이 억지로 그녀를 주목하게 했을 때 그녀는 조용하고 차분하게 극히 우아한 태도로 그 말을 묵살했다. 그리고 적절치 않을 때는 드러내지 않다가 조금 후 메리에게 너무도 친절하고 자상하게 말을 걸며 보조개를 드러냈기에 리드게이트는 예전보다 자세히 메리를 재빨리 훑어보았고 로저먼드의 경탄스러운 다정한 눈길을 보았다. 그러나 메리는 무엇 때문인지 기분이 나쁜 것 같았다.

"로지 양이 노래를 불러 주고 있었다오. 그걸 안 된다고 하지는 않겠지, 의사 선생?" 페더스톤 씨가 말했다. "나는 당신 약보다 이게 더 좋소."

"그러다 보니 시간이 지나는 걸 잊고 있었어요." 로저먼드는 노래를 부르기 전에 내려놓았던 모자를 집으려고 팔을 내밀며 일어섰다. 하얀 줄기에 피어 있는 꽃처럼 머리가 승마복 차림에 완벽하게 어울렸다. "프레드, 정말 가야겠어."

"그래, 가자." 자기 나름대로 이유가 있어서 기분이 그리 좋지 않았던 프레드는 그곳을 나서고 싶었다.

"빈시 양은 성악가이신가요?" 리드게이트가 눈으로 그녀를 좇으며 말했다. (로저먼드의 온 신경과 근육은 자신이 관찰되고 있다는 의식에 집중되었다. 천성적으로 그녀는 자기 몸에 주어진 역할들을 배우처럼 연기했다. 심지어 성격도 연기했고, 연기를 너무 잘해서 그것이 자기 성격이라는 것을 알지 못할 정도였다.)

"미들마치에서 최고지. 그건 장담해." 페더스톤 씨가 말했다. "두 번째가 누구이든 간에 말이야. 자, 프레드, 네 누이를 좀 칭찬해 봐라."

"유감스럽게도 제 의견은 중요하지 않습니다. 제가 증거를 대 봐야 소용없을 거예요."

"미들마치는 수준이 그리 높지 않은 곳이에요, 이모부." 로저먼드는 조금 떨어진 곳에 있던 채찍을 집으러 가면서 예쁜고 경쾌하게 말했다.

리드게이트는 민첩하게 앞질러 가서 먼저 채찍을 집고 몸을 돌려 그것을 내밀었다. 그녀는 고개를 숙여 고맙다고 인사하고는 그를 바라보았다. 물론 그도 그녀를 바라보았다. 서로 눈길이 마주쳤을 때 인간의 노력으로는 결코 이룰 수 없는 특별한 만남에 갑자기 신비스럽게도 안개가 걷히는 듯했다. 리드게이트는 평소보다 약간 창백해졌을 것이다. 그러나 로저먼드의 얼굴은 짙은 홍조를 띠었고 왠지 소스라치게 놀랐다. 그러자 그녀는 정말로 그 자리를 벗어나고 싶었고, 악수하러 갔을 때 이모부가 무슨 바보 같은 말을 하는지 하나도 들리지 않았다.

그렇지만 로저먼드가 상호적인 호감이라고 여긴, 사랑에 빠졌다고 일컬어지는 이 결과는 바로 그녀가 예상한 일이었다. 미들마치에 그 중요한 인물이 도착했을 때부터 그녀는 작은 미래를 자아내기 시작했고, 이런 장면은 꼭 필요한 출발점이었다. 이 처녀의 마음은 난파된 사람들이 뗏목에 매달려 오든 정식으로 여행 가방을 끌고 오든 간에 낯선 사람의 출현에 언제나 매력을 느꼈고, 그 매력에 대항해서 토박이들이 아무리 미덕을 주장해 봤자 소용없었다. 연인이자 신랑감으로 미들마치 토박이가 아니라 자기 친척들 같은 친지가 없는 남자를 늘 바랐기에 로저먼드의 사교적인 연애에는 이방인이 꼭 필요했다. 요즈음 그녀의 로맨스에 등장한 이방인은 어떻게든 준남작과 관련되어야 할 것 같았다. 이제 이방인을 만나 보고 실제 모습이 예상보다 더 인상적이라는 것을 알게 되었으므로 로저먼드는 이것이 자기 인생의 획기적 사건임을 의심하지 않았다. 자신이 느끼는 감정이 싹트는 사랑의 전조라고 판단했고, 리드게이트 씨가 자기를 보고 첫눈에 사랑에 빠지는 것은 더욱 당연하다고 생각했다. 이런 일은 무도회에서 흔히 일어난다. 그러니 아침 햇살을 받아 얼굴이 더욱 생기에 넘칠 때 일어나선 안 될 이유가 있을까? 로저먼드는 메리보다 나이가 많지 않았지만 사랑을 받는 데 익숙했다. 하지만 풋풋한 청년이나 시들어 버린 노총각 모두에게 무관심했고 까다롭게 굴었다. 그런데 여기 리드게이트 씨가 그녀의 이상형에 딱 들어맞는 모습으로 갑자기 나타난 것이다. 그는 미들마치에 온 이방인인 데다 훌륭한 가문 출신에 걸맞은 기품을 지녔고 중산층이 동경하는 귀족 계층을 바라볼 수 있게 해 줄 친인척 연줄[75]이 있었다. 또한 재능 있는 사람이어서 그를 사로잡는다면 무척 기쁠 것이다. 실로 그는 그녀의 마음에 완전히 새로운 영향을 미치고 생활에 강렬한 관심사를 더해 주었으므로 그것은 그녀가 습관적으로 현실과 대조하면서 상상하여 그려 낸 '가능성'보다 훨씬 더 나았다.

그리하여 말을 타고 집으로 돌아가면서 오누이는 둘 다 입을 다물고 생각에 잠겼다. 공기처럼 가벼운 토대 위에 상상의 집을 짓던 로저먼드는 일단 토대가 마련되자 놀랍게도 세밀하고 현실적인 상상을 펼쳐서 2킬로미터도 채 달리기 전에 미들

---

75) 리드게이트의 큰아버지 리드게이트 경은 준남작이고, 준남작은 엄밀히 말해서 귀족은 아니지만 귀족 계층과 신사 계층 사이에 존재하는 지위이며 작위가 승계된다.

마치에서 살 집을 정했고, 결혼해서 입을 옷이나 사람들을 소개받는 일 따위를 상상하고 먼 곳에 사는 남편의 귀족 친척들을 방문하는 것을 그려 보았다. 그녀는 학교에서 교양을 쌓았듯이 그 친척들의 세련된 매너를 철저히 익혀 결국 이루어질 막연한 신분 상승을 준비할 것이다. 그녀가 상상한 그림에는 금전과 관련된 부분이 전혀 없었고, 너저분한 부분은 더더욱 없었다. 그녀는 세련된 품위로 여겨지는 것에 관심을 두었지 그것을 위해 치러야 할 돈에 대해서는 신경 쓰지 않았다.

반면에 프레드는 늘 낙관적이었지만 그래도 당장 지워 버리지 못하는 걱정거리 때문에 심란했다. 아무리 머리를 짜내도 페더스톤 노인의 어리석은 요구를 피하면서 그 요구를 들어줄 때보다 더 나쁜 결과를 초래하지 않을 방법을 생각해 낼 수 없었다. 아버지는 이미 그에게 화가 나 있었고, 만일 그 일 때문에 불스트로드 가족과 관계가 더 냉랭해진다면 더더욱 분개할 것이다. 그런데 불스트로드 고모부에게 부탁하기 싫었다. 어쩌면 자신이 술에 취한 상태에서 페더스톤의 재산에 관한 어리석은 이야기를 떠벌렸을 테고, 이런 이야기가 소문으로 돌면서 더 커졌을 것이다. 페더스톤처럼 유별난 구두쇠 영감에게서 유산을 받을 거라고 허풍을 떨다가 그의 명령에 따라 증명서를 구걸하러 가야 한다니 꼴이 말이 아니었다. 그러나 유산은! 실로 그 유산은 자기에게 굴러들어 올 테고, 그것을 포기하는 것은 기분 좋은 대안이 될 수 없었다. 게다가 최근에 진 빚 때문에 몹시 애태우는 중이었는데 페더스톤 노인은 그것을 갚아 주겠다고 약속한 것이나 다름없었다. 이 일 모두가 참담할 정도로 하찮기 짝이 없었다. 빚도 보잘것없는 금액에 불과했고, 받을 상속도 그리 엄청난 것은 아니었다. 그가 아는 어떤 사람들 앞에서 이런 시시한 고민을 털어놓는다면 정말로 창피할 것이다. 이런 생각을 하다 보면 인간에 대한 쓰라린 혐오감이 들기 마련이다. 자신은 미들마치 제조업자의 아들로 태어나 큰 재산을 상속받으리라는 보장도 없는 처지인데 반해 메인워링과 바이언 같은 자들은 ─ 인생에서 가장 좋은 것을 맛보려는 열망을 가진 활기찬 젊은이가 이렇게 초라한 기대를 품을 수밖에 없을 때 확실히 인생이란 시시하기 그지없다.

프레드는 불스트로드의 이름이 거론된 것이 페더스톤 노인의 농간이라고는 생각하지 못했다. 알았다 해도 처지가 달라질 것은 없었다. 노인이 자기를 좀 괴롭히면서 권력을 휘두르려 하고 또 불스트로드와 사이가 틀어지는 것을 보면서 만족감을 맛보려 한다는 점은 명확했다. 프레드는 페더스톤 이모부의 영혼을 밑바닥까지 들여다본다고 생각했지만 사실 그가 본 것 중 절반은 자기 의향이 반영된 데 지나지 않았다. 다른 사람의 영혼을 들여다보는 지난한 일은 주로 자신의 소망만 생각하는 젊은 신사들에게 가당찮은 일이다.

프레드는 아버지에게 털어놓을지, 아니면 아버지가 알지 못하도록 혼자 해결할지를 놓고 속으로 갈등했다. 아마도 월 부인이 그에 대한 이야기를 떠벌렸을 것이다. 메리 가스가 월 부인의 말을 로저먼드에게 전했다면 틀림없이 아버지의 귀에 들어갈 테고, 그러면 분명히 아버지는 추궁할 것이다. 속도를 줄

여 말을 천천히 걷게 하면서 그는 로저먼드에게 말했다.

"로지, 월 부인이 나에 대해 뭐라고 했는지 메리가 말해 주었어?"

"응, 그랬어."

"뭐라고?"

"오빠가 건들거린다고."

"그게 다였어?"

"그걸로 충분한 것 같은데."

"메리가 다른 말은 하지 않았어?"

"다른 말은 없었어. 하지만 정말로 오빠는 부끄러운 줄 알아야 해."

"아, 당치 않은 소리! 내게 설교하려 들지 마. 메리가 뭐라고 했어?"

"내가 말해 줄 의무는 없어. 오빠는 메리의 말에 신경을 많이 쓰면서 나한테는 너무나 무례하게 말도 못 하게 하잖아."

"물론 메리의 말은 귀담아듣지. 내가 아는 아가씨 중에 최고니까."

"난 남자들이 메리를 사랑할 줄 몰랐어."

"남자들이 어떤 여자를 사랑할지 네가 어떻게 알아? 여자아이들은 절대 몰라."

"어쨌든 메리를 사랑하지 말라고 충고할게. 오빠가 청혼하더라도 오빠와 결혼하지 않을 거라고 그 애가 말했으니까."

"내가 청혼할 때까지 기다릴 수도 있었을 텐데."

"그 말에 오빠가 화를 낼 줄 알았는데."

"천만에. 네가 화를 돋우지 않았더라면 메리는 그런 말을 하지 않았을 거야."

집에 도착하기 전에 프레드는 그 문제를 되도록 간략히 아버지에게 말하겠다고 결론을 내렸다. 어쩌면 아버지는 불스트로드에게 부탁해야 하는 그 불쾌한 일을 떠맡아 줄지 모른다.

2부

노인과 청년

13장

첫 번째 신사: 인간을 어떻게 분류하나?
　　　　　대다수보다 더 나은 인간이거나
　　　　　더 낮게 보이지만 속으로는 더 나쁜 인간으로?
　　　　　성인이나 악당, 순례자나 위선자로?
두 번째 신사: 아니, 자네는 자네의 수많은 책,
　　　　　온 시대에 걸쳐 쌓인 유물을
　　　　　어떻게 분류하는지 말해 보게.
　　　　　일단 크기와 장정으로 나누는 편이 좋겠지.
　　　　　고급 피지, 긴 판본, 송아지 가죽으로 나눠도
　　　　　자네가 읽지 않은 작가들을 분류하느라
　　　　　노련하게 고안한 온갖 꼬리표만큼
　　　　　다양한 것을 망라하지 못할 걸세.

　프레드의 이야기를 듣고 나서 빈시 씨는 은행의 내실로 불스트로드 씨를 찾아가겠다고 마음먹었다. 1시 30분에는 대개 방문객이 없었다. 그러나 어떤 손님이 1시에 들어섰는데 불스트로드 씨는 그에게 할 말이 아주 많았기에 삼십 분 내로 이야기가 끝날 것 같지 않았다. 은행가는 유창하게 말했을 뿐 아니라 말수가 많았고 생각에 잠겨 쉬엄쉬엄 뜸을 들이며 말을 이었다. 병색이 도는 얼굴빛이 누리끼리하다든지 머리카락이 검은색일 거라고는 상상하지 마라. 그는 창백한 흰 얼굴에 갈색 머리카락은 희끗희끗했고, 연회색 눈동자와 넓은 이마를 가지고 있었다. 목소리가 큰 사람들은 그의 가라앉은 목소리를 저음이라고 말했고, 그런 목소리는 솔직함과 어울리지 않는다고 암시하곤 했다. 하지만 정직성이 허파에서 나온다는 말이 성서에 나오지 않는 이상, 목소리가 큰 사람은 목소리 외에 숨길 게 없는 솔직한 사람이라고 볼 이유도 없을 것이다. 또한 불스트로드 씨는 남의 말을 들을 때 존중하듯이 몸을 앞으로 내밀고 경청하는 눈빛으로 바라보았기 때문에 자기 말이 들을 만한 가치가 있다고 생각하는 사람들은 그가 대화를 통해 최고의 향상을 꾀하고 있다고 짐작했다. 하지만 자신이 그리 두각을 드러내지 않는다고 생각하는 사람들은 이런 종류의 도덕적 등불이 자기 모습을 비추는 것을 싫어했다. 만일 당신이 자신의 포도주 저장실을 자랑스럽게 여기지 않는다면 손님이 포도주 잔을 들어 등불에 비추어 보고 재판관 같은 표정을 지을 때 짜릿한 만족감을 느끼지 않을 것이다. 그런 만족감은 자기 저장실에 뛰어난 장점이 있다고 생각하는 사람만이 느낄 수 있다. 그러므로 미들마치의 선술집 주인들이나 신앙심이 없는 사람들은 뚫어지게 쳐다보는 불스트로드 씨의 시선이 달갑지 않았다. 어떤 이들은 그가 바리새인[76]이기 때문이라고 했고, 다른 이들은 그가 복음주의자이기 때문이라고 했다. 이들처럼 천박하지 않은 사람들은 그의 부친과 조부가 도대체 누구인지를 따져 보려 하면서 이십오 년 전에는 미들마치에서 불스트로드라는 이름을 들어 본 적이 없다고 말했다. 하지만 지금 그를 방문한 손님 리드게이트는 그의 주도면밀한 시선에 무관심했다. 은행가의 체질이 좋지 않다고 생각했을 뿐이고, 그가 감각적 즐거움을 거의 누리지 않고 내

---

76) 종교적인 위선자를 비유적으로 이르는 말.

적 삶을 열망한다는 결론을 내렸다.

"이따금 나를 보러 여기 들러 준다면 대단히 고맙겠소, 리드게이트 씨." 은행가는 잠시 멈추었다가 말을 이었다. "바라듯이 병원 운영이라는 흥미로운 사업에 고맙게도 당신을 귀중한 협력자로 받아들일 수 있게 된다면 우리 둘이 의논해야 할 문제가 많을 거요. 지금 거의 완성된 새 병원을 열병 치료를 위한 특수 병원으로 지정할 때 얻을 이득에 대한 당신의 견해를 고려해 보겠소. 그 결정은 전적으로 내게 달려 있소. 메들리코트 경은 병원을 짓는 데 땅과 목재를 기부하셨지만 병원 운영에 관해서는 관심을 쏟고 싶어 하시지 않으니."

"지방의 이런 소도시에서 이보다 더 노고를 들일 가치가 있는 일은 거의 없습니다." 리드게이트가 말했다. "오래된 진료소에 훌륭한 열병 병원을 증축할 수 있다면 의과 대학을 세울 토대가 마련되겠지요. 일단 의료 개혁을 일으킨다면 말입니다. 그리고 온 나라에 의과 대학들이 퍼져 나가는 것은 의료 교육을 위해 가장 유익한 일입니다. 시골에서 태어나 참신한 생각과 공공심을 좁쌀만큼이라도 가진 사람은 일반적인 수준을 조금만 넘으면 모두 런던으로 줄달음치는 추세에 저항하기 위해서 스스로 할 수 있는 일을 해야 합니다. 시골에서는 올바른 전문적 목적을 추구하기 위한 더 자유로운 활동 무대를 찾을 수 있을 겁니다. 더 풍부한 무대는 아니더라도 말이지요."

리드게이트가 가진 재능 중 한 가지는 언제나 깊고 낭랑하며 적절한 순간에 아주 낮고 부드럽게 울리는 목소리였다. 평소 그의 태도에는 자유분방함이랄까, 성공에 대한 대담한 기대감, 자기 능력과 고결함에 대한 자신감이 배어 있었고, 그 자신감은 경험해 보지 않은 사소한 장애나 유혹을 경멸함으로써 더욱 강해졌다. 그러나 이처럼 자신만만한 솔직함은 가식 없는 선의의 표현 덕분에 사랑스럽게 보였다. 불스트로드 씨는 아마 그의 어조와 태도가 자신과 다르기 때문에 더 호감을 느꼈을 것이다. 로저먼드가 그랬듯이 그도 리드게이트가 미들마치에서 이방인이기 때문에 더 마음에 들어 한 것은 분명했다. 새로운 사람과는 아주 많은 일을 시작할 수 있으니 말이다! 심지어 더 나은 인간이 되기 시작할 수도 있다.

"당신의 열망에 더 풍부한 기회를 제공하면 기쁘겠소." 불스트로드 씨가 대답했다. "새 병원의 감독을 맡김으로써 더 원숙한 지식으로 그 일을 유익하게 추진한다면 말이오. 나는 여기 있는 두 의사가 그처럼 원대한 목적에 족쇄를 채우지 못하게 하겠다고 결심했소. 실은 당신이 이 도시에 온 것은 지금껏 숱한 저항을 받아 온 내 노력이 이제 더 명백한 축복을 받으리라는 은총의 징후로 간주하고 싶소. 오래된 진료소와 관련해서 우리의 첫 번째 목적은 이루어졌소. 당신이 선출되었으니 말이오. 이제 당신이 개혁가로 드러나면서 동료 의사들의 질투와 반감을 다분히 끌어내더라도 위축되지 않기를 바라오."

"제가 용감한 사람이라고 주장하지는 않겠습니다." 리드게이트가 미소를 지으며 대답했다. "하지만 싸움에서 큰 즐거움을 느낀다는 것은 인정합니다. 그리고 다른 분야와 마찬가지로 의학에서도 더 나은 방법을 찾아내서 시행해야 한다고 생각하지 않는다면 제 직업에 대한 관심이 없는 것이지요."

"미들마치 의사들은 수준이 낮소." 은행가가 말했다. "지식과 기술에서 그렇다는 말이오. 사회적 지위가 아니라. 여기 의사들은 대체로 신분이 높은 주민들의 친인척이오. 나는 건강이 좋지 않기 때문에 하느님의 은총으로 얻을 수 있었던 질병 완화법에 관심을 기울여 왔소. 런던의 유명한 의사들하고도 상담해 보았고. 그래서 이 지역의 의술이 낙후한 상태에서 허덕인다는 것을 가슴 아프게도 잘 알고 있소."

"그렇습니다. 현재 의료계의 관행이나 교육으로는 환자들이 어쩌다 어지간한 수준의 개업의를 만나는 데 만족해야 합니다. 진단의 시발점이 되는 온갖 중요한 질문들에 대해서 — 의학적 증거의 원리에 대해서 — 조금이라도 어렴풋이 이해하려면 과학적 훈련을 받아야 하거든요. 그런데 대체로 시골 개업의들은 달에 사는 사람처럼 그런 훈련에 대해 전혀 모르고 있습니다."

몸을 앞으로 기울이고 골똘히 쳐다보던 불스트로드 씨는 리드게이트가 동의한 방식이 자기 말에 내포된 의미와 딱 들어맞지 않는다는 것을 알았다. 이런 경우에 현명한 사람은 화제를 바꿔서 자기 재능을 더 효과적으로 발휘할 주제로 나아간다.

"나는 의학적 능력이 특이하게도 물적 수단으로 기우는 경향이 있다는 것을 알고 있소." 그가 말했다. "그럼에도 리드게이트 씨, 당신이 적극적으로 관여하지는 않겠지만 당신의 공감적 동의가 내게 도움이 될 조처에 관해 우리 생각이 다르지 않기를 바라오. 바라건대 환자들에게 영적 관심사가 있다는 것은 인정하시겠지?"

"물론입니다. 하지만 사람마다 영적 관심사를 다른 의미로 생각하는 경향이 있지요."

"그렇소. 그리고 그런 문제에서 그릇된 가르침은 아예 가르치지 않는 것 못지않게 심각한 결과를 불러올 수 있소. 지금 나는 옛 진료소의 성직자 봉사에 대한 새로운 규정을 만들려고 생각 중이오. 그 건물은 페어브라더 씨의 교구에 있소. 페어브라더 씨를 아시오?"

"한 번 뵌 적이 있습니다. 제가 선출되도록 찬성표를 던져 주셨죠. 고맙다는 인사를 드리러 찾아가야 합니다. 아주 영리하고 유쾌한 분 같더군요. 박물학자라는 말을 들었습니다."

"곰곰이 생각해 보면 페어브라더 씨는 꽤 안쓰러운 사람이오. 이 지역에 그보다 더 재능이 많은 목사는 없을 거요." 불스트로드 씨는 말을 멈추고 생각에 잠긴 듯이 보였다.

"저는 아직 애처롭게 보일 정도로 재능이 많은 사람을 미들마치에서 본 적이 없습니다." 리드게이트가 무뚝뚝하게 대답했다.

"내가 바라는 바는……." 불스트로드 씨는 더 진지한 표정으로 말을 이었다. "예배당 목사를 임명해서, 실은 타이크 씨를 임명해서 페어브라더 씨가 진료소에서 하던 일을 맡겨야 한다는 거요. 그리고 다른 영적 원조자를 끌어들여서는 안 된다는 거요."

"타이크 씨를 알지 못하는 한 저는 의사로서 그런 문제에 관해 어떤 의견도 가질 수 없습니다. 그리고 알게 되더라도 그분이 일에 적합한 분인지 알아야겠지요." 리드게이트는 미소를 지었지만 신중하게 말하려고 마음먹었다.

"물론 현재로는 이런 조처에 어떤 이점이 있는지 잘 모를게요. 하지만……." 이 부분에서 불스트로드 씨는 더 힘주어 말했다. "이 문제는 진료소 위원회에 회부될 거요. 이제 나는 당신의 협력을 기대하기 때문에 이 문제와 관련해서 당신이 내적들에게 영향을 받지 않기를 요청해도 된다고 믿소."

"저는 목사직에 관한 논란과 전적으로 무관하기를 바랍니다." 리드게이트가 말했다. "제가 선택한 길은 제 전문직에서 잘해 나가는 겁니다."

"리드게이트 씨, 나는 훨씬 더 광범위한 책임을 떠맡았고, 내게 이 문제는 실로 거룩한 의무를 수행하는 것이라오. 반면 내 적들에게는 세속적인 대립 욕구를 충족하는 계기라고 볼 만한 타당한 이유가 있소. 그러므로 내 확신을 한 치도 굽히지 않을 테고, 앞으로도 나 자신을 사악한 세대가 증오하는 진실과 동일시할 거요. 나는 병원 개선이라는 이 목적에 헌신해 왔소. 하지만 대담하게 고백하자면, 리드게이트 씨, 그 일에 인간의 질병을 고치는 것을 넘어선 무언가가 관련되어 있다고 믿지 않았더라면 병원에 관심을 갖지 않았을 거요. 내행동에는 다른 동기가 있고, 박해를 받더라도 그것을 숨기지않을 생각이오."

마지막 말을 하면서 불스트로드 씨의 속삭임은 흥분으로 커졌다.

"그 점에서는 확실히 저와 다르시군요." 리드게이트가 말했다. 다행히 그때 문이 열리더니 빈시 씨의 도착을 알렸다. 리드게이트는 로저먼드를 본 후 그 혈색 좋은 사교적 인물에 더 관심을 느꼈다. 그녀가 그랬듯이 그들의 운명이 결합할 미래를 속으로 그려 보았기 때문은 아니었다. 남자들은 매력적인 아가씨를 으레 즐겁게 기억하고, 그녀를 다시 볼 법한 장소에서 기꺼이 식사하고 싶어 한다. 리드게이트가 방을 나서기 전에 빈시 씨는 그를 초대했다. "서둘 이유가 없다."라고 그는 말했지만 그날 아침 식사 시간에 페더스톤 이모부가 새로 온 의사에게 큰 호감을 갖고 있다고 로저먼드가 말했던 것이다.

불스트로드 씨는 처남과 단둘이 되자 물을 한 잔 따르고 샌드위치 바구니를 열었다.

"내 식이 요법을 따르라고 설득할 수는 없겠지, 빈시?"

"물론이죠. 나는 그런 요법을 탐탁지 않게 생각하니까. 살아가려면 두둑한 살집이 필요하거든요." 빈시 씨는 편리한 지론을 참지 못하고 말했다. "하지만……." 그는 무관한 일을 깨끗이 잊으려는 듯이 힘주어 말을 이었다. "지금 내가 찾아온 용건은 그 골칫덩어리 프레드에 관해 사소한 문제를 의논하려는 겁니다."

"음식과 마찬가지로 그 주제에 대해서도 내 생각은 자네와 전혀 다르지, 빈시."

"이번에는 그렇지 않기를 바랍니다." (빈시 씨는 기분 좋게 대하려고 마음먹었다.) "실은 페더스톤 노인이 변덕을 부렸기 때문이에요. 어떤 작자가 악의적으로 없는 이야기를 꾸며 내서는 노인네의 마음을 프레드에게서 돌리려고 그 이야기를 들려주었답니다. 노인은 프레드를 무척 좋아하기 때문에 뭔가 근사한 것을 물려줄 겁니다. 사실 프레드에게 땅을 물려주겠다고 말한 거나 다름없어요. 그래서 다른 사람들이 질투하는 거죠."

"빈시, 또 한 번 말하는데 자네 장남의 진로에 관해서는 내 동의를 얻지 못할 걸세. 자네가 그 애를 목사로 만들려는 건 오로지 세속적인 허영심 때문이지. 아들 셋에 딸이 넷이나 되는데 그 비싼 교육에 돈을 쓰는 건 옳지 않은 일이야. 그렇게 교육해서 낭비벽을 키우고 게으르게 빈둥거리는 습관이나 길러 줬을 뿐이지. 자네는 지금 그 결실을 거둬들이는 걸세."

불스트로드 씨는 다른 사람의 잘못을 지적하는 것을 의무로 여기고 그럴 기회를 거의 놓치지 않았는데 빈시 씨는 그만큼 참을성을 발휘할 준비가 되어 있지 않았다. 곧 시장이 될 테고, 상업을 위해 전반적인 정치 문제에 확고한 태도를 보일 사람으로서 빈시 씨는 당연히 현실 체계에서 자신이 중요한 인물이라고 생각했으며, 그래서 사적 행위에 대한 의문은 뒷전으로 던져 버리곤 했다. 그리고 이 특별한 비난은 무엇보다도 그의 화를 돋우었다. 그 결실을 거두고 있다는 말은 특히나 들어야 할 이유가 없었다. 그렇지만 그는 불스트로드의 멍에에 목이 매여 있다고 느꼈다. 대개는 발길질하기를 좋아했지만 지금은 그런 식으로 기분 풀이를 하지 않으려고 조심했다.

"그 문제는 돌이켜 봐야 아무 소용도 없어요. 나는 매부가 모범적이라고 생각할 사람도 아니고, 그렇게 주장할 생각도 없어요. 내가 장사를 하면서 모든 걸 예상한 것은 아니지만 그래도 미들마치에서 우리처럼 잘되는 사업이 없었고, 프레드는 똑똑했어요. 내 가엾은 동생은 성직자가 되었고, 일찌감치 성직 우선권을 받았으니 위장의 열병으로 죽지만 않았더라면 잘해 나갔을 거예요. 지금쯤은 지방 부감독이 되었을 테지. 내가 프레드를 위해 애쓴 것은 옳았다고 생각해요. 신앙심을 가지려는 사람은 자기 고깃덩어리를 작은 살점까지 다 잘라 내서는 안 되겠지요. 신의 자비를 믿고 아량을 베풀어야지. 자기 집안을 일으키려고 애쓰는 것은 영국인의 훌륭한 감정이고요. 아들에게 좋은 기회를 주는 것은 아버지로서 당연한 의무라고 생각해요."

"가장 좋은 벗으로서 처신하기를 바라며 하는 말인데 지금 그 말은 세속성과 앞뒤를 못 가리는 어리석음이 뒤섞여 있을 뿐이네."

"좋아요." 빈시 씨는 그러지 않겠다고 결심했음에도 발길질을 할 수밖에 없었다. "나는 세속적인 사람이 아니라고 주장한 적도 없고, 게다가 세속적이지 않은 사람을 본 적도 없어요. 매부도 소위 비세속적인 원칙에 따라 사업을 한다고는 생각하지 않아요. 한 가지 차이점이 있다면 어떤 세속성은 다른 것보다 조금 더 정직하다는 것이지."

"이런 이야기 해 봐야 아무 소용도 없네, 빈시." 불스트로드 씨는 샌드위치를 다 먹은 후 몸을 젖히고는 피곤한 듯이 손으로 눈을 가리고 말했다. "특별한 용건이 있다고 했지."

"그래요. 간단히 말하면 누군가 매부를 소식통으로 지명하

면서 프레드가 페더스톤 노인의 땅을 상속받으리라는 기대
를 담보로 돈을 빌렸거나 빌리려 했다고 말했다는 거예요. 물
론 매부는 그런 터무니없는 말을 한 적이 없겠지. 그런데 노인
은 자필로 쓴 매부의 편지를 받아 오라고 프레드에게 요구했
답니다. 프레드가 그런 어처구니없는 방식으로 돈을 빌렸거나
빌리려 했다는 말을 한마디도 믿을 수 없다는 내용의 편지를.
매부는 그 편지를 써 주는 데 이의가 없겠지요."

"미안하지만 이의가 있네. 자네 아들이 경솔하고 무지한 나
머지 ─ 더 심한 말은 쓰지 않겠네 ─ 미래의 상속에 대한 기
대를 담보로 돈을 빌리려 하지 않았다거나 그런 막연한 기대
를 근거로 돈을 빌려줄 만큼 어리석은 사람이 없다고는 믿을
수 없거든. 세상에 어리석은 일이 많이 있듯이 그렇게 허술하
게 돈을 빌려주는 경우도 많으니."

"하지만 프레드는 이모부의 땅에 대한 약정이 있다는 구실
로 돈을 빌린 적이 결단코 없다고 맹세했어요. 그 애는 거짓말
쟁이가 아니에요. 그 애를 실제보다 더 낫게 말할 생각도 없
고, 심하게 꾸짖기도 했어요. 그러니 내가 그 애의 행동을 눈
감아 준다고는 누구도 말할 수 없겠지요. 다만 프레드는 거짓
말쟁이가 아니라고요. 그리고 틀릴 수도 있겠지만 내 생각에
어떤 젊은이의 나쁜 점을 확실히 아는 경우가 아니라면 그의
최선을 믿지 말라고 충동질할 종교는 없을 겁니다. 나쁜 점을
믿어야 할 타당한 이유가 없는데도 믿지 않는다는 말을 하지
않음으로써 장래에 훼방을 놓는다면 한심한 신앙이라고 말할
수밖에 없어요."

"나는 그 애가 장차 페더스톤의 재산을 순조롭게 물려받도록 도와줘야 하는지 확신이 서지 않네. 재산을 그저 이 세상을 위한 수확으로 사용할 사람이 부유해지는 것은 축복으로 생각할 수 없으니 말이지. 자네는 이런 말을 듣고 싶지 않겠지, 빈시. 하지만 이 경우에 자네가 언급한 재산의 양도를 도와야 할 이유가 전혀 없다고 말해야겠네. 재산을 얻더라도 자네 아들이 영원한 행복을 누리거나 하느님의 영광을 드높이는 데 도움이 되지 않으리라고 서슴없이 말할 수 있으니. 그렇다면 자네는 왜 이런 진술서를 써 주기를 바라는 건가? 그래 봐야 어리석은 편애를 잃지 않고 어리석은 유산을 확보하려는 것 외에는 다른 목적이 없는데."

"만일 매부가 성인과 복음주의자들 빼고 누구도 돈을 손에 넣지 못하도록 방해할 생각이라면 먼저 이득이 많은 동업을 포기해야 해요. 내가 할 말은 그게 전붑니다." 빈시 씨는 퉁명스럽게 소리쳤다. "플림데일 상점이 브래싱 공장에서 푸른색과 녹색 염료를 갖다 쓰는 것은 하느님의 영광을 드높일지 몰라도 미들마치 상업의 명예를 드높이진 못하지. 그 염료들은 실크를 못 쓰게 만드니까. 내가 아는 건 그게 전부요. 그렇게 얻은 이득의 많은 부분이 하느님의 영광을 위해 쓰인다는 것을 사람들이 알면 더 좋아할지 모르지. 하지만 나는 그리 개의치 않아요. 내가 하려고 들면 꽤 시끄러운 소동을 벌일 수도 있지."

불스트로드 씨는 잠시 가만히 있다가 대답했다. "자네가 이런 식으로 말하다니 무척 괴로운 일이군, 빈시. 내가 어떤 행동을 하는 이유를 자네가 이해할 거라고는 기대하지 않네. 복잡하게 얽히고설킨 세상에서 원칙을 지키기 위해 길을 헤치고 나가는 것은 쉽지 않은 일이야. 무관심하고 냉소적인 사람들에게 그 길을 명료하게 밝혀 주는 것은 더더욱 쉽지 않은 일이지. 괜찮다면 아내의 오라비인 자네에 대해 내가 인내심을 한껏 발휘해서 참아 주었다는 것을 기억하게. 자네 가족의 세속적 지위를 위해 물질적 도움을 주지 않았다고 내게 불평하는 것은 자네에게 합당한 일이 아니라는 점도. 자네가 장사를 계속 잘해 나갈 수 있었던 것은 자네의 신중함이나 판단력 덕분이 아니었다는 사실도 상기시켜 줘야겠군."

"물론 아니겠죠. 하지만 매부는 내 장사 때문에 손해를 본 적도 없지." 빈시 씨는 머리끝까지 화가 치밀어서 (미리 결심했어도 이런 사태가 억제되는 경우는 거의 없다.) 말했다. "매부가 누이와 결혼했을 때는 우리 가족과 동고동락하겠다고 생각했을지 몰라요. 하지만 이제 마음이 달라져서 우리 가족이 몰락하기를 바란다면 솔직히 그렇게 말하는 편이 나아요. 나는 달라진 게 없으니까. 새 교리가 나오기 전에도 그랬고, 지금도 나는 평범한 국교도지요. 장사든 다른 일에서든 세상을 내가 보는 대로 받아들이고, 내가 이웃들보다 더 나쁜 인간이 아니라는 데 만족하고 있어요. 하지만 매부가 우리가 몰락하기를 바란다면 솔직하게 그렇다고 말해요. 그러면 내가 무엇을 해야 할지 더 잘 알 수 있을 테니."

"터무니없는 말을 하는군. 자네 아들에 대한 편지를 써 주지 않아서 자네가 몰락한다는 건가?"

"글쎄, 그렇든 아니든 간에 매부가 거절하는 건 아주 속 좁은 일 같네요. 그러면서 종교를 핑계 델지 모르지만 어찌 됐든 심술쟁이의 고약한 심술로밖에 보이지 않거든. 매부가 프레드를 중상모략하는 편이 낫겠지. 모략하지 않았다고 말하기를 거부한다면 그것과 마찬가지니까. 바로 이런 것들, 어디서나 주교 행세를 하고 은행가 행세를 하려는 폭군 같은 성질 때문에 이름에서 악취가 난다니까."

"빈시, 자네가 굳이 나와 말다툼을 하려 든다면 나뿐 아니라 해리엇에게도 몹시 고통스러울 걸세." 불스트로드 씨는 평소보다 약간 더 창백한 얼굴로 조금 더 열렬히 말했다.

"난 말다툼할 생각이 없어요. 우리 사이가 좋아야 내 이익에, 어쩌면 매부의 이익에도 보탬이 될 테니까. 매부에게 원한을 품은 것도 아니고, 매부가 다른 사람들보다 더 나쁜 사람이라고 생각하지도 않아요. 태반은 굶주리며 살아가는 사람이 매부처럼 가족 기도까지 올리거나 그런 일을 한다면 어떤 종교를 믿든 간에 진정한 신앙심이 있는 거겠지. 매부는 많은 사람이 저주와 욕설을 퍼붓듯이 재빨리 자금 운용을 뒤집지. 지배하기를 좋아하고. 그건 부정할 수 없을 거예요. 매부는 천국에서도 제일 높은 자리를 차지해야지 그렇지 않으면 성에 차지 않을걸. 하지만 매부가 내 누이의 남편이니까 우리는 함께 뭉쳐야지. 내 생각에 해리엇은 매부가 이런 사소한 일에 구애되어 프레드에게 좋은 일을 해 주지 않아 우리가 말다툼을 벌인다면 매부의 잘못이라고 여길걸. 나는 참아 줄 생각이 없어요. 속 좁은 일이라고 여기니까."

빈시 씨는 자리에서 일어나 코트의 단추를 채우기 시작하면서 마지막 확답을 요구하는 눈빛으로 불스트로드 씨를 뚫어지게 쳐다보았다.

불스트로드 씨가 빈시 씨에게 충고하려고 말을 꺼냈다가 결국 그 제조업자의 마음이 주위 사람들의 보다 미묘한 빛과 그림자에 들이댄 조잡하고 적나라한 거울에 비친 매우 불만스러운 자기 모습을 보게 된 것은 이번이 처음이 아니었다. 과거의 경험에 비추어 볼 때 그 장면이 어떻게 끝날지를 예상했어야 했다. 그러나 물이 가득 찬 샘은 빗속에서 물이 불필요할 뿐 아니라 고약한 사태를 일으킬 때도 물을 풍부히 흘려보낸다. 충고의 샘도 마찬가지로 억누를 수 없는 법이다.

불스트로드 씨는 못마땅한 제안에 곧바로 동의하는 성격이 아니었다. 자기 방침을 바꾸기 전에 늘 동기를 만들고 평소의 기준에 일치하도록 맞춰야 했다. 그가 마침내 말했다.

"좀 생각해 보겠네, 빈시. 그 문제를 해리엇에게 말해 보겠어. 어쩌면 자네에게 편지를 보낼 걸세."

"좋습니다. 가급적 빨리 해 줘요. 내일 매부를 만나기 전에 완전히 해결되어 있기를 바랍니다."

14장

많은 이가 좋아하며 먹고
달콤하다고 말하는
게으름이라 불리는 진미의 소스를 만들려면
여기 조리법을 정확히 따르라.
우선 음식이 조금 있는지 사냥개처럼 살펴
그것을 뒤흔들어 잘 섞고
아침의 기름을 넉넉히 둘러 잘 저으며
자화자찬의 거짓말을 적당히 섞어 거품을 내라.
따뜻하게 데워라. 그것을 담을 그릇으로
죽은 자의 신발을 선택하라.

불스트로드 씨는 아내와 상의한 결과 빈시 씨가 바라던 대로 결정한 모양이었다. 이튿날 아침 일찍 편지가 도착해 프레드는 페더스톤 씨의 요구대로 그 편지를 가져갈 수 있었다.

노신사는 날씨가 추워서 침대에 누워 있었다. 메리 가스가 거실에 없어 프레드는 곧장 위층으로 올라가 이모부에게 편지를 내밀었다. 침대에 편안히 기대어 있던 노인은 자신이 인간을 불신하고 좌절시키는 데 일가견이 있다는 생각에 평소 못지않게 흐뭇해할 수 있었다. 그는 입술을 내밀고 입꼬리를 내린 채 안경을 쓰고 편지를 읽었다.

"'이런 정황에서 나는 내 확신을 진술하기를 거부하지 않겠네.' 쳇! 이 친구는 아주 멋진 말들을 집어넣었군! 경매인처럼 점잔 뺀단 말이야. '자네 아들 프레더릭이 페더스톤 씨가 약속한 유산을 토대로 돈을 미리 융통한 적이 없음을.' 약속했다고? 내가 약속했다고 누가 그랬어? 나는 아무것도 약속하지 않아. 마음이 내키면 유언에 추가 조항을 얼마든지 넣을 수 있어. '그리고 그런 절차의 성격을 고려하건대 분별력과 인격을 갖춘 젊은이가 그런 일을 시도하리라고 가정하는 것은 타당하지 않고.' 아, 그런데 이 신사는 바로 자네가 분별력과 인격을 갖춘 젊은이라고는 말하지 않는군. 그걸 주목하게! '그런 소문에 내가 관련되었다는 점에 대해서 나는 자네 아들이 페더스톤 씨의 서거 시 그에게 귀속될 재산을 토대로 돈을 빌렸다는 취지로 진술한 적이 없음을 분명히 단언하네.' 맙소사! '재산, 귀속, 서거'라고! 이 작자에 비하면 스탠디시 변호사는 아무것도 아니군. 돈을 빌리고 싶었어도 이보다 더 멋진 말은 늘어놓을 수 없을 거야. 자⋯⋯." 이제 페더스톤 씨는 안경 너머로 프레드를 쳐다보며 경멸하는 몸짓으로 편지를 돌려주었다. "불스트로드가 멋진 말로 편지를 썼다고 해서 내가 한마디라도 믿을 거라고는 생각하지 않겠지, 안 그래?"

프레드는 얼굴을 붉혔다. "이 편지를 원한 건 이모부세요. 저는 불스트로드 씨의 부인을 믿을 만하다고 생각합니다. 그분이 부인하는 소문을 이모부께 들려준 소식통 못지않게 말이지요."

"그렇겠지. 나는 어느 쪽을 믿는다고 말한 적이 없어. 그런데 이제 자네는 뭘 기대하는 건가?" 페더스톤 씨는 안경을 쓴 채 손을 이불 밑에 넣으며 퉁명스럽게 말했다.

"아무것도 기대하지 않습니다." 프레드는 치밀어 오르는 분노를 간신히 억눌렀다. "이모부께 편지를 드리려고 온 겁니다. 괜찮으시면 그만 작별 인사를 드리겠어요."

"아직은 아냐, 아직은. 종을 울려라. 아가씨를 불러."

종소리가 나자 들어온 것은 하인이었다.

"아가씨를 오라고 해라!" 페더스톤 씨는 성마르게 말했다. "대체 뭘 하느라 자리를 지키지 않는 거냐?" 메리가 들어왔을 때 그는 똑같은 어조로 말했다.

"내가 가라고 할 때까지 여기 가만히 앉아 있지 못하는 까닭이 뭐냐? 조끼를 가져와. 조끼를 늘 침대에 올려놓으라고 했잖아."

메리는 울었는지 눈시울이 붉게 물들어 있었다. 오늘 아침에 페더스톤 씨가 몹시 성마르게 까탈을 부렸음이 분명했다. 이제 프레드는 긴급한 돈을 받게 되리라고 예상했지만 그 늙은 폭군이 제멋대로 부려 먹기에는 메리가 너무나 훌륭한 아가씨라고 당당하게 말할 수 있었더라면 좋았을 것이다. 메리가 들어왔을 때 프레드가 일어섰지만 그녀는 그를 쳐다보지도 않았고 뭔가 날아올까 봐 온몸을 떨고 있는 듯했다. 그러나 말보다 더 고약한 것을 겁낸 적은 없었다. 그녀가 못에 걸린 조끼를 가지러 갔을 때 프레드가 다가가서 말했다. "내가 할게."

"놔둬라! 네가 가져와, 아가씨. 여기 내려놔." 페더스톤 씨가 말했다. "이제 내가 부를 때까지 나가 있어." 조끼가 옆에 놓이자 그가 덧붙였다. 누군가에게 호의를 보여 줄 때 제삼자에게 특히 불쾌하게 굴어서 자신이 느끼는 즐거움에 맛을 더하는 것은 그의 버릇이었고, 메리는 늘 가까이 있었기에 그 조미료가 되었다. 노인의 친척들이 올 때는 그녀를 좀 더 낮게 대했다. 천천히 그는 조끼 주머니에서 열쇠 꾸러미를 꺼내고는 침대보 밑에 있던 양철 상자를 천천히 끄집어냈다.

"내가 돈을 좀 줄 걸 기대하겠지, 어?" 그는 상자 뚜껑을 열다가 멈추고 안경 너머로 올려다보며 말했다.

"천만에요. 이모부께서 일전에 친절하게도 선물을 주겠다고 말씀하셨지요. 그러시지 않았으면 물론 그런 생각은 꿈에도 하지 않았을 겁니다." 하지만 프레드는 쉽게 희망을 품는 성격이라 자신을 근심 걱정에서 벗어나게 해 줄 액수를 곧 떠올렸다. 빚을 질 때는 늘 이런저런 일 — 꼭 집어 무슨 일이라고 말할 필요는 없지만 — 이 일어나서 기일 내에 반드시 갚을 수 있을 것 같았다. 그리고 이제 그런 행운의 순간이 다가왔으므로 제공될 금전이 필요한 금액보다 적을 거라고 생각한다면 어처구니없는 일이다. 기적을 온전히 다 믿을 용기가 부족해서 절반만 믿는 신앙심처럼 터무니없다.

노인은 핏줄이 선명히 드러나는 손으로 많은 지폐를 하나씩 만지작거리다가 펼쳐서 내려놓았고, 그동안 프레드는 간절하게 보이는 표정을 치사스럽게 여기면서 의자에 등을 기대고 앉아 있었다. 그는 자신의 본바탕이 신사라고 생각했기에 돈을 위해 노인의 환심을 사고 싶지 않았다. 마침내 페더스톤 씨는 안경 너머로 그를 다시 쳐다보고 지폐 몇 장을 내밀었다. 액수가 적히지 않은 쪽으로 펼쳐져 있어 프레드는 다섯 장이라는 것만 확실히 볼 수 있었다. 그렇다면 각각 50파운드짜리 일 것이다. 돈을 받으며 그가 말했다.

"대단히 감사합니다, 이모부." 그는 액수에 관심이 없는 듯이 보이도록 지폐를 둥글게 말려고 했다. 그러나 그를 뚫어지게 지켜보던 페더스톤 씨는 그것이 마음에 들지 않았다.

"아니 돈을 세어 볼 가치도 없다고 생각하는 게냐? 마치 왕처럼 받는구나. 군주처럼 써 버리겠지."

"선물로 받은 것에서 흠을 찾지 않아야 한다고 생각했어요. 하지만 아주 기쁜 마음으로 세어 보겠어요."

그러나 세어 본 후에는 그리 기쁜 마음이 아니었다. 실로 어처구니없게도 그가 기대하고 믿었던 금액보다 적었던 것이다. 사물의 합목적성이라는 것이 인간의 기대에 대한 합목적성을 뜻하지 않는다면 과연 무엇을 뜻하겠는가? 인간의 기대를 충족하지 못하면 불합리와 무신론이 바로 뒤에서 입을 벌리고 기다린다. 손에 20파운드짜리 지폐 다섯 장뿐임을 알았을 때 프레드는 몹시 허탈해졌고, 영국의 고등 교육을 받았음에도 그 허탈감을 극복하기가 쉽지 않았다. 그렇지만 하얀 얼굴빛이 재빨리 달라지는 와중에 그는 입을 열었다.

"무척 관대하십니다, 이모부."

"나도 그렇게 생각해." 페더스톤 씨는 상자를 잠가서 밀어넣고 조심스럽게 안경을 벗으며 말했다. 그리고 내면의 성찰을 통해 더 깊이 확신한 듯이 천천히 반복했다. "정말로 너그럽다고 생각해."

"정말이지 무척 감사합니다." 이제 쾌활함을 되찾을 만큼 시간이 지났으므로 프레드가 말했다.

"물론 그래야지. 자네는 멋진 인물이 되고 싶어 하고, 자네가 믿을 사람이라고는 피터 페더스톤밖에 없으니까." 노인은 말하면서 이 영리한 젊은이가 자신에게 의존하고 그렇게 믿고 있다니 꽤 멍청하다고 생각하면서 묘하게 뒤섞인 만족감으로 눈을 빛냈다.

"네, 그렇습니다. 저는 근사한 기회를 누리도록 태어나지 못했어요. 저보다 더 답답한 처지에 있는 사람은 거의 없을 겁니다." 얼마나 운명의 가혹한 대접을 받아 왔는지를 생각하자 자신의 미덕이 새삼 경탄스럽게 느껴졌다. "저는 헐떡거리는 말을 타고 다니는 처지인데 제 판단력의 절반에도 미치지 못하는 작자들이 돈을 펑펑 뿌리면서 형편없는 물건을 사는 걸 보고 있으면 정말이지 너무 고약한 기분이 들거든요."

"그래, 이제는 자네도 훌륭한 말을 살 수 있겠지. 80파운드면 충분할 테니까. 그러고도 20파운드가 남을 테니 시시한 궁지에서 빠져나오겠지." 페더스톤 씨는 낄낄 웃으며 말했다.

"무척 친절하세요, 이모부." 프레드는 말과 감정의 괴리를 예리하게 느끼며 말했다.

"그래, 자네의 멋진 고모부 불스트로드보다야 내가 훨씬 낫지. 자네는 그의 투기에서 얻을 게 별로 없을 테니. 내가 듣기로는 그가 자네 부친을 옴짝달싹할 수 없이 꽉 묶어 놓았다더군. 안 그런가?"

"아버지는 사업에 대한 말씀을 전혀 안 하세요."

"아, 그 점에서는 좀 분별력이 있군. 하지만 자네 부친이 말하지 않아도 사람들은 다 알아내거든. 자네에게 물려줄 게 별로 없을 거야. 유서도 남기지 않고 죽을 가능성이 크지. 그러고도 남을 사람이야. 사람들이 원한다면 그를 시장으로 세우라고 해. 하지만 자네는 부친이 유서도 남기지 않고 죽는 바람에 많은 걸 물려받지 못할 거야. 장남이라도 말이지."

페더스톤 씨가 이처럼 불쾌하게 군 적이 없는 것 같았다. 사실 전에는 그렇게 많은 돈을 한 번에 준 적도 없었다.

"불스트로드 씨의 편지를 없앨까요?" 편지를 불 속에 처넣고 싶은 듯 그는 들고 일어섰다.

"그래, 그래, 쓸데없어. 돈이 될 가치도 없으니."

프레드는 난롯가로 가서 편지를 부지깽이로 힘껏 쑤셔 넣었다. 이제 나가고 싶었지만 돈을 챙기자마자 달아나는 것은 이모부만 아니라 스스로에게도 좀 부끄러운 일이었다. 그러나 오래지 않아 농장 관리인이 보고를 하러 들어왔기에 프레드는 곧 다시 오라는 명령을 받고 밖으로 나오면서 이루 말할 수 없는 안도감을 느꼈다.

그는 이모부에게서 놓여나고 싶었을 뿐 아니라 메리 가스를 꼭 만나고 싶었다. 그녀는 평소처럼 난로 옆 작은 탁자에 책을 펼쳐 놓은 채 바느질거리를 들고 앉아 있었다. 이제는 눈가에서 불그레한 기미가 사라져 평소처럼 차분해 보였다.

"위층에서 날 불러?" 프레드가 들어서자 그녀는 반쯤 몸을 일으키며 물었다.

"아니, 시먼스가 와서 물러났어."

메리는 다시 앉아서 바느질을 시작했다. 확실히 평소보다 더 무심하게 굴었다. 위층에서 그가 그녀 때문에 얼마나 큰 애정 어린 분노를 느꼈는지 그녀는 알지 못했다.

"여기 좀 있어도 될까, 메리? 내가 있으면 성가시겠어?"

"앉아." 메리가 말했다. "넌 존 월 씨처럼 참을 수 없이 성가시게 굴지는 않을 테니까. 그분이 어제 여기 왔었는데 내게 물어보지도 않고 앉더군."

"가엾은 사람! 널 사랑하는 모양이지."

"난 전혀 모르는 일인데. 여자들이 자기에게 친절하게 대해 줘서 고맙게 여기는 남자와 사랑에 빠진다고 사람들이 늘 상상하는 것은 젊은 아가씨의 인생에서 가장 불쾌한 일 가운데 하나일 거야. 난 적어도 그런 것에서는 벗어났다고 생각했어. 내게 접근하는 사람들이 모두 날 사랑한다고 상상할 만큼 터무니없는 허영심을 가질 이유가 없으니까."

메리는 감정을 드러내지 않으려고 했지만 자기도 모르게 화가 나서 떨리는 목소리로 말을 맺었다.

"망할 존 월 같으니! 널 화나게 할 생각은 없었어. 네가 그에게 고마워할 일이 있는지도 몰랐고. 누구든 널 위해 촛불 심지라도 잘라 주면 넌 그걸 큰 도움이라고 생각한다는 걸 잊었어." 프레드도 자존심이 있었기에 메리가 왜 이렇게 격한 감정을 느끼는지 안다는 것을 드러내지 않을 생각이었다.

"아, 난 화나지 않았어. 세상 돌아가는 방식에 화가 났다면 모를까. 난 사람들이 나를 상식 있는 사람으로 대해 주는 게 좋아. 사실 대학에 다니는 젊은 신사들보다 세상을 좀 더 잘 안다고 종종 느끼거든." 메리는 기분이 풀려 억제된 웃음이 저류에서 잔물결을 일으키듯 듣기 좋은 목소리로 말했다.

"오늘 아침에는 날 놀리면서 즐거워해도 괜찮아." 프레드가 말했다. "네가 위층에 올라왔을 때 무척 슬퍼 보였거든. 이 집에서 그토록 들볶이다니 유감이야."

"아, 난 편히 지내고 있어. 비교적 편안하다는 말이지. 교사가 되려고 해 보았지만 그 일은 내게 맞지 않았어. 마음이 종잡을 수 없이 방랑하는 것을 너무 좋아하니까. 자기가 받는 보수에 합당한 일을 하는 척하면서 실제로 하지 않는 것보다는 무엇이든 다른 어려움을 겪는 편이 더 낫겠지. 여기서는 내가 누구 못지않게 잘할 수 있어. 어떤 사람들, 가령 로지보다야 잘하겠지. 그 애는 동화에 나오는 괴물에 사로잡힌 아름다운 아가씨 같지만."

"로지라고!" 프레드는 오빠답게 깊은 불신을 드러내는 목소리로 말했다.

"자, 프레드!" 메리는 힘주어 말했다. "넌 그렇게 비판적일 권리가 없어."

"지금 특별한 의미로 말하는 거야?"

"아니, 일반적인 의미야. 늘 그렇듯이."

"아, 내가 게으르고 낭비벽이 있다는 것. 그래, 난 가난한 사람이 되는 데 적합하지 않아. 내가 부자였으면 나쁜 인간이 되지 않았을 거야."

"그럼 하느님께서 네게 주고 싶지 않으셨을 유복한 생활에서 네 의무를 다했겠지." 메리는 웃으며 말했다.

"그래, 난 목사로서는 의무를 다하지 못할 거야. 네가 가정교사로서 의무를 다할 수 없듯이. 그 점에서는 동류의식을 좀 느껴야 해, 메리."

"난 네가 목사가 되어야 한다고 말한 적 없어. 다른 일들도 있잖아. 어떤 길을 가겠다고 결심하고 그에 따라 행동해야지. 그러지 못하면 아주 한심해 보여."

"나도 그럴 수 있을 거야, 만일……." 프레드는 일어서서 벽난로 선반에 몸을 기댔다.

"만일 유산을 받지 못할 거라고 확신하게 된다면?"

"그런 말은 하지 않았어. 넌 꼭 말다툼을 걸려고 해. 사람들이 나에 대해 수군대는 말에 이끌린다면 공정하지 못한 거야."

"내가 어떻게 너와 말다툼하기를 바라겠어! 내가 읽는 새로운 책들 전부와 말다툼을 벌여야 할걸." 메리는 탁자 위에 있던 책을 들며 말했다. "넌 다른 사람들에게 버릇없어 보일지 몰라도 내게는 친절하잖아."

"누구보다도 널 좋아하기 때문이지. 하지만 네가 날 경멸하는 것을 알고 있어."

"그래, 경멸해. 약간." 메리는 미소를 머금고 고개를 끄덕이며 말했다.

"넌 매사에 현명하게 생각하는 대단한 사람을 좋아하겠지."

"그래, 그럴 거야." 메리는 재빨리 바늘을 놀렸는데 약 오르게도 그러면서 상황을 좌지우지하는 것 같았다. 대화가 잘못된 방향으로 흘러갈 때는 거북하기 짝이 없는 늪 속에 점점 더 깊이 빠져들 뿐이다. 프레드 빈시는 그런 기분이었다.

"여자들은 어릴 때부터 알아 온 사람하고는 절대로 사랑에 빠지지 않는 것 같아. 남자들은 종종 그러는데 말이야. 여자들은 늘 새로운 사람에게서 깊은 인상을 받지."

"가만있자……." 메리가 장난스럽게 입술을 오므리면서 말했다. "내 경험을 되돌아봐야겠는걸. 줄리엣이 있지. 그녀는 그 말의 실례가 되는 것 같아. 하지만 오필리아는 햄릿을 오랫동안 알았을 거야. 그리고 브렌다 트로일은 모돈트 머튼을 어려서부터 알고 있었어. 하지만 그는 존중받을 만한 청년이었던 것 같아. 민나는 클리블랜드와 깊은 사랑에 빠졌는데 그는 이방인이었지.[77] 플로라 매카이버에게 웨이벌리는 낯선 사람이었지만 그를 사랑하지 않았어.[78] 그리고 올리비아와 소피아 프림로즈,[79] 또 코린느[80]가 있는데 그들은 낯선 남자와 사랑에 빠졌다고 볼 수 있지. 종합해 보면 내 경험은 잡다하게 뒤섞였다고 말할 수 있겠네."

메리는 약간 짓궂은 눈으로 프레드를 올려다보았다. 예리한 관찰력이 비웃으며 뒤편에 앉아 있는 맑은 창문 같은 눈이었지만 그녀의 그런 표정이 그에게는 무척 소중했다. 분명 그는 애정이 깊은 젊은이였다. 사내아이에서 청년으로 성장하는 동안 고등 교육을 받으며 계층이나 수입에 대한 기대 수준이 한껏 높아졌지만 옛 놀이 동무에 대한 사랑도 점점 커졌다.

---

77) 브렌다 트로일, 모돈트 머튼, 민나, 클리블랜드는 월터 스콧 경(Walter Scott, 1771~1832)의 소설 『해적』에 나오는 인물들이다.

78) 웨이벌리, 플로라 매카이버는 스콧의 소설 『웨이벌리』의 인물들이다.

79) 올리비아, 소피아 프림로즈는 올리버 골드스미스(Oliver Goldsmith, 1728~1774)의 『웨이크필드의 목사』에 나오는 인물들이다.

80) 드 슈타엘 부인(Madame de Staël, 1766~1817)의 소설 『코린느』의 여자 주인공이다.

"사랑받지 못하는 남자라면 그에게 더 나은 사람이 될 수 있고 무슨 일이든 할 수 있다고 말해 봐야 아무 소용도 없잖아. 그 보상으로 사랑을 받으리라고 믿을 수 없다면 말이야."

"그가 더 나아질 수 있다고 말하는 건 아무 데도 쓸모없어. 그럴지도 모른다, 그럴 수도 있다, 그렇게 할 것이다, 이건 전부 다 한심한 추측일 뿐이야."

"한 남자를 많이 사랑해 줄 여자가 없다면 그가 어떻게 좋은 사람이 되겠어?"

"그런 여자를 바라기 전에 먼저 좋은 사람이 되어야겠지."

"잘 알잖아, 메리. 여자가 남자를 좋은 사람이라서 사랑하는 건 아니야."

"어쩌면 그렇겠지. 하지만 여자는 사랑하는 남자를 절대로 나쁜 사람이라고 생각하지 않아."

"내가 나쁜 사람이라고 말하는 건 공정하지 않아."

"너에 대해서는 아무 말도 하지 않았어."

"메리, 난 아무짝에도 쓸모없는 사람이 될 거야. 네가 나를 사랑한다고 말해 주지 않으면, 나와 결혼하겠다고 약속해 주지 않으면 말이야. 내가 결혼할 수 있을 때 말이지."

"너를 사랑해도 너와 결혼하지 않겠어. 너와 결혼하겠다는 약속은 절대로 하지 않을 거야."

"그건 옳지 않은 일이야, 메리. 나를 사랑한다면 나와 결혼하겠다고 약속해야지."

"반대로 너를 사랑하더라도 너와 결혼하는 것은 옳지 않다고 생각해."

"현재의 나처럼 아내를 부양할 수단이 없는 상태로는 그렇다는 뜻이겠지. 그렇지만 지금 난 스물셋밖에 되지 않았어."

"나이야 달라지겠지. 하지만 다른 점도 달라질 거라고는 믿기 힘들어. 아버지께서 게으른 사람은 존재해서는 안 된다고 하셨어. 하물며 결혼이야 더더욱 하지 말아야지."

"그럼 권총으로 내 머리를 쏴 버려야 한다고?"

"아니, 전반적으로 보아 네가 시험에 합격하기 위해 노력하는 편이 더 나을 것 같아. 그 시험은 한심할 정도로 쉽다고 페어브라더 씨가 말씀하시는 걸 들었거든."

"다 맞는 말이야. 그분에게는 무엇이든지 쉽지. 그 시험에 통과하기 위해서 머리가 좋을 필요도 없어. 나는 시험에 합격한 많은 사람보다 열 배는 더 영리하니까."

"물론 그렇겠지!" 메리는 빈정대고 싶은 마음을 억누를 수 없었다. "크라우스 씨 같은 부목사가 있는 이유를 알겠어. 네 영리함을 열 개로 나눠 봐. 맙소사, 그럼 그 몫이 각각 학위를 받을 수 있겠지. 그렇다면 네가 남들보다 열 배는 더 게으르다는 말일 뿐이야."

"글쎄, 내가 시험에 합격하더라도 넌 내가 목사가 되기를 바라지 않겠지?"

"그건…… 네가 무엇이 되기를 내가 바라는지는 전혀 문제가 되지 않아. 네겐 너만의 양심이 있겠지. 가만! 리드게이트 씨가 오셨어. 가서 고모부께 말씀드려야 해."

"메리……" 프레드는 일어서는 그녀의 손을 잡고 말했다. "네가 용기를 조금 북돋아 주지 않으면 난 더 나아지지 못하고 나빠질 거야."

"그렇게 하지 않겠어." 메리가 얼굴을 붉히며 말했다. "네 가족은 그걸 좋아하지 않을 거야. 우리 가족도 그럴 테고. 우리 아버지는 내가 빚을 지고 다니며 일하지 않는 사람을 남편으로 받아들인다면 수치스럽게 생각하실 거야!"

프레드는 양심에 찔려서 손을 놓았다. 그녀는 문에서 몸을 돌리고 말했다. "프레드, 넌 늘 내게 너무나 선량하고 너그럽게 대해 줬어. 내가 고맙게 느끼지 않는 건 아니야. 하지만 그런 말은 다시 하지 말아 줘."

"알았어." 프레드는 침울하게 말하며 모자와 채찍을 집었다. 발그레한 얼굴에 핏기 없이 새파랗게 질린 부분들이 드러났다. 시험에 낙제한 게으른 젊은 신사들이 흔히 그러듯이 그는 사랑에 빠졌고, 그것도 재산이 없는 평범한 아가씨를 사랑하고 있었다! 하지만 페더스톤 씨의 땅이 등 뒤에서 버티고 있고 메리가 뭐라든 간에 속으로는 자기를 좋아한다고 믿었기에 완전히 낙담하지는 않았다.

집에 돌아가자 그는 20파운드짜리 지폐 네 장을 어머니에게 주면서 보관해 달라고 부탁했다. "그 돈은 쓰고 싶지 않아요, 엄마. 그걸로 빚을 갚으려고요. 그러니 내 손에서 멀리 안전한 곳에 보관해 주세요."

"이런 고마울 데가 있나! 사랑하는 아들아……." 빈시 부인이 말했다. 부인은 큰아들과 (여섯 살 난) 막내딸을 덮어놓고 사랑했는데, 그녀의 자녀 중에서 그 둘이 가장 버릇없다고 생각하는 사람들도 있었다. 하지만 편애하는 어머니의 눈이 늘 속아 넘어가는 것은 아니다. 적어도 누가 다정하고 효성스러운 마음을 가졌는지는 잘 판단할 수 있다. 그리고 프레드는 분명 어머니를 매우 좋아했다. 그는 또 다른 사람도 좋아했기 때문에 100파운드를 쉽게 써 버릴 자신의 습성을 막기 위한 방지책을 마련하려고 특히 고심했을 것이다. 그에게 160파운드를 빌려준 채권자는 메리의 아버지가 서명한 차용증을 더 확실한 방어책으로 갖고 있었다.

15장

당신은 말하네, 검은 눈동자를 두고 떠났는데
푸른 눈동자가 당신을 이끌지 않았다고.
하지만 당신은 오늘 더욱 황홀해 보이네,
예전에 우리가 당신을 보았을 때보다.

아, 나는 가장 아름다운 미인을 쫓고 있네,
새로운 쾌락의 소굴들 사이로.
여기 발자국들과 저기 메아리들이
나를 보물로 이끌어 가지.

보라! 그녀가 몸을 돌리네 ―
사람 크기로 빚어진 불멸의 청춘
별빛의 해묵은 진실처럼 신선한 ―
여러 이름으로 불리는 자연이여!

    스스로를 위대한 역사가라고 부르겠다고 주장했고 120년
전에 죽었을 때 다행히도 거상들 가운데 자리를 잡아 그 거
대한 다리들 밑에서 돌아다니는 하찮은 인간들을 내려다보
게 된 소설가[81]는 자기 책에서 풍부한 논평과 여담을 가장 모
방하기 어려운 부분으로 자랑스럽게 여겼고, 특히 연이어 발
간한 그의 역사서들 첫 장에서 우쭐해한다. 거기서 그는 안락

---

81) 소설가 헨리 필딩(Henry Fielding, 1707~1754)은 『톰 존스의 역사』에
서 스스로를 역사가로 칭했다. 필딩은 18세기 영국 소설 형성기의 대표적인
소설가로서 『조지프 앤드루스』, 『톰 존스』 등의 역작을 남겼으며 남성적 문
체와 피카레스크식 구성으로 세태 풍자적인 소설을 썼다.

의자를 무대 앞으로 끌어내 놓고 앉아 힘차고 멋진 영어를 유유히 구사하며 우리와 잡담을 나누는 것 같다. 그러나 필딩이 살던 시대에는 낮이 더 길었고 (시간이란 돈과 마찬가지로 우리의 필요에 따라 측정되므로) 여름날 오후는 광활했으며 겨울밤에는 시계가 천천히 똑딱거렸다. 하지만 우리처럼 뒤늦게 태어난 역사가들은 그를 본보기 삼아 유유자적해서는 안 된다. 만일 그런다면 우리가 늘어놓는 잡담은 앵무새 새장의 접의자에 앉아 주절거리듯이 변변치 않고 절박해 보일 것이다. 나는 적어도 어떤 인간들의 운명의 타래를 풀어내고 그것들이 어떻게 짜이고 섞이는지 보면서 할 일이 많기 때문에 내가 일으킬 수 있는 모든 빛을 이 특별한 타래에 집중해야지 우주라 불리는 매혹적이고 광범위한 연관성에 분산시켜서는 안 된다.

지금 나는 새로 정착한 리드게이트를 관심 있는 사람들에게 알려 주고자 한다. 그가 미들마치에 온 후 그를 제일 많이 본 사람보다도 더 잘 알 수 있도록 말이다. 어떤 사람이 비웃음을 받거나 칭찬을 받거나 질투를 받거나 조롱을 받거나 도구로 여겨지거나 사랑을 받거나 혹은 장래의 남편으로 선택되더라도 그가 실로 어떤 사람인지 모를 수도 있다는 것을, 그저 이웃의 그릇된 추측에 맞는 일련의 모습으로만 알려질 수도 있다는 것을 분명 우리는 인정해야 한다. 그런데 리드게이트에 대한 일반적인 인상은 그가 전체적으로 보아 평범한 시골 의사가 아니라는 것이었다. 그리고 당시 미들마치에서 그런 인상은 그에게 대단한 일을 기대한다는 의미였다. 사람들은 단골 의사가 남달리 영리하며 가장 변덕스럽고 유해한 질병을 다루고 치료하는 데 무궁무진한 기술을 가졌다고 여겼으니 말이다. 리드게이트가 영리한 사람이라는 증거는 보다 높은 직관에서 나온 것으로 부인 환자들의 변치 않는 확신에 있었다. 그들의 직관이 똑같이 강렬한 다른 직관들과 대립한다는 점을 제외하면 그 증거는 어떤 반대 의견으로도 공격받을 수 없었다. 렌치와 '체력 강화 치료'에서 의학적 진실을 발견한 부인네들은 톨러와 '체력 저하 치료'를 의술의 파멸로 간주했다. 다량의 출혈과 물집에 시달리던 용감한 시대는 아직 지나지 않았고, 더구나 질병에 대체로 고약한 이름을 붙이고 그에 따라 망설임 없이 — 예컨대 어떤 병을 폭동이라고 부르면 거기에 공포탄을 발사하는 대신 피를 즉시 뽑아내는 식으로 — 치료했던 철저한 이론의 시대도 아직 끝나지 않았던 것이다. 체력 강화 요법을 주장한 사람들이나 체력 저하 요법을 주장한 사람들이나 누군가의 의견에 따르면 모두 '영리한' 사람들이었고, 사실 그 말은 재능 있는 사람들에게 최고의 찬사였다. 어느 누구도 리드게이트 씨가 의사 스프래그와 민친만큼 지식이 많을 거라고 추측할 정도까지 상상력을 펼치지는 않았다. 극도의 위험에 처했을 때는 두 의사만이 실낱같은 희망을, 그런 희망이라도 금화처럼 귀중한 순간에 줄 수 있었다. 그렇지만 다시 말하자면 리드게이트는 미들마치의 일반 의사들보다 다소 비범한 사람이라는 인상이 퍼져 있었다. 이것은 사실이었다. 그는 스물일곱 살밖에 되지 않았고, 그 나이에는 평범하지 않은 사람이 많다. 그들은 성취를 간절히 열망하고 탐욕의 신을 피하겠다고 굳게 결심한다. 탐욕의 신이 자기 입에 재갈을 물리고 등에 올라타는 일은 절대로 없을 테고, 혹시라도 그 신과 관계를 맺는다면 신이 오히려 자기 전차를 끌게 될 거라고 생각한다.

그는 사립 학교를 막 졸업했을 때 고아가 되었다. 군인이던 부친은 세 자녀를 위한 대책을 거의 마련해 두지 않았다. 그러므로 소년 터시어스가 의학 교육을 받겠다고 요청했을 때 후견인들에게는 가문의 품위를 고려해서 반대하기보다 그를 어느 시골 의사에게 도제로 보냄으로써 청을 들어주는 편이 더 수월했다. 그는 일찌감치 확고한 성향을 발견하고 아버지가 그 일을 해서가 아니라 그 자체를 위해 하고 싶은 특별한 일이 인생에 있다고 자각하는 흔치 않은 소년 가운데 하나였다. 어떤 분야에 사랑을 품게 된 사람들은 대체로 아직 읽지 않은 책을 서가에서 꺼내려고 높은 의자에 올라섰거나 입을 벌리고 앉아서 새로운 사람의 이야기에 귀를 기울였거나 혹은 책이 없어서 내면의 목소리에 귀를 기울이던 어느 아침이나 저녁에 그 사랑이 시작된 것을 기억한다. 그는 영리한 소년이었고, 운동을 하다가 더워지면 집안 구석에 파묻혀서 어떤 책이든 집어 들고 오 분 이내로 책에 빠져들었다. 그 책이 라셀라스나 걸리버[82]라면 더 좋았고, 베일리의 사전도 괜찮았으며, 경외서가 포함된 성서도 괜찮았다. 조랑말을 타거나 뜀박질을 하거나 사냥을 하거나 혹은 누구의 이야기를 듣고 있을 때

---

82) 새뮤얼 존슨(Samuel Johnson, 1709~1784)의 『라셀라스』와 조너선 스위프트(Jonathan Swift, 1667~1745)의 『걸리버 여행기』를 말한다.

가 아니면 무엇이든 읽어야 했다. 열 살일 때도 그러했다. 당시 『크리슬 혹은 1기니의 모험』[83]을 독파했는데 이 책은 유아용 분유도 아니었고 우유라고 통하는 뿌연 혼합물도 아니었다. 그런데도 이미 그는 책이야말로 본질적인 것이고, 인생이란 어리석기 그지없다고 생각했다. 학교에 가 공부하면서도 그 생각은 그리 달라지지 않았다. 고전과 수학을 '공부'했지만 그 과목들에서는 탁월하지 못했다. 그는 좋아하는 것이면 무엇이든 할 수 있지만 아직은 어느 것도 탁월하게 하려 들지 않는다는 평가를 받았다. 이해력이 좋은 활력적인 소년이었지만 지적 열정을 지필 불꽃이 아직 일지 않았던 것이다. 그는 지식을 쉽게 얻을 수 있는 피상적인 것으로 여겼다. 연장자들의 대화를 듣고 판단하건대 자신이 어른이 되어 살아가는 데 필요한 지식을 이미 필요 이상으로 습득했음이 분명했다. 이런 결실은 허리선이 높은 코트가 유행하던 시절, 그리고 다른 유행들이 아직 되돌아오지 않은 그 시절에 비싼 교육비를 들여 얻은 소득으로서 이례적이지는 않았을 것이다. 그런데 방학이 되어 비가 내리는 어느 날 그는 새로운 책을 찾아서 다시 작은 서재로 들어갔다. 하지만 아무 소용도 없었다! 회색 종이 표지에 거무스름한 표가 붙은 먼지 자욱한 책들, 한 번도 손을 댄 적 없는 낡은 백과사전들을 꺼내지 않는다면 말이다. 그것들을 건드린다면 적어도 새로운 일이기

---

83) 1760~1765년 출판된 찰스 존스톤(Charles Johnstone, 1719~1800)의 풍자적 이야기로 1기니 동전의 여러 주인이 그것을 묘사하는 내용이다.

는 할 것이다. 그 책들이 제일 높은 선반에 있었기에 그는 의자 위에 올라섰고, 제일 먼저 집은 책을 펼쳤다. 불편해 보이는 곳에서도 어쨌든 엉거주춤하게 서서 읽을 수는 있으니까. 그가 펼친 책장은 '해부학'이라는 제목을 달고 있었고, 제일 먼저 눈길을 끈 문단은 심장 판막에 관한 것이었다. 그는 어떤 판막에 대해서도 아는 바가 거의 없었지만 접이식 문이라는 것은 알았다. 그런데 이 갈라진 틈새로 갑자기 빛이 쏟아져 들어와 인간 신체의 정교하게 조절된 조직의 개념을 처음으로 생생하게 비추는 바람에 깜짝 놀랐다. 그는 학교에서 받은 교양 교육 덕분에 고전의 외설스러운 문단들을 물론 자유롭게 읽었지만 신체의 내부 구조와 관련해 그의 상상력은 은밀하고 상스럽다는 막연한 느낌 외에 다른 선입견을 갖고 있지 않았다. 그래서 잘 모르기는 하지만 그가 아는 바로는 뇌는 관자놀이의 작은 자루 같은 곳에 들어 있었다. 그는 금 대신 종이를 사용하는 방법에 대해 생각해 보지 않았듯이 피가 어떻게 순환하는지를 머릿속에 그려 본 적도 없었다. 그러나 천직을 깨닫는 순간이 왔다. 그가 의자에서 내려오기 전에 세상은 완전히 달라져 있었다. 지식인 줄 알았던 산만한 무지 때문에 눈에 보이지 않게 가려졌던 방대한 공간을 채우는 끝없는 작용들을 예감하면서 그에게 신천지가 열렸던 것이다. 그 순간부터 리드게이트는 점점 커지는 지적 열정을 느꼈다.

우리는 한 남자가 한 여자를 사랑하게 되어 결혼하거나 숙명적으로 헤어지는 이야기를 겁내지 않고 수없이 되풀이한다.

그런데 제임스 왕이 언급한 여자의 "형체와 아름다움"[84]을 지치지 않고 묘사하고 옛 음유 시인들이 현을 울리는 소리를 결코 지루해하지 않고 들으면서도, 열심히 생각하고 사소한 욕망을 참고 억제하며 구애해야 하는 다른 종류의 "형체와 아름다움"에 대해 비교적 무관심한 것은 우리에게 시심이 지나친 탓일까 아니면 어리석음이 지나친 탓일까? 이 열정에 관한 이야기도 다양하게 전개된다. 명예로운 결혼에 이르기도 하고 좌절과 궁극적 이별에 이르기도 한다. 그 파국이 음유 시인들이 노래하는 열정과 밀접하게 관련된 경우도 드물지 않다. 넥타이 매듭을 지듯이 대체로 자신들에게 정해진 일상의 과정에서 자기 일을 해 나가는 중년 남자 중에는 한때 자신만의 업적을 이루고 세상을 조금 변화시키겠다는 뜻을 품었던 사람이 늘 상당수 있기 마련이다. 그들이 다발로 묶기에 적합하게끔 평균치에 맞는 모양으로 형성되어 간 과정은 그들의 의식 속에서도 언급되는 일이 거의 없다. 보상받지 못하는 관대한 노고에 대한 열정이 청춘의 다른 사랑의 열정처럼 알지 못하는 사이에 식어 버렸기 때문일 것이다. 그러다 어느 날엔가 예전의 자아가 그 옛집에서 유령처럼 걸어 다니며 새 가구들을 섬뜩하게 만든다. 그들이 서서히 변화한 과정처럼 감지하기 힘든 것도 없다! 처음에 그들은 자기도 모르게 변화를 들이마신다. 여러분과 나는 관습에 따라서 거짓을 말하거나 어

---

84) 제임스 1세의 에세이 「스코틀랜드 시의 분위기에 대한 논문」에 나오는 문구다.

리석은 결론을 끌어냈을 때 내뱉은 숨결로 그들을 감염시켰을지 모른다. 혹은 한 여자의 눈빛에서 발산된 진동으로 변화가 시작되었을지 모른다.

리드게이트는 그런 패배자가 되지 않을 생각이었다. 그리고 과학적 관심이 곧 직업적 열정으로 발전했기에 그에게는 더 나은 가능성이 있었다. 그는 밥벌이가 될 일에 대한 청년다운 믿음이 있었고, 그 믿음은 견습 기간이라 불리는 임시방편에 입문해서도 질식되지 않았다. 그 후 런던과 에든버러, 파리에서 공부하면서도 의학 전문직이 세상에서 가장 훌륭한 일이라는 확신을 잃지 않았다. 그 직업은 과학과 예술이 가장 완벽하게 교류하고 지적 성취와 사회적 이익이 가장 직접적으로 결합하도록 해 주는 것이었다. 리드게이트의 성향은 이런 결합을 필요로 했다. 그는 살아 있는 사람에 대한 동료 의식을 가진 감정적 인간이었으므로 그 의식으로 추상적인 전문 연구를 버텨 냈다. 그는 '임상 사례'에 관심이 있었을 뿐 아니라 존과 엘리자베스에게 관심이 있었고, 특히 엘리자베스를 좋아했다.

의학 전문직은 또 다른 매력이 있었다. 그것은 개혁이 필요한 일이었고, 돈으로 산 훈장이나 다른 속임수를 거부하고 꼭 필요하지 않더라도 진정한 자격을 갖추겠다고 분연히 결의를 다질 기회를 주었다. 파리에서 공부하는 동안 그는 고국에 돌아가면 일반 개업의로 지방 소도시에 정착하고, 의학의 전반적 발전뿐 아니라 자신의 과학적 탐구를 위해서도 내과와 외과 지식을 불합리하게 분리하는 관행에 저항하겠다고 결심했다. 그는 음모와 시기, 사교적 아첨이 판치는 런던의 영향권에서 멀리 벗어난 곳에서 살아갈 테고, 시간이 아무리 걸리더라도 제너[85]가 그랬듯이 가치 있는 독자적 업적으로 명성을 얻을 것이다. 당시는 무지몽매한 시절이었음을 기억해야 한다. 명망 높은 대학들이 지식을 극소수에게만 제공되는 희귀한 것으로 만들어 지식의 순수성을 확보하려 애쓰고 수임료와 의사 임명과 관련해서 엄격하고 독점적인 권한을 확보함으로써 과오를 배제하려고 큰 노력을 기울였음에도 무지하기 그지없는 젊은 신사들이 런던에서 높은 지위에 오르기도 했고, 많은 사람이 시골의 광대한 지역에서 개업할 법적 권리를 얻기도 했다. 또한 의과 대학들은 대중에게 높은 의료 수준을 내세워 옥스퍼드와 케임브리지 졸업생들이 받은 비싸고 지극히 세밀한 의학 수업을 특별히 인가했지만 돌팔이들의 엉터리 진료가 호황을 누리는 것을 막지 못했다.[86] 대개 전문 의사들은 약을 아주 많이 처방했고, 사람들은 약을 값싸게 얻을 수만 있다면 많을수록 더 좋다고 생각했으므로 학위가 없고 파렴치하고 무지한 돌팔이가 처방한 다량의 약의 세제곱에 달하는 양을 삼켰다. 온갖 변화가 일어나고 있음에도 아랑곳없이 반드시 존재하기 마련인 무식한 의사들이나 점잔 빼는 말만 늘어놓는 의사들의 숫자를 합한 통계가 아직 나오지 않았

---

85) 에드워드 제너(Edward Jenner, 1749~1823)는 백신 접종의 선구자인 의사다.

86) 옥스퍼드와 케임브리지의 의과 대학은 의사를 배출하는 독점적 기관이었지만 의사로 행세할 방법은 다양했고 사이비 시술이 인기를 누렸다.

음을 고려하건대, 그 숫자를 변화시킬 가장 직접적인 방법은 구성단위의 변화라고 리드게이트는 생각했다. 그는 언젠가 그 평균치에서 뚜렷이 감지될 변화를 확산시키는 데 큰 차이를 일으킬 구성단위가 될 생각이었다. 그때까지는 환자의 내장에 유익한 변화를 일으키며 기쁨을 맛볼 것이다. 하지만 그가 목표로 삼은 것은 일반 수준을 넘는 진정한 의술만이 아니었다. 그는 더 광범위한 영향을 미치기를 열망했다. 어떤 해부학적 개념의 증거를 찾아내고 사슬처럼 연결된 발견의 한 고리를 만들 가능성에 잔뜩 고무되어 있었다.

미들마치의 한 의사가 발명가를 꿈꾼다는 것이 당신에게는 터무니없어 보이는가? 사실 우리 대부분은 위대한 창시자들이 기라성 같은 무리 사이에 떠올라 우리 운명을 지배할 때까지 그들에 대해 거의 알지 못한다. 예컨대 "하늘의 장벽을 깨뜨린" 허셜[87]은 한때 시골 교회에서 오르간을 연주했고, 피아노를 치며 실수를 연발하는 사람들에게 음악을 가르치지 않았던가? 이 빛나는 인물들은 모두 땅에 발을 딛고 이웃들 사이에서 걸어 다녔고, 이웃 사람들은 그에게 영원한 명성을 안겨 줄 일보다는 그의 걸음걸이와 옷차림에 대해 더 많이 생각했을 것이다. 그들의 사소한 개인적 일상에는 제각기 하찮은 유혹과 비루한 근심이 섞여 있었고, 궁극적으로 불멸의 인물들과 동류가 되도록 나아가는 길에서 그런 것들과 마찰을 빚

---

87) 독일 출신의 영국 천문학자 윌리엄 허셜 경(William Herschel, 1738~1822)의 비명에 위 문구가 라틴어로 새겨져 있다.

어 지체되었다. 리드게이트는 그런 마찰의 위험을 모르지 않았지만 되도록 잘 피해 나가겠다고 자신만만하게 결심했다. 스물일곱밖에 안 되었더라도 자기 나름대로 경험을 많이 쌓았다고 느꼈다. 그러므로 세속적으로 성공하여 과시적인 런던 사람들과 접촉함으로써 허영심이 자극받지 않도록 주의할 테고, 직업을 성실하게 수행하는 것과 쌍을 이루는 또 다른 목적, 즉 위대한 개념을 추구하는 데 경쟁자가 되지 않을 사람들 속에서 살아갈 것이다. 두 가지 목적이 서로를 밝혀 주리라는 희망은 매혹적이었다. 매일 환자들을 신중하게 관찰하고 추론하며 특별한 경우에 판단력을 높이기 위해서 렌즈를 사용하다 보면 더 폭넓은 탐구의 도구로서 사고력이 향상될 것이다. 이런 것이 바로 의료직 특유의 탁월성이 아니던가? 그는 미들마치의 훌륭한 의사가 되고, 바로 그 수단을 통해서 원대한 연구를 진척시켜 나갈 것이다. 인생의 이 특정한 단계에 그는 한 가지 점에서 나무랄 데 없이 인정받을 만했다. 그는 혼합물을 시중에 폭로하면서도 스스로는 생계를 위해 유독한 산 용액으로 이득을 보거나[88] 혹은 도박장의 지분을 소유하고 있으면서도 한가하게 공중도덕의 대의를 대변하는 박애주의자들은 모방하지 않을 생각이었다. 분명 자기 능력이 미치는 범위 안에서 특정한 개혁을 시도할 생각이었고, 그것은 해부학 개념을 입증하는 것보다는 사소한 문제였다. 이러한 개

---

88) 용액을 희석하거나 불순물을 혼합하여 판매함으로써 부당 이익을 취한 행위에 대한 언급인 듯하다.

혁 중 한 가지는 최근에 통과된 법령[89]을 단호히 준수하여 약을 직접 조제하거나 약제사에게서 수수료를 받지 않고 오로지 처방만 내리는 것이었다. 이는 지방 소도시에서 일반 개업의로 살겠다고 선택한 사람에게는 혁신적인 일이었고, 동료 의사들이 불쾌한 비판으로 느낄 소지가 있었다. 그러나 리드게이트는 치료에서도 혁신적 방식을 도입할 생각이었고, 신념에 따라 정직하게 의술을 행하기 위한 최선의 대비책은 그 반대로 나아가도록 유도하는 체계적 유혹을 없애는 것이라고 현명하게 생각했다.

어쩌면 그 시절이 관찰자와 사변가들에게는 지금보다 더 유쾌한 시대였을 것이다. 우리는 아메리카 대륙이 발견되기 시작한 시점, 즉 용감한 선원이 혹시 조난하는 불상사가 있더라도 새 왕국에 발을 내디딜 수 있었던 때를 역사상 가장 멋진 시대로 생각하는 경향이 있다. 1829년에 병리학이라는 암흑의 대륙은 활기찬 젊은 모험가에게는 멋진 아메리카였다. 리드게이트는 특히 의학의 과학적, 합리적 기반의 확장에 기여하려는 야심이 있었다. 열병 같은 특수 질병의 문제에 관심이 생기면서 그는 그 세기 초 서른한 살의 나이로 요절했지만 알렉산더[90]처럼 많은 후손에게 광활한 영토를 남긴 비샤[91]의

89) 1815년의 약제령(Apothecaries Act)은 의료업을 통제하려는 첫 번째 법령이었다.
90) 그리스, 이집트, 페르시아 왕국을 정복한 알렉산더 대왕(기원전 356~323).
91) 마리 프랑수아 그자비에 비샤(Marie François Xavier Bichat, 1771~

짧고 명예로운 생애를 통해 밝혀진 신체 구조에 관한 근본 지식이 필요하다고 절감하게 되었다. 그 위대한 프랑스인은 인간의 살아 있는 신체는 근본적으로 고찰해 볼 때 처음에 따로따로 연구하고, 그런 다음에 이를테면 연결하여 연구함으로써 이해할 수 있는 기관들의 결합이 아니라 어떤 원시 섬유나 세포로 구성되고 뇌와 심장, 허파 등등 다양한 기관은 그런 세포들로 빽빽이 채워졌다는 개념을 처음으로 주장했다. 집의 다양한 시설이 나무와 쇠, 돌, 벽돌, 함석 및 다른 재료들을 다양하게 배합하여 지어지고 각각의 재료는 그 나름의 독특한 구성과 비율을 갖듯이 말이다. 알다시피 재료의 성격을 모르고는 전체 구조나 구성 부분들을 알지 못하고 결함이 무엇이며 어떻게 회복하는지를 알 수 없다. 당연히 비샤가 창안한 개념은 다양한 세포에 대한 그의 상세한 연구와 함께 기름으로 불을 밝히던 어두운 거리에 가스등이 처음 등장했을 때처럼 의학 탐구에 지대한 영향을 미쳤고, 질병의 증상과 약의 작용을 고려할 때 참작할 새로운 연관 관계와 지금까지 숨겨져 왔던 신체 구조에 관한 사실들을 밝혀 주었다. 그러나 인간의 양심과 지성에서 일어나는 변화들은 서서히 드러난다. 현재 1829년이 끝나 가는 시점에서도 대개의 의술은 여전히 구태의연한 길을 뽐내며 걷거나 어기적거리며 따라갔고, 따라서 비샤의 연구를 곧바로 계승할 과학적 연구가 여전히 필요했다. 이 위대한 선각자는 살아 있는 유기체의 궁극적 실체가

1802)는 프랑스의 해부학자이자 생리학자다.

세포 조직이라는 생각을 넘어서지 못했고, 그럼으로써 해부학적 분석의 한계를 드러냈다. 그러나 비단이나 거즈, 망사, 새틴, 벨벳이 모두 생고치에서 나오듯이 세포 조직의 시발점이 되는 공통의 토대가 있다고 누군가 말할 수 있지 않을까? 산수소처럼 사물의 핵심 그 자체를 밝히고, 이전의 모든 설명을 수정할 또 다른 빛이 여기에 있을 것이다. 비샤의 연구에 대한 후속 작업으로 유럽인들 마음의 여러 갈래를 따라 이미 꿈틀대고 있는 연구에 리드게이트는 매료되었다. 그는 유기체 구조의 더욱 긴밀한 관계를 입증하고 인간의 사고를 진실한 체계에 따라 더 정확히 정의하는 데 공헌하기를 열망했다. 연구는 아직 완결되지 않았고, 그 준비된 연구를 사용할 줄 아는 사람들을 위해 마련되었을 뿐이다. 원시 세포란 무엇인가? 이런 식으로 리드게이트는 문제를 제기했다. — 기다리는 답을 끌어내는 데 필요한 방식은 아니었다. 하지만 그처럼 용어를 정확하게 이해하지 못하는 일이 많은 연구자에게 일어난다. 그리고 그는 조용한 틈새 시간을 주의 깊게 포착하여 연구의 실마리를 이어 가기를 기대했고, 외과용 메스뿐 아니라 연구자들이 다시 열렬히 의존하며 사용하기 시작한 현미경을 부지런히 활용해서 많은 암시를 얻게 되리라고 기대했다. 이것이 리드게이트의 장래 계획이었다. 미들마치를 위해서는 작지만 좋은 일을 하고 세계를 위해서 큰일을 하려는 것이다.

확실히 이 시기에 리드게이트는 행복했다. 스물일곱의 나이에 고질적인 악습이 없었고, 사람들에게 유익한 일을 해야 한다는 관대한 결의를 품었으며, 경마나 많은 돈이 드는 신비로운 의식을 광적으로 추종하는 것 — 그런 것을 추종하는 데 그가 의료권을 구입하고 남은 800파운드를 썼더라면 오래가지도 않았을 것이다 — 과는 동떨어졌어도 인생을 흥미진진하게 만드는 관념들이 머릿속에 있었다. 그는 이제 출발점에 서 있었다. 이런 사람들의 인생은 내기를 걸기에 좋은 대상이다. 내기를 좋아하는 신사들이 어떤 열정적인 목적을 좌절시키거나 진척시킬 상황과 인간을 유유히 나아가 자기 목적을 이루게도 하고 곤두박질치게도 하는 내면의 미묘한 심적 균형을 따져 보면서 그 복잡한 가능성들을 평가할 수 있다면 말이다. 리드게이트의 성격을 잘 알더라도 위험 부담은 남는다. 인간의 성격 또한 변화하고 전개되는 과정이기 때문이다. 그는 지금 미들마치의 의사이자 불멸의 연구자로 형성되는 과정에 있고, 그의 미덕과 악덕 모두 줄어들거나 커질 수 있다. 나는 그의 결함 때문에 여러분이 그에 대한 관심을 거두는 일이 없기를 바란다. 우리가 소중히 여기는 벗 중에도 좀 지나치게 자신만만하고 오만한 사람이 있지 않은가? 탁월한 마음이 통속성으로 약간 얼룩진 사람, 타고난 편견 때문에 여기는 약간 쪼그라들고 저기는 약간 삐져나온 사람, 혹은 큰 활력을 지녔지만 일시적인 간청에 응하는 바람에 그릇된 길로 빠져드는 사람이. 리드게이트가 이 모든 결함을 가졌다고 주장할 수 있지만 사실 이는 어느 예의 바른 설교자가 아담에 대해 이야기하면서 신도석에 앉은 교인들이 듣기 괴로울 것을 언급하지 않으려고 에둘러 한 말이다. 이 섬세한 일반론에서 배제된 특정한 결함들은 제각기 구별되는 외모와 말씨, 찡그린 표정으로

드러나며 매우 다양한 인생 드라마에서 제 역할을 한다. 우리 허영심은 우리의 코가 다르듯 서로 다르다. 자만심이라고 모두 다 똑같지 않고 서로 다른 마음 구조의 세세한 부분에 따라서 달라진다. 리드게이트의 자만심은 오만하고, 결코 히죽거리지 않고, 결코 무례하지 않지만, 그 권리 주장에 당당하고, 너그러운 마음으로 남을 경멸하는 것이었다. 그는 멍청이들을 위해 많은 일을 하고, 그들을 안쓰럽게 생각하며, 자신이 그들에게서 영향을 받는 일은 절대로 있을 수 없다고 굳게 믿을 것이다. 파리에 있을 때 생시몽주의자[92] 협회에 가입할지 생각한 적이 있는데 그들의 몇 가지 신념을 돌려놓기 위해서였다. 리드게이트의 결함은 모두 이와 유사한 특징이 있었다. 매력적인 바리톤 목소리에다 옷을 걸치면 품위 있는 태가 나고 평범한 몸짓에도 타고난 기품이 밴 사람의 결함이었다. 그렇다면 리드게이트의 어디에 통속성의 얼룩이 있다는 말인가요? 그의 자연스러운 세련미에 매료된 젊은 숙녀가 묻는다. 매우 예의 바른 데다 사회적으로 두각을 드러내기를 열망하며 사회적 의무에 대해서도 매우 관대하고 비범한 생각을 가진 사람에게 어떻게 통속적인 부분이 있겠어요? 천재적인 사람이라도 여러분이 부적절한 주제에 대해 불시에 질문을 던지면 우둔함을 드러내고, 천년왕국을 앞당기려는 최선의 의지를 가진 많은 사람도 오펜바흐의 음악이나 마지막 익살극의 반짝

---

92) 콩트 드 생시몽(Comte de Saint-Simon, 1760~1825)은 프랑스 초기 사회주의 이론가이며 이후 마르크스주의와 실증주의, 사회학 등 19세기 철학의 토대에 큰 영향을 미쳤다.

이는 말장난을 넘어서지 못하고 천년왕국의 경박한 즐거움을 상상하며 그릇된 감흥을 느낄 수 있다. 리드게이트의 통속적 얼룩은 기질적 편견에 있었다. 고귀한 의도와 공감력을 가졌음에도 그 편견의 절반은 세상의 평범한 사람들에게서 찾아볼 수 있는 것이었다. 지적 열정에 타오르는 그 뛰어난 마음은 가구나 여자에 대한 감정과 판단, 혹은 다른 시골 의사들보다 우월한 자신의 출생이 (스스로 말하지 않아도) 알려지는 것이 바람직한지를 꿰뚫어 보지 못했다. 현재 그는 가구에 대해 생각할 의도가 없었다. 하지만 그런 것을 생각하게 될 때 생물학이나 개혁을 위한 계획에 매진하더라도 가장 좋은 가구만 써야 한다는 통속적 감정을 벗어나지 못하리라는 우려를 금할 수 없다.

여자에 관해서 말하자면 그는 이미 충동적인 어리석음에 이끌려 곤두박질친 적이 있고, 그것이 마지막이라고 생각했다. 먼 미래에 있을 결혼은 물론 충동적이지 않을 테니까. 리드게이트를 잘 알고 싶은 사람들은 충동적으로 저지른 어리석은 사건이 무엇이었는지 알아 두는 것이 좋겠다. 그를 도덕적으로 사랑스러운 인간으로 보게 해 줄 기사도적인 친절과 더불어 그가 빠지기 쉬운 발작적이고 빗나간 열정을 보여 주는 실례가 될 터이므로. 사건은 간단히 요약할 수 있다. 그가 파리에서 공부하던 시절에, 특히 직류 전기 실험에 몰두하던 시기에 일어난 일이었다. 어느 날 저녁 그는 실험에 지치기도 하고 원하는 사실도 끌어낼 수 없어서 개구리와 토끼들을 그 고통스럽고도 불가사의하고 불가해한 충격에서 잠시 벗어나

쉬도록 내버려 두고 포르 생마르탱 극장에 가서 저녁 시간을 보냈다. 그곳에서 상연된 멜로드라마를 이미 여러 번 보았지만 공동 작가들의 독창적인 작품에 매료되어서가 아니라 애인을 사악한 짓을 꾸미는 공작으로 착각하고 칼로 찌르는 여배우에게 매료되었기 때문이었다. 리드게이트는 남자들이 절대로 말을 붙여 보지 않을 여자를 사랑하듯이 이 여배우를 사랑했다. 검은 눈동자에 그리스인 같은 옆얼굴, 둥글고 당당한 몸을 가진 프로방스 여자로 젊은 나이에도 감미로운 부인 같은 분위기를 풍기는 아름다움의 소유자였다. 목소리는 부드러운 비둘기 울음소리 같았다. 최근에 파리에 온 그녀는 좋은 평가를 받았고, 남편이 그 불행한 애인 역을 맡아서 함께 연기하고 있었다. 그녀의 연기는 "그저 봐줄 만한 정도"였지만 관중은 만족했다. 이제 리드게이트는 달콤한 남쪽 지방의 숨결이 느껴지는 바이올렛이 만발한 둑 위에 잠시 누운 듯이 극장에서 여자를 바라보며 곧 돌아가야 할 직류 전기에 대한 생각을 잠시 잊고 쉬었다. 그러나 그날 저녁에 익숙한 드라마는 새로운 파국을 맞았다. 여주인공이 애인을 찔러 그가 우아하게 넘어져야 할 순간에 그 아내가 정말로 남편을 찔렀고 남편은 연출 의도대로 쓰러져 죽은 것이다. 날카로운 비명이 극장을 꿰뚫었고, 프로방스 여자는 정신을 잃으며 쓰러져 버렸다. 연극에 비명을 지르고 졸도하는 장면이 있었지만 이번에는 진짜였다. 리드게이트는 벌떡 일어나 자기도 모르게 무대로 뛰어 올라가 적극적으로 도왔다. 여주인공의 머리에서 타박상을 발견하고 그녀를 부드럽게 안아 올려 그녀와 아는 사이가 되었다. 이 죽음에 대한 소문이 파리 시내에 떠들썩하게 퍼져 나갔다. 그것이 살인이었을까? 여배우를 열렬히 찬미한 사람들 가운데 일부는 그녀가 유죄라고 믿었고, 그래서 그녀를 더 좋아했다. (당시의 취향은 그러했다.) 그러나 리드게이트는 그런 사람들과 달랐다. 그는 무죄를 열렬히 주장했고, 예전에 그녀의 아름다움을 멀리서 바라보며 사심 없이 느꼈던 열정은 이제 직접적인 헌신과 그녀의 운명에 대한 연민으로 바뀌었다. 살인이라니 터무니없었다. 동기가 전혀 없었다. 젊은 부부는 서로에게 폭 빠졌다고 알려져 있었다. 우연히 발이 미끄러지는 바람에 이런 엄청난 결과가 빚어진 사건의 전례는 찾아보기 어렵지 않았다. 법적 조사를 거쳐서 결국 로르 부인은 석방되었다. 이때쯤 리드게이트는 여러 차례 이야기를 나누었고 그녀가 더욱 경탄스러운 여자라는 것을 알게 되었다. 그녀는 거의 말이 없었지만 그것이 매력을 더해 주었다. 그녀는 침울했고, 고마워하는 것 같았다. 저녁나절의 빛이 그렇듯 그녀의 존재만으로도 충분했다. 리드게이트는 미친 듯이 그녀의 애정을 갈망했고, 다른 남자가 그 애정을 얻어 청혼할까 봐 질투했다. 그러나 그녀는 치명적인 사건 이후 더 인기를 누렸을 포르생마르탱에서 예정된 공연을 열지 않고 자기를 흠모하는 소수의 구애자들을 저버린 채 아무 예고 없이 파리를 떠났다. 아마 리드게이트를 제외하고는 어느 누구도 더 이상 그녀의 행방을 수소문하지 않았을 것이다. 리드게이트는 진심으로 위로해 줄 사람도 없이 끝없는 슬픔에 짓눌려 방랑할 불행한 로르를 상상하면서 과학이 전부 완전히 멈춰 버렸다고 느꼈다. 하지만 숨은 배우를 찾는 것은 숨어 있는 사실을 찾는 것처럼 어려운 일이 아니었으므로 오래지 않아 리드게이트는 그녀가 리옹으로 갔다는 증거를 찾아냈고, 마침내 아비뇽에서 같은 이름으로 연기하며 큰 성공을 거두고 있는 그녀를 발견했다. 버림받은 아내로서 아기를 안고 있는 모습은 더욱 당당해 보였다. 연극이 끝난 후 그는 그녀에게 말을 걸었고, 그녀는 깊고 투명한 물처럼 아름다워 보이는 평소의 고요한 태도로 그를 맞았으며 다음 날 방문하도록 허락해 주었다. 그는 그녀에게 사랑을 고백하고 청혼할 생각이었다. 그것이 광인의 갑작스러운 충동처럼 보인다는 것을, 그의 기질적 약점과도 맞지 않는다는 것을 알고 있었다. 하지만 상관없었다! 그가 마음먹은 중대한 일이었다. 그의 내면에는 분명 두 개의 자아가 있었고, 두 자아는 서로에게 적응하고 상대의 방해를 견디는 법을 배워야 한다. 신기하게도 우리 중 어떤 사람은 재빨리 갈마드는 시각으로 우리를 사로잡은 사랑의 열병 너머를 바라보고, 우리가 언덕 위에서 미친 듯이 소리치는 동안에도 우리의 영속하는 자아가 가만히 서서 우리를 기다리는 드넓은 평원을 바라본다.

그가 로르에게 접근하면서 경의와 애정을 품고 구혼할 생각이 아니었다면 그녀에 대한 모든 감정을 부정하는 것에 불과했으리라.

"날 찾으러 파리에서 먼 길을 왔다고요?" 다음 날 팔짱을 끼고 앉아 그녀는 길들지 않은 동물이 놀라워하며 생각에 잠기듯이 의아해하는 눈으로 그를 바라보면서 말했다. "영국인은 모두 그런가요?"

"당신을 만나려 애쓰지 않고는 살 수 없었어요. 당신은 외롭고, 난 당신을 사랑해요. 내 아내가 되겠다고 승낙해 주세요. 나는 기다리겠어요. 하지만 나와 결혼하겠다고 약속해 주세요. 절대로 다른 사람과는 하지 않겠다고."

로르는 우아한 눈꺼풀 밑에서 우울하게 빛나는 눈으로 말 없이 그를 바라보았다. 이윽고 그는 미칠 듯이 황홀한 확신에 가득 차서 그녀의 무릎 옆에 무릎을 꿇었다.

"한 가지 이야기를 들려줄게요." 그녀는 여전히 팔짱을 낀 채 비둘기 소리를 냈다. "발이 정말로 미끄러졌어요."

"알아요, 알고 있어요." 리드게이트는 하지 말라고 간청하듯이 말했다. "그건 치명적인 사고였어요. 끔찍한 재앙이었고, 날당신에게 더욱 묶어 놓았지요."

로르는 잠시 입을 다물었다가 천천히 말했다. "나는 그렇게할 작정이었어요."

리드게이트는 건장한 사람이었지만 얼굴이 하얗게 질리고 온몸이 떨렸다. 몸을 일으켜 그녀에게서 조금 떨어진 곳에 서기까지 몇 순간이 지나간 것 같았다.

"그렇다면 뭔가 비밀이 있었군요." 이윽고 그가 맹렬하게 말했다. "그가 당신에게 잔인하게 굴었군요. 당신은 그를 미워했고요."

"아뇨! 날 지루하게 했어요. 그는 너무나 사랑에 빠져 있었어요. 내 고향이 아니라 파리에서 살고 싶어 했고. 그것이 내게는 맞지 않았어요."

"하느님 맙소사!" 리드게이트는 충격을 받아 신음했다. "당신이 그를 살해할 계획을 세웠다고요?"

"계획을 세운 건 아니에요. 연기하는 도중에 자연스럽게 떠올랐죠. 나는 그렇게 할 작정이었어요."

리드게이트는 말없이 서 있었고, 그녀를 바라보면서 무의식적으로 모자를 눌러썼다. 이 여자, 그가 처음으로 젊음의 열정을 바쳤던 여자가 어리석은 범죄자 무리에 끼어 있는 것을 보았다.

"당신은 좋은 청년이에요." 그녀가 말했다. "하지만 난 남편을 좋아하지 않아요. 다시는 남편을 얻지 않겠어요."

삼 일 후 리드게이트는 환상이 영원히 사라졌다고 믿으며 파리의 자기 방에서 직류 전기 장치 앞에 다시 서 있었다. 마음속에 풍부한 애정이 있고 인간의 삶이 향상되리라는 믿음이 있었기에 그는 냉혹해지지 않을 수 있었다. 그러나 이제는 그런 일을 경험했으므로 자신의 판단력을 전보다 더 신뢰할 이유가 있었다. 앞으로는 여자에 대해 엄밀하게 과학적인 시각을 견지하고 미리 입증된 것이 아니면 어떤 기대도 품지 않을 것이다.

미들마치에 사는 어느 누구도 리드게이트의 과거에 대해 여기서 어렴풋이 암시한 사실을 알지 못했을 것이다. 사실 점잖은 주민들은 눈앞에서 일어나지 않은 일을 스스로에게 설명할 때 정확성을 기하려고 일반적인 사람들보다 더 애쓰지 않았다. 그 도시의 젊은 처녀들뿐 아니라 잿빛 수염을 늘어뜨린 사람들도 이방인이 오면 어떻게 그를 자기들 목적에 적합하게 만들지 서둘러 예상해 보려 했고, 그런 도움이 되도록 그의 인생이 형성되어 온 과정에 대해서 아주 막연하게 아는 것이 전부더라도 만족했다. 사실 미들마치는 리드게이트를 집 어삼켜 아주 느긋하게 동화시킬 거라고 믿었다.

16장

여자에게서 찬미되는 모든 것을
나는 그대의 아름다운 모습에서 발견하네 —
여성이 줄 수 있는 것은 오로지
아름다움과 친절이기에.

— 찰스 세들리 경[93]

타이크 씨가 월급을 받는 병원 목사로 임명될지에 대한 문제
는 미들마치 주민들에게 흥미로운 화젯거리였다. 이와 관련해
리드게이트가 여기저기서 주워들은 이야기들은 도시에서 불스
트로드 씨가 행사하는 권력을 상당히 밝혀 주었다. 은행가는
분명 미들마치를 지배하고 있었지만 반대파가 있었다. 그를 지
지하는 사람 중에는 자신의 지지가 타협에 불과하다는 것을 드
러내면서 전반적인 상황이나 특히 사업상 손실 때문에 악마에
게 아첨해야 한다고 솔직히 털어놓는 사람들도 있었다.
　불스트로드 씨의 권력은 도시 상인들 대부분의 재정 비밀

---

93) 찰스 세들리 경(Sir Charles Sedley, 1639~1701)의 시 「내가 더 공정한
것이 아니라, 실리아」에 나오는 부분.

을 알고 그들의 신용에 영향을 미칠 수 있는 은행가라는 지위에서 나오는 것만은 아니었다. 그 권력은 신속하고 엄격하게 베푸는 자선 행위로 더욱 강화되었다. 다시 말해서 그는 재빨리 은혜를 베풀고 엄격한 눈으로 그 결과를 지켜보았다. 자기 역할에 늘 충실하고 근면한 사람으로서 자선 단체들의 운영에 큰 몫을 부담하고 사적으로도 작거나 큰 자선을 베풀곤 했다. 구두장이의 아들 테그를 도제로 보내도록 애써 주고 테그가 교회에 잘 나가는지를 감시했다. 세탁부 스트라이프 부인의 빨래 건조장에 관한 스텁의 부당한 강요에 맞서 부인을 옹호하고는 스트라이프 부인에 대한 비방을 검토하곤 했다. 개인적으로 돈을 조금씩 융자해 주는 경우도 많았지만 그 이전과 이후의 상황을 엄격히 조사했다. 이런 식으로 하면 이웃의 감사하는 마음뿐 아니라 희망과 두려움 속에서 영역을 확보하게 된다. 그리고 일단 그 미묘한 영역에 권력이 뿌리를 내리면 스스로 증식하여 외적 수단과 걸맞지 않을 만큼 넓게 퍼져 나간다. 불스트로드 씨는 하느님의 영광을 위해 쓸 권력을 최대한 획득하겠다는 철칙을 세웠다. 그는 자신의 여러 가지 동기를 조절하고 하느님의 영광에 필요한 바를 스스로에게 명확히 밝히기 위해서 상당한 정신적 갈등과 내적 논쟁을 겪었다. 그러나 이미 보았듯이 사람들이 그 동기를 늘 올바로 평가한 것은 아니었다. 미들마치에는 아둔한 사람이 많았는데 그들의 마음은 사물을 큰 덩어리로 재는 눈금밖에 없었다. 그들은 불스트로드 씨가 자기들처럼 삶을 즐기지 못하고 되도록 적게 먹고 마시면서 모든 일에 대해 스스로를 못살게 굴고 있으므로 틀림없이 흡혈귀처럼 지배력을 만끽하리라는 강한 의심을 품었다.

리드게이트가 빈시 씨 집에서 열린 정찬 파티에 참석했을 때도 목사직에 대한 이야기가 화제에 올랐다. 빈시 집안은 불스트로드 씨와 인척인데도 집주인조차 거리낌 없이 말한다는 사실을 리드게이트는 알아차렸다. 하지만 문제의 안건에 대해 빈시 씨가 반대한 이유는 만날 교리만 늘어놓는 타이크 씨의 설교를 싫어하고 그런 오점이 전혀 없는 페어브라더 씨를 좋아하기 때문이었다. 빈시 씨는 목사에게 월급을 지급하자는 제안에 대해서 대체로 찬성했는데 그 월급을 페어브라더에게 지급한다는 가정하에서만 그랬다. 페어브라더는 누구보다 좋은 사람이고 누구보다 설교를 잘하는 데다 벗으로도 그만인 사람이었다.

"그렇다면 어떤 노선을 택하시겠습니까?" 빈시 씨의 막역한 사냥 친구인 검시관 치첼리 씨가 말했다.

"아, 지금은 내가 운영 위원회에 있지 않아 아주 다행이야. 그 문제를 관리자들과 병원 이사회에 위임하는 데 찬성표를 던지겠네. 내 책임을 둘둘 말아서 당신 어깨에 올려놓겠소, 의사 선생." 빈시 씨는 말하면서 도시의 원로 의사인 스프래그 씨를 바라보고는 맞은편에 앉아 있던 리드게이트를 보았다. "의사 선생들께서 어떤 종류의 검은 물약을 처방할지 의논해야겠지, 안 그렇소, 리드게이트 씨?"

"저는 두 분 다 알지 못합니다." 리드게이트가 말했다. "하지만 대체로 임명은 너무나 사적인 호감 문제로 변질되기 쉽습니다. 어떤 직책에 가장 적합한 사람이 언제나 가장 좋은 사람이거나 가장 유쾌한 사람은 아니지요. 개혁을 추진할 유일한 방법은 모두가 좋아하는 사람에게 연금을 주어 은퇴시키고 논외로 삼는 것일 수도 있습니다."

일반적으로 더 '통찰력'이 있다고 여겨지는 민친과 달리 가장 '비중' 있는 의사라고 간주되어 온 스프래그는 리드게이트가 말하는 동안 크고 두툼한 얼굴에 무표정한 시선으로 포도주 잔을 바라보고 있었다. 이 젊은이에 대해서 미심쩍거나 의심스러웠던 점, 가령 외국의 새로운 지식을 과시하려 든다든지 연장자들이 이미 해결하고 잊어버린 문제를 뒤집어엎으려는 성향은 이미 삼십 년 전 수막염에 대한 논문(송아지 가죽 장정에 "본인 소유"라고 적힌 논문이 적어도 한 부 남아 있었다.)으로 확고한 입지를 세운 의사에게 분명 달갑지 않았다. 나로서는 의사 스프래그에게 일말의 공감을 느낀다. 사람의 자기 만족이란 세금이 붙지 않는 재산과 같아서 그것이 무시되면 불쾌하기 짝이 없다.

하지만 리드게이트의 말은 사람들에게 동의를 얻지 못했다. 빈시 씨는 마음대로 할 수만 있다면 어떤 자리에도 불쾌한 사람을 임명하지 않겠다고 말했다.

"개혁이라니, 제기랄!" 치첼리 씨가 말했다. "세상에서 제일가는 헛소리지. 개혁에 관한 말이 나왔다 하면 꼭 새로운 사람을 임명하려는 수작이란 말이야. 당신이 그 《랜싯》[94] 패거

---

94) 《The Lancet》. 1823년 토머스 워클리가 창간한 유명한 의학 저널로 현

리가 아니기를 바라오, 리드게이트 씨. 법적 전문가에게서 검시관 직책을 빼앗으려 드는 작자들 말이오. 당신 말은 그런 취지로 나아가는 것 같군."

"나는 워클리의 의견에 찬성하지 않소." 스프래그가 끼어들었다. "누구보다도 반대하지. 의도가 불량하니 말이야. 모두들 의학 전문직의 사회적 권위가 런던 대학에 달렸다고 생각하는데 그 권위를 모욕하면서 스스로 유명해지려 하니까. 그저 남의 입에 오르내리기만 한다면 발에 차여 시퍼렇게 멍들어도 개의치 않는 사람들이 있다니까. 하지만 워클리가 옳을 때도 있지." 의사는 재판관처럼 덧붙였다. "한두 가지 사안에서는 워클리의 생각이 옳아."

"아, 네." 치첼리 씨가 말했다. "저는 누군가가 자기 직업을 위해 발 벗고 나선다고 해서 비난하는 건 아닙니다. 하지만 하던 이야기로 돌아가자면 검시관이 법적 훈련을 받지 않았을 때 증거를 어떻게 판단할지 알고 싶군요."

"제 생각으로는……." 리드게이트가 말했다. "법적 훈련은 다른 종류의 지식이 필요한 문제에서 사람을 더욱 무능하게 만들 뿐입니다. 사람들은 증거에 대해 마치 눈먼 정의의 여신[95]이 눈금으로 잴 수 있기라도 하듯이 말하지요. 누구든 특정 주제에 대해 잘 알지 못하면 그 주제에 관한 좋은 증거가 무엇인지 판단하기 힘듭니다. 시체 해부에 관해서는 변호사도 노파

재도 발행하고 있으며 가장 오래되고 존중받는 일반 의학 저널이다.
95) 법적 정의는 일반적으로 눈이 먼 여신의 이미지로 형상화되어 왔다.

보다 나을 게 없습니다. 독의 작용을 어떻게 알겠어요? 시를 세밀히 검토하면 감자 수확량을 조사하는 법을 알게 된다고 말하는 거나 마찬가지입니다."

"검시관의 임무는 시체 해부가 아니라 의료 증인의 증거를 택하는 것이라는 사실을 알고 있소?" 치첼리 씨가 약간 조롱하듯이 말했다.

"그 증인들은 대체로 검시관처럼 무지한 사람들이지요." 리드게이트 씨가 말했다. "의료 증인에게서 사실을 웬만큼 알아낼 수 있으리라고 운에 맡기며 법의학 문제를 처리해서는 안 됩니다. 그리고 검시관은 무식한 의사가 그렇게 말한다손 치더라도 스트리크닌이 위 점막을 파괴한다고 믿는 사람이어서는 안 됩니다."

실은 리드게이트는 치첼리 씨가 검시관이라는 사실을 잊고 순진하게도 이런 질문으로 말을 맺었다. "스프래그 선생님, 제 말에 동의하지 않으시는지요?"

"인구가 많은 지역과 대도시에서는 어느 정도 맞는 말이오." 의사가 말했다. "하지만 이 지역에서는 내 벗 치첼리가 오래도록 검시관으로 봉사하기를 바라오. 최고의 의사가 뒤를 잇는다 해도 말이지. 빈시는 내 의견에 동의할 거라고 믿네."

"맞아요, 맞습니다. 내게는 사냥을 잘하는 검시관이 최곱니다." 빈시 씨가 쾌활하게 말했다. "그리고 내 생각으로는 변호사와 함께 있을 때 가장 안전하지요. 사람이 모든 것을 알 수는 없잖아요. 대개의 일은 '하느님이 내리신 천벌'이지요. 그리고 독살에 대해 말하자면 거기서 알아야 할 것은 법입니다.

자, 숙녀들에게 가 볼까요?"

　리드게이트는 속으로 치첼리 씨가 위 점막에 대해 아는 바가 전혀 없을 거라고 생각했지만 인신공격을 할 생각은 없었다. 미들마치의 사교계에서 사람들과 어울릴 때 어려운 점 중 하나가 바로 이것이었다. 월급을 받는 직책의 자격 요건으로 지식을 갖추어야 한다고 주장하는 것은 위험했다. 프레드 빈시는 리드게이트를 학자인 체하는 사람이라고 불렀고, 이제 치첼리 씨는 그를 독선적으로 아는 체하는 인간이라고 부르려 하고 있었다. 더군다나 응접실에 들어가서 리드게이트가 로저먼드에게 특히 쾌활하게 굴어 더욱 그러했다. 빈시 부인이 다탁에 앉아서 차를 따라 주었기 때문에 예전에는 치첼리가 얼굴을 맞대고 앉아 로저먼드를 독차지했다. 빈시 부인은 딸에게 가사 의무를 전혀 맡기지 않았다. 부인의 발그레하고 친절한 얼굴과 섬세한 목에 감겨 가볍게 나풀거리는 분홍색 리본, 남편과 자식들에 대한 명랑한 태도는 분명 빈시 집안의 큰 매력 중 하나였고, 그 매력 때문에 그 딸을 더 쉽게 사랑할 수 있었다. 허세를 부리지 않고 거슬리지 않게 천박한 기미를 드러내는 빈시 부인 덕분에 로저먼드의 세련미는 더 돋보였고, 그것은 리드게이트가 기대했던 것 이상이었다.

　확실히 자그마한 발과 완벽하게 매끈한 어깨는 세련된 매너를 더욱 인상적으로 보이게 하고, 적절한 말을 할 때 입술과 눈썹이 정교한 곡선을 이루면 그 말이 놀라울 정도로 적절해 보인다. 그리고 로저먼드는 적절한 말을 할 줄 알았다. 유머러스한 것을 빼고 어떤 어조든 잘 포착하는 재주로 영리하게 말을 잘했다. 다행히 농담을 절대 하지 않았고, 어쩌면 이것이 그 영리함의 가장 명확한 특징이었다.

그녀와 리드게이트는 쉽게 대화에 빠져들었다. 그는 일전에 스톤 코트에서 그녀의 노래를 듣지 못해 유감이라고 말했다. 파리에서 지낼 때 나중에는 음악을 들으러 가는 것이 유일한 낙이었다고 했다.

"음악을 공부하셨겠네요?" 로저먼드가 말했다.

"아뇨, 저는 많은 새의 노랫소리를 알고 곡조도 많이 외우지만 들어 본 적도 없고 알지 못하는 음악에서 더 즐거움을 느끼고 감동을 받습니다. 그렇게 쉽게 손에 넣을 기쁨을 더 많이 누리지 못하는 세상은 참으로 따분한 곳이지요!"

"그래요. 미들마치에는 노랫소리가 울리지 않는다는 것을 곧 아시게 될 거예요. 훌륭한 음악가가 거의 없거든요. 노래를 조금이라도 잘 부르는 신사는 두 분뿐이에요."

"북을 두드리듯이 리듬에 맞춰 익살스러운 노래를 부르고 가락을 상상하게 내버려 두는 것이 유행 같더군요."

"아, 바우어 씨의 노래를 들으셨군요." 로저먼드는 드물게 보이는 미소를 지으며 말했다. "하지만 우리가 이웃에 대해 험담하고 있네요."

이 아가씨가 너무나 사랑스럽다는 생각에 리드게이트는 대답도 잊을 지경이었다. 희푸른 하늘로 지은 것 같은 옷을 입은 그녀는 큰 꽃의 꽃잎들이 막 벌어지며 드러낸, 흠결 하나 없는 금발 미인이었다. 그러나 이 어린아이 같은 금발 미인은 매우 침착하고 우아했다. 로르에 대한 기억 때문에 리드게이트는 눈이 크고 말 없는 여자를 좋아하지 않게 되었다. 성스러운 암소 같은 여자는 더 이상 매력적이지 않았고, 로저먼드는 그 여자와 정반대였다. 그러나 그는 정신을 차리고 말했다.

"오늘 밤에는 노래를 들려주시기 바랍니다."

"원하신다면 들으실 거예요." 로저먼드가 말했다. "아빠는 늘 제게 노래를 부르라고 하시거든요. 하지만 파리에서 최고 가수들의 노래를 들어 보신 분 앞에서 부르려면 떨릴 거예요. 저는 음악회에 간 적이 거의 없거든요. 런던에서 딱 한 번 가 보았어요. 하지만 성 베드로 교회의 오르간 연주자는 훌륭한 음악가이고, 저는 그분과 계속 공부하고 있어요."

"런던에서 무엇을 보았는지 말해 주세요."

"거의 없어요." (순진한 아가씨라면 "아, 전부 다 보았어요!"라고 말했을 것이다. 하지만 로저먼드는 그렇게 순진한 아가씨가 아니었다.) "촌스러운 시골 아가씨들에게 구경시키는 일반적인 명소 몇 군데뿐이었어요."

"당신이 촌스러운 시골 아가씨라는 겁니까?" 리드게이트가 무심결에 찬탄하는 마음을 드러내며 바라보아 로저먼드의 얼굴은 기쁨으로 발갛게 물들었다. 하지만 그녀는 그저 진지한 표정으로 긴 목을 약간 옆으로 돌리고는 손을 들어 경이롭게 땋은 머리카락을 매만졌다. 그 습관적인 몸짓은 고양이가 앞발을 비비는 동작처럼 귀여웠다. 그렇다고 로저먼드가 고양이를 닮았다는 말은 아니다. 그녀는 어릴 때 레먼 부인에게 붙잡혀 교육받은 공기의 요정이었다.

"정말이지 저는 세련되지 못해요." 그녀는 즉시 말했다. "미들마치에서는 그런대로 통하지요. 오랜 이웃과 이야기 나누는 것은 두렵지 않지만 당신은 정말 두려워요."

"교양 있는 여성은 거의 언제나 우리 남자들보다 더 많은 것을 알아요. 아는 것이 종류가 다르더라도 말이죠. 당신이 내게 가르쳐 줄 것은 수천 가지가 넘는다고 믿습니다. 서로 소통할 언어만 있으면 아주 정교한 새가 곰을 가르칠 수 있듯이 말이지요. 다행히 여자와 남자 사이에는 공동의 언어가 있으니 곰들이 배울 수 있겠지요."

"아, 프레드 오빠가 서툰 연주를 시작하려 하네요. 당신 귀에 거슬리지 않도록 막아야겠어요." 로저먼드는 방의 다른 쪽으로 걸어가며 말했다. 프레드는 아버지의 요청에 따라서 로저먼드가 노래를 부르도록 피아노 뚜껑을 열고 한 손으로「잘 익은 체리!」를 쳤다. 시험에 통과한 유능한 남자들도 때로 피아노를 칠 테니까 낙제한 프레드가 치지 못할 이유는 없다.

"프레드, 제발 내일까지 연주를 미뤄 줘. 리드게이트 씨의 귀를 괴롭힐 거야." 로저먼드가 말했다. "그분은 음악을 잘 알거든."

프레드는 웃음을 터뜨리고 그 곡조를 끝까지 쳤다.

로저먼드는 리드게이트에게 몸을 돌리고 살짝 미소를 지으며 말했다. "보세요. 곰을 언제나 가르칠 수 있는 건 아니죠."

"자, 그럼, 로지!" 프레드가 벌떡 일어나서 의자를 돌려 주고는 진심으로 즐거움을 기대하며 말했다. "먼저 활기찬 곡을 연주해 봐."

로저먼드의 연주는 찬탄할 만했다. 레먼 부인의 학교(교회 건물과 성에 유적을 남긴 기억할 만한 역사를 간직한 주청 소재지 근처에 있던)에서 그녀를 가르친 교사는 영국 시골 도처에서 찾을 수 있는 탁월한 음악가 중 하나였고, 음악적 명성을 누릴 기회가 더 많은 나라의 유명한 오케스트라 지휘자들과 견줄 만한 사람이었다. 로저먼드는 본능적으로 교사의 연주 방식을 포착했고, 고귀한 음악을 풍부하게 연주하는 그의 방식을 정확히 모방했다. 처음 들을 때는 깜짝 놀랄 정도였다. 숨어 있던 영혼이 로저먼드의 손가락에서 흘러나오는 것 같았다. 실제로 그러했다. 영혼은 영원히 지속되는 메아리 속에서 살아가고, 모든 훌륭한 표현 어딘가에는 한 사람의 해석에 불과하더라도 창조적 행위가 흘러드니까. 리드게이트는 로저먼드에게 매료되었고, 그녀를 특별한 존재라고 믿게 되었다. 어쨌든 겉으로 보면 불리한 상황에 천부적인 자질이 희귀하게 결합되었다고 해서 놀랄 필요는 없다고 그는 생각했다. 어디서 일어나든 늘 그런 결합은 명백히 드러나지 않는 조건들에 달렸다. 그는 그녀를 바라보았고, 이제 찬탄하는 마음이 더욱 깊어졌으므로 칭찬은 다른 이들에게 맡기고 가만히 앉아 있었다.

그녀의 노래는 피아노 연주만큼 뛰어나지 않았지만 잘 훈련되었고, 곡조에 완벽하게 맞는 종소리처럼 듣기 좋았다. 그녀가 「달빛을 받으며 만나 줘요」와 「나는 방랑했어요」를 부른 것은 사실이다. 인간은 자기 시대의 유행을 따를 수밖에 없고, 고대인만이 언제나 고전적일 수 있다. 하지만 로저먼드는 「검은 눈의 수전」이나 하이든의 칸초네타와 「사랑의 괴로움을 그

대는 아는가」, 「때려 주오」[96]도 감명 깊게 부를 수 있었다. 청중이 무엇을 듣고 싶어 하는지 알고자 했을 뿐이다.

아버지는 사람들을 돌아보면서 그들의 찬사에 흐뭇해했다. 어머니는 고통이 닥쳐오기 전의 니오베[97]처럼 어린 막내딸을 무릎에 앉히고 딸의 손을 위아래로 흔들며 노래에 박자를 맞추고 있었다. 프레드는 로지를 대체로 신뢰하지 않았지만 그녀의 연주에 귀를 기울였고, 자기도 플루트를 그만큼 잘 연주하기를 바랐다. 리드게이트에게는 미들마치에 온 후 참석했던 파티 중에서 가장 유쾌한 가족 파티였다. 빈시 가족은 온갖 근심 걱정을 떨쳐 내고 즐겁게 살아가려 하고 인생이 흥겨운 것이라고 믿으려 했기에 당시 주청 소재지에서는 찾아보기 어려운 집안이었다. 복음주의가 시골에 얼마 남지 않은 오락에 대해서도 전염병이라도 되는 양 의혹의 눈길을 보내던 시절이었다.[98] 빈시 씨 집에서는 늘 휘스트 카드놀이가 벌어졌다. 이제 카드 탁자가 마련되었으므로 몇몇 사람들은 음악을 듣고 있자니 좀이 쑤셨다. 노래가 끝나기 전에 페어브라더 씨가 들어섰다. 잘생기고 가슴이 넓었지만 체구는 작은 사람으로 마흔 살쯤 되었으며, 몹시 낡은 검은색 옷을 입고 있었다. 예리한

---

96) 각각 모차르트의 「피가로의 결혼」과 「돈 조반니」에 나오는 아리아다.
97) 그리스 신화에서 니오베는 자식들을 자랑한 후에 돌로 변했고 열두 명의 자녀들은 살해되었다.
98) 복음주의는 금욕주의적인 경건한 생활을 추구했으며, 연극이나 음악회 같은 문화 활동을 도외시하는 것은 물론이고 복싱과 개싸움 등 대중오락을 제한하거나 금지하는 법안을 통과시켰다.

회색 눈은 반짝이는 빛을 발했다. 그가 들어서자 쾌적한 빛이 비치는 듯했다. 그는 모건 양에게 손목이 잡혀 방을 나서던 어린 루이자를 붙잡고 아버지처럼 다정하게 의미 없는 이야기를 늘어놓았고, 누구에게나 특별한 인사말을 건넸으며, 그날 저녁 내내 오간 말보다 더 많은 이야기를 십 분 만에 압축해서 말하는 것 같았다. 그는 방문하겠다던 약속을 지키라고 리드게이트에게 말했다. "당신을 봐줄 수 없어요. 알다시피 보여 줄 딱정벌레들이 있으니까. 우리 같은 수집가들은 새로운 사람에게 보여 줄 수 있는 것을 죄다 보여 줘야 직성이 풀리거든요."

그러나 그는 곧 휘스트 카드 탁자로 관심을 돌리고 손을 비비며 말했다. "자, 이제 진지해집시다! 리드게이트 씨? 카드놀이를 하지 않는다고요? 아! 당신은 너무 젊고 쾌활해서 이런 걸 하지 않는군요."

리드게이트는 불스트로드 씨가 곤란하게 여길 정도로 재능이 많은 이 목사가 분명 그리 유식하지 않은 이 집안에서 유쾌한 피난처를 발견한 모양이라고 생각했다. 어느 정도 이해가 되는 일이었다. 유쾌한 분위기, 나이와 무관하게 보기 좋은 얼굴들, 머리를 전혀 쓰지 않고 시간을 보내도록 마련된 오락들 덕분에 이 집은 자투리 시간에 딱히 할 일이 없는 사람들에게 유혹적인 곳으로 여겨질 만했다.

모두 화색이 돌고 즐거운 표정이었지만 모건 양은 예외였다. 누르스름한 얼굴에 둔감하고 복종적인 그녀는 빈시 부인이 종종 말했듯이 전체적으로 보아 가정 교사에 딱 맞는 여자였다. 리드게이트는 이런 파티에 자주 참석하지 않을 생각이었다. 이런 모임은 저녁 시간을 너무 많이 낭비했다. 이제 로저 먼드와 조금 더 이야기를 나누었으므로 그는 양해를 구하고 돌아갈 생각이었다.

"틀림없이 미들마치 사람들이 마음에 들지 않으실 거예요." 카드놀이를 하는 사람들이 자리를 잡았을 때 그녀가 말했다. "여기 사람들은 무척 어리석거든요. 당신은 전혀 다른 분위기에 익숙하시겠죠."

"시골의 중소 도시는 다 비슷비슷하겠지요." 리드게이트가 말했다. "하지만 사람들은 늘 자기가 사는 고장이 다른 곳보다 더 시시하다고 믿습니다. 나는 미들마치를 보이는 대로 받아들이기로 마음먹었어요. 이 도시가 나를 같은 방식으로 받아들여 준다면 무척 고맙겠지요. 여기서 예상치 못한 큰 매력을 발견했거든요."

"팁턴과 로윅으로 가는 길 말씀이시죠. 모두들 그 길을 좋아해요." 로저먼드가 순진하게 대답했다.

"아뇨, 내게 훨씬 더 가까이 있는 것을 뜻합니다."

로저먼드는 일어서서 머리카락을 묶은 망사에 손을 대고 말했다. "혹시 춤을 좋아하시나요? 영리하신 분들도 춤을 추시는지 모르겠어요."

"허락해 주신다면 당신과 춤을 추고 싶습니다."

"아!" 로저먼드는 약간 변명하듯이 웃으며 말했다. "저희 집에서 이따금 무도회를 연다는 말씀을 드리려 했어요. 당신을 초대하면 모욕으로 느끼실지 알고 싶었어요."

"조금 전에 말씀드린 조건하에서는 그렇지 않습니다."

이 이야기를 마친 후 리드게이트는 가야겠다고 생각했지만 카드 탁자에 다가갔을 때 페어브라더 씨의 숙련된 카드 솜씨와 빈틈없으면서 놀랍게도 부드러운 얼굴을 바라보며 흥미를 느꼈다. 10시에 저녁 식사가 들어왔고 (미들마치의 관습은 그러했다.) 그다음은 펀치를 마실 차례였다. 그러나 페어브라더 씨는 물 한 잔만 마셨다. 그는 이기고 있었지만 세 판짜리 승부를 또다시 시작하지 않을 이유가 없어 보였다. 마침내 리드게이트는 작별 인사를 하고 밖으로 나왔다.

밤 11시도 되지 않았기 때문에 그는 상쾌한 공기를 마시며 페어브라더 씨 교회인 성 보톨프의 탑을 향해 걷기로 했다. 검은 사각형의 장중한 교회 건물이 별빛을 배경으로 윤곽을 드러냈다. 미들마치에서 가장 오래된 교회였다. 하지만 교회 목사의 성직록은 연간 400파운드가 채 되지 않았다. 그 이야기를 들은 리드게이트는 페어브라더 씨가 카드놀이에서 돈을 따는 데 관심이 있을지 궁금해졌다. '목사는 꽤 기분 좋은 사람처럼 보였어. 하지만 불스트로드도 그럴 만한 이유가 있겠지.' 만일 불스트로드 씨의 입장이 대체로 정당하다고 밝혀진다면 자신에게는 여러 면에서 한층 수월할 것이다. '불스트로드가 자기 신앙심에 따라 몇 가지 좋은 의도를 실천하려 든다면 그 신앙심이 내게 무슨 상관이야? 머리가 좋은 사람을 알게 되면 그런 사람을 이용해야지.'

빈시 씨 집에서 멀어지면서 리드게이트에게 제일 먼저 떠오른 생각은 사실 이런 것이었다. 유감스럽게도 많은 숙녀가 이를 토대로 그를 관심을 둘 가치가 거의 없는 인물이라고 생각할 것이다. 로저먼드와 연주는 두 번째로 떠오른 생각에 불과했다. 그녀가 떠오르자 그는 걸음을 옮기며 그녀의 모습을 곰곰이 되돌아보았다. 하지만 마음은 조금도 동요하지 않았고, 새로운 물결이 삶에 흘러들어 왔다고 느끼지도 않았다. 그는 아직 결혼할 수 없었다. 앞으로 몇 년간은 결혼하지 않기를 바랐다. 그러므로 우연히 감탄하며 바라본 여자와 사랑에 빠질 마음의 준비가 되어 있지 않았다. 그는 로저먼드에게 큰 매력을 느꼈지만 과거에 로르에게 매료되었던 광기가 어떤 여자에게도 되풀이되지 않을 거라고 생각했다. 사랑에 빠지는 것이 조금이라도 문제가 된다면 이 빈시 양 같은 여자와 함께면 상당히 안전할 것이다. 그녀는 여자에게 기대할 만한 영리함을 갖추고 있었다. 세련되고 우아하고 유순하며, 인생의 모든 진미를 마무르는 데 적합하고, 다른 증거가 필요하지 않을 정도로 그 영리함을 강력하게 입증하며 드러내는 육체에 감싸여 있었다. 혹시라도 결혼하게 된다면 아내는 그런 여자다운 광채를 발하는 사람일 거라고 리드게이트는 믿었다. 그것은 꽃과 음악은 같은 부류에 넣어야 할 독특한 여자다움이고, 오로지 순수하고 섬세한 기쁨을 위해 만들어진 본질적으로 고결한 아름다움이었다.

그러나 앞으로 오 년간은 결혼할 의사가 없었으므로 그에게는 열병에 관한 루이[99]의 새 연구서를 읽는 것이 더 시급했

---

99) 유명한 프랑스 의사이고 장티푸스 열병 전문가인 피에르 샤를 알렉상드르 루이(Pierre Charles Alexandre Louis, 1787~1872).

다. 그는 파리에서 루이를 만난 적이 있고, 발진티푸스와 장티푸스의 특별한 차이점을 확인하려는 많은 해부학적 증명을 지켜봐 왔으므로 그 책에 각별한 흥미를 느꼈다. 그는 집으로 돌아가서 새벽까지 책을 읽었고, 사랑과 결혼이라는 복잡한 문제에 필요하다고 여겨지는 것 이상의 실험적 상상력을 이 병리학 연구의 세부 사항들과 관계에 쏟아부었다. 사랑과 결혼이라는 주제에 대해서는 문학 작품을 통해서나 사람들의 친밀한 대화에서 전해지는 인습적 지혜를 통해서 충분히 알고 있다고 느꼈다. 반면 열병의 병세는 불명료하므로 상상력을 발휘하는 즐거운 노고를 기울이게 했다. 그것은 제멋대로인 상상이 아니라 훈련된 능력을 발휘하고, 개연성을 찾아내려는 더없이 명료한 눈으로 지식에 충실히 순종하면서 결합하고 구성하며, 그런 다음에는 공정한 자연과 더욱 활력적으로 협력하면서 멀리 떨어져 자신의 연구를 시험할 검사를 만들어 내는 것이다.

대수롭지 않은 그림이나 시시한 이야기를 왕성하게 쏟아내어 강렬한 상상력을 가졌다고 찬사를 받는 사람이 많다. 멀리 떨어진 행성에서 일어나는 한심한 이야기를 써내거나 사악한 일을 저지르러 내려오는 루시퍼를 박쥐 날개가 달리고 인광을 뿜는 거구의 추악한 남자로 그린다든지, 혹은 병적인 꿈속에 보이는 인생을 반영하듯이 터무니없는 일들을 과장하면서 말이다. 그러나 그런 종류의 영감은 미묘한 작용을 밝혀내는 상상력과 비교할 때 다소 천박하며 취기의 소산이라고 리드게이트는 생각했다. 그 미묘한 작용이란 어떤 렌즈로도 접근하지 못하고, 저 바깥 어둠 속에서 필연적으로 연속되는 긴 과정에 내면의 빛을 비춤으로써 추적될 수 있다. 그 빛은 궁극의 정제된 에너지이며, 그것이 관념으로 비춘 공간에서 에테르의 원자도 뒤덮을 수 있다. 리드게이트는 무지한 자들이 유능하고 편안하게 느끼면서 만들어 내는 싸구려 발명품들을 모두 내던져 버렸다. 그는 연구의 정수라고 할 대단히 어려운 발명에 매료되었고, 어떤 대상에 관한 가설을 잠정적으로 세우고 더욱 정밀한 관계에 맞춰 가설을 수정했다. 그는 인간의 고통과 기쁨을 마련하는 불명료하고 미세한 과정을, 고뇌와 광증, 범죄가 처음 잠복해 있는 비가시적 통로를, 행복한 의식이나 불행한 의식의 성장을 결정하는 그 미묘한 균형과 전환을 꿰뚫어 보고 싶었다.

그는 책을 내려놓고 잔불이 남은 벽난로를 향해 다리를 쭉 뻗고서 머리 뒤로 두 손을 깍지 꼈다. 생각이 특정한 대상을 검토하다가 그것이 우리 삶의 다른 것들과 맺는 연관성에 대한 충만한 의식에 빠져들 때 — 마치 격렬하게 헤엄치다가 물 위에 누워 아직 소진되지 않은 힘으로 평온하게 떠 있는 듯이 느껴질 때 — 이처럼 흥분의 열기가 사라진 쾌적한 상태에서 리드게이트는 자기 연구에 의기양양한 기쁨을 느꼈고, 같은 직업을 갖지 못한 약간 불운한 사람들에게 연민 같은 것을 느꼈다.

'어린 시절에 이쪽을 택하지 않았더라면…….' 그는 생각했다. '견인용 말처럼 이런저런 시시한 일을 했겠지. 눈가리개를 씌운 말처럼 주위 상황을 모르고 살았을 거야. 나는 최고의 지적 긴장이 필요하지 않은 직업에서는 절대 행복하지 않았겠지. 그러면서도 이웃과 따뜻하게 교류하고. 그 점에서 의사 같은 직업은 다시없어. 멀리 있는 것에 접촉하는 전문적이고 학구적인 삶을 살면서 교구의 구닥다리들과도 친구가 될 수 있으니 말이지. 목사에게는 좀 어려운 일이겠지. 페어브라더는 별종 같아.'

이 마지막 생각에 빈시 가족과 그날 저녁의 장면들이 전부 떠올랐다. 그 장면들이 머릿속에서 매우 유쾌하게 떠다녔으므로 침대맡에 놓을 초를 집어 들었을 때 그의 입술은 유쾌한 회상에 따르기 마련인 부드러운 미소를 띠었다. 그는 열정적인 사람이었지만 현재 그의 열정은 처음에 시골의 무명 의사에 불과하던 영웅적인 과학자들과 마찬가지로 연구에 대한 애정과 자기 인생을 인류의 더 나은 삶을 이룩한 하나의 요인으로 인정받으려는 야심에 사로잡혀 있었다.

가엾은 리드게이트! 아니 가엾은 로저먼드라고 해야 할까! 그들은 서로가 알지 못하는 세계에 살고 있었다. 리드게이트는 로저먼드가 자신에 대해 열심히 생각하리라고는 꿈에도 생각하지 못했다. 반면에 로저먼드는 결혼을 먼 미래로 미룰 이유가 없었고, 또한 표정과 말과 어구들을 곰곰이 되새기면서 일상의 많은 시간을 보내는 대부분 아가씨들의 습관에서 벗어나게 해 줄 병리학 연구도 없었다. 리드게이트는 남자들이 아름다운 아가씨에게 으레 보여 주는 경탄과 찬사 이상으로 그녀를 바라보거나 말을 걸 의도가 없었다. 사실 그는 그녀의 연주를 감상하면서 거의 말을 하지 않았다. 그녀의 소양에 무척 놀랐다고 무례한 말을 하게 될까 봐 염려스러웠다. 그러나 로저먼드는 그의 표정과 말을 모두 기억했고, 그것이 기대했던 로맨스의 서막을 알리는 사건, 이미 예견한 발전과 정점에서 귀중한 가치를 얻을 사건이라고 판단했다. 로저먼드의 로맨스에는 한 영웅의 내적 삶이나 그가 이루려는 진지한 과업에 대한 상상이 그리 필요하지 않았다. 물론 그는 꽤 잘생겼을 뿐 아니라 전문직이 있고 영리했다. 하지만 리드게이트의 가장 큰 매력은 좋은 혈통이었다. 바로 그것 때문에 미들마치의 다른 찬미자들과 확연히 달랐고, 그와의 결혼은 신분 상승을 이루고 지상의 천국에 조금 더 근접할 기회로 보였다. 그 천국에서 그녀는 천박한 사람들과 일절 접촉하지 않을 테고, 미들마치 시민을 얕보는 지역 명사들과 동등한 남편 친척과 교류할 것이다. 로저먼드는 날 듯 말 듯 한 신분의 향기도 극히 섬세하게 식별할 수 있는 영리함을 지녔다. 언젠가 큰아버지를 따라 지방 순회 재판소의 귀빈석에 앉아 있는 브룩 양들을 보았을 때 그녀는 그 아가씨들의 평범한 옷차림에도 불구하고 질투를 느꼈다.

리드게이트가 명문가 출신이라는 점이 그를 사랑한다는 느낌과 결부되어 짜릿한 만족감을 일으킨다는 사실을 여러분이 믿기 어렵다면 나는 비교 능력을 조금 더 효과적으로 사용하여 붉은 천과 견장에서 그런 영향을 받은 적이 없는지를 생각해 보라고 요청해야겠다. 우리 열정은 잠긴 방 안에 외따로 존재하는 것이 아니라 그 열정의 작은 관념의 옷장에서 옷을 입고, 그 양식을 공동 식탁에 가져가서 함께 식사하고, 공동의 음식에서 입맛에 따라 골라 먹는다.

　사실 로저먼드는 정확히 말해서 터시어스 리드게이트라는 사람 본연의 모습이 아니라 자신과 그의 관계에 몰입했다. 모든 청년이 자기를 사랑할지 모르고, 사랑할 수 있으며, 사랑할 것이고, 실제로 사랑한다는 이야기를 익히 들어 온 아가씨가 리드게이트도 예외일 리 없다고 즉시 믿어 버린 것은 충분히 있을 법한 일이다. 그녀가 관심을 더 많이 쏟았기에 그의 표정과 말은 다른 남자들의 표정이나 말보다 더 큰 의미를 띠었다. 그녀는 열심히 생각했고 그의 완벽한 외모와 행동, 감정, 세련된 품위를 열심히 되돌아보았으므로 지금껏 보지 못한 가장 적합한 찬미자를 리드게이트에게서 찾아냈다.

　로저먼드는 싫어하는 일은 절대로 하지 않았지만 천성적으로 부지런한 여자였다. 이제 그녀는 전보다 더 적극적으로 풍경과 짐수레, 친구들의 초상화를 그리고 악기를 연습했으며, 자신이 생각하는 완벽한 숙녀의 수준에 도달하려고 밤낮으로 노력했다. 의식에는 늘 어떤 관객이 자리 잡고 있었고, 때로 그 관객은 그녀의 집을 방문하는 다양한 외부 관객들의 숫자를 고맙게 더 늘려 주기도 했다. 또한 그녀는 시간을 내서 최고의 소설들을 읽고 그보다 못한 소설도 읽었으며 시를 많이 암기했다. 좋아한 시는 「랄라 루크」[100]였다.

　"저 아가씨야말로 세상에서 최고의 신붓감이야! 그녀를 언

---

100) 동양적인 이야기를 담은 토머스 무어(Thomas Moore, 1779~1852)의 대중적인 시다.

는 남자는 행복하겠지!" 빈시네를 방문한 노신사들의 소감은 이러했다. 거절당한 젊은이들은 다시 시도해 볼 생각이었다. 경쟁자가 시야를 덮어 버릴 정도로 많지 않은 시골 소도시에서는 그런 풍조가 있었다. 하지만 플림데일 부인은 로저먼드가 우스꽝스럽게도 교육을 많이 받았다고 생각했다. 결혼하자마자 전부 다 팽개쳐 버릴 교양이 대체 무슨 소용이란 말인가? 고모인 불스트로드 부인은 오빠 가족에게 충실한 애정이 있었기에 로저먼드와 관련해 두 가지를 진심으로 바랐다. 좀 진지한 성향을 갖게 되기를, 그리고 그 사치스러운 습성을 감당할 만큼 재산이 많은 남자를 남편으로 만나기를 말이다.

17장

그 목사다운 사람은 미소를 지으며 말했지,
희망은 예쁜 처녀였는데
가난해서 결혼하지 못하고 죽었다고.

리드게이트가 이튿날 저녁에 방문한 캠던 페어브라더 목사는 오래된 석조 목사관에 살았는데 집에서 내다보이는 교회와 잘 어울리는 고색창연한 집이었다. 가구들 역시 낡았지만 부친과 조부 세대의 세월이 녹아들어 있었다. 흰색으로 칠한 의자들은 금박을 입히고 소용돌이무늬가 새겨져 있었으며 붉은색이 남은 실크 능직 천에는 길게 찢어진 구멍이 있었다. 벽에는 지난 세기의 대법관과 유명한 법관들의 초상화 판화가 걸렸다. 낡은 체경이 그 초상화들을 비추었으며, 작은 마호가니 탁자와 불편한 의자들을 늘어놓은 듯한 소파가 검은 징두리 벽판을 배경으로 눈에 띄게 자리 잡고 있었다. 이것이 리드게이트가 안내된 응접실의 모습이었다. 그를 맞은 세 숙녀도 구식이었는데, 쇠락했지만 참으로 점잖은 분위기를 풍겼다.

목사의 모친인 백발이 성성한 페어브라더 부인은 말쑥하게 깔끔한 장식 주름과 머릿수건을 둘렀고, 꼿꼿한 몸에 눈이 밝고 아직 일흔이 되지 않았다. 그녀의 동생 노블 양은 자그마한 체구에 더 온순해 보이는 숙녀였고, 더 낡은 장식 주름과 머릿수건은 더 많이 손질했음이 분명했다. 목사의 누나 위니프리드 페어브라더 양은 목사처럼 잘생겼지만 연장자들에게 끊임없이 순종하면서 하루하루를 지내 온 미혼 여성이 그렇듯이 억제되고 순종적인 태도를 드러냈다. 리드게이트는 이처럼 기묘한 여자들을 보게 될 줄 몰랐다. 페어브라더 씨가 미혼이라는 사실은 알았으므로 중요한 가구래야 책과 수집한 자연물뿐인 아담한 서재로 안내되리라고 생각했었다. 다른 장소에서 만난 사람을 처음으로 그의 집에서 보게 될 때 대개 그렇듯이 목사의 다른 면모가 드러나는 것 같았다. 이럴 때 어떤 이들은 새 연극에서 불리하게도 심술궂은 구두쇠 역을 맡은 인정 많은 배우처럼 보이기도 한다. 페어브라더 씨가 그렇게 보인 것은 아니었다. 그는 더 온화해 보이고 말이 적었으며 대체로 어머니가 이야기하는 동안 이따금 기분 좋게 적절한 말을 끼워 넣을 뿐이었다. 노부인은 그들에게 무엇을 생각해야 하는지 일러 주는 데 익숙했고, 어떤 화제든 직접 끌어가지 않으면 마음이 놓이지 않는 듯했다. 필요한 것은 위니프리드 양이 모두 챙겨 주었으므로 부인은 느긋하게 자기 뜻대로 할 수 있었다. 반면에 체구가 작은 노블 양은 팔에 건 작은 바구니에 조각 설탕을 집어넣었다. 처음에는 실수인 듯이 찻잔 받침에 설탕을 떨어뜨렸다가 주위를 살짝 둘러보고는 작고 소심한 네발짐승처럼 순진하게 작은 소음을 내며 찻잔으로 다시 손을 내밀었다. 제발 노블 양에 대해 나쁘게 생각하지 말기 바란다. 바구니에는 그녀의 음식에서 남긴 사소한 것들이 담겼는데 맑은 아침나절에 종종걸음으로 찾아가는 가난한 이웃 아이들에게 나눠 줄 것이었다. 형편이 딱한 사람들을 돌보고 아껴 주는 일은 너무나 자연스럽게 솟아오르는 기쁨이었기에 그녀는 자신이 즐거운 악덕에 빠졌다고 생각했다. 가진 것이 없는 사람에게 나눠 주기 위해 많은 것을 가진 사람에게서 훔치고 싶은 유혹도 느꼈고, 그 억눌린 욕망에 대한 죄의식이 늘 마음에 걸렸다. 남에게 뭔가를 주는 기쁨을 알려면 가난해 봐야 한다!

페어브라더 부인은 활달하면서도 깐깐하게 격식을 차리며 손님을 맞이했다. 자기 집에서는 의사의 도움이 필요할 때가 많지 않다고 그에게 알려 주었다. 자식들에게 무명옷을 입히고 과식하지 않게 키웠으며, 과식 습관이야말로 의사를 부르게 되는 주된 이유라고 말했다. 리드게이트는 과식하는 부모를 둔 사람들을 위해 변명했지만 페어브라더 부인은 그런 관점이 위험하다고 주장했다. 자연은 더 공정하다는 것이었다. 어떤 악당이든 교수형을 받을 사람은 자기가 아니라 조상이라고 얼마든지 말할 수 있다. 하지만 나쁜 부모를 둔 사람이 나쁜 짓을 저지르면 그 일로 교수형을 당한다. 직접 보지 못한 일로 거슬러 올라갈 필요가 없는 것이다.

"우리 어머니는 조지 3세와 비슷하세요." 목사가 말했다. "탁상공론에 반대하시지요."

"나는 잘못된 것에 반대하는 거야, 캠던. 내가 말하려는 바는 명백한 진실 몇 가지를 꼭 붙잡고 매사를 거기에 맞추라는 거지. 내가 젊을 때는, 리드게이트 씨, 무엇이 옳고 그른지 의심할 일이 없었다오. 우리는 교리 문답을 알았고 그걸로 충분했으니까. 교리를 배웠고, 또 도리를 배웠지. 점잖은 신도들은 모두 다 같은 의견을 갖고 있었어요. 그런데 지금은 기도서에 나오는 말을 해도 반박을 당하기 십상이라니까."

"자기 관점을 주장하기 좋아하는 사람들은 그러면서 즐겁게 시간을 보내겠지요." 리드게이트가 말했다.

"하지만 어머니는 늘 양보하세요." 목사가 장난스레 말했다.

"아니, 아냐, 캠던. 리드게이트 씨가 나에 대해 오해하도록 말해서는 안 돼. 나는 부모님이 내게 가르쳐 주신 것을 양보하면서 부모님께 결례를 범하지는 않을 거야. 생각을 바꾸면 어떤 일이 일어나는지 누구나 알 수 있거든. 한 번 바꾸면 스무번도 더 바꿀 수 있지!"

"생각을 한 번 바꿀 때는 타당한 주장을 알고 있지만 또다시 바꿀 때는 모를 수도 있겠지요." 리드게이트는 단호한 노부인을 재미있게 생각하며 말했다.

"그 점에서 내 생각은 달라요. 어떤 주장을 근거로 삼는다면 마음이 변덕스러운 사람들에게 주장이 부족한 경우는 절대 없거든. 내 아버님은 평생 변함이 없으셨고 주의 주장 없이 소박하게 도덕적인 설교를 하셨어요. 좋은 분이셨고 그보다 더 나은 분은 거의 없을 거라오. 만일 주장을 일삼는 좋은 사람이 있다면 나는 요리책을 읽어 주는 것으로 훌륭한 정찬을 대접하겠어. 내 생각은 그래요. 그리고 어느 누구의 위라도 내 의견이 옳다는 것을 입증할 거야."

"정찬에 대해서는 분명히 그럴 거예요, 어머니." 페어브라더 씨가 말했다.

"정찬이든 사람이든 마찬가지야. 나는 일흔이 다 되었고, 리드게이트 씨, 내 경험에 따라서 판단하는 거라오. 여기저기 새로운 견해가 많지만 나는 따르지 않을 거라오. 말하자면 그런 견해에는 씻겨 나가지도 않고 닳지도 않을 것들이 섞여 있거든. 내가 젊을 때는 그렇지 않았어요. 교인은 교인이고, 목사는 정말이지 적어도 신사였어. 하지만 지금은 비국교도보다도 못해요. 교리를 빙자해서 내 아들을 밀어내려 하지. 하지만 내 아들을 밀어내려는 사람이 누구든 간에 나는 당당하게 말할 수 있어요, 리드게이트 씨. 내 아들은 이 도시에서는 말할 것도 없고 이 왕국의 어느 설교자와 비교해도 뒤지지 않는다고 말이지. 이곳의 수준이 낮기는 하지만. 적어도 내 생각으로는 그래요. 나는 엑서터에서 태어나고 자랐으니까."

"어머니란 절대로 편애하지 않는 분들이지요." 페어브라더 씨가 미소를 지으며 말했다. "타이크의 어머니는 자식에 대해서 뭐라고 말할 것 같으세요?"

"아, 가엾은 사람! 뭐라고 하겠어?" 페어브라더 부인의 예리한 판단력은 어머니로서의 자신감 때문에 잠시 흐려졌다. "스스로에게는 진실을 말하겠지. 분명해."

"그런데 그 진실이 무엇인가요?" 리드게이트가 말했다. "궁금하군요."

"아, 결코 나쁜 건 아니오." 페어브라더 씨가 말했다. "그는 광신도인 데다 학식이 깊지 않고 아주 현명하지도 않다는 것이죠. 내가 그의 의견에 동의하지 않기 때문에 말이오."

"그런데 캠던!" 위니프리드 양이 말했다. "그리핀과 아내가 오늘에야 말하더구나. 그들이 네 설교를 들으러 오면 더 이상 석탄을 받지 못한다고 타이크 씨가 말했다네."

페어브라더 부인은 차와 토스트를 조금 먹고 나서 다시 시작했던 뜨갯거리를 내려놓고는 "이 말 들었어?"라고 말하는 표정으로 아들을 바라보았다. 노블 양은 "아, 가엾은 사람들! 가엾은 사람들!"이라고 중얼거렸다. 설교와 석탄의 이중 손해에 대한 안타까움을 뜻했을 것이다. 그러나 목사는 조용히 대답했다.

"그들이 제 교구에 속하지 않기 때문이에요. 그리고 제 설교가 그들에게 석탄 한 자루의 가치가 있는 것도 아니고."

"리드게이트 씨……." 이 문제를 그냥 넘어갈 수 없었던 페어브라더 부인이 말했다. "당신은 내 아들을 잘 모를 거예요. 늘 이렇게 스스로를 과소평가한다니까. 그건 그를 만드시고 가장 훌륭한 설교자로 만들어 주신 하느님을 과소평가하는 거라고 아들에게 말한다오."

"그 말씀을 들으니 리드게이트 씨를 서재로 데려가야 한다는 생각이 드네요." 목사가 웃으며 말했다. "수집품을 보여 주기로 약속했거든요." 그는 리드게이트에게 몸을 돌리며 덧붙였다. "이제 갈까요?"

세 숙녀 모두 항의했다. 리드게이트 씨가 차를 한 잔 더 마시지 않고 서둘러 나가서는 안 된다. 위니프리드 양이 좋은 차를 주전자 가득 끓여 놓았다. 캠던은 왜 그렇게 서둘러 손님을 자기 굴로 데려가려 하는가? 용액에 담긴 벌레와 푸른 병, 나방이 가득 찬 서랍밖에 없고 바닥에 카펫도 깔리지 않았는데. 리드게이트 씨는 거절해야 한다. 크리비지 게임을 하는 편이 훨씬 낫다. 간단히 말해서 목사는 그 집안 여자들에게 최고의 남자이자 최고의 설교가로 존중받지만, 또한 그들의 지도를 많이 받아야 할 사람으로 여겨지고 있음이 분명했다. 젊은 독신 남자에게 일반적인 얄팍한 생각으로 리드게이트는 페어브라더 씨가 그들에게 더 잘 처신하도록 가르치지 않은 것을 의아하게 여겼다.

"어머니는 내 취미에 흥미를 느끼는 손님을 맞는 데 익숙하지 않으세요." 목사가 서재 문을 열면서 말했다. 그 방은 실로 숙녀들이 암시했듯이 육신을 위한 사치품이 전혀 없었다. 짤막한 자기 파이프와 담배 상자만이 예외였다.

"당신 같은 직업을 가진 분들은 대체로 담배를 피우지 않겠지요." 그가 말했다. 리드게이트는 미소를 짓고 고개를 저었다. "나 같은 직업을 가진 사람들도 그래요. 당연히 그렇다고 생각해야겠지요. 불스트로드와 그 일행이 나에 대해 비판하는 이유로 파이프를 거론하는 말도 듣게 될 겁니다. 그들은 내가 담배를 끊으면 악마가 얼마나 기뻐할지 몰라요."

"알겠습니다. 목사님은 흥분하기 쉬운 기질이라서 진정제가 필요한 겁니다. 저는 더 무거운 성격이라서 담배를 피우면 게으름을 부릴 테고요. 전력을 다해 나태함에 빠져들어 침체되겠지요."

"그런데 당신은 전력을 다해 일할 생각이겠지요. 나는 당신보다 열두어 살 정도 많을 텐데 이제는 나 자신과 타협하게 되었어요. 내 한두 가지 약점을 만족시켜 줍니다. 그것들이 시끄럽게 아우성치지 않도록 말이죠. 자, 보세요." 목사는 작은 서랍을 몇 개 열면서 말했다. "이 지역의 곤충을 총망라해서 연구한 것 같아요. 동물군과 식물군을 모두 연구하지만 적어도 곤충은 잘 마무리되었어요. 이 지역은 메뚜기과 곤충이 특히 풍부하거든요. 잘 모르겠지만, 아! 그 유리병을 집으셨군. 내 서랍이 아니라 그걸 들여다보시네. 이런 데 진정 관심이 있는 것은 아니겠지요?"

"이 뇌가 없는 사랑스러운 기형 동물에 관해서는 없지 않습니다. 저는 박물학에 관심을 쏟을 시간이 없었어요. 일찌감치 신체 구조에 심취했고, 그것이 바로 제 직업에 가장 직접적으로 관련되어 있으니까요. 다른 취미는 없습니다. 그 안에 헤엄쳐야 할 망망대해가 있으니까요."

"아, 당신은 행복한 사람이오." 페어브라더 씨가 몸을 돌려 파이프에 담배를 채우며 말했다. "당신은 정신적 담배를 원하는 것이 무엇인지 모르니까. 수정에 오류가 있는 옛 텍스트라든지, 《객담 잡지》에 실린, 미물을 좋아하던 유명한 사람의 서명이 붙은 다양한 양배추 기생충에 관한 세세한 설명이라든지, 혹은 이스라엘 종족이 사막을 지나며 마주쳤을 온갖 언급되지 않은 곤충을 포함해서 모세 5경에 등장하는 곤충에 관한 유식한 논문이나 성서의 「잠언」[101]과 현대 연구 결과의 조

_____

101) 성서의 「잠언」은 '솔로몬의 잠언'이라고 불리며, 첫머리에 '이스라엘의

화를 보여 주는, 솔로몬이 다룬 개미에 관한 논문 말이오. 냄새를 피워도 괜찮겠소?"

리드게이트는 이 말에 함축된 의미, 즉 목사가 자신에게 적합한 직업에 종사하고 있다고 느끼지 않는다는 암시보다 이처럼 허심탄회한 이야기에 더 놀랐다. 말끔히 정돈된 서랍과 선반들, 삽화가 그려진 박물학에 관한 값비싼 책이 즐비한 책장들을 보면서 또다시 목사가 카드놀이에서 따는 돈과 그 돈의 궁극적 용도를 생각했다. 하지만 그는 페어브라더 씨의 모든 행위에 대한 최선의 해석이 진실이기를 바랐다. 목사의 솔직한 말은 다른 사람들의 비판을 앞질러 차단하려는 불안한 의식에서 비롯된 혐오스러운 것이 아니라 가급적 가식을 없애려는 욕구의 해소 같았다. 그는 자신의 거침없는 말이 너무 이르다는 생각이 없지 않은 듯했다. 곧 이렇게 덧붙였으니까.

"내가 당신보다 유리한 처지라는 것을 아직 말하지 않았군요, 리드게이트 씨. 당신이 나를 아는 것보다 내가 당신을 더 잘 안다는 것 말이지요. 트롤리를 기억해요? 파리에서 얼마간 당신과 같은 아파트에서 살았던 사람 말이오. 그와 편지를 주고받았는데 그가 당신에 대한 이야기를 꽤 많이 들려주었소. 당신이 여기에 처음 왔을 때는 동일인인 줄 몰랐어요. 나중에 알게 되어 무척 기뻤지요. 다만 당신이 나에 대해 그런 사전 지식이 없다는 것은 잊지 않고 있어요."

왕 솔로몬의 금언집'이라고 되어 있으나 실제로는 고대 이스라엘 부족에 전해 내려온 교훈과 격언을 편집한 책이다.

리드게이트는 이 부분에서 약간 미묘한 감정을 간파했지만 그것이 무엇인지 절반도 이해하지 못했다. "그런데……." 그가 말했다. "트롤리는 어떻게 되었나요? 그와 연락이 완전히 끊어졌어요. 프랑스 사회 제도에 몰두하고 있었고, 일종의 피타고라스 공동체[102]를 세우기 위해서 백우즈에 가겠다고 했지요. 그가 떠났나요?"

"천만에. 독일의 한 온천지에서 개업했고, 부유한 환자와 결혼했어요."

"그렇다면 지금까지는 제 신념이 더 오래 지속되었군요." 리드게이트가 경멸하듯이 짧게 웃고 말했다. "그는 의료업이 어쩔 수 없이 사기 치는 제도라고 주장하곤 했습니다. 저는 그 결함이 인간에게 있다고 말했지요. 거짓과 어리석음에 굽실거리는 인간에게 있다고 말입니다. 벽 바깥에서 사기술에 항의하며 훈계할 것이 아니라 그 안에서 살균 장치를 마련하는 것이 더 낫다고요. 간단히 말해서 바로 그렇게 말했습니다. ─ 제가 더 건전하고 분별력이 있었다고 믿으실 수 있겠지요."

"하지만 당신 계획을 실행하려면 피타고라스 공동체보다 훨씬 더 어려울 거요. 당신 안의 늙은 아담이 당신을 방해할 뿐 아니라 시조 아담의 온갖 자손이 주위에 사회를 이루고 있으니까. 알다시피 나는 당신보다 십이삼 년의 시간을 더 바쳐서 그 고충을 알게 되었지요. 그런데……." 페어브라더는 잠시 말

---

102) 기원전 6세기에 그리스의 철학자 피타고라스는 유토피아적 공동체를 결성했다.

을 멈추었다가 다시 덧붙였다. "그 유리병을 다시 보는군요. 그 것을 다른 물건과 교환하겠소? 교환물이 동등한 가치가 없으면 드릴 수 없지만."

"알코올에 담근 환형동물이 있어요. 멋진 견본이지요. 로버트 브라운의 신간 저서 『현미경으로 관찰한 식물의 꽃가루』를 덤으로 드리지요. 이미 갖고 계시지 않으면."

"글쎄, 당신이 그 기형 동물을 탐내는 걸 보니 값을 더 올려야겠는데요. 내 서랍들을 살펴보고 새로운 종에 대한 내 의견에 동의해 달라면 어떻겠소?" 목사는 말하면서 간간이 파이프를 입에 물었고, 다시 서랍들에 관심을 돌리며 애정을 갖고 바라보았다. "알다시피 미들마치 환자들을 즐겁게 해 줘야 하는 젊은 의사에게 좋은 훈련이 될 거요. 지루함을 참는 법을 배워야 하니까. 어떻든 당신이 제시한 조건으로 그 기형 동물을 드리지."

"다른 사람의 터무니없는 생각에 비위를 맞춰야 할 필요성을 과대평가하시는 것 아닙니까? 비위를 맞춰 주다가 결국에는 그 바보들에게 경멸당할 텐데요." 리드게이트는 페어브라더 씨 옆에 서서 순서대로 말끔히 배열되고 정교한 글씨체로 이름이 적힌 곤충들을 다소 멍한 눈으로 바라보면서 말했다. "자기 가치를 다른 사람들이 느끼게 만드는 것이 지름길입니다. 그래서 자신이 아부를 하건 하지 않건 사람들이 참아 주도록 말이지요."

"기꺼이 동감하오. 하지만 그러려면 자신이 가치 있는 존재라는 확신이 있어야 하고, 독자적으로 행동할 수 있어야 해요.

하지만 그런 사람은 거의 없소. 일자리에서 쫓겨나 아무짝에도 쓸모없는 사람이 되거나, 아니면 멍에를 쓰고 동료들이 끌어당기는 곳에서 많은 것을 끌어야 할 거요. 그런데 이 섬세한 메뚜기를 보시오!"

목사가 스스로를 비웃으면서도 진열된 것들을 보라고 고집했기에 리드게이트는 결국 서랍들을 모두 살펴봐야 했다.

"멍에를 짊어지는 것 말입니다." 그들이 자리에 앉았을 때 리드게이트가 말을 꺼냈다. "저는 가급적 그런 일을 겪지 않겠다고 꽤 오래전에 마음을 먹었습니다. 그렇게 생각했기 때문에 적어도 몇 년간은 런던에서 어떤 시도도 하지 않겠다고 결심했지요. 런던에서 공부하던 시절에 보았던 행태가 싫었으니까요. 속은 비었으면서 거들먹거린다든지 방해하려고 농간을 부리는 수작 말입니다. 시골에는 아는 척하는 사람도 적고 어울릴 사람도 적기 때문에 자존심에 영향을 받는 일도 적습니다. 불화를 일으킬 일이 적으니 조용히 자기 길을 갈 수 있겠지요."

"그래요, 글쎄, 당신의 출발은 좋았소. 당신에게 가장 적합하다고 느끼는 안성맞춤인 일을 선택했고. 어떤 사람들은 그걸 놓치고 나서 너무 늦게 후회하지요. 하지만 당신의 독립성을 너무 과신해서는 안 될 거요."

"가족의 속박 말씀이십니까?" 그 문제로 페어브라더 씨가 꽤 압박을 받을 거라고 생각하며 리드게이트가 말했다.

"그것만은 아니오. 물론 그것이 많은 일을 더 어렵게 만들지. 하지만 좋은 아내라면, 세속적이지 않은 훌륭한 여자라면 남편에게 진정 도움을 주고 더욱 독립적이도록 지탱해 줄 수 있소. 내 교구민 중에 훌륭한 사람이 있는데 아내가 없었으면 그렇게 잘 헤쳐 나가지 못했을 거요. 가스 부부를 아시오? 그들은 피콕의 환자가 아니었겠지만."

"모릅니다. 그런데 로윅의 페더스톤 씨 집에 가스 양이라고 있더군요."

"그들의 딸이오. 아주 좋은 아가씨지."

"너무 조용한 아가씨라서 거의 보지 못했습니다."

"하지만 그녀는 당신을 주시했을 거요. 틀림없이."

"잘 모르겠어요." 리드게이트가 말했다. "물론이지요."라고 말할 수는 없었다.

"아, 그녀는 모든 사람을 관찰하니 말이오. 나는 그녀가 견진성사를 받도록 준비시켜 주었어요. 내가 좋아하는 사람 중 하나이지."

리드게이트가 가스 가족에 대한 관심을 보이지 않았으므로 페어브라더 씨는 말없이 얼마간 담배 연기를 뿜어냈다. 마침내 목사는 파이프를 내려놓고 다리를 쭉 뻗으며 빛나는 눈에 미소를 띠고 리드게이트를 바라보면서 말했다.

"하지만 우리 미들마치 사람들은 당신이 생각하듯이 그렇게 온순하지 않아요. 우리에게도 나름대로 음모와 파벌이 있소. 가령 나도 한쪽 파벌에 속해 있고, 불스트로드는 다른 파벌이오. 당신이 내게 찬성표를 던진다면 불스트로드는 기분이 상할 거요."

"불스트로드에 대해 비판할 점이 무엇입니까?" 리드게이트가 힘주어 말했다.

"그것 말고 불스트로드에 대해 비판할 점이 있다고는 하지 않았소. 당신이 그의 뜻을 거슬러 투표한다면 그를 적으로 만들게 될 거요."

"제가 그런 일에 신경 쓸 필요가 있는지 모르겠습니다." 리드게이트는 다소 당당하게 말했다. "하지만 그는 병원에 관한 좋은 아이디어가 있는 것 같고, 공적으로 유용한 일에 돈을 많이 씁니다. 제 생각을 실행에 옮기는 데 큰 도움이 될 수 있고요. 그의 종교적 관념에 대해서 말하자면, 글쎄요, 볼테르가 말했듯이 주문을 걸어 양 떼를 죽일 수도 있습니다. 비소를 약간 섞어 주면 말이죠. 저는 비소를 공급할 사람을 찾고 있지 그 사람의 주문 따위는 전혀 상관하지 않습니다."

"좋소. 그렇다면 비소를 제공할 사람의 기분을 상하게 해서는 안 되지. 당신이 내 기분을 상하게 할 일은 없을 거요." 페어브라더 씨는 조금도 가식 없이 말했다. "다른 사람들이 내 편의를 고려할 의무가 있다고 생각하지 않으니까. 나는 여러 면에서 불스트로드와 대립하고 있소. 그의 무리를 좋아하지 않고. 그들은 편협하고 무지한 사람들이고, 이웃을 편안하게 해 주기보다는 더 불편하게 만들지. 세속적이면서도 정신적인 배타적 파벌주의를 형성하고 있고. 사실 다른 사람들을 파멸될 시체로 간주하고 거기서 자기들이 천국에 갈 자양분을 얻는다고 생각해요. 하지만……." 그는 미소를 지으며 덧붙였다. "불스트로드의 새 병원이 나쁘다는 건 아니오. 그리고 나를 옛 진료소에서 내쫓으려는 것에 대해 말하자면, 글쎄, 그가 나를 해로운 인물로 생각한다면 그건 자기가 받은 찬사를 되갚는 것일 뿐이지. 게다가 나는 모범적인 목사가 아니라 그저 그럴듯하게 임시변통으로 흉내 내는 사람에 불과하고."

리드게이트는 목사가 스스로를 비하하는 것인지 아닌지 알 수 없었다. 모범적인 목사라면 모범적인 의사와 마찬가지로 으레 자기 직업이 세상에서 가장 훌륭하다고 생각해야 하고 지식을 총동원해서 자기 나름의 도덕적 병리학과 치료법을 발전시켜야 한다. 그는 그저 이렇게 대답했다. "불스트로드는 무슨 이유로 목사님의 지위를 빼앗으려는 겁니까?"

"내가 그의 견해, 그가 정신적 종교라고 부르는 것을 가르치지 않는다는 거요. 그리고 내게 남는 시간이 없다는 거요. 두 가지 다 사실이오. 하지만 시간은 낼 수도 있고, 40파운드를 받으면 기쁘겠지. 그건 분명히 사실이오. 그런데 그 이야기는 그만둡시다. 내가 하려던 말은 당신이 그 비소를 제공할 사람에게 찬성표를 던진다고 해서 나와 관계가 끊어지지는 않으리라는 거요. 나는 당신이 필요하니까. 당신은 세계를 일주하고 이제 우리 사이에 정착하러 온 여행자와 같고, 그러므로 대척점에 관한 내 믿음을 고무해 줄 거요. 자, 이제 파리 사람들에 대해 이야기해 주시오."

18장

"오, 나리, 지상의 가장 고귀한 희망은
비열한 희망을 품은 많은 이를 끌어들입니다. 용감한 자의 가슴은
나쁜 공기를 마시다 역병에 걸릴 위험이 있지요.
혹은 적도를 횡단할 때 라임주스가 부족해서
괴혈병으로 쇠약해지든지."

이 대화를 나누고 몇 주일이 지났을 때 목사직에 관한 문제가 리드게이트에게 현실적인 의미를 갖게 되었고, 그는 스스로에게도 이유를 밝히지 않은 채 어느 쪽을 찬성할지에 대한 결정을 미뤄 왔다. 사실 그에게 아무 상관도 없는 문제였을 것이다. 말하자면 그는 더 편리한 쪽을 택하고 조금도 망설임 없이 타이크의 임명에 찬성표를 던졌을 것이다. 사적으로 페어브라더 씨에게 호감을 느끼지 않았다면 말이다.

하지만 리드게이트는 성 보톨프 교회의 목사를 잘 알게 되면서 더욱 호감을 느꼈다. 페어브라더 씨는 자기 나름의 직업적 목적을 성취해야 할 신참자로서 리드게이트가 처한 입장에 공감하면서 자기 이익을 얻으려 하기보다는 오히려 가까이 오지 말라고 경고하려 애썼다. 그러면서 드러낸 유난히 섬세

하고 너그러운 마음을 리드게이트의 본성은 예리하게 감지했다. 그런 페어브라더 씨의 심성은 남달리 자상한 다른 행위들과 일치했고, 그렇기 때문에 그의 성격은 장엄한 자연과 지저분한 사회로 분열된 남부의 풍경처럼 보였다. 어머니와 이모와 누이에게 그처럼 효성스럽고 기사도적으로 처신하는 사람은 거의 없을 테고, 가족들의 의존 때문에 그의 생활은 여러 면에서 다소 불편하게 억제될 수밖에 없었다. 사소한 욕구로 압박을 느끼는 사람이 자기중심적일 수밖에 없는 그 욕구를 더 나은 이유를 핑계 삼아 그럴듯하게 꾸미지 않겠다고 그처럼 고귀하게 결심한 사람도 거의 없었다. 이런 문제에서 누가 자기 삶을 샅샅이 파헤친다 하더라도 부끄러울 것이 없다는 사실을 목사는 알고 있었다. 어쩌면 그런 의식 때문에 천국에 대해서는 잘 알아도 가정에서 드러내는 태도는 개선되지 않고 숭고한 목적과 무관하게 행동하는 사람들의 가혹한 비판에 약간 도전적일 수 있었는지 모른다. 또한 그의 설교는 영국 국교회가 번창하던 시절의 설교처럼 독창적이고 함축적이었으며, 책을 인용하지 않고 전달되었다. 그의 교구 밖에 사는 사람들도 설교를 들으러 왔다. 목사들에게 가장 어려운 임무는 언제나 교회를 신도로 가득 채우는 것이므로 그 사실은 느긋하게 우월감을 느낄 또 다른 근거이기도 했다. 게다가 그는 호감을 주는 사람이었다. 상냥한 성격에 재치가 있고 솔직하며, 태반의 인간이 그렇듯이 억제된 신랄한 웃음을 짓거나 대화에 묘한 여운을 남겨 친구들을 괴롭히는 일도 없었다. 리드게이트는 그를 진심으로 좋아했고, 그와 우정을 이어 가기를 바랐다.

이런 감정이 가장 우세했지만 리드게이트는 여전히 목사직 문제를 유보했고, 그것이 자기와 관련된 문제가 아닐뿐더러 성가시게 자신의 투표를 요구하는 일이 없을 거라고 믿었다. 불스트로드의 요청에 따라 새 병원의 내부 시설을 계획하느라 두 사람은 종종 만나서 의논했다. 은행가는 리드게이트를 대체로 믿을 만한 보좌인으로 생각했으므로 타이크와 페어브라더 중에서 한 사람을 선택해야 할 투표에 대해 특별히 되풀이해서 상기시키지 않았다. 그러나 진료소의 총위원회가 열렸고, 돌아오는 금요일에 열릴 위원과 의사들의 회의에서 목사직 문제가 결정될 거라는 통보를 받았을 때 리드게이트는 미들마치의 이 사소한 문제에 자신이 마음을 정해야 한다는 사실이 짜증스러웠다. 불스트로드는 수상처럼 막강한 존재이고 타이크 문제는 자신이 직책을 얻을지 말지가 달린 문제라는 주장이 마음속에서 똑똑히 들려왔으며, 그 직책을 포기하고 싶지 않은 마음도 똑같이 생생하게 느낄 수밖에 없었다. 지금까지 관찰해 온 바에 의하면 은행가가 자신에 대한 반대를 묵과하지 않으리라는 페어브라더 씨의 말이 옳다고 인정하지 않을 수 없었다. '빌어먹을 쩨쩨한 책략 같으니!' 그는 삼 일간 아침마다 면도하면서 생각했고, 실로 이 문제에 관한 양심의 법정을 열어야 한다고 느끼게 되었다. 페어브라더 씨의 선출에 반대하는 주장에는 분명 타당한 면이 있었다. 그는 이미 할 일이 너무 많았고, 성직자의 임무가 아닌 다른 일에 시간을 많이 쓰고 있다는 사실을 고려하면 특히 그러했다. 또한 목사가 돈을 따기 위해서, 물론 카드놀이를 좋아하기는 하지만 분명 게임을 통해 얻을 수 있는 것을 좋아해서 카드놀이를 한다는 사실은 거듭 생각해도 충격이었고 목사에 대한 존중심을 어지럽혔다. 페어브라더 씨는 모든 놀이가 바람직하다는 지론을 펼치면서 영국인의 기지가 침체한 것은 놀이가 부족하기 때문이라고 말했다. 하지만 돈이 걸리지 않았으면 그가 게임을 훨씬 덜 했을 거라고 리드게이트는 믿었다. 근심이 많은 어머니와 아내들은 그린 드래건의 당구장을 미들마치의 가장 큰 유혹으로 간주했는데 목사는 당구 실력도 최고였다. 그가 그린 드래건에 자주 가지는 않았지만 어떤 때는 대낮에도 그곳에 있었고 돈을 땄다는 소문이 돌았다. 그리고 병원 목사직에 대해 40파운드를 위해서가 아니면 그 일을 좋아한다고 주장하지도 않았다. 리드게이트는 청교도가 아니었지만 게임을 좋아하지 않았고, 게임에서 돈을 따는 것은 비열하다고 늘 생각했다. 게다가 자신이 세운 삶의 이상을 놓고 생각하면 푼돈을 얻기 위한 비열한 행동은 두말할 것 없이 혐오스러웠다. 지금껏 리드게이트는 스스로 노력을 들이지 않아도 필요한 것이 모두 공급되는 삶을 살았으므로 신사에게 하찮은 푼돈에 불과한 반 크라운짜리 은화 정도는 언제든 아낌없이 쓸 수 있다고 거의 본능적으로 생각해 왔다. 부자가 아니라는 사실을 잊지는 않았지만 가난하다고 느껴 본 적도 없고, 돈의 결핍이 인간의 행동을 결정하는 데 어떤 영향을 미칠지 상상도 할 수 없었다. 그에게는 돈이 최고의 목적이었던 적이 없었다. 그러므로 그처럼 의도적으로 하찮은 이득을 추구하는 것은 변호해 주고 싶지 않았다. 혐오스럽기 짝이 없는 일이었다. 리드게이트는 목사의 수입과 그에게 필요한 지출의 비율을 따져 보지 않았다. 아마 자신에 대해서도 그런 계산을 해 보지 않았을 것이다.

이제 투표를 해야 할 상황에 직면하자 그 혐오스러운 사실은 페어브라더 씨에게 전보다 불리하게 작용했다. 사람들의 성격이 더 일관성이 있다면, 특히 벗들이 맡고 싶어 하는 직책에 언제나 적합하다면 어떻게 해야 할지 잘 알 텐데! 리드게이트는 페어브라더 씨를 반대할 명확한 이유가 없다면 불스트로드가 그 문제에 대해 어떻게 생각하든 찬성표를 던졌을 거라고 확신했다. 불스트로드를 맹목적으로 추종할 생각은 조금도 없었다. 반면에 타이크는 성직자의 임무에 헌신하고, 성베드로 교구에 있는 한 분회당의 부목사에 불과했기에 과외임무를 떠맡을 시간이 있었다. 참아 주기 어려운 인물이고 위선적으로 말한다는 의혹을 제외하면 누구도 타이크 씨에 대해 비난할 수 없었다. 사실 그의 관점에서 볼 때 불스트로드의 입장은 나무랄 데 없이 정당했다.

그러나 리드게이트의 마음이 어느 쪽으로 기울었든 간에 무언가 그를 위축시켰다. 그는 자부심이 강한 사람이었으므로 위축되어야 한다는 것에 약간 화가 났다. 불스트로드와 불화를 일으킴으로써 자신의 가장 큰 목적이 좌절되는 사태를 맞고 싶지는 않았다. 하지만 페어브라더에게 반대표를 던짐으로써 직분과 급여를 빼앗는 데 거들고 나서고 싶지도 않았다. 수입이 40파운드 늘면 그 목사가 카드놀이로 돈을 따려는 비루한 생각에서 벗어나지 않을까라는 생각이 떠올랐다. 더구나 타이크에게 찬성표를 던진다면 명백히 자신에게 유리한 쪽으로 투표하는 것이라는 사실이 마음에 들지 않았다. 그러나 그 결과가 실로 자신에게 유리할까? 다른 사람들은 그렇다고 말할 테고, 그가 유력한 인물이 되고 출세하기 위해 불스트로드의 비위를 맞춘다고 주장할 것이다. 그러면 어떻다는 말인가? 만일 자신의 개인적인 장래만 관련된 문제라면 그 은행가가 호의를 느끼든 반감을 품든 전혀 개의치 않았을 것이다. 그의 진정한 관심사는 연구를 위한 환경, 자신의 개념을 증명할 수 단이었다. 결국 이 목사직과 관련해서 다른 무엇보다도 열병의 구체적 차이를 입증하고 치료 결과를 검사할 훌륭한 병원을 확보하려는 목적이 우선시되어야 하지 않을까? 생전 처음으로 리드게이트는 실처럼 뒤얽혀 옭아매는 하찮은 사회적 상황의 압박과 그 불만스러운 복잡성을 느꼈다. 병원을 향해 출발하면서 속으로 논쟁을 벌인 끝에 그는 그 문제가 토론을 통해 어떻게든 새로운 국면으로 나아가고 어느 한쪽으로 의견이 기울어서 투표할 필요가 없게 되기를 진심으로 바랐다. 또한 상황이 빚어내는 힘 — 냉정한 머리로 논쟁을 벌일 때는 어렵게 보이지만 열렬히 솟구쳐 올라 결정을 쉽게 해 주는 어떤 감정 — 도 약간 기대했으리라고 나는 생각한다. 어떻든 그는 어느 쪽에 찬성할지를 스스로 분명히 밝히지 않았고, 자신에게 강요된 이런 예속 상태에 속으로 분개하고 있었다. 독립성과 탁월한 목적을 추구하려는 순수한 결의를 품은 자신이 바로 출발선상에서부터 불쾌하기 그지없는 두 가지 하찮은 대안에 사로잡혔음을 알게 되리라는 것이 예전에는 우스꽝스러운 논리의 오류로 보였을 것이다. 학창 시절에 그가 계획했던 사회적 활동은 이와는 전혀 달랐다.

리드게이트는 늦게 집에서 나왔다. 하지만 스프래그와 다른 의사 두 명, 운영 위원 몇 명은 일찍 도착했고, 회계 담당이자 의장인 불스트로드 씨는 아직 도착하지 않은 사람들 축에 들어 있었다. 그들의 대화는 안건의 결과가 의심스럽고, 타이크가 과반수를 차지할지는 대다수의 예상처럼 확실한 것이 아니라는 취지로 이어진 듯했다. 두 의사의 의견은 놀랍게도 일치한다는 것이 드러났고, 혹은 생각은 다르더라도 행동에서는 일치했다. 단호하고 유력한 인물인 스프래그는 누구나 예상했듯이 페어브라더 씨를 지지했다. 그 의사에게 신앙심이 없다는 사실은 의심을 사고도 남았지만 미들마치 주민들은 그가 대법관이라도 되는 양 이런 결점을 묵인해 왔다. 장식 주름이나 감정의 문제에서는 한없이 엄격한 숙녀 환자들의 마음에도 영리함을 악과 결부시키는 구태의연한 관념이 아직 강력하게 남아 있었기에 의사로서 그의 권위는 더욱 믿음직스러웠다. 의사가 종교를 부정했기에 이웃들은 그를 냉정하고 무뚝뚝하다고 말했을 테고, 이런 성격적 특징도 약과 관련된 판단력을 축적하는 데 유리하다고 여겼다. 어떻든 간에 미들마치에 온 의사가 종교적 관점이 대단히 명확하고 기도에 몰두하며 다른 면에서도 적극적인 신앙심을 드러낸다는 평판이 돌았다면 그의 의술을 의심하는 추측이 난무했을 것이다.

이런 점에서 의사 민친이 종교 전반에 대해 공감하고, 특정 교리를 추종하기보다는 영국 국교회든 비국교회든 모든 진지한 감정에 거리를 두면서 의학적으로 인정했다는 사실은 그에게 (직업상) 다행스러운 점이었다. 만일 불스트로드가 걸핏하면 그랬듯이 루터의 신앙 의인[103]론을 교회의 존립이나 몰락의 기준으로 주장했다면 민친은 인간은 단순한 기계도 아니고 원자의 임의적 결합체[104]도 아니라고 믿었다. 만일 웜플 부인이 복통과 관련해서 신의 특별한 은총을 받아야 한다고 주장하면 민친은 자기 나름대로 정신의 창문을 활짝 열어 놓는 것을 좋아했고 일정한 한도에 반대했다. 만일 유니테리언파의 음모가가 아타나시우스파의 신앙을 조롱하면 민친은 포프의 「인간에 대한 에세이」[105]를 인용했다. 그는 스프래그가 일화들을 좀 산만하게 늘어놓는 습관에 반감을 가졌고, 널리 인정된 인용문을 선호했으며, 온갖 종류의 세련된 품위를 좋아했다. 어느 주교와 친척 간이라서 때로 그 주교의 '궁정'에서 휴일을 보낸다고 알려져 있었다.

민친은 손이 부드럽고 흰 피부에 둥근 윤곽을 지녀 외모에서는 온유한 목사와 다르지 않았다. 반면 스프래그는 지나치게 장신이었다. 바지는 무릎에 주름이 잡혔고, 품위 있는 차

---

103) 구원에 대한 신학 용어. 마르틴 루터(Martin Luther, 1483~1546)는 오로지 그리스도에 대한 믿음으로 구원받는 것을 프로테스탄트 신앙의 주요한 교리로 제시했다.
104) "원자의 임의적 결합체"는 로마의 정치가이자 철학자인 키케로의 『신의 본성에 관하여』에서 사용된 문구다.
105) 인간에 대한 신의 행위는 인간의 제한된 시각으로는 이해할 수 없음을 주장한 철학적 시.

림새를 위해서는 어깨끈이 필요하다고 여겨진 시절이라 구두가 너무 많이 드러났다. 스프래그가 들락거리거나 오르락내리락하는 소리를 듣고 있으면 꼭 지붕 공사를 검사하러 온 사람 같았다. 간단히 말해서 그는 무게 있는 인물이었고, 질병을 움켜잡아 내동댕이칠 거라고 기대되었다. 반면 민친은 숨어 있는 질병을 감지하고 피해 가는 일을 더 잘할 것이다. 두 사람은 의학적 명성이라는 신비로운 특권을 똑같이 누렸고, 서로의 의술에 대한 경멸을 아주 예의 바르게 숨겼다. 각자 미들마치에 확고한 터전을 잡은 터줏대감으로 간주하면서 그들은 기꺼이 합세하여 온갖 개혁가에게, 훼방을 놓으려는 비전문인들에게 대항했다. 이런 까닭에 똑같이 불스트로드 씨를 싫어했다. 물론 민친은 불스트로드에게 공공연히 적대적으로 행동하지 않았고, 그에게 반대할 때는 반드시 불스트로드 부인에게 자세히 설명해 주었으며, 그녀는 민친만이 자기 체질을 안다고 생각했다. 의사들의 전문 의술 행위를 몰래 엿보고 자기 나름의 개혁안을 늘 불쑥 내미는 문외한은 두 의사보다는 계약에 따라 극빈자들을 돌봐야 하는 제약사들을 직접적으로 더 당혹하게 만들었지만 그럼에도 전문가들의 콧구멍에 불쾌한 냄새를 들이대는 존재였다. 민친은 리드게이트를 후원하려는 불스트로드의 확고한 결정 때문에 불스트로드에 대해 새로운 불쾌감을 느끼고 있었다. 오랫동안 일반 개업의로 지내 온 렌치 씨와 톨러 씨는 따로 떨어진 곳에서 친밀하게 이야기를 나누면서 리드게이트가 불스트로드의 목적에 적합한 건방진 녀석이라고 동의했다. 피콕 씨가 은퇴했을 때 그들은 의료에 관련되지 않은 친구들에게 그 도시에 들어온 젊은 개업의를 이미 칭찬한 바 있었다. 그를 추천할 근거라고는 오로지 그의 장점과 다른 분야의 지식에 시간을 낭비하지 않았다는 점에서 볼 때 전문 지식을 충실하게 쌓았으리라는 짐작뿐이었다. 하지만 분명 리드게이트는 약을 처방하지 않음으로써 동료들의 명예를 손상하고, 또한 자신과 같은 일반 개업의와 전문의[106]의 경계를 모호하게 만들려 했다. 전문의들은 의료 전문직을 위해 다양한 등급을 유지해야 한다고 느꼈고, 특히 영국의 의과 대학 중 어디에도 다닌 적이 없고 그 대학들에서 해부학과 임상학을 가르치지 않는다는 사실을 즐겁게 받아들인 적도 없으며 에든버러와 파리에서의 경험을 과시하면서 남들을 중상하려는 사람에 대해 반감을 느꼈다. 그 도시들에서 관찰 기회는 실로 풍부하겠지만 그런 관찰은 믿을 만하지 않았다.

그러므로 이번 사건에서 불스트로드는 리드게이트와 동일시되고 리드게이트는 타이크와 동일시되었다. 목사직 문제에서 이 세 이름은 서로 호환이 가능했으므로 다양한 사람들이 그 문제에 관한 똑같은 판단을 내릴 수 있었다.

방에 들어서자마자 스프래그는 모여 있는 사람들에게 무뚝뚝하게 말했다. "난 페어브라더를 지지하네. 그에게 급여를 주는 것을 진심으로 찬성한다고. 왜 그 목사에게서 월급을 뺏어

---

106) 여기서 의사는 의과 대학 출신의 전문의(physician)와 대학 학위가 없는 일반 개업의(general practitioner)로 구분되고 있다.

야 한다는 말인가? 가진 것이 별로 없는데 가정을 꾸리고 목사로서 자선도 베풀면서 생활을 영위할 수 있어야지. 그의 호주머니에 40파운드를 넣어 주면 결코 해롭지 않을 걸세. 좋은 사람이야. 페어브라더는 정말 좋은 사람이지. 성직을 수행하는 데 도움이 될 만큼 최소한의 목사티만 내고 말이지."

"호, 호! 의사 선생." 어느 정도 지위가 있던 은퇴한 철물상 파우더렐 씨가 말했다. 그의 감탄사는 웃음소리와 국회에서 못마땅해하며 내는 야유 소리의 중간쯤 되는 것 같았다. "선생께서야 하고 싶은 말씀을 하셔야겠지요. 하지만 우리가 고려할 문제는 누구의 수입이 아니라 가난하고 병든 사람들의 영혼입니다." 파우더렐 씨의 목소리와 얼굴은 진지한 연민의 빛을 띠었다. "그는 진정한 복음을 설교하는 사람이에요. 타이크 씨 말이지요. 만일 내가 타이크 씨에게 반대표를 던진다면 내 양심에 반대표를 던지는 것과 마찬가지일 겁니다. 정말로 그렇지요."

"타이크 씨를 반대하는 분들이 자기 양심에 반하는 투표를 하라고 요청한 적은 없다고 믿소." 언변이 좋은 부유한 제혁업자 핵버트 씨가 말했다. 그는 반짝이는 안경과 곤두선 머리카락을 순진한 파우더렐 씨에게 향하고 약간 엄격하게 말했다. "하지만 내 판단으로는 우리 운영 위원들은 단 한 곳에서 제안한 사안을 실행에 옮기는 것이 우리 임무라고 여겨야 하는지 생각해 봐야 할 것 같소. 여기 우리 위원 중에 병원에서 늘 목사직을 수행해 온 그 신사를 바꿔야겠다고 주장한 사람이 있소? 이 도시의 모든 기관을 자기 목적을 위한 도구로 간주하는 파벌이 그것을 제안하지 않았더라면 말이오. 나는 누구의 심리적 동기도 비난하지 않겠소. 그것은 그 자신과 더 높은 권능 사이의 문제로 내버려 두겠소. 하지만 내가 말하려는 바는 진정한 독립성과 공존할 수 없는 어떤 영향력이 여기에 작용하고 있고, 어떤 상황에 의해 굽실대며 복종하도록 명령받는다는 거요. 그렇게 행동하는 신사는 그 상황을 양심적으로나 금전적으로나 솔직히 인정 못 하겠지. 나는 평신도이지만 교회의 분파들에 관해서 적지 않은 관심을 기울였고, 그리고……."

"아, 빌어먹을 분파 같으니!" 변호사이자 시청 서기인 프랭크 홀리 씨가 문을 홱 열고 들어섰다. 그는 위원회에 참석하는 일이 드물었지만 지금 채찍을 든 채 서둘러 사람들을 돌아보았다. "우리가 여기서 다룰 문제는 분파와 아무 상관도 없소. 페어브라더는 원래 그 일을 보수도 받지 않고 해 왔소. 이제 보수를 준다면 그에게 줘야지. 그걸 페어브라더에게서 뺏는다면 어처구니없는 짓이오."

"신사는 사사로운 의미를 담지 않고 말해야 한다고 생각해요." 플림데일 씨가 말했다. "나는 타이크 씨 임명에 찬성할 겁니다만, 핵버트 씨가 말해 주지 않았으면 내가 비굴하게 굽실거리는 사람이라는 것을 몰랐을 거요."

"내 말에는 어떤 사적인 감정도 없소. 나는 명백하게 말했소. 다시 말해도 좋다면, 그리고 내 말에 결론을 내려도 된다면……."

"아, 민친이 오는군!" 프랭크 홀리의 말에 모두들 관심을 돌리자 핵버트는 미들마치에서 탁월한 재능이 있어 봐야 아무 소용도 없다고 느꼈다. "자, 의사 선생, 당신은 정의로운 편에 서야지, 그렇지 않소?"

"그러길 바라고 있소." 민친은 고개를 끄덕여 인사하고 여기저기에서 악수를 나누며 말했다. "내 감정에 어떤 희생을 치르더라도 말이지."

"이 문제에 어떤 감정이 개입된다면 그건 쫓겨나는 사람에 대한 감정이겠지." 프랭크 홀리 씨가 말했다.

"고백하건대 나는 다른 쪽에 대해서도 호의적으로 느낍니다. 내 존중심은 둘로 나뉘어 있지." 민친이 양손을 비비며 말했다. "나는 타이크 씨를 누구보다도 모범적인 사람이라고 생각해요. 그리고 그가 나무랄 데 없는 이유에서 추천되었다고 믿소. 나로서는 그에게 찬성표를 던질 수 있기를 바라오. 하지만 그 문제에서 페어브라더 씨의 권리가 우선한다는 관점을 택할 수밖에 없소. 친절한 사람인 데다 유능한 설교자이고 우리와 더 오래 지냈소."

파우더렐 노인은 슬픈 듯 말없이 바라보았고, 플림데일 씨는 불안한 듯 넥타이를 만지작거렸다.

"페어브라더를 모범적인 목사의 귀감이라고 말씀하시지 말기 바랍니다." 이제 막 들어온 운수업자 라처 씨가 말했다. "그에 대해 악의는 없소이다. 하지만 이 임명 문제에서 우리는 대중에 대한 의무가 있다고 생각해요. 더 높은 의무는 아니더라도 말이오. 내 생각에 페어브라더는 목사치고 너무 안이해요. 그에 관한 나쁜 소문을 꼬치꼬치 끄집어내고 싶지는 않소. 다만 그는 여기서 해야 할 일을 가급적 덜 할 거요."

"지나치게 많이 하는 것보다야 천배 만배 낫지." 홀리 씨의 독설은 이 지역에서 악명이 높았다. "병자에게 너무 긴 기도와 설교를 들려주면 못 참거든. 그리고 감리교 같은 종교는 영혼에도 나쁘고 뱃속에도 나쁠 거야, 그렇지 않소?" 그는 이렇게 덧붙이며 거기 모인 네 명의 의사를 재빨리 돌아보았다.

그러나 세 신사가 들어와서 친근한 인사가 오가는 바람에 누구도 대답할 필요가 없었다. 성 베드로 교회의 교구 목사인 에드워드 더시거와 불스트로드 씨, 그리고 우리 친구인 팁턴의 브룩 씨였다. 브룩은 최근에 운영 위원이 되는 데 동의했지만 전에는 회의에 참석한 적이 없고, 지금 참석한 것도 불스트로드 씨의 독려 때문이었다. 아직 오지 않은 사람은 리드게이트뿐이었다.

이제 모두 자리에 앉자 불스트로드가 평소처럼 창백한 얼굴로 자제하는 듯한 표정을 지으며 사회를 맡았다. 온건한 복음주의자인 더시거 목사는 친구인 타이크 씨의 임명을 바랐다. 타이크는 유능하고 열성적인 사람으로 편안한 예배당에서 예배를 맡아 왔는데 영혼을 구제할 일이 그리 많지 않았기에 새 직무를 맡을 시간이 넉넉했다. 이런 병원의 목사직은 열성적인 의지를 갖고 떠맡는 것이 바람직했다. 정신적 감화를 줄 특별한 기회가 많기 때문이다. 그리고 급여를 받는 것은 좋지만, 그 직무를 맡는 일이 단순히 급여 문제로 변질되지 않도록 신중하게 경계할 필요가 있었다. 더시거 씨는 매우 차분하고 예의 바르게 처신하는 사람이었기 때문에 반대자들은 입을 다물고 속만 부글부글 끓일 수밖에 없었다.

브룩 씨는 이 문제에 관한 사람들의 의도가 전부 다 좋다고 믿었다. 진료소 문제에 관심을 둔 적은 없지만 미들마치에 도움이 되는 일이라면 무엇이든 열렬한 관심을 갖고 어떤 공적 문제에 대해서든 참석한 신사들을 기꺼이 만날 용의가 있었다. "어떠한 공적 문제라도 말이오." 브룩 씨는 자기 뜻을 완벽히 전달하려는 듯이 고개를 끄덕이며 되풀이했다. "나는 치안 판사로 봉사하고 증거가 될 서류를 수집하는 데 몰두하고 있지만 내 시간을 대중이 원하는 대로 써야 한다고 생각하오. 간단히 말하자면 내 벗들 덕분에 목사에게 급료를 지급하는 것이 아주 좋은 생각이라는 확신을 갖게 되었소. 그리고 여기 와서 타이크 씨가 임명되도록 투표할 수 있어서 매우 기쁘오. 내가 알기로 타이크 씨는 나무랄 데 없는 사도 같은 인물인 데다 웅변적이고 그 같은 미덕을 다 갖추었지. 나는 절대로 기권하지 않겠소. 이런 상황에서는 말이지."

"내가 보기에 당신은 그 문제의 한쪽 이야기만 잔뜩 들은 것 같군요, 브룩 씨." 겁나는 사람이 없는 프랭크 홀리 씨가 말했다. 그는 토리당으로 선거에 출마하리라는 의혹을 받고 있었다. "우리 가운데 가장 고결한 사람 중 한 명이 여기서 몇 년간 보수도 받지 못하면서 목사의 의무를 수행해 왔는데 그의 직무를 빼앗도록 타이크 씨가 추천되었다는 사실을 알지 못하는 것 같소."

"실례지만, 홀리 씨……." 불스트로드가 말했다. "브룩 씨는 페어브라더 씨의 품성과 직무에 대해서 충분히 들으셨소."

"그의 적들에게 들었겠지." 홀리 씨가 발끈해서 말했다.

"이 문제에는 사사로운 적개심이 개입되지 않았다고 믿소." 더시거 씨가 말했다.

"실은 개입되었다고 맹세하겠소." 홀리 씨가 응수했다.

"신사 여러분⋯⋯." 불스트로드 씨가 착 가라앉은 목소리로 말했다. "이 문제의 시비곡직은 아주 간단히 정리할 수 있소. 이제 투표권을 행사할 신사들에게 충분한 정보가 없다고 누구든 이의를 제기한다면 양쪽에 중요한 참조 사항들을 지금 요약하겠소."

"그래 봐야 나아질 게 없소." 홀리 씨가 말했다. "우리 각자 누구에게 찬성표를 던질지 잘 알 테니까. 일을 제대로 처리하려는 사람은 사안의 양쪽 생각을 들으려고 끝까지 기다리지 않는 법이지. 나는 낭비할 시간이 없소. 그러니 그 문제를 즉시 표결에 부치자고 제안하겠소."

간결하지만 열띤 논의가 이어졌고 각자 '타이크' 또는 '페어브라더'를 종이에 적어서 유리컵에 넣었다. 그동안에 불스트로드 씨는 리드게이트가 들어오는 것을 보았다.

"득표수가 현재로는 똑같이 반반으로 나뉘었소." 불스트로드 씨가 날카로운 목소리로 또렷하게 말했다. 그러더니 리드게이트를 올려다보면서 덧붙였다.

"아직 투표권이 한 장 남았군. 당신 거요, 리드게이트 씨. 써주시겠소?"

"이제 다 끝났군." 렌치 씨가 일어서면서 말했다. "리드게이트 씨가 누구에게 찬성할지 우리 모두 알고 있으니까."

"특별한 의미가 담긴 말씀 같군요." 연필을 들고 리드게이트가 다소 도전적으로 말했다.

"내 말은 그저 당신이 불스트로드 씨에게 동조하는 표를 던질 거라고 예상한다는 뜻이오. 그게 불쾌하게 여겨지시오?"

"다른 사람들에게는 불쾌할지 모르지요. 하지만 그 이유 때문에 동조하는 표를 포기하지는 않겠습니다."

리드게이트는 즉시 "타이크."라고 썼다.

이렇게 해서 월터 타이크는 진료소의 목사가 되었고, 리드게이트는 계속 불스트로드 씨와 협력해서 일했다. 사실 그는 타이크가 더 적합한 후보자인지 아닌지 확신할 수 없었다. 하지만 그의 양심은 만일 자신에게 간접적인 선입견이 없었더라면 페어브라더 씨에게 찬성표를 던졌을 거라고 말했다. 목사직과 관련된 사건은 미들마치라는 이 하찮은 환경이 그에게 너무도 강한 압력을 가했던 경우라서 쓰라린 기억으로 남았다. 그런 상황에서 그런 대안들 사이의 선택에 어떻게 만족하겠는가? 당대의 재료로 만들 수 있는 여러 형태의 모자 가운데 선택한 것을 다른 모자들과 비교하면서 기껏해야 체념하는 마음으로 쓰고 다니며 만족하지 못하는 것과 마찬가지였다.

그러나 페어브라더 씨는 그를 만날 때 전과 다름없이 친절했다. 평범한 죄인인 세리의 성격은 실제로 현대 바리새인의 성격과 근본적으로 다르지 않다.[107] 우리 대다수는 자기주장

---

107) 성서에 나오는 바리새인은 자신이 "다른 사람들과 같지 않다."(「루가복음」 18장 11절)라는 독선적인 말로 하느님에게 감사를 올린다.

의 결함이나 자신이 늘어놓은 농담의 따분함을 알아채지 못
하고, 마찬가지로 자기 행위의 잘못도 분명히 깨닫지 못한다.
하지만 성 보톨프 교회의 목사는 바리새인의 티를 한 점도 지
니지 않았음이 분명했고, 자신이 다른 사람들과 너무나 비슷
하다고 스스로 인정했기에 바로 그 점에서 다른 사람들과 확
연히 달랐다. 그는 자신을 무시하는 다른 사람들을 변명해 주
고, 그들의 행위가 자신에게 해로운 결과를 미쳤을 때도 공정
하게 판단할 수 있었다.

"세상은 내가 감당할 수 없으리만큼 너무 강대해졌소." 어
느 날 그는 리드게이트에게 말했다. "하지만 내가 워낙에 힘이
센 사람은 아니지. 나는 결코 유명한 사람이 되지 못할 거요.
'헤라클레스의 선택'[108]은 꽤 괜찮은 우화이지. 그런데 프로디
쿠스는 처음에 결심만 하면 충분한 듯이 그 영웅이 수월하게
헤쳐 나가게 해 주었소. 하지만 다른 이야기에 의하면 헤라클
레스는 여자들처럼 물레를 잡고 일하게 되었고, 결국에는 네
소스의 셔츠[109]를 입었지. 내 생각에 고귀한 결심을 했더라도
다른 사람들의 결심으로 도움을 받지 못하면 올바로 지탱하
기 힘들 것 같소."

목사의 말이 늘 기운을 북돋워 준 것은 아니었다. 그는 바
리새인이 되는 것은 피했지만 자신의 실패 경험을 토대로 다

---

108) 기원전 5세기에 케오스의 프로디쿠스가 쓴 이야기로 여기서 그 영웅
은 쾌락 대신에 의무를 선택한다.
109) 헤라클레스는 켄타우로스 네소스의 독이 든 피에 젖은 셔츠를 입고
살해된다.

소 성급하게 추론하여 가능성을 낮게 판단하는 경향에서 벗어나지 못했다. 리드게이트는 페어브라더 씨의 의지가 가련하게도 나약하다고 생각했다.

19장

한숨을 쉬면서 손바닥을 볼에 댄
다른 여자를 보라.

— 『연옥』 7장[110]

조지 4세가 아직 윈저궁의 사실에서 통치하고 웰링턴 공작
이 수상이었을 때, 그리고 빈시 씨가 미들마치 옛 시의회의 시
장이 되었을 때 결혼 전에 도러시아 브룩이었던 캐소본 부인
은 로마로 신혼여행을 떠났다. 당시 세상은 전반적으로 현재
보다 사십 년의 세월만큼 선과 악에 대해 더 무지했다. 대개의
여행자들은 그리스도교 예술에 대한 정보를 머릿속이나 주머
니에 넣어 다니지 않았다. 당대의 가장 뛰어난 영국 비평가도
승천한 성모 마리아의 꽃으로 붉게 물든 무덤을 화가의 상상
력에서 태어난 장식적 꽃병으로 오해하기도 했다.[111] 낭만주

---

110) 단테의 작품에서는 나바라의 앙리를 가리키지만 여기서 엘리엇은 남
성형을 여성형으로 바꾸었다.
111) 윌리엄 해즐릿(William Hazlitt, 1778~1830)은 『프랑스와 이탈리아 여

의는 단조로운 여백을 사랑과 지식으로 채우는 데 도움을 주었지만 아직은 그 원동력으로 시대를 꿰뚫지 못했고 모든 사람의 정신적 양식이 되지도 않았다. 그것은 당시 로마에서 활동하던 장발의 독일계 화가들에게서 두드러진 활기찬 열광으로 발효되고 있었다. 그 화가들 주위에서 작업하거나 빈둥거리던 다른 나라의 젊은이들은 퍼져 나가는 낭만주의 운동에 때로 매료되었다.

어느 맑은 날 아침에 지나치게 길지는 않지만 숱 많은 머리카락이 곱슬거리고 다른 차림새에서는 영국인처럼 보이는 한 젊은이가 바티칸 궁전의 벨베데레 토르소[112]에 막 등을 돌리고는 바로 옆 둥글게 이어진 마찻길에 서서 멀리 장엄한 산들을 바라보고 있었다. 그는 깊이 생각에 잠겼기에 검은 눈의 생기발랄한 독일인이 다가오는 것을 알아차리지 못했다. 독일인은 가까이 와서 그의 어깨에 손을 얹고 강한 억양으로 말했다. "자, 빨리 가세! 그러지 않으면 그녀가 자세를 바꿀 거야."

그 말에 신속히 몸을 움직이면서 두 사람은 경쾌한 걸음으로 멜레아그로스상 옆을 지나 당시 클레오파트라로 불리던 아리아드네가 몸을 비스듬히 기대고 대리석의 육감적인 아름다움을 드러내며 누워 있는 홀을 향해 나아갔다. 부드럽게 주름진 천이 꽃잎처럼 넉넉하고 부드럽게 그녀의 몸을 감싸고 있었다. 그들이 다가갔을 때 누워 있는 대리석상 옆 받침대에

행 견문기』에서 이런 실수를 했다.
112) 벨베데레 갤러리에 있는 아폴로상으로 1490년경 그로타페라타에서 발견되었다.

기대선 다른 형체가 때마침 눈에 들어왔다. 숨을 쉬고 있는 한창때의 여성으로 아리아드네 옆에서도 부끄럽지 않을 몸은 퀘이커 교도처럼 회색 옷에 감싸여 있었다. 긴 망토는 목 주위에 고정된 채 팔에서부터 뒤로 드리워져 있었고, 장갑을 끼지 않은 아름다운 손이 뺨을 받치며 수수하게 땋은 암갈색 머리카락 주위로 그녀의 얼굴에 일종의 후광을 드리우는 흰 비버 모피 모자를 약간 뒤로 젖혔다. 그녀는 조각상을 바라보지 않았고, 그 생각을 하고 있지도 않았을 것이다. 큰 눈은 공상에 잠긴 듯 바다을 가로지르는 한 줄기 햇살에 고정되어 있었다. 그러나 클레오파트라를 찬찬히 살펴보려는 듯 갑자기 걸음을 멈춘 두 낯선 사람을 의식하게 되었고, 그들을 바라보지 않고 곧장 몸을 돌리더니 조금 떨어진 곳에서 궁전을 어슬렁거리던 하녀와 안내인에게 걸어갔다.

"저 근사한 대조에 대해서 어떻게 생각하나?" 독일인은 친구의 얼굴에서 찬탄하는 기색을 찾으며 질문을 던지더니 대답도 기다리지 않고 입심 좋게 말을 이었다. "저기에 고대의 아름다움이 있네. 죽음 속에서도 시체 같지 않고, 완벽한 관능미의 더없는 만족감에 정지해 있지. 그리고 저기에는 살아 숨쉬는 생명의 아름다움이 있네. 수백 년간 이어진 그리스도교 의식을 그 청순한 건강미에 담고 말일세. 그녀는 수녀처럼 옷을 입어야 할 거야. 소위 퀘이커 교도처럼 보이는군. 내 그림에서라면 수녀 옷을 입힐 걸세. 그런데 결혼한 여자더군. 경이로운 왼손에서 결혼반지를 보았네. 그러지 않았더라면 그 창백한 성직자를 부친이라고 생각했을 걸세. 아까 그녀와 헤어지던 그 사람을 봤거든. 지금 멋진 자세를 취하고 있는 그녀를 보았고. 생각해 보게! 그는 부자일 테고, 그녀의 초상화를 원할 거야. 아! 눈으로 좇아 봐야 소용없어. 저기 그녀가 가는군! 집으로 따라가 보세!"

"아니, 그러지 않겠어." 친구가 약간 이맛살을 찌푸리며 말했다.

"자네 참 이상하군, 래디슬로. 예상치 못한 사람과 마주친 것 같아. 아는 사람인가?"

"그녀가 내 먼 친척과 결혼했다는 걸 알고 있지." 윌 래디슬로가 생각에 잠긴 기색으로 천천히 걸음을 옮기며 말했다. 독일인 친구는 바짝 붙어 서서 그를 찬찬히 살펴보았다.

"뭐라고! 그 성직자가? 삼촌처럼 보이던데. 그쪽이 훨씬 더 쓸모 있는 관계지."

"삼촌이 아니야. 외당숙이라고." 래디슬로가 약간 짜증을 내며 말했다.

"그래, 좋아. 그렇게 퉁명스럽게 굴지 말게. 그 외당숙의 부인이 내가 지금껏 본 사람 중에서 가장 완벽한 젊은 성모 마리아로 보인다고 해서 화를 내는 건 아니겠지?"

"화를 낸다고? 천만에. 나는 그녀를 딱 한 번 이 분간 보았을 뿐이야. 영국을 떠나기 직전에 인사시켜 주더군. 그때는 결혼하기 전이었지. 그들이 로마에 올 줄은 몰랐네."

"그렇지만 이제는 그들을 만나러 가야지. 주소를 알아보고 말이야. 자네가 이름을 아니 우체국에 가 볼까? 자네가 초상화에 대해 이야기를 꺼내 줄 수 있겠지."

"빌어먹을, 나우만! 내가 뭘 하게 될지 모르겠네. 난 자네처럼 철면피가 아니거든."

"흥! 그건 자네가 어설픈 미술 애호가인 데다 아마추어라서 그래. 자네가 화가라면 그 재종의 부인을 그리스도교적 감정으로 생기를 얻은 고대 형상으로 보게 될 걸세. 그리스도교도 안티고네[113]라고나 할까…… 영적 열정으로 관능적인 힘을 억제한."

"그래, 그리고 자네가 그린 초상화는 그녀 존재의 중요한 결과물이 되겠지. 그 성스러움은 자네 캔버스를 채워 가면서 더 높은 완전함의 일부가 되고 거의 소진되어 버리는 거지. 내킨다면 나를 아마추어라고 불러도 좋네. 난 온 우주가 자네 그림의 모호한 의미를 얻으려 애쓴다고 생각하지 않으니까."

"하지만 실제로 그렇다네, 친구! 온 우주가 나 아돌프 나우만을 통해 애쓰고 있는 한. 그건 확고한 사실이야." 성격 좋은 화가는 한 손을 래디슬로의 어깨에 얹고 이해할 수 없이 성마른 친구의 목소리에 조금도 화를 내지 않으며 말했다. "자 보라고! 내 존재는 온 우주의 존재를 전제로 한다네. 그렇지 않나? 그리고 내 일은 그림을 그리는 것이지. 화가인 난 그림의 소재로서 자네 아주머니인지 외종숙모인지에 대해 완전히 독창적인 생각을 갖고 있네. 그러니 우주는 나라는 형체로 내뻗은 특이한 고리나 발톱을 통해서 그림으로 나아가려 애쓰고 있다네. 맞는 말 아닌가?"

---

113) 소포클레스(기원전 496?~기원전 406)의 비극 『안티고네』의 주인공.

"하지만 나라는 형체로 다른 발톱이 그걸 방해하려 들면 어떻게 되지? 그럼 그리 간단하지 않겠지."

"천만에. 갈등의 결과는 논리적으로 동일하네. 그림이 생기든지 안 생기는 거지." 윌은 이처럼 태평한 기질에 저항할 수 없었고, 그의 얼굴에 드리웠던 먹구름이 햇빛처럼 찬란한 웃음으로 부서져 버렸다.

"자, 이보게, 친구, 도와줄 거지?" 나우만이 기대에 찬 목소리로 말했다.

"아니, 터무니없는 일이야, 나우만! 영국 숙녀들은 누구에게나 모델이 되어 주지 않네. 그리고 자네는 그림으로 너무 많은 것을 표현하려 들어. 자네는 어떤 배경을 놓고 조금 더 낫거나 더 못한 초상화를 그릴 뿐일 테고, 감식가들은 제각기 다른 이유를 들어 칭찬하거나 비난하겠지. 그리고 여자의 초상화가 대체 뭐란 말인가? 자네 그림이나 점토로 빚은 형상이나 결국 보잘것없는 거야. 관념을 이끌어내기보다는 오히려 혼란스럽고 무디게 만들지. 언어야말로 더 섬세한 매체라네."

"그래, 그림을 그릴 줄 모르는 사람에게라면 그렇지." 나우만이 말했다. "그 점에서 자네는 그런 말을 할 더할 나위 없는 권리가 있어. 난 자네더러 그림을 그리라고 권하지 않았네, 친구."

붙임성 좋은 화가의 공격은 예리했지만 래디슬로는 찔린 듯이 보이지 않으려고 작정했다. 그는 친구의 말을 듣지 못한 듯이 말을 이었다.

"언어는 더 풍부한 이미지를 제공하지. 이미지는 모호할수록 더 좋은 거라네. 결국 진정으로 보는 일은 내면에서 이루어지니까. 그런데 그림은 눈에 띄는 결함을 드러내며 사람을 응시하지. 난 여자들을 그린 그림에서 특히 그런 느낌을 많이 받네. 여자들이 채색된 겉모습에 불과한 듯이 말이야! 여자들을 진정으로 볼 수 있으려면 그 동작과 목소리를 기다려야 해. 그들은 숨 쉬는 것도 달라. 시시각각으로 변한다네. 방금 본 여자를 예로 들자면 자네는 그녀의 목소리를 어떻게 그릴 텐가? 그녀의 목소리는 자네가 그녀에게서 본 그 무엇보다도 성스러운데."

"그래, 알겠어. 자넨 질투하는 거야. 누구도 자네의 이상형을 그릴 수 있다고 주제넘게 생각해선 안 되겠지. 심각한 문제로군, 친구! 자네 아주머니라! 비극으로 각색한 「삼촌으로 변장한 조카」[114]가 되었군. 끔찍한 일이야!"

"그 숙녀를 또다시 내 아주머니라고 부른다면 우리는 싸우게 될 걸세, 나우만."

"그럼 뭐라고 불러야 하지?"

"캐소본 부인."

"알았네. 혹시 자네와 무관하게 내가 그녀를 알고 그녀가 초상화를 원한다는 걸 알게 된다면?"

"그래, 그럴 수 있겠군!" 윌 래디슬로는 화제를 돌릴 생각으로 경멸하듯이 나지막하게 중얼거렸다. 우습게도 사소한 이유로 화를 내고 있다는 것을 깨달았다. 그 이유의 절반은 스스

---

114) 독일 극작가 프리드리히 실러(Friedrich Schiller, 1759~1805)의 희극에서 주인공은 사랑하는 여자를 얻기 위해 자신의 삼촌으로 변장한다.

로 만들어 낸 것이었다. 그는 왜 캐소본 부인에 대해 야단법
석을 떨고 있을까? 하지만 그녀와 관련해서 자신에게 무슨 일
이 일어난 듯한 느낌이었다. 연극에서 어떤 인물들은 끊임없
이 좌충우돌하며 스스로 갈등을 일으켜서 누구도 그들과 함
께 연기하려 들지 않는다. 그들의 감수성은 흠결 없이 고요히
존재하는 대상에게 요란하게 부딪칠 것이다.

20장

버려진 아이가 갑자기 깨어나
두려움에 질린 눈으로 주위를 돌아보다가
마주치는 사랑의 눈빛을
볼 수 없다는 것을 볼 뿐이다.

두 시간 후 도러시아는 비아 시스티나에 있는 멋진 저택의 내실에 앉아 있었다.

유감스럽게도 쓰라리게 흐느끼고 있었다는 말을 덧붙여야 겠다. 스스로에 대한 자부심과 남들에 대한 배려 때문에 습관적으로 감정을 억누르는 여자가 혼자여서 안전하다고 느낄 때 때로 스스로에게 허용하듯이 그녀는 억눌린 가슴을 이렇게 하염없이 흐르는 눈물로 풀어놓고 있었다. 캐소본 씨가 바티칸 궁전에서 한동안 돌아오지 않으리라는 것은 분명했다.

하지만 도러시아가 마음속으로라도 털어놓을 구체적이고 명확한 불만이 있는 것은 아니었다. 그리고 혼란스러운 생각과 격정의 와중에도 그녀의 마음은 자신이 느끼는 외로움이 정신적 빈곤 탓이라고 스스로를 비난하는 외침을 명료하게 드러내려 애쓰고 있었다. 그녀는 스스로 선택한 남자와 결혼했고, 대부분의 아가씨보다 유리한 입장에서 결혼을 새로운 의무의 시작으로 기대했다. 처음부터 그녀는 캐소본 씨가 자기보다 탁월한 마음을 갖고 있기에 자신이 전적으로 동참할 수 없는 연구에 종종 전념할 거라고 생각했었다. 게다가 소녀 시절에 잠시 부분적으로 구경한 후 이제 로마를, 가시적 역사의 도시를 바라보고 있었다. 서반구 전체의 과거가 멀리서 수집한 기이한 전래의 조각상과 전리품들로 장례 행렬을 이루며 나아가는 듯했다.

그러나 이 어마어마한 역사의 파편들은 신혼 생활의 꿈처럼 기이한 느낌을 고조시켰다. 도러시아가 로마에 온 지 이제 다섯 주가 지났다. 가을과 겨울이 행복한 노부부처럼 손을 잡고 가다가 오래지 않아 그중 하나만 더 차가운 외로움 속에 남을 듯한 쾌적한 아침 시간에 그녀는 처음에 캐소본 씨와 마차를 타고 로마를 돌아보았지만 최근에는 주로 탠트립과 경험 많은 안내인하고 함께 다녔다. 가장 유명한 화랑들을 둘러보았고, 가장 전망이 좋은 장소들도 가 보았으며, 위대한 유적과 더없이 장엄한 교회들을 보았고, 종종 캄파냐[115]를 마차로 달리면서 하루의 일정을 끝내곤 했다. 그 평원에 가면 땅과 하늘과 더불어 홀로 있는 듯이 느끼며 여러 시대의 억압적인 가면무도회에서 벗어날 수 있었다. 그 무도회에서 그녀 자신의 삶도 불가사의한 의상을 걸친 가면극이 되어 버린 것 같았다.

---

115) 로마를 둘러싼 저지대의 습지 평야.

로마를 보면서 지식의 소생력으로 온갖 역사적 형상에 성장하는 영혼을 불어넣고 온갖 대조를 결합시키는 감춰진 변천 과정을 추적해 내는 사람들에게 로마는 여전히 세계의 정신적 중심이자 해석자일 것이다. 그러나 그들로 하여금 역사적 대조를 한 가지 더 상상해 보게 하라. 영국과 스위스의 청교도 가정에서 성장했고 신교의 빈약한 역사와 주로 수공예 병풍 같은 미술품을 보고 자란 아가씨의 관념에 황제의 도시, 교황의 도시가 돌연히 밀어 넣은 어마어마한 계시들의 파편을. 그 아가씨는 열성적인 성격으로 자신에게 주어진 보잘것없는 지식을 원칙으로 바꾸었고, 행동을 그 원칙의 틀에 맞추었으며, 예민한 감정으로 가장 추상적인 사물에도 기쁨이나 고통의 속성을 부여해 왔다. 그녀는 최근에 아내가 되었고 전에 없던 의무를 열렬히 받아들이고는 이제 자기 운명에 대한 혼란스러운 생각에 빠져들었음을 알게 되었다. 도무지 이해할 수 없는 로마의 중압감은 화사한 님프들에게 편안히 내려앉아 백인 외국인 무리의 화려한 소풍을 위한 배경을 이루었다. 그러나 도러시아에게는 그 강렬한 인상들을 막아 줄 보호막이 없었다. 유적과 바실리카, 궁전과 거상들은 너저분한 현재의 한복판에 놓여 있었고, 따뜻한 피가 흐르며 살아 있던 모든 것은 경건함과 괴리된 미신의 구렁텅이에 깊이 빠져 있었다. 벽과 천장들에서는 더 느긋하지만 열성적인 타이탄 같은 인물이 응시하며 몸부림치고 있었다. 길게 늘어선 흰 형상들의 대리석 눈은 이질적인 세계의 단조로운 빛을 담고 있는 것 같았다. 감각적이면서도 정신적인 이 야심적인 이상들의 방대한 잔해는 살아 숨 쉬는 망각과 퇴락의 흔적들에 혼란스럽게 뒤섞여 처음에는 전기 충격처럼 깜짝 놀라게 만들었고, 그다음에는 혼란스러운 생각들이 차고 넘쳐 감정의 흐름을 억누르면서 일으킨 통증으로 그녀에게 파고들었다. 흐릿하거나 선명하게 빛나는 형상들은 젊은 감각을 사로잡았고, 그녀가 생각하지 않아도 기억에 확고하게 각인되어 평생 남을 기이한 연상들이 되었다. 우리는 기분에 따라 선잠 속에서 환등기 사진처럼 이어지는 이미지들을 떠올리곤 한다. 이후 따분하고 고적한 기분에 빠질 때마다 평생 도러시아는 광대한 성 베드로 성당과 거대한 청동 캐노피, 천장의 모자이크에 새겨진 예언자들과 복음서 저자들의 자세와 의복에서 드러나는 열띤 의도, 그리고 크리스마스를 위해 걸려 있던 붉은 휘장이 망막의 질병처럼 어디에나 펼쳐지는 것을 떠올렸다.

도러시아가 속으로 느낀 이 경악감이 극히 예외적이라고 말할 수는 없다. 젊은 알몸뚱이에 감싸인 많은 영혼은 여러 모순 속에 굴러떨어지고 거기서 '일어나 걷도록' 방치되는 반면에 그동안 연장자들은 볼일을 보러 돌아다닌다. 또한 캐소본 부인이 결혼한 지 여섯 주 만에 발작적인 울음을 터뜨렸다고 해서 그 상황을 비극적으로 여길 거라고 생각할 수도 없다. 상상의 미래를 대치한 새로운 실제 미래에 약간 낙심하고 겁을 먹는 것은 특별한 일이랄 수도 없다. 그리고 그리 특별하지 않은 일에 사람들이 큰 동요를 느끼리라고 예상할 수도 없다. 흔히 일어난다는 바로 그 사실에 비극적 요소가 내재하기는 하지만 그 요소는 아직 인류의 조야한 감정에 스며들지 않았다.

어쩌면 우리 몸은 그 많은 것을 견딜 수 없을 것이다. 만일 우리가 모든 평범한 인간의 삶을 예리하게 보고 느낄 수 있다면 풀잎이 자라는 소리와 다람쥐의 심장 박동을 듣는 것과 같을 테고, 그러면 우리는 정적의 건너편에서 포효하는 소리에 놀라 죽고 말 것이다. 현 상황에서는 우리 중 가장 민감한 사람도 둔감함으로 귀를 잘 틀어막고 살아간다.

　그러나 도러시아는 울고 있었다. 만일 왜 우는지 말해 보라고 한다면 그녀는 내가 이미 사용한 막연한 용어로 대답할 수밖에 없었을 것이다. 좀 더 구체적으로 말해 보라고 추궁하면 빛과 그림자의 유래를 말해 주려고 애쓰는 듯이 들렸을 것이다. 상상의 미래를 대치하는 실제의 새로운 미래는 끝없이 사소한 것들에서 재료를 끌어냈고, 이제 결혼해서 아내가 된 자신과 캐소본 씨의 관계에 대한 그녀의 생각은 그 사소한 것들로 인해 시곗바늘처럼 은밀히 움직이면서 처녀 시절의 꿈과 서서히 달라졌기 때문이다. 그녀가 그 변화를 완전히 인식하거나 적어도 받아들이기에는 아직 너무 일렀다. 더욱이 그녀의 정신적 삶에 꼭 필요한 헌신을 다시 조정하기에는 더더욱이나 일렀으므로 그녀는 조만간 그런 마음을 회복할 수 있을 거라고 거의 믿었다. 영원한 반항이라든가 사랑과 존경으로 충만한 결의가 없는 무질서한 삶은 생각할 수도 없었다. 그러나 지금 그녀는 다름 아닌 타고난 본성의 힘으로 말미암아 혼란이 고조된 시기에 있었다. 이런 식으로 신혼 초의 몇 달은 종종 심각한 격랑이— 작은 웅덩이든 더 깊은 바다든 간에— 일어나는 시기이고, 그 격랑은 이후에 쾌적한 평화로 가라앉는다.

하지만 캐소본 씨는 전과 다름없이 학식이 높지 않았던가? 그가 표현하는 방식이 변했을까 아니면 그의 감정이 예전처럼 찬사를 받을 만하지 않은 것일까? 아, 여자의 변덕스러움이여! 그의 연대표가 기대에 못 미쳤을까? 아니면 어떤 이론뿐 아니라 그 이론을 주장한 사람들의 이름도 명확히 제시할 수 있는 그의 능력이, 혹은 요청을 받으면 어떤 주제에 대해서든 요점을 제시하도록 축적된 지식이 부족했을까? 그리고 로마는 그런 교양을 마음껏 과시할 수 있는 이 세상의 유일한 도시가 아닌가? 게다가 도러시아는 위대한 과업을 달성해야 하는 그에게 지워진 부담과 어쩌면 슬픔도 덜어 줄 앞날에 대해 특히 열렬히 숙고하지 않았던가? 그런데 캐소본 씨를 짓누르는 부담은 전보다 더 명백히 드러날 뿐이었다.

이런 것들이 마음을 참담하게 하는 의문이었다. 그 밖에 무엇이 변함없이 남아 있든 간에 빛은 이미 달라졌고, 대낮이 되면 진주처럼 영롱한 새벽빛을 볼 수 없다. 약혼 기간이라 불리는 상상에 들뜬 몇 주일간 잠시 오가는 모습만 보고 성격을 알게 된 사람과 결혼해서 이제 배우자로 계속 바라볼 때 그 사람이 예상보다 더 낫거나 더 나쁘게 보일 테고, 예상과 완전히 똑같지는 않다는 것은 분명 불변의 사실이다. 그리고 무척 놀랍게도 그 변화는 그것과 비교될 다른 변화가 없다면 너무나 신속히 느껴지게 된다. 만찬 식탁에서 재기를 반짝이던 사람과 한집에서 생활할 때 혹은 여러분이 좋아하던 정치가가 내각에 들어갈 때도 이처럼 신속한 변화가 일어날 것이다. 이런 경우에도 우리는 처음에 아는 것은 거의 없고 믿음은 많은 상태로 시작했다가 때로는 결국 아는 것은 많고 믿음은 없는 상태로 끝나게 된다.

하지만 이런 비교는 잘못된 결론으로 나아갈 수도 있겠다. 캐소본 씨는 누구보다도 번지르르하게 가식을 부릴 줄 모르는 사람이었으니 말이다. 그는 어떤 반추 동물보다도 거짓이 없는 성격이었고, 자신에 대한 환상을 만드는 데 적극적으로 일조한 적도 없었다. 결혼하고 몇 주가 지났을 때 도러시아가 남편의 마음에서 찾으리라고 꿈꾸었던 드넓은 전망과 널리 퍼진 신선한 공기가 어디에도 이르지 못할 작은 대기실과 구불구불한 복도로 바뀌었다고 명확히 말하지는 않았어도 숨 막힐 듯이 답답하고 우울한 심정으로 느끼게 된 것은 어찌 된 일이었을까? 그것은 약혼 기간에 모든 것을 일시적인 예비 단계로 간주하고, 미덕이나 교양을 드러내는 극히 소소한 실례들이 결혼 생활에서 거침 없이 풍부하게 드러날 기쁨의 보고 (寶庫)를 보장해 준다고 여기기 때문이라고 나는 생각한다. 그러나 결혼의 문턱을 일단 넘어서면 기대감은 현재에 집중된다. 결혼의 항해가 일단 시작되면 배가 앞으로 나아가지 않고 바다가 보이지 않으며 — 실은 둘러막힌 웅덩이 속을 탐험하고 있다는 것을 깨달을 수밖에 없다.

결혼 전에 대화를 나누며 캐소본 씨가 무엇을 자세히 설명하거나 의심스러운 부분에 대해 말해 줄 때 도러시아는 그 의미를 이해하지 못하는 경우가 종종 있었다. 그러나 그의 논리에 일관성이 부족해 보인 것은 교제가 띄엄띄엄 이어졌기 때문이라고 생각했다. 그래서 자신들의 앞날을 믿으며 그녀는 캐소본 씨가 펠리시테인들의 신 다간과 다른 물고기 신들에 관한 자신의 완전히 새로운 관점에 제기될 반론들을 자세히 열거했을 때 참을성 있게 열심히 귀를 기울였고, 앞으로 자신은 그에게 중요한 이 주제를 의심할 바 없이 그와 같은 높은 견지에서 보게 되리라고 생각했다. 또한 그녀의 가슴을 뛰게 만드는 생각에 대해 그가 당연하다는 듯이 말하고 묵살하는 어조로 반응했을 때는 약혼 기간에 그녀도 그랬듯이 바쁘고 뭔가에 정신이 팔려 있었기 때문일 거라고 쉽게 설명했다. 그러나 이제 로마에 온 후 온갖 깊은 감정이 일깨워져 요동치고 새로운 요소들이 개입되어 삶이 새로운 문제로 떠오르면서 그녀는 자기 마음이 발작적 분노와 혐오감 혹은 황량한 피로감에 계속 빠져들고 있음을 두려운 심정으로 점점 더 깨닫게 되었다. 현명한 후커나 박학다식한 영웅들이 캐소본 씨의 연령대일 때 어느 정도나 그와 비슷했을지 그녀가 알 도리가 없었기에 그는 비교 우위를 누릴 수도 없었다. 그러나 남편이 주위의 기이하게 인상적인 사물에 대해서 말하는 방식은 그녀 마음에 몸서리를 일으켰다. 어쩌면 그는 훌륭하게 처신하려는 최선의 의도를 가졌겠지만 그저 의무를 수행할 뿐이었다. 그녀에게는 신선하게 보이는 것이 그의 마음에는 이미 낡아 빠진 것이었다. 그리고 인간의 전반적 삶이 그의 내면에 생각하고 느끼는 능력을 일깨운 적이 혹시 있었더라도 그 능력은 오래전에 말라비틀어진 조직 표본으로 방부 처리되어 생명이 없는 지식으로 쪼그라들고 말았다.

그가 "이것에 관심 있소, 도러시아? 조금 더 머물까? 당신이 원한다면 더 있을 용의가 있소."라고 말할 때면 그 자리를 떠나거나 머물러 있거나 똑같이 따분할 듯이 느껴졌다. 혹은 "파르네세 빌라[116]에 가 보고 싶소, 도러시아? 그 저택에는 라파엘로가 도안했거나 그렸다는 유명한 프레스코 벽화가 있소. 대개 사람들은 그것을 보러 갈 가치가 있다고 생각하지."

"당신은 그것을 좋아하세요?" 도러시아의 질문은 늘 이런 식이었다.

"그 벽화는 대단히 높이 평가되고 있다고 믿소. 그중 어느 벽화는 큐피드와 프시케의 우화를 그렸는데 어느 문예기의 낭만적 허구일 테고, 내 생각에 진정한 신화적 산물이라고 볼 수는 없소. 하지만 당신이 보고 싶다면 마차를 타고 가도 괜찮소. 그러면 당신은 라파엘로의 중요한 그림을 다 본 게 되겠지. 로마에 와서 어느 하나라도 놓친다면 유감일 거요. 그 화가는 가장 완벽한 우아한 형태와 숭고한 표현을 결합했다고 평가되어 왔소. 내가 수집한 감식가들의 의견은 적어도 그랬소."

예배 지침서에 따라 읽는 목사처럼 공식적인 어조로 또박또박 들려준 이런 대답은 그 영원한 도시의 영광을 밝혀주지도 않았고, 또한 그녀가 그 영광을 잘 알게 되면 기쁘게도 세상이 환히 밝혀지리라는 희망도 주지 않았다. 열정적인 젊은 이에게는 지식에 충만한 세월을 보내다가 결국 흥미나 공감이

---

116) 예술 후원으로 유명한 파르네스 가문의 이름을 따서 붙인 저택.

사라지고 공백만 남은 마음과 접촉하는 것처럼 울적한 일도 거의 없다.

사실 캐소본 씨는 다른 주제들에 관해서는 흔히 열정의 결과라고 여겨질 만한 줄기찬 몰입과 열성을 보여 주었다. 그리고 도러시아는 그의 사고가 자발적으로 나아가는 방향을 따라갈 수 있기를 간절히 바랐고, 자신이 그를 그 방향에서 멀리 벗어나게 했다고 느끼고 싶지 않았다. 그러나 그를 따라간 곳에서 광활하게 펼쳐진 전망을 보게 되리라는 기대는 예전의 즐거운 확신과 더불어 점차 사라져 갔다. 가엾은 캐소본 씨 자신도 좁은 벽장들과 나선 계단 사이에서 길을 잃었고, 카베이로이[117])에 관해 모호한 흥분에 빠지거나 다른 신화학자들이 잘못 생각한 유례들을 폭로하면서 자신으로 하여금 이런 노고를 바치도록 고무했던 목적을 모두 쉽사리 잊고 말았다. 눈앞에 촛불을 세워 놓고 창문이 없다는 사실을 잊었고, 태양신에 대한 다른 사람들의 개념에 신랄한 논평을 써넣으면서 햇빛에 무관심해졌던 것이다.

만일 소녀답고 여성적인 감정을 표출하도록 장려되었더라면 도러시아는 캐소본 씨에게 등뼈처럼 확고하게 변함없이 박혀 있는 이런 특징들을 앞으로도 오랫동안 느끼지 않았을 것이다. 만일 그가 그녀의 손을 잡고 다정하고 이해심 있는 마음으로 즐겁게 그녀가 경험한 온갖 사소한 옛일에 귀를 기울이고 그 보답으로 똑같이 친밀한 이야기들을 들려주어서 두 사

---

117) 그리스와 소아시아 신화에 나오는 풍요의 신.

람의 과거 삶이 서로를 알고 사랑하는 데 포함될 수 있었더라면. 혹은 그녀가 까까머리 인형의 단단한 정수리에 연거푸 입을 맞춤으로써 넘치는 사랑으로 그 딱딱한 인형의 내면에 행복한 영혼을 만들어 내는 다정한 여자들의 성향에 따라 천진난만한 애무로 애정을 키워 갈 수 있었더라면. 도러시아의 성향은 그러했다. 먼 곳에 있는 것을 알고 널리 유익한 일을 하고자 열망했지만 가까이 있는 것에 대한 열정도 충만했기에 기꺼이 캐소본의 소맷자락에 입을 맞추고 그의 구두끈을 어루만졌을 것이다. 만일 캐소본이 그녀에게 더없이 다정하고 참으로 여성적인 성격을 지녔다고 한결같이 예의 바르게 말하면서도 동시에 그녀가 앉을 의자 쪽으로 정중히 손을 내뻗음으로써 그런 애정 표현을 다소 교양 없고 아주 놀라운 행동으로 여긴다는 사실을 드러낼 것이 아니라 그 애정을 다른 식으로 받아들이려는 기미를 보여 주었더라면 말이다. 아침에 적절한 관심을 기울여 성직복을 차려입고 나면 그는 오로지 그 시대의 꼭 조이는 뻣뻣한 넥타이에 적합한, 그리고 출간되지 않은 저서 때문에 무거운 마음에 적합한 삶의 즐거움을 누릴 준비만 갖추었을 뿐이었다.

그리고 슬프게도 모순적이지만 도러시아의 생각과 결심은 따뜻한 물처럼 흐르고 동시에 거기 떠다니며 녹아 버리는 얼음 같았다. 그녀는 감정을 통하지 않고는 아무것도 알 수 없는 듯이 자신이 그저 감정에 휘둘리고 있다는 것을 깨닫고 부끄러웠다. 발작적으로 일어나는 동요와 몸부림, 낙담에 온 힘이 흩어졌고, 그러고 나면 더 완벽한 체념을 상상하고 온갖 고통스러운 상황을 의무로 바꾸어 놓으며 다시 흩어지고 말았다. 가엾은 도러시아! 확실히 그녀는 골칫거리였고, 주로 자기 자신에게 그러했다. 그런데 오늘 아침에 처음으로 캐소본 씨의 골치를 썩였던 것이다.

함께 커피를 마시고 있을 때 그녀는 속으로 자신의 이기심이라고 불렀던 것을 떨쳐 내겠다고 결심하고는 쾌활한 얼굴로 남편을 바라보며 그의 말에 귀를 기울였다. "사랑하는 도러시아, 이제 지금까지 하지 못한 일은 출발을 위한 준비 작업으로 생각해야겠소. 크리스마스를 로윅에서 보낼 수 있도록 더 빨리 돌아가고 싶었는데 이곳에서의 연구가 예상보다 훨씬 더 오래 걸렸소. 하지만 여기서 보낸 시간이 당신에게 불쾌하지 않았으리라 믿소. 로마는 유럽에서 가장 빼어난 경관을 보여 주는 도시 중 하나이고, 어떤 점에서는 교훈적인 도시라고 지금까지 여겨져 왔소. 내가 처음 여기를 여행했을 때 내 생애의 획기적인 사건이라고 생각했던 것을 잘 기억하고 있소. 나폴레옹이 몰락하고 유럽 대륙이 여행자들에게 개방된 다음이었지. 실로 로마야말로 '죽기 전에 로마를 보아라.' 같은 극히 과장된 찬사가 붙을 만한 몇몇 도시 중 하나일 거요. 그러나 당신의 경우에 맞게 이렇게 말하겠소. 신부일 때 로마를 보아라. 그 후에는 행복한 아내로 살아라."

캐소본 씨는 눈을 약간 깜빡이고 고개를 위아래로 끄덕이면서 더없이 성실한 의도로 간단하게 연설하고 미소를 지으며 말을 맺었다. 그는 결혼이 황홀한 상태가 아니라는 것을 알게 되었지만 흠잡을 데 없는 남편이 되지 않을 생각은 전혀 없었다. 그런 남편은 매력적인 젊은 여자를 그녀가 누릴 자격이 있을 만큼 행복하게 해 줄 것이다.

"여기 체류하면서 전적으로 만족하셨기를 바라요. 제 말은 당신 연구와 관련된 결과에서요." 도러시아는 남편에게 가장 영향을 미치는 문제에 집중하려고 애쓰며 말했다.

"그렇소." 캐소본 씨는 이 말을 절반쯤 부정하는 듯 특이하게 높은 목소리로 말했다. "내 예상보다 더 멀리 나아가게 되었소. 주석에 붙일 다양한 주제들이 드러나는 바람에 직접 필요한 것은 아니더라도 빼놓을 수 없었지. 대필해 주는 사람의 도움을 받기는 했는데 다소 힘겨운 일이었소. 그렇지만 당신과 함께 있어서 다행히도 연구 시간을 넘기며 사고를 너무 오래 이어 가는 것은 피했소. 그것은 내가 홀로 지낸 시절의 덫이었지."

"제가 있어서 당신에게 조금이라도 변화가 생겼다니 무척 기뻐요." 도러시아는 캐소본 씨의 마음이 낮 시간에 너무나 깊이 가라앉아서 다시는 표면으로 올라오지 못할 거라고 생각했던 저녁 시간들을 생생히 떠올리며 말했다. 유감스럽게도 나는 그녀의 대답에 약간 노기가 숨어 있었다고 생각한다. "로윅에 돌아가면 당신에게 더 많은 도움이 되기를 바라고, 당신의 관심사에 조금 더 동참할 수 있으면 좋겠어요."

"물론이오, 여보." 캐소본 씨가 약간 고개를 숙여 고마운 뜻을 표시하며 말했다. "여기서 작성한 메모들을 가려내야 할 거요. 당신이 원한다면 내 지시에 따라 그것을 발췌할 수 있겠지."

"그리고 당신의 모든 노트도요." 이 주제에 관해 이미 열망하고 있던 도러시아는 그 말을 입 밖에 내지 않을 수 없었다. "여러 줄로 쌓인 노트들 말이에요. 당신이 말씀하시던 일을 이제 시작하지 않으시겠어요? 그중 어느 부분을 사용할지 결정하고, 당신의 방대한 지식을 세상에 유용하게 만들 책을 집필하지 않으시겠어요? 저는 당신이 부르는 대로 받아쓰고, 당신이 일러 주는 것을 베껴 쓰고 발췌하겠어요. 저는 달리 쓸모가 없어요." 도러시아는 도무지 설명하기 힘들고 모호하기 그지없는 여자들의 습성으로 눈물이 그렁그렁한 채 조금 흐느끼며 말을 맺었다.

이런 과도한 감정의 표현만으로도 캐소본 씨는 몹시 심란했을 것이다. 하지만 그 말이 도러시아가 압박감에 못 이겨 입에 올려야 했던 말 중에서 가장 날카롭게 그의 가슴을 찌르고 비위를 거스르는 이유가 있었다. 그가 그녀의 내적 고통을 모르듯이 그녀도 그의 내적 고통을 알지 못했다. 남편의 내면에 숨은, 동정을 받을 만한 갈등을 미처 몰랐던 것이다. 그녀는 아직 참을성을 갖고 그의 심장 박동에 귀를 기울인 적이 없었고, 그저 자기 심장이 격렬하게 뛰고 있음을 느꼈을 뿐이다. 도러시아의 목소리는 그 자신의 망상이거나 과장된 감수성이 빚어낸 환영일 뿐이라고 여겼던 의식의 억눌린 암시를 캐소본 씨의 귀에 크고 강력하게 되풀이했다. 그런 암시가 오해의 여지 없이 명확하게 외부에서 반복될 때는 잔인하고 불공정하게 느껴져 저항감을 불러일으킨다. 우리는 우리의 수치스러운 고백을 상대가 온전히 받아들일 때도 화가 난다. 하물며 우리가 병적이라고 치부하고 마비의 징후라도 되는 양 물리치려 애쓰는 그 모호한 웅얼거림을 가까이 있는 관찰자의 입술에서 흘러나오는 잔인하게도 명확한 음절로 듣게 된다면 얼마나 화가 나겠는가! 그런데 이 잔인한 외부 비판자는 아내의 형체로, 아니 젊은 신부의 형체로 여기 있었다. 그녀는 그가 펜으로 끄적거려 놓은 방대한 메모와 수많은 공책을 우아한 마음을 가진 카나리아 새처럼 무비판적 경외심을 품고 바라본 것이 아니라 악의적 추리력으로 샅샅이 관찰하는 첩자 같았다. 나침반의 이 특정한 점에 대해서 캐소본 씨는 도러시아 못지않게 민감했고, 똑같이 기민하게 사실 이상의 것을 상상했다. 예전에 그는 그녀에게 올바른 대상을 숭배할 능력이 있음을 지적하고 칭찬해 주었다. 그런데 지금 그 능력이 주제넘은 참견으로, 그 숭배가 무엇보다도 짜증스러운 — 여러 훌륭한 결과를 멍하니 바라보면서 거기에 도달하는 데 어떤 대가를 치러야 하는지 전혀 알지 못하는 — 비판으로 바뀔 거라는 예감에 갑자기 공포를 느꼈다.

도러시아를 알게 된 후 처음으로 캐소본 씨의 얼굴에 노기 어린 붉은빛이 재빨리 스쳤다.

"여보……." 그가 예의를 차려 짜증을 억누르며 말했다. "내가 연구의 여러 단계에 적합한 시간과 알맞은 때를 잘 알고 있다고 믿어도 좋소. 그것은 무지한 구경꾼들의 한가한 추측으로는 가늠할 수 없는 것이오. 근거 없는 의견으로 공중누각을 세워 일시적인 결과를 얻는 거야 쉬운 일이지. 그러나 달리 능력을 갖추지 못해 가장 하찮은 것만 시도하는 수다쟁이들에게 때 이른 조롱을 받는 것은 양심적인 탐구자에게 늘 참기 어려운 시련이오. 그리고 그런 사람들에게 자신의 이해력을 전적으로 능가하는 참된 주제에 대한 판단과 좁고 피상적인 조사만으로도 기초적인 것을 파악할 판단을 구분하라고 권고할 수 있으면 다행이겠지."

캐소본 씨가 이렇게 강력하고 신속하게 말하는 일은 흔치 않았다. 사실 이 말은 순전히 즉흥적으로 나온 것이 아니라 이미 내적 독백에서 구체화되었고, 갑자기 열기를 받아 벌어진 이삭에서 둥근 낟알들이 튀어나오듯이 분출되었던 것이다. 도러시아는 그의 아내일 뿐 아니라 진가를 인정받지 못했거나 낙담한 저술가를 둘러싼 천박한 세상의 화신이었다.

도러시아는 화가 났다. 자신은 남편의 중대한 관심사에 공감하며 동참하려는 욕구 외에 내면의 모든 것을 억누르지 않았던가?

"제 판단은 실로 매우 피상적이에요. 제가 내릴 수 있는 판단은요." 그녀는 화가 나서 즉시 대답했다. 예행연습이 필요하지 않은 대답이었다. "당신은 수많은 노트를 보여 주었고, 그것에 대해 종종 이야기하셨지요. 그것을 요약할 필요가 있다고 종종 말씀하셨고요. 하지만 당신이 출판할 책을 쓰고 계신다는 말은 들은 적이 없어요. 이건 극히 단순한 사실이고, 제판단은 그 이상을 넘지 않았어요. 저는 그저 당신에게 약간 도움이 될 수 있게 해 달라고 부탁했을 뿐이에요."

도러시아는 식탁에서 일어섰고, 캐소본 씨는 아무 대답 없이 옆에 있던 편지를 다시 읽으려는 듯 집어 들었다. 두 사람은 서로의 상황에, 서로 상대에게 분노를 드러냈다는 사실에 충격을 받았다. 만일 로윅의 집에 정착해 이웃들 사이에서 일상적인 생활을 하고 있었더라면 이런 충돌이 덜 당혹스러웠을 것이다. 하지만 두 사람이 서로에게 온 세상이 되도록 두 사람을 고립시키는 신혼여행에서 불화를 일으켰다는 것은 아무리 좋게 말해도 당혹스럽고 수치스러운 일이다. 경도가 다른 먼 곳으로 이동하여 마음이 고독한 상태에서 사소한 분노의 폭발을 경험하고, 대화를 나누기가 어렵다고 느끼고, 얼굴을 바라보지 않고 물 잔을 건넨다면 마음이 강인한 사람이라도 만족스러운 충족감을 느낄 수 없다. 경험이 없는 도러시아의 섬세한 마음에 이 사건은 앞날에 대한 전망을 완전히 바꿔 버린 재앙 같았다. 신혼여행을 가 본 적이 없고 또 그처럼 친밀한 결합을 맺어 본 적이 없던 캐소본 씨에게도 그것은 처음 느껴 보는 고통이었다. 이 결합은 상상 이상으로 그를 예속시켰다. 이 매력적인 젊은 신부는 그로 하여금 그녀를 많이 배려하도록 (그는 정성을 다해서 그렇게 했다.) 만들었을 뿐 아니라 가장 위안이 필요한 부분에서 잔인하게 그를 뒤흔들어 놓을 수 있음이 밝혀졌다. 그는 그의 인생을 냉정하게 관찰하며 갈채를 보내지 않는 유령 같은 관객을 막아 줄 부드러운 울타리를 얻은 것이 아니라 그 관객에 더 실체적인 존재를 부여한 것뿐이었을까?

그들은 둘 다 얼마간은 말을 건넬 수 없다고 느꼈다. 이미 세웠던 계획을 바꿔서 외출을 거절한다면 가라앉지 않은 분노를 드러내는 꼴이 되었을 것이다. 도러시아는 벌써 자신이 잘못했다고 느끼기 시작했으므로 그녀의 양심은 분노의 표출을 피하려 했다. 자신이 느낀 분노가 아무리 정당하더라도 그녀의 이상은 정의롭다고 주장하는 것이 아니라 애정을 베푸는 것이었다. 그래서 마차가 문간에 준비되자 캐소본 씨와 함께 바티칸 궁전으로 출발했고, 비문이 새겨진 돌이 박힌 거리를 함께 걸었으며, 도서관 입구에서 그와 헤어진 다음에는 주위 사물에 무관심한 채 박물관을 지나 계속 걸음을 옮겼다. 마차를 타고 어디로든 가겠다고 몸을 돌려 말할 기분도 아니었다. 나우만이 그녀를 처음 본 것은 그녀가 캐소본 씨와 헤어졌을 때였고, 그녀와 같은 시간에 조각들이 늘어선 긴 주랑에 들어섰다. 하지만 여기서 나우만은 중세의 형상처럼 보이는 수수께끼 같은 조각을 두고 샴페인을 건 내기를 결정짓기 위해 래디슬로를 기다려야 했다. 그들은 그 형상을 살펴보고 걸으면서 논의를 끝낸 뒤 헤어졌다. 래디슬로는 그곳에 남았고, 나우만은 조각 전시장으로 들어가서 다시 도러시아를 보게 되었다. 그녀는 생각에 골똘히 잠겨 있었기 때문에 그 자세가 눈에 띄었다. 사실 그녀는 조각도, 바닥에 비친 햇살도 보고 있지 않았다. 마음속으로 자기 집과 영국의 들판, 느릅나무들과 산울타리가 쳐진 큰길 너머로 밀려오는 세월의 빛을 보고 있었고, 기쁨에 찬 헌신으로 그 세월을 충만하게 보낼 방법이 예전처럼 뚜렷이 보이지 않는다고 느끼고 있었다. 그러나 도러시아의 마음속에서 모든 생각과 감정은 조만간 한 갈래의 흐름으로 흘러들 테고, 그녀의 온 의식은 가장 완전한 진실, 가장 편파적이지 않은 선을 향해 나아갈 것이다. 분노와 낙담보다 더 나은 것이 있음은 분명했다.

21장

"언변도 여자답고 평이해서
현명하게 보이려고
부정직한 말을 쓰지는 않았지."

초서[118]

이렇게 해서 도러시아는 안전하게 혼자 있게 되자 울음을 터뜨렸다. 그러나 곧 문을 두드리는 소리가 들리는 바람에 마음을 가다듬고 서둘러 눈물을 닦고 말했다. "들어오세요." 탠트립이 명함을 가지고 들어와서는 어떤 신사가 로비에서 기다리고 있다고 말했다. 시중꾼이 캐소본 부인만 집에 계신다고 말했지만 그 신사가 캐소본 씨의 친척이라고 말했다는 것이다. 그를 만나시겠어요?

"그래요." 도러시아는 망설이지 않고 말했다. "그분을 살롱으로 안내해요." 젊은 래디슬로에 관해서 주로 기억에 남은 것은 처음 로윅에서 만났을 때 캐소본 씨가 그에게 베풀어 준

---

118) 초서의 『캔터베리 이야기』 중 「의사의 이야기」 50~52행.

관대한 처사를 알게 되었고, 또한 장래에 대한 그의 망설임에 관심을 느꼈던 일이었다. 그녀는 적극적 공감을 표현할 수 있는 것이라면 무엇에든 민감하게 반응했다. 이 순간 그 방문은 자신에게만 몰두한 불만감을 떨쳐 내고, 남편의 선량한 성품을 상기하고, 이제 남편을 도와서 친절한 행위를 베풀 권리가 있음을 느끼게 해 주려는 것 같았다. 그녀는 일이 분 정도 기다렸다. 하지만 옆방으로 들어갔을 때 눈물의 흔적이 역력히 남아 있었기에 그녀의 솔직한 얼굴은 평소보다 더 젊고 매력적으로 보였다. 그녀는 허영심이 섞이지 않은 선의로 아름다운 미소를 지으며 래디슬로에게 손을 내밀었다. 그는 그녀보다 몇 살 위였지만 그 순간 그의 투명한 피부에 갑자기 붉은 기미가 퍼지면서 훨씬 더 어려 보였다. 남자들과 어울릴 때 쉽게 냉담한 태도를 보이던 것과 달리 그는 무척 수줍어했고, 반면에 도러시아는 약간 의아한 마음으로 그를 편안하게 해 주려 하면서 더 차분해졌다.

"부인과 캐소본 씨가 로마에 계신 것을 오늘 오전까지 알지 못했습니다. 오전에 바티칸 박물관에서 부인을 뵈었어요." 그가 말했다. "부인을 금방 알아보았지요……. 아니…… 제 말은 캐소본 씨의 주소를 우체국 편지 보관소에서 알 수 있으리라고 생각했습니다. 가급적 빨리 캐소본 씨와 부인께 인사를 드리고 싶었고요"

"앉으세요. 지금 남편은 집에 계시지 않아요. 하지만 당신 소식을 들으면 기뻐하실 거예요." 도러시아는 온후한 부인처럼 조용히 맞은편 의자를 가리키며 아무 생각 없이 난롯불과

높다란 창문에서 들어오는 빛 사이에 앉았다. 그녀의 얼굴에 드러난 소녀다운 슬픈 기색은 더 두드러질 뿐이었다. "캐소본 씨는 연구에 열중하고 계세요. 하지만 주소를 남기시면 편지를 보내실 거예요. 주소를 알려 주시겠지요?"

"무척 친절하십니다." 래디슬로는 그녀의 얼굴을 변화시킨 눈물 자국을 유심히 바라보면서 수줍음을 잊었다. "제 주소는 명함에 있습니다. 하지만 허락해 주신다면 내일 캐소본 씨가 집에 계실 시간에 다시 방문하겠어요."

"남편은 매일 바티칸 도서관에 자료를 검토하러 가세요. 미리 약속하지 않으면 만나실 수 없을 거예요. 특히 요사이는 더 그래요. 곧 로마를 떠날 예정이라서 무척 바쁘시거든요. 보통 아침 식사 후부터 저녁 시간까지 집에 계시지 않아요. 하지만 당신과 정찬을 함께하기를 남편이 바랄 거라고 믿어요."

윌 래디슬로는 잠시 입을 다물었다. 그는 캐소본 씨를 전혀 좋아하지 않았고, 의무감만 아니라면 그를 박학다식한 박쥐라고 비웃었을 것이다. 그러나 이 말라비틀어진 현학자가, 노점 상의 뒷방에 쓸데없이 쌓여 있는 가짜 골동품처럼 하찮기 그지없는 것에 애써 변변찮은 주석이나 붙이려는 사람이 무엇보다 이 경탄스러운 젊은 여자를 아내로 맞았고, 그러고는 그녀와 떨어진 곳에서 곰팡내 나는 무용지물을 더듬으며 (윌은 과장된 표현을 사용하는 경향이 있었다.) 신혼의 행복한 시간을 보내고 있다고 생각하니 갑자기 떠오른 이 그림에 우스꽝스럽고 역겨운 느낌이 들었다. 그는 큰 소리로 웃음을 터뜨리려는 충동과 그 자리에 어울리지 않기는 마찬가지인 조롱조의 악담을 퍼부으려는 충동 사이에서 갈등을 느꼈다. 그 갈등 때문에 변화무쌍한 이목구비가 기묘하게 일그러졌을 거라고 한순간 느꼈지만 상당히 애를 써서 그저 명랑하게 미소 짓는 무례를 범했을 뿐이다.

도러시아는 의아한 기분이었다. 하지만 그 미소는 저항할 수 없이 매력적이었고, 그녀의 얼굴에도 반사되어 빛났다. 윌 래디슬로에게 이미 화가 난 경우가 아니라면 그의 미소를 보면 기분 좋았다. 내면의 빛이 솟아 눈과 투명한 피부를 비추었고, 아리엘[119]이 새 주문을 걸면서 매만진 듯이 모든 굴곡과 선을 어루만져 우울함의 흔적을 완전히 없애 버렸다. "뭔가 재미있는 일이 있으세요?"라고 도러시아가 물었을 때 그 미소가 반사된 얼굴에도 검은 눈썹 밑에 아직 물기가 어려 있었지만 약간 명랑한 기색이 깃들지 않을 수 없었다.

"네." 윌은 재빨리 재치를 발휘해서 말했다. "부인을 처음 만났을 때 제 모습이 어떠했는지 생각하고 있었어요. 제 초라한 스케치를 비판하며 무시하셨을 때 말이지요."

"비판했다고요?" 도러시아는 더욱 놀라며 말했다. "그럴 리가요. 그림에 대해서 저는 특히 무지한데요."

"저는 부인의 지식이 아주 풍부해서 더없이 예리한 말로 지적하는 법을 아시는 줄 알았어요. 아마 저만큼 잘 기억하지는 못하시겠지만 제 스케치와 자연의 관계가 전혀 보이지 않는다고 하셨어요. 적어도 그런 의미를 암시하셨죠." 윌은 이제

119) 셰익스피어의 『태풍』에 나오는 공기의 요정.

미소를 지을 뿐 아니라 웃음도 터뜨릴 수 있었다.

"그건 정말로 제가 무지하기 때문이에요." 도러시아는 윌의 쾌활한 기분에 감탄하며 말했다. "모든 비평가가 매우 높이 평가한다고 큰아버지께서 말씀하신 그림들에서도 아름다움을 느낄 수 없었기 때문에 그렇게 말했을 거예요. 로마에 와서도 똑같이 무지한 상태로 돌아다녔어요. 정말로 즐겁게 감상할 수 있는 그림은 몇 점 되지 않았고요. 프레스코 벽화나 희귀한 그림들이 걸린 곳에 들어가면 처음에는 경외감이 들어요. 호화로운 의상을 걸치고 행렬을 지어 나아가는 거창한 의식에 참석한 아이처럼 말이에요. 저보다 더 고귀한 삶이 존재하는 곳에 있는 느낌이지요. 그런데 그림들을 하나씩 살펴보기 시작하면 그림에서 생명이 빠져나갔거나, 아니면 격렬하고 이질적인 것으로 보여요. 제가 둔감해서 그럴 거예요. 너무 많은 그림을 한꺼번에 보면서 그 절반도 이해 못 하거든요. 그러다 보면 늘 아둔하다고 느끼게 되지요. 어떤 것이 무척 훌륭하다는 평가를 들으면서도 그렇게 느낄 수 없는 건 고통스러운 일이에요……. 눈이 먼 상태에서 하늘에 대한 이야기를 듣는 것과 비슷하니까요."

"아, 미술에 대한 감수성을 가지려면 습득해야 할 것이 많습니다." 윌이 말했다. (도러시아의 솔직한 고백을 이제 더는 의심할 수 없었다.) "미술은 다분히 인위적이고 꾸밈이 많은 형식을 가진 옛 언어와 같습니다. 미술을 알면서 얻는 큰 즐거움은 그저 안다는 느낌에 불과할 때도 있어요. 저는 여기 있는 온갖 종류의 그림들을 무척 좋아합니다. 하지만 그 즐거움을 분석해 보면 여러 갈래의 다른 실들로 이루어졌음을 알게 될 겁니다. 직접 서툴게라도 그림을 좀 그려 보고 그 과정을 이해하는 것도 의미가 있죠."

"혹시 화가가 되실 생각이신가요?" 도러시아가 새로운 관심사를 느끼며 말했다. "그림 그리는 일을 직업으로 삼을 생각이신가 보죠. 당신이 직업을 선택했다는 이야기를 들으면 캐소본 씨가 반가워하실 거예요."

"아뇨, 아, 아니에요." 윌은 약간 냉정하게 대답했다. "그러지 않겠다고 마음먹었어요. 그림은 삶의 일면만 드러내거든요. 여기서 저는 독일 화가들을 꽤 많이 만났습니다. 그중 한 명과 프랑크푸르트에서부터 함께 여행했고요. 훌륭하고 탁월한 화가들도 있지요. 하지만 오로지 화실의 관점에서 세상을 바라보는 그들의 방식에는 익숙해지고 싶지 않습니다."

"그건 이해할 것 같아요." 도러시아는 진심으로 말했다. "그리고 로마에는 그림보다 더 필요한 것이 무척 많아 보이고요. 하지만 당신이 그림에 재능이 있다면 그것을 길잡이로 택하는 것이 옳지 않을까요? 어쩌면 이런 것들보다 더 나은 그림을…… 혹은 다른 그림을 그리면 같은 곳에 거의 비슷비슷한 그림들이 그렇게나 많이 걸려 있지 않을 텐데요."

이 소박한 말은 오해하려야 오해할 수 없었고, 윌은 그 소박함에 이끌려 솔직히 대답했다. "그런 변화를 일으키려면 대단히 희귀한 재능이 필요합니다. 유감스럽게도 제 재능은 이미 이루어진 것을 잘 해내는 수준에도 이르지 못할 거예요. 적어도 시도할 가치가 있을 만큼 잘하지 못할 테고요. 그리고 저는 고된 노력을 바쳐서는 무엇에서도 성공하지 못할 겁니다. 쉽게 다가오는 것이 아니라면 결코 얻지 못하니까요."

"캐소본 씨가 당신의 인내심이 부족해서 유감이라고 말씀하신 적이 있어요." 도러시아가 부드럽게 말했다. 그녀는 이처럼 온 인생을 휴일로 받아들이는 방식에 약간 충격을 받았다.

"네, 캐소본 씨의 의견은 알아요. 그분과 저는 다릅니다."

그의 성급한 대답에 담긴 경멸의 흔적에 도러시아는 화가 났다. 아침에 자신이 불화를 일으켰기 때문에 캐소본 씨에 대해 더욱 다감한 마음이었다.

"물론 다르지요." 그녀는 다소 당당하게 말했다. "두 분을 비교할 생각은 없었어요. 캐소본 씨처럼 끈기 있게 헌신적인 노고를 바치는 능력은 흔치 않으니까요."

윌은 그녀가 화가 났음을 알았다. 하지만 그녀의 말은 캐소본 씨에 대한 숨어 있는 혐오감을 더 자극해서 새롭게 일깨울 뿐이었다. 도러시아가 남편을 숭배하는 것은 도저히 참을 수 없었다. 여자들의 이런 나약한 성향은 문제의 남편 외에 어떤 남자에게도 유쾌하게 느껴지지 않는다. 사람들은 떠들썩하게 퍼져 나가는 이웃 사람의 명예의 싹을 잘라 버리려는 유혹을 쉽게 느끼고, 그런 식으로 죽이는 것은 살인이라고 생각하지 않는다.

"물론 그렇지요." 그는 즉시 대답했다. "그렇기 때문에 영국에서 진행되는 많은 학술 연구가 그렇듯이 그 노고가 허사가 된다면 유감입니다. 세상의 다른 곳에서 어떤 연구가 이뤄지고 있는지 알지 못해서 말이지요.[120] 만일 캐소본 씨가 독일어를 알았더라면 많은 수고를 덜었을 겁니다."

"무슨 말씀인지 모르겠어요." 도러시아가 깜짝 놀라서 불안한 심정으로 말했다.

"그저 이런 뜻입니다." 윌은 대수롭지 않다는 듯이 말했다. "역사 연구에서 선두를 지켜 온 독일인들은 주머니용 나침반을 들고 숲속을 더듬고 다니면서 얻은 결과를 비웃을 겁니다. 자기들이 이미 훌륭하게 길을 닦아 놓았으니까요. 전에 뵈었을 때 캐소본 씨가 그쪽으로는 귀를 틀어막았다는 것을 알았습니다. 어느 독일인이 쓴 라틴어 논문도 마지못해 겨우 읽으셨더군요. 저는 무척 유감스럽게 느꼈습니다."

윌은 도러시아가 자랑한 캐소본의 근면함을 격파하기 위해 그의 결점을 꼬집을 생각뿐이어서 도러시아가 어떤 식으로 상처를 받을지 전혀 예상하지 못했다. 그도 독일 학자들의 저술에 조예가 깊은 편이 아니었다. 하지만 다른 사람의 결점을 동정하기 위해 자신의 성취가 필요한 것은 아니다.

가엾은 도러시아는 남편이 평생을 바친 노고가 무익한 것이 될지 모른다는 생각에 예리한 고통을 느꼈으므로 남편에게 큰 신세를 지고 있는 이 젊은 친척이 그런 의견을 가졌더라

---

120) 프랑스 혁명 이후 유럽 대륙을 휩쓴 혁명에 대한 두려움과 계속되는 전쟁 등으로 19세기 영국은 유럽의 학문과 문화를 비교적 받아들이지 않고 배타적인 섬나라 근성과 자부심을 키워 왔다. 특히 신학과 역사학이 발달한 독일의 학문을 알았더라면 캐소본의 신화 연구가 무익한 것이 되지 않았으리라는 의미다.

도 억눌렀어야 하지 않을까라는 문제에 신경 쓸 겨를이 없었
다. 그녀는 참담한 생각에 빠져 말없이 그저 자기 손을 응시하
며 가만히 앉아 있었다.

하지만 윌은 일단 결점을 지적해서 제압하고 나자 좀 부끄
러웠고, 말 없는 도러시아를 보며 그녀의 기분을 더 상하게 했
다고 생각했다. 또한 은인의 꼬리털을 뽑은 데 대해서도 떳떳
하지 않은 기분이었다.

"그 점이 특히 유감이었어요." 비난을 하고 나서 마음에 없
는 찬사를 덧붙이는 일반적인 관행에 따라 그가 말했다. "일
가에 대한 고마움과 존경심 때문에 말이지요. 재능이나 인품
이 그처럼 뛰어나지 못한 사람이라면 그리 문제가 되지 않겠
지요."

도러시아는 흥분한 나머지 평소보다 더 초롱초롱하게 눈을
빛내며 몹시 슬프게 노래하듯이 말을 꺼냈다. "로잔에 있을 때
독일어를 배웠더라면 좋았을걸. 독일어 교사가 많았는데. 하
지만 지금 나는 아무 쓸모도 없어요."

도러시아의 마지막 말은 윌에게 새로운 빛을, 그래도 여전
히 불가사의한 빛을 던져 주었다. 그녀가 어떻게 캐소본 씨를
남편으로 받아들였을까라는 의문은 처음 그녀를 보았을 때
외모와 달리 불쾌한 여자일 거라고 단정하며 간단히 넘어갔지
만 이제는 그리 간단하고 쉽게 대답할 수 있는 문제가 아니었
다. 어떻든 간에 그녀는 불쾌한 여자가 아니었다. 냉정하고 영
악하거나 에둘러 비꼬기 잘하는 여자도 아니었고, 놀랍게도
소박하고 감정이 풍부했다. 그녀는 기만당한 천사였다. 그녀의

가슴과 영혼이 거리낌 없이 솔직하게 흘러나온 선율적 소곡을 기다리며 지켜본다면 둘도 없는 즐거움일 것이다. 윌의 마음은 또다시 에올리언 하프를 떠올렸다.

그녀는 결혼하면서 스스로 어떤 기발한 로맨스를 만들었음이 분명했다. 만일 캐소본 씨가 전설의 용처럼 법적 절차를 밟지 않고 그저 발톱으로 그녀를 낚아채어 자기 굴로 끌고 갔더라면 그녀를 구출하고 그녀의 발밑에 쓰러지는 것이야말로 불가피한 영웅적 위업이었을 텐데. 그러나 캐소본 씨는 용보다 더 다루기 힘든 존재였다. 그는 배후에 사회 집단을 거느린 후원자였다. 그런데 바로 그 순간 후원자가 나무랄 데 없이 예의 바른 태도로 방에 들어서고 있었다. 도러시아는 다시 떠오른 불안과 후회로 활기를 띠었고, 윌은 그녀의 감정에 대해 경탄하고 추측하면서 활기찬 모습이었다.

캐소본 씨가 느낀 놀라움에 반가운 마음은 조금도 섞여 있지 않았지만 그는 평소처럼 정중하게 인사를 건넸고, 윌은 일어서서 자신이 방문하게 된 사정을 설명했다. 캐소본 씨는 평소보다 기분이 좋지 않았는데 그렇기 때문에 더 칙칙하고 노쇠해 보였을지 모른다. 그게 아니면 젊은 일가의 외모와 대조되어 쉽게 그런 느낌을 주었을 것이다. 윌을 보면 첫인상은 화사한 햇살처럼 밝았고, 그 인상 덕분에 불확실하게 변화하는 표정이 더욱 풍부하게 보였다. 확실히 이목구비도 달라지는 것 같았다. 턱은 크게 보였다가 작게 보이기도 했고, 코의 작은 굴곡은 변형을 준비하는 것 같았다. 재빨리 고개를 돌리면 머리카락이 흔들리며 빛이 쏟아져 나오는 것 같았고, 어떤 사람들은 이런 반짝임에서 명확한 천재성을 보았다고 생각했다. 이와 대조적으로 캐소본 씨는 광선 한 줄기 없이 서 있었다.

근심스럽게 남편을 바라보던 도러시아는 그 대조를 못 느끼지 않았지만 거기에 다른 이유들이 뒤섞여서 남편에 대한 새로운 불안을 더욱 의식하게 되었다. 그 불안은 자기 꿈이 아니라 그의 운명의 실상에 의해 처음으로 일깨워진 다정한 연민이었다. 하지만 윌이 거기 있다는 사실이 그녀를 더 자유롭게 느끼도록 해 주었다. 젊고 대등한 존재가 기분 좋게 여겨졌고, 또한 잘못을 순순히 받아들이는 그의 열린 마음도 그러했다. 그녀는 이야기를 나눌 사람이 간절히 필요하다고 느꼈고, 예전에는 그처럼 기민하고 유연하며 모든 것을 이해할 듯한 사람을 만난 적이 없었다.

캐소본 씨는 윌이 독일 남부에 머무는 줄 알았고 로마에서 즐겁고 유익한 시간을 보내고 있기 바란다고 근엄하게 말하면서 이튿날 정찬에 오라고 초대했다. 더 자세한 이야기를 그때 나눌 수 있을 테고 지금은 약간 피곤하다는 것이었다. 래디슬로는 그 말뜻을 이해했으므로 즉시 초대를 받아들이고 물러났다.

도러시아의 눈은 조심스럽게 남편을 좇았다. 그는 피곤한 듯이 소파 끝에 주저앉아서는 팔꿈치를 대고 손으로 머리를 받친 채 바닥을 바라보았다. 그녀는 약간 홍조를 띠고 눈을 반짝이며 그의 옆에 앉아서 말했다.

"오늘 아침에 너무 경솔하게 말한 것을 용서해 주세요. 제가 잘못했어요. 당신에게 상처를 주고 오늘 하루를 더 힘겹게 만들었을까 봐 걱정이에요."

"당신이 그렇게 느낀다니 기쁘오." 캐소본 씨가 말했다. 목소리는 차분했고 고개를 약간 끄덕였지만 그녀를 바라보는 눈에는 아직 불편한 감정이 남아 있었다.

"하지만 절 용서하시는 거지요?" 도러시아는 갑자기 울음을 터뜨렸다. 뭔가 감정을 표현해야 했기 때문에 그녀는 자기 잘못을 기꺼이 과장하고 있었다. 참회하는 자가 멀리서 돌아오는 것을 보면 사랑은 그 목을 껴안고 입을 맞추지 않을까?

"사랑하는 도러시아, '회개를 듣고도 마음을 풀지 않는 자는 천국에서도 땅에서도 살 수 없다.'[121]라고 했소. 당신은 내가 그런 가혹한 형벌을 받아 추방될 사람이라고 생각하지 않겠지." 캐소본 씨는 강력하게 말하려고 애쓰면서 희미하게 미소를 지으려 했다.

도러시아는 잠자코 있었지만 흐느끼며 솟아오른 눈물이 흘러내렸다.

"당신은 흥분한 상태요. 그리고 나도 지나친 정신적 동요로 약간 불쾌한 결과를 느끼고 있소." 캐소본 씨가 말했다. 실은 자기가 집에 없을 때 젊은 래디슬로를 맞아들이지 않았어야 한다고 말하려 했다. 그러나 그녀가 잘못을 인정한 순간에 또 다른 불만을 제기한다면 친절하지 못하게 보일 테고, 한편으로 그 말을 꺼냄으로써 또 다른 심적 동요가 일어나는 것을 피하고 싶어서, 또 한편으로 질투심을 드러내기에는 자존심이

---

121) 셰익스피어의 『베로나의 두 신사』 5막 4장 79행.

너무 강해서 그는 말을 자제했다. 그 질투심은 동료 학자들에게 쏟아 내고도 완전히 고갈되지 않아 다른 방향으로 나아갈 것이 아직 남아 있었다. 어떤 질투심은 불쏘시개가 거의 없어도 활활 타오른다. 정념이라 부를 수 없는 그 질투심은 불안한 이기심의 탁하고 음습한 낙담 상태에서 자라난 해충이다.

"옷을 갈아입을 시간인 것 같소." 그는 시계를 보면서 덧붙였다. 그들은 일어섰고, 이후 두 사람은 그날 일어난 일에 대해 단 한 번도 언급하지 않았다.

그러나 도러시아는 그 사건을 생애의 마지막 날까지 생생히 기억했다. 우리가 우리 경험에서 소중한 기대가 무너져 버렸거나 새로운 동기가 생겨난 획기적인 사건을 생생히 기억하듯이. 이날 그녀는 자신의 감정에 대한 반응을 캐소본 씨에게 기대하는 것이 무모한 환상이었음을 알게 되었고, 그의 삶에는 그뿐 아니라 그녀에게도 대단히 큰 무언가를 요구하는 애처로운 의식이 있으리라는 예감에 눈뜨게 되었던 것이다.

우리 모두는 우매한 마음으로 태어나고, 세상을 우리의 지고한 자아에 젖을 먹여 줄 젖통으로 여긴다. 도러시아는 일찌감치 그 우매함에서 벗어나기 시작했다. 하지만 남편에게도 동등한 자아의 중심이 있으며 거기에서 나오는 빛과 그림자는 늘 어떤 차이가 있을 수밖에 없다는 사실을 머리가 아닌 감정으로 더욱 명확하게 — 물체의 견고함처럼 감각에 직접 작용하는 관념으로 — 인식하기보다는 자신이 어떻게 캐소본 씨에게 헌신하고 그의 힘과 지혜 속에서 현명하고 강해질지를 상상하는 편이 훨씬 더 쉬웠다.

22장

우리는 오래 이야기를 나눴고, 그녀는 소박하고 친절했지.
악을 모르기에 그녀는 오직 선을 행했을 뿐.
풍요로운 마음으로 내게 은혜를 베풀고
자기 마음을 쏟아 내며 열심히 귀를 기울이고도
내가 내 마음을 주었다는 생각을 감히 못 했지.
그렇게 그녀는 내 생명을 빼앗고도 그걸 알지 못했지.

— 알프레드 드 뮈세[122]

다음 날 정찬에서 윌 래디슬로는 쾌활하고 기분 좋게 대화를 이어 가면서 캐소본 씨에게 불만을 표출할 기회를 주지 않았다. 오히려 윌은 도러시아가 예전에 만났던 그 누구보다도 더 유쾌하게 남편을 대화에 끌어들이며 그의 말을 경청하는 것 같았다. 물론 팁턴 근방의 주민들에게 남의 말을 경청하는 재주 같은 것은 별로 없었다! 윌도 많은 이야기를 했지만 대화 중에 매끄럽게 끼어들어 전혀 중요하지 않은 말로 우연히 거드는 듯이 이야기했기에 마치 큰 종이 울린 다음에 조그맣게 울리는 명랑한 종소리처럼 들렸다. 윌이 늘 나무랄 데 없

---

122) Alfred de Musset(1810~1857). 프랑스의 낭만주의 시인으로 「행운아 (Une Bonne Fortune)」에 나오는 구절이다.

는 사람이 아니라면 적어도 그날만큼은 분명 그에게 좋은 날 가운데 하루였다. 그는 한가롭게 걸어 다니는 사람들만이 볼 수 있는, 로마의 빈민들 사이에서 일어나는 사건들을 경쾌하게 묘사했다. 또 유대주의와 가톨릭주의에 대한 미들턴[123]의 건전하지 못한 견해에 대해서 캐소본 씨의 말에 동의했고, 로마의 다양한 사물에서 느끼는 즐거움을 열렬하기도 하고 장난스럽게 묘사하면서 느긋하게 이야기를 이어 갔다. 그 다양한 것들을 끊임없이 비교하다 보면 마음이 유연해지고, 세계의 여러 시대를 긴밀한 관련 없이 칸막이로 나뉜 일련의 상자들처럼 보는 시각을 탈피하게 된다는 것이다. 캐소본 씨의 연구는 항상 너무나 광범위한 범주를 다루었으므로 아마 그런 돌연한 충격을 받은 적이 없겠지만, 그 자신은 로마에서 역사를 하나의 총체로 간주하는, 전적으로 새로운 인식을 얻게 되었다고 말했다. 역사적 파편들이 상상력을 자극하여 전체를 구성하게 만들었다는 것이다. 그러면서 그는 어쩌다 너무 빈번하지는 않게 도러시아의 동의를 구했고, 「폴리뇨의 성모」와 「라오콘」[124]에 대한 최종적 판단을 내릴 때도 그녀의 소감을 반드시 고려해야 하는 듯이 그녀의 의견을 묻고 그것에 대해 논의했다. 세상의 여론을 형성하는 데 기여한다는 느낌이 들면 대화를 나누는 것이 특히 유쾌하다. 캐소본 씨도 어린 아

---

123) 신학자이자 논쟁가인 코니어스 미들턴(Conyers Middleton, 1683~1750)으로 『천주교와 이교도의 정확한 일치를 보여 주는 로마에서의 서한』을 썼다.
124) 바티칸 박물관에 있는 라파엘의 그림과 헬레니즘 시대의 조각.

내에 대한 자부심이 없지 않았다. 그녀를 선택할 때 이미 알고 있었듯이 그녀는 대부분의 여자들보다 말을 잘했다.

이처럼 화기애애한 분위기가 이어졌으므로 캐소본 씨가 도서관에서의 고된 연구를 이틀간 중단했다가 얼마간 재개한 후에는 더 이상 로마에 머물 이유가 없을 거라고 말하자 윌은 용기를 내어 캐소본 부인에게 화실 한두 곳을 방문하지 않고 로마를 떠나서는 안 된다고 말했다. 캐소본 씨께서 부인과 동행하지 않으시겠어요? 그런 곳은 놓치면 안 됩니다. 아주 특별한 구경거리가 될 겁니다. 거대한 화석 위에 돋아난 작고 새로운 식물과 일군의 벌레들처럼 자라난 삶의 한 형태입니다. 저는 두 분을 모시고 가서 따분한 곳은 말고 실례 몇 곳을 보여드려도 기쁘겠어요.

캐소본 씨는 자신을 향한 도러시아의 진심 어린 눈길을 보며 그런 곳을 방문하고 싶은지 물을 수밖에 없었다. 이제 자신은 온종일 그녀의 뜻에 따를 수 있다고 말했다. 그래서 다음 날 아침에 윌이 와서 함께 마차를 타고 가기로 결정되었다.

윌은 토르발센[125]을 빼놓을 수 없었고, 살아 있는 그 명사에 대해서는 캐소본 씨도 질문을 던졌다. 하지만 시간이 한참 지나기 전에 친구 아돌프 나우만의 화실로 그들을 안내했고, 그를 그리스도교 회화의 중요한 혁신가 중 한 사람으로 소개했다. 그들은 가장 중요한 사건들을 비밀 종교 의식으로 간주

---

125) 베르텔 토르발센(Bertel Thorvaldsen, 1770~1844)은 덴마크 출신의 유명한 신고전주의 조각가다.

하는 숭고한 관념을 부활시켰을 뿐 아니라 확대했고, 이후 세대는 비밀 종교 의식의 관객이 되었으며, 모든 시대의 위대한 영혼들은 그 의식과 관련하여 사실상 동시대인이 되었다는 것이다. 윌은 자신이 얼마간 나우만에게 배웠다고 덧붙였다.

"저는 그 사람 밑에서 유화 작업을 해 왔어요." 윌이 말했다. "저는 모방을 싫어합니다. 뭔가 제 나름의 것을 끼워 넣어야 해요. 나우만은 교회의 개선차를 끄는 성인들을 그리고, 저는 정복당한 왕들을 전차에 묶어 몰아가는 말로의 탬벌레인[126]을 그렸어요. 저는 나우만처럼 교회에 대한 관심이 크지 않기 때문에 그가 지나친 의미를 부여한다고 종종 놀립니다만 이번에는 그를 능가할 폭넓은 의미를 담을 생각입니다. 전차에 올라타 마구에 묶인 역대 통치자들에게 채찍질을 해 대는 탬벌레인을 세계 물적 역사의 거대한 전진으로 간주하고 있거든요. 훌륭한 신화적 해석이라고 생각합니다." 이렇게 말하며 윌은 캐소본 씨를 바라보았다. 캐소본 씨는 이처럼 제멋대로 상징을 다루는 것을 무척 불편한 마음으로 받아들이면서 애매하게 고개를 끄덕였다.

"그렇게 많은 의미를 전달하려면 그림이 대단히 크겠군요." 도러시아가 말했다. "당신이 말씀하신 의미도 설명해 주셔야겠어요. 탬벌레인이 지진과 화산을 뜻하게 하실 생각인가요?"

"아, 네." 윌은 웃으며 말했다. "그리고 민족들의 이주와 숲의

126) 크리스토퍼 말로(Christopher Marlowe, 1564~1593)의 『탬벌레인 대제』 2부에 나오는 에피소드로 정복된 아시아 왕들이 몽골의 정복자가 탄 수레를 직접 바빌론까지 끌고 간다.

개간, 미국과 증기 기관, 그 밖에 상상할 수 있는 모든 것을 뜻합니다!"

"아주 난해한 상징이겠어요!" 도러시아는 남편을 향해 미소를 지으며 말했다. "그것을 해독하려면 온갖 지식이 필요하겠네요."

캐소본 씨는 눈을 깜박이며 윌을 넌지시 바라보았다. 자신이 조롱당하고 있다는 의혹이 일었지만 그 의혹에 도러시아를 포함시킬 수는 없었다.

그들이 도착했을 때 나우만은 열심히 그림을 그리고 있었는데 모델은 없었다. 그림들은 보기 좋게 진열되어 있고, 수수하면서 쾌활한 그의 모습은 비둘기색 작업복과 밤색 벨벳 모자로 돋보였다. 바로 그 시간에 아름답고 젊은 영국 숙녀를 기다린 듯이 모든 것이 운 좋게도 완벽하게 갖춰져 있었다.

그 화가는 이미 완성된 주제와 미완성 주제에 대해 당당한 영어로 간략히 설명했고, 도러시아뿐 아니라 캐소본 씨에게도 말을 많이 건네는 것 같았다. 윌은 간간이 열렬한 찬사를 끼워 넣고 친구의 작품이 지닌 탁월한 점을 언급했다. 도러시아는 소박한 시골을 배경으로 이해할 수 없이 덮개가 달린 왕좌에 앉아 있는 성모 마리아나 모형 건축물을 손에 든 성인들, 그들의 두개골에 우연히 쐐기처럼 박힌 칼의 의미를 새롭게 이해하게 되었다고 느꼈다. 괴기하게 보이던 것들이 이해할 수 있게 다가오고 자연스러운 의미를 띠기도 했다. 하지만 이 모든 것은 캐소본 씨가 흥미를 느끼지 않는 지식 분야임이 분명했다.

"저는 그림을 수수께끼처럼 해독해야 하는 것보다 아름답다고 느끼는 편이 더 좋아요. 하지만 아주 광범위한 의미를 담은 당신의 그림보다 이 그림들을 먼저 이해하도록 배워야겠군요." 도러시아가 윌에게 말했다.

"나우만 앞에서는 제 그림에 대해 말씀하지 마세요." 윌이 말했다. "그는 제 그림 모두가 서투른 실패작이라고 말할 겁니다. 그로서는 가장 심한 욕이지요."

"그게 사실인가요?" 도러시아는 순진한 눈을 나우만에게 돌렸고, 그는 약간 얼굴을 찡그리며 말했다.

"아, 윌은 그림에 대해 진지하게 생각하지 않습니다. 그가 가야 할 길은 순문학이지요. 그것은 아주 넓 — 으니까요."

나우만은 비꼬려고 단어를 잡아당기듯이 발음했다. 윌은 그것이 마음에 들지 않았지만 가까스로 웃어 주었다. 캐소본 씨는 화가의 독일식 억양에 약간 혐오감을 느꼈으나 그의 엄밀한 판단력을 약간 존중하게 되었다.

나우만이 윌을 잠시 구석으로 데려가 이야기를 나누며 큰 캔버스를 바라보다가 캐소본 씨를 보고 나서 다시 다가와 말을 건넸을 때도 존중심은 줄지 않았다.

"제 친구 래디슬로는 목사님께서 저를 용서해 주실 거라고 생각합니다. 여기 성 토마스 아퀴나스 그림을 위해 목사님의 두상을 스케치할 수 있다면 제게 매우 소중하리라고 말씀드려도 말입니다. 너무 외람된 부탁입니다만 제가 원하는 현실 속의 이상주의자를 볼 기회가 거의 없어서요."

"매우 놀라운 말이군요." 이렇게 말하는 캐소본 씨의 얼굴에 기쁜 빛이 감돌았다. "하지만 더없이 평범하다고 생각해 왔던 내 보잘것없는 얼굴이 그 천사 같은 박사의 특징을 표현하는 데 조금이라도 도움이 된다면 영광으로 여기겠소. 말하자면 시간이 오래 걸리지 않고, 여기서 지체하는 데 캐소본 부인이 개의치 않는다면 말이오."

도러시아에게 그보다 더 즐거운 일은 없었다. 캐소본 씨가 인간의 아들 중에서 가장 현명하고 가장 고귀한 인물이라고 선언하는 신비로운 목소리가 들린다면 모를까. 만일 그런 일이 일어났다면 그녀의 비틀거리던 믿음이 다시 확고해졌을 것이다.

나우만의 그림 도구들은 놀랍게도 완벽하게 준비되어 있었고, 즉시 대화와 더불어 스케치가 시작되었다. 도러시아는 앉아서 평온한 침묵에 빠져들었고, 앞서 얼마간 느꼈던 것보다 훨씬 더 행복한 기분을 만끽하고 있었다. 주위 사람들이 모두 훌륭해 보였다. 자신이 조금만 덜 무지했더라면 로마가 아름다움으로 충만해 보였을 테고 그 슬픔에 희망의 날개가 달렸을 거라고 생각했다. 그녀처럼 의심을 품을 줄 모르는 사람은 없었다. 어릴 때 그녀는 장수말벌에게 감사하는 마음이 있고 참새에게도 명예로운 감수성이 있으리라 믿었고, 그것들의 비열함이 명백히 드러났을 때 그에 걸맞게 분개했다.

교묘한 화가는 캐소본 씨에게 영국 정치에 관한 질문을 던지면서 긴 답변을 이끌어 냈고, 그동안 윌은 뒤에 있는 계단에 앉아서 모두를 바라보았다.

이내 나우만이 말했다. "이제 삼십 분간 중단했다가 다시 시작하면 좋을 텐데. 이리 와서 보게, 래디슬로. 지금까지는 완벽하다고 생각하네."

월은 맹세의 감탄사를 토하며 문장으로는 그 강렬한 찬탄을 표현할 수 없음을 드러냈고, 나우만은 가련하게 유감스러운 어조로 말했다.

"아, 조금만 더 할 수 있으면 좋으련만. 하지만 다른 약속이 있으시겠지요. 그런 부탁을 드릴 수야 없겠지요. 내일 다시 오셔 달라고도."

"아, 여기 있기로 해요!" 도러시아가 말했다. "오늘 우리는 그냥 돌아보는 것 외에는 다른 일정이 없어요, 그렇지 않아요?" 그녀는 간청하듯 캐소본 씨를 바라보며 덧붙였다. "두상을 가급적 훌륭하게 그리지 못하면 안타까울 거예요."

"이 일에서는 당신의 뜻을 따르겠소." 캐소본 씨는 예의 바르게 아량을 베풀듯이 말했다. "머릿속을 한가하게 빈둥거리도록 내버려 두었으니 머리 바깥도 그렇게 쓰이는 게 좋겠지."

"감사한 마음을 이루 다 말할 수 없군요. 정말로 기쁩니다!" 나우만은 이렇게 말하고 나서 월에게 독일어로 뭐라 말하더니 스케치의 여기저기를 가리키며 뭔가 고려하는 것 같았다. 그것을 내려놓고 나서는 손님들의 소일거리를 찾는 듯이 막연히 주위를 돌아보다가 캐소본 씨에게 몸을 돌리고 말했다.

"아름다운 신부님, 우아한 숙녀께서 제가 시간을 메우기 위해 부인을 간단히 스케치하도록 허락해 주실 용의가 혹시 있으실까요? 물론 보시다시피 저 그림에 들어갈 것은 아니고 그저 한 사람의 스케치입니다."

캐소본 씨는 고개를 끄덕이며 캐소본 부인이 그의 청을 들어주리라 생각했고, 도러시아는 곧바로 말했다. "어디에 앉을까요?"

나우만은 죄송하다는 말을 거듭 늘어놓으며 그녀를 세워 놓고는 자세를 조금 바꾸도록 허락해 달라고 요청했다. 그녀는 그런 경우에 흔히 필요하다고 여겨지는 가식적 태도나 웃음을 전혀 보이지 않고 그의 말을 따랐다. 화가가 말했다. "저는 부인을 산타클라라로 그리고 싶습니다. 그렇게 몸을 약간 숙이시고, 손을 뺨에 대시고, 그렇게, 저 의자를 바라보시면서, 네, 그렇게!"

월은 성녀의 발밑에 무릎을 꿇고 그녀의 옷에 입을 맞추고 싶은 욕구와 그녀의 팔을 잡아 자세를 수정하고 있는 나우만을 때려눕히고 싶은 충동으로 갈등을 느꼈다. 이는 뻔뻔스럽게 성스러움을 모독하는 것이었다. 그는 그녀를 데려온 것을 후회했다.

화가는 열심히 그렸다. 월은 냉정을 되찾고 캐소본 씨에게 다가가서 가급적 교묘히 그의 관심을 끌려고 했다. 하지만 결국 캐소본 부인이 피곤할 거라고 걱정하는 듯한 말에서 드러났듯이 신사에게 그 시간이 길고 지루하게 느껴진 것은 어쩔 수 없었다. 나우만은 암시를 알아차렸다.

"자, 목사님, 목사님께서 다시 호의를 베풀어 주신다면 부인을 놓아 드리겠습니다."

그래서 캐소본 씨는 조금 더 참을성을 발휘했다. 결국에는 한 번 더 모델이 되어 주어야 성 토마스 아퀴나스의 두상이 더욱 완벽해지리라는 것이 드러나자 이튿날에 해 주기로 허락했다. 다음 산타클라라도 한 번 이상 손을 보았다. 캐소본 씨는 작업의 결과에 불쾌감을 느끼지 않았으므로 성 토마스 아퀴나스가 교회의 박사들 사이에 앉아 더없이 심오한 토론을 이어 가고 주위에 앉은 관객이 다소 주의 깊게 경청하고 있는 그 그림을 구입하기로 결정했다. 그런 다음 산타클라라에 대한 이야기가 오갔을 때 나우만은 그림에 만족하지 못한다고 말했다. 양심적으로 말해서 훌륭한 그림으로 완성한다고 약속할 수 없다는 것이었다. 그래서 산타클라라의 구입은 조건부로 결정되었다.

　나는 그날 저녁 나우만이 캐소본 씨를 흉보며 늘어놓은 농담이나 도러시아의 매력에 감탄하며 토로한 열렬한 찬사에 대해서는 자세히 언급하지 않겠다. 그의 말에 윌이 동조하기는 했지만 차이가 있었다. 나우만이 도러시아의 아름다움에 대한 찬사를 자세히 늘어놓자 윌은 그의 주제넘은 말에 화가 치밀었다. 나우만이 선택한 흔해 빠진 단어들은 상스러웠다. 대체 무엇 때문에 입술에 대해 언급해야 하는가? 그녀는 다른 여자들에 대해 흔히 말하듯 그렇게 말할 여자가 아니었다. 윌은 자신이 무슨 생각을 하는지 정확히 알 수 없었지만 분노가 치밀기 시작했다. 약간 저항한 후 캐소본 부부를 화실에 데려오기로 동의했을 때 그는 그녀의 사랑스러움을, 아니 순전히 육신의 아름다움을 묘사하는 평범한 단어들은 그녀에게 쓸 수 없기에 오히려 그녀의 성스러움을 스케치할 기회를 나우만에게 줄 사람은 자기뿐이라는 자부심에 이끌렸다. (도러시아는 말할 것도 없고 팁턴과 그 근방 사람들은 그녀의 아름다움이 이렇게 높이 평가된다는 사실에 무척 놀랄 것이다. 그 지방에서 브룩 양은 그저 '괜찮은 아가씨'로 통했던 것이다.)

"제발 그런 이야기는 그만하게, 나우만. 캐소본 부인은 모델에 대해 평가하듯이 말할 수 있는 사람이 아니야." 윌이 말했다. 나우만은 그를 바라보았다.

"좋네! 그럼 아퀴나스에 대해서 이야기하지. 두상의 형태는 어쨌든 나쁘지 않았어. 장담컨대 그 위대한 학자는 초상화를 그리게 해 달라는 요청을 받아서 우쭐했을 거야. 허영심으로 보자면 이 근엄한 박사들 같은 사람은 없다니까! 내 예상대로야. 그녀의 초상화에 대해서는 자기 초상화보다 관심을 보이지 않더군."

"그는 지긋지긋하게 냉혈적이고 학자인 척하는 바보야." 윌은 노골적으로 분노를 드러내며 격렬하게 말했다. 자신이 캐소본 씨에게 신세를 지고 있다는 사실을 나우만은 모르지만 윌은 그것을 떠올리며 수표 한 장으로 다 갚을 수 있으면 좋겠다고 생각했다.

나우만은 어깨를 으쓱하고 말했다. "곧 떠난다니 다행이네. 그들이 자네의 좋은 성질을 망가뜨리고 있거든."

이제 윌은 도러시아가 혼자 있을 때 만날 방법을 생각해 내는 데 온 희망을 걸었다. 단지 그녀가 자신을 조금 더 각별히 주목해 주기를 바랐고, 자신이 그녀의 기억에 남아 있는 지금까지의 모습보다 더 특별한 사람으로 새겨지기를 바랐다. 솔직하고 열렬한 호감을 받는 것만으로는 다소 초조했다. 평상시 그녀의 감정이 그렇다는 것을 알았기 때문이었다. 멀리 손이 닿지 않는 옥좌에 앉은 여자에게 숭배를 바치는 것은 남자의 인생에서 중요한 부분을 차지하지만, 대개의 경우 숭배자는 여왕에게 인정받기를 갈망한다. 자기 영혼의 여왕이 높은 자리에서 내려오지 않으면서도 기운을 북돋워 줄 어떤 승인의 신호를 보내 주기를 바란다. 윌이 원한 것은 바로 그것이었다. 그러나 그의 상상의 욕구에는 모순된 점이 많았다. 도러시아가 아내다운 염려와 간청의 눈빛으로 캐소본 씨를 바라보는 것을 보면 아름다웠다. 그처럼 의무에 충실하지 않았더라면 그녀의 후광은 빛을 약간 잃었을 것이다. 하지만 다음 순간에 남편이 그 감로주를 모래처럼 깔깔하게 흡수하는 것을 보면 너무나 참기 어려웠다. 캐소본에 관한 해로운 말을 하고 싶은 욕구는 그것을 억제해야 할 더없이 강력한 이유를 느꼈기 때문에 더욱더 고통스러웠다.

윌은 이튿날 정찬에 초대받지 않았다. 그래서 스스로 방문해야 한다고 자신을 설득했고, 가장 적합한 시간은 캐소본 씨가 집에 없을 한낮일 거라고 생각했다.

도러시아는 전에 윌을 맞아들였을 때 남편이 불쾌해했다는 것을 알지 못했기에 전혀 망설이지 않고 그를 맞았다. 작별 인사를 하러 왔기에 더욱 그러했다. 그가 들어섰을 때 그녀는 실리아에게 선물할 카메오를 보고 있었다. 그녀는 그의 방문이 지극히 당연한 듯이 인사를 건넸고, 카메오 팔찌를 손에 들고는 즉시 말을 꺼냈다.

"와 주셔서 무척 기뻐요. 어쩌면 카메오에 대해 잘 아실 테니 정말 좋은 것들인지 알려 주시겠지요. 이걸 고를 때 당신과 함께 가기를 바랐어요. 그런데 캐소본 씨가 반대하셨어요. 시간이 없다고 하셨죠. 남편은 내일 연구를 끝낼 거예요. 그러면 우리는 삼 일 내로 떠날 테고요. 이 카메오 때문에 좀 걱정이 되었어요. 앉아서 이걸 봐 주세요."

"특히 잘 아는 것은 아닙니다만 이 작고 기품 있는 장신구에 대해서는 잘못 판단할 여지가 없겠어요. 모양이 정교하고 색깔도 섬세하군요. 부인에게 잘 어울릴 겁니다."

"아, 동생에게 선물할 거예요. 그 애는 피부색이 전혀 달라요. 로윅에서 저와 함께 있던 동생을 보셨지요. 금발인 데다 무척 예뻐요. 적어도 그렇게 생각해요. 우리는 예전에 이렇게 오랫동안 떨어져 지낸 적이 없어요. 그 애는 정말이지 귀엽고, 여태까지 한 번도 제멋대로 굴었던 적이 없지요. 여기 오기 전에 그 애가 카메오를 받고 싶어 하는 것을 알았어요. 이것이 그런 장신구에 걸맞게 좋은 품질이 아니면 유감스러울 거예요." 도러시아는 말을 마치고 미소를 덧붙였다.

"부인께서는 카메오를 좋아하지 않는 것 같군요." 좀 떨어진 곳에 앉으면서 윌은 상자를 닫는 그녀를 관찰하며 말했다.

"네, 솔직히 말해서 이런 것들이 삶의 큰 목적이라고는 생각하지 않아요." 도러시아가 말했다.

"유감스럽게도 부인께서는 예술 전반에 대해 불신하시는 모양입니다. 어째서 그러시지요? 주위의 아름다움에 아주 민감하실 것 같은데요."

"저는 많은 것에 둔감한 것 같아요." 도러시아가 소박하게 대답했다. "제가 바라는 것은 인생을 아름답게 만드는 거예요. 모든 사람의 인생을 말이지요. 그런데 어쩐지 예술은 인생의 바깥에 있고 세상을 위해 삶을 더 낫게 만드는 것 같지도 않은데 엄청난 비용이 들어가는 것을 생각하면 괴로워요. 사람들 대부분이 예술에서 차단되어 있다는 생각을 하면 그것을 누리는 즐거움이 깨지고 말지요."

"저는 그것을 광적인 공감이라고 생각합니다." 윌이 충동적으로 말했다. "풍경이나 시, 온갖 정교한 아름다움에 대해서도 똑같이 말씀하실 수 있겠지요. 만일 부인이 그 공감을 실천하시려면 자신의 선량한 마음으로 비참해져야 하고 다른 사람들보다 이득을 누리지 않도록 불행해져야겠지요. 최고의 경건함은 즐기는 것입니다. 할 수 있을 때 말이지요. 그러면 이 지구가 즐거운 행성이라는 평가를 얻도록 최선을 다하는 게 되겠지요. 그리고 즐거움은 빛을 발산합니다. 온 세상을 돌보려고 노력해 봐야 부질없는 일이에요. 부인께서 미술에서건 다른 것에서건 즐거움을 느낄 때 세상은 보살핌을 받으니까요. 세상의 모든 젊은이를 비참한 상황에 대해 울부짖고 도덕적으로 설교하는 비극적 합창단으로 만들고 싶으세요? 부인께서는 고통의 미덕에 대해 잘못된 믿음을 가졌고, 부인의 삶을 순교로 만들고 싶어 한다는 생각이 드는군요." 윌은 의도보다 멀리 나아갔기에 말을 멈추었다. 그러나 도러시아는 그와 같은 방향으로 생각이 나아가지 않아서 특별한 감정을 담지 않고 대답했다.

"정말이지 저를 잘못 알고 계세요. 저는 슬픔에 젖어 우울하게 지내는 사람이 아니에요. 오랫동안 불행하게 느낀 적도 없었고요. 저는 화를 잘 내고 제멋대로 굴어요. 실리아와 다르지요. 맹렬히 화를 내기도 하지만 그러고 나면 모든 것이 다시 찬란하게 보여요. 찬란한 것을 맹목적으로 믿지 않을 수 없어요. 여기 예술품들을 기꺼이 즐기고 싶지만 여기 있는 많은 것은 그 이유는 모르지만 아름다움보다 추함을 신성시하는 것 같아요. 회화와 조각들이 경이롭기는 하지만 종종 비열하고 야만적이고 때로 우스꽝스러운 감정을 드러내기도 하고요. 여기저기에서 당장 고귀하게 보이는 것이 눈에 띄기는 해요. 알반산이나 핀초 언덕의 일몰과 비교할 만한 것들이요. 하지만 그렇기 때문에 인간이 그토록 큰 노고를 들여서 만든 저 많은 것 중에서 최고의 작품은 너무 적다는 사실이 더욱 안타깝게 느껴져요."

"물론 형편없는 작품은 언제나 많습니다. 희귀한 것이 자라려면 그런 토양이 필요하지요."

"정말이지……." 도러시아는 그 생각을 큰 걱정거리와 연결하면서 말했다. "무슨 일이든 훌륭하게 해내기가 대단히 어렵다는 것을 알았어요. 로마에 온 후 우리 삶을 그려서 벽에 걸어 놓으면 대개의 그림들보다 훨씬 더 추하고 어설프게 보일 거라는 느낌이 종종 들었어요."

"부인은 너무 젊습니다. 그런 생각은 부인의 나이에 어울리지 않아요." 윌은 습관적으로 머리를 재빨리 흔들며 힘주어 말했다. "부인은 젊음을 느껴 보지 못한 사람처럼 말하고 계세요. 소름 끼치는 일입니다. 어린 시절에 지옥의 환영을 본 전설 속 소년[127]처럼 말이죠. 부인은 미노타우로스[128]처럼 가장 예쁜 여자들을 골라 삼켜 버리는 끔찍한 관념들 속에서 성장했어요. 그런데 이제 돌로 쌓은 로윅의 감옥에 돌아가 갇히겠지요. 산 채로 매장될 거예요. 그걸 생각하면 몹시 화가 납니다! 부인에게 다가올 그런 미래를 생각하느니 차라리 부인을 보지 않았더라면 좋았을 거예요."

월은 또다시 말이 너무 지나쳤다고 느꼈다. 하지만 우리가 말에 부여하는 의미는 우리 감정에 달려 있다. 화를 내면서도 안타까워하는 그의 어조에 도러시아를 위한 다정다감한 마음이 듬뿍 담겼기에 늘 열정을 발산하기만 했지 주위의 살아 있는 사람들에게서 그런 열정을 받아 본 적이 없던 도러시아는 새삼 고마운 마음으로 부드럽게 미소를 지으며 말했다.

"저에 대해 염려해 주시다니 참 친절하세요. 그건 당신이 로윅을 좋아하지 않기 때문이에요. 당신은 다른 삶을 살기로 결정하셨으니까요. 하지만 로윅은 제가 선택한 집이에요."

마지막 문장은 거의 엄숙하게 들렸고, 월은 뭐라 대답해야 할지 알 수 없었다. 그녀의 슬리퍼를 끌어안고 그녀를 위해 죽겠다고 말한들 무슨 소용이 있으랴. 그녀가 그런 것을 원하지 않는다는 것은 분명했다. 그들은 둘 다 입을 다물었고, 잠시 후 도러시아는 전부터 마음속에 있던 말을 마침내 꺼내듯 입

---

127) 9세기에 스칸디나비아에서 선교한 안스가는 다섯 살의 나이에 죽은 어머니의 환영을 보았다.
128) 그리스 신화에 나오는 미노타우로스는 크레타의 미궁에 갇혀서 인간의 육체를 먹은 가공의 괴물이다.

을 열었다.

"전에 말씀하신 것에 대해 다시 묻고 싶었어요. 아마도 얼마쯤은 당신이 생생하게 표현하셨기 때문일 거예요. 당신이 강렬한 표현을 좋아하신다는 것을 알았어요. 저도 성급하게 말할 때는 종종 과장하곤 해요."

"무슨 말이었나요?" 윌은 그녀에게서 처음 보는 소심한 기색을 알아차리고 물었다. "제 혀는 과장을 잘합니다. 말을 하다 보면 불붙은 듯이 흥분하기도 하고요. 전에 한 말을 틀림없이 철회해야 할 겁니다."

"캐소본 씨가 몰두하고 있는 주제를 연구하려면 독일어를 알아야 한다고 하신 말씀 말이에요. 그것에 대해서 생각해 보았어요. 캐소본 씨처럼 학식이 풍부한 분이라면 틀림없이 독일 학자들과 동일한 자료를 갖고 계실 것 같아요. 그렇지 않을까요?" 도러시아는 캐소본 씨의 학식이 적합한 것인지를 제삼자에게 물어보는 이 상황이 기묘하다는 막연한 느낌으로 소심하게 말했다.

"엄밀하게 동일한 자료는 아닙니다." 윌은 말을 잘 가려 해야 한다고 생각했다. "아시다시피 캐소본 씨는 동양학자가 아니니까요. 그 부분에서는 간접적인 지식 이상으로 많이 알고 계신다고 공언하시지 않습니다."

"하지만 과거의 학자들은 현대에 출간된 저서들을 전혀 모르면서도 고대에 관해 귀중한 책을 많이 저술했어요. 그 저서들은 지금도 읽히고요. 왜 캐소본 씨의 저서가 그들의 저서처럼 가치 있는 것이 될 수 없나요?" 도러시아는 더욱 항의하듯이 힘주어 말하면서 마음속으로 벌였던 논쟁을 드러냈다.

"그것은 선택된 연구의 방향에 따라 다릅니다." 윌도 반박하는 어조를 띠면서 말했다. "캐소본 씨가 선택한 주제는 화학처럼 변하고 있습니다. 새로운 것들이 발견되면서 끊임없이 새로운 관점들이 생겨나지요. 4대 원소에 기초한 체계라든가 파라셀수스[129]를 논박하는 책을 누가 원하겠습니까? 잡동사니들이 잔뜩 쌓인 방에서 구스와 미스라임에 관한 폐기된 이론들을 갈고닦고 지난 세기의 브라이언트[130] 같은 인물들을 쫓아가서 그들의 오류를 수정하는 일이 지금은 아무 소용도 없다는 것을 모르시겠어요?"

"어찌 그리 가볍게 말할 수 있어요?" 도러시아의 얼굴에 슬픔과 분노가 뒤섞인 표정이 떠올랐다. "만일 지금 말씀하신 대로라면 그렇게 열성적으로 바친 노력이 전부 헛수고가 되는 것보다 더 슬픈 일이 어디 있겠어요? 캐소본 씨처럼 선량하고 힘과 학식을 겸비한 분이 전성기의 노고를 바친 연구가 어떻든 실패할 거라고 진심으로 생각하신다면 그것을 더 괴롭게 여기지 않는 것이 이상하군요." 그녀는 자신이 그렇게까지 생각하게 되었다는 데 충격을 받았고, 그런 생각을 하도록 이끌

---

129) 독일 의사이자 화학과 연금술의 전문가였던 테오프라스투스 봄바스투스 폰 호엔하임(Theophrastus Bombastus von Hohenheim, 1493~1541)의 가명이다.

130) 제이콥 브라이언트(Jacob Bryant, 1715~1804)는 『새로운 체계 혹은 고대 신화의 분석』에서 함의 후손을 거슬러 올라가며 모든 신화를 추적한다. 함의 두 아들이 구스와 미스라임이다. 「창세기」 10장 6절 참고.

어 간 윌에게 화가 났다.

"부인은 제 감정에 대해서가 아니라 사실에 대해 질문하셨습니다." 윌이 대답했다. "하지만 그 사실에 대해 저를 벌주고 싶으시다면 기꺼이 감수하겠습니다. 저는 캐소본 씨에 대한 감정을 표현할 입장이 아닙니다. 기껏해야 원조를 받는 사람으로서 보내는 찬사일 테니까요."

"용서해 주세요." 도러시아는 얼굴을 붉히며 말했다. "당신 말씀대로 그 문제를 꺼낸 제가 잘못이라는 것을 알고 있어요. 전부 다 제 잘못이에요. 인고의 긴 세월을 보낸 후에 실패하더라도 실패라 불릴 만큼 전력을 기울이지 않은 것보다는 훨씬 더 고귀한 일이죠."

"전적으로 동감입니다." 윌은 화제를 바꾸려고 작정했다. "그래서 저는 실패에 이르지도 못할 위험은 무릅쓰지 않기로 마음먹었어요. 캐소본 씨의 관대한 처사가 제게 어쩌면 위험한 것이었을지 모르겠어요. 그래서 그분 덕분에 얻었던 자유를 포기할 생각입니다. 조만간 영국으로 돌아가서 제 나름의 길을 개척하려고 해요. 저 자신 외에는 누구에게도 의존하지 않고 말이지요."

"훌륭한 생각이에요. 그런 감정을 존중합니다." 도러시아는 다시 친절하게 말했다. "하지만 캐소본 씨는 그 문제에서 오로지 당신의 삶에 가장 유익할 것을 고려하셨으리라고 믿어요."

'이제 그와 결혼한 몸이니 사랑 대신 고집과 자존심으로 버텨야겠지.' 윌은 속으로 생각하고 일어서면서 말했다.

"부인을 다시는 뵙지 못할 거예요."

"아, 캐소본 씨가 돌아오실 때까지 기다려 주세요." 도러시아가 진심으로 말했다. "로마에서 만나게 되어 무척 기뻤어요. 당신을 알고 싶었거든요."

"그런데 부인을 불쾌하게 했군요." 윌이 말했다. "저에 대해 나쁘게 생각하시도록 만들었어요."

"아니, 그렇지 않아요! 제 동생은 제가 마음에 들지 않는 말을 하는 사람들에게 늘 화를 낸다고 그래요. 하지만 저는 그 사람들을 나쁘게 생각하지 않았기를 바라요. 그렇게 성급하게 굴기 때문에 결국에는 대개 스스로를 나쁘게 생각할 수밖에 없거든요."

"하지만 저를 좋아하지 않으시지요. 저를 불쾌한 사람으로 생각하게 되었고요."

"천만에요." 도러시아가 더없이 솔직하고 다정하게 말했다. "저는 당신을 무척 좋아해요."

윌은 아주 흡족한 기분이 아니었다. 미움을 받았더라면 분명 더 중요한 사람으로 여겨졌을 것 같았다. 그는 입을 다물었다. 화가 나지는 않았어도 활기가 없는 표정이었다.

"그리고 당신이 무엇을 하실지 큰 관심을 갖고 있어요." 도러시아는 경쾌하게 말을 이었다. "사람마다 타고난 소명이 다르다고 진심으로 믿고 있거든요. 그런 믿음이 없으면 아주 편협한 사람이겠지요. 저는 그림 외에도 아주 많은 것에 대해 무지해요. 당신이 무척이나 많이 아는 음악과 문학에 대해 제가 얼마나 무지한지 믿지 못하실 거예요. 당신의 소명이 결국 무엇일지 궁금해요. 시인이 되실 수도 있겠지요?"

"그건 상황에 달렸겠지요. 시인이 되려면 어떤 미묘한 속성도 놓치지 않을 정도로 민감하게 식별하는 영혼이 있어야 합니다. 영혼이 대단히 민감하게 느끼기 때문에 그 식별이란 섬세하게 조율된 다양한 기교로 감정의 현을 연주하는 손과 같겠지요. 지식은 곧바로 감정으로 흘러 들어 가고 감정은 새로운 지식 기관으로서 되비쳐 줍니다. 그런 상태는 어쩌다가 경험할 수 있을 뿐이지요."

"그런데 시를 빼놓으셨군요." 도러시아가 말했다. "시인이 완성되려면 시가 있어야겠지요. 지식이 감정으로 흘러든다는 말은 무슨 뜻인지 알겠어요. 제가 경험하는 바가 바로 그런 것 같으니까요. 하지만 저는 절대로 시를 지을 수 없었어요."

"부인 자신이 바로 시입니다. 시는 시인의 최고 부분이고 — 최고의 상태에서 시인의 의식을 이루는 것이지요." 이렇게 말하면서 윌은 우리 모두 아침나절에, 봄철에, 그리고 끝없이 되풀이되는 소생의 시기에 공유하는 독창성을 드러냈다.

"그 말씀을 들으니 무척 기뻐요." 도러시아는 웃으며 새의 노랫소리처럼 말했고, 장난기 어린 고마운 눈빛으로 말을 이었다. "정말로 친절한 말씀이세요!"

"부인께서 친절하다고 여기는 일은 무엇이든 할 수 있으면 좋겠어요. 부인께 조금이라도 도움이 될 수 있기를 바랍니다. 유감스럽게도 그럴 기회가 절대 없을 것 같군요." 윌은 열렬히 말했다.

"아, 아니에요!" 도러시아가 진심으로 대답했다. "그럴 기회가 올 거예요. 그리고 저는 당신이 제 행복을 빌어 준 것을 기억할 거예요. 당신을 처음 보았을 때 캐소본 씨와 당신의 관계 때문에 당신과 친구가 되기를 바랐어요." 그녀의 눈에 반짝이는 물기가 어렸고, 윌은 자기 눈에도 자연의 법칙에 따라서 눈물이 고이고 있음을 의식했다. 그 순간 세상 물정을 모르고 의심을 품을 줄 모르는 그녀의 고결한 성품이 지닌 억제력, 그 감미로운 기품을 망쳐 놓을 만한 것이 있다면 바로 캐소본 씨에 대한 암시였을 것이다.

"지금도 한 가지 친절을 베푸실 수 있어요." 도러시아는 자리에서 일어나 되살아나는 충동에 휩싸여 약간 떨어진 곳으로 걸음을 옮기며 말했다. "다시는, 누구에게도, 그 주제에 대해, 제 말은, 캐소본 씨의 저서에 대해, 그러니까 그런 식으로 말씀하지 않겠다고 약속해 주세요. 그 이야기를 끌어낸 것은 저였으니까요. 제 잘못이었어요. 하지만 약속해 주세요."

그녀는 잠시 서성이다 돌아와서는 윌의 맞은편에 서서 울적하게 바라보았다.

"물론 약속합니다." 윌은 이렇게 말했지만 얼굴이 붉어졌다. 캐소본 씨에 대해 다시는 신랄하게 비판하지 않고 또 더 이상 원조를 받지 않는다면 그를 더 미워하더라도 괜찮을 것이다. 시인은 미워하는 법을 알아야 한다고 괴테가 말했다. 윌은 적어도 그 방법을 익힐 용의가 있었다. 그는 캐소본 씨를 기다리지 않고 돌아가겠다고 말했다. 그들이 떠나기 직전에 작별 인사를 하러 다시 들를 생각이었다. 도러시아는 그에게 손을 내밀었고, 그들은 그저 "안녕히."라고 말하며 인사를 나누었다.

그러나 마찻길에 나서자마자 그는 캐소본 씨와 마주쳤다.

그 신사는 윌에게 행운을 바란다는 인사말로 이튿날 다시 작별 인사를 나누는 즐거움을 예의 바르게 차단해 버렸다. 다음 날은 출발 준비로 무척 번잡할 것이다.

"우리 일가인 래디슬로 씨에 대해 할 이야기가 있어요. 당신이 그에 대해 더 좋게 생각하실 거예요." 도러시아는 그날 저녁 남편에게 말했다. 남편이 들어왔을 때 윌이 방금 나갔으며 다시 들를 거라고 말했는데 남편은 "밖에서 그를 만났소. 마지막 작별 인사를 나누었다고 믿소."라고 대답했다. 그 말의 분위기와 어조는 사적이든 공적이든 어떤 주제에 대해서도 더 이상 언급할 흥미를 느끼지 않는다는 의미를 담고 있었다. 그래서 도러시아는 기다렸다.

"무슨 이야기요, 여보?" 캐소본 씨가 말했다. (그는 가장 냉랭한 태도를 보일 때 늘 "여보."라고 불렀다.)

"래디슬로 씨가 이제는 방랑을 그만두고 당신의 너그러운 처사에 의존하는 것도 그만두겠다고 결심했대요. 곧 영국으로 돌아가서 자기 길을 개척할 생각이래요. 당신이 그것을 좋은 징조로 여길 거라고 생각했어요." 도러시아는 호소하는 표정으로 남편의 무관심한 얼굴을 들여다보며 말했다.

"그가 정확히 어떤 종류의 일에 몰두할 생각인지 말했소?"

"아뇨. 하지만 당신의 관대함에서 자신이 처한 위험을 느꼈다고 했어요. 물론 그 문제에 대해 당신에게 편지를 보내겠지요. 그런 결심을 했으니 그를 더 낫게 생각하지 않으세요?"

"그것에 대한 편지를 기다리겠소." 캐소본 씨가 말했다.

"저는 당신이 그를 위해 해 주신 모든 일이 그의 행복한 삶을 위한 것이라 믿는다고 말했어요. 그를 로윅에서 처음 보았을 때 그에 대해 하신 말씀에서 당신의 선량한 마음을 기억하고 있거든요." 도러시아가 남편의 손에 손을 얹으며 말했다.

"나는 그에 대한 의무가 있었소." 캐소본 씨는 그녀의 애무를 세심하게 받아들여 도러시아의 손에 손을 얹었지만 불편함을 숨길 수 없는 시선이었다. "솔직히 그것만 아니면 그 젊은이는 내 관심 대상이 아니오. 또 우리가 그의 장래에 대해 의논할 필요도 없다고 생각하오. 내가 이미 충분히 내비친 정도 이상으로 그의 장래를 결정하는 것은 우리 일이 아니오."

도러시아는 윌에 대해 두 번 다시 언급하지 않았다.

3부

죽음을 기다리며

23장

"태양을 끄는 당신의 말들과 최고의 채찍,
그것들이 무엇이든 간에, 아폴로!
나는 무위도식하겠지만
그것들을 때려눕힐 거요."
그가 말했다.

이미 보았듯이 프레드 빈시는 빚이 마음에 걸렸다. 그런 무형의 부담이 낙천적인 젊은이를 몇 시간이나 계속 짓누를 수는 없었지만 이 빚과 관련된 정황 때문에 그 생각은 유달리 끈질기게 머릿속을 떠나지 않았다. 돈을 빌려준 사람은 이웃의 말 장수인 뱀브리지 씨였는데 미들마치에서 "도락에 빠졌다."라고 소문난 청년들이 어울리고 싶어 하는 사람이었다. 프레드가 수중의 돈으로 얻을 수 있는 것보다 더 큰 재미를 보고 싶어 한 것은 당연했다. 뱀브리지 씨는 그의 편의를 봐주었으니 프레드가 말을 빌리고 훌륭한 사냥용 말을 우연히 불구로 만들어 놓는 바람에 들어간 비용에 대해서도 신용 대부를 해 주었을 뿐 아니라 당구 게임에서 잃은 돈을 대신 치러 주었다. 빚은 전부 160파운드였다. 뱀브리지는 젊은 빈시에게 후

원자가 있다고 믿었으므로 돈에 대해 전혀 걱정하지 않았다. 하지만 그가 상환을 명시하는 문서를 요구했기 때문에 프레드는 처음에 직접 서명한 어음을 주었고, 석 달 후에는 케일럽 가스의 서명을 덧붙여서 다시 주었다. 큰 여윳돈이 생길 거라는 희망찬 기대를 품어서 프레드는 두 번 다 어음을 갚을 수 있다고 확신했다. 여러분은 그의 자신감이 객관적 사실에 입각해야 한다고 다그치지 않을 것이다. 우리 모두 알다시피 그런 자신감이란 덜 상스럽고 덜 물질적이니 말이다. 그런 느긋한 성향을 지녔을 때 우리는 지혜로운 신의 은총이나 친지들의 어리석음, 신비로운 행운, 혹은 더욱 신비롭게도 우주에서 우리가 차지하는 높은 위상 덕분에 기분 좋은 이득이 생길 거라고 기대한다. 그 이득은 우리의 고상한 의상 취향과도 일치하고, 최고 스타일을 선호하는 우리의 전반적인 기호와도 일치한다. 프레드는 이모부에게서 선물을 받을 테고, 행운이 지속될 것이며, '교환'을 통해 40파운드짜리 말을 차차 바꿔 가면서 언제든 100파운드를 받을 수 있는 말을 확보하게 될 거라고 — '판단력'의 가치는 늘 불특정 액수의 현금과 동등하므로 — 확신했다. 그리고 자신이 어떤 경우에 처하더라도, 심지어 병적인 불신만이 상상할 수 있는 정반대 상황을 가정하더라도 언제나 (당시에는) 부친의 호주머니라는 마지막 수단에 의존할 수 있었기에 희망이라는 그의 자산은 풍부히 넘쳐흘렀다. 부친의 호주머니 용량이 과연 얼마나 되는지에 대한 프레드의 생각은 막연하기 짝이 없었다. 장사라는 것은 원래 들쑥날쑥하지 않은가? 한 해의 부족분은 다음 해의 잉여로 채워지기 마련 아닌가? 빈시 가족은 새로운 허세를 부리는 일은 없어도 그 나름의 습관과 습성에 따라 안락하고 풍족한 생활을 해 왔으므로 자녀들은 경제에 대한 관념이 없었다. 성장한 자식들은 부친이 마음만 내키면 무엇에든 돈을 지불하리라는 유아적 생각을 갖고 있었다. 빈시 씨는 미들마치의 풍습대로 넉넉하게 소비하는 습관이 있어서 사냥과 포도주, 정찬에 돈을 썼고, 반면 부인은 상인들과 외상 거래를 해서 지불을 전혀 고려하지 않고 원하는 것을 모두 풍족하게 사들일 수 있다는 인상을 주었다. 하지만 아버지들은 소비에 관해서 자식들을 들볶으려는 고질적인 속성이 있다는 것을 프레드는 알고 있었다. 빚을 졌다고 고백하면 언제나 무절제한 낭비에 대한 거센 천둥이 몰아쳤고, 프레드는 집안에서 일어나는 그런 고약한 비바람을 싫어했다. 하지만 자식의 도리를 알았기에 부친에게 불손하게 굴지 않았고, 그 천둥이 곧 지나갈 거라고 믿으며 견뎠다. 그러나 그동안 어머니가 우는 모습을 보아야 했고, 또 불쾌하게도 즐거운 시간을 보내지 못하고 인상을 찌푸리고 있어야 했다. 워낙 성격이 좋았기에 프레드가 야단을 맞고 침울하게 보였다면 그것은 주로 예의를 차리기 위함이었다. 이제 더 쉬운 방법은 어음을 친지의 서명으로 갱신하는 것이었다. 그러지 못할 이유가 있을까? 그에게는 희망찬 확신이 넘쳐흘렀으므로 다른 사람의 책임을 어느 정도로든 늘리지 않을 이유가 없었다. 다만 어떤 일에서든 평판이 좋은 사람들은 대체로 비관적이라서 세상사의 보편적 이치가 젊고 유쾌한 신사에게 반드시 유쾌하지는 않으리라고 생각한다는 사실이 문제였다.

우리는 뭔가 부탁할 일이 있을 때 친구들을 떠올리고, 그들의 사랑스러운 자질을 공정하게 평가하고, 불쾌했던 사소한 일들을 용서하면서 한 사람씩 차례로 생각해 보고는 기꺼이 신세를 지려는 우리 마음이 다른 따뜻한 감정들처럼 잘 전달될 터이므로 어떤 친구가 우리의 청을 기꺼이 들어주리라는 결론을 내리려 애쓴다. 그렇지만 미적지근한 마음을 가진 친구가 늘 상당수 있기 마련이고, 그런 친구들은 다른 이들이 모두 거절할 때까지 고려 대상에서 제외된다. 이렇게 프레드는 부탁하기 불쾌할 거라는 이유에서 친구들을 제외하다 보니 한 사람만 남게 되었다. 적어도 자신은 (인류 전반에 대해서는 뭐라고 주장하든 간에) 불쾌한 일을 하지 않도록 면제될 권리가 있다고 속으로 믿었으니까. 혹시라도 자주 빨아서 줄어든 바지를 입는다든지, 차가운 양고기를 먹는다든지, 타고 다닐 말이 없어서 걸어 다닌다든지, 혹은 어떤 식으로든 '고개를 숙여 피한다든지' 하는 등의 극히 불쾌한 상황에 처하는 것은 자연이 그에게 심어 준 명랑한 직감과 도저히 양립할 수 없는 터무니없는 일이었다. 그리고 프레드는 하찮은 빚 때문에 돈을 빌린다고 경멸을 받으리라는 생각에서 움츠러들었다. 그리하여 그가 부탁할 사람으로 선택한 친구는 가장 가난하고 가장 친절한 사람, 즉 케일럽 가스가 되었다.

가스네 식구들은 프레드를 무척 좋아했고, 마찬가지로 그도 그들을 좋아했다. 프레드와 로저먼드가 어릴 때는 가스 집안의 형편이 더 나았다. 두 집안은 페더스톤 씨의 (처음에는 가

스 씨의 누이와, 두 번째는 빈시 부인의 언니와) 혼인으로 인척이
되어 교류하게 되었고, 부모들보다는 아이들 사이에서 그 관
계가 지속되었다. 아이들은 소꿉놀이 찻잔으로 함께 차를 마
시고 종일 함께 놀았다. 메리는 작은 말괄량이였고, 프레드는
여섯 살의 나이에 메리를 세상에서 가장 좋은 여자라고 생각
했으며, 우산대를 잘라 만든 놋쇠 반지를 주고 메리를 아내로
삼았다. 교육을 받으며 성장하는 동안에도 프레드는 가스네
가족에 대한 애정을 간직해 왔고, 그 집안과 자기 부모의 교류
는 오래전에 끝났지만 그 집을 자기 집처럼 드나들곤 했다. 빈
시 집안은 케일럽 가스가 부유했을 때도 그 집안에 대해 우월
감을 느꼈다. 미들마치의 계층은 그처럼 세밀하게 나뉘어 있
었다. 제조업에 오래 종사한 사람들은 공작처럼 지위가 동등
한 사람들하고만 교류하지는 못하더라도 논리적으로 설명하
기 어렵지만 실제로는 매우 미묘하게 규정된 자기들 나름의
독특한 사회적 우월감을 느끼고 있었다. 그 후에 가스 씨는
건축업에서 실패했다. 그는 측량사, 감정사, 토지 관리인으로
일하면서 불운하게도 건축업에 손을 댔는데 한동안 오로지
파산 관재인들을 위해 일했고, 근근이 생활하면서 최대한의
노력을 기울여 마지막 한 푼까지도 빚을 모두 갚으려 했다. 이
제는 빚을 다 갚았고, 이런 일을 나쁜 선례라고 생각하지 않
는 사람들에게 그의 명예로운 노력은 마땅히 존중심을 불러일
으켰다. 그러나 중산층 가족이 적절한 가구와 완벽한 정찬 식
기를 갖추지 못한 집안을 존중심 때문에 방문하는 일은 세상
어디에도 없다. 빈시 부인은 가스 부인을 만날 때 조금도 편안

하지 않았고, 그 부인은 빵을 벌어먹어야 하는 여자라고 종종 말하면서 가스 부인이 결혼 전에 교사였다는 사실을 암시하곤 했다. 교사가 린들리 머리와 맹널의 문제[131]를 잘 아는 것은 포목상이 옥양목의 상표를 구별할 줄 알거나 여행 안내인이 외국에 대해서 잘 아는 것과 마찬가지다. 유복한 여자들은 그런 것을 알 필요가 없다. 그리고 메리가 페더스톤 씨의 집안 살림을 맡게 된 후 가스 가족을 좋아하지 않았던 빈시 부인은 프레드가 "그처럼 비천하게 살아가는" 부모를 둔 이 못생긴 아가씨와 약혼할지 모른다는 걱정 때문에 더 강한 반감을 갖게 되었다. 프레드는 이런 사정을 알고 있었으므로 가스 부인의 집을 찾아가곤 한다는 사실을 집에서는 언급하지 않았다. 최근에 메리에 대한 애정이 점점 강렬해지면서 그녀의 가족에게 더 마음이 기울어서 더 빈번히 그 집을 방문했다.

가스 씨는 시내에 작은 사무실이 있었고, 프레드는 보증을 서 달라고 부탁하러 이 사무실로 찾아갔다. 그는 그리 어렵지 않게 승낙을 받아 냈다. 케일럽 가스는 고통스러운 일을 많이 겪었음에도 사적 용무에 신중해지지 못했고, 신뢰할 수 없는 사람이라고 입증되지 않은 한 동료 인간들을 불신하지 않았던 것이다. 그런 데다 프레드를 더없이 높이 평가하고, '그 젊은이가 결국에는 잘될 테고, 솔직하고 다정하며 본바탕이 선량한 청년이므로 무슨 일이 있어도 신뢰할 만하다고 확신'했

---

131) 린들리 머리(Lindley Murray, 1745~1826)의 『영어 문법』과 리치말 맹널 부인(Richmal Mangnall, 1769~1820)의 『역사 문제와 다방면의 문제들』은 당대의 표준적인 교과서였다.

다. 케일럽은 속으로 이렇게 주장했다. 그는 스스로에게 엄격하면서 다른 사람들에게는 너그러운 매우 진귀한 사람 중 하나였다. 이웃이 과오를 저지르면 어느 정도 부끄럽게 생각했지만 그것을 일부러 언급하는 일은 결코 없었다. 그러므로 남의 과오에 대해 생각하려고 목재를 경화시키는 최고 방법이나 다른 독창적인 계획에 열중하다가 관심을 돌리는 일도 없었다. 만일 누군가를 비난하려면 그 전에 먼저 그는 가까이 있는 서류들을 모두 정리하고 지팡이를 들어 다양한 도형을 그려서 설명하고 주머니 속에 남은 푼돈을 계산해야 했다. 그리고 다른 사람의 일에 트집을 잡기보다는 차라리 그 일을 대신 하려고 했다. 유감이지만 그는 규율을 엄격히 강요하는 사람이 아니었다.

프레드가 빚을 지게 된 상황과 부친을 성가시게 하지 않고 해결하고 싶으며, 곧 돈이 생겨서 누구에게도 폐를 끼치지 않을 거라고 자신 있게 이야기했을 때 케일럽은 안경을 밀어 올리고는 자신이 좋아하는 젊은이의 맑고 어린 눈을 바라보면서 귀를 기울였고, 미래에 대한 자신감과 과거에 대한 진실성을 구분하지 않고 그를 믿었다. 하지만 이번에는 벗으로서 그의 행동에 대해 조언해야 하고, 서명하기 전에 다소 강력하게 권고해야겠다고 느꼈다. 그래서 어음을 들고 안경을 내리고는 서명할 자리를 가늠하더니 손을 뻗어 펜을 집고 살펴본 후 잉크에 담갔다가 다시 살펴보았다. 그런 다음 종이를 약간 밀고 다시 안경을 밀어 올리자 짙은 눈썹 끝부분의 바깥쪽으로 깊이 파인 곳이 드러났는데 그것이 그의 얼굴에 특이하게도 부

드러운 느낌을 주었다. (이번 한 번만은 이런 세세한 묘사를 용서
하시길. 여러분이 케일럽 가스를 알았다면 이런 묘사를 좋아했을 것
이다.) 그리고 편안한 어조로 말했다.

"그 말의 무릎뼈를 부러뜨린 건 불행한 일이었네, 그렇지?
그리고 이 교환이라는 것이 자네가 상대할 말 장수가 빈틈없
는 사람일 때는 잘되지 않을 거야. 다음에는 자네가 더 현명하
게 처신하겠지."

이렇게 말하면서 케일럽은 안경을 끌어 내렸고, 서명할 때
늘 그러듯이 신중하게 이름을 써 나가기 시작했다. 사업과 관
련된 일이라면 그는 무엇이든 잘했다. 그는 한순간 고개를 살
짝 한쪽으로 기울여 잘 균형 잡힌 큰 글자들과 마지막에 멋
부려 쓴 글자를 바라본 다음 어음을 프레드에게 건네주고 "잘
가게." 하고는 즉시 제임스 체텀 경의 새로운 농가 계획에 다시
몰두했다.

그 계획에 집중하고 있어서 어음에 서명한 사건이 기억 밖
으로 밀려났는지 아니면 케일럽 씨가 다른 이유를 의식하고
있었기 때문인지 가스 부인은 그 일을 전혀 몰랐다.

이 일이 있은 후 프레드의 창공에 어떤 변화가 일어나 먼
장래에 대한 전망을 바꾸어 놓았다. 바로 그것 때문에 페더
스톤 이모부의 금전 선물이 처음에는 너무나 뚜렷한 기대감
으로, 다음에는 그에 상응하는 실망감으로 얼굴빛을 달라지
게 할 만큼 중요한 문제가 되었던 것이다. 부친은 그가 시험에
떨어지자 대학을 다니는 동안 진 빚을 더욱 용서하지 못했고,
따라서 집안에 전례 없이 거센 폭풍이 휘몰아쳤다. 빈시 씨는

392

그런 문제를 더 참아야 한다면 프레드를 집에서 쫓아내 어떻게든 스스로 벌어먹게 하겠다고 맹세했다. 그는 여전히 노기가 가라앉지 않은 목소리로 아들에게 말했고, 이런 상황에서 아들은 목사가 되고 싶지 않으며 "그쪽으로 나아가지" 않는 편이 좋겠다고 말함으로써 부친의 화를 더욱 돋웠다. 프레드는 자신뿐 아니라 가족들도 속으로 그를 페더스톤 씨의 상속자로 여기지 않았다면 더 혹독한 대접을 받았을 테고, 그 노인이 더 바람직한 행동은 하지 않았어도 프레드를 자랑스러워하고 명백히 호감을 보인 것이 그런 기대감에 기여했다는 사실을 알고 있었다. 귀족 청년이 보석을 훔쳤을 때 우리가 그 행위를 도벽이라고 부르며 달관한 듯한 미소를 띠고 이야기하면서 순무를 훔친 거지 소년처럼 감화원에 보내야 한다고 생각하지 않는 것과 마찬가지다. 사실 페더스톤 씨가 그에게 남길 유산에 대한 무언의 기대 때문에 미들마치 사람들 대부분은 프레드 빈시를 다른 각도에서 바라보았다. 그리고 프레드 자신도 페더스톤 이모부가 긴급한 상황에서 무엇을 해 줄지, 혹은 자신이 행운의 화신으로서 무엇을 할지에 대해 늘 헤아릴 수 없이 깊은 공상의 나래를 펼치곤 했다. 그러나 일단 선물로 받은 지폐는 헤아릴 수 있는 것이었고, 갚아야 할 빚에 비해 부족했으므로 프레드는 자신의 '판단력'이나 다른 행운으로 부족분을 메워야 했다. 돈을 빌렸다는 소문과 관련해서 부친으로 하여금 불스트로드의 확인서를 받아 오게 했던 구질구질한 사건 때문에 그는 실제로 남은 빚을 갚기 위해 부친에게 돈을 요청할 수도 없었다. 만일 그렇게 한다면 분노로 판단력이 흐려진 부친이 이모부의 유언장을 근거로 돈을 빌린 게 아니라는 자신의 주장을 거짓말로 여기리라는 것을 프레드는 예리하게 직감했다. 그는 부친에게 짜증스러운 사건 한 가지를 이야기하고 다른 사건은 말하지 않았던 것이다. 이런 상황에서 전모를 다 밝힌다면 앞서 사기를 쳤다는 인상을 남기게 된다. 그런데 프레드는 거짓말을 한 적이 없다고 자부해 왔고, 사소한 거짓말도 마찬가지였다. 그는 종종 로저먼드의 사소한 거짓말에 (사랑스러운 아가씨에 대해 그런 의심을 품는 사람은 그 오빠들뿐이다.) 어깨를 으쓱하며 의미심장하게 얼굴을 찌푸리곤 했다. 그러니 거짓말했다는 비난을 받기보다는 차라리 곤란한 상황을 초래하여 자제력을 발휘할 것이다. 이런 내면의 강한 압박감 때문에 프레드는 현명한 방법을 생각해 냈고 80파운드를 어머니에게 맡겼다. 그 돈을 당장 가스 씨에게 드리지 않은 것은 유감이지만 60파운드를 보태 그 액수를 채울 생각이었다. 그런 생각에서 20파운드를 종잣돈 삼아 주머니에 넣었다. 판단력을 잘 발휘해서 씨앗을 심고 행운의 물을 준다면 세 배 이상의 결실을 얻을 것이다. 숫자를 마음대로 주무를 수 있는 젊은 신사의 무한한 영혼의 밭에서 나오는 곱셈법은 어설프기 짝이 없다.

프레드는 도박꾼이 아니었다. 술주정뱅이에게 술 한 모금이 절실하듯이 온 신경의 에너지를 우연이나 위험에 집중해야 하는 특이한 질병에 걸린 것은 아니었다. 그는 널리 퍼진 형태의 도박을 즐기는 성향이 있을 뿐이었다. 그것은 알코올의 짜릿함은 없었지만 건강에 좋은 유즙에서 생성된 혈기로 지속되었고, 자기 욕망에 따라 사건을 구성하며 즐거운 상상을 펼쳤으며, 자신이 맞을 비바람은 두려워하지 않고 다만 다른 사람들이 그런 날씨에 배를 타고 나갈 때 어떤 이득을 얻는지를 보았다. 희망에 차 있으면 성공의 가능성이 확실하기 때문에 어떤 내기를 하든지 즐거움을 느낀다. 그리고 내기에 가급적 많은 돈을 걸면 기쁨이 더 커질 뿐이다. 프레드는 사냥이나 장애물 경마를 좋아했듯이 내기를, 특히 당구 내기를 좋아했다. 돈이 필요했고 돈을 따고 싶었기에 그것을 더 좋아했다. 그러나 20파운드의 종잣돈을 그 유혹적인 녹색 당구대에 심었지만 허사였다. 적어도 길거리에 흩뿌리지 않았던 돈이 전부 사라졌다. 그래서 어머니에게 맡겨 둔 80파운드 외에는 한 푼도 남지 않은 상태에서 지불 기한이 임박했음을 알게 되었다. 숨을 헐떡거리는 말은 오래전에 페더스톤 이모부에게서 받은 선물이었다. 아버지는 언제나 그가 말을 건사하도록 허락했다. 빈시 씨의 습성이 그렇기 때문에 다소 역정을 일으키는 아들이라도 말을 건사하는 것은 타당한 요구라고 여겼다. 그렇다면 이 말은 프레드의 재산이었다. 프레드는 임박한 어음에 대한 걱정 때문에 그 소유물을 희생하기로 마음먹었다. 말도 타지 못하는 인생이라면 분명 그리 가치 있는 삶은 아니겠지만 말이다. 그는 가스 씨와의 약속을 어길 우려와 메리에 대한 사랑, 그녀의 평가에 대한 두려움 때문에 어쩔 수 없이 호기를 부리며 결심했다. 이튿날 아침에 열릴 하운즐리의 말 시장에 갈 것이다. 그냥 말을 팔고 돈을 받아 역마차를 타고 돌아올까? 글쎄, 말은 30파운드 이상 받지 못할 것이다. 하지만 어떤 일이 일어날지 미리 알 수 없는 법이다. 다가오는 행운을 미리 피하려 든다면 어리석기 짝이 없는 짓이다. 십중팔구 좋은 기회가 굴러들어 올 것이다. 생각하면 생각할수록 좋은 기회를 잡지 못할 가능성이 더 줄어드는 것 같았다. 기회를 잡기 위한 돈을 가져가지 않는다면 경솔한 소행일 것이다. 그는 뱀브리지와 수의사 호록과 함께 말을 타고 하운즐리에 갈 테고, 특별히 질문을 던지지 않고도 그들의 이야기에서 실로 이득이 될 정보를 얻어 낼 것이다. 그는 출발하기 전에 어머니에게서 80파운드를 돌려받았다.

뱀브리지와 호록과 함께 미들마치를 벗어나서 하운즐리의 말 시장으로 달려가는 프레드를 본 사람들은 대부분 빈시가 평소처럼 재미를 보러 간다고 생각했다. 사실 심각한 상황에 봉착했다는 평소와 다른 생각만 아니었다면 스스로도 명랑한 젊은이에 대해 으레 예상하듯이 기분 전환을 하러 간다고 느꼈을 것이다. 프레드는 결코 상스럽지 않은 청년이었고, 대학물을 먹지 못한 청년들의 매너와 어투를 다소 경멸했으며, 그의 플루트 연주처럼 관능적이지 않고 목가적인 시를 쓰기도 했다는 것을 생각해 볼 때 그가 뱀브리지와 호록 같은 사람들에게 끌렸다는 것은 순전히 말에 대한 애착으로 설명할 수 없는 흥미로운 사실이다. 그것은 수많은 치명적인 선택을 불러오는 명명의 신비로운 영향력을 참작해야 할 사안이다. 뱀브리지나 호록 씨와의 교류가 '도락'이 아닌 다른 이름으로 불렸다면 분명 따분하게 여겨졌을 것이다. 보슬비가 내리는 오후에 그들과 함께 하운즐리에 도착해서 석탄 먼지에 뒤덮여 칙칙한 거리의 레드 라이언 선술집에 들어가 벽에는 먼지 쌓인 주지도와 마구간에 서 있는 말을 묘사한 형편없는 그림, 넥타이를 매고 다리를 드러낸 조지 4세의 초상화가 걸리고 납으로 만든 타구들이 여기저기 널린 방에서 식사를 한다는 것은 이런 일을 '재미'라고 규정한 명명법이 떠받쳐 주지 않았더라면 도저히 참기 힘든 일로 여겨졌을 것이다.

분명 호록 씨는 겉으로 볼 때 심중을 알 수 없는 사람이었으므로 상상력을 발휘하게 해 주었다. 복장을 보면 한눈에 (아래로 기울었다는 의혹을 피할 만큼 살짝 위쪽으로 젖혀진 모자챙을 특정할 정도로) 말과 관련되어 있다는 짜릿한 연상을 일으켰다. 타고난 얼굴은 모자챙을 따라 적당히 위를 향하는 듯한 몽골족의 눈과 코, 입, 턱 덕분에 변함없이 의심적은 미소를 억누르고 있는 것 같았다. 민감한 마음에 어떤 표정보다도 위압적인 미소였다. 그 미소에 적절한 침묵이 곁들여지면 무적의 이해력과 무한히 축적된 유머 — 너무 말라붙어서 흐르지 못하고 어쩌면 딱딱한 더께처럼 굳어 버린 — 와 엄밀한 판단력이 있다는 평판을 낳을 것 같았다. 혹시라도 운이 좋아서 그의 의견을 얻어들을 수 있다면 그야말로 바라 마지않던 중요한 정보일 것이다. 이런 얼굴은 어느 직업군에서나 찾아볼 수 있지만 말의 감정가가 그런 얼굴일 때 영국 청년에게 가장 강력한 영향을 미쳤을 것이다.

프레드가 자기 말의 말굽 바로 위 뒤쪽 돌기에 대해 물어보자 호록 씨는 안장에서 몸을 옆으로 돌리고 삼 분간 말의 동작을 지켜보고는 고개를 앞으로 돌리더니 고삐를 홱 잡아당기고 전보다 더하지도 덜하지도 않은 미심쩍은 얼굴로 침묵을 지켰다.

호록 씨의 이런 반응은 끔찍이도 효과적이었다. 프레드의 마음속에서 복합적인 격정을 일으켰던 것이다. 호록을 두들겨 패서라도 의견을 발설하게 만들고 싶은 미칠 듯한 욕망은 그와 교류하면서 계속 이득을 얻으려는 조바심으로 억제되었다. 호록이 적절한 순간에 귀중한 정보를 알려 줄 가능성은 언제라도 있었다.

뱀브리지 씨는 더 개방적이고 자기 생각을 아낌없이 쏟아 내는 사람 같았다. 그는 목소리가 크고 원기 왕성하며 때로 "방종에 빠진" 사람이라는, 다시 말해서 욕설과 음주, 아내 구타를 일삼는다는 소문이 있었다. 그에게 손해를 본 사람들은 그를 사악한 인간이라 불렀다. 하지만 그는 말 거래를 최고로 훌륭한 기술이라고 여겼고, 그것은 도덕과 아무 상관이 없다고 그럴듯하게 주장했을 것이다. 의심할 바 없이 그는 돈을 잘 벌었고, 다른 사람들이 금주를 견디는 것보다 훨씬 더 음주를 잘 견뎠으며, 전반적으로 보아 초록 월계수[132]처럼 번성했다. 그러나 대화의 소재는 한정되어 있었다. 훌륭한 옛 민요 「브랜디 한 방울」처럼 그의 이야기는 조금 있다가 처음으로 되돌아간다는 느낌을 주었기에 아둔한 머리들을 어지럽혔다. 그러나 뱀브리지 씨가 대화에 조금만 끼어들어도 미들마치의 여러 패

---

132) 구약 성서의 「시편」 37장 35절. "I have seen the wicked in great power, and spreading himself like a green bay tree." 악인에 대한 비유다.

거리는 분위기와 격이 달라진다고 느꼈다. 그는 그런 드래건의 바와 당구장에서 유명 인사였다. 경마장의 영웅들에 대한 일화를 줄줄이 꿰었고, 후작과 자작들이 부린 갖가지 재간과 속임수들을 알고 있었다. 그런 이야기는 사기꾼에게도 우수한 혈통이 중요하다는 점을 입증하는 것 같았다. 그러나 그가 가장 자세히 기억하는 것은 주로 자신이 매매한 말에 관한 것이었다. 그 말들이 털 한 올 흐트리지 않고 삽시간에 달릴 수 있는 거리는 여러 해 후에도 예나 다름없이 신나는 이야깃거리로 떠올랐고, 그는 사람들이 그런 말은 본 적이 없을 거라고 엄숙하게 맹세함으로써 사람들로 하여금 상상력을 발휘하게 만들었다. 간단히 말해서 뱀브리지 씨는 도락가이자 방종한 친구였다.

프레드는 영리하게 처신했고, 말을 팔러 하운즐리에 간다고 일행에게 말하지 않았다. 자기 말의 가치에 대한 그들의 진짜 의견을 간접적으로 알아낼 생각이었다. 그처럼 뛰어난 감정가들에게서는 진짜 의견을 절대 알아낼 수 없다는 사실을 몰랐던 것이다. 뱀브리지 씨는 아무 이유 없이 알랑거리는 나약한 사람이 아니었다. 그는 이 한심한 구렁말이 헐떡거리는 꼴을 제대로 묘사하려면 지옥에 떨어지는 벌을 받을 만큼 적나라한 욕설이 필요하다는 것을 미처 몰랐다고 말했다.

"자네가 나 말고 다른 사람에게 가서 말을 교환했을 때 손해를 봤지, 빈시! 자네가 올라탄 말 중에서 그 구렁말이 최고였어. 그런데 그걸 이 짐승과 바꿨단 말씀이야. 이 녀석에게 구보를 시키면 스무 명이 톱질하는 것 같겠군. 내 평생 이보다 더 헐떡거리는 말은 딱 한 놈 보았어. 흰 얼룩이 섞인 말이었는데 곡물 도매상 페그웰이 칠 년 전에 이륜마차를 끌게 했지. 그런데 내게 그 말을 사라고 하더군. 그래서 내가 말했어. '고맙네, 페그, 난 관악기는 취급하지 않아.' 바로 그렇게 말했어. 그 우스갯소리가 동네방네 퍼져 나갔어. 그런데 젠장! 그 말이 헐떡거린 소리는 자네 말에 비하면 싸구려 나팔이었어."

"아니 그 말이 내 말보다 더 형편없다고 바로 얼마 전에 말했는데." 프레드는 평소보다 더 짜증이 일었다.

"그땐 거짓말이었어." 뱀브리지 씨가 힘주어 말했다. "두 마리를 놓고 우열을 가려 봐야 동전 한 푼의 가치도 없어."

프레드는 말에 박차를 가했고, 그들은 속보로 말을 달렸다. 다시 속도를 늦추었을 때 뱀브리지 씨가 말했다.

"하긴 그 얼룩말은 자네 말보다 더 잘 뛰었지."

"나는 내 말의 속도에 만족합니다." 프레드가 말했다. 그는 축 처지는 기분을 북돋기 위해 방종한 패거리와 어울리고 있다는 사실을 상기해야 했다. "말하자면 내 말의 속보는 보기 드물게 흠잡을 데 없어요, 그렇지 않소, 호록?"

호록 씨는 위대한 화가가 그린 초상화인 양 완전히 무심한 표정으로 앞만 바라보았다.

프레드는 솔직한 의견을 들으리라는 그릇된 기대를 단념했다. 하지만 다시 생각해 보니 자기 말을 얕보는 뱀브리지의 말이나 호록의 침묵이 실은 용기를 북돋아 주고, 말로 표현한 것보다 더 낮게 생각하고 있음을 드러낸다고 깨달을 수 있었다.

실로 바로 그날 저녁 장이 열리기 전에 프레드는 말을 유리

하게 처분할 좋은 기회를 잡았다고 생각했고, 그래서 80파운
드를 가져온 자신의 선견지명을 자축했다. 뱀브리지 씨를 아
는 젊은 농부가 레드 라이언에 들어오더니 사냥용 말을 처분
할 생각이라고 이야기를 늘어놓았다. 그는 그 말을 다이아몬
드라고 소개하면서 소문난 말이라고 은근히 암시했다. 이제
결혼하게 되어 사냥을 그만둘 생각이니 마차를 끄는 데 적합
한 늙은 말이 필요하다는 것이었다. 말은 약간 떨어진 친구의
마구간에 있는데 어두워지기 전에 신사들이 구경할 수 있다
고 했다. 마구간은 그 비위생적인 시대의 소름 끼치는 거리들
이 죄다 그랬듯이 여러분이 구태여 돈을 주고 사지 않아도 쉽
게 독을 접할 수 있는 뒷골목을 지나야 있었다. 프레드는 동
무들처럼 브랜디를 마시고 술기운으로 혐오감을 떨치지는 못
했지만 드디어 돈벌이가 될 말을 보게 되었다는 희망에 기운
이 나서 아침에 제일 먼저 했던 생각을 다시금 떠올랐다. 자
신이 농부와 거래하지 않는다면 뱀브리지가 거래할 거라고 그
는 확신했다. 상황의 긴장감 때문에 예리한 감각이 더욱 날카
로워져서 낌새를 확실히 맡게 된 것 같았다. 뱀브리지는 말을
살 생각이 없었다면 (친구의 말이었으므로) 절대로 몰지 않을
방식으로 다이아몬드를 몰아 보았다. 말을 본 사람은 누구든
지, 심지어 호록도 그 말의 장점에 깊은 인상을 받은 것이 분
명했다. 이런 부류의 사람들과 어울리며 얻을 이득을 모두 얻
으려면 상황을 백치처럼 액면 그대로 받아들이지 말고 자기
나름대로 추측하는 법을 알아야 한다. 말은 얼룩덜룩한 회색
이었고, 우연히도 프레드는 메들리코트 경의 시종이 바로 그

런 말을 찾는다는 것을 알고 있었다. 말을 타 보고 난 후 저녁 무렵 농부가 옆에 없을 때 뱀브리지는 그보다 못한 말도 80파운드에 거래되는 것을 본 적이 있다고 말했다. 물론 뱀브리지는 자기가 한 말을 스무 번도 넘게 뒤집는 사람이었다. 하지만 무엇이 진실인지 알 때는 누군가의 평가가 옳은지 그른지를 판단할 수 있다. 그리고 프레드는 말에 대한 자신의 판단력이 상당한 수준이라고 생각할 수밖에 없었다. 농부는 그럭저럭 괜찮기는 하지만 숨을 헐떡이는 프레드의 말을 꽤 오래 바라보면서 거래할 만하다고 여기는 눈치였다. 다이아몬드의 값으로 25파운드를 더 받으면 프레드의 말과 바꿀 의향이 있는 듯했다. 만일 프레드가 적어도 80파운드를 받고 새 말을 팔게 된다면 그 거래에서 55파운드를 챙길 테고, 그 어음을 갚을 135파운드가 생긴다. 그러면 가스 씨가 일시적으로 메워야 할 액수는 기껏해야 25파운드에 불과할 것이다. 아침에 서둘러 옷을 입을 때 이런 보기 드문 기회를 놓치지 말아야 한다고 너무나 깊이 마음에 새겨 두었으므로 그는 설령 뱀브리지와 호록이 만류했더라도 그 말에 속아서 그들의 의도를 곧이곧대로 받아들이지 않았을 것이다. 이 교활한 사람들이 젊은 친구의 이익을 도모하기는커녕 뭔가 다른 꿍꿍이수작을 부리고 있음을 알아차렸을 것이다. 다른 사람의 말을 판단하는 데 길잡이가 되는 것은 불신뿐이다. 하지만 알다시피 철두철미하게 의심을 품는 것은 결코 가능하지 않다. 그렇게 되면 삶이 멈추고 말 테니까. 우리는 무언가를 믿어야 하고, 또 믿는다. 그 무언가를 어떤 이름으로 부르든 간에 그것은 사실 우리 스스로 내린 판단이다. 다른 사람에게 맹종하는 듯이 보일 때도 그렇다. 프레드는 거래를 썩 잘했다고 믿었고, 장이 붐비기 전에 자기 말과 30파운드를 주고 회색 말을 샀다. 처음 예상보다 5파운드만 초과하였을 뿐이었다.

그러나 지나치게 심사숙고하느라 약간 불안하고 지친 느낌이어서 그는 말 시장의 흥겨운 재밋거리를 더 보지 않고 혼자서 22킬로미터를 돌아가려고 출발했다. 말의 기운이 떨어지지 않도록 아주 조용히 돌아갈 생각이었다.

24장

죄인의 슬픔은 작은 위안이 될 뿐이지,
그 무거운 죄의 십자가를 진 사람에게는.

— 셰익스피어, 『소네트』[133]

하운즐리에서 일이 순조롭게 풀린 지 사흘밖에 지나지 않
아 유감스럽게도 프레드 빈시는 예전에 겪지 못한 침울한 기
분에 빠지고 말았다. 말을 팔려고 작정했던 거래처에서 실망
한 것이 아니라 메들리코트 경의 시종과 흥정이 마무리되기
전에 다이아몬드가, 80파운드의 기대를 품고 투자한 이 말이
아무 예고도 없이 고약한 성미를 드러내며 마구간에서 발길
질을 해 대는 바람에 말구종은 간신히 죽음을 면했고, 결국
그 말은 마구간 선반에 매달린 밧줄에 다리가 걸려 심한 절름
발이가 되고 말았던 것이다. 이런 경우에는 어떤 구제책도 있
을 수 없다. 결혼한 다음에 배우자의 고약한 성미를 알게 되는

---

133) 「소네트 64」, 11~12행.

경우 — 물론 오랜 벗들은 식을 치르기 전에도 알고 있었지만 — 와 마찬가지다. 이런저런 이유로 해서 프레드는 이렇게 닥친 불운의 일격에 예전의 탄력성을 되찾지 못했다. 이제 남은 돈은 50파운드인데 현재로는 돈을 구할 가능성이 전혀 없고 160파운드의 어음을 닷새 내로 갚아야 한다는 생각뿐이었다. 가스 씨에게 손실을 입혀서는 안 된다는 이유로 애걸하더라도 아버지는 화를 내고 거절하면서 이른바 방종과 기만을 부추긴 결과로부터 가스 씨를 구해 주지 않겠다고 말할 것이 확실했다. 그는 너무나 풀이 죽은 나머지 곧장 가스 씨에게 가서 슬픈 사실을 다 털어놓고 50파운드라도 안전하게 자기 손에서 떼어 놓겠다는 것 말고는 아무 생각도 할 수 없었다. 아버지는 가게에 있었으므로 아직 그 사고를 알지 못했다. 소식을 들으면 길들지 않은 짐승을 마구간에 들여놓았다고 마구 호통을 칠 것이다. 그 짜증스럽고 사소한 일을 맞닥뜨리기 전에 더 큰 고역에 직면하기 위해 최대한 용기를 내어 빨리 출발할 생각이었다. 그는 아버지의 늙은 말을 타고 갔다. 가스 씨에게 사정을 털어놓은 후 스톤 코트에 가서 메리에게 모든 것을 고백하겠다고 마음먹었다. 사실 메리가 없었더라면, 그리고 그녀를 사랑하지 않았더라면 아마도 프레드의 양심은 미리 빚에 대해 노심초사하고 평소대로 불쾌한 일을 미루며 몸을 사리는 대신 가급적 단도직입적으로 소박하게 행동하도록 그처럼 적극적으로 몰아가지 않았을 것이다. 프레드보다 훨씬 강직한 인간도 정직성의 절반은 가장 사랑하는 사람들의 마음에 간직한다. 고대의 어떤 인물은 소중한 친구가 죽었을 때

"내 모든 행위의 공연장이 무너졌다."라고 말했다. 공연장의 관객에게서 최선의 행동을 요구받는 사람은 운 좋은 사람이다. 만일 이 시기에 메리 가스에게 훌륭한 성품에 관한 확고한 생각이 없었더라면 프레드는 상당히 다르게 처신했을 것이다.

가스 씨가 사무실에 없었기에 프레드는 시내에서 약간 떨어진 변두리에 있는 그의 집으로 말을 달렸다. 앞에 과수원이 있는 소박한 집은 아무렇게나 뻗어 나간 구식 목재 건물이었고, 시내가 확장되기 이전에는 농가였지만 지금은 도시 사람들의 정원에 둘러싸여 있었다. 우리는 친구에 대해서도 그렇듯이 집도 그 나름의 특색이 있으면 더 좋아한다. 메리에게 남자 형제가 넷이고 여동생도 한 명 있어서 다소 식구가 많은 가스 가족은 멋진 가구들이 오래전에 팔려 나갔지만 자기들의 낡은 집을 무척 좋아했다. 프레드도 그 집을 좋아했고, 사과와 마르멜루의 달콤한 냄새가 풍기는 다락방에 이르기까지 속속들이 알고 있었다. 지금까지 그는 그 집에 들어설 때 즐거운 기대를 품지 않은 적이 없었다. 그러나 지금은 남편보다 조금 더 무서운 가스 부인 앞에서 고백해야 할지 모른다는 생각에 심장이 두근거렸다. 부인이 메리처럼 빈정거리거나 비꼬기 잘하는 것은 아니었다. 적어도 지금 나이에 부인이 너무 성급하게 말하는 경우는 전혀 없었다. 부인이 말했듯이 젊은 시절에 멍에를 짊어지고 살아오면서 자신을 억제하는 법을 배웠기 때문이었다. 부인은 무언가를 바꿀 수 없다는 것을 알게 되면 불평 없이 감수할 줄 아는 희귀한 분별력을 갖고 있었다. 남편의 덕스러운 성품을 좋아했기에 그가 자기 이익을 챙기지 못한다는 사실에 일찌감치 마음을 추스르고 그 결과를 쾌활하게 받아들였다. 멋진 찻주전자나 아이들 옷의 장식 주름에 대한 자부심을 넓은 마음으로 모두 체념했고, 가스 씨가 신중하지 못하다든지 다른 사람 같았더라면 돈을 꽤 벌었을 거라는 애처로운 속내 말을 이웃 여자들의 귀에 흘린 적도 없었다. 그러므로 이웃 여자들은 그녀를 자만심이 강하거나 괴짜라고 생각했고, 때로 남편들에게 "그 대단한 가스 부인"이라고 빈정거리곤 했다. 그녀도 그 여자들에 대해서 비판할 거리가 없지 않았다. 미들마치의 대다수 부인보다 더 철저하게 교육을 받았고, 자기와 같은 성을 약간 엄격하게 대하는 성향 — 결점이 없는 여자가 어디 있겠는가? — 이 있었던 것이다. 그녀는 여자란 전적으로 순종하도록 태어난 존재라고 생각했다. 반면 남자의 결함에 대해서는 지나치게 너그러웠고, 남자의 결점이 당연하다고 종종 말하곤 했다. 또한 가스 부인은 어리석은 행동이라고 판단한 것에 대해서 조금 지나치게 힘주어 항의했다는 점도 인정해야겠다. 가정 교사에서 주부로 옮겨 간 과정이 의식에 약간 너무 확고하게 새겨졌기에 그녀는 자신이 도시의 평균 수준을 넘어서는 훌륭한 문법과 억양을 구사하고 있지만 수수한 모자를 쓰고 직접 저녁 식사를 요리하고 양말을 깁는다는 것을 잊지 않았다.[134] 때로는 소요학파처럼 학생을 집에 받아들여 책이나 석판을 들고 부엌에서 졸졸 따라다

---

134) 빅토리아 시대에는 인건비가 대단히 싼 편이었으므로 웬만한 중산층 가정에서는 하녀와 하인을 몇 명 둘 수 있었고, 그 시대에 이런 식으로 개인 가정에서 일한 인력이 100만 명을 넘었다.

니게 했다. 그녀는 아이들의 실수를 '보지 않고' 고쳐 주면서도 멋지게 거품을 낼 수 있고, 소매를 팔꿈치 위로 걷어 올린 여자가 가정법이나 사막 지대에 대해 모르는 게 없으며, 간단히 말해서 자신이 쓸모없는 인형이 아니라 '교육'과 '육'으로 끝나는 좋은 것들, 그리고 힘주어 발음할 만큼 가치 있는 것들을 갖추었다는 사실을 아이들에게 보여 주는 것이 좋다고 생각했다. 그녀가 이런 교훈적 취지로 말할 때 이마가 약간 찌푸려졌지만 그렇다고 얼굴이 너그럽지 않게 보인 것은 아니었다. 그녀의 말은 열정적이면서도 듣기 좋은 저음으로 행진하듯이 흘러나왔다. 분명히 모범적인 가스 부인에게는 우스운 면이 있었지만 그녀의 성품은 별난 점들을 떠받쳐 주었다. 매우 훌륭한 포도주가 가죽 부대의 향기를 간직하듯이 말이다.

부인은 프레드 빈시에 대해 모성애 같은 감정을 가졌고, 그의 과오를 늘 너그러이 용서하려 했다. 메리가 그와 약혼한다면 딸에 대해서는 자신의 성에 적용하는 더 엄격한 잣대로 판단해야 하므로 메리를 용서할 수 없겠지만 말이다. 그런데 부인이 특히 너그럽게 대해 주었기 때문에 프레드는 이제 부인이 부득불 자신을 형편없는 인간으로 생각하리라는 것이 더 견디기 어려웠다. 게다가 지금 방문한 상황도 예상보다 나빴다. 케일럽 가스는 멀지 않은 곳의 수리 작업을 살펴보려고 일찌감치 외출했던 것이다. 가스 부인은 일정한 시간에 늘 부엌에 있었고, 오늘 아침에도 부엌에서 여러 가지 일을 동시에 해나가는 중이었다. 바람이 잘 통하는 부엌 구석의 반짝이는 제재목 탁자에서 파이를 만드는 동시에 오븐과 반죽 통 앞에서 움직이는 샐리를 열린 문을 통해 살폈고, 책과 석판을 들고 탁자 맞은편에 서 있는 가장 나이 어린 아들과 딸을 가르쳤다. 부엌의 다른 구석에 있는 빨래 통과 건조대는 이따금 소소한 빨래도 진행되고 있음을 알려 주었다.

소매를 팔꿈치 위까지 접어 올린 가스 부인은 밀방망이로 밀고 손가락 끝으로 장식을 만들어 솜씨 좋게 파이 반죽을 만들면서 동시에 문법에 대한 열정을 갖고 "집합 명사나 여러 가지를 나타내는 명사"에서 동사와 대명사의 일치에 관한 정확한 규칙을 설명했다. 유쾌하고 즐거운 광경이었다. 그녀는 메리처럼 곱슬머리에 얼굴이 네모진 편이었지만 이목구비가 더 섬세한 데다 피부가 희고 중년 부인답게 체구가 단단하며 놀랄 만큼 확고한 눈빛이어서 보기 좋았다. 새하얀 주름 장식이 달린 모자를 쓴 그녀는 우리 누구나 본 적이 있을, 팔에 바구니를 걸고 장 보러 나온 매우 유쾌한 프랑스 여자를 연상시켰다. 그 어머니를 바라보면서 여러분은 그녀의 딸이 장차 그 어머니처럼 되리라 예상할 테고, 그러면서 지참금 못지않은 이득을 기대할 수 있을 것이다. 딸의 뒤에 어머니가 불길한 예언 —"내 딸이 머지않아 지금의 내 모습이 될 거예요."— 처럼 서 있는 경우도 너무나 허다하니 말이다.

"자, 그걸 다시 한번 복습하기로 하자." 이마가 튀어나온 활발한 사내아이 벤이 수업에 집중하지 못하고 정신이 팔린 것을 보고는 사과 조림을 집으면서 가스 부인이 말했다. "'개념의 통일성이나 복수성을 전달하는 단어의 의미에 관련이 없지 않고'— 이 말이 무슨 뜻인지 다시 말해 보거라, 벤."

(가스 부인은 유명한 교육가들처럼 자신이 좋아하는 구식의 교육 방식이 있었고, 사회 전체가 난파해서 물에 잠긴다면 린들리 머리의 책을 물 위로 떠받치려고 애썼을 것이다.)

"아, 그게 무슨 뜻인가 하면…… 무슨 의미인지 생각해 봐야 해요." 벤이 다소 골을 내듯이 말했다. "난 문법이 끔찍하게 싫어. 그게 무슨 소용이 있지?"

"네가 정확히 말하고 쓰도록 가르치는 거란다. 남들이 네 말을 이해하도록 말이야." 가스 부인은 엄격하고 정확히 말했다. "너는 좁 영감처럼 말하고 싶니?"

"그래요." 벤이 고집스럽게 말했다. "훨씬 재밌잖아요. 그는 '요 구(Yo goo)'라고 말해요. 그건 '유 고(You go)'와 똑같아요."

"하지만 그는 정원에 '십(ship)'이 있다고 하잖아. '시입(sheep)'이라고 하지 않고." 레티가 우월감을 과시하는 어조로 말했다. "그가 바다의 배를 말한 줄 알게 되잖아."

"아니, 네가 바보가 아니면 그렇게 생각하지 않을걸." 벤이 말했다. "배가 어떻게 바다가 아니라 정원에 있겠어?"

"그건 발음에 관한 문제고, 문법의 가장 하찮은 부분이란다." 가스 부인이 말했다. "그 사과 껍질은 돼지들에게 먹일 거야, 벤. 네가 그걸 먹으면 난 돼지들에게 네 파이를 줘야 해. 좁은 아주 쉬운 말만 하면 돼. 네가 좁보다 문법을 더 많이 알지 못하면 어떻게 더 어려운 말을 하거나 쓸 수 있겠니? 네가 단어를 잘못 사용하고 단어를 적절치 않은 자리에 넣으면 사람들은 네 말을 이해하지 못하고 널 지루한 사람으로 여기면서 돌아서 버릴 거야. 그럼 어떻게 하겠니?"

"난 상관 안 할 거예요. 말을 안 할 거야." 벤은 그것이 문법에 관한 좋은 결론이라고 느꼈다.

"싫증나서 어리석은 소리를 하는구나, 벤." 아들의 이런 반론을 듣는 데 익숙한 가스 부인이 말했다. 이제 파이 반죽을 끝냈기 때문에 빨래 걸이 쪽으로 걸어갔다. "이리 와서 내가 수요일에 들려준 킨키나투스[135]에 대한 이야기를 해 주렴."

"알아요! 농부였어요." 벤이 말했다.

"아냐, 벤. 로마인이었어. 내가 말할래." 레티가 싸우듯이 팔꿈치로 밀면서 말했다.

"이 바보야, 그는 로마의 농부였고, 쟁기질을 하고 있었어."

"그래, 하지만 그 전에, 그게 처음이 아니야, 사람들이 그를 원했어." 레티가 말했다.

"그래, 그렇지만 어떤 사람이었는지 먼저 말해야 해." 벤이 주장했다. "그는 아버지처럼 현명한 사람이었어. 그래서 사람들이 그의 충고를 듣고 싶어 한 거야. 그리고 용감하고 싸움도 잘했어. 우리 아버지도 그럴 수 있어. 그렇지 않아요, 엄마?"

"벤, 내가 말할게. 엄마가 말씀해 주신 대로." 레티가 이마를 찡그리며 말했다. "제발, 엄마, 벤에게 이야기하지 말라고 해 주세요."

"레티, 네가 부끄럽구나." 어머니는 빨래 통에서 모자들을 끄집어내며 말했다. "네 동생이 시작했으면 이야기를 잘할 수 있는지 기다려 봐야지. 동생을 밀치고 인상을 쓰다니. 네가 얼

---

135) 옛 로마 공화정의 영웅(기원전 519?~기원전 439?).

마나 버릇없어 보이는지 아니? 팔꿈치로 밀어내 이기려 하고. 킨키나투스는 딸이 이렇게 행동하는 것을 보았으면 무척 부끄러웠을 거야. 틀림없어.〞(가스 부인이 너무나 당당하게 선언하듯이 이토록 무시무시한 말을 내뱉었으므로 레티는 말하고 싶은 욕구가 쏙 들어갔고, 또한 로마인들을 포함해서 누구에게나 경멸받게 되었으므로 삶이 이미 고통스러운 것이라고 느꼈다.)〝자, 벤.〞

〝저, 응, 저, 저, 싸움이 많이 일어났어요. 그들 모두 멍텅구리였어. 그런데 엄마가 이야기했던 대로는 말 못 하겠어요. 사람들이 두목이나 왕, 그런 사람을 원했어요…….〞

〝폭군이야.〞상처 입은 표정으로 레티가 끼어들었다. 어머니를 뉘우치게 만들고 싶은 마음이 없지 않았다.

〝그래, 좋아, 폭군!〞벤은 경멸하듯이 말했다.〝하지만 그건 좋은 말이 아니야. 그는 사람들에게 석판에 글씨를 쓰라고 말하지 않았어.〞

〝자, 자, 벤, 네가 그렇게 어리석은 아이는 아니잖아.〞가스 부인은 신중하게 진지한 어조로 말했다.〝가만, 문을 두드리는 소리가 들리는구나! 뛰어가서 열어라, 레티.〞

문을 두드린 사람은 프레드였다. 아버지는 아직 안 오셨지만 어머니는 부엌에 계신다고 레티가 말했을 때 프레드는 평소에 가스 부인이 부엌에서 일하고 있을 때 그랬듯이 부인에게 인사하러 갈 수밖에 없었다. 그는 말없이 레티의 목에 팔을 둘렀고 평소처럼 농담을 건네거나 다정한 몸짓을 하지 않고 부엌으로 들어갔다.

그 시간에 프레드가 나타나 놀랐지만 가스 부인은 놀라움을 드러내지 않는 성격이었으므로 일손을 놓지 않고 말했다.

"프레드, 꽤 일찍 왔구나! 안색이 몹시 창백해 보이는데. 무슨 일이 있었니?"

"가스 씨에게 드릴 말씀이 있어서요." 프레드는 아직 더 말할 준비가 되지 않았기에 이렇게만 말했다. "그리고 부인께도요." 잠시 멈추었다가 그는 덧붙였다. 그는 가스 부인이 어음에 대해 다 알고 있으리라고 생각했다. 결국에는 부인 앞에서도 말해야 한다.

"남편은 곧 돌아올 거야." 가스 부인은 프레드와 그의 아버지 사이에 문제가 생긴 모양이라고 여기며 말했다. "오전 중에 끝내야 할 일이 책상에 있으니 오래지 않아 들어오시겠지. 내가 일을 마무리하는 동안에 여기 있어도 괜찮겠니?"

"그런데 킨키나투스에 대해서 이야기할 필요 없죠?" 벤은 프레드의 손에서 채찍을 잡아채 고양이에게 실험 삼아 휘둘러 보며 말했다.

"그래, 이제 나가렴. 하지만 채찍은 내려놓아야지. 가엾게도 늙은 고양이 토터스를 채찍질하다니 너무 심술궂구나. 채찍을 빼앗아라, 프레드."

"자, 이봐, 이리 줘." 프레드가 손을 내밀며 말했다.

"오늘 말 태워 줄 거야?" 벤은 꼭 그럴 필요가 없다는 듯이 채찍을 넘겨주며 말했다.

"오늘은 안 돼. 다음에. 내 말을 타고 온 게 아니거든."

"오늘 메리 누나를 만날 거야?"

"그래, 그럴 거야." 프레드는 달갑지 않은 양심의 가책을 느끼며 말했다.

"누나에게 얼른 집에 와서 벌금 놀이를 하며 재미있게 놀자고 말해 줘."

"그만, 그만, 벤! 나가라니까." 아들이 프레드에게 졸라 대는 것을 보고 가스 부인이 말했다.

"지금은 레티와 벤만 가르치세요, 가스 부인?" 아이들이 나간 후 시간을 메우기 위해 무슨 말이라도 해야 했기에 프레드가 물었다. 가스 씨를 기다려야 할지 아니면 부인과 이야기를 나누며 적절한 기회에 고백하고 돈을 내놓은 다음 일어서야 할지 아직 마음을 정하지 못했다.

"한 명, 딱 한 명밖에 없어. 패니 핵버트가 11시 30분에 올 거란다. 요새는 수입이 많지 않아." 가스 부인이 미소를 지으며 말했다. "학생이 줄고 있거든. 하지만 앨프리드의 학비를 마련하려고 내 작은 지갑에 모아 두었지. 92파운드를 모았단다. 이제 그 애는 한머 씨의 학교에 갈 수 있게 되었어. 아주 적당한 나이지."

이 말에 이어 가스 씨가 92파운드 이상을 손해 볼 위기에 처했다는 소식을 들려주는 것은 적절하지 않았다. 프레드는 입을 다물었다. "대학에 다니는 젊은 신사들이야 돈이 훨씬 더 많이 들겠지." 가스 부인은 순진하게 말을 이으며 모자의 테두리 장식을 잡아당겼다. "남편은 앨프리드가 뛰어난 기술자가 될 거라고 생각한단다. 그 애에게 좋은 기회를 주고 싶어 하지. 저기 오시는구나! 남편이 들어오는 소리가 들려. 응접실로 가서 맞을까?"

그들이 응접실에 들어섰을 때 케일럽은 모자를 벗고 책상에 앉아 있었다.

"어, 프레드가 왔구나?" 그는 펜을 아직 잉크에 담그지 않은 채 약간 놀란 어투로 말했다. "일찍 왔군." 하지만 프레드의 얼굴에 평소처럼 쾌활하게 인사하는 표정이 떠오르지 않자 즉시 덧붙였다. "집에 무슨 일이라도 생겼나? 어떤 문제라도?"

"네, 가스 씨, 유감스럽게도 저를 나쁜 놈으로 생각하실 말씀을 드리러 왔어요. 제가 약속을 지킬 수 없다는 말씀을 드리려고요. 결국 어음을 막을 돈을 구하지 못했어요. 운이 좋지 않았어요. 160파운드에 대해 이 50파운드밖에 마련하지 못했어요."

프레드는 말하면서 지폐를 꺼내 가스 씨 앞 책상 위에 내려놓았다. 너무나 비참한 심정에 빠진 소년처럼 그는 말재주를 부리지 않고 곧바로 꾸밈없이 털어놓았다. 가스 부인은 너무 놀란 나머지 아무 말 없이 남편을 바라보며 설명을 기다리고 있었다. 케일럽은 얼굴을 붉히더니 잠시 후에 말했다.

"아, 참, 당신에게 말하지 않았군, 수전. 프레드를 위해 내가 어음에 서명했었거든. 그게 160파운드짜리 어음이었어. 프레드가 갚을 수 있다고 장담했었지."

가스 부인의 얼굴빛은 확연히 달라졌지만 잔잔한 수면 밑에서 일어난 변화 같았다. 그녀는 프레드를 뚫어지게 쳐다보며 말했다.

"부친께 나머지 돈을 부탁드렸는데 거절하셨다는 뜻이니?"

"아뇨." 프레드는 입술을 깨물고 더욱 힘겹게 말했다. "하지만 아버지께 부탁드려 봐야 소용없으리라는 것을 알고 있어요. 그리고 소용이 없다면 그 문제에 가스 씨가 관련되어 있다는 말을 하고 싶지 않았어요."

"좋지 않은 시기에 일어났구나." 케일럽 씨는 주저하듯이 쪽지들을 내려다보고 불안하게 서류들을 뒤적이며 말했다. "크리스마스가 다가오고 있고, 지금은 내가 좀 어렵단다. 그렇지만 짧은 자를 가진 재단사처럼 모든 걸 잘라 내야겠지. 우리가 어떻게 할 수 있을까, 수전? 은행에 있는 돈을 잔돈까지 다 긁어모아야 할 거야. 110파운드라니, 제기랄!"

"내가 앨프리드의 학비를 위해 모아 놓은 92파운드를 당신에게 줘야겠지요." 가스 부인이 침울한 목소리로 단호하게 말했다. 하지만 민감한 귀라면 그 말의 어떤 단어에서 떨리는 목소리를 감지했을 것이다. "메리가 지금쯤 급료로 받은 20파운드를 갖고 있을 거예요. 그 돈을 빌려주겠지요."

가스 부인은 프레드를 다시 쳐다보지 않았고, 어떻게 말해야 그의 마음을 가장 효과적으로 아프게 도려낼지는 생각하지 않았다. 실로 별난 여자답게 지금 어떻게 해야 할지를 생각하느라 여념이 없었고, 신랄한 말을 내뱉거나 분노를 터뜨린다고 그 목적이 더 잘 이루어질 거라고 생각하지도 않았다. 하지만 부인으로 인해 프레드는 처음으로 양심의 가책 같은 것을 느끼게 되었다. 희한하게도 그는 앞서 이 문제를 생각할 때 자신이 파렴치하게 보일 테고 자신에 대한 가스 가족의 평가가 낮아질 거라는 사실이 가장 괴로웠다. 자신이 약속을 어김으로써 그들에게 어떤 불편이나 해를 끼칠지는 거의 생각하지 않았다. 다른 사람에게 무엇이 필요한지를 상상하는 것은 희망에 부푼 젊은 신사에게 흔치 않은 일이다. 사실 우리 대부분이 그릇된 일을 하지 말아야 하는 가장 큰 이유는 그 잘못으로 인해 고통당할 사람과 무관하다는 관념을 습득하며 성장한다. 하지만 갑자기 이 순간 그는 두 여자가 애써 저축한 돈을 강탈하는 한심한 악당으로 자신을 보게 된 것이다.

"반드시 모두 갚을 거예요, 가스 부인. 결국에는." 그는 말을 더듬었다.

"그렇겠지, 결국에는." 가스 부인이 말했다. 그녀는 고약한 상황에서 그럴듯한 말을 떠벌리는 것을 몹시 싫어했기에 지금은 신랄한 말을 억누를 수 없었다. "하지만 사내아이들이 결국에는 도제 훈련을 잘 받는 게 아니야. 열다섯 살에 받아야지." 지금처럼 프레드를 너그러이 봐주고 싶지 않은 적도 없었다.

"내 잘못이 가장 커요, 수전." 케일럽이 말했다. "프레드는 돈을 구할 거라고 믿었소. 나야말로 어음에 손을 댈 이유가 없었지. 아마 자네는 주위를 다 돌아보고 정직한 수단을 모두 강구해 보았겠지?" 그는 자비로운 잿빛 눈으로 프레드를 바라보며 덧붙였다. 케일럽은 너무나 섬세한 사람이었으므로 페더스톤 씨를 특별히 언급하지는 않았다.

"네, 모든 것을 시도해 보았어요. 정말입니다. 제가 되팔려고 산 말에 불행한 일만 생기지 않았다면 130파운드를 마련했을 거예요. 이모부께서 80파운드를 주셨는데 제가 예전에 타던 말에 30파운드를 보태서 새 말을 샀어요. 그것을 80파운드 이상을 받고 되팔 생각이었어요. 저는 말 없이 지낼 생각이었고요. 그런데 길들지 않은 말이라는 것이 드러났고 절름발이가 되고 말았어요. 가스 씨께서 이런 일을 당하시느니 차라리 저와 말에게 나쁜 일이 일어났으면 좋았을 텐데. 저는 가스 씨를 누구보다도 좋아하니까요. 두 분께서는 제게 늘 친절하셨고요. 하지만 이런 말을 해 봤자 소용없겠지요. 두 분은 이제 저를 파렴치한으로 생각하실 테니까요."

프레드는 자신이 사내답지 못하게 굴고 있으며, 미안한 심정을 말해 봐야 가스 가족에게 그리 도움이 되지 않는다는 혼란스러운 생각에 몸을 돌려 황급히 방을 나섰다. 그들은 말에 올라 재빨리 대문을 빠져나가는 그를 바라보았다.

"난 프레드 빈시에게 실망했어요." 가스 부인이 말했다. "그 애가 당신을 자기 빚에 끌어들일 줄은 꿈에도 몰랐어요. 낭비가 심한 애라는 것은 알았지만 손해를 감당할 여력이 없는 가장 오랜 벗에게 위험을 떠넘길 만큼 비열한 줄은 몰랐어요."

"내가 바보였소, 수전."

"그래요." 아내는 고개를 끄덕이고 미소를 지으며 말했다. "하지만 나라면 그걸 만천하에 공개하지 않았을 텐데. 왜 그 일을 내게 숨겼어요? 당신 옷의 단추를 챙기지 않는 것과 똑같아요. 단추가 떨어져 나가도 내게 말하지 않고, 그러고는 소맷동이 늘어진 채 다닌단 말이에요. 내가 미리 알았으면 더 나은 계획을 세워 준비했을 텐데."

"슬프게도 당신 마음이 아프겠지, 수전." 케일럽은 안쓰러운 듯이 아내를 바라보며 말했다. "당신이 앨프리드를 위해 근근이 모은 돈을 잃게 된다니 무척 견디기 힘들군."

"그걸 근근이 모아 두어서 다행이죠. 이제 고생해야 할 사람은 당신이에요. 당신이 직접 그 애를 가르쳐야 하니까. 당신은 나쁜 버릇을 버려야 해요. 어떤 사람들은 술에 빠지는데 당신은 보수도 받지 못하면서 일하는 데 빠져 있잖아요. 그런 습성은 좀 버려야 해요. 그리고 메리에게 가셔서 가진 돈을 모두 달라고 하세요."

케일럽은 의자를 뒤로 밀고 몸을 앞으로 숙이고는 양 손가락을 세심하게 맞붙이고 고개를 천천히 저으며 말했다.

"가엾은 메리!" 그가 말했다. "수전……." 그는 한결 낮은 목소리로 말했다. "그 애가 프레드를 좋아할까 봐 걱정이군."

"아, 아니에요! 메리는 늘 그 애를 비웃잖아요. 프레드는 오빠처럼 메리를 생각하지 다른 식으로 생각하진 않을 거예요."

케일럽은 아무 대답도 하지 않았지만 곧 안경을 내리고 의자를 책상으로 끌어당기며 말했다. "빌어먹을 어음! 그것이 하노버에 있으면 좋을 텐데! 이런 일 때문에 안타깝게도 사업이 중단된단 말이야!"

이 말의 첫 부분은 그가 구사하는 가장 지독한 욕설이었고, 쉽게 상상할 수 있듯이 약간 으르렁거리듯 튀어나왔다. 그런데 그가 "사업"이라고 말하는 것을 들어 본 적이 없는 사람들에게는 그 단어를 감싼 열렬한 숭배, 경건한 존중의 특이한 어조를 전하기 어려울 것이다. 금술 달린 아마포에 감싸인 축성된 상징물처럼 말이다.

이따금 케일럽 가스는 사회 조직체를 먹이고, 입히고, 거처를 제공하기 위해 무수한 머리와 무수한 손이 참여하는 노동의 가치와 그 불가결한 힘을 심사숙고하며 고개를 젓곤 했다. 소년 시절에 그의 상상력은 그것에 매료되었다. 지붕이나 용골을 만드는 곳에서 울리는 커다란 망치 소리, 일꾼들이 신호로 외치는 함성, 식식거리며 타오르는 용광로 소리, 천둥처럼 울리며 철거덕거리는 증기 기관 소리는 그에게 숭고한 음악이었다. 벌채되어 적재된 목재, 큰길을 따라 멀리 떨어진 곳에서 별처럼 진동하는 간선 철도, 부두에서 작업하는 기중기, 창고에 쌓인 농산물, 정밀한 작업이 필요한 곳 어디에서나 근육을 정확하고 다양하게 쓰려는 노력……. 젊은 시절에 보았던 이 모든 광경이 그에게 시인이 없어도 시를 만들어 냈고, 철학자의 도움이 없어도 철학을 만들어 냈으며, 신학의 도움이 없어도 종교를 만들어 냈다. 젊은 시절에 그는 이 숭고한 노동에 가급적 효율적인 한몫을 담당하겠다는 야심을 품었고, 그것을 특별히 '사업'이라는 그럴듯한 이름으로 불렀다. 그는 측량사 밑에서 단기간 일했지만 주로 독학으로 배웠고, 토지나 건축, 광업에 대해 시골의 대다수 전문가보다 더 많이 알고 있었다.

사람들의 일거리를 그는 다소 소박하게 분류했고, 그것은 유명한 사람들이 만든 범주들과 마찬가지로 요즘 발전한 시대에는 통용될 수 없을 것이다. 그는 일거리를 '사업, 정치, 설교, 학업, 오락'으로 나누었다. 첫 번째를 제외한 나머지 네 가지에 대해서는 뭐라 할 말이 없었지만 경건한 이교도가 다른 종족의 신을 보듯이 존중했다. 마찬가지로 모든 계층에 대해서 좋게 생각했지만 자신은 '사업'과 긴밀히 관련된 계층, 그래서 먼지와 모르타르 자국, 엔진의 습기, 숲과 들판의 감미로운 흙에 종종 명예롭게도 뒤범벅이 되는 계층에 속하지 않았더라면 즐겁지 않았을 것이다. 그는 스스로를 정통 그리스도교인이 아니라고 여긴 적이 없고 그런 주제가 제기되면 선행적 은총에 대해 주장했을 테지만, 나는 그에게 진짜 신은 훌륭한 실용적인 계획과 빈틈없는 작업, 떠맡은 업무를 충실하게 완성하는 것이었으리라고 생각한다. 그에게 악마는 다름 아닌 태만한 일꾼이었다. 하지만 케일럽에게 신을 부정하는 마음이 있는 것은 아니었다. 세상이 너무나 경이롭게 보였기에 그는 수많은 천계(天界)를 받아들이듯이 수많은 체계도 받아들일 수 있었다. 다만 그 체계들이 최고의 배수로와 견고한 건물, 정확한 측량, (석탄 채취를 위한) 신중한 굴착 공사에 방해가 되지 않는다면 말이다. 사실 그는 뛰어난 실용적인 머리를 타고난 경건한 사람이었다. 하지만 자금 관리법에 대해서는 잘 알지 못했다. 가치에 대해서는 잘 알았지만 이윤과 손실로 나타나는 금전적 결과를 따져 보는 상상력은 예리하지 못했다. 쓰라린 경험을 통해 이런 사실을 확인하게 되자 그는 사랑하는 '사업'이라도 그런 재능이 필요한 일이면 무엇이든 포기하겠다고 마음먹었다. 그래서 자본을 다루지 않고 할 수 있는 일에 전념했고, 그가 사는 지역에서 모두들 일을 맡기고 싶어 하는 소중한 사람이 되었다. 그는 맡은 일을 잘했고, 대가를 아주 적게 요구했으며, 청구하지 않는 경우도 종종 있었다. 그러므로 가스 가족이 가난하게 "근근이 살아간" 것은 놀라운 일도 아니었다. 하지만 그들은 개의치 않았다.

25장

사랑은 자신을 기쁘게 해 주려 하지 않고
자신을 보살피지 않으며
다른 이에게 안락을 주고
지옥의 절망에서 천국을 세운다.
⋯⋯
사랑은 오로지 자신을 기쁘게 해 주고
자신의 즐거움에 다른 이를 옭아매고
다른 이가 안락을 잃었을 때 즐거워하며
천국에서도 지옥을 세운다.

— W. 블레이크, 『경험의 노래』[136]

    프레드 빈시는 메리가 자신의 방문을 예상하지 않고 이모부가 아래층에 내려오지 않았을 때 스톤 코트에 도착하기를 바랐다. 그러면 그녀는 징두리널을 두른 응접실에 혼자 앉아 있을 것이다. 그는 집 앞쪽의 자갈길에서 소리를 내지 않도록 뜰에서 말을 내렸고, 문손잡이가 돌아가는 소리 외에는 아무 기척도 없이 응접실에 들어섰다. 메리는 평소의 구석 자리에 앉아 미소를 띠고 피오지 부인의 존슨 회상록[137]을 읽고 있다가 웃음기를 띤 얼굴로 올려다보았다. 프레드가 말없이 다가

---

136) 윌리엄 블레이크(William Blake, 1757~1827)의 『경험의 노래』 중 「덩어리와 자갈」, 1~4, 9~12행.
137) 헤스터 린치 스레일 피오지(Hester Lyinch Thrale Piozzi, 1741~1821)의 『작고한 새뮤얼 존슨의 일화』.

가 핼쑥한 얼굴로 벽난로 선반에 팔꿈치를 올려놓고 서 있자 그 웃음기가 서서히 사라졌다. 그녀도 아무 말도 하지 않고 다만 물어보듯이 눈을 들어 그를 바라보았다.

"메리……." 그가 말을 꺼냈다. "난 아무짝에도 쓸모없는 건달이야."

"그런 단어들은 한 번에 하나만 있어도 충분할 거야." 메리는 미소를 지으려 했지만 왠지 두려웠다.

"이제부터 넌 나를 절대로 좋게 생각하지 않을 거야. 날 거짓말쟁이라고 하겠지. 정직하지 않다고 생각할 거고. 내가 너와 네 부모님을 좋아하지 않는다고 생각할 거야. 너는 늘 나를 가장 나쁜 놈으로 여기잖아."

"그럴 이유가 충분하다면 그렇게 생각할 수 있겠지, 프레드. 그렇지만 네가 무슨 일을 저질렀는지 당장 말해 줘. 괴로운 진실을 상상하기보다는 분명히 아는 편이 나으니까."

"빚을 졌어. 160파운드를. 네 아버지께 어음에 서명해 달라고 부탁드렸어. 네 아버지께 아무 손해도 끼치지 않을 줄 알았어. 그 돈을 갚을 수 있다고 믿었거든. 그리고 최대한 애를 썼어. 그런데 요새 운이 너무 나빠서 — 내가 산 말이 형편없는 놈이라는 게 밝혀져서 — 고작 50파운드밖에 못 갚게 되었어. 그런데 내 아버지께는 돈을 부탁할 수도 없어. 한 푼도 안 주실 거야. 이모부는 얼마 전에 100파운드를 주셨고. 그러니 내가 뭘 할 수 있겠어? 지금 네 아버지는 돈이 없으셔서 어머니가 저축하신 92파운드를 쓰셔야 할 거야. 네 어머니는 네가 저축한 돈도 써야 할 거라고 말씀하셨어. 내가 얼마나……."

"아, 가엾은 엄마, 가엾은 아빠!" 메리의 눈에 눈물이 고였고, 억누르려 애썼지만 터져 나오는 흐느낌을 억제할 수 없었다. 집에서 벌어졌을 광경을 선명히 떠올리면서 그녀는 똑바로 앞을 응시했고, 프레드에게 전혀 눈길을 돌리지 않았다. 그도 어느 때보다 더 비참한 기분을 느끼며 잠시 입을 다물었다.

"네게 그렇게 손해를 입힐 생각은 전혀 없었어, 메리." 그가 마침내 말했다. "넌 절대로 나를 용서하지 못하겠지."

"내가 너를 용서하든 말든 그게 무슨 대수야?" 메리가 격렬하게 소리쳤다. "내가 널 용서하면 어머니가 앨프리드를 한머씨 학교에 보내려고 사 년간 아이들을 가르치며 모은 돈을 잃는 게 조금이라도 나아지겠어? 내가 널 용서하면 넌 그 일을 유쾌하게 생각하겠어?"

"하고 싶은 말 다 해, 메리. 난 어떤 비난을 받아도 싸니까."

"아무 말도 하고 싶지 않아." 메리는 조용히 말했다. "내가 화를 내 봐야 아무 소용도 없으니까." 그녀는 눈물을 닦고 책을 내려놓더니 일어서서 뜨갯거리를 가져왔다.

프레드는 눈으로 그녀를 뒤쫓았고, 그녀와 눈이 마주치기를, 그러면서 참회하는 마음을 호소할 수 있기를 바랐다. 그러나 아니었다! 메리는 눈을 들지 않았다.

"네 어머니의 돈을 써 버리게 되어 정말 유감이야." 그녀가 자리에 앉아 재빨리 손을 놀려 뜨개질을 하고 있을 때 그가 말했다. "네게 묻고 싶었어. 네가 이모부께 말씀드리면…… 내 말은 앨프리드를 도제로 보내는 것에 대해서 말씀드리면 페더스톤 씨가 돈을 빌려주시지 않을까?"

"우리 가족은 구걸을 좋아하지 않아, 프레드. 돈을 마련하려면 일하는 쪽을 선택할 거야. 게다가 페더스톤 씨가 최근에 네게 100파운드를 주셨다고 했잖아. 그분은 선물을 주는 일이 거의 없어. 우리에게는 한 번도 돈을 주신 적이 없었어. 우리 아버지는 무엇을 위해서든 절대 부탁하지 않으실 거야. 내가 페더스톤 씨에게 간청해도 소용없을 테고."

"난 너무 비참해, 메리. 내가 얼마나 비참하게 느끼는지 안다면 나를 가엾게 여길 거야."

"그보다 더 가여운 것도 많아. 하지만 이기적인 사람들은 늘 자기들 불편이 세상의 무엇보다도 중요하다고 생각하지. 난 매일 지긋지긋하게 그런 것을 보고 있어."

"나를 이기적이라고 하는 건 공정하지 않아. 다른 젊은 애들이 어떻게 행동하는지 안다면 넌 나를 질 나쁜 건달이라고 말할 수 없을 거야."

"돈을 어떻게 갚을지도 모르면서 자신을 위해 펑펑 쓰는 사람은 이기적인 사람이라고 생각해. 그런 사람은 다른 사람들이 무엇을 잃을지가 아니라 자기가 무엇을 얻을지를 늘 생각하지."

"누구라도 불운한 상황에 처하면 돈을 갚을 의도가 있어도 못 할 수 있어, 메리. 이 세상에 네 아버지보다 더 훌륭한 사람은 없는데 지금 어려운 처지에 계시잖아."

"어떻게 감히 우리 아버지와 너를 비교하니, 프레드?" 메리는 몹시 화가 난 목소리로 말했다. "아버지께서는 한가하게 쾌락을 좇다가 곤경에 빠지신 적이 없어. 늘 다른 사람들을 위해 어떤 일을 할지 생각하셨지. 그런 데다 다른 사람들이 입은 손실을 보상해 주려고 힘겹게 지내며 열심히 일하셨어."

"넌 내가 좋은 일을 하려고 애쓰지 않을 거라고 생각하는구나, 메리. 사람을 나쁘게 생각하는 건 너그럽지 못한 일이야. 네가 누군가에게 영향력을 미칠 수 있으면 그가 더 나은 사람이 되도록 영향을 줄 수도 있을 텐데. 그런데 넌 그렇게 하지 않잖아. 어쨌든 난 이제 가겠어." 프레드는 무기력하게 말을 맺었다. "다시는 네게 아무 말도 하지 않을 거야. 이런 고통을 줘서 아주 미안해. 그게 전부야."

메리는 일감을 떨어뜨리고 올려다보았다. 소녀의 사랑에도 모성적인 요소가 종종 깃들기 마련이고, 메리의 성격에는 우리가 소녀다움이라 여기는 냉정하고 빈약한 감성과 매우 다른 감수성이 힘겨운 경험을 통해 형성되어 있었다. 프레드의 마지막 말을 듣자 그녀는 순간적으로 예리한 고통을 느꼈다. 그것은 길을 잃고 헤매면서 해를 입을지 모를 버릇없고 제멋대로인 아이의 흐느낌이나 비명을 상상하면서 그 어머니가 느낄 고통과 비슷한 감정이었다. 고개를 들어 무겁고 절망적인 시선과 마주쳤을 때 그에 대한 연민이 일어나 분노와 근심을 억눌렀다.

"아, 프레드, 무척 아파 보이는구나! 잠시 앉아 있어. 아직 가지 말고. 고모께 네가 왔다고 말씀드릴게. 일주일 내내 너를 보지 못했다고 궁금해하셨거든." 메리는 무슨 말을 하는지도 모르면서 생각나는 대로, 하지만 위로와 간청이 뒤섞인 목소리로 급히 말하고 페더스톤 씨에게 가려는 듯이 일어섰다. 물론 프레드에게는 구름이 갈라지고 그 사이로 한 가닥 햇살이 내려온 듯한 느낌이었다. 그는 자리를 옮겨 그녀 앞에 섰다.

"한마디만 해 줘, 메리. 그러면 무슨 일이든 하겠어. 나를 나쁘게 생각하지 않겠다고, 나를 완전히 포기하지 않겠다고 말해 줘."

"너를 나쁘게 생각하는 것이 내게 즐거운 일이라도 되는 듯이 말하는구나." 메리가 슬픈 목소리로 말했다. "너를 게으르고 경박한 인간으로 보는 것이 내게 몹시 고통스러운 일이 아닌 듯이 말이야. 다른 사람들은 열심히 노력하며 일하는데, 그리고 해야 할 일도 많은데 어떻게 너는 그런 경멸을 당하며 견딜 수 있어? 유용한 일이 많은 세상에서 어떻게 아무 쓸모도 없는 상태를 견딜 수 있니? 게다가 네게는 좋은 점이 아주 많잖아, 프레드. 많은 일을 이룰 수 있을 텐데."

"네가 바라는 거라면 무슨 일이든 노력하겠어, 메리. 네가 나를 사랑한다고 말해 준다면."

"늘 남들에게 의지하면서 남들이 자기를 위해 무엇을 해 줄지 기대하는 사람을 사랑한다고 말한다면 부끄럽겠지. 네가 마흔 살이 되면 어떻게 되어 있을까? 아마 보이어 씨 같겠지. 벅 부인의 응접실에 얹혀살며 한껏 게으름을 피우면서 뚱뚱하고 추레한 모습으로 누군가 정찬에 초대해 주기를 바라고, 아침나절에는 우스꽝스러운 노래를 배우며 시간을 보내고, 아니 플루트로 노래 연주하는 법을 배우고 말이야."

프레드의 장래에 대한 질문을 던지고 나서 메리는 입술을 삐죽이며 웃음을 띠기 시작했고 (젊은이의 영혼은 변덕스럽기 그지없으므로) 말이 끝나기 전에 웃음기로 온 얼굴이 환히 빛났다. 메리가 그를 다시 비웃자 프레드는 고통이 멎는 것 같았다. 그는 그녀를 따라 미소 지으면서 손을 잡으려 했다. 그러나 그녀는 재빨리 몸을 돌리고 문으로 걸어가며 말했다. "고모부께 말씀드릴게. 잠깐이라도 뵙고 가야 해."

속으로 프레드는 메리의 냉소적인 예언이 실현될 일이 절대 없도록 자신의 장래가 보장되어 있다고 느꼈다. 메리가 결정해 주기만 하면 기꺼이 전념할 "무슨 일"은 별도로 치더라도 말이다. 메리가 옆에 있을 때는 감히 페더스톤 씨의 유산에 대해 언급할 수 없었다. 그녀는 매사가 오로지 그 자신에게 달린 듯이 늘 그 유산을 묵살했다. 하지만 재산을 실제로 소유하게 된다면 그녀는 그의 지위가 달라졌음을 인정해야 할 것이다. 이모부를 보러 올라가기 전에 이런 생각들이 잠시 무기력하게 그의 마음을 스쳤다. 그는 감기에 걸렸다는 핑계를 대고 이모부의 방에서 잠시만 머물렀고, 그 집을 나서기 전에 메리를 다시 보지 못했다. 그러나 집으로 돌아가는 길에 그는 우울한 마음보다 몸이 아프다는 사실을 더 의식하기 시작했다.

어둠이 깔린 직후 케일럽 가스가 스톤 코트에 찾아왔을 때 메리는 놀라지 않았다. 평소 그는 딸을 찾아올 시간이 거의 없었고 페더스톤 씨와 이야기를 나누는 것도 좋아하지 않았지만 말이다. 반면 노인은 어떻게 해도 괴롭힐 수 없는 처남을 만나는 것을 불편해했다. 처남은 가난을 조롱해도 전혀 개의치 않았고, 노인에게 부탁할 일도 없었으며, 농업과 광업에 관한 일이라면 노인보다 더 잘 알았다. 메리는 부모님이 보고 싶어 하리라고 생각했기에 아버지가 찾아오지 않았으면 이튿날 허락을 받고 한두 시간 정도 짬을 내어 집에 다녀왔을 것이다. 케일럽은 페더스톤 씨와 차를 마시면서 물가에 대한 이야기를 나누고는 일어서서 작별 인사를 하며 말했다. "네게 할 말이 있단다, 메리."

그녀는 양초를 들고 큰 응접실로 들어갔다. 난롯불을 피우지 않은 방의 검은 마호가니 탁자에 흐릿한 양초를 내려놓고 그녀는 몸을 돌려 두 팔로 아버지의 목을 끌어안고서 어린아이처럼 입맞춤을 퍼부었다. 그는 기쁨을 느꼈고, 애무를 듬뿍 받아 표정이 부드러워진 아름다운 큰 개처럼 넓은 이마에 온화한 빛이 감돌았다. 메리는 그가 특히 사랑하는 자식이었다. 아내가 뭐라 말하든 간에, 물론 아내의 의견이 여타 문제에서는 늘 옳았지만 케일럽은 프레드든 다른 누구든 메리를 다른 여자아이들보다 더 사랑스럽게 여기는 것이 당연하다고 생각했다.

"할 말이 있단다, 얘야." 케일럽이 망설이듯이 말했다. "아주 좋은 소식은 아니야. 하지만 그보다 더 나쁠 수도 있었겠지."

"돈에 관한 이야기예요, 아빠? 무슨 일인지 알 것 같아요."

"그래? 어떻게 된 일인지? 내가 또 바보같이 굴었단다. 어떤 어음에 내 이름을 적어 주었는데 이제 그걸 갚아야 하게 생겼어. 네 엄마가 모아 둔 돈을 내놓아야 하게 되었고. 그게 가장 고약하지. 그런데도 그것으로 청산이 되지 않는구나. 110파운

드가 필요한데 네 엄마에게 92파운드가 있고 내게는 은행에
남은 돈이 없단다. 엄마 생각으로는 네게 저축한 돈이 있을 거
라고 하더구나."

"네, 맞아요. 24파운드 조금 넘게 있어요. 아빠가 오실 줄
알았어요. 그래서 돈을 지갑에 넣어 두었어요. 보세요! 예쁜
흰 지폐와 금화예요."

메리는 손가방에서 접혀 있는 돈을 꺼내 아버지의 손에 올
려놓았다.

"그래, 그렇지만 어떻게…… 18파운드만 있으면 된단다…….
자, 나머지는 도로 넣어 두라, 애야. 그런데 어떻게 알았니?"
돈에 대한 무심함을 도무지 떨치지 못한 케일럽이 가장 염려
한 것은 그 사건이 메리의 애정에 어떤 영향을 미칠지에 대해
서였다.

"프레드가 오늘 아침에 말해 주었어요."

"그래! 그 애가 일부러 찾아왔더냐?"

"네, 그런 것 같아요. 무척 괴로워했어요."

"유감스럽게도 프레드를 믿기 힘들 것 같구나, 메리." 그는
주저하듯이 다정하게 말했다. "그 애의 행동은 의도를 따르지
못하는 모양이야. 하지만 나는 누구의 행복이든 그 애와 연루
되어 있다면 안쓰럽게 생각할 거야. 네 엄마도 그렇게 생각할
테고."

"저도 그래요, 아빠." 메리는 눈을 들지 않았지만 아버지의
손등을 뺨에 대면서 말했다.

"꼬치꼬치 캐묻고 싶지는 않단다, 애야. 하지만 너와 프레드

사이에 뭔가 있을지 모른다고 염려되어서 주의를 주고 싶었어. 알다시피 메리……" 이 부분에서 케일럽의 목소리는 더욱 다정해졌다. 그는 탁자에 올려놓은 모자를 밀면서 바라보다가 마침내 눈을 돌려 딸을 보았다. "여자는, 아무리 훌륭한 여자라도 남편이 제공하는 삶을 받아들이고 견디는 수밖에 다른 도리가 없단다. 네 엄마도 나 때문에 많은 것을 참아야 했어."

메리는 아버지의 손등을 입술에 댔고 미소를 지으며 아버지를 바라보았다.

"글쎄, 그래, 세상에 완벽한 사람은 없어. 하지만……" 이 부분에서 가스 씨는 부적절한 말을 보충하려는 듯 고개를 흔들었다. "내가 생각하기에는 이렇단다. 여자가 남편을 믿을 수 없다면, 남편이라는 사람이 원칙이 없어서 다른 사람들에게 잘못을 저지르는 것보다 자기 발가락이 꼬집히는 걸 더 걱정한다면 그 아내의 삶이 어떻겠느냐는 거지. 간단히 말하면 바로 그게 문제란다, 메리. 젊은 애들은 인생이 어떤 것인지 알기 전에 서로 좋아할 수 있겠지. 함께 있기만 하면 인생이 온통 휴일이나 다름없다고 생각할 수 있겠지. 하지만 곧 노동을 해야 할 날들이 다가온단다, 얘야. 너는 대부분의 사람들보다 더 분별력이 있고 과보호를 받으며 자란 것도 아니어서 이런 말을 할 필요가 없을지 모르지만, 아버지는 딸을 생각하면 몹시 걱정이 들기 마련이거든. 게다가 네가 혼자 떨어져 여기서 지내고 있으니까."

"저에 대해서는 걱정하지 마세요, 아빠." 메리는 진지하게 아버지의 눈을 바라보며 말했다. "프레드는 늘 제게 무척 다정하게 대해 줬어요. 그 애는 친절하고 애정도 풍부하고 거짓이 없는 성품을 지녔다고 생각해요. 제멋대로 굴기는 해도요. 하지만 저는 남자다운 독립심도 없고 다른 사람들이 해 줄 것을 믿고 빈둥거리면서 시간을 보내는 사람과는 절대로 장래를 약속하지 않겠어요. 아빠와 엄마가 제게 가르쳐 주신 자존심이 그것을 용납하지 않아요."

"맞는 말이다, 맞는 말이야. 이제 마음이 놓이는구나." 가스 씨는 모자를 집으며 말했다. "그런데 네가 번 돈을 갖고 가려니 마음이 아프구나, 애야."

"아빠!" 메리는 항의하듯이 낮은 목소리로 말했다. "그것 말고도 주머니에 사랑을 가득 담아 집에 가져가 주세요." 그가 바깥문을 닫기 전에 그녀는 끝으로 말했다.

"네 부친은 네가 번 돈이 필요했던 모양이지." 메리가 돌아오자 페더스톤 노인은 평소처럼 불쾌하게 지레짐작으로 넘겨짚었다. "형편이 갑갑하게 조이는 모양이군. 너도 이제 성년이야. 너 자신을 위해서 저축해야지."

"제 가장 좋은 부분은 부모님이라고 생각해요." 메리가 냉정하게 말했다.

페더스톤 씨는 투덜거렸다. 메리처럼 평범한 여자아이가 쓸모가 있다고 여겨지리라는 것을 부정할 수 없었다. 그래서 어느 때나 알맞을 불쾌한 말을 생각해 냈다. "내일 프레드 빈시가 오거든 붙잡고 수다 떨지 말고 즉시 내게 올려 보내라."

26장

"그는 날 때리고 나는 그에게 욕설을 퍼붓지. 아, 그럭저럭 만족스러웠어! 그 반대였으면 좋았을걸! 내가 그를 때리고 그가 내게 욕을 퍼부을 수 있다면."
— 『트로일로스와 크레시다』[138]

　　그러나 다음 날 프레드는 스톤 코트에 가지 않았다. 어쩔 수 없는 이유가 있었다. 다이아몬드를 보러 불결한 하운즐리에 다녀온 날 말 거래를 잘못했을 뿐 아니라 더 불운하게도 병에 걸렸던 것이다. 하루 이틀은 그저 기운이 없고 머리가 아팠다. 그런데 스톤 코트에서 돌아왔을 때 증세가 더욱 심해져 그는 식당에 들어가 소파에 털썩 주저앉아서는 어머니의 근심스러운 질문에 대답했다. "몸이 몹시 아파요. 렌치를 불러와야겠어요."

　　렌치는 왕진을 왔지만 병세가 심각하다고 생각하지 않아서 "가벼운 어지럼증"이 있을 뿐이라고 말했다. 다음 날 다시 오

---

138) 2막 3장 3~4행. 셰익스피어의 가장 모호한 문제극으로 알려진 비극.

겠다고 말하지도 않았다. 그는 빈시 일가를 마땅히 중요한 고객으로 생각했지만 빈틈없는 사람이라도 매일같이 판에 박힌 일을 하다 보면 약간 둔감해지기 마련이고, 이따금 근심 걱정이 있는 날에는 매일 울리는 종처럼 습관적으로 일하게 된다. 렌치 씨는 체구가 자그마하고 말끔하고 성미가 까다로운 사람으로 잘 손질한 가발을 쓰고 다녔다. 고되게 일을 해 왔고 화를 잘 냈으며 무기력한 아내와 일곱 명의 자식이 있었다. 그가 팁턴의 반대쪽에 사는 민친을 만나러 6킬로미터나 되는 먼 길을 나섰을 때는 이미 상당히 늦은 시간이었다. 시골 개업의였던 힉스가 죽은 후 그쪽 방면으로 미들마치 환자가 늘었다. 위대한 정치가들도 실수를 저지른다. 그렇다면 하찮은 의사들이 실수를 저지르지 않을 이유가 어디 있겠는가? 렌치 씨는 늘 하듯이 흰 약 꾸러미를 잊지 않고 빈시 씨 집에 보냈고, 이번에 꾸러미에는 검은색의 독한 하제가 들어 있었다. 가엾은 프레드는 약을 먹어도 고통이 줄지 않았다. 하지만 그가 말했듯이 자신이 "병에 걸렸다"고는 믿을 수 없었기에 다음 날도 평소처럼 편한 시간에 일어나서 아침을 먹을 생각으로 아래층에 내려왔다. 하지만 난롯가에 앉아 와들와들 떨고 있을 수밖에 없었다. 빈시 부인은 렌치 씨를 다시 부르러 보냈지만 이미 왕진을 나가고 없었기에 사랑하는 아들의 달라진 얼굴과 고통스러워하는 모습을 보면서 울음을 터뜨리더니 스프래그 선생을 불러오겠다고 말했다.

"아, 말도 안 돼요, 엄마! 아무것도 아니에요." 프레드가 뜨겁고 메마른 손을 내밀며 말했다. "곧 괜찮아질 거예요. 그 지저분하고 축축한 곳에서 말을 달리다가 감기에 걸린 게 분명해요.”

“엄마!” 창문 가까이 앉아 있던 (식당은 로윅 게이트라고 불리는 대단히 품위 있는 거리 쪽으로 창문이 나 있었다.) 로저먼드가 말했다. “리드게이트 씨가 저기서 누구와 이야기를 하고 있어요. 내가 엄마라면 저 의사를 불러올 텐데. 그는 엘렌 불스트로드의 병을 고쳤대요. 무슨 병이든 다 고친다잖아요.”

빈시 부인은 의사들 간의 불문율을 고려하지 않고 오직 프레드 생각에 벌떡 일어나 창가로 가서 순식간에 창문을 열었다. 리드게이트는 고작해야 2미터쯤 떨어진 맞은편 철제 울타리 옆에 서 있다가 갑자기 창문이 올라가는 소리를 듣고는 부인이 부르기도 전에 뒤돌아보았다. 이 분 후 그는 방에 들어섰고, 로저먼드는 자신이 그 자리에 있으면 예법에 맞지 않으리라는 생각에 갈등을 겪다가 근심 어린 예쁜 얼굴을 충분히 보여 줄 정도만 기다린 후에 방을 나섰다.

리드게이트는 빈시 부인이 놀라운 본능으로 시시콜콜한 것들을 전부 다 기억하고 특히 렌치 씨가 했던 말과 다시 오겠다고 하지 않았음을 강조하는 이야기를 들어야 했다. 그는 렌치와 곤란한 일이 벌어지겠다고 즉시 예상했지만 환자의 상태가 꽤 심각했기에 그런 생각을 떨쳐야 했다. 프레드는 장티푸스 열병의 발열 단계에 있고 약을 잘못 먹은 것이 분명했다. 그를 당장 침대에 눕혀야 하고, 항시 돌봐 줄 간호사가 있어야 하며, 여러 가지 의료 수단을 사용하고 주의해야 한다고 리드게이트는 상세히 설명했다. 이처럼 위험을 암시하는 징조에 공포를 느낀 가엾은 빈시 부인은 가장 쉽게 떠오르는 말로 불안감을 표현했다. 그것은 "렌치 씨의 고약한 처사"였다. 자기 집안은 피콕 씨와도 가까이 지냈지만 렌치에게 특혜를 주어서 그렇게나 오랫동안 진료를 맡겨 왔는데 렌치 씨가 왜 다른 사람들의 자식보다 자기 자식을 더 소홀히 했는지 도무지 이해할 수 없었다. 그는 라처 부인의 아이들이 홍역에 걸렸을 때 소홀히 하지 않았다. 물론 빈시 부인은 그가 그 부인의 아이들을 소홀히 하기를 바라지는 않을 것이다. 하지만 만일 무슨 일이 일어난다면…….

이 부분에서 가엾은 빈시 부인은 완전히 풀이 죽었고, 니오베처럼 생긴 목과 명랑한 얼굴에 슬프게도 경련이 일었다. 그들은 프레드가 듣지 못하도록 홀에서 이야기를 나누었는데 응접실 문을 열어 두었던 로저먼드가 이제 근심스러운 얼굴로 걸어 나왔다. 리드게이트는 전날의 증상이 눈속임이었을 테고 이런 열병은 발병 초기에 분명치 않은 경우가 많다고 렌치 씨를 변명해 주었다. 그러고는 시간을 낭비하지 않기 위해 즉시 약제사에게 가서 처방대로 약을 짓도록 하고, 자신이 어떻게 처방했는지를 렌치 씨에게 편지로 알려 주겠다고 말했다.

"하지만 다시 왕진을 와야 해요. 당신이 계속 프레드를 보살펴 줘야지요. 올지 안 올지도 모르는 사람에게 내 아들을 맡길 수는 없어요. 내가 누구에게든 악의를 품은 건 아니에요. 감사하게도. 그리고 렌치 씨는 내가 늑막염에 걸렸을 때 나를 구해 줬어요. 하지만 날 그냥 죽게 내버려 두는 편이 나았을 거예요, 만일, 만일……."

"그러면 제가 렌치 씨와 여기서 만나도록 하겠습니다. 그렇게 할까요?" 리드게이트는 렌치가 이런 병세를 현명하게 다룰 수 없을 거라고 진심으로 믿었기에 이렇게 말했다.

"제발 그렇게 해 주세요, 리드게이트 씨." 로저먼드는 부축하려고 다가와서 어머니의 팔을 잡고 가며 말했다.

집에 돌아왔을 때 빈시 씨는 렌치에 대해서 무척 분개했고, 렌치가 자기 집에 다시는 오지 않더라도 개의치 않을 작정이었다. 렌치가 좋아하든 말든 간에 이제부터는 리드게이트를 주치의로 삼아야 한다. 집안에 열병 환자가 있다는 것은 가볍게 넘길 일이 아니었다. 이제 사람들에게 목요일 정찬에 오지 말라고 알려야 한다. 프리처드는 포도주를 준비하지 않아도 된다. 감염에 대비하기 위한 최선책은 브랜디니까. "난 브랜디를 마시겠소." 빈시 씨는 힘주어 덧붙였는데 마치 지금은 공포탄으로 사격할 때가 아니라고 말하는 것 같았다. "녀석은 유난히 운이 없어. 프레드 말이오. 이 모든 불운을 만회하려면 차차 행운이 따라 줘야지. 그렇지 않으면 장남을 두고 싶어 할 사람이 어디 있겠소?"

"그런 말 말아요, 여보." 어머니가 입술을 떨면서 말했다. "내가 아들을 빼앗기는 걸 바라지 않으면요."

"당신은 죽고 싶도록 괴롭겠지, 루시. 그건 잘 알고 있소." 빈시 씨가 더욱 부드럽게 말했다. "어쨌든 렌치는 내가 이 일에 대해 어떻게 생각하는지 알게 될 거요." (빈시 씨는 렌치가 그의, 즉 시장의 가족에게 적절한 배려를 했더라면 열병을 어떻게든 막을 수 있었으리라는 혼란스러운 생각에 빠져 있었다.) "나는 새로운 의사나 새로운 목사를 환호하며 반기는 사람이 절대 아니야. 그들이 불스트로드의 일당이든 아니든 간에. 하지만 렌치는 내가 어떻게 생각하는지 알게 될 거요. 그가 그걸 어떻게 받아들이든 간에."

렌치는 전혀 기분 좋게 받아들이지 않았다. 리드게이트는 평소의 무뚝뚝한 태도로 되도록 공손하게 대했지만 자신을 불리한 입장에 내몬 사람의 공손한 태도는 분노에 부채질을 했을 뿐이고, 특히 전부터 싫어한 사람이었을 경우에는 더욱 그러했다. 시골 개업의들은 대체로 화를 잘 내는 데다 체면에 민감했다. 그리고 렌치 씨는 그중에서도 가장 화를 잘 내는 사람이었다. 그는 그날 저녁에 리드게이트와 만나기를 거절하지 않았지만 그때 그의 성미는 상당히 고역을 치러야 했다. 빈시 부인의 푸념을 들어야 했던 것이다.

"아, 렌치 씨, 대체 내가 뭘 어쨌다고 날 이렇게 취급하나요? 그냥 가 버리고 다시 오지도 않다니! 내 아들이 사지가 늘어져 시체가 될 뻔했잖아요!"

원수 같은 전염병에 대해 분노의 불길을 북돋우고 있던 빈시 씨는 결국 상당히 격앙된 상태였기에 렌치가 들어오는 소리를 듣자 벌떡 일어나 현관으로 가서 자기 생각을 알려 주었다.

"정말이지, 렌치, 이건 사소한 일이 아니오." 최근에 범죄자들을 공식적으로 힐난해야 했던 시장이 말했다. 그는 엄지손가락을 겨드랑이에 끼고는 가슴을 쫙 폈다. "모르는 사이에 열병을 이처럼 집안에 들여놓다니. 소송을 제기할 수 있어야 하지만 그렇지 않은 것들도 있지. 내 의견은 그렇소."

그런데 렌치에게는 이런 불합리한 비난을 견디는 것이 가르침을 받는 느낌, 아니 리드게이트 같은 애송이가 속으로 자신에 대해 교육이 필요하다고 생각했다는 느낌을 견디는 것보다 차라리 더 쉬웠다. 후에 렌치 씨가 말했듯이 "실제로" 리드게이트는 외국에서 주워들은 경박하고 오래가지 않을 개념들을 떠벌렸던 것이다. 그는 그 자리에서 분노를 삼켰지만 나중에 편지를 보내 진료를 더 이상 맡지 않겠다고 말했다. 그 집안의 주치의로 남는 편이 유리하겠지만 전문적인 문제에 관해 렌치 씨는 누구에게도 굽실거리지 않을 것이다. 리드게이트도 언젠가 실수를 저지르다 탄로가 날 테고, 동료 의사들이 약을 판매하는 관행을 폄훼하는 그의 신사답지 못한 행동의 결과가 결국 그에게 되돌아갈 거라고 생각했다. 그는 리드게이트가 속기 잘하는 사람들에게서 허울뿐인 명성을 얻어 내려고 돌팔이에게나 어울릴 술책을 쓰고 있다고 신랄하게 말했다. 건전한 개업의들은 치료법에 관한 그런 위선적인 말을 쓴 적이 없다는 것이었다.

이 지적에서 리드게이트는 렌치가 바란 만큼 큰 상처를 입었다. 무식한 사람들에게 과도한 칭찬을 받는 것은 창피스러울 뿐 아니라 위험했고, 일기 예보자의 평판과 마찬가지로 부러워할 것이 아니었다. 사람들의 어리석은 기대를 받으며 일을 해 나가야 하는 것이 참을 수 없었다. 그리고 전문가답지 않은 솔직함 때문에 그는 렌치 씨가 바라는 만큼 스스로에게 해를 입힐 것 같았다.

어떻든 간에 리드게이트는 빈시 가족의 주치의가 되었고,

그 사건은 미들마치의 어디에서나 입방아에 올랐다. 어떤 이들은 빈시 가족의 처신이 점잖지 못했고, 빈시 씨가 렌치를 협박했으며, 빈시 부인이 렌치에게 자기 아들을 독살하려 했다고 비난했다고 말했다. 다른 사람들은 리드게이트가 그 집 앞을 지나간 것이 신의 은총이었고, 그는 열병에 관해 놀랍게도 유식하며, 불스트로드가 그를 내세운 것이 옳았다고 말했다. 리드게이트가 도시에 온 것은 실로 불스트로드 때문이라고 믿는 사람이 많았다. 뜨개질을 할 때마다 늘 코를 세면서 한 줄씩 떠 나가는 사이에 새로운 소식을 단편적으로 얻어들어 오해할 소지가 많았던 태프트 부인은 리드게이트가 불스트로드의 사생아라는 생각을 품게 되었다. 그 사실은 복음주의자에 대한 그녀의 의혹이 옳음을 입증하는 것 같았다.

어느 날 그녀는 페어브라더 부인에게 이 생각을 알렸고, 부인은 잊지 않고 아들에게 그것을 전해 주면서 말했다.

"나는 불스트로드가 어떤 짓을 저질렀어도 놀라지 않을 거야. 하지만 리드게이트 씨에 대해서 그렇게 생각하려니 유감이구나."

"아니, 어머니……" 페어브라더 씨는 폭소를 터뜨리고 나서 말했다. "리드게이트가 북부의 좋은 가문 출신이라는 것을 잘 아시잖아요. 여기 오기 전에 그는 불스트로드에 대해 들어 본 적도 없어요."

"그렇다면 리드게이트 씨에 대해서는 다행이구나, 캠던." 노부인은 깐깐하게 따지듯이 말했다. "하지만 불스트로드에 관해서는 아들이 있다는 말이 사실일지도 몰라."

27장

"고귀한 뮤즈에게 올림포스의 사랑을 칭송하게 하라.
우리는 인간에 불과하기에 인간을 노래해야 하니."[139]

내 친구 중 탁월한 철학자는 누추한 가구라도 과학의 고요한 빛을 비춤으로써 그럴듯하게 보이도록 만들 수 있었고, 다음과 같은 사소하면서도 의미심장한 사실을 내게 알려 주었다. 체경이나 매끄러운 칼의 넓은 표면을 하녀에게 문질러 닦게 하면 세밀하게 긁힌 많은 부분이 온갖 방향으로 생겨날 것이다. 그런데 이제 그 옆에 불이 켜진 초를 조명의 중심축으로 세워 두자. 자, 보라! 흠집들은 작은 태양 주위에서 섬세하게 이어지는 동심원으로 배열되는 듯이 보일 것이다. 그 흠집들이 어디에서나 골고루 퍼져 나간다는 것은 증명할 수 있다. 동심원이 배열되는 기분 좋은 환상을 만들어 내는 것은 바로

---

139) 테오크리토스의 『목가』 xvi, 3~4행을 조지 엘리엇이 번역한 부분.

촛불이고, 그 빛은 오로지 시각적인 선택에 따라 비춰진다. 이 것은 한 가지 비유다. 홈집은 사건이고, 촛불은 지금 옆에 없는 사람, 가령 빈시 양의 자기중심적인 자아를 가리킬 수 있다. 로저먼드는 자기 나름대로 은총을 받았는데 그 은총은 친절하게도 그녀를 다른 아가씨들보다 더 매력적으로 만들어 주었고, 그녀가 리드게이트와 효과적으로 가까워질 수 있도록 프레드의 병과 렌치 씨의 실수를 배열해 놓은 것 같았다. 만일 부모가 바란 대로 로저먼드가 스톤 코트나 다른 곳으로 옮겨 갔더라면 이 배열을 위반하는 것이 되었을 터다. 더군다나 리드게이트 씨는 그런 예방책이 불필요하다고 생각했다. 그래서 프레드의 병이 밝혀지고 난 다음 날 아침에 모건 양과 어린아이들은 멀리 농가로 보냈지만 로저먼드는 아빠와 엄마를 두고 떠나지 않겠다고 선언했다.

가엾은 엄마는 정말이지 여자의 몸에서 태어난 어떤 인간이라도 연민을 느낄 대상이었다. 빈시 씨는 아내를 맹목적으로 좋아했기에 프레드보다도 아내 때문에 더 근심이 컸다. 그가 고집을 부리지 않았더라면 그녀는 조금도 쉬지 않았을 것이다. 그녀의 화사한 얼굴은 수심으로 가득했고, 늘 산뜻하고 화려하게 차려입던 옷차림도 의식하지 않았다. 가장 관심을 끌었던 광경과 소리에도 무감각해져서 마치 눈에 생기가 없고 깃털이 헝클어진 병든 새 같았다. 혼수상태에 빠진 프레드가 자신이 닿을 수 없는 곳에서 헤매고 있는 듯하여 가슴이 찢어질 것 같았다. 처음에 렌치 씨에게 분노를 쏟아 낸 후 그녀는 아주 조용해졌다. 리드게이트에게 단 한 번 나지막하게 외쳤을 뿐이었다. 그를 따라 방을 나와서 그의 팔에 손을 올려놓고 신음하듯이 말했다. "내 아들을 구해 주세요." 한번은 "그 애는 언제나 착한 아들이었어요, 리드게이트 씨. 제 어미에게 단 한 번도 심한 말을 하지 않았어요."라고 애원했다. 마치 가엾은 프레드가 그에 대한 비난 때문에 고통을 받고 있는 듯이. 그 어머니는 마음속에 가장 깊이 새겨진 기억까지 더듬었다. 어머니에게 말할 때면 목소리가 한결 부드러워졌던 젊은이는 태어나기 전부터 그녀가 예전에 알지 못했던 새로운 사랑을 쏟아 사랑한 바로 그 아기였다.

"저는 꽤 희망을 품고 있습니다, 빈시 부인." 리드게이트는 말했다. "저와 내려가셔서 음식에 대한 이야기를 나누시지요." 이런 식으로 그는 부인을 로저먼드가 있는 응접실로 이끌어 기분 전환을 시켰고, 그녀를 위해 거기 마련되어 있던 차나 국물을 얼결에 조금 마시게 했다. 이 문제에 관해서 그는 로저먼드와 늘 합의가 되어 있었다. 병실에 들어가기 전에 거의 언제나 그녀를 보았고, 그녀는 어머니를 위해 무엇을 할 수 있을지를 물었다. 그녀가 침착한 마음으로 능숙하게 그의 제안을 실행에 옮기는 태도를 보면 감탄스러웠다. 리드게이트가 병세에 대해 느낀 관심에 로저먼드를 만나리라는 기대감이 뒤섞인 것은 놀랍지 않은 일이었다. 위독한 시기를 넘겨 프레드의 회복에 자신감이 생기자 기대감은 더욱 커졌다. 프레드가 나을지 확실치 않을 때 그는 스프래그의 (그는 렌치를 배려해서 가급적 중립적인 태도를 취하려 했을 것이다.) 왕진을 청하도록 권했다. 하지만 그 의사와 두 번 상의한 끝에 질병 치료는 전적

444

으로 리드게이트에게 맡겨졌고, 그래서 그는 그 치료에 헌신해야 했다. 아침저녁으로 그는 빈시 씨의 집에 들렀다. 마침내 회복기에 접어들어 기운 없이 누워 있는 프레드가 온갖 애무를 필요로 할 뿐 아니라 그 애무를 의식할 수 있게 되어 빈시 부인이 질병을 결국 애정을 마음껏 쏟을 향연처럼 느끼면서 그 집을 방문하는 일은 점점 더 유쾌해졌다.

페더스톤 노인이 리드게이트를 통해 전갈을 보내서 그 자신 피터 페더스톤은 프레드가 없으면 안 되고, 그의 방문을 몹시 아쉬워하므로 서둘러 건강해져야 한다고 했을 때 부모는 활기를 되찾을 이유가 더 커졌다고 믿었다. 그 노인은 몸져누워 있었다. 빈시 부인은 프레드가 말을 알아듣게 되었을 때 그 전갈을 전해 주었다. 그는 숱 많은 금발을 모두 잘라 내어 눈이 더 커 보이는 허약하고 초췌한 얼굴을 어머니에게 향하고서 메리에 대한 언급을 열망하며 메리가 그의 병에 대해서 어떻게 느꼈을지 궁금해했다. 그의 입술에서는 한마디 말도 새어 나오지 않았다. 하지만 "눈으로 듣는 것은 사랑의 놀라운 재주"이므로 어머니는 애정이 충만한 가슴으로 프레드의 갈망을 알아차렸을 뿐 아니라 그 욕구를 채워 주기 위해 어떤 희생이라도 치를 용의가 있었다.

"내 아들이 다시 건강해지는 것을 볼 수만 있다면야." 그녀는 사랑에 눈먼 어리석은 마음으로 말했다. "그리고 누가 알겠니? 어쩌면 너는 스톤 코트의 주인이 될 거야! 그러면 누구든 네가 좋아하는 사람과 결혼할 수 있겠지."

"그 사람이 나와 결혼하지 않겠다고 하면 못 하겠지요, 엄마." 프레드가 말했다. 병을 앓는 동안 그는 어린아이가 되었고, 이렇게 말하면서 눈물을 비쳤다.

"아, 젤리를 조금만 먹으렴, 애야." 빈시 부인은 그렇게 거절을 당할 리 없다고 생각하며 말했다.

남편이 집에 없는 시간이면 부인은 프레드의 곁을 한시도 떠나지 않았고, 그래서 로저먼드는 평소와 달리 혼자 있는 시간이 많아졌다. 물론 리드게이트는 그녀와 긴 시간을 보낼 생각이 없었지만 그들이 나누는 간결하고도 평범한 대화가 수줍음 속의 특이한 친밀감을 만들어 내는 것 같았다. 그들은 말을 할 때 상대를 쳐다보아야 했다. 그것은 사실 당연한 일이지만 어찌 된 일인지 잘 쳐다볼 수가 없었다. 리드게이트는 이런 자의식이 불편하게 느껴지기 시작했고, 어느 날인가는 작동이 잘 안 되는 꼭두각시 인형처럼 눈을 내리깔거나 다른 곳을 보았다. 그러나 그 결과는 더 나빴다. 이튿날에는 로저먼드가 눈을 내리깔았던 것이다. 그래서 눈길이 다시 마주치면 전보다 더 예리하게 의식을 곤두세울 수밖에 없었다. 이런 일에 관해서는 과학에서 도움을 얻지 못했고, 리드게이트는 불장난할 생각이 없었으므로 바보짓에서 도움을 얻을 수도 없었다. 그리하여 이웃들이 그 집을 더 이상 격리할 필요가 없다고 느끼게 되었을 때 로저먼드를 단둘이 만날 기회가 훨씬 줄자 그는 안도감을 느꼈다.

그러나 상대가 뭔가 느끼고 있음을 의식하면서 서로 어색한 가운데 빚어진 친밀감은 일단 생기고 나면 두고두고 영향을 미친다. 날씨라든가 예의에 어긋나지 않는 주제에 대해서 이야기를 나눠 봐야 헛된 방법으로 보이고, 서로 간의 매혹 — 물론 강렬하거나 진지한 매혹이어야 할 필요는 없다 — 을 솔직히 인정하지 않으면 편안하게 행동할 수 없다. 이런 식으로 로저먼드와 리드게이트는 서서히 품위 있게 편안한 관계로 빠져들었고, 그들의 교류는 다시 활기를 띠었다. 그녀의 집에 예전처럼 손님들이 오갔고, 응접실에서 또 다시 음악이 연주되었고, 시장으로서 빈시 씨의 특별한 접대가 다시 시작되었다. 리드게이트는 틈날 때마다 로저먼드 옆에 앉았고, 그녀의 음악을 들으려고 오래 머물렀으며, 스스로를 그녀의 노예라고 불렀다. 그러면서도 속으로는 그녀의 노예가 되지 않을 작정이었다. 당장 결혼해서 만족스러운 가정을 꾸릴 수 있다는 생각은 터무니없으므로 그런 위험에 대비하는 충분한 안전장치가 되었다. 이렇게 장난처럼 사랑에 조금 빠져 있는 것은 유쾌했고, 그가 더 진지한 일을 추구하는 데 방해가 되지 않았다. 결국 불장난을 친다고 해서 반드시 몸을 태우고 그을려야 하는 것은 아니었다. 로저먼드 쪽에서 보자면 이토록 즐거운 날들은 예전에 없었다. 그녀는 사로잡을 가치가 있는 사람에게서 사랑을 받는다고 믿었고, 자신에게서나 다른 사람에게서나 불장난과 사랑을 구분하지 않았다. 그녀는 바로 자기가 원하는 곳으로 순풍을 타고 항해하는 기분이었고, 로윅 게이트에 있는 멋진 집에 대해 많이 생각했으며, 그 집이 비게 되기를 바랐다. 앞으로 결혼하면 아버지 집에서 자주 보았던 그리 유쾌하지 않은 손님들에게서 슬며시 벗어나겠다고 결심했고, 마음에 둔 그 집 응접실이 다양한 양식의 가구로 채워진 광경을 상상했다.

　물론 그녀는 리드게이트 본인에 대해서도 많이 생각했다. 그는 거의 완벽해 보였다. 다만 그가 감정을 느낄 줄 아는 코끼리처럼 그녀의 음악에 매료된 것이 아니라 음표를 더 잘 안다면, 옷에 대한 그녀의 세련된 취향을 더 잘 음미한다면 결함으로 여길 만한 점이 거의 없었을 것이다. 플림데일이나 카이우스 라처 씨와는 얼마나 딴판이던가! 그 청년들은 프랑스어를 전혀 알지 못했고, 염색이나 장사 외에 다른 주제에 대해서 놀라운 지식을 드러내며 말하지도 못했다. 물론 그런 주제에 대해서 언급하기도 부끄러워했다. 그들은 은 손잡이가 달린 채찍을 휘두르고 실크 스카프를 매고 다니며 우쭐대는 미들마치의 유지들이었지만 안절부절못하며 늘 소심하고 우스꽝스러운 태도를 드러냈다. 프레드도 그들보다는 나았다. 적어도 프레드의 억양과 매너는 대학물을 먹은 사람다웠으니까. 반면에 사람들은 리드게이트의 말을 언제나 경청했다. 그는 우월감을 의식하면서도 무심하고 예의 바르게 처신했고, 옷에 대해 생각하지 않으면서도 타고난 취향으로 적절하게 차려입는 것 같았다. 그가 방에 들어설 때 로저먼드는 자부심을 느꼈고, 그가 독특한 미소를 지으며 다가올 때는 자신이 남들의 시샘을 받을 경의의 대상이라는 감미로운 느낌에 가슴이 일렁였다. 만일 리드게이트가 그 섬세한 가슴에 일깨운 자부심을 알았더라면 그는 다른 남자들보다, 심지어 체액 병리학이나 섬유 조직에 대해 지독하게 무지한 사람들보다 더 기뻐했을 것이다. 그는 한 남자가 어떤 점에서 탁월한지 정확히 알지 못하면서도 그 탁월함을 숭배하는 것이 여자의 가장 귀여운 마음가짐이라고 생각했다.

그러나 로저먼드는 자기도 모르게 본심을 드러내거나 빈틈없는 품위와 예의를 지키는 대신 충동에 이끌려 섣불리 행동하는 속수무책의 아가씨가 아니었다. 새집의 가구와 사교에 관한 그녀의 때 이른 계획과 심사숙고의 낌새를 그녀의 대화에서, 심지어 어머니와 나눈 대화에서 알아차릴 수 있었을까? 아니, 다른 아가씨가 그처럼 주제넘게 김칫국부터 마시다가 들켰다는 이야기를 들었더라면 오히려 그녀는 더없이 귀엽게 놀라워하며 비난했을 테고, 실로 그런 일은 가능하지 않다고 믿었을 것이다. 로저먼드는 부적절한 것을 알고 있어도 결코 드러내지 않았다. 그녀는 언제나 적절한 감정과 음악, 춤, 그림, 우아한 메모, 시를 발췌한 비밀 수첩, 완벽한 금발의 사랑스러움을 겸비했고, 그래서 당시의 불운한 남자들에게 저항할 수 없이 매력적인 여자였다. 그녀를 부당하게 악녀로 생각하지 마라. 그녀는 사악한 계획을 세운 적이 없고 야비하거나 욕심 사납지도 않았다. 사실 그녀는 돈에 대해 생각해 본 적이 없고, 남들이 늘 제공해 줄 필수품으로 여겼을 뿐이다. 거짓말하는 습관이 있는 것도 아니었다. 만일 그녀의 말이 사실을 정확히 밝히지 않았다면, 글쎄, 그건 그런 의도가 있어서가 아니라 남을 즐겁게 해 주려는 세련된 교양에서 비롯한 것이었다. 자연은 레먼 부인의 애제자를 완벽하게 만드는 데 다양한 기교를 불어넣었고, 그녀는 (프레드만 빼고) 다들 동의했듯이 미모와 영리함, 상냥함이 희귀하게도 혼합되어 있는 아가씨였다.

리드게이트는 그녀와 어울리는 시간이 점점 더 유쾌하게 느껴졌다. 이제 어색한 분위기가 사라지자 그들은 즐겁게 눈길을 주고받았고, 제삼자에게는 지루하게 들릴 말이 그들에게는 의미심장한 뜻을 담게 되었다. 제삼자를 배제해야 할 대화나 귓속말이 오간 것은 아직 아니었다. 사실 그들은 불장난을 했고, 리드게이트는 그 이상이 아니라고 확고히 믿고 있었다. 만일 남자가 사랑에 빠질 때 현명해질 수 없다면 불장난을 칠 때는 현명할 수 있지 않을까? 미들마치의 남자들은 페어브라더 씨를 제외하면 실로 모두 다 지루하기 짝이 없었고, 리드게이트는 상업적 계약이나 카드놀이를 좋아하지 않았다. 그러니 그가 기분 전환을 위해 할 수 있는 일이 무엇이겠는가? 불스트로드의 집에 종종 초대되기는 했지만 그 집 딸들은 아직 학교도 졸업하지 않은 나이였다. 불스트로드 부인이 신앙심과 세속적인 마음, 현세의 공허함과 컷글라스에 대한 욕망, 더러운 넝마와 최고 능직 천을 동시에 의식하면서 그 상반된 것들을 순진하게 양립하려는 태도는 남편의 변함없는 진지함의 압박을 충분히 덜어 주지 못했다. 이와 대조적으로 빈시 가족은 많은 결점이 있음에도 훨씬 더 유쾌했다. 게다가 그곳은 로저먼드를 반쯤 피어난 붉은 장미 봉오리처럼 보기에도 아름답고 남자의 세련된 즐거움을 위해 교양으로 다듬어진 여자로 키운 곳이었다.

그러나 빈시 양의 호감을 받게 되면서 그는 의사가 아닌 사람들 사이에서도 적을 만들게 되었다. 어느 날 저녁 다소 늦은 시간에 그가 그 집 응접실에 들어섰을 때 이미 손님들이 모여 있었다. 나이 든 사람들을 위해 카드 탁자가 펼쳐져 있었고, (뛰어난 마음의 소유자는 아니지만 미들마치의 훌륭한 신랑감 중 하나인) 네드 플림데일 씨는 로저먼드와 마주 앉아 있었다. 플림데일 씨는 당시의 현대적 발전을 보여 준 화려한 물결무늬 실크 장정의 《킵세이크》[140] 최신호를 가져와서 처음으로 그녀와 함께 볼 수 있어 운이 좋다고 생각했다. 그는 구리판처럼 번들거리는 뺨과 반짝이는 미소를 보여 주는 숙녀와 신사들의 사진을 찬찬히 바라보았고, 우스꽝스러운 시들을 가리키며 최고라고 칭찬하고 감상적인 이야기들을 흥미롭다고 말했다. 로저먼드는 상냥했고, 네드 씨는 예술과 문학에서 최고의 '구애' 수단이자 멋진 아가씨를 즐겁게 해 줄 책을 갖고 있어서 흐뭇해했다. 또한 그는 자기 외모에 만족할, 표면적 이유라기보다는 심오한 이유가 있었다. 피상적인 관찰자에게 그의 턱은 푹 꺼지면서 점점 흡수되는 듯이 보였다. 그래서 사실 그는 실크 장식깃을 고정하느라 애를 먹었다. 당시에는 그렇게 하려면 턱선이 필요했다.

"S 귀부인은 당신과 닮은 것 같아요." 네드 씨가 말했다. 그는 매혹적인 초상화가 실린 면을 펴 놓고 다소 동경하듯이 바라보았다.

"부인은 등이 상당히 넓군요. 이 초상화를 위해 모델로 앉

---

140) 《Keepsake》. 19세기 초에 유행하던 연간 문학지로 선물용의 장식적인 책이다.

아 있었던 모양이에요." 로저먼드는 비꼬려는 생각이 전혀 없이 그저 플림데일의 손이 무척 붉다고 생각하고 또 리드게이트가 왜 오지 않는지를 궁금해하며 말했다. 줄곧 그녀는 레이스를 뜨고 있었다.

"부인이 당신처럼 예쁘다고 말한 건 아니었어요." 네드 씨는 용기를 내어 초상화에서 눈을 들고는 그 부인의 경쟁자를 바라보며 말했다.

"당신은 교묘하게 아부를 잘하시는 것 같아요." 로저먼드는 이 젊은 신사를 두 번째로 거절할 날이 오겠다고 확신했다.

그런데 이제 리드게이트가 들어왔다. 책은 로저먼드가 앉아 있는 구석 자리로 그가 다가오기 전에 덮였다. 그가 그녀의 다른 쪽 옆자리에 편안하고 자신 있게 앉았을 때 플림데일의 턱이 음산한 기후 변화를 나타내는 기압계처럼 뚝 떨어졌다. 로저먼드는 리드게이트가 왔다는 사실뿐 아니라 그것이 미친 영향을 알아차리며 재미있어했다. 질투심을 자극하는 것이 좋았다.

"많이 늦으셨네요!" 악수를 하면서 그녀가 말했다. "엄마는 조금 전에 당신이 오시지 않을 거라고 단념하셨어요. 프레드는 어떤가요?"

"평소와 같아요. 좋아지고는 있는데 다만 서서히 회복 중이지요. 프레드가 일어나서 움직이면, 가령 스톤 코트 같은 곳에 가면 좋겠는데 어머니께서는 약간 반대 의견이 있으신 것 같아요."

"가엾은 오빠!" 로저먼드가 귀엽게 말했다. "프레드가 얼마나 달라졌는지 보시게 될 거예요." 그녀는 다른 구혼자에게 고개를 돌리며 덧붙였다. "그가 병을 앓는 동안에 우리는 리드게이트 씨를 수호천사처럼 믿고 의지했어요."

네드 씨는 불안하게 미소를 지었고, 그동안 리드게이트는 《킵세이크》를 끌어당겨 펼쳐 보고는 경멸하듯이 짧게 코웃음을 치고 인간의 어리석음에 놀라움을 금할 수 없다는 듯이 턱을 치켜들었다.

"왜 그렇게 모욕하듯이 웃으세요?" 로저먼드는 부드럽게 무심한 듯이 물었다.

"어느 쪽이 더 어리석은지, 이 그림들인지 아니면 여기 적힌 글인지를 생각하고 있었어요." 리드게이트는 더없이 확신에 찬 어조로 말했다. 책장을 재빨리 넘기면서 책 전체를 삽시간에 간파한 것 같았고, 로저먼드의 생각에는 희고 큰 손을 매우 돋보이게 드러냈다. "교회에서 나오는 이 신랑을 보세요. 엘리자베스 시대 사람들의 표현대로 이렇게 '설탕을 입힌 날조'를 본 적이 있으세요? 방물장수라도 이렇게 히죽거리는 사람이 있나요? 하지만 여기 있는 글은 틀림없이 그를 이 나라에서 제일가는 신사 중 하나로 묘사했을 겁니다."

"너무 가혹하세요. 당신에게 놀랐어요." 로저먼드는 재미있게 여겼지만 적절히 억제하며 말했다. 가엾은 플림데일은 바로 이 사진을 한참 바라보며 감탄했기에 불쾌한 기분이었다.

"어찌 되었든 《킵세이크》에는 유명 인사들이 많이 기고하고 있어요." 플림데일은 언짢으면서도 소심한 어조로 말했다. "이 책이 어리석다는 이야기는 처음 듣는군요."

"저는 공격의 화살을 당신에게 돌려 야만인이라고 비난해 야겠어요." 로저먼드는 미소를 띤 채 리드게이트를 바라보며 말했다. "아마 레이디 블레싱턴과 L. E. L.[141]에 대해 전혀 모르실 테니까요." 로저먼드는 이 작가들의 글을 즐겨 읽지 않은 것은 아니었지만 찬사를 덧붙여 자기 생각을 드러내지 않았고, 그 책에는 최고 수준의 취향에 걸맞은 것이 전혀 없다는 리드게이트의 사소한 암시에 민감하게 반응했다.

"하지만 월터 스콧 경은…… 리드게이트 씨는 그 작가를 아시겠지요." 플림데일은 이 유리한 사실을 언급하면서 약간 기분이 풀어졌다.

"아, 나는 요새 문학 작품을 전혀 읽지 않아요." 리드게이트는 책을 덮고 밀어내면서 말했다. "소년 시절에 평생 갈 만큼 많이 읽었거든요. 스콧의 시를 외우곤 했지요."

"언제부터 읽지 않으셨는지 궁금하네요." 로저먼드가 말했다. "그러면 제가 아는 작가 중에 당신이 알지 못할 작가를 확인할 수 있으니까요."

"리드게이트 씨는 그런 작가들을 알 만한 가치가 없다고 하실 겁니다." 네드 씨가 일부러 빈정대며 말했다.

"정반대입니다." 리드게이트는 그 말에 화난 기미를 드러내지 않고 짜증스럽게도 자신만만한 미소를 로저먼드에게 보내며 말했다. "빈시 양이 언급했다는 사실만으로도 알 만한 가

---

141) 블레싱턴 백작 부인인 마거리트 파워(Marguerite Power, 1789~1849)와 러티샤 엘리자베스 랜던(Letitia Elizabeth Landon, 1803~1838)은 당대의 인기 있는 소설가들이었다.

치가 있을 테니까요."

플림데일은 이내 자리에서 일어나 휘스트 게임을 보러 가며 지금까지 만난 재수 없는 사람 중에서 리드게이트가 가장 거만하고 불쾌한 사람이라고 생각했다.

"정말이지 경솔하게 행동하셨어요!" 로저먼드는 속으로 재미있어하며 말했다. "당신이 불쾌감을 주었다는 걸 아세요?"

"아니, 플림데일 씨의 책이었나요? 유감이군요. 그 생각은 전혀 못 했어요."

"당신이 여기 처음 오셨을 때 스스로에 대해 말씀하신 걸 인정해야겠어요. 당신은 곰처럼 미련해서 새들의 가르침을 받아야 한다고요."

"음, 내게 무엇이든 가르쳐 줄 새가 있지요. 그녀의 말을 기꺼이 경청하고 있지 않습니까?"

로저먼드의 생각에 자신은 리드게이트와 약혼한 거나 다름없었다. 자기들이 조만간 약혼하리라는 생각은 오래전부터 마음속에 품고 있었다. 그리고 생각이란 알다시피 필요한 재료가 가까이 있을 때 더 확고한 터전을 잡는다. 이와 반대로 리드게이트가 약혼을 하지 않겠다고 생각한 것은 사실이다. 그러나 그것은 거부하려는 몸짓에 불과했고, 약해질 수 있는 다른 결심들이 드리워 놓은 그림자일 뿐이었다. 상황은 거의 확실히 로저먼드의 생각을 지지하고 있었다. 그녀의 생각은 푸른 눈으로 주의 깊게 살피면서 적극적으로 무언가를 이루어 갔지만, 반면에 리드게이트의 생각은 자기도 모르는 사이에 녹아 버리는 해파리처럼 무모하고 무심하기 그지없었다.

그날 저녁에 집으로 돌아갔을 때 그는 용해 과정이 어떻게 진행되었는지를 살피려고 조금도 흐트러지지 않은 관심을 갖고 유리병을 들여다보았고, 매일 쓰는 메모를 평소와 다름없이 정확하게 기록했다. 그에게 헤어나기 어려운 몽상은 로저먼드의 미덕이 아니라 다른 물질의 전형적인 구조였고, 원시 세포야말로 여전히 미지의 애인이었다. 게다가 다른 의사들과의 관계에서 약간 억제되어 있지만 점점 커지는 반감에 약간 흥미를 느끼게 되었다. 불스트로드가 새 병원의 운영 방침을 발표할 터이므로 그 적대감은 더 명백하게 드러날 것이다. 피콕의 환자 중 일부가 그를 주치의로 받아들이지 않았지만 다른 지역에서 그가 심어 준 강한 인상 덕분에 상쇄되리라는 고무적인 징후도 몇 가지 있었다. 바로 며칠 후 우연히 로윅가에서 로저먼드와 마주쳤을 때 그는 말에서 내려 함께 걸으며 지나가는 무리로부터 그녀를 보호해 주었는데, 그때 말에 탄 어떤 하인이 그를 멈춰 세우고는 피콕이 진료한 적 없던 어떤 유지의 집으로 와 달라는 전갈을 전했다. 이런 특별한 경우로는 두 번째 사건이었다. 그는 제임스 체팀 경의 하인이었고, 로윅 매너로 와 달라는 것이었다.

28장

첫 번째 신사: 서로에게 기쁨을 주는 결혼으로 가정을 이룬다면
　　　　　　 언제든 좋겠지.
두 번째 신사: 그래, 그렇지.
　　　　　　 사랑으로 하나가 된 영혼들에게는
　　　　　　 달력에 불길한 날이 없는 법이지.
　　　　　　 죽음조차 달콤할 거라네.
　　　　　　 두 사람이 서로를 꼭 끌어안고 동떨어진 삶을 예상하지 않을 때
　　　　　　 죽음이 구르는 파도처럼 다가온다면.

　캐소본 부부는 1월 중순에 신혼여행에서 돌아와 로윅 매너에 도착했다. 그들이 문 앞에 내렸을 때 가벼운 눈발이 날리고 있었다. 아침이 되어 도러시아가 옷방에서 나와 우리가 아는 청록색 내실에 들어섰을 때 길게 늘어선 참피나무들이 흰 대지에서 줄기를 내뻗고 어둠침침하고 단조로운 하늘을 배경으로 흰 가지들을 펼치고 있는 광경이 눈에 들어왔다. 멀리 떨어진 평원은 한결같이 흰색으로 낮게 드리운 구름 밑에서 움츠러들었다. 방의 가구들도 전에 본 이후로 움츠러든 것 같았다. 태피스트리에 수놓인 수사슴은 흐릿한 청록색 세계에 사는 유령처럼 보였다. 책장에 꽂힌 순문학 서적들도 책이라기보다는 움직일 수 없는 모조품 같았다. 장작 받침 위에서 마른 참나무 가지들이 타오르며 환히 밝힌 불빛은 실리아에게 줄

카메오가 들어 있는 붉은 가죽 상자를 들고 들어선 도러시아의 모습과 마찬가지로 주위와 어울리지 않게 되살아난 생명의 붉은빛처럼 보였다.

아침 몸단장을 마친 그녀는 오직 건강한 젊은이들이 그렇듯이 발그레하게 빛나고 있었다. 말아 올린 머리카락과 담갈색 눈은 보석처럼 빛을 발했고, 입술에는 따뜻하고 붉은 생명이 감돌았다. 목은 상이한 흰색 모피 위에서 하얗게 숨을 쉬었고, 그 모피는 그녀 자신의 부드러움으로 목을 감싸고 청회색 외투에 달라붙은 것 같았다. 바깥에 쌓인 수정처럼 깨끗한 눈을 배경으로 사랑스러움을 간직한 순진함과 뒤섞인 부드러움이었다. 그녀는 내닫이창 옆 탁자에 카메오 상자를 내려놓고 무심코 상자에 손을 올려놓은 채 곧 눈에 보이는 세계, 고요하고 새하얀 경내를 내다보는 데 빠져들었다.

가슴이 두근거린다고 불평하며 일찍 일어난 캐소본 씨는 서재에서 부목사 터커 씨의 이야기를 듣고 있었다. 머지않아 실리아가 동생이자 신부 들러리로서 방문할 테고, 다음 몇 주일간은 결혼 축하 방문을 받고 또 방문하는 일이 이어질 것이다. 신부에게 행복에 들뜬 나날이라고 흔히들 생각하는 삶의 전환기가 이어지면서 꿈꾸는 사람이 수상쩍게 느끼기 시작한 꿈처럼 분주하고도 무익한 느낌이 지속될 것이다. 예전에 대단히 엄중하게 생각했던 결혼 생활의 의무는 가구와 흰 안개의 벽에 둘러싸인 풍경과 더불어 오그라든 것 같았다. 완벽한 친교를 이루며 걸으리라 기대했던 청명한 고지는 상상 속에서도 떠올리기 힘들었다. 완벽하고 우월한 사람에게서 얻을 영혼의 감미로운 휴식은 산산이 부서져서 불안한 노력으로 바뀌었고 막연한 예감에 두려움이 일었다. 남편의 삶에 힘을 주고 자기 삶을 고양할, 아내로서 적극적으로 헌신할 날은 언제 시작될까? 어쩌면 예전에 예상했던 대로 시작되지는 않겠지만, 하지만 어떻게든…… 그래도 어떻게든 시작될 것이다. 엄숙하게 맹세한 인생의 결합에서 어떤 새로운 영감으로 의무가 드러나 아내의 사랑에 새로운 의미를 부여할 것이다.

밖에는 눈이 쌓이고 회갈색 안개가 나지막한 아치를 이룬 반면에 안에서는 숙녀의 세계가 숨 막히게 짓누르고 있었다. 남들이 그녀를 위해 모든 일을 다 해 주고 누구도 그녀의 도움을 청하지 않는 세계였다. 여기서 다양하고 풍요한 존재와 연결되어 있다고 느끼려면 그녀의 힘을 빚어냈을 외부의 요구가 아니라 내면의 비전으로 힘겹게 끌어올려야 했다. "제가 뭘 할까요?" "무엇이든 하고 싶은 것을 하렴." 아침 수업을 듣고 혐오스러운 피아노로 간단한 음률 연습을 하는 것을 그만둔 이후로 그녀의 삶을 간단히 요약하자면 이러했다. 이제 결혼은 그녀가 가치 있고 필요한 일을 하도록 이끌어야 하지만 아직은 숙녀의 억압적인 자유에서 해방시켜 주지 않았다. 또한 억제되지 않은 애정의 기쁨을 음미하는 일로 여가 시간을 채워 주지도 않았다. 한창 피어나는 시기에 한껏 고동치는 그녀의 젊음은 거기 정신의 감방에 갇혀 있었다. 그 감방은 냉기가 돌고 협소해진 무색의 풍경, 움츠러든 가구들과 결코 읽지 않는 책들, 빛을 받으면 사라지는 듯한 희끄무레한 환상 세계의 유령 같은 수사슴과 하나가 되었다.

밖을 내다보면서 처음 몇 분간 도러시아는 그저 음울한 중압감을 느꼈다. 그러고 나서 어떤 예리한 기억이 떠오르자 창가에서 몸을 돌려 방을 한 바퀴 돌아보았다. 석 달쯤 전 이 방을 처음 보았을 때 그녀의 마음에 살아 있던 생각과 희망이 이제는 다만 기억으로 남았을 뿐이었다. 우리가 덧없는 것이나 떠나가 버린 것을 평가하듯이 그녀는 그것들을 가늠해 보았다. 모든 존재가 자신보다 낮은 맥박으로 뛰는 것 같았다. 그녀의 경건한 믿음은 고독한 외침이었고, 온갖 사물이 시들고 오그라들어 멀어져 가는 악몽에서 벗어나려는 몸부림이었다. 이 방에서 기억나는 물건들이 제각각 환상에서 풀려나고 빛을 비추지 않은 슬라이드처럼 광택을 잃었다. 그러다가 여기저기 훑어보던 시선이 작은 초상화들에 닿았고, 마침내 거기서 새로운 숨결과 의미가 축적되어 온 것을 보았다. 불운한 결혼을 했던 캐소본 씨의 이모 줄리아, 그러니까 윌 래디슬로의 할머니의 초상화였다. 그 초상화, 여전히 고집 센 표정에다 이해하기 어려운 특이한 면이 있는 섬세한 여자의 얼굴은 지금 살아 있다고 도러시아는 상상할 수 있었다. 그녀의 결혼이 불행하다고 생각한 것은 친지들뿐이었을까? 아니면 그녀도 결혼이 결국 실수였음을 깨닫고 자비로운 밤의 고요 속에 괴롭고 쓰라린 눈물을 맛보았을까? 이 초상화를 처음 본 이후로 도러시아는 얼마나 많은 경험을 한 느낌이었는지! 마치 초상화가 그녀의 말을 알아듣고 그녀가 바라보고 있음을 아는 듯이 생소한 친근감이 들었다. 여기에 결혼의 고충을 경험한 여자가 있었다. 아니, 혈색이 짙어지고, 입술과 턱이 더 커지고, 머리카락과 눈은 빛을 발산하는 것 같았다. 그 남성적인 얼굴은 강렬한 시선으로 도러시아를 비추면서 그 시선을 받는 그녀에게 그녀가 너무나 흥미로운 존재이므로 눈꺼풀이 조금 떨리는 것도 주시하지 않거나 설명하지 않고 넘길 수 없다고 말하는 듯했다. 그 생생한 인상은 도러시아에게 쾌적한 빛처럼 다가왔다. 그녀는 자기도 모르게 미소가 떠오르는 것을 느꼈고, 초상화에서 몸을 돌리고 앉아 마치 앞에 있는 사람에게 다시 말을 건네듯이 올려다보았다. 그러나 곰곰이 생각을 이어 가면서 미소가 사라졌고, 마침내 소리 내어 말했다.

"아, 그렇게 말하다니 잔인했어! 얼마나 슬프고…… 얼마나 무서운 일이야!"

그녀는 재빨리 일어서서 방을 나섰다. 남편에게 가서 그를 위해 해 줄 일이 있는지 물어봐야겠다는 억누를 수 없는 충동으로 급히 복도를 걸어갔다. 어쩌면 터커 씨는 돌아가고 캐소본 씨가 서재에 혼자 있으리라. 자기가 있어서 남편이 기뻐하는 모습을 볼 수 있다면 오전 내내 짓누르던 우울함이 사라질 것 같았다.

그러나 어둑한 참나무 계단 꼭대기에 이르렀을 때 실리아가 올라오고 있었고, 그 밑에서 브룩 씨가 캐소본 씨와 인사와 축하를 나누었다.

"도도!" 실리아는 평소처럼 조용히 스타카토로 부르고 언니에게 입을 맞추었다. 그녀는 동생을 끌어안고서 아무 말도 하지 않았다. 도러시아가 큰아버지를 맞으러 계단을 내려가는 동안 둘 다 남몰래 눈물을 지었을 거라고 나는 생각한다.

"네가 어떻게 지냈는지 물어볼 필요도 없겠구나, 얘야." 브룩 씨가 그녀의 이마에 입을 맞추며 말했다. "로마가 네게 잘 맞았겠지. 행복했을 테고, 프레스코며 고대 유물이며 그런 것들도. 그래, 네가 돌아와서 아주 기쁘단다. 이제는 미술에 대해 잘 알겠지? 그런데 캐소본은 약간 창백하구나, 그래, 좀 창백해. 휴가 기간에도 열심히 연구한 것이 조금 무리였던 모양이지. 나도 한때는 지나치게 몰두했었지." 브룩 씨는 아직 도러시아의 손을 잡고 있었지만 캐소본 씨에게로 얼굴을 돌렸다. "지형도라든가 유물, 사원에 대해서 말일세. 뭔가 실마리가 있을 것 같지만 너무 멀리 갈 것 같았어. 그리고 거기서 아무것도 나오지 않을 수 있고 말이지. 그런 것들은 한없이 멀리 가도 알다시피 아무것도 나오지 않을 수 있다네."

얼마간의 부재 후에 남편을 다시 본 사람들이 그녀가 알아차리지 못한 것을 보게 될지 모른다는 생각에 도러시아는 약간 걱정스러운 눈길로 남편의 얼굴을 바라보았다.

"걱정할 것 없단다, 얘야." 브룩 씨는 그녀의 표정을 알아차리고 말했다. "영국 쇠고기와 양고기를 좀 먹으면 곧 달라질 거야. 아퀴나스 초상화의 모델이 되었으니 창백해 보이는 건 당연하지. 네 편지를 바로 얼마 전에 받았단다. 그런데 요즘 시절에 아퀴나스라니 그는 좀 지나치게 난해하지, 그렇지 않나? 아퀴나스를 읽는 사람도 있나?"

"분명 그는 피상적인 마음에 적합한 저자는 아니지요." 캐소본 씨는 이 시기적절한 질문에 품위 있게 인내심을 발휘하며 대답했다.

"큰아버지는 큰아버지 방에서 커피를 드시겠지요?" 도러시아가 도와주려고 나서며 말했다.

"그래, 넌 실리아에게 가 보렴. 그 애가 대단한 소식을 알려 줄 거야. 그건 전부 그 애에게 맡기마."

실리아가 언니와 똑같은 겉옷을 입고 자리에 앉았을 때 청록색 내실은 훨씬 쾌적하게 보였다. 그녀는 아주 만족한 눈으로 카메오를 살펴보았고, 그러면서 다른 화제로 넘어갔다.

"로마로 신혼여행을 가는 것이 멋지다고 생각해?" 실리아는 아주 사소한 질문에서도 도러시아가 익히 보아 왔던 섬세한 홍조를 띠며 말했다.

"모두에게 적합하지는 않을 거야. 가령 너에게는." 도러시아가 조용히 말했다. 로마로 다녀온 신혼여행에 대해 어떻게 생각하는지 누구에게도 말하지 않을 것이다.

"캐드월레이더 부인은 긴 신혼여행을 가는 것은 바보짓이라고 하셔. 서로에게 몹시 싫증이 날 테고, 집에서처럼 편안하게 말다툼을 할 수 없다는 거야. 레이디 체텀은 바스에 가셨다더군." 실리아의 얼굴빛은 거듭 붉어졌고 ― 마음에서 나온 소식을 갖고 달리는 사신인 양 오가는 듯했다.[142] 평소 실리아의 홍조보다 더 큰 의미를 담고 있음이 분명했다.

"실리아! 무슨 일이 있지?" 도러시아는 언니다운 감정이 넘치는 어조로 말했다. "정말 엄청난 소식이 있는 거니?"

---

142) 에드먼드 스펜서(Edmund Spenser, 1552~1599)의 『선녀 여왕』, I, ix, 51행.

"그건 언니가 떠났기 때문이야, 도도. 제임스 경이 말을 건 넬 사람이 나밖에 없었으니까." 실리아는 장난기 어린 눈으로 말했다.

"알겠어. 내가 바라고 믿었던 그대로야." 도러시아는 두 손으로 동생의 얼굴을 잡고 약간 걱정스러운 듯이 바라보았다. 실리아의 결혼이 전보다 심각한 문제로 여겨졌다.

"삼 일밖에 되지 않았어." 실리아가 말했다. "레이디 체텀은 아주 친절하시고."

"그래서 너는 무척 행복하고?"

"응. 하지만 금방 결혼하지는 않을 거야. 모든 걸 준비해야 하니까. 그리고 난 빨리 결혼하고 싶지 않아. 약혼 상태가 멋지다고 생각하거든. 그 후에는 평생 결혼한 상태일 테니까."

"네가 그보다 더 좋은 사람과 결혼할 수는 없을 거야, 키티. 제임스 경은 선량하고 명예를 아는 사람이야." 도러시아가 열렬히 말했다.

"그는 오두막 건을 계속 진행하고 있어, 도도. 그가 오면 그 이야기를 들려줄 거야. 언니는 그를 만나면 기쁘겠어?"

"물론이지. 어떻게 그런 질문을 할 수 있니?"

"그저 언니가 너무 유식해졌을까 봐 걱정이었어." 실리아는 캐소본 씨의 학식을 머지않아 이웃 사람들에게 배어들 축축한 습기처럼 여기며 말했다.

29장

"다른 사람의 재능은 내게 기쁨이 될 수 없다는 것을 알았지. 내 한심스러운 모순들이 그 위안의 샘을 다 말려 버리고 말았네."

— 골드스미스[143]

　로윅에 도착하고 몇 주가 지난 어느 날 아침 도러시아는 — 하지만 왜 늘 도러시아란 말인가? 이 결혼에 관해서 그녀의 관점밖에 다룰 수 없다는 걸까? 나는 괴로움을 느끼고 있음에도 발그스레하게 피어나는 젊은 살결에 우리가 모든 관심을 쏟아 이해하려고 노력을 기울이는 데 항의한다. 이 발그레한 살결도 시들어 갈 테고, 우리가 간과하도록 거들고 있는, 마음을 더욱 파고 들어 가는 더 오랜 슬픔을 알게 될 테니 말이다. 캐소본 씨는 끔뻑거리는 눈과 흰 사마귀로 실리아에게 불쾌감을 주었고, 울퉁불퉁한 근육이 부족해서 제임스 경에

---

143)『웨이크필드의 목사』첫 부분에 인용된 제사다. 토머스 브라운 경 (Thomas Browne, 1605~1682)의『통속적 오류』I. v.에서 인용했다.

게 심적 고통을 주었지만, 그 내면에 강렬한 의식이 있고 우리와 마찬가지로 정신적 갈망을 갖고 있었다. 그의 결혼은 유별난 일이 아니었으며, 사회가 인정하고 화환과 부케를 받을 사건으로 여기는 일을 했을 뿐이었다. 더 이상 결혼을 미뤄서는 안 되겠다는 생각이 들었고, 지위가 높은 사람은 아내를 얻을 때 종교적 원칙과 덕스러운 성격, 훌륭한 이해심을 갖춘 같은 계층의 한창 피어나는 젊은 아가씨 — 젊을수록 더 좋은데 더 잘 가르칠 수 있고 더 순종적이겠기에 그렇다 — 를 기대하고 신중하게 선택해야 한다고 생각했다. 그런 아가씨에게 그는 상당한 재산을 물려줄 생각이었고, 그녀의 행복을 위해 어떤 준비도 소홀히 하지 않을 것이다. 그 보상으로 그는 가족에게서 기쁨을 얻고, 남자에게 — 16세기의 소네트 작가들에게 — 절실히 요구되는 듯한 자신의 복사판을 남겨야 한다. 그 이후로 시대가 달라져서 캐소본 씨에게 그를 꼭 닮은 복사판을 남기라고 촉구한 소네트 작가는 없었다. 게다가 그는 아직 자기 신화의 실마리를 낳는 데 성공하지 못했다. 하지만 결혼을 하면 훌륭하게 처신하겠다고 늘 생각해 왔다. 이제 자기 뒤로 세월이 재빨리 쌓이고 세상이 점점 흐릿해지고 있으며 외로워진다는 것을 의식했기에 그는 가정의 기쁨도 세월의 뒤안길로 넘어가기 전에 시간을 낭비하지 않고 붙잡으려 했다.

그는 도러시아를 보았을 때 기대 이상의 여자를 찾았다고 믿었다. 그녀가 실로 많은 도움을 줄 터이므로 비서를 고용할 필요가 없을 것이다. 캐소본 씨는 조수를 고용한 적이 없고 실은 은밀히 두려워하고 있었다. (캐소본 씨는 남들이 그가 강력한 마음을 보여 줄 것으로 기대한다고 생각하며 불안해했다.) 친절하신 신의 은총으로 말미암아 그는 바라던 아내를 얻었다. 겸손한 아가씨, 그녀의 성에 걸맞게 그저 고마워하고 야심 없이 수수한 능력을 지닌 아내라면 반드시 남편의 마음이 강력하다고 생각할 것이다. 신이 브룩 양을 캐소본 씨에게 선물하셨을 때 그녀에 대해서도 똑같이 배려하셨겠느냐는 물음은 캐소본 씨의 마음에 결코 떠오르지 않았다. 매력적인 아가씨가 자신을 행복하게 해 줄 자질을 갖추었는지 따져 보는 만큼 그 자신도 그녀를 행복하게 해 줄 자질을 지녔는지 생각해 보라고 사회가 터무니없이 요구한 적이 없었다. 마치 남자는 아내를 선택할 뿐 아니라 그 아내의 남편도 선택할 수 있는 듯이! 혹은 남자는 후손에게 몸소 매력을 제공해야 하는 듯이 말이다! 도러시아가 기쁨을 토로하며 그를 받아들인 것은 너무 당연했다. 그리고 캐소본 씨는 자기에게 행복이 시작되리라고 믿었다.

그는 이전의 삶에서 행복을 많이 맛보지 못했다. 튼튼하지 못한 몸으로 강렬한 기쁨을 맛보려면 열정적인 영혼이 있어야 한다. 캐소본 씨의 몸은 튼튼했던 적이 없고, 영혼은 민감했지만 열정적이지 않았다. 전율을 느끼며 자의식에서 벗어나 열정적인 기쁨에 몰입하기에는 영혼의 활력이 너무나 부족했다. 그 영혼은 알을 까고 나온 늪지에서 계속 퍼덕거렸고, 날개를 생각하면서도 결코 날지 못했다. 그의 경험은 가련한 것이었는데, 남들의 동정에서 몸을 사리며 그것이 알려지는 것을 무엇보다도 두려워했다. 자만심이 강하고 편협하며 민감한 감수성은 질량이 크지 못해서 공감으로 바뀔 여지가 없었고, 자신에게 몰두하거나 기껏해야 이기적으로 양심의 가책을 느끼는 좁은 흐름 속에서 가느다란 실처럼 흔들렸다. 그리고 여러 도덕적 원칙을 갖고 있던 캐소본 씨는 엄격하게 자기 억제를 할 수 있었고, 규범에 따라서 결연히 명예로운 인간이 되려 했다. 그는 어떤 공인된 견해에 비춰 보아도 나무랄 데 없었을 것이다. 행위에서는 이런 목적을 달성했다. 그러나 '모든 신화의 실마리'를 나무랄 데 없이 만들어 내려는 어려움이 마음을 납처럼 짓눌렀다. 그가 그 분야 연구자들의 반응을 시험하기 위해서 진전 과정의 작은 기념비적 기록을 모아 출간한 소논문 — 그가 "부차적 저술"이라고 부른 것 — 은 그 중요성을 온전히 평가받지 못했다. 그는 부주교가 소논문을 읽지 않았을 거라고 의심했다. 브래스노스[144]의 선도적인 학자들은 그 소논문에 대해서 실로 어떻게 생각했을지 괴로운 의혹을 느꼈고, 경멸하듯이 비판적 수정본을 쓴 사람은 오랜 지인 카프였으리라고 쓰라린 마음으로 믿었다. 그 수정본은 책상의 잠겨 있는 작은 서랍 안에 들었고, 또한 그의 언어 기억의 어두운 골방에 갇혀 있었다. 몸부림치면서 저항해야 할 이 쓰라린 기억들은 지나친 주장이 낳기 마련인 우울한 분노를 일으켰다. 자신의 저작에 대한 믿음이 흔들리면서 종교적 믿음도 흔들렸고, 그리스도교에서 불멸의 희망이 주는 위안은 아직 집필하지 못한 '모든 신화의 실마리'의 불멸에 달린 것 같았다.

---

144) 옥스퍼드 대학교의 학부.

내 생각을 말하자면 나는 그가 무척 안쓰럽다. 이른바 고등 교육을 받고도 즐길 수 없다는 것, 이 위대한 삶의 장관에 참석하고 있으면서도 굶주려 떨고 있는 왜소한 자아에서 벗어나지 못한다는 것 — 눈앞에 보이는 영광에 완전히 사로잡히지 못하고, 의식이 강렬한 생각으로, 작열하는 열정으로, 힘찬 행동으로 황홀하게 변형되지 못하고, 언제나 학자답고 활기 없이, 야심적이면서 소심하고, 까다로우면서 시야가 흐릿하다는 것, 이것은 아무리 잘 봐주어도 불편한 운명이다. 주임 사제나 심지어 주교가 되더라도 캐소본 씨의 불안감은 유감스럽게도 그리 달라지지 않을 것이다. 의심할 바 없이 고대의 어느 그리스인은 큰 가면과 확성기[145] 뒤에 평소처럼 슬쩍 엿보는 인간의 작고 보잘것없는 눈과 다소 불안하게 억제된 소심한 입술이 늘 있기 마련이라고 말했다.

사반세기 전에 설계한 이런 마음의 장원에, 이처럼 울타리를 두른 감수성에 캐소본 씨는 사랑스러운 젊은 신부와의 행복을 덧붙이려고 생각했었다. 그러나 앞서 보았듯이 결혼 전에도 그는 새로운 지고의 행복이 그에게는 더없는 행복이 아니라는 것을 깨닫고 우울한 기분에 빠져들곤 했다. 그의 성향은 예전의 편안한 습관으로 돌아가기를 갈망했다. 그리고 가정생활에 깊이 빠져들수록 자신이 의무를 다하고 있으며 예의에 맞게 행동하고 있다는 의식이 다른 만족감을 압도하게 되었다. 결혼은 종교나 학문과 마찬가지로, 아니 저술 작

---

145) 고대 그리스의 연극에서 배우들이 쓰던 것.

업과 마찬가지로 외부에서 부과한 요구가 될 운명이었고, 에드워드 캐소본은 어떤 요구든지 나무랄 데 없이 충족시키겠다고 다짐하고 있었다. 결혼 전에 마음 먹었던 대로 도러시아를 연구에 도움이 되도록 끌어들이는 것도 애써 노력해야 하는 일이었다. 그는 늘 미루고 싶은 유혹을 느꼈으며, 그녀가 집요하게 간청하지 않았더라면 절대로 시작하지 않았을 것이다. 그러나 그녀는 이른 시간에 서재에 자리 잡고 앉아서 맡겨진 대로 책을 낭독하거나 베껴 쓰는 것을 당연한 일로 만들어 버렸다. 캐소본 씨는 당면한 계획을 세웠기에 작업을 더 쉽게 밝힐 수 있었다. 새로운 부차적 저술 작업을 시작할 예정이었는데, 그것은 이집트의 종교 의식과 관련하여 최근에 추적한 몇 가지 암시에 관한 소규모 논문이 될 것이며, 그러면서 워버턴[146]의 어떤 주장들을 수정할 수 있을 것이다. 이 부분의 참고 문헌은 광범위했지만 무궁무진하지는 않았다. 그리고 브래스노스와 그보다 덜 무시무시한 후세 연구자들이 정밀하게 검토할 형태로 작성할 것이다. 이런 소규모의 기념비적 저술은 캐소본 씨에게 늘 흥미진진했다. 상충하는 인용문들과 머릿속에서 서로 부딪쳐 울리는 모순되는 구절들의 경합 때문에 그것을 요약하기란 쉽지 않았다. 제일 앞에 라틴어로 쓴 헌사가 나와야 하지만 카프에게 헌정하지 않는다는 것 외에는 정한 바가 없었다. 예전에 카프에게 헌정하면서 그 헌사

146) 윌리엄 워버턴(William Warburton, 1698~1779)은 주교로서 신학적인 논쟁을 일으켰으며 이집트의 상형 문자에 대한 글을 썼다.

에서 동물 왕국의 그 구성원을 결코 '죽지 않을 인물'에 포함시킨 것은 지독히 불쾌하고 유감스러운 일이었다. 그 실수 때문에 후세의 연구자들은 헌정한 사람을 조롱할 테고, 현재도 파이크와 텐치가 비웃고 있을 것이다.

이렇게 되어 캐소본 씨는 인생에서 가장 분주한 시기 중 하나를 맞고 있었고, 내가 조금 전에 말했듯이 도러시아는 그가 혼자 아침 식사를 마친 서재에 일찌감치 들어섰다. 이날 실리아가 로윅을 두 번째로, 아마도 결혼 전 마지막으로 방문했으며, 응접실에서 제임스 경을 기다리고 있었다.

도러시아는 남편의 기분을 알려 주는 징후를 읽을 수 있었는데 그날 아침에는 지난 한 시간 동안 더 짙은 안개가 끼어 있는 듯했다. 그녀가 말없이 책상으로 걸어갈 때 그는 불쾌한 의무를 수행한다는 의미가 담긴 냉랭한 어조로 말했다.

"도러시아, 당신에게 온 편지가 있소. 내게 온 편지에 동봉되어 있었소."

두 장짜리 편지였고, 그녀는 곧 서명을 보았다.

"래디슬로 씨군요! 그가 내게 할 말이 뭐가 있을까요?" 그녀는 즐겁고 놀란 어조로 탄성을 질렀다. "하지만……." 그녀는 캐소본 씨를 보면서 덧붙였다. "그가 당신에게 무슨 이야기를 썼는지는 상상할 수 있어요."

"원한다면 봐도 좋소." 캐소본 씨는 그녀를 쳐다보지도 않고 냉정하게 펜으로 편지를 가리켰다. "하지만 편지에 적힌, 여기를 방문하겠다는 제안은 거절해야겠다고 미리 말해 두는 편이 낫겠지. 지금껏 피할 수 없었던 그런 방해나 특히 변덕스럽게도 쾌활하게 굴면서 나를 피로하게 했던 손님들로부터 완전히 벗어나 자유로운 시간을 누리고 싶어 하더라도 충분히 이해하리라 믿소."

도러시아와 남편은 로마에서 있었던 작은 감정적 분출 이후에 충돌을 일으킨 적이 없었다. 그 사건은 그녀의 마음에 너무나 뚜렷이 각인되었기에 감정을 분출한 후 그 결과를 감수하기보다는 차라리 감정을 가라앉히는 편이 더 쉬웠다. 그러나 그녀가 남편에게 불쾌한 방문을 바랄지 모른다는 이 고약한 예상은, 그녀의 이기적 불평에 맞서 이처럼 터무니없이 자기를 방어하려는 태도는 너무나 날카롭게 찌르는 고통이었기에 찬찬히 생각해 볼 틈도 없이 화가 치밀었다. 도러시아는 존 밀턴도 참아 낼 수 있을 거라고 생각했지만 밀턴이 이런 식으로 행동하는 것은 상상해 보지 않았다. 그 순간 캐소본 씨는 우둔하게도 무분별하고, 불쾌하게도 부당해 보였다. 연민이라는 그 '갓난아기'가 차차 그녀 마음속의 많은 폭풍우를 다스리겠지만 이번의 '돌풍은 넘어서지' 못했다. 그녀가 그를 뒤흔들어 놓을 어조로 처음 말을 내뱉자 그는 깜짝 놀라서 바라보았고 그녀의 번득이는 눈과 마주쳤다.

"왜 당신은 내가 당신에게 성가실 것을 바란다고 생각하세요? 내가 당신이 맞서 싸워야 할 적인 것처럼 말하시네요. 적어도 내가 당신의 기쁨과 내 기쁨을 별개로 생각하는 듯이 보일 때까지 기다리세요."

"도러시아, 성급하게 말하는구려." 캐소본 씨가 불안하게 대답했다.

분명 이 여자는 아내의 강력한 지위에 오르기에는 너무 어렸다. 창백하고 평범하고 매사를 당연하게 여기는 여자가 되지 않는다면 말이다.

"먼저 성급하게 내 감정을 잘못 가정한 것은 당신이었다고 생각해요." 도러시아는 똑같은 어조로 말했다. 분노의 불길은 아직 소진되지 않았고, 남편이 사과를 하지 않는 것이 비열하다고 생각했다.

"괜찮다면 이 주제에 대해 더 이상 이야기하지 맙시다, 도러시아. 나는 이런 종류의 이야기를 할 여유도, 기운도 없소."

캐소본 씨는 펜을 잉크에 담그고 다시 글을 쓰기 시작하는 듯했다. 하지만 손이 너무 떨리는 바람에 단어들이 알 수 없는 문자로 쓰인 것 같았다. 어떤 대답은 분노를 외면하여 방의 다른 구석으로 보낼 뿐이다. 그리고 자신이 전적으로 옳다고 느낄 때 말다툼이 차갑게 중단된다면 철학적 토론에서보다 결혼 생활에서 치미는 울화가 더 크다.

도러시아는 래디슬로의 편지 두 통을 읽지 않은 채 남편 책상에 내버려 두고 자기 자리로 돌아갔다. 우리가 비열한 물욕을 품었다고 의심받게 했던 잡동사니들을 내던져 버리듯이 그녀는 마음속의 경멸과 분노로 그 편지들을 읽기를 거부했다. 그 편지들에 대한 남편의 고약한 성미가 어떤 미묘한 원천에서 비롯되었는지는 짐작도 하지 못했다. 그저 편지들 때문에 그가 불쾌하게 굴었다고 생각했을 뿐이다. 그녀는 즉시 일을 시작했고, 그녀의 손은 떨리지 않았다. 오히려 전날 받은 인용문들을 써 나가면서 글자를 아름답게 쓰고 있다고 느꼈고, 자신이 베끼는 라틴어의 구조가 보이고 전보다 더 명확히 이해하게 된 것 같았다. 그녀의 분노에는 우월감이 있었지만 그 우월감은 지금 확고한 필치로 표출되었을 뿐이고, 예전의 "친절한 대천사"가 형편없는 사람이라고 단언하는 내면의 명료한 목소리로 응축되지는 않았다.

겉으로는 고요한 분위기가 삼십 분간 이어졌고, 도러시아는 자기 탁자에서 돌아보지도 않았다. 그때 책이 쿵 하고 바닥에 떨어지는 소리가 들렸다. 재빨리 고개를 돌리자 서고용 사다리 위에서 고통을 느끼는 듯이 몸을 숙이는 캐소본 씨가 보였다. 그녀는 벌떡 일어나 곧장 달려갔다. 그는 분명 호흡이 곤란한 상태였다. 의자에 뛰어 올라간 그녀는 그의 팔꿈치 옆에 붙어서 애정 어린 불안감에 온 영혼이 녹아 버린 목소리로 말했다.

"제게 기댈 수 있겠어요?"

그는 숨을 쉬려고 헐떡이면서 말도 못 하고 움직이지도 못한 채 이삼 분간 가만히 있었고, 그 시간이 그녀에게는 한없이 길게 여겨졌다. 마침내 그가 세 계단을 내려와서는 도러시아가 사다리 밑에 끌어다 놓은 큰 의자에 뒤로 넘어가듯이 털썩 쓰러졌다. 헐떡거리지는 않았지만 몸을 움직이지 못했고 기절할 것 같았다. 도러시아는 급히 종을 울렸고, 곧 캐소본 씨는 침대로 옮겨졌다. 그는 정신을 잃지 않았고 차츰 회복하는 듯했다. 그때 제임스 체텀 경이 홀에 도착해 캐소본 씨가 "서재에서 발작을 일으켰다."라는 소식을 들었다.

'맙소사! 바로 이런 일을 예상할 수 있었지.' 그에게 즉시 떠오른 생각은 그것이었다. 그의 예언가적 영혼에 구체적인 설명을 요구했다면 '발작'이 명확한 표현이었을 듯했다. 그는 소식을 알려 준 집사에게 의사를 부르러 보냈는지 물었다. 집사는 주인에게 의사가 필요한 경우를 본 적이 없었다. 하지만 의사를 불러오는 것이 좋지 않을까요?

그러나 제임스 경이 서재에 들어갔을 때 캐소본 씨는 평소처럼 예의를 차리는 표시를 할 수 있었고, 처음에 공포에 질린 나머지 옆에서 무릎을 꿇고 흐느끼던 도러시아는 이제 일어서서 의사를 불러와야 한다고 제안했다.

"리드게이트를 불러오는 게 좋겠어요." 제임스 경이 말했다. "어머니께서 그를 부르셨는데 흔치 않게 똑똑하다고 하시더군요. 아버지께서 돌아가신 후로 어머니는 의사들을 형편없게 생각하셨지요."

도러시아는 남편을 바라보았고, 그는 말없이 승낙하는 몸짓을 했다. 그래서 리드게이트 씨를 부르러 보냈고 놀랍게도 그는 곧 도착했다. 부르러 간 제임스 체텀 경의 시종이 리드게이트를 알았는데 빈시 양과 팔짱을 끼고서 말을 끌며 로윅가를 따라 걷고 있던 그를 만난 것이다.

응접실에 있던 실리아는 제임스 경이 말해 줄 때까지 그 일을 전혀 몰랐다. 그는 이제 도러시아의 설명을 들었고, 그 병세를 '발작'이라고 생각하지는 않았지만 그래도 '그런 성격'의 것이라고 여겼다.

"가엾은 도도, 너무 끔찍해요!" 실리아는 완벽하게 행복한 기분이 허락하는 만큼 근심을 느끼며 말했다. 작은 손은 꽃

봉오리가 풍부한 꽃받침에 감싸이듯 제임스 경의 손에 꼭 감싸여 있었다. "캐소본 씨가 아프다니 너무 충격이에요. 하지만 난 그를 결코 좋아하지 않았어요. 그리고 그가 도러시아를 충분히, 절반도 좋아하지 않는다고 생각해요. 하지만 그는 그래야 해요. 다른 여자라면 그와 결혼하지 않았을 테니까. 그렇게 생각하지 않아요?"

"나는 늘 당신 언니의 끔찍한 희생이라고 생각했어요." 제임스 경이 말했다.

"그래요. 그런데 가엾은 도도는 남들이 하는 일은 절대 하지 않았어요. 앞으로도 그럴 거예요."

"그녀는 고귀한 사람이에요." 고결한 마음을 가진 제임스 경이 말했다. 그는 조금 전에 도러시아가 부드러운 팔을 뻗어 남편의 목을 감싸고 말할 수 없이 슬픈 눈으로 바라보는 것을 보았기에 새롭게 이런 인상을 받았다. 그 슬픔에 참회의 심정이 얼마나 많이 섞였는지 그는 알지 못했다.

"맞아요." 실리아는 제임스 경이 그렇게 말해 줘서 무척 훌륭하지만 제임스 경이라도 도도와 함께 살면 편치 않았을 거라고 생각했다. "언니에게 가 볼까요? 내가 도움이 될까요?"

"리드게이트가 오기 전에 잠깐 언니를 보고 오는 게 좋겠어요." 제임스 경은 관대하게 말했다. "다만 오래 있지 말아요."

실리아가 나가자 그는 도러시아의 약혼에 대해 처음 느꼈던 감정을 떠올리고 브룩 씨의 무심함에 대한 혐오감이 되살아나는 것을 느끼며 방 안을 서성였다. 만일 캐드월레이더나 다른 사람들이 그 사건을 자신의 관점에서 고려했다면 결혼을 막을 수 있었을 것이다. 어린 아가씨를 구하려는 노력이 전혀 없이 그런 식으로 무분별하게 운명을 결정짓도록 내버려 둔 것은 사악한 일이었다. 제임스 경이 자기 자신 때문에 애석함을 느끼지 않은 지는 꽤 오래되었다. 그의 마음은 실리아와의 약혼에 만족했다. 그러나 기사도적 성격을 지녔고 (여자에게 사심 없이 봉사하는 것이 옛 기사도 정신의 이상적인 명예에 속하지 않았던가?) 그의 외면당한 사랑은 쓰라린 고통으로 바뀌지 않았다. 그 사랑은 사라지면서 달콤한 향기를 만들었으니, 마음 속에 떠도는 기억이 되어 도러시아를 성스럽게 보게 했다. 그는 오빠 같은 벗으로 남아 너그러운 신뢰감으로 그녀의 행동을 해석할 수 있었다.

30장

"목적 없이 기분 전환을 하는 사람은 기분 전환에 지루해진다."

— 파스칼[147]

캐소본 씨는 처음과 같은 심한 발작은 다시 일으키지 않았고, 며칠 지나자 평소의 상태로 회복되기 시작했다. 그러나 리드게이트는 병증에 상당히 주의를 기울여야 한다고 생각하는 것 같았다. 그는 (당시 의술에서 당연시되지 않던) 청진기를 사용했을 뿐 아니라 환자 옆에 앉아서 조용히 지켜보았다. 캐소본 씨가 병에 대해 물어보았을 때 그는 병의 원인이 지적인 사람에게 흔히 있는 과오로서 너무 열성적으로 단조롭고 근면하게 일하는 것이라고 대답했다. 치료법은 적당히 일하는 데 만족하고 다양한 오락을 찾도록 노력하는 것이었다. 한번은 옆에 앉아 있던 브룩 씨가 캐드월레이더처럼 낚시를 하거나

---

147) 블레즈 파스칼(Blaise Pascal, 1623~1662)의 『팡세』, xxiv.

세공 작업 공간을 마련하여 장난감이나 탁자 다리 같은 것을 만들어 보라고 캐소본 씨에게 제안했다.

"간단히 말하면 제2의 아동기를 맞으라는 권유로군요." 가 없은 캐소본 씨는 약간 신랄하게 말했다. "내게 그런 오락은 감화원에 갇힌 죄수들이 대마를 준비[148]하는 것과 비슷할 거 요." 그는 리드게이트를 바라보며 덧붙였다.

"오락이라는 처방이 다소 만족스럽지 못한 것은 인정합니 다." 리드게이트가 미소를 지으며 말했다. "기운을 잃지 말라 고 말하는 것과 마찬가지지요. 어쩌면 이렇게 말하는 편이 낫 겠군요. 연구를 계속하기보다는 약간 권태로움을 느끼는 쪽 을 감수해야 한다고요."

"그래, 맞네." 브룩 씨가 말했다. "저녁에는 도러시아에게 주 사위 놀이를 같이 하자고 하게나. 그리고 배드민턴도 있지. 낮 에는 배드민턴보다 더 나은 게임이 없어. 그 게임이 꽤 유행한 적이 있지. 물론 자네 눈이 햇빛을 견딜 수 없을지 모르겠군, 캐소본. 하지만 알다시피 자네는 심신의 긴장을 풀어야 해. 글 쎄, 좀 가벼운 연구를 할 수도 있겠지. 가령 패각학 같은 것 말 일세. 그건 좀 가벼운 연구라고 늘 생각했네. 아니면 도러시아 에게 가벼운 책을 읽어 달라고 하게나. 스몰렛의 『로더릭 랜 덤』이나 『험프리 클링커』 같은 것 말이지. 그 책들이 약간 적 나라하긴 하지만 결혼을 했으니 이젠 그 애가 무엇이든 읽을 걸세. 그 책들을 읽다가 폭소를 터뜨렸던 기억이 나는군. 어떤

---

148) 삼을 준비해 밧줄을 만드는 일은 흔히 죄수에게 시키는 노역이었다.

기수장의 반바지에 대해 아주 우스운 이야기가 있었어. 요새는 그런 유머가 없지. 나는 그런 것을 다 경험했지만 자네에게는 좀 새로울 걸세."

'엉겅퀴를 먹는 것처럼 새로운 일이겠지요.' 캐소본 씨의 감정을 드러낼 대답은 이러했을 것이다. 하지만 그는 체념하고 아내의 백부에게 적절한 존중심을 표하며 그저 고개를 끄덕였고, 그가 언급한 것들이 의심할 바 없이 "어떤 부류의 마음에는 적합한 오락"일 거라고 대답했다.

"알다시피⋯⋯." 유능한 치안 판사는 문을 나서자 리드게이트에게 말했다. "캐소본은 좀 좁게 살아왔네. 자네가 그의 특별한 연구를 금지하면 어쩔 줄 모를 거야. 내 생각에는 그 연구가 무척 심오한 것이라네. 그 분야에서는 말이지. 나라면 그런 것에 절대로 빠지지 않을 텐데. 나는 늘 융통성이 있었거든. 하지만 목사들이란 좀 팽팽하게 조여 있지. 이제 주교가 되기만 한다면! 그가 필을 위해 아주 훌륭한 소논문을 만들었거든. 그러면 훨씬 더 많이 활동할 테고, 좋은 기회도 더 많아질 텐데. 살집도 약간 붙겠지. 그런데 자네가 캐소본 부인에게 말해 주는 게 좋겠네. 그 애는 영리하기 때문에 뭐든 할 걸세. 내 조카딸 말일세. 남편에게 활기와 오락이 필요하다고 이야기하게나. 즐거움을 주기 위한 방법을 강구하라고 하게."

브룩 씨의 조언이 아니더라도 리드게이트는 도러시아와 이야기를 나눌 생각이었다. 큰아버지가 로윅의 일상을 활기차게 만들 방법에 대해 유쾌한 제안을 하고 있을 때 그녀는 그 자리에 없었다. 하지만 대개 남편 옆에 앉아 있었고, 남편의 마

480

음과 건강에 대한 지극한 근심을 얼굴과 목소리에 가식 없이
여실히 드러내며 강한 인상을 주었기에 리드게이트는 그녀를
관찰하곤 했다. 남편에게 장차 일어날지 모를 일에 대해 진실
을 말해 주는 것이 옳다고 생각했지만, 또한 그녀와 터놓고 이
야기를 나누는 것도 흥미로우리라고 생각했다. 의사들은 심리
적인 관찰을 좋아하고, 때로 그런 연구를 하면서 삶과 죽음을
쉽게 무시해 버리는 중대한 예언을 하고 싶은 유혹을 너무나
쉽게 받는다. 리드게이트는 이런 불필요한 예언에 대해 종종
빈정댔고, 이제 자신은 조심할 작정이었다.

그는 캐소본 부인을 만나려 했지만, 산책하러 나갔다는 말
을 듣고 막 돌아가려는데 도러시아와 실리아가 들어왔다. 둘
다 3월의 바람을 맞아 얼굴이 상기되어 있었다. 리드게이트가
단둘이 이야기를 나누자고 청하자 도러시아는 가장 가까운
서재의 문을 열었다. 그 순간 그가 캐소본 씨에 대해 무슨 말
을 할지 외에는 아무 생각도 없었다. 남편이 발작을 일으킨 후
그녀는 이 방에 들어온 적이 없었다. 하인이 덧문을 열어 놓지
않았지만 좁은 위쪽 창유리를 통해서 글씨를 읽을 정도의 빛
이 들어왔다.

"이렇게 어두워도 괜찮으시겠지요." 도러시아가 방 한복판
에 서서 말했다. "책 읽는 것을 금하셨기에 서재를 사용하는
건 생각도 할 수 없었어요. 하지만 캐소본 씨가 곧 여기 들어
오실 수 있기를 바라요. 회복하고 계시지 않나요?"

"네, 제가 처음에 기대했던 것보다는 회복이 훨씬 빠릅니다.
실은 이미 평소의 건강 상태를 거의 되찾으셨다고 할 수 있습

니다."

"병의 재발을 걱정하시는 건 아니겠지요." 도러시아는 리드게이트의 어조에서 어떤 의미를 예리하게 포착하고 말했다.

"그런 병증은 진단을 내리기가 특히 어렵습니다." 리드게이트가 말했다. "제가 확실히 말씀드릴 수 있는 것은 다만 캐소본 씨가 어떤 식으로든 무리하게 신경 쓰시는 일이 없도록 주의해서 살펴보는 것이 바람직하다는 겁니다."

"좀 더 쉽게 말씀해 주세요." 도러시아가 간청하듯이 말했다. "제가 알지 못하는 뭔가가 있을지도 모르고, 제가 알았더라면 달리 행동했을 수 있었다고 생각하면 견디기 힘들거든요." 이 말은 울음처럼 들렸다. 그리 오래되지 않은 심적 경험에서 우러나오는 목소리라는 것은 분명했다.

"앉으세요." 그녀는 중대한 운명이 걸린 문제에서 본능적으로 격식을 떨쳐 버리며 가장 가까이 있는 의자에 앉아서 모자와 장갑을 벗었다.

"지금 하신 말씀이 제 의견을 뒷받침해 주고 있습니다." 리드게이트가 말했다. "가급적 그런 후회를 방지하는 것이 의사의 임무라고 생각하니까요. 하지만 캐소본 씨의 병증은 그 경과에 대한 진단을 내리기가 가장 어려운 질환이라고 생각해 주시기 바랍니다. 그분은 지금보다 건강이 악화하지 않은 상태로 십오 년이나 그 이상 사실 수도 있습니다."

도러시아는 얼굴이 하얗게 질렸고, 리드게이트가 말을 멈추자 나지막하게 말했다. "아주 조심한다면 그렇다는 말씀이군요."

"그렇습니다. 어떤 마음의 동요도, 지나치게 열심히 일하는 것도 경계해야 합니다."

"남편은 연구를 포기해야 한다면 비참할 거예요." 도러시아는 그 비참함을 재빨리 떠올려 보며 말했다.

"저도 알고 있습니다. 유일한 방법은 직접적이든 간접적이든 모든 수단을 동원해서 그분의 일을 적절히 조절하고 다양하게 만드는 것입니다. 상황이 순조롭게 전개된다면 최근에 일어난 발작의 원인이었을 심장 질환이 금방 다시 도질 위험은 이미 말씀드렸다시피 없습니다. 반면에 병이 더 빨리 진척될 수도 있습니다. 때로 갑작스러운 죽음을 불러올 수도 있는 질병에 속합니다. 그런 문제에 영향을 미칠 수 있는 것이라면 무엇도 소홀히 해서는 안 되겠지요."

잠시 침묵이 흘렀다. 그동안 도러시아는 대리석이 되어 버린 듯이 꼼짝하지 않았지만 내면의 삶이 너무나 강렬하게 일어나 마음은 전에 없이 짧은 시간에 그 많은 장면과 행위의 원인들을 훑어보았다.

"제발 도와주세요." 마침내 그녀가 전처럼 나지막하게 말했다. "제가 무엇을 할 수 있을지 알려 주세요."

"외국 여행은 어떻게 생각하십니까? 최근에 로마에 다녀오셨지요."

이 방안을 완전히 쓸모없게 만든 기억이 새로운 전류처럼 떠올라 창백한 부동 상태의 도러시아를 뒤흔들었다.

"아, 그건 안 될 거예요. 무엇보다도 나쁠 거예요." 그녀가 어린아이처럼 의기소침해서 말하는 동안 눈물이 굴러떨어졌다.

"그가 즐기지 않는 것이면 소용없을 거예요."

"부인께서 이런 고통을 받지 않게 해 드릴 수 있으면 좋겠군요." 리드게이트는 가슴이 뭉클하면서도 그녀의 결혼에 대해 의아한 심정으로 말했다. 도러시아 같은 여자는 그의 인습적 관념에 들어맞지 않았다.

"제게 말씀하신 것이 옳은 일이었어요. 진실을 말씀해 주셔서 감사해요."

"캐소본 씨께는 사실을 알려 드리지 않으리라는 것을 이해해 주시기 바랍니다. 그분은 다만 과로해서는 안 되고 어떤 규칙을 지켜야 한다는 것만 아시는 게 바람직하다고 생각합니다. 어떤 근심이든 그분에게는 가장 좋지 않습니다."

리드게이트는 일어섰고, 도러시아도 동시에 무의식적으로 일어서면서 숨이 막히는 듯 외투를 벗었다. 그가 인사를 하고 밖으로 나가려 했을 때 혼자 있었더라면 기도를 올리며 표출했을 어떤 충동에 휘둘려 그녀가 흐느끼듯이 말했다.

"아, 당신은 현명한 분이시지요, 그렇지 않아요? 생명과 죽음에 대해 전부 알고 계시지요. 충고해 주세요. 제가 무엇을 할 수 있을지 알려 주세요. 그는 평생 노고를 기울이며 앞만 바라보았어요. 그는 다른 것에는 전혀 개의치 않아요. 그리고 저도 다른 것은 개의치 않아요……."

몇 년 후에도 리드게이트는 자기도 모르게 튀어나온 이 호소에서 받았던 인상을 기억했다. 영혼이 영혼을 부르는 이 외침은 자신들이 똑같이 혼란에 휩싸인 환경에서, 똑같이 불안정하고 단속적인 빛이 비치는 인생에서 같은 본성을 가지고 살아간다는 것 외에는 다른 의식 없이 터져 나온 것이었다. 그러나 내일 다시 캐소본 씨를 보러 오겠다는 것 외에 지금 그가 무슨 말을 할 수 있겠는가?

그가 방을 나서자 눈물이 솟구치면서 도러시아의 숨 막히는 압박감을 덜어 주었다. 그러고 나자 그녀는 괴로운 기색을 남편에게 드러내지 않아야 한다고 생각하며 눈물을 닦았다. 서재를 돌아보고 하인에게 평소처럼 방을 치우도록 일러야겠다고 생각했다. 이제 남편이 언제든 서재에 들어오고 싶어 할지 모르니까. 책상 위에는 그가 발작을 일으킨 날 아침 이후 손대지 않고 내버려 둔 편지들이 있었다. 도러시아가 생생히 기억하듯이 그중에는 래디슬로의 편지가 있었고, 그녀에게 온 편지는 아직 뜯지 않은 상태였다. 이 편지들을 떠올리자 더욱 괴로웠다. 자신이 화를 냈기 때문에 심적 동요로 말미암아 돌연한 발작이 일어났을 것 같았다. 편지를 다시 자신에게 넘겨줄 때 읽을 시간이 충분히 있을 테고, 그 편지를 서재 밖으로 치울 생각이 전혀 없었다. 하지만 다시 생각해 보니 남편의 눈에 띄지 않게 해야 할 것 같았다. 편지의 어떤 부분이 분노를 일으켰든 간에 되도록 그는 다시 화를 내지 말아야 한다. 그녀는 불쾌한 방문을 막기 위해 답장을 써야 할지 확인하기 위해서 남편이 받은 편지를 먼저 훑어보았다.

윌은 로마에서 편지를 보냈고, 캐소본 씨가 베풀어 준 은혜가 너무 깊어서 어떤 감사의 말로도 충분치 않을 거라는 말로 서두를 꺼냈다. 분명 자신에게 감사하는 마음이 없다면 관대한 벗을 둔 더없이 비열한 악당이나 다름없다. 하지만 수다스럽게 고마움을 표현한다면 "내가 정직한 사람이다."라고 말하는 것과 마찬가지다. 자신의 결함, 캐소본 씨가 종종 지적했던 결함을 고치기 위해 지금까지 친척의 관대한 처사로 인해 면할 수 있었던 더욱 힘겨운 노력이 필요하다고 생각하게 되었다. 보답이 가능하다면 그가 은혜를 입은 교육의 성과를 보여 줌으로써, 그리고 다른 사람들이 더 큰 권리로 받을 수 있는 자금을 앞으로는 그에게 쓸 필요가 없도록 함으로써 최선의 보답을 하게 되리라고 믿었다. 그는 머릿속의 자본 외에 아무것도 없는 많은 젊은이처럼 자기 운명을 개척하기 위해 영국으로 돌아갈 것이다. 친구 나우만이 캐소본 씨를 위해 그린 「토론」을 캐소본 씨가 허락하신다면 캐소본 부인의 그림과 함께 직접 로윅에 전달해 달라고 부탁했다. 두 주 내로 파리 우체국의 우편물 유치 취급 센터로 편지를 보내시면 불편한 시간에 도착하지 않도록 일자를 조정할 것이다. 캐소본 부인에게는 로마에서 부인과 나누었던 미술에 대한 논의를 이어 가는 편지를 동봉했다.

그녀에게 보낸 편지를 펼치자 그녀의 광적인 공감과 있는 그대로의 사물에서 건전하고 공정한 즐거움을 느끼지 못하는 성향에 대한 항의가 활기차게 이어지고 있었다. 그의 젊은 활기의 토로를 지금은 읽을 수 없었다. 다른 편지에 대해서 어떻게 해야 할지 당장 생각해야 했다. 윌을 로윅에 오지 못하게 할 시간이 아직 있을지 모른다. 결국 도러시아는 그 편지를 아직 저택에 머물고 있던 큰아버지에게 주었고, 캐소본 씨가 병이 났으며 건강 문제로 방문객을 받지 못하겠다고 윌에게 알려 달라고 청했다.

브룩 씨는 편지 쓰기를 누구보다도 즐기는 사람이었다. 단 하나 어려운 점은 편지를 짧게 쓰는 것이었으므로 이번에도 그의 풍부한 사고는 큰 종이 세 장과 속에 끼운 접지들에 넘 치도록 이어졌다. 그는 도러시아에게 이렇게만 말했다.

"물론 내가 써 주마. 아주 영리한 젊은이야. 이 젊은 래디슬 로 말이다. 틀림없이 두각을 나타낼 게야. 훌륭한 편지로구나. 청년의 분별력을 드러내는군. 어쨌든 내가 캐소본에 대해서 그에게 알려 주지."

하지만 브룩 씨의 펜촉은 생각할 줄 아는 기관이라서 마 음의 나머지 부분이 따라잡기도 전에 문장들을, 특히 관대 한 취지의 문장들을 전개해 나갔다. 그것은 유감의 뜻을 표 하고 해결책을 제안했는데, 브룩 씨가 읽었을 때 지극히 절묘 한 표현인 데다 놀라울 정도로 적절해 보인 그 해결책은 그가 미처 생각해 보지 않았던 뒷일을 결정지었다. 이번에 그의 펜 은 브룩 씨가 젊은 래디슬로 씨를 더 잘 알고 또 오랫동안 소 홀히 했던 이탈리아 그림을 함께 살펴볼 수 있도록 이때 인근 에 오면 좋을 텐데 그러지 못하는 것이 너무나 유감이라고 생 각했다. 또한 펜은 풍부한 생각을 갖고 인생을 시작하는 젊은 이에게 지대한 관심을 느꼈으므로 두 번째 장이 끝나 갈 즈 음 래디슬로를 로윅에서 맞을 수 없다면 팁턴 그레인지로 초 대하라고 브룩 씨를 설득했다. 그래선 안 될 이유가 어디 있는 가? 그들은 함께 아주 많은 일을 할 수 있을 것이다. 특이하 게 발전하고 있는 시대라서 정치적 지평이 확대되고 있었다.

그리고 간단히 말해서 브룩 씨의 펜은 최근에 미숙하게 편집된 기관지 《미들마치 개척자》에 실었던 짧은 연설문에 빠져들어 갔다. 이 편지를 봉하면서 브룩 씨는 밀려드는 막연한 계획들 ─ 여러 관념을 문서로 작성할 수 있는 청년, 새 입후보자를 위해 길을 닦으려고 구입한 《개척자》, 문서들의 활용 ─ 로 의기양양한 기분이었다. 이 모든 것에서 어떤 일이 일어날지 누가 알겠는가? 실리아가 곧 결혼할 테니 함께 식사할 젊은이가 있으면 무척 유쾌할 것이다. 적어도 당분간이나마.

그러나 그는 편지에 무슨 말을 썼는지 도러시아에게 아무 말 하지 않고 집으로 돌아갔다. 조카딸은 남편에게 전념하고 있었고, 사실 이런 것들은 그녀에게 전혀 중요하지 않은 일이니 말이다.

31장

저 거대한 종, 너무 커서 흔들 수 없는
종의 음높이를 어떻게 알겠는가?
잘 혼합된 금속 밑에서 다만
플루트를 연주하게 하라. 주의 깊게 들어라,
정확한 음조가, 은빛 실개천이 흘러나올 때까지.
그때 거대한 종이 떨리고…… 그 거대한 덩어리가
동시에 일어나는 수많은 파도와 함께
낮고 부드러운 동음으로 응답하리라.

　　그날 저녁 리드게이트는 빈시 양에게 캐소본 부인에 대해
이야기하면서 그녀가 서른 살이나 더 많은 정중하고 학구적
인 남자에 대해 품고 있는 강렬한 감정을 약간 강조했다.

　　"그녀가 남편에게 헌신하는 건 당연하지요." 로저먼드는 그
과학자가 여자에게서 가장 귀여운 점으로 여긴 필연적 도리에
대한 관념을 내비치며 말했다. 하지만 동시에 로저먼드는 곧
죽을 남편을 두고 로윅 매너의 안주인이 되는 것은 그리 슬픈
일이 아니라고 생각하고 있었다. "그녀가 매우 아름답다고 생
각하세요?"

　　"분명 아름답지만 나는 그 점에 대해 생각하지 않았어요."
리드게이트가 말했다.

　　"그건 전문가답지 않다고 생각해요." 로저먼드는 보조개를

지으며 말했다. "그런데 당신의 진료 범위가 꽤 넓어지고 있네요! 전에 체텀 씨 댁에 가셨지요. 이젠 캐소본 씨 댁이고요."

"그래요." 리드게이트가 어쩔 수 없이 인정하는 어조로 말했다. "하지만 실은 그런 분들을 돌보는 것보다 가난한 사람들을 돌보는 편이 더 좋습니다. 병증이 더 단조로운 데다가 야단법석을 견뎌야 하고 터무니없는 말을 더 공손하게 들어 줘야 하거든요."

"어디보다도 미들마치가 심할 거예요." 로저먼드가 말했다. "하지만 적어도 넓은 복도를 지나면서 어디서나 장미 향기를 맡으시겠어요."

"그건 사실이에요, 마드무아젤 드 몽모렌치." 리드게이트는 탁자로 고개를 숙이고는 향기를 감상하려는 듯이 그녀의 손가방 입구에 걸린 우아한 손수건을 넷째 손가락으로 들어 올리며 그녀를 바라보고 미소 지었다.

그러나 리드게이트가 이처럼 기분 좋게 축제의 자유를 누리며 미들마치의 꽃 주위를 배회하는 것이 무한히 지속될 수는 없었다. 다른 곳과 마찬가지로 그 도시에서도 사회적 고립은 불가능했고, 끊임없이 불장난을 치는 두 사람은 "상황을 제각기 발전시키는 복잡하게 뒤얽힌 관계, 압박, 타격, 충돌, 행동"[149]을 피할 수 없었다. 빈시 양은 무엇을 하든 간에 반드시 주목을 받았고, 이제 빈시 부인이 조금 망설인 후 프레드

---

149) 로마 시인이자 철학자 루크레티우스의 서사시 『만물의 본성에 관하여』, I. 633~634행. 영국의 고전학자 H. A. J. 먼로의 번역(1864)이다.

와 함께 스톤 코트에서 얼마간 지내려고 떠났기 때문에 흠모자나 비판자들의 눈에 더 잘 띄었을 것이다. 부인으로서는 페더스톤 노인의 비위를 맞추는 동시에 메리 가스를 감시하려면 달리 방법이 없었다. 프레드의 몸이 나아 가는 데 비례해 며느릿감으로서 메리는 더 탐탁지 않게 보였던 것이다.

불스트로드 부인은 이제 로저먼드가 혼자 집에 있으므로 그녀를 보러 로윅 게이트에 더 자주 들렀다. 부인은 오빠에 대해 진심 어린 애정을 갖고 있었다. 늘 그가 결혼을 더 잘할 수도 있었을 거라고 생각했지만 그 자녀들이 잘되기를 바랐다. 지금은 플림데일 부인과 오랫동안 친하게 지내 왔다. 실크나 속옷 패턴, 도자기와 목사에 대한 취향이 거의 일치했고, 건강과 가사의 사소한 고충을 서로 털어놓았다. 불스트로드 부인이 더 확고하게 진지하고 마음을 중시하며 도시 외곽에 저택이 있다는 점에서 약간 우월하기는 했지만 그런 점들은 그들의 사이를 갈라놓지 않고 때로 대화를 다채롭게 꾸미는 데 도움이 되었다. 둘 다 선의를 가진 여자들이지만 자신들의 심리적 동기에 대해서는 거의 알지 못했다.

아침에 플림데일 부인을 방문한 불스트로드 부인은 오래 머물 수 없다고 말했다. 가엾은 로저먼드를 만나러 갈 예정이기 때문이었다.

"왜 '가엾은 로저먼드'라고 하세요?" 길든 매처럼 날카롭고 작은 둥근 눈을 가진 플림데일 부인이 말했다.

"애는 무척 예쁜데 너무 경솔하게 키웠어요. 알다시피 엄마가 경박한 면이 있기 때문에 난 그 애들이 걱정이에요."

"글쎄, 해리엇, 솔직히 말해서……" 플림데일 부인이 힘주어 말했다. "이렇게 말해야겠어요. 당신과 불스트로드 씨는 그 일을 기뻐한다고 누구나 생각할 거라고요. 당신들은 리드게이트 씨를 내세우려는 노력을 아끼지 않았으니까요."

"셀리나, 무슨 말이에요?" 불스트로드 부인은 깜짝 놀라서 말했다.

"네드를 생각하면 진심으로 고마운 마음이 들지 않는 건 아니에요." 플림데일 부인이 말했다. "네드는 물론 그런 아내를 다른 사람들보다 더 잘 부양할 수 있겠지요. 하지만 난 네드가 다른 데로 눈을 돌렸으면 하거든요. 엄마들이야 걱정하기 마련이지요. 어떤 젊은이들은 결국 나쁜 생활에 빠지기도 하고요. 게다가 솔직히 말하면 난 낯선 사람들이 오는 것을 좋아하지 않았어요."

"무슨 말인지 모르겠어요, 셀리나." 불스트로드 부인은 약간 힘주어서 말했다. "불스트로드 씨도 예전에 낯선 사람이었어요. 아브라함과 모세도 그 땅에서 낯선 사람들이었고요. 그리고 이방인을 대접하라는 말씀이 있잖아요. 특히……." 그녀는 잠시 멈추었다가 말했다. "특별한 사람일 때 말이에요."

"나는 종교적인 의미에서 한 말이 아니에요, 해리엇. 엄마로서 말한 거지."

"셀리나, 내 조카딸과 당신 아들의 결혼에 대해 내가 반대하는 말은 한 번도 들은 적이 없을 거라고 믿어요."

"아, 빈시 양의 자만심이 문제예요. 다른 게 아니고요." 플림데일 부인은 전에 이 문제에 관해서 '해리엇'에게 전부 털어놓지 않았다. "미들마치 청년들이 빈시 양의 마음에 차지 않는 거죠. 그 어머니가 말하는 걸 들었어요. 그건 그리스도교인의 정신이 아닐 거예요. 그런데 요새 듣기로는 그녀가 자기만큼이나 자만심이 강한 사람을 찾았다는군요."

"로저먼드와 리드게이트 씨 사이에 뭔가 있다는 말은 아니겠죠?" 불스트로드 부인은 자기가 모르는 사실이 있다는 것을 깨닫고 기분이 조금 상했다.

"당신이 그걸 모를 수 있어요, 해리엇?"

"아, 나는 외출을 거의 하지 않아요. 뒷공론도 좋아하지 않고요. 사실 뒷공론을 듣는 일도 없어요. 당신이 만나는 많은 사람을 나는 만나지 않잖아요. 당신이 어울리는 사람과 우리가 어울리는 사람이 다른 것 같아요."

"글쎄요, 하지만 당신 조카딸과 불스트로드 씨가 좋아하는 사람, 그러니까 당신도 좋아하는 사람이겠죠. 틀림없어요, 해리엇! 전에는 당신이 케이트의 남편감으로 그 사람을 염두에 두는 줄 알았어요. 그 애가 나이 들면 말이죠."

"지금 어떤 큰 일이 일어나고 있다고는 믿지 않아요." 불스트로드 부인이 말했다. "그랬더라면 오빠가 내게 말해 주었을 거예요."

"글쎄요, 사람마다 제각기 방식이 다르니까요. 하지만 내가 알기로 빈시 양과 리드게이트 씨가 함께 있는 것을 본 사람들은 그들이 약혼했다고 생각할 거예요. 그렇지만 내가 관여할 일은 아니죠. 이 엄지장갑의 패턴을 치울까요?"

이런 대화를 나눈 뒤라서 불스트로드 부인은 새삼 무거

운 마음으로 조카딸을 찾아갔다. 자신도 멋지게 차려입었지만 고모를 맞으려고 방금 방에 들어온 로저먼드가 거의 비슷하게 값비싼 외출복을 차려입은 것을 보니 평소보다 더 걱정스러워졌다. 불스트로드 부인은 오빠와 닮았으되 체구가 작고 여성적이었으며, 남편처럼 혈색이 나쁘거나 창백하지 않았다. 그녀는 정직하고 당당한 시선으로 쳐다보았고 에둘러 말하지 않았다.

"혼자 있구나, 얘야." 응접실에 들어설 때 그녀는 진지하게 주위를 돌아보며 말했다. 로저먼드는 고모가 특별히 할 말이 있는 모양이라 생각하고 가까이 붙어 앉았다. 그런데 로저먼드의 모자 안쪽 레이스 주름이 너무 매력적으로 보여서 케이트에게도 똑같은 것을 사 주고 싶은 욕구를 억누를 수 없었다. 말하는 동안 다소 섬세한 불스트로드 부인의 눈은 풍성한 레이스 주위를 맴돌았다.

"방금 너에 대한 이야기를 듣고 무척 놀랐단다, 로저먼드."

"무슨 이야기인데요, 고모?" 로저먼드의 눈도 고모의 수놓인 커다란 옷깃에 머물고 있었다.

"난 좀처럼 믿을 수 없구나. 네가 약혼을 했는데 내가 모른다니 말이야. 네 아버지가 내게 말해 주지도 않았다니." 이 부분에서 불스트로드 부인의 눈길은 마침내 로저먼드의 눈에 이르렀고, 로저먼드는 얼굴을 몹시 붉히면서 말했다.

"전 약혼하지 않았어요, 고모."

"그럼 왜 다들 그렇게 말하지? 도시에 소문이 자자하다고?"

"세간의 소문은 그리 중요하지 않다고 생각해요." 로저먼드는 속으로 만족감을 느끼며 말했다.

"아, 얘야, 좀 더 신중하게 생각해야지. 이웃들을 그렇게 무시하지 말고. 이제 스물두 살이 되었고, 네게 재산이 없으리라는 것을 기억해야 해. 내가 알기로는 아버지가 네게 아무것도 줄 수 없을 거야. 리드게이트 씨는 무척 지적이고 영리한 사람이지. 그것이 매력인 줄은 나도 안단다. 나도 그런 사람과 이야기를 나누기 좋아하니까. 고모부도 그가 무척 유용한 사람이라고 생각하시지. 그런데 여기서 의사라는 직업은 가난하단다. 물론 현세의 삶이 전부는 아니야. 하지만 참된 신앙을 갖는 의사는 거의 없어. 지성의 교만이 지나치게 강하니까. 그리고 너는 가난한 사람에게 시집가기에 적합하지 않아."

"리드게이트 씨는 가난하지 않아요, 고모. 그의 친척들은 신분이 높아요."

"그가 가난하다고 내게 직접 말했단다."

"그건 그분이 상류층 생활 방식에 익숙하기 때문이에요."

"사랑하는 로저먼드, 너는 상류층 방식으로 살겠다고 생각해선 안 돼."

로저먼드는 고개를 숙이고 손가방을 만지작거렸다. 그녀는 성미가 불같거나 날카롭게 쏘아붙이는 아가씨가 아니었지만 원하는 대로 살 생각이었다.

"그렇다면 그게 정말 사실이니?" 불스트로드 부인은 조카딸을 진지하게 바라보았다. "네가 리드게이트 씨를 생각하고 있고, 네 아버지는 모르시지만 두 사람 사이에 약속이 있었던 게냐? 솔직히 말해 봐라, 로저먼드. 리드게이트 씨가 네게 청혼했니?"

가엾은 로저먼드는 몹시 불편한 심정이었다. 리드게이트의 감정과 의도에 대해서는 전적으로 확신했는데 지금 고모의 질문에 그렇다는 대답을 할 수 없어 불쾌했다. 그녀는 자존심이 상했지만 평소처럼 예의 바르게 억누르며 대답했다.

"제발 봐주세요, 고모. 그 문제에 대해서는 말하고 싶지 않아요."

"장래가 확실치 않은 사람에게 네가 마음을 주지는 않을 거라고 믿는단다, 얘야. 그리고 내가 알기로도 네가 두 번이나 거절한 그 나무랄 데 없는 청혼자를 생각해 봐라! 그중 하나는 네가 내팽개칠 생각만 아니라면 아직 붙잡을 수 있어. 그렇게 계속 거절하다가 결국에는 형편없는 사람과 결혼한 대단한 미인을 알고 있단다. 네드 플림데일은 괜찮은 청년이야. 어떤 사람들은 잘생겼다고 생각할 게다. 게다가 외동아들이고, 그런 큰 사업은 의사 같은 직업보다 훨씬 낫지. 결혼이 전부라는 건 아니야. 네가 먼저 하느님의 왕국을 찾기를 바란단다. 하지만 아가씨들은 자기 마음을 스스로 다스려야 해."

"그렇다면 저는 그 마음을 네드 플림데일 씨에게는 결코 주지 않겠어요. 이미 그분을 거절했어요. 제가 사랑을 한다면 딱 한 번만 사랑하고 변치 않을 거예요." 로저먼드는 낭만적인 여자 주인공이 되어 그 역할을 잘 해내고 있는 느낌이었다.

"어떻게 된 사정인지 알겠다, 얘야." 불스트로드 부인은 가려고 일어서며 우울한 목소리로 말했다. "네가 보상도 받지 못하면서 애정을 줬구나."

"아뇨, 아니에요, 고모." 로저먼드가 힘주어 말했다.

"그러면 리드게이트 씨가 너에 대해 진지한 애정을 갖고 있다고 확신하니?"

이때까지 로저먼드의 뺨은 계속 달아올랐다. 몹시 굴욕적인 기분이었다. 그녀는 아무 대답도 하지 않았고, 고모는 더 큰 확신을 품고 그 집을 나섰다.

불스트로드 씨는 관심을 두지 않는 세속적인 일은 아내가 시키는 대로 하곤 했는데, 지금 아내가 이유를 밝히지 않으면서 다음번에 리드게이트 씨와 이야기할 때 조만간 결혼할 의사가 있는지를 알아봐 달라고 부탁했다. 그 결과는 단호한 부정이었다. 아내가 자세히 따져 물었을 때 불스트로드 씨는 리드게이트가 곧 결혼으로 이어질 애정을 느끼고 있는 남자라면 결코 말하지 않을 방식으로 말했다고 알려 주었다. 불스트로드 부인은 이제 자신에게 중대한 임무가 주어졌다고 느꼈고, 오래지 않아 리드게이트와 얼굴을 맞대고 이야기할 자리를 마련했다. 그녀는 먼저 프레드 빈시의 상태에 대해 묻고 오빠네 대가족에 대한 진심 어린 걱정을 표현하고는 결혼해서 정착하려는 젊은이가 당면할 위험과 관련해 일반적인 이야기로 나아갔다. 젊은이들이 종종 무모한 행동으로 실망을 주고 그들을 위해 쓴 돈에 보상하지 못하는 경우가 허다하며, 아가씨들은 앞날에 방해가 될 많은 상황에 맞닥뜨리게 된다고 말했다.

"특히 아가씨가 아주 매력적이고 그 부모가 많은 사람과 어울릴 때 말이지요." 불스트로드 부인이 말했다. "신사들은 그저 일시적 즐거움을 위해 관심을 기울이고 그녀를 독차지하지요. 그러면서 다른 사람들을 밀어내는 거예요. 어떤 아가씨의 미래를 방해한다면, 리드게이트 씨, 그것은 막중한 책임이라고 생각해요." 이 부분에서 불스트로드 부인은 비난은 아니더라도 경고를 하려는 의심할 바 없이 명확한 의도를 드러내는 눈빛으로 그를 뚫어지게 바라보았다.

"분명 그렇습니다." 리드게이트는 그녀를 쳐다보며, 어쩌면 그녀의 시선에 대한 응답으로 역시 약간 뚫어지게 응시하며 말했다. "반면에 어떤 아가씨가 자기를 사랑하지 않도록, 혹은 다른 사람들이 그렇게 생각하지 않도록 그녀에게 관심을 보이지 말아야 한다는 생각을 품고 돌아다니는 남자가 있다면 아주 잘난 척하는 바보임이 틀림없습니다."

"아, 리드게이트 씨, 당신은 당신의 장점이 뭔지 잘 알아요. 여기 사는 젊은이들이 당신의 상대가 될 수 없다는 것을 알고 있고요. 당신이 어떤 집에 자주 다니면 어떤 아가씨의 바람직한 정착에 역으로 작용할 수 있고, 그녀가 청혼을 받더라도 받아들이지 않도록 방해하게 될 거예요."

리드게이트는 미들마치의 올랜도[150]들보다 우월하다는 말에 우쭐하기보다는 불스트로드 부인의 말뜻을 알아차리고 화가 났다. 그녀는 필요한 만큼 깊은 인상을 주도록 말했고, '작용하다'라는 탁월한 단어를 사용함으로써 충분히 명백한 여러 구체적인 사실에 고상한 휘장을 덮었다고 느꼈다.

---

150) 셰익스피어의 『뜻대로 하세요』에 등장하는 로절린드의 추방된 애인.

리드게이트는 화가 나서 약간 씩씩거리며 한 손으로 머리카락을 뒤로 넘기고 다른 손으로는 기묘하게 조끼 호주머니 속을 더듬었다. 그러고는 고개를 숙여 검은 스패니얼 강아지를 손짓으로 불렀는데 개가 그의 의미 없는 애무를 본능적으로 거부했다. 다른 손님들과 함께 식사를 했고 이제 막 차를 마셨으므로 금방 일어서서 나간다면 예의에 어긋날 것이다. 그러나 불스트로드 부인은 자기 말을 알아들었을 거라고 믿으며 화제를 바꾸었다.

나는 쓰라린 입천장이 모래를 찾아내듯이 불편한 의식은 빈정거림을 알아듣는다는 격언이 '솔로몬의 잠언'에서 누락되었다고 생각한다. 바로 다음 날 페어브라더 씨가 거리에서 리드게이트와 헤어지며 그날 저녁 빈시 씨 집에서 만나자고 제안했다. 리드게이트는 퉁명스럽게 안 된다고 대답했다. 할 일이 있고 저녁 외출을 그만두겠다는 것이었다.

"아니! 돛대에 단단히 묶여 귀를 틀어막을 생각인가?"[151] 목사가 말했다. "그래, 세이렌에게 넘어가지 않을 작정이라면 미리 예방책을 강구하는 것이 옳겠지."

며칠 전이었다면 리드게이트는 그 말을 목사의 평소 말투로 받아들이고 전혀 주목하지 않았을 것이다. 그러나 이제는 자기가 바보짓을 하고 오해를 사도록 행동해 왔다는 생각을 확인해 주는 빈정거림처럼 들렸다. 로저먼드는 오해하지 않았

---

151) 호메로스의 『오디세이』에서 오디세우스는 세이렌의 유혹적인 노래에 저항하기 위해 돛대에 몸을 묶고 귀를 막았다.

을 거라고 그는 믿었다. 그녀는 모든 것을 그의 의도대로 가볍게 받아들였다고 그는 확신했다. 그녀는 온갖 세세한 매너와 관련해서 섬세한 재치와 직관이 있었다. 그런데 그녀와 함께 사는 사람들은 얼간이들인 데다 참견하기를 좋아했다. 하지만 더 이상은 착각하지 못할 것이다. 그는 용무가 있을 때가 아니면 빈시 씨 집에 가지 않겠다고 결심했고, 그 결심을 지켰다.

로저먼드는 몹시 비참한 심정이었다. 고모의 질문 공세를 받았을 때 처음 생긴 불안감이 점점 더 커졌고, 마침내 리드게이트를 만나지 못한 채 열흘이 지나자 어쩌면 앞으로 다가올 공허한 시간에 대한 공포로, 인간의 희망을 아주 쉽게 닦아 없애려고 마련된 치명적인 해면에 대한 예감으로 자라났다. 마술사가 잠시 정원으로 바꾸어 놓았던 황무지처럼 세상은 다시 황량해질 것이다. 그녀는 실연의 고통을 알게 되었다고 느꼈고, 지난 여섯 달간 즐겁게 쌓아 올린 기분 좋은 공중누각을 다른 남자로는 세울 수 없을 것 같았다. 가엾은 로저먼드는 식욕을 잃었고, 마차가 오리라는 희망도 없이 옷들로 가득 찬 상자들과 함께 매력적인 활동 무대를 두고 떠나 버린 아리아드네[152]처럼 절망적인 심정이었다.

세상에는 놀랍도록 뒤섞인 다양한 감정이 다 같이 사랑이라고 불리고 (문학과 연극에서) 모든 것을 정당화하는 숭고한 격정의 특권을 주장한다. 다행히 로저먼드는 극단적인 행동

---

152) 그리스 신화에서 아리아드네는 크레타의 미로를 탈출하도록 테세우스를 도와주었으나 버림을 받고 자살했다.

을 저지르려는 생각은 하지 않았다. 여느 때처럼 아름답게 금발 머리를 땋았고, 오만하게 차분한 상태를 유지했다. 불스트로드 고모가 어떤 식으로든 간섭해서 리드게이트의 방문을 막았으리라고 생각하면 가장 기분이 나아졌다. 그가 자발적으로 무관심해졌다는 가정보다는 뭐든 다른 것이 더 나았다. 열흘이라는 시간이 (수척함이나 현기증, 혹은 달리 눈에 띄는 열정의 결과에 빠져드는 게 아니라) 불안해하며 추측하고 실망하는 마음의 회로를 일주하기에 너무 짧은 기간이라고 생각하는 사람이 있다면 젊은 아가씨의 우아하고 한가로운 마음에서 무슨 일이 일어날지를 모르는 것이다.

하지만 열하루째 되는 날 스톤 코트에서 나올 때 리드게이트는 페더스톤 씨의 상태에 두드러진 변화가 있으니 남편에게 그날 중으로 스톤 코트에 와 달라는 말을 전해 달라는 빈시 부인의 부탁을 받았다. 리드게이트는 가게로 찾아갈 수도 있고 수첩에서 종이 한 장을 떼어 메모를 적어 문간에서 맡겨도 되었다. 그런데 보아하니 이런 간단한 방법들은 머리에 떠오르지 않은 모양이었다. 이것으로 미뤄 볼 때 그는 빈시 씨가 집에 없을 시간에 집으로 찾아가서 빈시 양에게 전갈을 남기는 데 그리 반감이 없었다고 결론지을 수 있겠다. 사람은 여러 이유로 해서 다른 이들과 어울리기를 거부할 수 있겠지만 아무도 자신을 아쉬워하지 않는다면 현인이라도 즐겁지 않을 것이다. 자신이 기분 전환에 저항하고 감미로운 소리도 오랫동안 멀리하기로 굳게 결심했다고 로저먼드와 농담하듯이 몇 마디를 주고받으면 옛 습관에 새 습관을 세련되고 편안하게 접목할 수 있을 것이다. 또한 불스트로드 부인의 암시와 관련하여 가능한 근거들을 매 순간 추론하다 보니 그런 생각이 더욱 단단한 그의 사고망에 들러붙는 가느다란 머리카락처럼 섞여 들어갔음을 고백해야겠다.

빈시 양은 혼자 있었다. 리드게이트가 들어섰을 때 그녀의 얼굴이 너무나 빨갛게 물들어서 그도 당황했고, 농담을 건네기는커녕 방문한 이유를 즉시 말하기 시작하고는 부친에게 말을 전해 달라고 거의 딱딱하게 요청했다. 처음에 행복이 돌아온 듯이 느꼈던 로저먼드는 리드게이트의 태도에 예리한 상처를 입었다. 얼굴에서 홍조가 사라졌고, 불필요한 말을 한마디도 덧붙이지 않고 차갑게 대답했다. 손에 들고 있던 변변찮은 사슬 장식 덕분에 리드게이트의 턱 위로는 바라보지 않을 수 있었다. 어떤 실패든지 그 이유의 절반은 시작에 있음이 분명하다. 앉아서 채찍을 흔들며 아무 말도 할 수 없었던 기나긴 두 순간이 지난 후 리드게이트는 돌아가려고 일어섰다. 그러자 굴욕감과 그 감정을 드러내지 않으려는 욕구의 갈등으로 불안했던 로저먼드는 깜짝 놀란 듯 사슬을 떨어뜨리고 자기도 모르게 일어섰다. 리드게이트는 즉시 그 사슬을 집으려고 몸을 숙였다. 그가 일어섰을 때 아름다운 긴 목 위의 사랑스러운 작은 얼굴이 아주 가까이 있었다. 스스로 보아도 만족스러운 우아함을 더없이 완벽하게 과시하며 돌리던 그 목을 그는 바라보곤 했었다. 그런데 이제 눈을 들자 무력한 떨림이 보였고, 그 떨림에 그의 가슴은 예전에 없이 뭉클해져서 반짝이는 눈으로 질문을 던지며 로저먼드를 바라보았다. 이 순간 그녀는 다섯 살 난 아이였던 때처럼 꾸밈이 없었다. 그녀는 솟 구치는 눈물을 느꼈고, 푸른 꽃에 매달린 물방울처럼 내버려 두거나 내키는 대로 뺨에 흘러내리도록 두는 것 외에는 별도 리가 없었다.

그 꾸밈없는 순간은 바로 깃털처럼 부드러운 감촉이 결정 을 이룬 순간이었다. 그 순간은 불장난을 뒤흔들어 사랑으로 바꾸었다. 물에 젖은 물망초를 바라보던 야심적인 남자는 매 우 다정하고 경솔한 사람이었음을 기억하라. 그는 사슬이 어 디로 갔는지 알지 못했다. 마음 한구석을 전율하며 스쳐 간 생각이 거기, 봉인된 무덤이 아니라 가장 가볍고 쉽게 뚫리는 형판 밑에 묻혀 있던 열정적 사랑의 힘을 기적적으로 끌어올 렸다. 갑자기 나온 그의 말은 어색했지만 그 어조로 인해 열렬 히 호소하는 고백처럼 들렸다.

"무슨 일이에요? 괴로워하는군요. 말해 봐요, 제발."

로저먼드는 전에 그가 그런 어조로 말하는 것을 들은 적이 없었다. 아마 그 말의 의미를 알아듣지 못했을 것이다. 그러나 리드게이트를 바라보았고, 뺨 위로 눈물이 흘러내렸다. 그 침 묵보다 더 완벽한 답은 있을 수 없었다. 리드게이트는 다른 것 을 다 잊어버렸다. 이 사랑스러운 아가씨의 기쁨이 오로지 자 신에게 달려 있다는 확신이 갑자기 솟아오르자 봇물 터지듯 분출된 애정에 완전히 압도되어 그녀를 부드럽게 보호하듯이 팔로 감싸고 — 그는 고통받는 연약한 것들을 다정하게 대하 는 데 익숙했다 — 커다란 두 눈물방울에 입을 맞추었다. 이 것은 어떤 약속에 이르는, 이상하기는 하지만 신속한 방법이었다. 로저먼드는 화내지 않고 소심하게 행복을 느끼며 약간 뒤로 물러섰다. 리드게이트는 이제 그녀 옆에 앉아서 조금 더 완전한 문장으로 말할 수 있었다. 로저먼드는 작은 고백을 해야 했고, 그는 충동적으로 고마움과 애정이 담긴 말들을 풍부히 쏟아 냈다. 삼십 분 후 집을 나섰을 때 그는 약혼한 남자였고, 그의 영혼은 그의 것이 아니라 그가 스스로를 동여맨 여자의 것이었다.

그날 저녁에 그는 빈시 씨를 만나러 다시 갔다. 빈시 씨는 방금 스톤 코트에서 돌아왔는데 오래지 않아 페더스톤 씨의 사망 소식을 듣게 되리라고 확신하고 있었다. 때마침 떠오른 '사망'이라는 경사스러운 말 덕분에 평소보다 더 유쾌한 기분이었다. 적절한 단어는 언제나 힘이 있어서 그 명확성을 우리 행동에 전달한다. 사망으로 간주될 때 페더스톤 노인의 죽음은 그저 법률적 양상을 띠었기 때문에 빈시 씨는 이따금 엄숙한 척하지 않고 그 말을 입에 올리며 담배 상자를 가볍게 두드리고 명랑한 기분을 느낄 수 있었다. 그리고 빈시 씨는 엄숙함과 거짓 꾸밈을 모두 싫어했다. 유언자에 대해 경외심을 느끼거나 혹은 부동산을 물려받을 권리에 대해 찬송가를 부를 사람이 대체 어디 있겠는가? 그날 저녁 빈시 씨는 매사를 즐겁게 받아들일 기분이었다. 프레드가 어쨌든 가족의 체질을 이어받았으므로 곧 전처럼 다시 건강해질 거라고 리드게이트에게 말하기도 했다. 로저먼드와 약혼을 허락해 달라는 요청을 받자 놀랍게도 신속히 허락했고, 젊은 남녀에게 결혼이 바람직한지에 관한 일반론으로 즉시 넘어갔다. 보아하니 이 모

든 사건에서 펀치를 조금 더 마시는 것이 적절하다는 결론을
내렸음이 분명했다.

32장

"그들은 고양이가 우유를 핥듯이 제안을 받아들일 걸세."

— 셰익스피어, 『태풍』[153]

프레드와 그 모친이 옆을 떠나서는 안 된다는 페더스톤 씨의 끈질긴 요구를 바탕으로 확고해진 빈시 시장의 의기양양한 자신감은 노인 육친들의 가슴을 쑤석거린 확신에 비하면 미약한 감정이었다. 그들은 당연히 혈육의 유대를 더욱 과시했고, 이제 노인이 몸져눕자 눈에 띄게 그 숫자가 더 늘어났다. 당연한 일이었다. "가엾은 피터"가 징두리널을 댄 거실에서 자기 안락의자를 점령하고 있을 때, 인색해서가 아니라 가난해서 페더스톤의 핏줄에 영양이 부족했던 사람들은 요리사가 끓는 물을 준비하고 있어도 나름대로 이유가 있어서 난로에 모여드는 부지런한 딱정벌레들만큼도 환영받지 못했을 것

---

153) 2막 1장 279행.

이다. 남동생 솔로먼과 여동생 제인은 부유했다. 노인은 언제나 예의를 차리는 시늉도 하지 않고 가족 특유의 솔직한 태도로 맞았지만 그들은 혈육이 엄숙하게 유서를 작성하는 순간에 부자의 우월한 권리를 묵살하지 않으리라고 생각했다. 적어도 노인이 집에서 내쫓을 만큼 괴팍하게 군 적은 없었다. 그런 권리가 전혀 없는 남동생 조나와 여동생 마르타, 그리고 나머지들을 노인이 멀리한 것은 별난 일이라고 볼 수 없었다. 그들은 돈이란 훌륭한 알과 같아서 따뜻한 둥지에 묻어 둬야 한다는 피터의 좌우명을 알고 있었다.

그러나 남동생 조나와 여동생 마르타, 이 밖에 배척된 가난한 친척들은 제각기 다른 관점을 갖고 있었다. 가능성이란 돌에 새겨진 무늬나 광고 전단에서 우연히 볼 수 있는 얼굴들처럼 다양하다. 독창적인 눈으로 보기만 하면 거기에는 제우스부터 헤라에 이르기까지 온갖 형체가 들었으니 말이다. 더 가난하고 가장 호감을 받지 못한 친지들은 피터가 생전에 자기들을 위해 아무것도 해 주지 않았으니 마지막 순간에는 기억해 줄 것 같았다. 조나는 사람들이 유서로 놀래 주기를 좋아한다고 주장했고, 반면 마르타는 그가 가장 기대하지 않는 사람에게 가장 많은 돈을 물려주더라도 누구도 놀랄 필요가 없다고 말했다. 또한 다리 수종으로 "저기 누워 있는" 친형제가 피는 물보다 진하다는 것을 느끼게 될 거라고 생각할 수밖에 없었다. 그가 유서를 바꾸지 않았다면 바로 옆에 돈을 끼고 있을 것이다. 어떻든 간에 몇몇 혈육들은 그 집에 머물면서 친척으로 볼 수 없는 사람들을 경계해야 한다. 유산 수령인이 아닌 자들이 어떻게든 유산을 가로채 금빛 영롱한 이득을 보게 해 주는 위조 유서나 미해결 유서라는 것도 있었다. 또 혈육이 아닌 자들이 물건을 훔쳐 도망치는 것을 붙잡을 수도 있다. 가엾은 피터가 무력하게 "저기 누워 있으니!" 누군가는 보초를 서야 한다. 이런 결론에서는 그들의 의견이 솔로먼과 제인의 생각과 일치했다. 몇몇 조카와 조카딸과 사촌들은 자기 재산을 "유언장으로 처분할" 수 있고 괴벽스러운 행동을 즐기는 사람이 어떤 일을 할 수 있을지 더욱 상세히 의논하면서 가족의 이익을 지켜야 한다고 당당하게 느꼈고, 스톤 코트를 자신들이 정당하게 방문할 수 있는 곳이라고 생각했다. 누이 마르타, 다시 말해서 크랜치 부인은 초키 플랫에 살았는데 숨이 차서 그곳까지 여행을 감내할 수 없었다. 하지만 아들은 가엾은 피터의 친조카이므로 모친의 이익을 대변하고 외삼촌 조나가 희한하게도 무언가를 부당하게 이용하는, 다분히 있을 법한 일이 일어나지 않도록 경계할 수 있었다. 사실 페더스톤의 혈육들 사이에는 각자 다른 사람을 경계해야 하고 다른 이들은 전능하신 하느님이 지켜보신다는 사실을 기억하는 게 좋을 거라는 생각이 어디서나 감돌고 있었다.

그래서 스톤 코트에서는 이런저런 살붙이들이 끊임없이 도착하거나 출발했고, 메리 가스는 그들의 전갈을 페더스톤 씨에게 전하는 불쾌한 일을 해야 했다. 그는 그중 누구도 만나지 않으려 했고, 그들에게 그렇게 전하라는 더욱 불쾌한 임무를 맡겼다. 집안 살림을 관리하는 사람으로서 그녀는 점잖은 시골 풍습에 따라서 그들에게 체류와 식사를 권해야 한다고 느

508

졌다. 그러나 페더스톤 씨가 누워 있었으므로 아래층의 과도한 음식 소비에 대해 빈시 부인에게 물어보았다.

"아, 죽을병에 걸린 환자가 있고 재산이 많은 집에서는 손님들을 융숭하게 대접해야 한단다. 하느님도 아시지만 나는 집안에 있는 햄을 모두 그들에게 줘도 아깝지 않아. 장례식에 쓸 가장 좋은 것만 남겨 두고. 송아지 고기를 항상 준비하고 좋은 치즈를 잘라서 내놓도록 해라. 이렇게 임종이 가까운 환자가 있는 집은 늘 문을 활짝 열어 둬야 해." 화사한 깃털을 단 빈시 부인은 다시 한번 명랑한 목소리로 도량 넓게 말했다.

그러나 어떤 손님은 송아지 고기와 햄을 배불리 대접받고도 떠나지 않았다. 예컨대 남동생 조나는 (대개의 가정에는 그런 불쾌한 사람이 있기 마련이다. 최고 귀족층에도 거인국[154] 주민이 있어서 엄청난 빚을 지고 더 큰 대가를 치르고도 우쭐해한다.) 말하자면 이 세상에 내려와 너무나 겸손한 나머지 자랑하지 않을 일거리로 주로 연명해 온 사람이었다. 말 거래나 경마에서 사기 치는 일보다는 나았지만 편안한 구석 자리가 있고 음식이 공급되기만 한다면 굳이 브래싱에 갈 필요가 없었다. 그는 부엌의 구석 자리를 골랐는데 그곳이 제일 좋기 때문이기도 하고 또 한편으로는 솔로먼과 같이 있고 싶지 않기 때문이었다. 솔로먼에 대해 그는 형제로서 확고한 의견이 있었다. 진수성찬을 줄곧 눈앞에 둔 채 가장 좋은 옷차림으로 훌륭한 안락의자에 앉아서 그는 그 집에 편안히 안주했다고 느꼈고,

---

154) 조너선 스위프트의 『걸리버 여행기』에 나오는 거인들의 땅.

일요일과 그린 맨의 술집을 간혹 떠올리기도 했다. 그는 피터 형이 땅 위에 살아 있는 한 그 가엾은 사람의 손이 닿지 않을 곳에는 가지 않겠다고 메리 가스에게 알려 주었다. 집안의 말썽쟁이들은 대개 재기 넘치는 사람이거나 바보들이다. 조나는 페더스톤 일가에서 재치 있는 사람에 속했고 화롯가에 모이는 하녀들과 농담을 나누기도 했지만, 가스 양을 수상쩍은 인물로 여기는 것 같았고 냉정한 눈으로 그녀의 움직임을 뒤쫓았다.

이 한 쌍의 눈을 메리는 비교적 수월하게 견뎠을 것이다. 그런데 고약하게도 젊은 크랜치가 있었다. 어머니를 대변하고 외삼촌 조나를 경계하기 위해 멀리 초키 플랫에서 온 그는 주로 부엌에 앉아 외삼촌을 상대하는 것이 자기 의무라고 느꼈다. 크랜치는 재치 있는 사람과 바보 사이의 균형을 정확히 잡지 못해 후자 쪽으로 살짝 기울었고, 눈을 가늘게 뜨고 곁눈질해서 그의 감정이 그리 강력하지 않다는 점을 제외하고는 전부 의심쩍게 보였다. 메리가 부엌에 들어서고 조나 페더스톤 씨가 탐정처럼 냉정한 눈으로 그녀를 뒤쫓기 시작하면 젊은 크랜치는 보로가 신약 성서를 읽어 주었을 때[155] 집시들이 그랬듯이 자신이 일부러 눈을 가늘게 뜨고 지켜보는 것을 그녀가 알아야 한다고 주장하듯 같은 방향으로 고개를 돌렸다. 가엾은 메리에게 이것은 너무 참기 어려운 일이었다. 구역질이 나

---

155) 조지 보로(George Borrow, 1803~1881)의 『진칼리 혹은 스페인 집시에 관한 기록』, II. viii.

기도 하고 때로는 차분한 마음이 뒤집어지기도 했다. 어느 날 기회가 있을 때 더 참지 못하고 부엌의 상황을 프레드에게 말해 주었다. 그랬더니 프레드는 지나가는 척하면서 그들을 직접 보려고 미처 막을 새도 없이 부엌으로 갔다. 그러나 네 개의 눈동자와 마주치자마자 가장 가까운 문으로 쏜살같이 들어갈 수밖에 없었다. 우연히 버터와 치즈를 만드는 곳이었던 그 방의 높은 천장 아래 냄비들 사이에서 그는 폭소를 터뜨렸고, 빈 공간에서 울리는 웃음소리는 부엌에서도 똑똑히 들렸다. 그는 다른 문으로 달아났지만 프레드의 흰 얼굴과 긴 다리, 여위고 섬세한 얼굴을 전에 본 적이 없던 조나 씨는 그런 용모의 특징을 도덕적으로 가장 비열한 속성과 결부시키면서 빈정거리는 재담을 한참 동안 늘어놓았다.

"톰, 자네라면 저런 신사의 바지를 입지 않겠지. 저렇게 멋지고 긴 다리의 절반도 되지 않으니 말이야." 조나는 조카에게 한쪽 눈을 찡긋하면서 이 말에는 부정할 수 없는 것 이상의 의미가 담겼음을 암시했다. 톰은 자기 다리를 쳐다보았지만 사악한 긴 다리와 돼먹지 않은 세련된 바지보다 자신의 도덕적 장점을 선호하는지에 대해서는 분명한 의견을 밝히지 않았다.

징두리널을 두른 큰 응접실에도 끊임없이 경계하는 눈초리들이 있었고, '간병인'이 되기를 열망하는 친인척들이 있었다. 많은 이가 찾아와서 점심을 먹고 떠났지만 월 부인이 되기 전에 이십오 년간 제인 페더스톤이었던 숙녀와 솔로먼은 매일 몇 시간씩 응접실에 앉아 있기를 좋아했다. 소일거리라면 교활한 (너무나 속이 시커먼 아가씨라서 아무것도 알아낼 수 없는) 메리 가스를 감시하고 페더스톤 씨의 방에 들어갈 수 없다는 생각에 때로 이맛살을 찌푸리며 메마른 눈으로 ─ 장마철이 되면 급류를 쏟아 낼 듯이 ─ 우는 척하는 것뿐이었다. 혈육에 대한 노인의 혐오감은 그들에게 신랄한 말을 내뱉는 재미를 점점 볼 수 없게 되면서 더 강렬해진 것 같았다. 너무 기력이 떨어져 입으로 쏘아 대지 못하자 그의 핏속에는 더 많은 독이 역류하고 있었다.

그들은 메리 가스가 전하는 말을 곧이곧대로 믿지 않고 침실 안으로 함께 몸을 들이민 적이 있었다. 둘 다 검은 옷차림이었고, 둘 다 반쯤 상중인 듯이 얼굴이 시뻘게져 있었다. 월 부인은 반쯤 펼쳐진 흰 손수건을 손에 들고 있었다. 빈시 부인이 발그레한 뺨에 분홍빛 리본을 나풀대며 실로 그들의 친혈육에게 약을 먹여 주고, 얼굴이 흰 프레드는 도박꾼의 모습으로 예상할 수 있듯이 짧은 머리카락을 곱슬곱슬하게 다듬은 채 큰 의자에 앉아 편안히 빈둥거리고 있었다.

페더스톤 노인은 자신의 명령에도 불구하고 나타난 이 장례식 차림의 인물들을 보자마자 분노가 약보다 더 큰 효과를 내어 기운이 불끈 솟았다. 그는 침대에 비스듬히 몸을 기대고 있었는데, 늘 옆에 두었던 금손잡이가 달린 지팡이를 당장 움켜잡고는 최대한 큰 폭을 그리며 앞뒤로 휘두르면서 분명 이 추악한 유령들을 쫓아낼 생각에서 쉰 목소리로 소리쳤다.

"물러가, 물러가라고, 월 부인! 물러가라, 솔로먼!"

"아, 피터 오빠." 월 부인이 말했지만 솔로먼은 저지하듯이 그녀 앞으로 손을 내밀었다. 일흔에 가까운 노인인 그는 넓적한 뺨에 눈은 작고 교활해 보였다. 형 피터보다 기질이 훨씬 온순했지만 속은 더 깊다고 스스로 생각했다. 실로 누구에게도 속을 것 같지 않았다. 그가 의심한 것보다 더 탐욕적이고 기만적인 사람은 없을 터이므로. 심지어 눈에 보이지 않는 권능도 구미에 당기는 여담을 여기저기 끼워 넣으면 달랠 수 있을 거라고 그는 생각했다. 그 여담이 누구보다 불경스러운 사람일지 몰라도 재산가에게서 나온 말이므로.

"피터 형." 그는 달래듯이, 하지만 진지하고 딱딱한 어조로 말했다. "농장 세 곳과 망간에 대해서 나는 형에게 마땅히 얘기를 해. 전능하신 하느님께서는 아실 거야. 내 마음에 무엇이 있는지……."

"그렇다면 그분은 내가 알고 싶은 것보다 더 많이 아시는군." 피터는 휴전의 표시로 지팡이를 내려놓았지만 그래도 위협을 멈추지 않았다. 더 근거리에서의 싸움에 대비해 금손잡이를 곤봉으로 쓰려고 지팡이를 돌려놓았던 것이다. 그는 솔로먼의 벗어진 이마를 험악한 눈으로 바라보았다.

"형이 내게 말하지 않으면 후회할 일들이 있어."라고 말했지만 솔로먼은 앞으로 나서지 않았다. "오늘 밤에는 내가 여기 앉아서 형을 간병할 수 있고, 제인도 기꺼이 그렇게 할 거야. 그럼 형이 천천히 시간을 들여 말해도 되고, 아니면 내가 이야기해도 되고."

"그래, 내가 천천히 할 거야. 네 시간을 내게 줄 필요는 없어." 피터가 말했다.

"하지만 오빠가 천천히 죽을 수 있는 건 아니에요, 오빠." 월 부인이 평소처럼 분명치 않은 목소리로 말했다. "게다가 오빠는 말없이 누워 있을 때 낯선 사람들이 주위에서 서성이는 게 싫어질 거예요. 그리고 나와 내 아이들을 생각하겠지요." 말없는 오빠가 그런 감동적인 생각을 하리라고 상상하며 이 부분에서 그녀의 목소리가 갈라졌다. 우리는 자신을 언급할 때면 당연히 깊은 연민이 일어난다.

"아니, 그렇지 않아." 페더스톤 노인은 반박하기를 좋아했다. "너희 누구에 대해서도 생각하지 않을 거야. 난 유서를 작성했어. 정말로 유서를 만들었거든." 이 부분에서 그는 고개를 빈시 부인 쪽으로 돌리고 약을 조금 더 삼켰다.

"어떤 사람들은 남의 권리를 차지하는 걸 부끄러워 하겠죠." 월 부인은 가느다란 눈을 같은 곳으로 돌리며 말했다.

"이봐, 여동생." 솔로먼이 비꼬듯이 부드럽게 말했다. "너와 나는 웬만큼 세련되거나 잘생기거나 영리하지 못하단 말이야. 그러니 날쌘 사람들이 우리를 밀치고 나아가도 황송해하면서 가만있어야 한다고."

성미가 팔팔한 프레드는 이 말을 참을 수 없었다. 그는 일어서서 페더스톤 씨를 바라보며 말했다. "형제분들과 말씀 나누시도록 어머니와 저는 나가 있을까요?"

"앉아 있어라." 페더스톤 노인이 성마르게 말했다. "거기 앉아 있어. 잘 가라, 솔로먼." 그는 지팡이를 다시 휘두르려 했지만 손잡이가 거꾸로 있어서 할 수 없었다. "잘 가라, 월 부인. 너희는 다시 오지 마라."

"아무튼 나는 아래층에 있겠어." 솔로먼이 말했다. "내 의무를 다할 거라고. 전능하신 하느님께서 무엇을 허락하실지 두고 봐야겠지."

"그래요, 집안에서 떨어져 나가는 재산 말이에요." 월 부인이 이어서 말했다. "게다가 집안을 잘 이끌어 갈 착실한 젊은이들이 있는데. 나는 착실하지 못한 젊은이들을 동정해요, 그들 모친도 동정하고요. 잘 있어요, 피터 오빠."

"기억해, 형. 나는 형 다음으로 나이가 많고, 형처럼 일찌감치 성공했고, 이미 페더스톤이라는 이름으로 땅을 갖고 있다고." 솔로먼은 잠 못 이루는 한밤중에 이 말이 떠오르기를 간절히 바라며 말했다. "하지만 지금은 작별 인사를 하겠어."

페더스톤 노인이 귀머거리에 장님이 되려고 작정한 듯 가발 양쪽을 잡아당겨 눈을 덮은 채 입을 크게 벌려 얼굴을 찡그리자 그들은 서둘러 방을 나섰다.

그럼에도 그들은 매일 스톤 코트에 와서 아래층의 경계 초소에 앉았고 때로 나지막하게 천천히 대화를 나누었다. 어떤 때는 말과 대답 사이의 간격이 너무 길어서 사람들은 자동으로 말하는 장치를 듣고 있다고 상상했을 테고, 그 독창적인 장치가 제대로 작동하는지 아니면 오랫동안 감기다가 들러붙어서 아무 소리도 내지 못하는지 의아했을 것이다. 솔로먼과 제인은 신속히 대화를 나눠야 한다면 유감스러웠을 텐데 그럴 때의 결과는 벽 건너편의 조나에게서 찾아볼 수 있을 것이다.

그러나 징두리널을 두른 거실에서 망을 보는 일은 때로 가까운 곳이나 먼 곳에서 찾아온 손님들 때문에 변화가 생기기도 했다. 피터 페더스톤이 위층에 있었으니 아래층에서는 그의 재산에 대한 얘기로 그곳을 찾아온 지역 주민들을 깨우쳐 줄 수 있었다. 미들마치 인근과 시골 이웃들은 가족의 의견에 동의했고, 빈시 가족과 대립한 그들의 이해관계에 공감을 표시했다. 여자 손님들은 월 부인과 이야기를 나누면서 자신들이 예전에 유언 보족서와 혼인 관계로 인해 실망했던 일을 떠올리며 눈물을 흘리기도 했다. 그들에게 훨씬 좋은 것을 물려주리라고 예상했던 노신사들이 고마움을 모르고 심술을 부렸기 때문에 말이다. 메리 가스가 응접실에 들어서면 그런 대화는 송풍기가 떨어져 나간 오르간처럼 갑자기 멈추었고, 잠재적 유산 수령인 혹은 철제 금고에 접근할 수 있는 사람인 그녀에게 모든 시선이 집중되었다.

그런데 집안의 친인척인 젊은 남자들은 이런 분명치 않은 시각에서 메리를 좋게 보려는 경향이 있었다. 그녀가 행실이 단정한 아가씨이고, 종잡을 수 없는 가능성이긴 하지만 적어도 적절한 보상을 받을 거라고 간주하려 했다. 그래서 그녀는 나름대로 칭찬과 정중한 관심을 받기도 했다.

특히 보스롭 트럼불 씨가 그러했다. 지역의 유명한 미혼남이자 경매인인 그는 토지와 가축 매매에 많이 관여했다. 널리 배포되는 벽보에서 이름을 찾아볼 수 있고, 자기를 알지 못하는 사람들에 대해 당연히 유감스러워할 수 있는 공인이었다. 그는 피터 페더스톤과 육촌이었는데 사업 문제로 도움을 주었기에 다른 친척들보다는 우호적인 대접을 받았다. 그리고 노인이 직접 불러 준 장례식 계획에 상여꾼으로 지명되어 있었다. 보스롭 트럼불 씨는 혐오스러운 탐욕을 품지 않았고, 그저 자신의 장점을 진심으로 믿었으며, 경쟁이 있을 때에는 결국 그 장점으로 경쟁자들을 물리칠 거라고 생각했다. 그래서 그에게 누구보다도 선량한 사람인 양 처신했던 피터 페더스톤이 멋진 것을 물려준다면 트럼불은 자신이 뭔가를 기대하거나 아첨한 적이 전혀 없으며 자기 경험을 최대한 발휘해서 노인에게 조언을 해 주었을 뿐이라고 말할 수 있을 것이다. 열다섯 살에 도제가 되어 이제 이십 년이 넘는 동안 경험을 쌓아 왔으므로 그릇된 지식은 결코 내놓지 않았을 것이다. 그는 자신에 대해서 찬탄했을 뿐 아니라 개인적으로나 직업적으로 사물을 높은 가치로 평가하면서 즐거워했다. 그는 고급스러운 어휘들을 좋아했고, 천한 말을 사용하면 곧 바로잡곤 했다. 다소 수다스러워서 대화를 압도하곤 했기에 그것은 다행스러운 일이었다. 그는 서 있거나 분주히 서성거리면서 자기 의견을 굳게 확신하는 사람의 몸짓으로 조끼를 끌어 내리고 집게손가락으로 재빨리 머리카락을 쓰다듬었으며, 이런 일련의 동작들이 새로 시작될 때마다 큰 인장을 재빨리 만지작거렸다. 간혹 태도가 좀 사나워지기도 했는데 주로 잘못된 의견을 겨냥했을 때였다. 세상에는 고쳐 줘야 할 의견이 너무 많기 때문에 독서와 경험을 어느 정도 갖춘 사람이라면 인내심을 시험받을 수밖에 없었다. 그는 페더스톤 가족의 이해력이 대체로 부족하다고 느꼈지만 세상 물정을 아는 공인으로서 모든 것을 당연하게 여겼고, 심지어 부엌에 있는 조나 씨나 젊은 크랜치와도 대화를 나누었으며, 초키 플랫에 관한 중요한 질문을 던짐으로써 크랜치에게 매우 깊은 인상을 남겼다고 믿어 의심치 않았다. 만일 누군가 보스롭 트럼불 씨는 경매인이므로 틀림없이 모든 일을 속속들이 알고 있으리라고 말하면 아무 대답 없이 미소를 띠고 매무새를 가다듬으면서 그 추측이 진실에 가깝다고 암시했을 것이다. 그는 경매에서 대체로 정직하게 행동하고 자기 일을 부끄러워하지 않았으며, "이제 로버트 경이 된 그 유명한 필"[156]을 만난다면 틀림없이 자신의 진가를 인정하리라고 느꼈다.

"괜찮으시면, 가스 양, 햄 한 조각과 맥주 한 잔을 주시면 좋겠어요." 그는 페더스톤 노인을 만나는 특권을 누린 후 11시 30분이 지나 응접실에 들어와서는 난롯불을 등지고 월 부인과 솔로먼 사이에 서서 말했다. "당신이 나갈 필요는 없어요. 내가 종을 울릴게요."

"고맙습니다만……." 메리가 말했다. "저도 볼일이 있어요."

"그런데 트럼불 씨, 당신은 대단히 호의를 받고 있군요." 월 부인이 말했다.

"아니, 어르신을 만나는 것 말입니까?" 경매인은 인장을 차분히 만지작거리며 말했다. "아, 아시다시피 그분은 제게 상당히 의지하고 있어요." 이 부분에서 그는 입술을 꼭 다물고 생각에 잠겨 눈살을 찌푸렸다.

"형님이 무슨 말을 했는지 누군가 물어봐도 괜찮겠소?" 솔로먼이 부드럽게 겸손한 어조로 말했다. 자신은 부자라서 겸

---

156) 그는 부친이 사망함으로써 1830년에 작위를 물려받았다.

손하게 말할 필요가 없으므로 그렇게 말하는 것은 오히려 교활한 재간을 한껏 부리는 거라고 생각했다.

"아, 물론이죠. 누구라도 좋습니다." 트럼불 씨는 상냥하지만 날카롭게 비꼬듯이 큰 소리로 말했다. "누구라도 물어보실 수 있어요. 누구든지 할 말을 의문문 형태로 제시할 수 있습니다." 그는 품위 있게 더욱 낭랑한 목소리로 말을 이었다. "훌륭한 연사들도 늘 그렇게 하지요. 대답을 기대하지 않을 때도 말입니다. 그것이 소위 비유적 표현이라고 불리는 것입니다. 고상한 비유로 이루어진 말이라고 할 수 있겠지요." 능변의 경매인은 기발한 말재주를 과시하며 미소를 지었다.

"형님이 유서에서 당신을 잊지 않았다는 말을 듣더라도 나는 유감스럽지 않을 거요, 트럼불 씨." 솔로먼이 말했다. "나는 그럴 가치가 있는 사람에 대해서는 반감을 가진 적이 없소. 내가 반대하는 것은 그럴 가치가 없는 사람이지."

"아, 그렇지요. 아시다시피 그렇습니다." 트럼불 씨는 의미심장하게 말했다. "가치가 없는 사람들이 유산 상속인이 되고, 심지어 잔여 재산 상속인이 되기도 한다는 것은 부정할 수 없는 사실입니다. 유언에 의한 처분일 경우에는 실제로 그렇습니다." 또다시 그는 입술을 내밀고 이마를 약간 찌푸렸다.

"당신 말은 확실히 오빠가 땅을 혈육이 아닌 사람들에게 넘겨주었다는 건가요, 트럼불 씨?" 월 부인이 말했다. 희망을 품을 수 없었던 그녀는 그 긴 말들에 침울해졌다.

"어떤 사람들에게 땅을 넘겨주느니 차라리 당장 자선 기관에 넘기는 편이 낫지." 누이의 질문에 대한 답이 이어지지 않자 솔로먼이 말했다.

"아니, 남색 제복[157]으로 들끓게 한다고요?" 윌 부인이 다시 말했다. "아니, 트럼불 씨, 당신 말은 그런 뜻일 리 없어요. 그건 오빠를 부자로 만들어 주신 전능하신 하느님께 정면으로 대드는 거나 다름없어요."

윌 부인이 말하는 동안 보스롭 트럼불 씨는 난롯가를 떠나 창가로 가 집게손가락으로 깃 안쪽을 문지르다 구레나룻을 따라 올라가서 구불거리는 머리카락으로 나아갔다. 이제 그는 가스 양이 일하던 탁자로 걸어가서는 거기 놓인 책을 펼치고 마치 그 책을 경매에 내놓듯이 과장된 어조로 제목을 크게 읽었다.

"가이어스타인(지어스틴이라고 발음했다.)의 앤 혹은 안개의 처녀, 웨이벌리 작가의 작품." 그러고 나서 그는 책장을 넘기며 낭랑한 목소리로 읽기 시작했다. "다음 장에서 서술될 일련의 사건이 대륙에서 일어난 후 400여 년의 세월이 흘렀다." 그는 대륙이라는 참으로 감탄스러운 단어의 마지막 음절에 강세를 두어 발음했는데, 천박한 어법을 몰라서가 아니라 이처럼 새롭게 전달함으로써 자신의 낭독이 문장 전체에 낭랑한 아름다움을 드높인다고 느꼈기 때문이었다.

이제 하인이 쟁반을 갖고 들어와 윌 부인의 질문에 대답해야 할 순간이 무사히 지나갔다. 그녀와 솔로먼은 트럼불 씨의

---

157) 런던의 유명한 자선 학교인 그리스도 병원의 관리자들이 입은 제복에 대한 언급이다.

동작을 지켜보면서 그의 높은 학식 때문에 안타깝게도 진지한 용무가 훼방을 받았다고 생각하고 있었다. 사실 보스롭 트럼불 씨는 페더스톤 노인의 유서에 대해 아는 바가 전혀 없었다. 하지만 중범 은닉죄로 체포되는 경우가 아니라면 모른다고 고백하는 일은 절대로 없을 것이다.

"햄을 한 입만 먹고 맥주 한 잔만 마실 겁니다." 그가 안심시키듯이 말했다. "공무를 다루는 사람이라서 저는 시간이 날 때마다 가볍게 먹거든요. 이 햄은……." 그는 눈 깜짝할 사이에 몇 조각을 삼키고는 덧붙였다. "세 왕국의 어떤 햄보다도 훌륭하다고 주장하겠어요. 제 생각으로는 프레싯 홀의 햄보다도 맛있군요. 제 판단이 다분히 옳다고 생각합니다."

"어떤 사람들은 햄에 설탕을 많이 넣는 것을 좋아하지 않아요." 월 부인이 말했다. "하지만 가엾은 오빠는 늘 설탕이 든 햄을 좋아했어요."

"이 햄보다 더 나은 것을 요구하는 사람이 있다면야 그럴 자유가 있겠지요. 하지만, 이건, 냄새가 정말 대단해요! 저라면 이런 품질의 햄을 기꺼이 사들이겠어요. 이런 햄을 식탁에 올릴 수 있는 신사는 상당히 흐뭇할 겁니다." 이 부분에서 트럼불 씨의 목소리는 항의의 감정을 전달했다.

그는 접시를 밀고 맥주를 따른 후 의자를 조금 앞으로 당겨 자신의 장딴지 안쪽이 보이자 만족스러운 듯이 어루만졌다. 트럼불 씨는 북부의 우세한 혈통의 특징인 덜 경박한 분위기와 몸짓을 모두 갖추고 있었다.

"거기 흥미로운 작품이 있더군요, 가스 양." 메리가 다시 들어왔을 때 그가 말했다. "『웨이벌리』의 작가가 쓴 작품이더군요. 월터 스콧 경 말입니다. 나도 그의 작품 하나를 산 적이 있습니다. 대단히 멋진 책이고 장정이 아주 훌륭한데 '아이반호'라는 제목이지요. 어느 작가도 가까운 시일 내에 그를 능가하지 못할 거라고 생각합니다. — 내 의견으로는 그를 뛰어넘는 작가는 신속히 나오지 않을 거예요. 방금 『지어스틴의 앤』 시작 부분을 조금 읽었어요. 시작이 좋더군요."(보스롭 트럼블 씨는 시작했다고 말할 때 결코 'began'이라고 하지 않았다. 사생활에서나 그의 광고지에서나 시작했다는 말은 언제나 'commenced'였다.) "당신은 책을 많이 읽는군요. 미들마치 도서관의 회원인가요?"

"아뇨." 메리가 대답했다. "프레드 빈시 씨가 그 책을 갖다주셨어요."

"나도 책을 무척 좋아합니다." 트럼블 씨가 대답했다. "송아지 가죽으로 장정한 책이 무려 200권이 넘어요. 훌륭하게 선별된 책들이라고 자부하고 있지요. 또한 무리요와 루벤스, 테니르스, 티치아노, 반다이크, 그 밖에 다른 화가들의 그림도 있어요. 당신이 말만 하면 어떤 작품이든 기꺼이 빌려 드리겠어요, 가스 양."

"매우 감사합니다." 메리가 서둘러 다시 나가면서 말했다. "하지만 저는 책 읽을 시간이 거의 없어요."

"형님이 유서에 저 여자아이한테도 뭔가 주셨을 거야." 솔로먼 씨는 메리가 문을 닫고 나갔을 때 그녀가 있던 곳을 고갯짓으로 가리키며 아주 낮은 소리로 말했다.

"하지만 오빠의 첫 번째 아내는 형편없었어요." 월 부인이 말했다. "가져온 것이 아무것도 없었잖아요. 이 아가씨는 조카딸일 뿐이에요. 게다가 무척 거만하고요. 그리고 오빠는 늘 이 애에게 급료를 줬고요."

"하지만 제 생각으로는 분별력이 있는 아가씨입니다." 트럼불 씨는 맥주를 다 마시고 벌떡 일어서서 조끼를 힘주어 끌어 내리며 말했다. "그녀가 시럽 약을 섞는 것을 본 적이 있는데 자신이 하는 일에 무척 신중하더군요. 여자에게는 그런 것이 중요한 점이고, 위층에 있는 우리 벗에게도 중요하지요. 가엾은 분! 조금이라도 가치 있게 살려고 생각하는 남자라면 아내를 간병인으로 생각해야 합니다. 저는 결혼한다면 그렇게 할 생각이에요. 독신으로 오래 살아왔기에 그 방면에서 실수를 하지 않으리라고 믿습니다. 어떤 남자들은 품위를 높이기 위해 결혼해야 하지요. 하지만 제게 그런 것이 부족하다면 누군가 말씀해 주시면 좋겠군요. 누군가 그 사실을 알려 주시기 바랍니다. 그럼 좋은 아침 보내세요, 월 부인. 안녕히 계십시오, 솔로먼 씨. 이보다 우울하지 않은 상황에서 뵙게 될 거라 믿습니다."

트럼불 씨가 멋지게 허리를 굽혀 인사하고 나가자 솔로먼은 몸을 앞으로 숙이고 누이에게 말했다. "정말로, 제인, 형은 저 여자아이한테 큰돈을 남겼을 거야."

"트럼불 씨가 말하는 걸 보면 누구라도 그렇게 생각하겠어요." 제인이 말했다. 그러고 나서 잠시 후 덧붙였다. "내 딸들이 약을 주는 것은 믿을 수 없다는 듯이 말하더군요."

"경매인들은 아무렇게나 지껄이지." 솔로먼이 말했다. "트럼불이 돈을 못 벌었다는 건 아니지만."

33장

"그의 눈을 감기고 커튼을 드리워라.
그리고 우리 모두 묵상에 잠기자."

—『헨리 6세』 2부[158]

그날 밤 메리 가스는 페더스톤 씨 방에서 밤새워 간병할 차례라서 자정이 지난 후 새벽까지 혼자 앉아 있었다. 그녀는 종종 이 일을 원했다. 노인이 뭔가 신경 써 주기를 바랄 때마다 까다롭게 굴기는 했지만 이 일에서 즐거움도 약간 느꼈다. 틈이 날 때마다 꼼짝 않고 앉아서 바깥의 정적과 어둑한 빛을 감상할 수 있었다. 부드러운 소리를 내며 타오르는 붉은 장작불은 매일매일 그녀의 경멸을 불러일으키는 하찮은 격정이나 천치 같은 욕망, 무가치한 불확실성에 대한 필사적 추구와는 무관하게 고요히 존재하는 엄숙한 실재처럼 보였다. 메리는 혼자 생각하는 것을 좋아했기에 양손을 무릎에 올려놓은 채

---

158) 셰익스피어의 『헨리 6세』, 3막 3장, 32~33행.

어둠 속에 앉아서 즐거움을 느낄 수 있었다. 일찌감치 자신에게는 상황이 특별히 만족스럽게 전개되지 않으리라고 믿을 이유가 많았으므로 그녀는 그런 사실에 놀라거나 화를 내느라 시간을 낭비하지 않았다. 게다가 이미 인생을 코미디 같은 것으로 보게 되었으므로 그 희극에서 비열하거나 기만적인 역을 연기하지 않겠다고 오만하게, 아니 관대한 마음으로 결심했다. 부모를 존경하지 않았더라면, 그리고 마음속에 감사에 넘치는 애정의 샘이 없었더라면 메리는 냉소적인 인물이 되었을 것이다. 터무니없는 요구를 하지 않는 법을 배웠기에 그 애정의 샘은 더욱 가득 차올랐다.

그날 밤 그녀는 늘 하듯이 그날 있었던 장면들을 돌아보았고, 기묘한 일들에 상상으로 익살을 더하고 우스워하며 가끔 입술을 삐죽거렸다. 사람들은 너무나 우스꽝스러웠다. 자기만의 환상이 있었고, 자기도 모르게 어릿광대의 모자를 쓰고 다녔고, 남들의 거짓말은 투명해서 잘 보이지만 자신의 거짓말은 불투명하다고 생각했고, 온 세상이 가스등 불빛 아래서 노랗게 보일 때 자기만 장밋빛인 듯이 모든 것에서 예외라고 생각했다. 하지만 메리가 보기에 순전히 우습지만은 않은 환상도 있었다. 페더스톤 씨는 빈시 가족을 옆에 두기 좋아했지만 그 가족도 그가 멀리하는 친척들 못지않게 실망하게 되리라고 메리는 확신했다. 페더스톤 씨의 성격을 면밀히 관찰한 것 외에는 다른 근거가 없었지만 말이다. 자신과 프레드가 단둘이 있을까 봐 빈시 부인이 경계하는 데 대해서는 다분히 무시할 수 있었다. 하지만 그의 고모부가 전과 다름없이 가난한 처지로 남긴다면 프레드가 어떤 타격을 받을지 슬그머니 걱정될 수밖에 없었다. 그녀는 프레드가 옆에 있을 때 비웃을 수 있었지만 없을 때는 그의 어리석음을 우스워하지 못했다.

하지만 그녀는 자신의 생각을 좋아했다. 열정으로 균형감을 잃지 않은 젊고 활력적인 마음은 차차 인생을 알게 되면서 좋은 것을 찾아내고 그 자체의 능력을 흥미롭게 관찰한다. 메리의 내면에는 풍부한 즐거움의 원천이 있었다.

침상에 누운 노인에 대한 엄숙한 마음이나 연민은 그녀의 생각을 뚫고 들어오지 않았다. 겉으로 보기에 사악함의 찌꺼기에 불과한 삶을 사는 노인에 대한 그런 감정을 진정으로 느끼기보다는 꾸며 내는 편이 더 쉬웠다. 그녀는 늘 페더스톤 씨의 가장 불쾌한 면을 보아 왔다. 그는 그녀를 자랑스러워하지 않고 그저 쓸모 있는 존재로 여길 뿐이었다. 언제나 당신을 물어뜯으려는 영혼에 대한 걱정은 지상의 성인들에게나 맡길 일이었고, 메리는 성인이 아니었다. 그녀는 그의 가혹한 말에 되바라지게 대꾸하지 않고 충실하게 그의 시중을 들었다. 그것이 그녀가 할 수 있는 최대한이었다. 페더스톤 노인은 자기 영혼에 대해 조금도 염려하지 않았고, 그 문제로 터커 목사를 만나는 것도 거부했다.

오늘 밤에는 노인이 한 번도 닦아세우지 않고 처음 한두 시간 동안 놀랍도록 조용히 누워 있었다. 그러다가 이윽고 침대 속의 몸 옆에 늘 두었던 양철 상자에 대고 열쇠 꾸러미를 딸그락거리는 소리가 들려왔다. 거의 3시쯤 되었을 때 그가 놀랄 만큼 또렷한 어조로 말했다. "아가씨, 이리 와 봐라!"

시키는 대로 가까이 가 보니 그는 이미 침대보 밑에서 양철 상자를 꺼내 놓고 있었다. 보통은 그녀에게 시키던 일이었다. 그러고는 이제 열쇠를 찾아 상자를 열고 그 안에서 다른 열쇠를 꺼내면서 날카로운 빛을 완전히 되찾은 눈길로 그녀를 똑바로 쳐다보며 말했다. "집 안에 몇 명이나 있냐?"

"친척분들 말씀이시지요." 메리는 노인이 말하는 방식에 익숙했다. 그가 고개를 살짝 끄덕이자 그녀가 말을 이었다.

"조나 페더스톤 씨와 젊은 크랜치 씨가 자고 있어요."

"그래, 아예 들러붙어 있군, 안 그래? 그리고 나머지는…… 그들도 매일 오겠지, 틀림없이. 솔로먼과 제인, 애들도 전부 다? 여기 와서 엿보고, 세고, 계산하고 그러겠지?"

"모두 다 매일 오시지는 않아요. 솔로먼 씨와 월 부인은 매일 오시고, 다른 분들은 자주 오세요."

그 말을 들으며 노인은 얼굴을 찡그리더니 다시 얼굴을 펴면서 말했다. "더더욱 바보들이지. 잘 들어, 아가씨. 지금 새벽 3시고, 나는 평생 그 어느 때보다도 정신이 말짱해. 내 재산을 전부 알고 있고, 돈을 어디에 내놓았는지, 그리고 다른 것들도 다 알아. 그리고 마지막 순간에 마음을 바꿔서 하고 싶은 대로 하려고 모든 준비를 다 해 놓았어. 잘 듣고 있어, 아가씨? 내 정신이 말짱하다고."

"네, 고모부." 메리가 조용히 대답했다.

그는 더욱 교활한 기색으로 목소리를 낮추었다. "유서를 두 장 만들었는데 하나를 태울 거야. 이제 내가 시키는 대로 해라. 이것이 저기 벽장 안에 있는 철제 금고 열쇠야. 위에 있는 놋쇠 판 옆 부분을 잘 밀면 빗장처럼 열릴 거야. 그러면 앞쪽 자물쇠에 열쇠를 넣고 돌릴 수 있어. 가서 해 봐. 위에 있는 큰 글씨로 쓰인 서류를 가져와. 마지막 유서와 유언장이야."

"아뇨." 메리는 확고한 목소리로 말했다. "저는 할 수 없어요."

"못 한다고? 넌 해야 해." 노인은 뜻밖의 저항에 놀라 목소리가 떨리기 시작했다.

"저는 철제 금고나 유언장에 손을 댈 수 없어요. 제가 의심받을 일이라면 거절해야겠어요."

"정말이지 난 정신이 말짱하단 말이야. 내가 마지막 순간에 내 뜻대로 할 수 없다는 게냐? 일부러 유서를 두 개 만들었단 말이다. 이 열쇠를 가져가."

"아뇨, 하지 않겠어요." 메리는 더욱 단호하게 말했다. 그녀의 반발이 더욱 거세지고 있었다.

"이봐, 낭비할 시간이 없어."

"저는 그 일을 도와 드릴 수 없어요. 고모부 인생의 끝이 제 인생의 시작을 얼룩지게 하지는 않겠어요. 철제 금고든 유서든 손대지 않겠어요." 그녀는 침대에서 약간 떨어진 곳으로 걸어갔다.

노인은 고리에 달린 열쇠 하나를 똑바로 든 채 멍한 눈으로 잠시 가만히 있다가 흥분해서 몸을 비틀며 뼈만 앙상한 왼손으로 앞에 놓인 양철 상자에 든 것을 꺼내기 시작했다.

"아가씨." 그는 서둘러 말했다. "이걸 봐라! 이 돈을 가져. 지폐와 금. 여기를 보라고. 이걸 가져. 네게 전부 주지. 내가 말한 대로 해라."

그는 그녀 쪽으로 열쇠를 내밀려 애썼고, 메리는 다시 물러났다.

"저는 열쇠도 돈도 손대지 않겠어요. 제발 제게 그 일을 시키지 마세요. 제가 가서 동생분을 불러올게요."

그는 손을 떨구었고, 난생처음 메리는 피터 페더스톤 노인이 어린아이처럼 우는 것을 보았다. 그녀는 될 수 있는 대로 부드럽게 말했다. "제발 돈을 치우세요." 그러고 나서 난롯가의 자리로 돌아갔고 그가 더 말해 봐야 소용없다는 것을 알게 되기를 바랐다. 이내 그는 기운을 내서 다급하게 말했다.

"그렇다면 여기를 봐. 젊은 친구를 불러와. 프레드 빈시를 부르라고."

메리의 심장이 더 빨리 뛰기 시작했다. 두 번째 유서를 태우는 것이 어떤 의미일지 여러 가지 생각이 퍼뜩 스쳤다. 그녀는 급히 어려운 결정을 내려야만 했다.

"조나 씨와 다른 사람들도 부르라고 하시면 그를 불러오겠어요."

"다른 사람은 절대 안 돼. 그 젊은 친구만. 난 내가 하고 싶은 대로 할 거야."

"모두 일어날 때까지 기다리세요. 아니면 지금 시먼스를 깨워서 변호사를 데려오든지요. 두 시간 내로 도착할 거예요."

"변호사? 왜 변호사가 필요한데? 아무도 모를 거야. 정말이지 아무도 모르게 할 거야. 내 마음대로 할 거라고."

"다른 사람들도 부르게 해 주세요." 메리는 설득하듯이 말했다. 그녀는 곤란한 처지에 놓였다. 노인과 단둘이 있는데 그는 신기하게도 힘이 솟아서 평소처럼 발작적인 기침도 하지 않고 말을 계속할 수 있는 것 같았다. 하지만 그녀는 불필요한 반발로 그를 흥분시키고 싶지 않았다. "제발 다른 사람을 불러오게 해 주세요."

"내버려 둬. 여기를 봐라. 이 돈을 가져. 네게 다시는 이런 기회가 없을 거야. 거의 200파운드나 된다고. 상자 안에 더 있어. 그 안에 얼마나 있는지는 아무도 몰라. 그걸 갖고 내가 시키는 대로 해라."

난롯가에 선 메리는 붉은 불빛에 비친 노인을 바라보았다. 그는 침대 머리맡의 베개에 기댄 채 앙상한 손으로 열쇠를 내밀고 있고 퀼트 이불 위에 돈이 흩어져 있었다. 그녀는 마지막 순간에 자기 뜻대로 하겠다고 고집을 부리던 노인의 모습을 결코 잊지 못했다. 그러나 돈을 주겠다고 제안했기 때문에 더욱 단호하게 말할 수밖에 없었다.

"소용없어요. 전 하지 않을 거예요. 돈을 치우세요. 그 돈을 만지지도 않겠어요. 고모부께 위안이 될 일이면 그것 말고 무엇이든지 하겠어요. 하지만 열쇠와 돈은 건드리지 않겠어요."

"그것 말고 무엇이든, 무엇이든이라고!" 페더스톤 노인은 화가 나서 목소리가 갈라졌고, 악몽을 꿀 때 그러듯이 소리를 지르려 했지만 간신히 소리가 새어 나올 뿐이었다.

메리는 그를 너무나 잘 알고 있기에 조심스럽게 다가갔다. 그는 열쇠를 떨어뜨리고 지팡이를 집으려 하면서 늙은 하이에나처럼 그녀를 바라보았다. 손을 움직이느라 얼굴 근육이 뒤틀렸다. 그녀는 안전하게 떨어진 곳에서 걸음을 멈추었다.

"강심제를 조금 드릴게요." 그녀는 조용히 말했다. "안정을 취하도록 하세요. 어쩌면 곧 잠이 드실 거예요. 그리고 내일 날이 밝으면 원하는 대로 하실 수 있어요."

그는 그녀가 닿을 수 없는 곳에 있는데도 지팡이를 들었고, 어렵사리 던졌지만 헛수고였다. 지팡이는 침대 발치 너머로 미끄러져 떨어졌다. 메리는 그것을 내버려 두고 난롯가의 의자로 물러났다. 잠시 후에 강장제를 들고 그에게 갈 것이다. 지쳤기 때문에 그는 저항하지 않을 것이다. 가장 추운 새벽 시간이 다가오고 있었고, 난롯불이 잦아들었다. 모직 커튼 틈새로 들어온 빛이 블라인드 때문에 하얗게 보였다. 난로에 장작을 올리고 숄로 몸을 감싼 다음에 그녀는 가만히 앉아서 페더스톤 씨가 잠들기를 바랐다. 노인에게 다가가면 다시 화를 낼지 모른다. 그는 지팡이를 던진 후 아무 말도 하지 않았지만 그녀는 그가 다시 열쇠를 집고 오른손을 돈 위에 올려놓는 것을 보았다. 하지만 돈을 상자에 다시 넣지 않기에 아마도 잠이 든 모양이라고 생각했다.

그러나 메리는 실제 그의 모습보다는 조금 전에 겪은 일을 돌아보면서 더욱 심란해졌다. 그 결정적인 순간에는 의문의 여지 없이 불가피하게 보였던 자기 행동에 대해 의구심이 들기 시작했다.

오래지 않아 마른 장작에서 솟구친 불꽃이 방 안을 구석구석 비추었다. 메리는 노인이 머리를 한쪽으로 살짝 돌린 채 고요히 누워 있는 것을 보았다. 그녀는 소리를 내지 않고 다가갔고, 그의 얼굴이 기이하게도 움직이지 않는다고 생각했다. 그러나 다음 순간 불꽃이 높이 솟구쳐 온 방 안을 비추자 갑자기 미심쩍은 의혹이 들었다. 심장이 몹시 두근거려 자기 감각을 믿을 수 없었으므로 노인의 몸에 손을 대고 숨소리에 귀를 기울이면서도 자신이 내린 결론을 믿지 못했다. 그녀는 창가로 걸어가서 커튼과 덧문을 조용히 한쪽으로 밀어 하늘의 고요한 빛이 침대 위를 비추게 했다.

다음 순간 그녀는 달려가서 힘주어 종을 울렸다. 더는 의심할 수 없었다. 피터 페더스톤이 오른손은 열쇠를 움켜쥐고 왼손은 지폐와 금덩어리에 올려놓은 채 죽었다는 사실을.

4부

세 가지 사랑의 문제

34장

첫 번째 신사: 이런 사람들은 깃털이나 대팻밥, 지푸라기에 불과해서
　　　　　　　무게도 힘도 없다네.
두 번째 신사: 하지만 경박함도
　　　　　　　원인이 되어 무게의 총합을 이룬다네.
　　　　　　　힘은 힘의 결핍에서 제자리를 찾으니.
　　　　　　　전진은 양도, 바람에 휘둘리는 배는
　　　　　　　좌초할 거라네, 키잡이의 생각에
　　　　　　　상반된 것들을 균형 잡을 힘이 부족했기에.

　5월 어느 아침에 피터 페더스톤은 땅에 묻혔다. 미들마치
의 살풍경한 인근 지역에서는 5월이 되어도 늘 따뜻하거나 화
창한 날씨가 아니라서 이 특별한 날 아침에는 찬 바람이 주위
정원의 꽃잎들을 휘날려 로윅 교회 묘지의 초록 흙무덤들 위
에 뿌려 놓았다. 재빨리 흘러가는 구름들 사이로 어쩌다 빛줄
기가 나와서 추하든 아름답든 우연히 황금 빛살이 쏟아진 곳
의 사물을 비추었다. 교회 묘지에 놀랍게도 다양한 사물이 모
여 있었다. 장례식을 보려고 기다리던 시골 사람들이 작은 군
중을 이루었다. "어마어마한 장례식"이 될 테고, 노신사가 모
든 것을 지시하는 글을 남겼으며, "윗분들을 능가하는" 장례식
을 치를 작정이었다는 소문이 파다했다. 사실이었다. 페더스
톤 노인은 늘 비쩍 마른 채 굶주리면서도 절약의 열정에 사로

잡혀서 죽기 전에 장의사와 흥정하며 값을 깎으려 했던 아르
파공[159]이 아니었으니까. 그는 돈을 사랑했지만 자신의 특이
한 취향에 따라 돈을 쓰는 것도 사랑했고, 다른 이들로 하여
금 다소 불편한 마음으로 그의 힘을 의식하게 만들 수단으로
서 돈을 가장 사랑했을 것이다. 만일 누군가 여기서 페더스톤
노인에게도 틀림없이 선량한 점이 있었을 거라고 주장한다면
나는 부정하지 않겠다. 하지만 선량함이란 겸손한 속성을 갖
고, 쉽게 낙심하며, 젊은 시절에 뻔뻔스러운 악덕이 밀어제치
면 내밀한 곳으로 숨어 버리는 경향이 있다. 그러므로 그런 주
장을 쉽게 믿는 사람은 노인과의 개인적 친분을 바탕으로 편
협한 판단을 내린 사람이 아니라 이기적인 노신사의 모습을
논리적으로 구성해 보려는 사람이라고 말해야겠다. 어떻든 간
에 노인은 멋진 장례식을 치르고, 집에 있고 싶어 할 사람들
도 장례식에 "초대"하겠다고 마음먹었다. 심지어 여자 친척들
도 묘지에 따라오기를 바랐기에 가엾은 누이 마르타는 일부
러 초키 플랫에서 어렵게 행차해야 했다. 그녀와 제인은 생전
에 자기들을 보고 싶어 하지 않던 오빠가 유언자가 되었을 때
그들의 참석을 바랐다는 이 상서로운 조짐에 (눈물을 흘리며)
무척 기뻐했을 것이다. 그것이 빈시 부인에게까지 확대되는 바
람에 의심스럽게 보이지 않았더라면 말이다. 빈시 부인이 돈
을 들여 멋진 상장을 달고 있는 것은 주제넘은 희망을 드러내
는 것 같았다. 그리고 그녀가 혈육이 아니라 아내의 친척이라

159) 몰리에르(Molière, 1622~1673)의 희곡 『수전노』에 등장하는 구두쇠.

는, 대체로 못마땅한 부류에 속한다는 사실을 분명히 드러내는 발그레한 피부 때문에 상장은 더 불쾌하게 보였다.

우리 모두는 이런저런 식으로 상상력을 발휘한다. 상상이란 욕망에서 태어난 자식이므로. 가엾은 페더스톤 노인은 다른 사람들이 스스로를 속이는 방식을 무척 비웃었지만 환상을 품었다는 점에서 남들과 다르지 않았다. 자기 장례식 절차를 계획하며 장례를 포함한 그 작은 드라마에서 그가 느낄 재미는 기껏해야 예상에 국한되었다는 사실을 명확히 인식하지 못한 것이다. 죽은 손으로 꽉 움켜쥐어 남들에게 줄 고통을 생각하고 낄낄거리면서 그는 부득이 자신의 의식을 납빛으로 썩은 존재와 뒤섞었고, 미래의 삶에 몰두한답시고 자신이 관속에서 느낄 만족감에 열중했다. 그러므로 페더스톤 노인은 자기 나름대로 상상력이 풍부했다.

어쨌든 세 대의 장의 마차에 죽은 자가 기록한 순서에 따라 조문객들이 채워졌다. 관을 덮을 보를 나르는 사람들은 사치스러운 넥타이와 상장을 두른 채 말을 탔고, 상여꾼들도 비싸고 품질 좋은 애도 장식을 달고 있었다. 마차에서 내렸을 때 그 검은 행렬은 교회의 뜰이 좁아서 더욱 거창하게 보였다. 침울한 얼굴들과 바람에 흔들리는 검은 휘장들은 가엾게 휘날리는 꽃이나 데이지 위에 빛나는 햇살과 기묘하게도 어울리지 않는 세계에 대해서 말해 주는 것 같았다. 행렬 앞에 모습을 드러낸 목사는 캐드월레이더 씨였는데, 피터 페더스톤이 여느 때처럼 특이한 이유로 요청한 바에 따른 것이었다. 그는 부목사들을 늘 졸개라고 부르며 경멸했으므로 성직록을 받는 목사의 인도로 장례식을 치를 생각이었다. 하지만 캐소본 씨는 논외였다. 그가 이런 종류의 의무를 거절했기 때문만이 아니라 페더스톤은 십일조라는 형태로 토지에 대한 법적 권리를 가지는 자기 교구의 목사로서 그를 특히 싫어했기 때문이었다. 또한 캐소본 씨는 늘 아침 설교를 도맡았는데 노인은 졸음기가 전혀 없이 신도석에 앉아서 속으로 구시렁거리며 끝까지 들어야 했고, 자기 머리보다 높은 곳에서 거드름을 피우며 설교하는 목사에 대해 반감을 품고 있었다. 그러나 캐드월레이더 씨와는 관계가 전혀 달랐다. 캐소본 씨의 땅을 지나는 송어가 많은 개천이 페더스톤의 땅으로도 흘러갔고, 그래서 캐드월레이더 씨는 설교를 하는 게 아니라 부탁해야 하는 처지였다. 게다가 로윅에서 6킬로미터가량 떨어진 곳에 사는 높은 신사 계층에 속했고, 그러므로 사회 체계에 필요하리라고 막연히 생각했던 주지사나 다른 고관들과 같이 높은 신분이었다. 캐드월레이더 씨가 장례식을 집전하면 만족스러울 테고, 그의 이름이 잘못 발음될 좋은 기회도 있었다.

팁턴과 프레싯의 목사에게 주어진 이 명예 덕분에 캐드월레이더 부인은 로윅 매너의 2층 창문에서 페더스톤 노인의 장례식을 지켜본 무리에 속하게 되었다. 그녀는 그 저택을 좋아하지 않았지만 그녀의 표현대로 이 장례식에 모여들 신기한 동물들을 구경하는 것이 좋았다. 그래서 아주 유쾌한 방문이 될 수 있도록 제임스 경과 젊은 레이디 체텀에게 목사관으로 와서 함께 로윅에 가자고 설득했다.

"부인과 함께라면 어디든 가겠어요, 캐드월레이더 부인." 실리아가 말했다. "하지만 저는 장례식은 좋아하지 않아요."

"아, 가족 중에 목사가 있으면 취향을 바꿔야지. 나는 일찌 감치 그렇게 했어요. 험프리와 결혼했을 때 설교를 좋아하겠 다고 마음먹었지. 그래서 먼저 설교 끝부분을 좋아하는 것으 로 시작했죠. 그러다가 곧 중간으로, 그리고 시작으로 늘려 갔 다니까. 그것들이 없으면 끝이 있을 수 없으니 말이지."

"그럼요, 물론이죠." 미망인 레이디 체텀이 당당하게 힘주어 말했다.

창문을 통해 장례식이 잘 내려다보이는 위층 방은 캐소본 씨가 연구를 하지 못하도록 금지되었을 때 쓰던 곳이었다. 그 는 경고와 처방에도 불구하고 이제는 거의 예전 식으로 다시 연구를 시작했고, 캐드월레이더 부인에게 예의 바르게 인사한 후 구스와 미스라임의 고매한 착각을 되씹기 위해 슬그머니 서재로 돌아갔다.

손님들이 아니었으면 도러시아도 서재에 갇혀서 페더스톤 노인의 장례식을 보지 못했을 것이다. 그 장면은 그녀의 인생 행로와 동떨어진 것 같았지만 훗날 기억의 어떤 민감한 부분 을 건드리기만 하면 늘 되살아났다. 로마에 있는 성 베드로 성 당의 장관이 절망적인 기분과 맞물려 있었듯이. 이웃의 운명 에서 생사의 변화를 기록하는 장면은 우리 운명의 배경에 불 과하다. 하지만 들판과 나무의 특별한 형태처럼 그 장면은 우 리 삶의 어떤 시기와 결부되고, 우리의 예리한 의식이 선택한 것들로 이루어진 전체의 한 부분을 차지한다.

이처럼 이질적이고 잘 알지 못하는 것을 자신의 가장 내밀한 비밀과 막연히 결부시키는 것은 바로 도러시아의 열성적 성격에서 기인한 외로움을 반영하는 듯했다. 옛날 시골 신사들은 사회적으로 희박한 대기에서 살았다. 산 위의 서식지에 뿔뿔이 흩어져 살면서 저 아래 생명이 밀집한 지대를 뚜렷이 구별하지 못하고 내려다보았다. 도러시아는 그 고지의 전망과 냉기에 마음이 편치 않았다.

"난 더 보지 않겠어요." 행렬이 교회로 들어간 후 실리아는 은밀히 남편의 코트에 뺨을 댈 수 있도록 그의 팔꿈치 바로 뒤에 붙어 서서 말했다. "틀림없이 도도는 좋아할 거야. 언니는 우울한 것과 추한 사람들을 좋아하니까."

"난 주위 사람들에 대해 뭔가 알게 되는 것이 좋아." 휴가 여행에 나선 수도승처럼 흥미롭게 모든 것을 관찰하던 도러시아가 말했다. "우리는 가난한 농군 외에는 이웃에 대해 전혀 알지 못하는 것 같아. 다른 사람들이 어떤 삶을 사는지, 사물을 어떻게 받아들이는지 늘 궁금했어. 저를 서재 밖으로 불러내 주셔서 캐드월레이더 부인께 감사드려요."

"당연히 내게 고마워해야죠." 캐드월레이더 부인이 말했다. "여기 로윅의 부유한 농부들은 물소나 들소처럼 묘한 사람들이니까. 장담컨대 그중 절반도 교회에 나오지 않을 거예요. 그들은 당신 백부님이나 제임스 경의 소작인들과 전혀 다르거든. 괴물이라고 할까, 지주가 없는 농부라고 할까. 그들을 어떻게 분류해야 할지 모르겠어요."

"상여를 따라가는 사람들 대부분은 로윅 주민이 아닙니다." 제임스 경이 말했다. "멀리서 온 사람이거나 미들마치에서 온 유산 수령인일 겁니다. 러브굿의 말로는 노인이 땅뿐 아니라 돈도 꽤 많이 남겼다더군요."

"자, 생각해 봐요! 저렇게 많은 젊은이가 스스로 밥값을 하지 못하다니……." 캐드월레이더 부인은 말을 하다가 문이 열리는 소리에 몸을 돌렸다. "아, 브룩 씨가 오셨군. 좀 전만 해도 우리 숫자가 모자란 것 같았는데 이제야 설명이 되는군요. 물론 이 기이한 장례식을 보러 오셨겠지요?"

"아니, 난 캐소본을 건사하러 왔소. 그가 어떻게 지내는지 보려고 말이지. 그리고 작은 소식도 가져왔소. 작은 소식이란다, 애야." 브룩 씨는 가까이 다가온 도러시아에게 고개를 끄덕이며 말했다. "서재를 들여다보았더니 캐소본이 책에 파묻혀 있더구나. 그래서는 안 된다고 말했지. 내가 말했단다. '알다시피 이래서는 안 되네. 자네 아내를 생각하게, 캐소본.' 캐소본이 올라오겠다고 약속했단다. 그에게도 소식을 알려 주지 않았어. 그가 올라와야 한다고 말했지."

"이제 사람들이 교회 밖으로 나오고 있군요." 캐드월레이더 부인이 큰 소리로 말했다. "맙소사, 놀랍게도 잡다한 사람들이 뒤섞여 있군! 리드게이트 씨는 주치의로 참석했겠지. 그런데 저기 정말 보기 좋은 여자가 있군요. 잘생긴 청년은 아들일 테고. 저 사람들이 누구예요, 제임스 경, 알고 있어요?"

"빈시, 미들마치의 시장이 보이는군요. 아마 그 아내와 아들일 겁니다." 제임스 경은 묻듯이 브룩 씨를 바라보았고, 브룩 씨는 고개를 끄덕이며 말했다.

"그래, 아주 점잖은 집안이지. 빈시는 꽤 괜찮은 사람이야.

그 제조업계의 자랑이지. 부인은 저 사람을 내 집에서 본 적이 있을 거요."

"아, 그래요, 당신의 비밀 위원 중 한 명이죠." 캐드월레이더 부인이 화를 돋우려는 듯이 말했다.

"그런데 사냥을 좋아해요." 제임스 경이 여우 사냥꾼에 대한 혐오감을 드러내며 말했다.

"그리고 팁턴과 프레싯에서 비참하게 살아가는 직조공들의 생명을 빨아먹는 사람 중 하나지요. 그래서 가족들은 저렇게 보기 좋게 윤기가 흐르는 거예요." 캐드월레이더 부인이 말했다. "저기 자줏빛으로 얼굴이 칙칙한 사람들이 그들을 아주 돋보이게 해 주는군요. 맙소사, 저 사람들은 늘어선 항아리 같아요! 험프리를 봐요. 흰옷을 입고 그들 위에 우뚝 선 못생긴 대천사처럼 보이는군."

"그렇지만 장례식이란 엄숙한 일이지." 브룩 씨가 말했다. "엄숙하게 받아들인다면 말이오."

"나는 그렇게 받아들이지 않아요. 내가 엄숙한 태도를 옷처럼 걸치면 누더기가 되고 말 거예요. 노인은 죽을 때가 되었고, 저 사람들 중 누구도 섭섭해하지 않아요."

"정말 가련한 일이에요!" 도러시아가 말했다. "이 장례식은 지금껏 보지 못한 우울한 사건 같아요. 아침 시간에 오점을 남기고요. 죽으면서 사랑을 남기지 못하는 사람이 있다고 생각하면 견딜 수 없어요."

그녀는 말을 이으려 했지만 남편이 들어와서 약간 뒤쪽에 앉는 것을 보았다. 그가 옆에 있을 때 그녀의 기분이 늘 행복한 쪽으로 바뀌는 것은 아니었다. 그가 종종 속으로 자기 말에 반대한다고 그녀는 느꼈다.

"정말이지……." 캐드월레이더 부인이 큰 소리로 말했다. "저기 넓적한 사람 뒤에서 새로운 얼굴이 나왔는데 누구보다도 기묘하게 생겼군요. 약간 둥근 머리에 눈이 튀어나오고…… 개구리 같은 얼굴에. 봐요, 혈통이 다른 사람이 틀림없어요."

"제가 볼게요!" 호기심을 느낀 실리아는 캐드월레이더 부인 뒤에 서서 머리 너머로 몸을 기울였다. "아, 정말 기묘한 얼굴이네요!" 그러고는 놀란 얼굴로 표정이 바뀌면서 재빨리 덧붙였다. "아니, 도도, 그런데 래디슬로 씨가 돌아왔다고 말하지 않았잖아!"

도로시아는 충격적인 놀라움을 느꼈다. 모두 그녀가 즉시 큰아버지를 쳐다보면서 갑자기 얼굴이 창백해지는 것을 알아차렸고, 캐소본 씨도 그녀를 바라보았다.

"나와 함께 왔단다. 내 손님이야. 그레인지에 묵고 있지." 브룩 씨는 마치 예상했으리라는 듯이 도로시아를 바라보며 고개를 끄덕이고 더없이 태평하게 말했다. "그 그림을 마차 위쪽에 실어 가져왔단다. 자네가 놀라고 기뻐하리라고 생각했네, 캐소본. 자네를 실물과 똑같이 그렸거든. 아퀴나스로 말이야. 정말이지 제대로 그린 그림이라네. 그리고 젊은 래디슬로가 그림에 대해서 뭐라고 말하는지 듣게 될 걸세. 그는 유난히 말을 잘하고, 이런저런 것들을 지적하고, 회화와 그런 것들을 모두 알고, 알다시피 벗으로 삼기에 그만이고, 어떤 면에서도 동등하고, 내가 오랫동안 바라던 사람이라네."

캐소본 씨는 냉정하고 예의 바르게 고개를 숙이며 화를 억눌렀지만 간신히 입을 다물고 있는 정도였다. 그는 도러시아와 마찬가지로 윌의 편지를 잘 기억하고 있었다. 건강을 회복했을 때 그는 보관되어 있던 편지들 가운데 그 편지가 없는 것을 알아차렸고, 도러시아가 윌에게 로윅으로 오지 말라는 편지를 보냈으리라고 짐작했지만 자존심이 강한 예민한 성격 때문에 그 문제를 다시 언급하지 않았다. 이제 그는 그녀가 윌을 그레인지로 초대해 달라고 큰아버지에게 부탁했으리라고 추측했다. 그리고 그 순간 그녀는 해명이 불가능하다고 느꼈다.

캐드윌레이더 부인은 교회 묘지에서 눈을 돌렸고, 속 시원히 이해할 수 없는 무언의 광경을 충분히 보았기에 묻지 않을 수 없었다. "래디슬로 씨가 누구지요?"

"캐소본 씨의 젊은 친척이에요." 제임스 경이 즉시 대답했다. 그의 선량한 성품은 종종 사적인 문제를 재빨리 명확하게 파악할 수 있었고, 남편을 바라보는 도러시아의 시선에서 마음속의 어떤 두려움을 간파했던 것이다.

"아주 훌륭한 젊은이라네. 캐소본이 그를 위해 모든 것을 해 주었지." 브룩 씨가 말했다. "그는 자네가 들인 비용에 보상하고 있네, 캐소본." 그는 고무하듯이 고개를 끄덕이며 말을 이었다. "나는 그가 내 집에 오랫동안 머물면서 내 자료들로 뭔가 훌륭한 것을 만들어 주었으면 한다네. 내가 가진 참신한 생각과 사실들을 정리해서 뭔가를 만들어 내기를…… 인용문을 정확하게 기억하고, 모든 논점을 속속들이 꿰뚫어 보고,

그런 일들 말일세. 여러 가지 주제에 일종의 변화를 주는 데 그가 아주 적합한 사람이라는 걸 알 수 있었지. 얼마 전에 자네가 아플 때 내가 초대했네, 캐소본. 자네는 집 안에 사람을 들일 수 없다고 도러시아가 그러더군. 내게 편지를 써 달라고 부탁했네."

가엾은 도러시아는 큰아버지의 말 한 마디 한 마디가 캐소본 씨에게는 눈에 들어간 모래알처럼 불쾌하리라고 느꼈다. 자신이 윌 래디슬로를 초대해 달라고 한 것은 아니었다고 설명하기에 적절치 않은 순간이었다. 그녀는 남편이 그를 싫어하는 이유를 명확히 이해할 수 없었고, 그의 혐오감은 서재에서 일어났던 사건으로 인해 고통스럽게 각인되어 있었다. 하지만 다른 이들에게 그런 속사정을 드러낼 말을 조금이라도 내비치는 것은 적절치 않았다. 사실 캐소본 씨도 그 복합적인 이유를 스스로 명확히 따져 본 적이 없었다. 우리 모두 그렇듯이 그도 자기 내면에서 일어난 분노를 이해하려고 노력하기보다는 오히려 정당화하려고 애썼다. 그러나 그는 감정을 겉으로 드러내지 않기를 바랐고, 그가 평소보다 더 품위 있게 고개를 숙이고 단조롭게 말을 꺼내기 전에 얼굴에 스쳐 간 변화는 도러시아만 알아차릴 수 있었다.

"대단히 너그럽게 호의를 베풀어 주셨군요. 제 친척을 환대해 주셔서 감사합니다."

이제 장례식이 끝나서 교회 묘지에 있던 사람들이 흩어지고 있었다.

"자, 이제 그가 보일 거예요, 캐드월레이더 부인." 실리아가 말했다. "그는 도러시아의 내실에 걸린 캐소본 씨의 이모님 초상화와 똑같아요. 무척 잘생겼어요."

"꽤 사내다운 젊은이로군." 캐드월레이더 부인이 냉담하게 말했다. "당신 조카는 무엇을 할 생각이지요, 캐소본 씨?"

"죄송하지만 조카가 아니라 이종질입니다."

"아, 글쎄……." 브룩 씨가 끼어들었다. "그는 날갯짓을 시험해 보고 있소. 높이 비상할 만한 젊은이지. 내가 기회를 줄 수 있다면 기쁘겠소. 그는 홉스나 밀턴, 스위프트[160] 같은 사람들처럼 훌륭한 비서가 될 거요."

"알겠어요." 캐드월레이더 부인이 말했다. "연설문을 잘 쓸 사람이군요."

"이제 그를 데리고 들어오겠네, 캐소본." 브룩 씨가 말했다. "내가 부르기 전에는 들어오지 않겠다고 하더군. 그리고 아래층에 내려가서 그림을 보자고. 자네가 실물처럼 생생하게 그려져 있다네. 책장에 집게손가락을 대고 있는 아주 심오하고 오묘한 사상가로 말이야. 보나벤투라 성인인지 누군지 좀 뚱뚱하고 혈색 좋은 사람이 옆에서 삼위일체의 상징을 올려다보고 있지. 모든 것이 상징적이라네. 격조 높은 양식의 그림이야. 나는 그런 스타일을 좋아하지만 썩 좋아하지는 않아. 그것에 보조를 맞추려면 좀 지나치게 긴장해야 하니까. 하지만 자네에게는 그것이 편안하겠지, 캐소본. 그리고 화가의 실물 표현도 훌륭하네. 입체감이며 투명도며 그런 것들 말이야. 나도 한

---

160) 이들 모두 젊은 시절에 비서이던 적이 있다.

때 그런 것에 상당히 심취했었지. 하여튼 이제 가서 래디슬로를 데려오겠네."

35장

"아니, 비탄에 젖은 상속자들을 보는 것보다
더 즐거운 일은 상상할 수 없소.
실쭉한 얼굴로 어이없어하면서
긴 유서에 귀를 곤두세우다 충격으로 새파랗게 질리지,
경멸하는 몸짓으로 그들을 빈털터리로 만들어 놓으면.
그토록 생생한 그들의 깊은 슬픔을 볼 수 있다면
나는 다음 세상에서라도 일부러 돌아오겠소."

— 르냐르, 『포괄 유산 수령인』[161]

    노아의 방주에 동물들이 쌍쌍이 실렸을 때 한군데 모인 많은 종은 서로에 대해 속으로 이런저런 의견을 말했을 테고, 비축된 같은 사료를 먹는 종이 넘쳐 날 정도로 많아서 음식 할당량이 줄어들 거라고 은연중에 생각했으리라고 상상할 수 있다. (그 상황에서 독수리들이 저지른 일을 그림으로 표현하자면 유감스럽게도 너무 괴로울 것이다. 그 새들은 불리하게도 목구멍 주위에 털이 없고 분명 의식이나 격식을 차리지 않았을 테니 말이다.)

    이와 똑같은 생각이 피터 페더스톤의 장례식 행렬을 이룬 그리스도교도 육식 동물들에게도 은연중에 스쳤다. 그들 대

---

161) 장프랑수아 르냐르(Jean-François Regnard, 1655~1709)의 5막으로 이루어진 희극.

부분은 각자 최대한으로 갖고 싶었을 제한된 비축물에 관심이 쏠려 있었다. 오랫동안 인정되어 온 혈육이나 혼인으로 인한 인척이 이미 상당수에 달했고, 그것에 여러 가능성을 곱해 보았을 때 시기 어린 추측과 애처로운 희망이 펼쳐질 범위는 대단히 넓었다. 빈시 가족에 대한 질투 때문에 페더스톤의 혈육들은 하나같이 적대감 속에 동지 의식을 갖고 있었다. 자기네 중 한 명이 다른 이들보다 더 많이 받으리라는 확실한 조짐이 없는 한 다리가 긴 프레드 빈시가 토지를 상속받을지 모른다는 걱정이 어쩔 수 없이 가장 지배적이었고, 그러고도 막연한 질투심을 느낄 감정과 여가 시간이 남아돌아서 메리 가스를 질투하기도 했다. 한가한 시간에 솔로먼은 조나가 상속받을 자격이 없다고 생각했고, 조나 또한 남아도는 여가 시간에 솔로먼이 탐욕적이라고 비난했다. 자매 중 맏이인 제인은 마르타의 자식들이 자기 애들만큼 많은 것을 기대해서는 안 된다고 주장했으며, 마르타는 장자 상속권에 대해 엄격하게 생각하지 않았으므로 제인이 너무나 "탐욕적"인 것을 유감스럽게 여겼다. 가장 가까운 이 혈육들은 사촌과 육촌들의 터무니없는 기대를 당연히 마음에 새겼고, 작은 유산이라도 받을 사람이 너무 많으면 총합이 얼마나 될지 나름대로 산술을 동원하여 계산해 보았다. 유서 낭독을 듣기 위해 사촌 두 명이 참석했고, 트럼불 씨 외에 육촌 한 명이 더 있었다. 이 육촌은 미들마치의 포목상이었는데 태도가 공손하고 후음을 너무 많이 곁들여 발음하는 사람이었다. 사촌 두 명은 브래싱에서 온 노인들로 그중 한 명은 굴과 다른 음식을 부자인 사촌 피터에게 선물했기에 자신이 지불한 비용에 대한 권리를 의식하고 있었다. 손과 턱을 지팡이에 기댄 다른 사촌은 매우 무뚝뚝한 사람으로 시시한 선행이 아니라 전반적인 미덕에 입각한 권리를 의식하고 있었다. 그 흠잡을 데 없는 브래싱의 두 시민은 조나 페더스톤이 그곳에 살지 않기를 바랐다. 어떤 가족의 재주꾼을 가장 환영하는 것은 대개 낯선 사람들이다.

"자, 트럼불 그 친구는 500파운드를 받으리라 확신하고 있어. 틀림없어. 형님이 그에게 약속했더라도 놀라지 않겠어." 장례식 전날 저녁에 솔로먼은 누이들과 생각에 잠겨 있다가 소리 내어 말했다.

"아니, 그럴 수가!" 가난한 여동생 마르타가 말했다. 몇백 파운드에 대한 그녀의 상상력은 으레 제때 지불하지 못한 집세의 총액으로 제한되었던 것이다.

그러나 이튿날 아침에 평소의 온갖 추측의 흐름은 마치 달에서 떨어진 듯 철벅거리며 그들 사이에 등장한 낯선 상제 때문에 혼란스러워졌다. 캐드월레이더 부인이 개구리 얼굴이라고 묘사한 낯선 사람이 바로 그 상제였다. 대략 서른두세 살쯤 된 남자로 툭 튀어나온 눈에 입술이 얇고, 입은 아래쪽으로 굽었으며, 양 눈썹 사이의 콧대 위에서 갑자기 움푹 들어간 이마에서부터 머리카락을 매끄럽게 빗어 넘겨 그의 얼굴은 확실히 표정이 변하지 않는 개구리처럼 보였다. 그가 새로운 유산 수령인인 것은 분명했다. 그렇지 않으면 왜 상제로 초대되었겠는가? 여기 존재하는 새로운 가능성이 새로운 불확실성을 제기하며 장례 마차 안에서 대화를 거의 가로막았다. 우리는 갑자기 어떤 사실을 알게 될 때, 실로 우리가 그것을 전혀 알지 못한 채 우리 세계를 형성해 오는 동안 아주 편안히 존재하면서 어쩌면 은밀히 우리를 응시하고 있었을 사실을 알게 될 때 굴욕감을 느낀다. 메리 가스 외에는 누구도 이 수상쩍은 사람을 본 적이 없고, 그녀도 그가 스톤 코트에 두 번 찾아왔고 페더스톤 씨와 단둘이 아래층에서 몇 시간 앉아 있었다는 것 외에는 아는 바가 없었다. 그녀는 우연히 아버지에게 이 사실을 언급했었는데 그 낯선 이에 대해 혐오나 혐의를 느끼기보다 의문을 품고 바라본 사람은 변호사를 제외하면 케일럽뿐이었을 것이다. 케일럽 가스는 상속에 대한 기대가 거의 없었고 탐욕은 그보다도 더 적었기에 자신의 추측을 입증하는 데 관심을 느꼈다. 살짝 미소를 띠며 이마를 문지르고 나서 목재의 가치를 평가하듯이 영리한 눈길을 던진 그의 차분한 얼굴은 리그라는 이름의 미지의 상제가 징두리널을 두른 응접실에 들어와 문 옆에 앉아서 유언을 들으려는 청중의 일부가 되었을 때 다른 사람들의 얼굴에 떠오른 경계심이나 경멸 어린 표정과 멋진 대조를 이루었다. 그때 솔로먼 씨와 조나 씨는 변호사와 함께 유언장을 찾으러 위층으로 올라갔고, 월 부인은 자신과 보스롭 트럼불 씨 사이에 두 자리가 비어 있는 것을 보고 용기를 내어 그 대단한 사람의 옆자리로 옮겼다. 그는 시계에 매달린 인장을 만지작거리면서 유능한 사람의 평판을 떨어뜨릴 의구심이나 놀라는 기색을 절대로 드러내지 않겠다고 결심하며 옆얼굴을 매만지고 있었다.

"아마 가엾은 오빠가 어떻게 했는지 당신은 전부 알고 계시겠지요, 트럼불 씨." 윌 부인이 쉰 목소리로 최대한 나지막하게 속삭이며 상장을 두른 모자를 트럼불 씨의 귓가에 들이댔다.

"부인, 제가 들은 것은 무엇이든 극비입니다." 경매인은 그 비밀을 차단하려고 손을 들어 올리며 말했다.

"행운을 믿고 있는 사람들은 조만간 실망할지 몰라요." 윌 부인은 이 대화에서 약간 위안을 얻으며 말을 이었다.

"희망이란 종종 기만적이지요." 트럼불 씨는 여전히 나지막하게 말했다.

"아!" 윌 부인은 빈시 가족을 건너다보고는 마르타 옆으로 자리를 옮겼다.

"가엾은 피터 오빠가 얼마나 입이 무거운지 놀라울 정도야." 그녀는 똑같이 나지막하게 말했다. "그가 뭘 생각했는지 우리 는 전혀 모르잖아. 우리 생각보다 더 나쁘게 살지 않았기를 바라고 믿을 뿐이야, 마르타."

가엾은 크랜치 부인은 체구가 크고 천식을 앓아 숨을 몰아 쉬는 데다 자기 말을 유별난 것이 아니라 일반적 취지로 전달 할 이유가 있었으므로 속삭이는 소리도 망가진 손풍금처럼 큰 소리로 갑자기 터져 나오곤 했다.

"나는 남의 것을 탐낸 적이 없어, 제인 언니." 그녀가 대답했 다. "하지만 자식을 여섯 두었는데 셋을 이미 땅에 묻었지. 부 잣집으로 시집가지도 않았고. 저기 앉아 있는 맏이는 열아홉 살밖에 되지 않았으니 다른 사정은 언니의 짐작에 맡기겠어. 먹을 것은 늘 부족했고, 땅은 제일 형편없었지. 하지만 내가 간청하고 기도를 올린 분은 하늘에 계신 하느님이었어. 미혼인 오빠도 있고 다른 오빠는 두 번 결혼하고도 아이가 없으니 사람들은 그렇지 않을 거라 생각하겠지만 말이야!"

그동안 빈시 씨는 리그 씨의 무표정한 얼굴을 힐끗 쳐다보고는 코담뱃갑을 꺼내 톡톡 두드렸다. 하지만 아무리 조리 있게 설명하더라도 이 상황에는 적합하지 않은 탐닉이라고 생각해서 열지 않은 채 다시 집어넣었다. "페더스톤이 우리가 인정한 것보다 더 나은 감정을 가진 사람이었더라도 놀라지 않겠소." 그는 아내의 귀에 대고 말했다. "장례식을 보면 그가 모두를 생각했음을 알 수 있으니 말이오. 어떤 사람이 장례식에 친지들이 와 주기를 바라고 초라한 친지라도 부끄러워하지 않는다면 그건 보기 좋은 일이지. 그가 유산을 조금씩 많은 사람에게 남겼다면 더 흐뭇한 일이고. 그런 유산은 적지만 특별히 유용하게 쓰일 수 있으니까."

"모든 것이 더 바랄 수 없이 멋져요. 상장과 실크와 다른 것들 모두요." 빈시 부인이 만족스럽게 대답했다.

그러나 유감스럽게도 프레드는 웃음을 참느라 애쓰고 있었는데, 웃음을 터뜨렸다면 부친의 코담뱃갑보다 더 큰 결례가 되었을 것이다. 프레드는 조나 씨가 어떤 "사생아"에 대해 하는 말을 귓결에 들었고, 그 생각을 하다가 우연히 맞은편에 앉은 낯선 이의 얼굴이 눈에 들어오자 너무 우스웠던 것이다. 그가 입을 씰룩거리며 곤란해하다 헛기침으로 돌리는 것을 보고 메리 가스는 영리하게도 자리를 바꾸자고 제안해 그를 구해 주었다. 그래서 그는 어둑한 구석 자리에 앉았다. 프레드는 리그를 포함해서 모든 이에게 최대한 호의적으로 느끼고 있었고, 자기처럼 운이 좋지 않은 사람들에 대해 약간 가엾게 여기기도 했다. 그는 절대로 부적절한 처신을 하지 않을 테지만 그래도 상황은 유난히 우스꽝스러웠다.

그러나 변호사와 두 형제가 들어오자 모두의 이목이 집중되었다.

변호사는 스탠디시 씨였다. 아침에 스톤 코트로 올 때 그는 그날이 지나기 전에 누가 기뻐하고 누가 실망할지를 정확히 알고 있다고 믿었다. 그가 낭독하리라고 예상했던 유언장은 페더스톤 씨를 위해 작성한 세 개 중 마지막 것이었다. 스탠디시 씨는 태도가 달라지는 사람이 아니었다. 그는 사람들 간의 차이를 전혀 의식하지 못하는 듯이 누구에게나 똑같이 낮은 목소리로 정중하게 대답했고, 주로 건초 수확에 대해서 이야기했다. 그의 말은 국왕[162]에 관한 마지막 병상 발표와 선원 기질이 풍부해서 브리튼 같은 섬나라를 통치하기에 안성맞춤인 클래런스 공작에 관한 발표처럼 "하느님의 도우심으로 매우 훌륭하다!"라는 내용이었을 것이다.

페더스톤 노인은 난롯불을 쳐다보며 앉아서 스탠디시가 언젠가는 깜짝 놀랄 거라고 종종 생각했다. 만일 마지막 순간에 자기 뜻을 관철해 다른 변호사가 작성한 유서를 태워 버린다면 그 사소한 목적을 달성할 수 없을 것이다. 하지만 그는 거듭 그 생각에 잠기며 즐거워했다. 스탠디시 씨는 분명 깜짝 놀

---

162) 조지 4세는 1830년에 사망했고, 그 뒤를 이어 클래런스 공작이 즉위하여 윌리엄 4세가 되었다.

랐지만 그렇다고 유감스러운 것은 전혀 아니었다. 두 번째 유언장이 발견되자 오히려 약간 짜릿한 호기심을 느꼈고, 페더스톤 가족이 느낄 경악감에 흥미가 일었다.

솔로먼과 조나에 대해 말하자면 그들은 더없이 조마조마한 심정이었다. 그들은 첫 번째 유언장이 분명 법적 효력이 있고, 가엾은 피터의 처음 의도와 나중 의도가 그처럼 뒤죽박죽이 되었기 때문에 누구든 끝없는 '재판' 과정을 거친 후에야 자기 것을 확보할 수 있을 거라고 생각했다. 그런 성가신 재판 과정은 적어도 누구에게나 해당된다는 이점이 있었다. 그러므로 형제는 스탠디시 씨와 함께 다시 방에 들어섰을 때 철저히 중립적이고 엄숙한 태도를 취했다. 솔로먼은 어떻든 애절한 문구가 들었을 거라는 생각에 흰 손수건을 다시 꺼냈다. 그러나 장례식에서 눈물은 아무리 메마른 눈물이라도 대체로 묘지에서 다 말라 버리기 마련이다.

아마 그 순간 가장 큰 흥분으로 가슴이 두근거린 사람은 메리 가스였을 것이다. 그녀는 이 두 번째 유언장이 남아 있도록 실제로 결정한 사람이 자신이라는 것을 의식하고 있었다. 그것이 여기 모인 몇몇 사람들의 운명에 지대한 영향을 미칠 것이다. 마지막 밤에 일어난 일을 아는 사람은 그녀뿐이었다.

"내가 들고 있는 유언장은……." 스탠디시 씨가 방 한가운데 놓인 탁자에 앉아서 목소리를 가다듬으려고 헛기침을 하고 천천히 시간을 끌면서 말했다. "1825년 8월 9일에 내가 작성했고, 돌아가신 우리 벗이 서명하셨소. 그런데 지금껏 내가 알지 못했던 후속 문서가 발견되었소. 첫 번째 유서에서 일 년이 채 지나지 않은 1826년 7월 20일 자를 달고 있소. 그리고 또……." 스탠디시 씨는 신중하게 안경을 들고 문서들을 훑어보았다. "두 번째 유서의 유언 보족서는 1828년 3월 1일 자로 되어 있소."

"맙소사, 맙소사!" 누이 마르타는 들리게 말할 의도는 아니었지만 이 날짜들에 심적 부담을 느끼며 뭔가 말하지 않을 수 없었다.

"첫 번째 유언장을 먼저 읽겠소." 스탠디시 씨가 말을 이었다. "그분이 문서를 파기하지 않은 것으로 보아 그것이 돌아가신 분의 의도였으니까."

전문이 다소 길다고 여겨졌고, 솔로먼 외에도 여러 사람이 바닥을 내려다보며 애처롭게 고개를 절레절레 흔들었다. 모두 서로의 시선을 피했고, 식탁보의 한 부분이나 스탠디시 씨의 벗어진 머리에 눈길을 고정하고 있었다. 메리 가스만은 예외라서 다른 사람들이 딱히 어디도 보지 않으려 애쓸 때 안전하게 그들을 바라볼 수 있었다. 처음으로 "주고 양도한다."라는 말이 들리자 미세한 진동이 그들 사이로 지나간 듯이 리그 씨를 제외한 모두의 표정이 미묘하게 바뀌는 것을 보았다. 그는 꼼짝 않고 조용히 앉아 있었다. 사실 거기 모인 사람들은 더 중요한 문제에 몰두하고 있었고 철회될 수도, 철회되지 않을 수도 있을 유증에 귀를 기울여야 했기에 그에 대해 아무 관심이 없었다. 프레드는 얼굴이 붉어졌고, 빈시 씨는 코담뱃갑을 닫은 채라도 들고 있어야 한다고 느꼈다.

먼저·소규모의 유증이 시작되었다. 유언장이 또 하나 남아 있으며 가엾은 피터가 더 나은 생각을 했을지 모른다고 생각하려 해도 점점 커지는 혐오와 분노를 억제할 수 없었다. 사람은 과거나 현재, 미래, 그 어느 때든 좋은 대접을 받고 싶어 한다. 그런데 여기 피터가 오 년 전에 친형제자매들에게 200파운드씩만, 조카와 조카딸들에게 100파운드씩만 남겼다. 가스 가족은 언급도 하지 않았지만 빈시 부인과 로저먼드는 각각 100파운드를 받게 되었다. 트럼불 씨는 금손잡이가 달린 지팡이와 50파운드를 받고, 다른 육촌들과 참석한 사촌들도 각각 똑같이 멋진 금액을 받을 것이다. 그것은 냉소적인 어떤 사촌이 말했듯이 아무 보탬도 되지 않는 유산이었다. 그리고 참석하지 않은 사람들, 수상쩍고 비천한 사람들이라고 생각할 수밖에 없는 인척들에게 그처럼 불쾌하게 조금씩 나눠 준 유산이 훨씬 더 많았다. 재빨리 계산해 보면 이제 다 합해서 약 3000파운드가 처분되었다. 그러면 피터는 나머지 돈을 누구에게 줄 생각이었을까? 토지는 누구에게 주었을까? 무엇을 철회했고 무엇을 철회하지 않았을까? 그리고 그 철회가 더 나은 것일까 더 나쁜 것일까? 지금 느끼는 감정은 전부 일시적일 수밖에 없고, 결국에는 그릇된 감정일지 모른다. 남자들은 이 혼란스러운 긴장감을 굳건하게 견디며 조용히 있었다. 각자 근육의 습관적 움직임에 따라서 어떤 이는 아랫입술을 벌렸고, 다른 이들은 입술을 내밀었다. 하지만 제인과 마르타는 밀려드는 의문에 기운이 빠져 울기 시작했다. 가엾은 크랜치 부인은 노동의 대가를 치르지 않아도 최소한 몇백 파운드를 받으리라는 위안에 감동하기도 했고 자기 몫이 너무 적다고 생각하기도 했다. 반면에 월 부인은 다른 사람들은 많이 받는데 자신은 친누이동생이면서도 거의 받지 못한다는 생각에 빠져 있었다. 이제 모두들 그 "많은 돈"이 프레드 빈시에게 갈 거라고 예상했다. 그러나 빈시 가족은 특정한 곳에 투자한 1만 파운드가 프레드에게 유증된다고 공표되었을 때 깜짝 놀랐다. 토지도 함께 상속되는 것일까? 프레드는 입술을 깨물었다. 미소를 억누르기 힘들었다. 빈시 부인은 자신이 세상에서 가장 행복한 여자라고 느꼈고, 이 눈부신 환상 앞에서 혹시 있을지 모를 철회의 가능성은 점점 줄어들어 사라졌다.

토지만 아니라 아직 남은 자산이 있었다. 그러나 모든 것이 한 사람에게 상속되었고, 그 사람은 — 아, 가능성이란! 아, "구두쇠" 노신사들의 호의에 달린 유산이란! 아, 끝없이 외쳐도 인간의 어리석음을 측정하는 표현이 입술에서 절로 삐져나오게 하는 호칭들이여! — 모든 유산의 수령자는 조슈아 리그였다. 그는 유일한 지정 유언 집행인이기도 했고, 앞으로 페더스톤이라는 이름을 갖게 될 터였다.

바스락 소리가 전율처럼 온 방 안을 떠돌았다. 모두들 새로이 리그 씨를 쳐다보았는데 그는 분명 전혀 놀라지 않는 표정이었다.

"유언에 의한 양도치고는 대단히 특이하군!" 즉시 트럼블 씨가 자신은 사전에 알지 못했다고 여겨지는 쪽을 택하며 소리쳤다. "하지만 두 번째 유서가 있지. 또 다른 서류도 있고. 아직 돌아가신 분의 마지막 소망을 듣지 못했소."

메리 가스는 그들이 이제 듣게 될 유서가 마지막 소망이 아니었음을 알고 있었다. 두 번째 유서는 앞에서 언급한 비천한 사람들에게 주는 유산과 (이 부분이 약간 달라졌기 때문에 유언 보족서를 붙였다.) 로윅 교구의 토지와 가축과 가구를 조슈아 리그에게 물려주는 것을 제외하고는 전부 다 철회했다. 나머지 재산은 노인들을 위한 사설 구빈원의 설립 기금으로 돌리고, 그것을 페더스톤 구빈원이라 부를 것이며, 유언자가 전능하신 신을 기쁘게 해 드리려고 — 이렇게 문서는 선언했다 — 그런 목적으로 이미 구입해 놓은 미들마치 근방의 대지에 세워질 것이다. 참석한 사람들은 누구도 동전 한 푼 받지 못했지만 트럼불 씨는 금손잡이가 달린 지팡이를 받았다. 그들이 정신을 차리고 말을 할 수 있게 되기까지 한참 시간이 지나야 했다. 메리는 차마 프레드를 쳐다볼 수 없었다.

처음 말을 꺼낸 사람은 빈시 씨였는데 힘주어 코담뱃갑을 열어 코담배를 들이마시고는 큰 소리로 분개해서 말했다. "지금껏 들어 보지 못한, 도무지 이해할 수 없는 유서로군! 그가 그것을 작성했을 때 제정신이 아니었다고 말해야겠소. 마지막 유서는 무효라고 말이야." 빈시 씨는 이 말이 상황을 제대로 표현했다고 느끼며 덧붙였다. "안 그렇소, 스탠디시?"

"돌아가신 우리의 벗은 자신이 무엇을 하려는지 늘 잘 알고 있었을 거요." 스탠디시 씨가 말했다. "모든 것이 절차에 들어맞소. 여기 브래싱의 클레멘스가 보낸 편지가 유언장에 첨부되어 있소. 그 유언장을 작성한 사람인데 꽤 신뢰할 만한 사무 변호사요."

"저는 돌아가신 페더스톤 씨에게서 정신 착란이나 정신 이상의 징후를 본 적이 없습니다." 보스롭 트럼불이 말했다. "하지만 이 유언장은 괴상하다고 말할 수밖에 없어요. 저는 노인을 늘 기꺼이 도와 드렸고, 그분은 고마운 마음을 유언장에서 표현하겠다고 아주 명백히 언질을 주셨어요. 금손잡이 달린 지팡이가 고마움의 표시라니 우습기 짝이 없군요. 하지만 다행히 저는 돈을 탐내는 사람은 아닙니다."

"내가 보기에 여기서 놀라운 점은 하나도 없소." 케일럽 가스가 말했다. "만일 개방적이고 솔직한 사람에게서 나올 법한 유언장이었다면 오히려 더 놀라웠겠지. 나로서는 유언장 같은 것이 차라리 없으면 좋겠소."

"맹세코, 그리스도교인이 표방하는 감정치고 이상하군요." 변호사가 말했다. "당신이 그것을 어떻게 뒷받침할지 알고 싶소, 가스."

"아……." 가스는 몸을 앞으로 숙이고 세심하게 양쪽 손가락 끝을 맞추면서 생각에 잠겨 바닥을 바라보았다. 그에게는 말을 하는 것이 언제나 '사업'의 가장 어려운 부분이었다.

그런데 이때 조나 페더스톤 씨의 목소리가 들려왔다. "그래, 그는 늘 멋진 위선자였어. 내 형 피터 말이야. 그런데 이건 전보다 더 고약하군. 미리 알았더라면 브래싱에서 말 여섯 필이 끄는 짐마차를 타고 일부러 오지는 않았을 거야. 난 내일 흰 모자를 쓰고 칙칙한 갈색 코트를 입겠어."

"맙소사, 이럴 수가." 크랜치 부인이 흐느껴 울었다. "우리는 차비를 들여 일부러 여기 왔고, 저 가엾은 아이는 그렇게나 오랫동안 여기 앉아 있었는데 헛수고를 했네요. 피터 오빠가 하느님을 기쁘게 해 드리고 싶어 했다는 이야기는 생전 처음 들어요. 하느님을 기쁘게 해 드리더라도 내가 타격을 받는다면 가혹한 일이라고 말해야겠어요. 달리 생각할 수 없어요."

"그래 봐야 그가 간 곳에서는 그에게 전혀 도움이 되지 않을 거야. 나는 그렇게 믿어." 솔로먼은 은근히 말할 수밖에 없었지만 진심 어린 원한이 담긴 어조였다. "피터는 나쁜 사람이었어. 뻔뻔하게도 그걸 마지막 순간에 보여 주었으니 구빈원을 지어도 죄를 갚지 못할 거야."

"그런데 그에게는 늘 법이 인정하는 가족, 그러니까 친형제자매와 조카들과 조카딸들이 있었고, 그가 기분이 내켜 교회에 나올 때마다 함께 예배를 보았다고요." 월 부인이 말했다. "어느 모로 보나 방종하지 않고 건들거리지 않고 또 너무 가난하지도 않아서 동전 한 푼이라도 더 저축하고 불려 나갈 가족에게 재산을 많이 물려줄 수도 있었는데. 나는 때로 여기 들러서 누이 노릇을 하느라 큰 고생을 했는데 그는 내내 소름 끼치는 일을 생각해 왔다니. 하느님께서 허용하셨다면 그걸 통해 그를 벌주려는 생각이실 거예요. 솔로먼 오빠, 난 가겠어요. 나를 태워 준다면."

"이 근방에 다시는 발도 들여놓고 싶지 않아." 솔로먼이 말했다. "난 내 마음대로 물려줄 땅도 있고 재산도 있다고."

"세상에 행운이 돌아가는 방식은 어처구니가 없어." 조나가 말했다. "패기가 있어도 아무 소용 없다니까. 여물통에 목을 디밀고 있는 개가 되는 편이 낫지. 하지만 산 사람들은 교훈을 얻을 수도 있겠지. 집안에 바보 한 명만 유언장을 남겨도 충분하다는 거야."

"바보가 되는 방법이 한 가지만 있는 건 아니야." 솔로먼이 말했다. "난 내 돈을 하수구에 쏟아 버리지 않을 테고, 아프리카산 애완동물에게 남기지도 않을 거야. 나는 페더스톤으로 태어난 사람이 좋지 그 이름을 몸에 붙여서 페더스톤이 된 사람은 좋아하지 않아."

솔로먼은 월 부인에게 큰 소리로 말하면서 함께 나가려고 일어섰다. 조나는 더 신랄하고 재치 있게 말할 수 있다고 느꼈지만 스톤 코트의 새 주인에게 불쾌감을 줘 봐야 좋을 일이 없다고 생각했다. 그 주인이 앞으로 같은 성을 단 재담가를 환대할 의사가 있는지를 확인할 때까지는 말이다.

사실 조슈아 리그 씨는 빈정거리는 말에 거의 신경 쓰지 않는 것 같았다. 하지만 놀랍게도 달라진 태도로 스탠디시 씨에게 침착하게 걸어가서 아주 차분하게 사무적인 질문을 던졌다. 짹짹거리는 새처럼 높은 목소리에다 불쾌한 억양이었다. 그를 보고 더는 웃음이 나오지 않았던 프레드는 지금껏 보지 못한 천박한 괴물 같다고 생각했다. 그러나 프레드는 다소 염증을 느끼고 있었다. 미들마치의 포목상은 리그 씨를 대화에 끌어들일 기회를 엿보고 있었다. 새 주인에게 여러 쌍의 다리에 신길 양말이 필요할지 모르고, 이윤은 유산보다 더 확실하게 믿을 수 있는 것이므로. 게다가 포목상은 육촌일 뿐이어서 감정에 휘둘리지 않고 호기심을 느낄 수 있었다.

빈시 씨는 처음에 격렬한 감정을 드러내고 난 후 너무나 불쾌한 나머지 움직이고 싶지도 않았지만 이윽고 아내가 프레드에게 다가가서 사랑하는 아들의 손을 잡고 말없이 흘리는 눈물을 볼 때까지 당당하게 침묵을 지켰다. 그는 즉시 일어서서 일행에게 등을 돌린 채 나지막하게 말했다. "지지 말아요, 루시. 이 사람들 앞에서 당신을 바보로 만들지 말라고." 그러고는 평소처럼 큰 소리로 덧붙였다. "가서 마차를 준비시켜라, 프레드. 낭비할 시간이 없으니."

메리 가스는 이미 아버지와 함께 집으로 돌아가려고 준비하고 있었다. 그녀는 홀에서 프레드와 마주쳤고 이제 처음으로 용기를 내어 그를 바라보았다. 그의 얼굴색은 간혹 젊은이들이 그렇듯이 시들고 파리하게 보였고, 악수를 나누었을 때 손이 무척 차가웠다. 메리도 흥분한 상태였고, 자신이 의도한 것은 아니었지만 프레드의 운명에 돌이킬 수 없는 엄청난 변화를 가져왔음을 의식했다.

"잘 가." 그녀는 다정하고 슬프게 말했다. "용기를 내, 프레드. 네가 돈을 받지 않은 것이 더 낫다고 믿어. 페더스톤 씨에게 그 돈이 있었지만 무슨 소용이었어?"

"다 잘됐어." 프레드는 골을 내듯이 말했다. "이제 뭘 해야 할까? 목사가 될 수밖에 없겠지." (그는 이 말에 메리가 화를 내리라는 것을 알고 있었다. 그래, 좋다. 그러면 그가 달리 무엇을 할 수 있을지 그녀가 말해 줘야 한다.) "네 아버지께 당장 돈을 갚고 모든 것을 제대로 돌려놓을 생각이었어. 너는 100파운드도 받지 못했잖아. 이제 뭘 할 거야, 메리?"

"물론 되는대로 빨리 일자리를 구해야지. 아버지께서는 나를 뺀 나머지 식구들을 부양하는 것만으로도 할 일이 많으시니까. 잘 가.”

오래지 않아 스톤 코트에서는 페더스톤 피붙이와 오랫동안 머물던 손님들이 죄다 사라졌다. 또 한 명의 이방인이 미들마치 근방에 정착하러 온 것이다. 하지만 리그 페더스톤 씨의 경우에는 장차 그가 미칠 영향에 대한 추측이 무성하기보다 눈에 보이는 구체적 결과에 대한 불만이 더 컸다. 조슈아 리그가 어떤 여파를 미칠지 예감할 만한 예언가적 인물은 없었다.

이 부분에서 자연스럽게 나는 저급한 주제를 고상하게 표현할 수단에 대해 숙고하게 된다. 역사적으로 유사한 사례들을 열거하는 것은 이 점에서 매우 효과적이다. 그러나 큰 난점은 부지런한 화자가 그것들을 열거할 공간이 부족하거나 혹은 (종종 같은 말이지만) 알려 주면 모범적인 설명이 될 수 있다고 현명하게 확신하더라도 그 사례들을 대단히 구체적으로 생각할 수 없다는 점이다. 더 쉽고 더 빨리 품위를 확보할 방법은 내가 저급한 사람들에 대해 이미 서술했거나 앞으로 서술할 이야기를 우화로 간주하면 — 어떤 진실한 이야기든 후작 대신 원숭이가 등장하거나 그 반대로 등장하는 우화로 전달할 수 있으므로 — 고상해질 수 있다고 주장하는 것인 듯하다. 그래서 혹시 어떤 나쁜 습성이나 추악한 결과가 그려진다면 독자는 그저 비유적으로 천박한 것으로 간주하며 안심할 테고 자신은 실로 품위 있는 사람들과 동류라고 느낄 것이다. 그러므로 내가 시골뜨기들에 대해 진실을 말하는 동안에 독자의 상상력은 귀족에 대한 관심에서 완전히 벗어날 필요가 없다. 그리고 높은 신분에서 파산한 사람이 유감스럽게도 푼돈에 의지해 살아야 하는 신세가 되더라도 숫자 0을 적절히 덧붙이기만 하면 아무 비용도 들이지 않고 최고 수준의 상업적 거래로 끌어올릴 수 있다.

역사의 행위자들이 모두 도덕적 수준이 높은 지방의 역사는 1차 선거법 개정안 이후 오랜 시간이 지난 다음에나 가능할 것이다. 여러분이 알다시피 피터 페더스톤은 그레이 경[163]이 수상이 되기 몇 달 전에 죽어서 매장되었다.

---

163) 찰스 그레이(Charles Grey, 1764~1845)는 1830년 11월 수상이 되었고, 1차 선거법 개정 법안은 1832년 6월 국왕의 재가를 받았다.

36장

이런 사람들의 기질을 보면 이상하지,
현명해지려는, 큰 열망을 품은 정신들.
......

위대한 정신의 본성은
자신이 가장 탁월할 수 있는 곳에 있기를 좋아하므로
그들은 종종 어울리는 우리보다
자기네 자부심을 훨씬 높이 평가하면서
자신들의 행동과 말을
우리가 대단히 경탄하고 존경한다고 상상하고
우리에게서 최고의 찬사를 끌어내려 애쓰며
자기들 최고의 극단적 생각을 보여 주지 않는다면
그것이 불가능하다고 생각하지.

— 다니엘, 『필로타스의 비극』[164]

　유언장 낭독이 끝난 후 집으로 돌아갔을 때 빈시 씨의 관점은 많은 문제와 관련해서 상당히 달라져 있었다. 그는 솔직한 사람이었지만 생각을 에둘러 표현하는 경향이 있었다. 실크 리본 판매가 실망스러울 때면 말구종에게 욕설을 퍼부었다. 매부 불스트로드가 불쾌하게 굴면 감리교에 대해 통렬한 비난을 퍼부었다. 이제 그가 흡연실에서 나와 현관 바닥에 수놓인 모자를 내던진 것으로 보아 프레드의 게으름에 대해 갑자기 엄격해졌음이 분명했다.

---

164) 1막 2장 356~357, 366~374행.

"자, 이봐……." 젊은 신사가 자러 가려고 일어서자 그가 말했다. "이제 너는 다음 학기에 학교로 돌아가서 시험에 통과하겠다고 결심했기 바란다. 나는 이미 마음을 정했으니 시간을 더 낭비하지 말고 결심하라고 조언하겠다."

프레드는 아무 대답도 하지 않았다. 그는 너무나 침울한 상태였다. 스물네 시간 전만 해도 지금쯤이면 무엇을 할지 알아야 할 처지가 아니라 아무것도 할 필요가 없음을 알게 되리라고 생각했다. 여우 사냥꾼들의 분홍색 재킷을 걸치고 사냥을 나가고 최고급 사냥개를 부리며 멋진 말을 타고 여우가 숨은 곳으로 달려갈 거라고. 게다가 가스 씨의 돈을 당장 갚을 수 있고, 메리가 그와 결혼하지 않을 이유가 더 이상 없을 거라고. 이 모든 일이 힘겨운 노력을 들이거나 불편을 겪는 일 하나 없이 순전히 신의 은총에 의해서 노인의 변덕이라는 형태로 일어났을 것이다. 그러나 이제 스물네 시간이 지난 후 그 확고한 기대는 모두 무너지고 말았다. 이 실망감만으로도 괴로운데 마치 그가 그것을 피할 수 있었던 듯이 취급하는 것은 '꽤 강경한 노선'이었다. 그러나 그는 말없이 방을 나섰고 어머니가 그를 위해 간청했다.

"저 가엾은 아이에게 너무 가혹하게 굴지 말아요. 그 사악한 인간이 아이를 속였지만 앞으로 잘될 거예요. 내가 지금 여기 앉아 있듯이 분명히 확신할 수 있어요. 프레드는 잘될 거라고요. 그렇지 않으면 왜 죽음의 문턱에서 돌아왔겠어요? 그리고 그건 강도 짓이나 다름없어요. 그걸 약속한 것은 그 애에게 땅을 준 거나 마찬가지라고요. 모두를 믿게 만드는 게 약속이 아니라면 약속이 대체 뭐예요? 또 알다시피 그는 프레드에게 1만 파운드를 물려줬다가 다시 빼앗았잖아요."

"다시 빼앗았지!" 빈시 씨가 성마르게 말했다. "정말이지 프레드는 운이 없어, 루시. 그리고 당신이 그 애 버릇을 망가뜨렸고."

"아니, 여보, 프레드는 장남이에요. 태어났을 때 당신도 그 애를 무척 떠받들었잖아요. 더없이 자랑스러워했고요." 빈시 부인은 금방 쾌활한 미소를 지으며 말했다.

"아기들이 커서 장차 무엇이 될지 누가 알겠소? 나는 꽤 어리석었소." 남편은 이렇게 말했지만 말투가 부드러워졌다.

"하지만 우리 애들보다 더 잘생기고 더 나은 아이들이 어디 있어요? 프레드는 다른 사람들 아들들보다 훨씬 나아요. 말투에서 그 애가 대학에서 사람들을 사귀었다는 것을 알 수 있고요. 그리고 로저먼드만 한 여자아이가 어디 있어요? 이 나라의 어떤 숙녀 옆에 세워 놓아도 손색이 없고, 오히려 더 멋지게 보일 거예요. 알다시피 리드게이트 씨는 아주 높은 분들과 교류했고 가 보지 않은 곳이 없는데도 그 애를 보자마자 사랑에 빠졌잖아요. 약혼을 안 했더라면 좋았을 거라는 마음이 없지 않지만. 그 애가 다른 집들을 방문했을 때 더 나은 신랑감을 만날 수도 있었을 텐데. 학교 친구 월러비 양의 집을 방문했을 때 말이에요. 그 집안 친척 중에도 리드게이트 씨의 친척처럼 신분이 높은 사람들이 있어요."

"망할 놈의 친척!" 빈시 씨가 말했다. "친척이라면 지긋지긋해. 내세울 게 친척밖에 없는 사위는 바라지 않아."

"아니, 여보……." 빈시 부인이 말했다. "당신은 그 일에 무척 기뻐하는 줄 알았어요. 나는 그때 집에 없었지만 로저먼드 말로는 당신이 약혼에 관해 한마디도 반대하지 않았다면서요. 그 애는 속옷감으로 최고급 리넨과 삼베를 사들이기 시작했어요."

"내 뜻대로 된 건 아니오." 빈시 씨가 말했다. "게으른 강도 같은 아들놈 때문에 올해 나는 결혼식 옷값을 내지 않더라도 돈 쓸 일이 많을 거야. 경기가 몹시 나빠서 모두들 파산하고 있다고. 그런 데다 리드게이트는 돈 한 푼 없을 거야. 나는 결혼을 승낙하지 않겠소. 나이 든 사람들이 예전에 그랬듯이 그 애들도 기다리라고 해."

"로저먼드는 그걸 받아들이기 어려울 거예요. 그리고 당신도 알다시피 당신은 그 애 마음을 상하게 하는 것을 못 견디잖아요."

"아니, 참을 수 있소. 빨리 파혼할수록 더 나을 거요. 리드게이트는 그런 식으로 하다가는 수입이 전혀 없을 테니. 사방에 적을 만들고 있거든. 그가 하는 일에 대해서는 그런 이야기밖에 듣지 못했소."

"하지만 불스트로드 씨는 그를 무척 높이 사고 있어요. 내 생각에는 그가 그 결혼에 기뻐할 거예요."

"기뻐한다고? 제기랄!" 빈시 씨가 말했다. "불스트로드는 그들을 위해서 돈 한 푼 내놓지 않을 거요. 그리고 내가 살림 차릴 돈을 줄 거라고 리드게이트가 생각한다면 오산이오. 그게 다요. 나는 곧 내 말들도 처분해야 할 거요. 당신이 로지에게 내 말을 전하는 게 좋겠소."

빈시 씨가 이런 식으로 일을 처리하는 것은 드문 일이 아니었다. 그는 성급히 쾌활하게 동의하고는 나중에 성급한 처사였음을 깨닫고 철회하는 불쾌한 일을 남들에게 맡기곤 했다. 하지만 남편의 말을 의도적으로 거스른 적이 없던 빈시 부인은 다음 날 아침에 로저먼드에게 남편의 말을 지체 없이 전했다. 모슬린에 놓인 자수를 보고 있던 로저먼드는 말없이 들었고, 이야기가 끝나자 우아하게 고개를 돌렸다. 그 목놀림이 완고한 고집을 뜻한다는 것을 알려면 오랜 경험이 있어야 했다.

"어떻게 생각하니, 애야?" 어머니가 애정 어린 배려를 담아 말했다.

"아빠가 진심으로 그런 말씀을 하신 건 아니에요." 로저먼드는 아주 평온하게 대답했다. "아빠는 내가 사랑하는 사람과 결혼하기를 바란다고 늘 말씀하셨어요. 그리고 나는 리드게이트 씨와 결혼할 거예요. 아빠가 허락해 주신 지 일곱 주가 지났어요. 그리고 나는 브레튼 부인의 집을 얻고 싶어요."

"그래, 애야, 네가 직접 아빠를 설득해야겠구나. 너는 늘 사람들을 네 뜻대로 움직이니까. 그런데 능직을 사려면 새들러가 더 적합한 곳이야. 홉킨스네 가게보다 훨씬 낫거든. 하긴 브레튼 부인의 집은 굉장히 넓지. 네가 그런 집을 갖게 되면 기쁘겠지만 가구가 무척 많이 필요할 거야. 접시와 유리컵 외에도 카펫이며 모든 것이. 리드게이트 씨가 그런 것을 기대한다고 생각하니?"

"내가 그런 것을 그에게 물어볼 거라고는 상상할 수 없겠죠, 엄마. 물론 그는 자기가 할 일을 알고 있어요."

"하지만 그는 돈을 기대했을지 몰라, 애야. 프레드뿐 아니라 너도 상당한 유산을 받을 거라고 우리 모두 생각했었지. 그런데 이제 모든 일이 몹시 불쾌하게 되어 버려서 그 가엾은 애가 너무나 실망했기 때문에 뭘 생각해도 즐겁지 않구나."

"그건 내 결혼과 아무 상관도 없어요, 엄마. 프레드는 이제 빈둥거리지 말아야 해요. 난 2층에 가서 이 자수를 모건 양에게 보여 주겠어요. 그녀가 성긴 감침질을 아주 잘하니까. 이제는 메리 가스가 수를 좀 놓아 줄 수 있을 거예요. 그 애는 정교하게 수를 잘 놓거든요. 메리에 대해서 내가 아는 것 중에 그게 제일 좋은 점이에요. 삼베 손수건 가장자리를 모두 이중으로 감침질하면 좋겠어요. 그런데 그게 시간이 오래 걸리거든요."

로저먼드가 아빠를 조종할 수 있으리라는 빈시 부인의 믿음은 충분히 근거가 있었다. 빈시 씨는 수상이라도 되는 듯이 큰 소리로 고함을 지르기는 해도 정찬과 사냥을 별도로 치면 자기 마음대로 할 수 있는 일이 거의 없었다. 오락을 좋아하는 혈색 좋은 사람들이 대체로 그렇듯이 주위 상황이 미치는 힘은 그에게 너무 버거웠다. 그리고 로저먼드라고 불리는 상황은 부드러운 고집으로 특히 강력한 힘을 발휘했다. 우리가 알다시피 그런 끈기로 인해 희고 부드러운 생물은 바위가 가로막아도 제 갈 길로 나아갈 수 있다. 아빠는 바위가 아니었다. 게다가 그에게 변치 않는 점이 있다면 때로 습관이라 불리는 여러 충동이 번갈아 일어난다는 것이었고, 그렇기 때문에 딸의 약혼에 대해서 단호하게 한 가지 행동 노선을 따르는 데 전적으로 불리했다. 다시 말해서 그는 리드게이트의 형편을 자세히 알아보고, 자신이 돈을 제공할 수 없다고 선언하고, 신속한 결혼이나 너무 오래 지속될 약혼을 모두 금지하는 조치를 취할 수 없었다. 말로 하면 매우 단순하고 쉬워 보이는 일이지만 냉기가 도는 새벽에 마음먹은 불쾌한 결심은 때 이른 서리처럼 많은 불리한 상황에 부딪쳐야 했고, 대낮에 따뜻한 기운이 퍼지면 거의 남아 있지 않았다. 빈시 씨가 에둘러서라도 강조하려던 의견 표현은 이 경우에 상당히 억제되었다. 리드게이트는 자존심이 강한 사람이라서 그에게 빈정거리는 것은 안전하지 못했고, 바닥에 모자를 내던지는 일은 생각조차 할 수 없었다. 빈시 씨는 리드게이트가 살짝 두려웠고, 그가 로저먼드와의 결혼을 바랐기에 약간 우쭐한 마음도 들었으며, 자신도 사정이 좋지 않은 돈 문제를 거론하고 싶지 않은 마음도 있었다. 또한 자기보다 교육을 훨씬 많이 받고 더 높은 계층에서 자란 사람과의 대화에서 밀리게 될까 봐 걱정되었고, 딸이 좋아하지 않을 일을 하는 것도 좀 두려웠다. 빈시 씨는 누구에게도 비난받지 않는 너그러운 주인으로 행세하기를 좋아했다. 아침나절에는 일 때문에 정신이 없어 반대 의사를 공식적으로 전하지 못했고, 오후 시간은 정찬과 포도주, 휘스트 게임과 전반적인 만족감에 휩쓸려 지나갔다. 그러는 동안 시간이 조금씩 쌓이면서 어떤 행동을 취하기에 너무 늦었다는 사실이 행동을 취할 수 없는 궁극적 이유로 굳어지고 있었다.

공인된 연인은 저녁 시간을 대부분 로윅 게이트에서 보냈고, 장인이 선불해 줄 돈이나 장차 직업에서 얻을 수입과는 전혀 무관한 사랑놀이가 빈시 씨의 눈앞에서 보란 듯이 전개되었다. 젊은 사랑놀이 — 그 가냘픈 거미집이란! 그것이 달라붙은 지점 — 섬세하게 엮여 흔들리는 그 거미집이 매달린 곳은 거의 보이지도 않는다. 순간적으로 닿은 손가락 끝, 푸르고 검은 눈에서 나온 빛들의 마주침, 끝내지 못한 구절들, 뺨과 입술의 극히 미묘한 변화, 더없이 희미한 전율 같은 것들은. 그 거미집 자체는 자발적인 믿음과 뭐라고 형언하기 어려운 기쁨, 한 생명의 다른 생명에 대한 갈망, 완벽함의 환영, 막연한 신뢰로 이루어져 있다. 리드게이트는 로르의 사건으로 인해 그런 경험이 끝나 버렸다고 생각했음에도 불구하고, 또한 의학과 생물학에도 불구하고 놀랍도록 신속하게 내면의 자아에서 그 거미줄을 자아내는 데 빠져들었다. 액체에 담긴 근육이나 (성녀 루치아의 눈처럼[165]) 접시에 놓인 눈을 검사하거나 다른 과학적 탐구를 하는 작업은 타고난 우둔함이나 가장 저급한 산문에 적극적으로 탐닉하는 것만큼 시적인 사랑과 양립하기 어렵지는 않기 때문이다. 로저먼드는 그 자신의 더욱 충일한 생명에 놀라워하며 피어오르는 수련 같았고, 그녀 또한 공동의 거미집을 부지런히 자아내고 있었다. 이 모든 것은 피아노가 놓인 응접실 한구석에서 진행되었고, 비록 포착하기는 힘들지만 빛이 비치면 일종의 무지개처럼 페어브라더 씨 외에 많은 관찰자도 알아볼 수 있었다. 빈시 양과 리드게이트 씨가 약혼했다는 사실은 공식적인 발표가 없어도 미들마치에 널리

---

165) 성녀 루치아(283~304)는 처녀로 순교했으며 흔히 접시에 담긴 두 눈을 들고 있는 것으로 묘사된다.

퍼졌다.

불스트로드 고모는 다시금 불안해졌다. 이번에 그녀는 오빠에게 직접 말했고, 경박한 빈시 부인을 피하려고 일부러 상점으로 찾아갔다.

"월터, 리드게이트 씨의 장래를 알아보지도 않고 이 일을 허락했다고 말할 생각은 아니겠지?" 불스트로드 부인은 상점에서 역정을 내고 있던 오빠를 눈을 크게 뜨고 진지하게 바라보며 말했다. "사치스럽게 자란 이 아가씨를 생각해 봐요. 딱하게도 너무 세속적으로 자랐죠. 그 애가 적은 수입으로 어떻게 살겠어요?"

"아, 빌어먹을, 해리엇! 내가 청하지 않아도 사람들이 도시에 몰려드는데 내가 뭘 할 수 있겠어? 너는 리드게이트가 드나들지 못하게 집을 닫아걸었어? 누구보다도 불스트로드가 그를 밀어 줬잖아. 나는 그 젊은이에 대해 수선을 피운 적이 없어. 너 그 점에 대해 내가 아니라 남편에게 항의해야 해."

"아니, 사실, 월터, 불스트로드 씨가 왜 비난을 받아야 하니? 나는 그가 그 약혼을 바라지 않았다고 믿어."

"아, 매부가 그의 손을 잡고 끌어내지 않았으면 난 그를 초대하지 않았을 거야."

"하지만 오빠는 프레드를 돌봐 달라고 그를 불러들였잖아요. 그건 신의 은총이었다고 믿어." 불스트로드 부인은 이야기가 뒤섞이면서 실마리를 잃어버렸다.

"은총인지 아닌지 모르겠어." 빈시 씨가 퉁명스럽게 말했다. "난 바라는 것 이상으로 가족 걱정을 많이 하고 있어. 네가 불스트로드와 결혼하기 전에 나는 좋은 오라비였지. 그리고 그가 기대만큼 네 친정 식구에게 늘 다정한 마음을 보여 주진 않았다고 말해야겠지." 빈시 씨는 예수회 사람 같은 궤변가가 아니었지만 아무리 능수능란한 예수회 사람이라도 이보다 교묘하게 질문을 피하지는 못했을 것이다. 해리엇은 오빠를 비난하는 대신에 남편을 변호해야 했고, 그 대화는 시작과 달리 최근에 교구 회의에서 벌어진 처남 매부 간의 말다툼에 대한 이야기로 끝났다.

불스트로드 부인은 오빠의 불평을 남편에게 전하지 않았지만 그날 저녁 리드게이트와 로저먼드에 대해서 이야기했다. 그러나 남편은 그녀의 강렬한 관심에 공감하지 않고 그저 의사가 처음 개업할 때의 위험과 신중함의 필요성에 대해 체념하듯이 말했을 뿐이었다.

"우리는 그 생각 없는 아가씨를 위해서 기도를 드려야 해요. 그런 식으로 자랐으니." 불스트로드 부인이 남편의 감정을 일깨우고 싶어 하며 말했다.

"맞는 말이오." 불스트로드 씨가 동의했다. "속세에 속하지 않는 사람들은 완고하게 세속적인 사람들의 과오를 막기 위해 달리 할 수 있는 일이 거의 없소. 당신 오라버니 가족에 대해서도 그 점을 인정하는 데 익숙해져야지. 나는 리드게이트 씨가 그 혼인을 하지 않기를 바랄 수도 있었지. 하지만 나와 그의 관계는 그의 재능을 하느님의 목적을 위해 사용하는 데 국한되어 있소. 우리는 하늘의 섭리에 따라 신의 통제에 의해 그것을 배우게 되지."

불스트로드 부인은 아무 대답도 하지 않았고, 자신이 느낀 불만감은 영성이 부족하기 때문이라고 생각했다. 자기 남편이야말로 세상을 떠날 때 회고록을 발간해야 하는 사람 중 하나라고 믿었다.

리드게이트 쪽에서는 청혼이 받아들여진 후 모든 결과를 수용할 준비가 되었고, 그 결과를 더없이 명료하게 예상하고 있다고 믿었다. 물론 일 년이나 어쩌면 반년쯤 후에라도 결혼해야 한다. 그가 의도한 바는 아니었다. 하지만 그래야 다른 계획들이 방해받지 않을 테고, 새로 조정하기만 하면 될 것이다. 물론 결혼은 통상적인 방식으로 준비해야 한다. 지금 사는 셋방 대신 집을 마련해야 한다. 리드게이트는 로저먼드가 (로윅 게이트에 있는) 브레튼 부인의 집에 대해 감탄하는 말을 들었기에 노부인이 사망한 후 집이 비게 되자 관심을 갖고 즉시 협상에 들어갔다.

그는 재단사에게 완벽한 옷에 필요한 모든 것을 주문했듯이 과도하게 낭비하고 있다는 생각이 전혀 없이 이 일을 즉흥적으로 추진했다. 오히려 그는 과시적인 지출을 경멸했을 것이다. 직업적 경험을 통해서 가난을 속속들이 알고 있었고 궁핍으로 고통받는 사람들에 대해서 무척 안쓰러워했다. 그는 손잡이가 떨어져 나간 그릇에 음식이 담긴 식탁에 앉아서도 흠없이 처신했을 테고, 훌륭하게 차려진 성찬에서 기억하는 것은 어떤 사람이 말을 잘했다는 사실뿐이었을 터다. 그러나 흰포도주에는 녹색 잔이 있어야 하고 식탁에는 점잖게 시중드는 하인이 있어야 한다는 등 자신에게 통상적으로 여겨지는 방식으로 살면 안 된다는 생각이 한 번도 떠오르지 않았다. 프랑스 사회사상의 불을 쬐어 몸을 덥히기는 했지만 그 불에 그슬린 냄새가 밴 채 귀국한 것은 아니었다. 우리가 가구나 정찬 접대, 집안의 문장에 대한 애착으로 말미암아 떼려야 뗄 수 없이 기존 질서에 연결되어 있는 한 과격한 사상을 다루더라도 탈이 나지 않을 수 있다. 그리고 리드게이트는 과격한 사상을 추구하는 성향이 아니었다. 그는 구두에 대한 까다로운 취향을 갖고 있었으므로 맨발로 뛰는 주의(主義)를 좋아하지 않았을 것이다. 의료 개혁과 새로운 발견을 추구하는 점을 제외하면 어떤 면에서도 급진주의자가 아니었다. 나머지 실제 생활에서는 물려받은 습성에 따라 행동했는데 내가 이미 통속적이라고 표현한 개인적 자부심과 무분별한 자기중심성에서 그러기도 했고, 좋아하는 관념에 몰입할 수 있는 단순함에서도 그랬다.

리드게이트가 자기도 모르게 빠져든 이 약혼의 결과에 대해 속으로 벌인 논쟁의 주제는 돈이 아니라 시간이 부족하다는 것이었다. 사랑에 빠져 있고, 기억 속 모습보다 늘 더 예쁘게 보이는 누군가가 끊임없이 기다리고 있다는 사실은 자투리 시간을 부지런히 활용하는 데 분명 방해가 되었다. 그런 시간은 '근면한 독일인 연구가'가 임박한 위대한 발견에 이르는 데 도움이 될 것이다. 바로 이런 이유 때문에 그는 페어브라더 씨에게 넌지시 암시했듯이 결혼을 너무 오래 미뤄서는 안 되겠다고 주장했다. 어느 날 그 목사는 연못에서 발견한 것을 자기 현미경보다 더 나은 것으로 관찰하고 싶어서 리드게이트를 찾아왔고, 그의 탁자에 어지러이 널려 있는 장치와 견본들을 보고 빈정거리듯이 말했다.

"에로스가 타락했군. 처음에는 질서와 조화를 도입하더니 이제 다시 혼돈을 가져왔으니 말일세."

"그래요, 어떤 단계에서는." 리드게이트는 현미경을 조정하면서 눈썹을 치켜올리고 미소를 지으며 말했다. "하지만 더 나은 질서가 다시 시작될 겁니다."

"곧?" 목사가 물었다.

"그러기를 바랍니다. 이렇게 정돈되지 않은 상태에서는 시간을 다 날려 버리지요. 과학에 뜻을 둔 사람에게는 매 순간이 기회이니까요. 꾸준히 연구하려는 사람에게는 결혼이 최선의 선택이라고 믿습니다. 집에 모든 것이 마련되어 있고, 사사로운 의견으로 성가실 일도 없고. 평온과 자유를 얻을 수 있으니까요."

"자네가 부럽군." 목사가 말했다. "그런 전망을 ― 로저먼드와 평온과 자유를 자기 몫으로 갖고 있다니. 내게는 파이프와 연못의 미생물밖에 없는데 말일세. 그런데 준비가 되었나?"

리드게이트는 약혼 기간을 단축하려는 또 다른 이유를 목사에게 언급하지 않았다. 사랑의 포도주가 핏속에 흐르고 있음에도 불구하고 그는 빈시네서 가족들과 너무 자주 어울려야 하고 미들마치의 뒷공론과 질질 끄는 건배와 휘스트 카드놀이, 그리고 대체로 무익한 일에 너무 많이 동참해야 하는 것이 다소 짜증스러웠다. 빈시 씨가 특히 나쁜 공기가 미치는 영향으로부터 사람을 보호해 주는 최고의 내부 산성 용액인 분

비액에 대해 통탄할 만한 무지를 드러내며 결론을 내렸을 때 그는 경의를 표해야 했다. 빈시 부인의 솔직하고 단순한 태도는 장래 사위의 취향에 미묘한 불쾌감을 줄지 모른다는 의혹이 전혀 보이지 않았다. 전체적으로 보아 리드게이트는 로저먼드의 가족과 관련해서 자기 품격이 약간 떨어졌음을 인정해야 했다. 그러나 절묘하게 아름다운 그녀도 똑같은 고통을 받고 있으므로 결혼해서 그녀를 절실히 필요한 다른 환경으로 옮겨 줄 수 있다는 것은 적어도 한 가지 즐거움이었다.

"저런!" 그는 어느 날 저녁 그녀 옆에 앉아서 얼굴을 자세히 들여다보며 더없이 부드럽게 말했다.

하지만 먼저 그가 집에 도착했을 때 그녀 혼자 응접실에 있었다는 것을 말해야겠다. 벽만큼 큰 구식 창문은 여름 향기를 내뿜는 뒤쪽 정원을 향해 열려 있었다. 부모는 파티에 가고 나머지 식구들은 모두 나비를 잡으러 나가고 없었다.

"아니, 눈꺼풀이 붉게 물들었군요."

"그래요?" 로저먼드가 말했다. "왜 그런지 모르겠네요." 그녀는 욕구나 불만을 쏟아 내는 성격이 아니었다. 그런 것들은 간청을 받은 다음에 우아하게 흘러나왔다.

"내게 숨길 수 있다는 듯이 말하는군요!" 리드게이트는 그녀의 손에 다정하게 손을 올려놓고 말했다. "눈썹 위에 매달린 작은 방울이 보이지 않을 줄 알아요? 괴로운 일이 있는데도 내게 말하지 않는군요. 이건 사랑하는 게 아니에요."

"당신이 바꿀 수 없는 것을 왜 말하겠어요? 그저 일상적인 일이에요. 어쩌면 최근에 조금 더 나빠졌지만."

"가족 간에 일어난 성가신 일이군요. 겁내지 말고 말해 봐요. 짐작이 가니까."

"아빠가 최근에 화를 잘 내세요. 프레드 때문에 화가 나셨고요. 오늘 아침에 프레드가 지금까지 받은 교육을 다 팽개치고 신분에 맞지 않는 천한 일을 하겠다고 으르댔기 때문에 또 말다툼이 있었어요. 게다가……"

로저먼드는 주저했고, 뺨이 발그레하게 물들고 있었다. 리드게이트는 약혼한 날 오전 이후로 그녀가 고통스러워하는 것을 보지 못했고, 이 순간처럼 그녀에 대한 강렬한 감정을 느낀 적이 없었다. 그는 망설이는 입술에 용기를 주려는 듯 부드럽게 입을 맞추었다.

"아빠가 우리 약혼에 대해 전적으로 기뻐하시지 않는 것 같아요." 로저먼드는 속삭이듯이 말했다. "어젯밤에는 당신과 이야기를 나눠야 하고 약혼을 포기하도록 말씀하시겠다고 했어요."

"당신은 포기할 건가요?" 리드게이트는 거의 화가 나서 재빨리 힘주어 물었다.

"나는 내가 선택한 것은 무엇이든 절대 포기하지 않아요." 로저먼드는 이렇게 심금을 울리고는 다시 차분해졌다.

"당신에게 축복이 있기를!" 리드게이트는 다시 입을 맞추며 말했다. 이처럼 올바른 곳에서 한결같은 의지를 갖고 있다니 감탄스러웠다. 그는 말을 이었다.

"아버님께서 우리 약혼을 포기해야 한다고 말씀하시기에는 너무 늦었어요. 당신은 성년이 되었고, 내가 당신을 내 아내로 주장하니까요. 당신을 불행하게 만드는 일이 있다면 그건 오히려 우리 결혼을 앞당겨야 할 이유가 되겠지요."

그와 마주친 푸른 눈에 의심할 여지 없이 즐거운 빛이 반짝였고, 그 빛은 그의 앞날을 온화한 햇살로 환히 비추는 것 같았다. 이상적인 행복은 (『아라비안나이트』에서 묘사했듯이 노동과 불화로 가득한 길거리를 넘어서 모든 것이 제공되고 아무 요구도 없는 낙원으로 들어오라고 여러분을 초대하는 그런 종류의 행복은) 몇 주일만 더 기다리면 해결될 문제 같았다.

"결혼을 왜 미뤄야 해요?" 그가 열렬히 주장했다. "이제 집도 얻었어요. 다른 것들은 곧 준비할 수 있어요. 그렇지 않아요? 당신은 새 옷가지를 마련하는 데 신경 쓰지 않겠죠. 그건 나중에 준비해도 되니까요."

"당신처럼 영리한 사람들은 무척 기발한 생각을 하는군요!" 로저먼드가 이 우습고 터무니없는 말에 평소보다 크게 웃음을 터뜨리고 보조개를 지으며 말했다. "결혼식 옷을 결혼하고 나서 산다는 말은 처음 들어요."

"하지만 옷 때문에 내가 몇 달을 기다려야 한다고 주장하는 건 아니겠죠?" 리드게이트는 로저먼드가 귀엽게 자기를 골리고 있다고 생각하며, 또 한편으로는 신속한 결혼을 진심으로 꺼릴지도 모른다고 염려하며 말했다. "생각해 봐요. 우리는 이보다 더 나은 행복을 고대하고 있어요. 다른 사람들에게서 벗어나 늘 함께 있고 우리가 원하는 대로 생활을 꾸려 가기를 말이죠. 자, 당신이 얼마나 빨리 온전히 내 아내가 될 수 있는지 말해 줘요."

리드게이트의 어조는 그녀가 터무니없이 결혼을 미루면서

자신을 괴롭힌다고 느끼는 듯이 진지한 간청을 담고 있었다. 로저먼드도 진지해졌고, 잠시 생각에 잠겼다. 사실은 적어도 대략적인 대답을 하기 위해서 레이스 테두리와 메리야스, 페티코트 단 시치기 같은 복잡한 사정을 헤아리고 있었다.

"여섯 주면 충분하겠지요. 그렇다고 말해요, 로저먼드." 리드게이트는 손을 놓고 팔로 부드럽게 그녀를 감싸 안으며 말했다.

작은 손이 즉시 올라가서 머리카락을 가볍게 두드리더니 그녀는 생각에 잠겨 목을 돌리고는 진지하게 말했다.

"시트 같은 것과 가구를 준비해야 해요. 하지만 우리가 떠나 있는 동안에 엄마가 처리해 주실 수 있겠지요."

"그래요, 물론이죠. 우리가 일주일 정도 떠나 있을 테니."

"아, 그보다는 길어야지요!" 로저먼드가 진지하게 말했다. 그녀는 고드윈 리드게이트 경을 방문할 때 입을 이브닝드레스를 생각했고, 신학 박사(수수한 지위이기는 하지만 혈통이 떠받쳐 줄 때 만족스러운)인 백부를 소개받는 일은 미루더라도 적어도 신혼여행 기간의 4분의 1은 리드게이트 경의 저택을 방문해 즐겁게 지내기를 은밀히 바라고 있었다. 그녀는 약간 놀라서 항의하듯이 연인을 바라보았고, 그는 그녀가 둘이서만 지내는 달콤한 시간을 늘리고 싶어 한다고 즉시 이해했다.

"날짜가 정해지면 당신이 원하는 대로 해요. 하지만 계획을 확실히 세우고, 당신이 겪을 불편한 일을 끝내기로 해요. 여섯 주라! 그걸로 충분하겠지요."

"물론 서두를 수 있을 거예요." 로저먼드가 대답했다. "그럼 당신이 아빠에게 말하겠어요? 아빠에게 편지를 쓰는 편이 더 나을 것 같아요." 우리가 투명한 저녁 빛을 받으며 행복한 마음으로 정원의 꽃들 사이를 걸어 다닐 때 꽃들이 우리를 바라보듯이 그녀는 얼굴을 붉히며 그를 바라보았다. 발갛게 달아오르면서 중심의 짙은 빛깔 주위로 숨을 내뿜는 섬세한 꽃잎에 뭐라 형언할 수 없는, 님프 같기도 하고 어린아이 같기도 한 영혼이 깃들어 있지 않을까?

그는 그녀의 귀와 목에 입술을 가볍게 댔고, 그들은 아주 고요히 한참 앉아 있었다. 그 시간은 햇살의 입맞춤을 받으며 옆에서 졸졸 흐르는 작은 시내처럼 흘러갔다. 로저먼드는 자기만큼 사랑에 빠진 사람은 없을 거라고 생각했다. 리드게이트는 무모한 착각에 빠져 어처구니없이 남을 쉽게 믿었던 사건 이후에 비로소 완벽한 여성성을 발견했다고 생각했고, 세련된 여성이 줄 결혼 생활의 절묘한 애정의 숨결을 이미 들이마시는 것 같았다. 이 여자는 그의 수준 높은 사색과 중대한 노고를 존경하고 결코 방해하지 않을 것이며, 가사와 금전적인 문제를 마술 부리듯 말끔하게 처리하고, 그러면서 손가락으로 언제든 기꺼이 현악기를 연주해 일상을 로맨스로 바꿔놓을 것이며, 여성의 진정한 한계를 알아서 머리카락 한 올도 넘지 않을 테고, 그러므로 그 한계를 넘어선 곳에서 나온 부탁을 온순하게 기꺼이 들어줄 것이다. 이제 보니 미혼으로 오래 남아 있으려던 생각은 분명 오산이었다. 결혼은 방해물이 아니라 추진제일 것이다. 다음 날 우연히 환자를 따라서 브래싱에 갔을 때 그는 아주 적합해 보이는 정찬 식기 세트를 보고 당장 구매했다. 그런 마음이 들 때 이처럼 즉시 실행에 옮기면 시간을 절약할 수 있다. 그리고 리드게이트는 볼품없는 도자기를 싫어했다. 문제의 정찬 식기 세트는 상당히 비쌌지만 그런 식기류는 원래 그럴 것이다. 가구나 비품들도 당연히 비쌌다. 하지만 한 번만 사면 되는 것들이었다.

"무척 예쁘겠군요." 리드게이트가 구입한 물건에 대해 묘사했을 때 빈시 부인이 말했다. "바로 로지에게 딱 맞는 것이에요. 그릇들이 깨지지 않을 거라고 믿어요!"

"물건을 깨뜨리지 않을 하인을 고용해야지요." 리드게이트가 말했다. (물론 이 말은 이어지는 결과를 분명히 떠올리지 못한 추론이었다. 하지만 그 시기에는 어떤 종류의 추론이든 과학자들이 어느 정도 허용해 주었다.)

물론 빈시 부인에게는 어떤 이야기도 미룰 필요가 없었다. 그녀는 불쾌한 전망을 쉽사리 받아들이지 않았고, 아내로서 행복하게 살아왔기에 딸의 결혼을 그저 자랑스럽게 생각했다. 그러나 로저먼드가 아빠에게 편지로 호소해야 한다고 리드게이트한테 말했을 때는 그럴 만한 이유가 있었다. 그녀는 그 편지에 대비해 이튿날 아침에 아빠와 함께 상점으로 걸어가면서 리드게이트 씨가 곧 결혼하기를 원한다고 말했다.

"말도 안 돼, 얘야." 빈시 씨가 말했다. "그가 대체 무슨 기반으로 결혼한다는 거냐? 너는 약혼을 포기하는 편이 훨씬 나아. 전에도 분명히 말했지. 네가 가난한 사람과 결혼할 거라면 무엇 때문에 그런 교육을 받은 게냐? 그건 아버지가 보기에 몹시 괴로운 일이야."

"리드게이트 씨는 가난하지 않아요, 아빠. 피콕 씨의 진료권을 샀잖아요. 그건 일 년에 팔구백 파운드의 가치가 있대요."

"엉터리 같은 이야기야! 진료권을 산다는 게 대체 뭐냐? 내년에 날아올 제비를 사는 편이 낫지! 손가락들 사이로 전부 빠져나갈 거라고."

"그 반대로, 아빠, 그를 주치의로 삼는 사람이 점점 많아질 거예요. 체텀 집안과 캐소본 집안에서 부른 것을 보세요."

"내가 아무것도 주지 않으리라는 사실을 그가 잘 알면 좋겠구나. 프레드 때문에 이렇게 실망하고, 의회는 해산될 테고, 도처에서 기계를 부수고 있고, 선거는 다가오고……."

"아빠, 그것이 제 결혼과 무슨 상관이 있어요?"

"꽤 상관이 많지! 내 생각에는 우리 모두 파산할 수도 있어. 나라 전체가 그런 상태에 있으니! 어떤 이들은 세상의 종말이라고 말한단다. 우라질! 내 생각에도 그렇게 보이거든. 어쨌든 지금은 사업에서 돈을 빼낼 때가 아니야. 리드게이트는 그 점을 알아야 해."

"그가 아무것도 기대하지 않는다고 믿어요, 아빠. 그리고 상류층 친척들이 있어서 틀림없이 출세하게 될 거예요. 그는 과학적인 발견에 몰두하고 있어요."

빈시 씨는 아무 대답도 하지 않았다.

"저는 유일한 행복의 가능성을 포기할 수 없어요, 아빠. 리드게이트 씨는 신사예요. 저는 완벽한 신사가 아닌 사람은 절대 사랑할 수 없어요. 아라벨라 홀리처럼 제가 폐결핵에 걸리기를 바라시진 않겠죠. 그리고 아빠도 아시다시피 저는 절대로 마음을 바꾸지 않아요."

또다시 아빠는 말이 없었다.

"저희가 바라는 것에 동의해 주시겠다고 약속하세요, 아빠. 우리는 절대 서로를 포기하지 않을 거예요. 그리고 아빠는 긴 약혼 기간과 만혼에 늘 반대하셨잖아요."

이런 식으로 집요하게 조금 더 이어지자 마침내 빈시 씨가 말했다. "그래, 알았다, 얘야. 그가 먼저 편지를 보내야 답장할 수 있지." 그래서 로저먼드는 목적을 달성했다고 확신했다.

빈시 씨가 보낸 답장의 중요한 내용은 리드게이트가 생명 보험을 들어야 한다는 요구였고, 그것은 즉시 받아들여졌다. 그 요구는 리드게이트의 죽음을 가정할 때 마음을 편하게 해 줄 좋은 방안이었지만 그때까지의 자립을 도와주는 방안은 아니었다. 하지만 그 덕분에 로저먼드의 결혼이 안전해진 것 같았기에 필요한 물건을 구입하는 일이 신나게 진행되었다. 그렇다고 신중한 고려가 없지는 않았다. (준남작을 방문할) 신부라면 최고급 손수건이 몇 장은 있어야 한다. 하지만 로저먼드는 꼭 필요한 여섯 장만 장만하고 그 이상의 최고급 자수와 레이스를 생략하며 만족하기로 했다. 리드게이트도 미들마치에 온 이후 800파운드의 총액이 상당히 줄었다는 것을 알고는 포크와 숟가락을 사러 브래싱에 있는 키블의 상점에 갔을 때 옛 스타일의 접시를 사고 싶은 마음을 억제했다. 그는 자부심이 강한 사람이었으므로 가구 장만을 위해 빈시 씨가 돈을 선불해 줄 거라고 예상하는 듯이 행동할 수는 없었다. 모든 비용을 당장 지불할 필요는 없기에 어떤 청구서는 나중에 갚으려고 남겨 두었지만 그 지불이 용이하도록 장인이 지참금으로 얼마나 줄지를 추측하느라 시간을 낭비하지는 않았다. 그는 절대로 사치를 부리지 않겠지만 필요한 물건은 사야 했고, 품질이 형편없는 물건을 산다면 경제적이지 못한 행동이었다. 금전 문제는 차차 해결될 것이다. 리드게이트는 과학과 자신의 직업이 홀로 열정적으로 추구해야 할 대상이라고 예견했지만 렌치네 집처럼 문들은 죄다 열려 있고, 식탁보는 닳아빠지고, 아이들은 더러운 앞치마를 입고, 점심 식사에서 남은 뼈다귀와 손잡이가 시커먼 칼, 버들 무늬 그릇이 뒹구는 집에서 과학을 추구하는 자기 모습은 상상도 할 수 없었다. 가엾게도 선병질로 창백한 렌치의 아내는 실내에서 큰 숄을 두르고 미라처럼 앉아 있었다. 렌치는 처음 시작할 때 가재도구를 순전히 잘못 선택했음이 틀림없었다.

한편 로저먼드는 자기 나름의 요량으로 머릿속이 분주했다. 그렇지만 모방을 잘하고 눈치가 빠르기 때문에 그 생각을 너무 상스럽게 드러내지 않으려고 조심했다.

"나는 당신 가족을 무척 만나 뵙고 싶어요." 어느 날 신혼여행에 대해 의논하다 그녀가 말했다. "어쩌면 돌아오는 길에 만날 수 있도록 방향을 잡아도 되겠지요. 당신은 백부님 중 어느 분을 가장 좋아하세요?"

"아, 고드윈 백부님 같소. 선량한 분이지."

"당신은 퀄링엄에 있는 그분 저택에서 어린 시절을 보냈지요? 나는 그 고색창연한 곳과 당신에게 친숙한 것을 모두 보고 싶어요. 당신이 결혼한다는 것을 그분이 알고 계세요?"

"아니." 리드게이트는 의자에서 몸을 돌리고 머리카락을 문질러 세우면서 무심하게 말했다.

"그분에게 소식을 알려 드려요. 버릇없고 불충한 조카 같으니. 어쩌면 나를 퀼링엄에 데려오라고 하실지 모르지요. 그러면 당신은 내게 그곳을 보여 주고, 나는 어렸을 때 당신의 모습을 상상할 수 있을 거예요. 생각해 봐요. 당신은 내 집에서 내 어렸을 때부터의 모습 그대로 나를 보고 있어요. 내가 당신의 어린 시절에 대해 전혀 모르는 것은 공정하지 않아요. 하지만 당신은 나를 좀 부끄러워할지 모르겠네요. 그걸 잊었어요."

리드게이트는 그녀에게 다정하게 미소 지었고, 이토록 매력적인 신부를 보여 주며 자랑스러운 기쁨을 느끼려면 약간 수고를 들일 가치가 있다는 암시를 받아들였다. 그래서 그 제안에 대해서 생각해 보자 옛 저택을 로저먼드와 함께 보고 싶은 기분이 들었다.

"그럼 백부님께 편지를 쓰지요. 하지만 사촌들은 따분한 사람들이에요."

준남작의 가족에 대해서 그렇게 경멸하듯 말할 수 있다는 것은 로저먼드에게 굉장한 일로 여겨졌다. 그녀는 자기 기준에 따라서 그들을 얕보듯 평가할 날을 기대하며 무척 뿌듯한 기분이었다.

그러나 하루 이틀이 지난 후 엄마가 모든 계획을 망쳐 버릴 만한 말을 했다.

"백부 고드윈 경께서 로지를 낮춰 보시지 않으면 좋겠어요, 리드게이트 씨. 그분이 뭔가 멋진 것을 해 주시겠지요. 준남작에게 일이천 파운드야 아무것도 아니겠지."

"엄마!" 로저먼드는 얼굴을 새빨갛게 붉히며 소리쳤다. 리드게이트는 그녀가 몹시 안쓰러운 나머지 아무 말도 하지 않고 방의 다른 쪽으로 걸어가서 우두커니 판화를 면밀히 들여다보았다. 그 후 엄마는 딸의 훈계를 약간 들었고, 평소처럼 온순했다. 그러나 로저먼드는 따분한 사람들인 그 신분이 높은 사촌 중 누군가가 미들마치를 방문하게 된다면 자기 가족에게서 충격적인 점을 많이 볼 거라고 생각했다. 그러므로 리드게이트가 미들마치가 아닌 다른 곳에서 서서히 최고 지위에 이르는 것이 바람직했다. 작위가 있는 백부가 있고 과학적 발견을 할 수 있는 사람에게 그것은 어쩌면 어려운 일이 아니다. 알다시피 리드게이트는 자기 인생의 가장 큰 포부를 로저먼드에게 열렬히 이야기했고, 우리의 생각이 여름날 하늘과 꽃이 만발한 목초지에서 도움을 얻듯이 만족스러운 애정과 아름다움과 평온함을 달콤하게 꽃피워 줄 사람이 귀 기울여 들을 때 즐거움을 느꼈다.

리드게이트는 내가 다양한 표현을 구사하기 위해 암거위와 수거위라고 부르려는 것들 사이의 심리적 차이를, 특히 수거위의 힘에 아름답게 대응하는 암거위의 타고난 순종심을 대단히 신뢰했다.

37장

스스로에 대해 확신하고 마음이 안정된
여자는 세 배로 행복하다.
더 나은 것에 유혹되지 않고
우연한 기회에 더 나빠질 것을 겁내지 않으며
흔들리지 않는 배처럼 거친 파도를
힘차게 가르고 자기 항로를 똑바로 유지한다.
폭풍우가 몰아쳐도 벗어나지 않고
화창한 날씨의 기만적 즐거움에도 이탈하지 않는다.
그런 자기 확신은 시기하는 적들의 심술을
겁내지 않으며, 벗들의 호의를 구하지 않는다.
한결같은 힘을 유지하면서
자신에게도, 다른 이에게도 굴하지 않는다.
　　　더없는 확신을 가진 여자는 가장 행복하다,
　　　그러나 그런 여자가 가장 사랑하는 남자는 한없이 행복하다.
　　　　　　　　　　　　　　　　　　　　　　　— 스펜서[166]

　　이제 조지 4세가 사망하고, 의회가 해산하고, 웰링턴과 필
에 대한 평가가 전반적으로 땅에 떨어지고,[167] 새로운 국왕이
사과를 하게 된 후 현재 일어나는 일들이 그저 총선 때문인
지 아니면 다가오는 세상의 종말 때문인지에 대해 빈시 씨가
드러냈던 의혹은 당시 시골 사람들의 불확실한 생각을 무지
하게 표현한 것이었다. 토리당 내각이 자유당의 법안을 통과

---

166) 에드먼드 스펜서의 소네트 연작 『아모레티』, I, ix.
167) 선거법 개정 법안에 반대하는 입장을 표명했기 때문이다.

시키고,[168] 토리당 귀족과 선거인들이 비겁한 내각의 벗들보다는 자유당을 국회 의원으로 선출하려고 고심하고, 신기하게도 사적 이익과는 별 관련이 없어 보이고 불쾌한 이웃이 옹호하는 바람에 수상쩍게 보이는 구체책을 부르짖는 이런 혼란의 와중에 반딧불이가 빛을 발하는 시골에 사는 사람들이 자기 생각이 무엇인지 어찌 알겠는가? 미들마치 신문을 구독하던 사람들은 전례 없는 상황에 처했음을 알게 되었다. 가톨릭 문제로 사회적 동요가 일었을 때 많은 사람이 찰스 제임스 폭스의 좌우명을 달고 진보의 선두에 서 있던 신문 《개척자》가 가톨릭교에 대한 필의 입장을 지지하고, 그리하여 로마 가톨릭과 전반적인 우상 숭배를 수용하면서 자유주의의 기치를 지웠기에 그 신문을 배척했다. 하지만 그들은 《트럼펫》에도 만족하지 못했는데 이 신문은 로마 가톨릭교회에 대해 극심한 비판을 퍼부은 이후 (누가 누구를 지지할지 아무도 몰라서) 대중의 마음이 전반적으로 무기력해졌기에 타격력이 약해진 것이다.

《개척자》에 실린 주목할 만한 사설에 따르면 그 시대는 오랜 경험을 쌓아 집중력뿐 아니라 넓은 안목을, 관용뿐 아니라 단호한 결단력을, 힘뿐 아니라 공평무사함 — 실은 인류의

---

168) 전통적으로 지주의 이익을 대변해 온 토리당은 1830년 이전에 50여 년간 정권을 잡았고 필의 지도하에 근대적 정당으로 보수당이 되었다. 토리당 출신 수상인 웰링턴 공작은 가톨릭 해방령을 통과시켰고, 이후 수상이 된 필은 노동 조건을 규제한 공장법을 제정하고 곡물법을 철폐하는 등 사회 개혁을 단행했다. 기득권 세력을 대변하는 토리당이 그들의 이익과 상반되고 휘그당이 주창한 개혁들을 단행한 데 대한 언급이다.

우울한 경험에 비추어 볼 때 결합하기에 더없이 어려운 자질들 — 을 갖춘 사람들이 나라의 절박한 요구에 부응하여 공적인 활동을 꺼리는 마음을 억누르고 활약해야 마땅한 시기였다.

유창한 연설이 당시 평소보다 더 멀리 퍼져 나가면서 그 연설의 궁극적 방향에 대해서는 대단히 불확실하게 남겨 두었던 핵버트 씨는 홀리 씨의 변호사 사무실에서 문제의 기사가 팁턴의 브룩에게서 "나온" 것이고 브룩이 몇 달 전에 은밀히 《개척자》를 사들였다고 말했다.

"그건 해를 끼친다는 뜻이지, 안 그렇소?" 홀리 씨가 말했다. "길 잃은 거북이처럼 여기저기 쫓아다니다가 이제 변덕을 부려서 인기를 얻어 보려는 거지. 그에게는 그만큼 더 나쁜 일이지. 나는 얼마간 그를 주시해 왔소. 그는 꽤나 욕을 먹을 거야. 고약한 지주니까. 늙은 치안 판사가 왜 비천한 군청색 무리[169]의 비위를 맞추려 든단 말이지? 글에 대해서 말하자면 그가 직접 쓴 글이면 좋겠군. 그래야 돈 내고 살 만한 가치가 있을 테니까."

"그가 어떤 영리한 젊은이에게 편집을 맡겼다고 들었소. 그 젊은이는 런던의 신문들 못지않게 수준 높은 문체로 탁월한 기사를 쓸 수 있다더군. 그리고 선거법 개정안에 대해 상당히 과격한 입장을 취할 생각이라는데."

"브룩에게 자기 소작 장부나 개선하라고 하지. 지독한 구두

---

169) 토리당(하늘색)에 대항하여 선거전을 벌인 자유당을 뜻한다.

쇠라서 그의 사유지에 있는 오두막들은 모두 쓰러져 가거든. 아마 그 젊은이는 런던에서 온 믿을 수 없는 녀석일 거요."

"이름이 래디슬로이고, 외국 혈통이라 하더군."

"나는 그런 부류를 잘 알아요." 홀리 씨가 말했다. "첩자 같은 놈들이지. 인간의 권리에 대한 미사여구로 시작해서 계집아이를 살해하는 걸로 끝날걸. 그런 인간들의 방식이 그러니까."

"당신은 악습이 있다는 것을 인정해야 해요, 홀리." 핵버트 씨는 변호사와 정치적 의견 차이가 약간 있을 거라고 예상하며 말했다. "나 자신은 결코 무절제한 관점을 옹호하지 않소. 사실 나는 허스키슨[170]을 지지하거든. 하지만 이 사안에 대해서는 눈감아 줄 수 없소. 대도시의 비대표는……."

"빌어먹을 대도시!" 홀리 씨는 조급하게 설명하려는 듯이 말했다. "나는 미들마치의 선거에 대해서 너무 잘 알고 있소. 내일 당장 독점 선거구를 폐기하라고, 온 왕국의 신흥 도시들을 모두 선거구에 넣으라고 해 보라고.[171] 그러면 국회 의원이 되기 위한 비용만 늘 뿐이지. 나는 사실에 입각해서 판단하는 거요."

어떤 첩자가 《개척자》를 편집하고 브룩이 적극적으로 — 종

---

170) 윌리엄 허스키슨(William Huskisson, 1770~1830)은 토리당의 정치가이자 온건한 개혁주의자다.

171) 독점 선거구는 한 사람이나 한 가족의 뜻에 따라 통제되는 선거구로서 1832년 1차 선거법 개정으로 상당수 폐지되었다. 그러나 그 개정안으로도 선거구는 여전히 불리하게 구획되었기에 큰 산업 도시들은 실제로 대표자를 의회에 보낼 수 없었고 노동자들의 투표권은 인정되지 않았다.

작없이 우왕좌왕하던 거북이가 작은 머리를 야심 차게 내밀고 뒷발로 일어서려는 듯이 — 정치 활동에 나서려 한다는 생각에 홀리 씨가 느낀 혐오감은 브룩 씨의 가족 몇 명이 느낀 당혹감과 비교도 되지 않았다. 이웃 사람이 불쾌한 공장을 세웠는데 거기서 새어 나오는 냄새가 늘 콧구멍에 맴돌지만 법적 개선책이 없는 경우처럼 그 결과가 서서히 새어 나왔다. 브룩 씨는 《개척자》의 원래 주인이 이윤이 남지 않는 귀중한 자산과 기꺼이 결별하려 하자 바라던 기회가 왔으므로 월 래디슬로가 도착하기 전에 은밀히 신문을 사들였다. 그리고 그를 초대하는 편지를 쓴 후 자기 사상을 세상에 알리려는 생각 — 젊은 시절부터 마음속에 있었지만 지금까지 방해에 부딪쳐서 숨어 있던 — 이 몰래 새싹을 틔웠다.

그 싹은 방문객이 예상보다 더 탁월한 사람이라는 것을 알게 되면서 느낀 기쁨으로 더욱 무럭무럭 커 갔다. 월은 브룩 씨도 한때 탐닉했던 미술과 문학의 모든 주제에 정통했을 뿐 아니라 놀랍도록 신속하게 정치 상황의 논점들을 파악하고 그것들을 대범한 정신으로 다루었으며, 적절한 기억력의 도움으로 인용하고 전체적으로 효과적으로 표현했다.

"그는 내가 보기에 셸리[172] 같다네." 브룩 씨는 캐소본 씨가 흐뭇해하도록 기회를 잡아서 말했다. "셸리의 못마땅한 점, 그러니까 방종함이나 무신론이나 뭐 그런 것을 말하는 건 아니

---

172) 사회적 인습에 대한 저항, 이상주의적 자유와 사랑에 대한 동경을 생애와 작품으로 표현한 퍼시 비시 셸리(Percy Bysshe Shelley, 1792~1822)는 당대의 가장 낭만주의적인 시인으로 유명했다.

네. 래디슬로의 감성은 모든 면에서 훌륭하다고 확신하네. 사실 어젯밤에 둘이 많은 이야기를 나누었지. 해방과 자유, 평등에 대해서 똑같은 열정을 갖고 있어. 지도를 받으면 좋지. 지도를 받으면 말일세. 내가 그를 올바른 궤도에 올려놓을 수 있을 듯하네. 그가 자네 친척이라서 더욱 기쁘다네, 캐소본."

올바른 궤도라는 것이 브룩 씨의 다른 모호한 말보다 더 엄밀한 의미가 있다면 그것은 로윅에서 멀리 떨어진 곳의 일자리이기를 캐소본 씨는 바랐다. 그는 윌을 도와줄 때도 싫어했지만 윌이 도움을 거절한 지금은 더 싫어하게 되었다. 우리가 어떤 불편한 질투심을 느끼는 성향이 있으면 상황이 이런 식으로 전개된다. 만일 우리가 대체로 굴을 파고드는 재능을 가졌다면 꿀을 홀짝이고 있는 (우리가 반감을 느낄 만한 심각한 이유가 있는) 사촌은 우리를 은밀히 경멸할 테고, 그 사촌을 칭찬하는 사람은 누구든 간접적으로 우리를 비판하는 것이 된다. 우리 영혼에는 올바름이라는 도덕관념이 있으므로 그에게 해를 입힐 비열한 짓은 하지 않는다. 오히려 적극적으로 은혜를 베풀고 그가 우리에게 요구하는 권리 주장을 전부 들어준다. 그를 위해서 수표를 써 주면 그가 우리의 우월함을 인정해야 하기에 우리의 쓰라린 마음이 약간 부드럽게 가라앉는다. 그런데 캐소본 씨는 이제 그의 돌연한 변덕 때문에 그 우월감을 (기억에 남은 것을 제외하고) 빼앗겼다. 윌에 대한 캐소본 씨의 반감은 쇠락기의 초췌한 남편이 흔히 느끼는 질투심에서 나온 것이 아니었다. 그것은 더 뿌리 깊고, 평생 사라지지 않을 윌의 권리와 불만에서 비롯했다. 그런데 도러시아가 이제 그 상황에 끼어들었고, 어린 아내로서 불쾌하게도 비판적인 소질을 보여 주었던 그녀는 예전에 모호했던 불편한 감정을 불가피하게 응축시켜 놓았던 것이다.

윌 래디슬로 쪽에서는 혐오감이 고마움을 압도하며 점점 커진다고 느꼈고, 속으로 여러 논리를 동원해서 혐오감을 정당화하려 했다. 캐소본은 그를 싫어했다. 그 사실을 아주 잘 알고 있었다. 처음 들어설 때 캐소본의 신랄한 입술과 악의적인 눈빛을 알아차릴 수 있었고, 과거에 신세를 졌더라도 그런 표정에 대해서는 전쟁을 선포해도 정당하다고 할 만했다. 그는 예전에 캐소본에게 신세를 많이 졌다. 그러나 실로 이 아내와의 결혼이라는 행위는 그 은혜를 상쇄해 버리고 말았다. 그것은 한 사람에게 베풀어 준 것에 대한 고마움이 다른 사람에게 저지른 것에 대한 분노로 바뀌어야 할 문제였다. 캐소본은 결혼함으로써 도러시아에게 나쁜 짓을 저질렀다. 사람은 그러지 않을 만큼 자기 자신을 잘 알아야 한다. 굴속에서 유골들을 짓밟으며 백발이 되도록 늙어 가겠다고 작정했으면 동무가 되어 달라고 어린 아가씨를 꾀어낼 권리가 없었다. "그건 처녀를 제물로 바치는 잔혹한 일이야." 윌이 말했다. 그리고 비탄의 합창곡을 작곡하듯이 도러시아 내면의 슬픔이 어떤 것일지 그려 보았다. 그는 그녀를 결코 자기 눈 밖으로 사라지게 하지 않을 것이다. 그녀를 계속 주시하고, 인생의 다른 것을 모두 포기하더라도 지켜볼 것이다. 그녀는 이 세상에 노예 한 명을 거느리고 있음을 알게 될 것이다. 토머스 브라운 경의 문구[173]를 인용하자면 윌은 혼자 말할 때나 다른 사람들에게 말할 때나 말에 "열정적으로 탐닉"했다. 소박하게 진실을 말하자면 당시 도러시아의 존재만큼 강렬하게 마음을 끄는 것이 없었다.

하지만 공식적인 초대가 없었다. 월은 한 번도 로윅에 초대받지 못했다. 사실 브룩 씨는 가엾은 캐소본이 연구에 너무 몰두한 나머지 미처 생각하지 못한 즐거움을 제공한다고 굳게 믿으면서 래디슬로를 여러 차례 (또한 기회가 있을 때마다 어디서나 잊지 않고 그를 "캐소본의 젊은 친척"으로 소개하면서) 로윅에 데려갔다. 그래서 월은 도러시아를 단둘이서는 아니지만 여러 차례 대면했고, 그녀는 영리하지만 기꺼이 자기 뜻을 따르려는 듯한 사람에게서 예전에 느꼈던 젊은이들 간의 교감을 되찾을 수 있었다. 결혼 전에 가엾은 도러시아는 자신이 가장 하고 싶은 말을 받아들일 공간을 다른 사람의 마음에서 발견한 적이 별로 없었다. 그리고 우리가 알듯이 남편의 우월한 가르침을 기대했던 만큼 즐겁게 받아들일 수 없었다. 그녀가 예리한 관심을 느끼는 주제에 대해 말을 꺼내면 캐소본 씨는 그 말이 어릴 때부터 익히 아는 발췌서[174]에서 인용한 문장인 듯이 참을성을 발휘하는 기색으로 그녀의 말을 들었고, 때로는 그런 말이 이미 너무 많이 축적되어 있다는 듯이 고대의 어느 종파나 어떤 인물이 비슷한 개념을 주장했다고 무뚝뚝하게 대답했다. 혹은 잘못 생각했다고 알려 주고는 그녀가 제기했던 의문을 거듭 주장하기도 했다.

---

173) 『호장론』, iii.
174) 라틴어와 그리스어 작가들의 문단을 발췌한 선집.

그런데 윌 래디슬로는 언제나 그녀의 말에서 그녀가 생각한 것보다 더 많은 것을 이해하는 듯했다. 도러시아는 허영심이 거의 없었지만 다른 영혼을 기쁘게 받아들임으로써 너그럽게 지배하려는 열렬한 여성적 욕구가 있었다. 그러므로 어쩌다 윌을 만나는 기회만으로도 감방 벽의 채광창이 열린 것 같아서 바깥의 화창한 공기를 흘끗 엿볼 수 있었다. 그리고 이 기쁨 덕분에 윌이 큰아버지의 손님으로 왔다는 사실에서 남편이 품었을지 모를 오해 때문에 처음 느꼈던 두려움이 서서히 사라졌다. 이 문제에 대해서 캐소본 씨는 입도 뻥긋하지 않았다.

그러나 윌은 도러시아와 단둘이 이야기하고 싶었고, 서서히 흘러가는 상황에 마음이 조급해졌다. 단테와 베아트리체 혹은 페트라르카와 라우라가 지상에서 나눈 친교가 아무리 적었더라도 세월이 흐르면 사물의 균형이 달라지기 마련이며 후세 사람들은 소네트를 적게 쓰고 대화를 많이 나누는 쪽을 선호한다. 절실한 욕구가 있으면 술수를 써도 용서되지만 도러시아를 불쾌하게 만들까 두려워 술책을 억제했다. 마침내 그는 로윅의 특정한 장소에서 그림을 그리고 싶다는 생각을 떠올렸다. 그래서 어느 날 아침 브룩 씨가 주도에 가는 길에 로윅 도로를 따라가야 했을 때 윌은 스케치북과 접의자를 들고 로윅에 내려 달라고 청했다. 그리고 자신이 왔음을 저택에 알리지 않고 도러시아가 산책하러 나오면 ─ 그녀가 대개 오전에 한 시간 정도 산책하는 것을 그는 알고 있었다 ─ 볼 수 있을 만한 곳에 자리 잡고 앉아서 그림을 그리기 시작했다.

그러나 그 술책은 날씨 때문에 좌절되고 말았다. 믿기 어려울 정도로 재빨리 구름이 몰려들더니 소낙비를 퍼부어서 윌은 어쩔 수 없이 비를 피하러 저택에 가야 했다. 그는 친척이라는 구실로 거실에 들어가서는 자신이 온 것을 알리지 않고 비가 멎기를 기다릴 생각이었다. 오랫동안 알던 집사를 현관에서 마주쳤을 때 그가 말했다. "내가 여기 있다는 것을 알리지 말게, 프랫. 난 점심 식사 때까지 기다리겠어. 캐소본 씨가 서재에 계실 때 방해받는 것을 좋아하시지 않는 줄 알고 있으니까."

"주인어른께서는 외출하셨습니다. 서재에는 캐소본 부인만 계세요. 래디슬로 씨께서 오셨다고 마님께 말씀드리는 편이 좋겠습니다." 프랫이 말했다. 뺨이 불그스레한 그는 탠트립과 이런저런 대화를 나누면서 마담이 무척 지루할 거라고 종종 이야기했었다.

"아, 그럼 좋네. 이 지독한 비 때문에 스케치를 못 하게 되었어." 윌은 너무 기분이 좋아서 유쾌하고 편안하게 무관심을 가장하며 말했다.

다음 순간에 그는 서재에 들어섰고, 도러시아는 자연스럽게 상냥한 미소를 띠고 그를 맞았다.

"캐소본 씨는 부주교님께 가셨어요." 그녀가 즉시 말했다. "정찬 전에 돌아오실지 모르겠어요. 얼마나 오래 걸릴지 모른다고 하셨거든요. 남편에게 특별히 하실 말씀이 있으세요?"

"아뇨. 스케치를 하러 왔다가 비가 와서 어쩔 수 없이 들어오게 되었습니다. 안 그랬다면 부인을 방해하지 않았을 텐데

요. 캐소본 씨가 계시는 줄 알았고, 이 시간에 방해받기 싫어
하시는 걸 알고 있으니까요."

"그렇다면 비 덕분에 뵙게 되었네요. 만나서 무척 반가워
요." 도러시아는 이 흔한 말을 학교 기숙사에서 불행한 아이가
방문을 받은 것처럼 진심 어린 목소리로 소박하게 말했다.

"실은 부인과 단둘이 만날 기회를 얻으려고 왔습니다." 윌은
신기하게도 그녀처럼 소박하게 말하지 않을 수 없었다. 우물
쭈물하면서 '그러면 안 된다는 말인가?'라고 자문할 틈도 없
었다. "로마에서 그랬듯이 여러 가지에 대해 이야기를 나누고
싶었어요. 다른 사람이 옆에 있으면 언제나 달라지지요."

"그래요." 도러시아는 맑고 풍부한 목소리로 동의했다. "앉
으세요." 그녀는 갈색 책들이 꽂힌 서가를 배경으로 검은색
긴 의자에 앉았다. 결혼반지 외에는 아무 장식도 없이 얇은
모직 소재의 수수한 흰 드레스를 입어서 여타의 여자들과 다
르게 처신하겠다고 맹세한 것처럼 보였다. 윌은 2미터쯤 떨어
져 마주 앉았다. 그의 금발 곱슬머리와 섬세하지만 다소 까다
롭게 보이는 옆얼굴에 빛이 내려앉았다. 입술과 턱은 도전적인
곡선을 그리고 있었다. 두 사람은 바로 그 시간에 그 장소에서
피어난 두 송이의 꽃인 듯이 서로를 바라보았다. 잠시 도러시
아는 윌에 대한 남편의 설명할 수 없는 분노를 잊었다. 감수성
이 풍부하다고 생각했던 그 유일한 사람에게 두려움을 느끼
지 않으며 이야기를 하려니 목마른 입술에 신선한 물이 닿은
것 같았다. 슬픔 속에 되돌아보면서 그녀는 과거에 받은 위안
을 과장했던 것이다.

"당신과 다시 이야기 나누고 싶다고 종종 생각했어요." 그녀가 즉시 말했다. "제가 당신에게 무척 많은 이야기를 했다는 것이 신기하게 느껴져요."

"저는 그 이야기를 모두 기억하고 있습니다." 완벽한 사랑을 받을 만한 사람과 함께 있다는 생각에 윌의 영혼은 이루 말할 수 없는 충족감을 느꼈다. 나는 이 순간 그의 감정이 완벽했다고 생각한다. 우리 인간에게도 성스러운 순간, 사랑하는 대상의 완벽함에서 사랑이 충족되는 순간이 있으니까.

"저는 로마에서 돌아온 후 많은 것을 배우려고 노력했어요." 도러시아가 말했다. "라틴어를 조금 읽고, 그리스어도 아주 조금 이해하게 되었어요. 이제는 캐소본 씨를 더 잘 도울 수 있어요. 남편을 위해 참고 문헌도 찾고, 여러 방법으로 그의 눈을 상하지 않게 해 줄 수 있고요. 하지만 학식을 얻는 것은 너무 힘든 일이에요. 사람들은 위대한 사상을 추구하다가 도중에 지쳐 버리고, 너무 지쳤기 때문에 그 사상을 누리지 못하는 것 같아요."

"만일 위대한 사상을 받아들일 능력이 있는 사람이라면 노쇠하기 전에 따라잡을 겁니다." 윌은 신랄함을 억누를 수 없었다. 그러나 어떤 감수성에서 도러시아는 윌 못지않게 민감했다. 그녀의 얼굴빛이 변하는 것을 보고 그는 즉시 덧붙였다. "다만 최고의 지성이라도 때로 자기 사상을 정립하기 위해 지나치게 무리하는 것도 사실이지요."

"제 말을 고쳐 주시는군요." 도러시아가 말했다. "제 표현이 잘못되었어요. 위대한 사상을 가진 사람들이 그것을 정립해

가면서 너무 지친다고 말해야 했어요. 어릴 때도 그렇게 느끼곤 했고 늘 그렇게 느꼈지만 저는 위대한 일을 하는 사람을 돕고 그의 부담을 덜어 주는 데 제 삶을 바치고 싶어요."

도러시아는 중요한 사실을 드러내고 있다는 것을 전혀 의식하지 못한 채 자신에 관한 이런 이야기로 나아갔다. 하지만 월에게 한 말 중에서 이처럼 명료하게 자신의 결혼을 설명한 말은 없었다. 월은 어깨를 으쓱하지 않았다. 그렇게 근육을 움직여 감정을 배출할 수 없었기에 그는 교회에 안치된 성스러운 머리뼈와 다른 공허한 것들에 입을 맞추는 아름다운 입술을 생각하며 더욱 짜증이 일었다. 그렇지만 그런 감정을 말로 드러내지 않도록 조심해야 했다.

"하지만 부인께서는 도움을 주려고 지나치게 애쓰다가 과로하실 수 있어요." 그가 말했다. "집 안에 너무 갇혀 있지 않으신가요? 벌써 전보다 더 창백해 보여요. 캐소본 씨는 비서를 두는 편이 더 나을 겁니다. 일의 절반가량을 대신 해 줄 사람을 쉽게 구할 수 있어요. 그편이 더 효과적으로 캐소본 씨를 보호할 수 있고, 부인은 더 가벼운 일로 도우시면 되겠지요."

"어떻게 그런 생각을 하실 수 있어요?" 도러시아가 진지하게 항의하는 투로 말했다. "남편의 일을 돕지 못하면 저는 조금도 행복하지 않을 거예요. 제가 뭘 하겠어요? 로윅에는 해야 할 좋은 일들이 없어요. 제가 원하는 것은 오로지 남편을 더 많이 돕는 거예요. 그는 비서를 두는 것에 반대하고요. 제발 다시는 그런 말씀 마세요."

"물론이죠. 이제 부인의 뜻을 알게 되었으니까요. 하지만 브룩 씨와 제임스 체텀 경도 똑같은 희망을 피력하시더군요."

"그래요." 도러시아가 말했다. "하지만 그분들은 이해하지 못해요. 그분들은 제가 승마를 하고 정원을 손보고 새 온실을 꾸미면서 하루하루 보내기를 바라시죠. 사람의 마음이 다른 욕구를 가질 수 있다는 것을 당신은 이해하리라고 생각했어요." 그녀는 다소 성마르게 덧붙였다. "게다가 캐소본 씨는 비서에 대해 말도 꺼내지 못하게 하세요."

"제 오해를 용서하실 수 있을 겁니다." 윌이 말했다. "예전에 캐소본 씨가 비서를 원하는 듯이 말씀하시는 걸 듣곤 했거든요. 실은 제게 그 일을 제안하셨어요. 그런데 제가 그 일을 할 만큼 유능한 사람이 못 된다는 것이 드러났지요."

도러시아는 남편이 윌에 대해 명백히 드러내는 혐오감의 이유를 이 사건에서 찾아보려 하면서 장난기 어린 미소를 띠며 "당신은 꾸준히 노력하는 사람이 아니었군요."라고 말했다.

"아니었죠." 윌은 활기찬 말처럼 고개를 약간 뒤로 젖혔다. 그러자 성내기 잘하는 친숙한 악마가 가엾은 캐소본 씨의 명예로운 나방 날개를 한 번 더 힘껏 꼬집도록 그를 자극했다. "저는 그 후에 캐소본 씨가 다른 사람이 자기 연구를 훑어보고 자신이 하는 일을 속속들이 아는 것을 좋아하시지 않는다는 사실을 알게 되었어요. 그분은 스스로에 대해 지나치게 의혹이 많고 지나치게 확신을 못 하세요. 제가 많은 부분에서 유용하지 못할 수도 있지만 캐소본 씨는 제가 그분의 의견에 동의하지 않기 때문에 저를 싫어합니다."

윌은 늘 관대하게 처신하려는 의도가 없지 않았지만 우리

혀는 대체로 전반적인 의지가 작동하기 전에 당겨지는 작은 방아쇠와 같다. 그리고 자신에 대한 캐소본의 혐오감을 도러시아에게 올바로 설명하지 않으면 참을 수 없이 괴로울 터였다. 하지만 일단 말하고 나자 그녀에게 미칠 영향이 다소 염려스러웠다.

그러나 도러시아는 이상하게 조용했고 로마에서 비슷한 일이 있었을 때처럼 당장 화를 내지도 않았다. 그 이유는 내면 깊이 숨어 있었다. 그녀는 사실을 인식하는 데 더 이상 저항하지 않았고, 사실의 가장 명료한 인식에 적응하고 있었다. 이제 그녀는 남편의 실패를, 더 나아가 남편도 어쩌면 실패를 의식하고 있으리라는 사실을 차분히 응시하면서 자비심이 의무가 되어 버린 유일한 행로를 바라보는 것 같았다. 월에 대한 남편의 혐오감 때문에 이미 월에게 연민을 느끼지 않았더라면 거침없는 그의 말에 더 엄격하게 반응했을 것이다. 그 혐오감은 더 분명한 이유를 알기 전까지는 가혹하게 보일 수밖에 없었다.

그녀는 즉시 대답하지 않았지만 묵상하듯이 고개를 숙이고 있다가 조금 진지하게 말했다. "캐소본 씨의 행동으로 보면 당신에 대한 반감을 극복한 것이 틀림없어요. 그건 찬사를 받을 만한 일이죠."

"네, 그분은 가족 문제에서 정의감을 보여 주셨어요. 제 할머니께서 이른바 지체 낮은 사람과 결혼하셨다고 해서 상속권을 박탈한 것은 가증스러운 일이었죠. 그 남편분을 못마땅하게 여길 이유는 망명한 폴란드인이었고 밥을 벌어먹기 위해 아이들을 가르쳤다는 것뿐이었거든요."

"당신 할머님에 대해 모두 알고 싶어요!" 도러시아가 말했다. "그분이 유복한 생활에서 가난한 처지로 바뀌었을 때 어떻게 견디셨을지 궁금해요. 남편과 행복하셨는지도 궁금하고요! 그분들에 대해서 잘 알고 계세요?"

"아뇨. 할아버지께서 애국자로서 머리가 좋은 분이고, 여러 언어를 구사하셨고, 음악을 좋아하셨고, 잡다한 것을 가르치면서 밥벌이를 하셨다는 것밖에 모릅니다. 두 분 다 비교적 일찍 돌아가셨어요. 제 아버지에 대해서는 어머니께서 말씀해 주신 것을 제외하면 별로 아는 바가 없어요. 아버지는 음악적 재능을 물려받으셨지요. 아버지의 느린 걸음걸이와 길고 가느다란 손을 기억합니다. 그리고 아버지께서 몸져 누워 계시던 날이 기억에 남아 있습니다. 저는 무척 배가 고팠고, 작은 빵 한 조각밖에 못 먹었지요."

"아, 제 생활과 너무나 달랐군요!" 도러시아는 강렬한 관심을 느끼며 양손을 무릎에 모으고 말했다. "제게는 늘 모든 것이 너무나 풍족했거든요. 그런데 어떻게 되었는지 말씀해 주세요. 당시에는 캐소본 씨가 당신을 모르셨겠지요."

"네. 그런데 아버지께서 캐소본 씨에게 연락을 취하셨어요. 그날이 제가 마지막으로 배를 곯았던 날이었지요. 오래지 않아 아버지께서 돌아가셨고, 어머니와 저는 보살핌을 받았어요. 캐소본 씨는 당신 어머니의 자매가 가혹하고 부당한 처우를 받았기 때문에 우리를 돌봐 주는 것을 의무로 여긴다고 늘 분명히 말씀하셨어요. 그런데 지금 이 이야기를 처음 듣는 것은 아니시겠지요."

영혼의 가장 깊은 곳에서 윌은 자기 관점으로 구성한 이야기에서도 다소 새로운 사실, 즉 캐소본 씨가 빚을 갚는 것 이상은 결코 하지 않았다는 사실을 도러시아에게 말하고 싶은 욕구를 의식했다. 윌은 매우 선량한 사람이었으므로 배은망덕하다는 느낌이 들면 마음이 편치 않았다. 그러나 은혜라는 것이 논리적으로 따져 볼 만한 문제일 때 그 속박에서 벗어날 방법은 많다.

"아뇨." 도러시아가 대답했다. "캐소본 씨는 자신의 고귀한 행동에 관한 언급을 늘 피하셨어요." 그녀는 남편이 베풀어 준 선행의 가치가 떨어졌다고는 느끼지 않았지만 남편과 윌 래디슬로의 관계에서 이루어져야 했을 정의는 과연 무엇인가라는 생각에 사로잡혔다. 잠시 침묵한 후에 그녀가 덧붙였다. "남편이 당신 어머님을 부양했다는 말은 듣지 못했어요. 어머님께서는 살아 계신가요?"

"아뇨. 사고로 낙상하셔서 사 년 전에 돌아가셨어요. 희한하게 제 어머니도 가족에게서 달아나셨답니다. 남편을 위해 그러신 것은 아니었어요. 어머니는 친가에 대해 아무 말씀도 하지 않으셨어요. 혼자 살아가기 위해서 실은 배우가 되셨고 가족을 버렸다는 이야기만 들었어요. 어머니는 검은 눈에 머리카락이 곱슬곱슬했는데 결코 나이를 먹지 않으시는 것 같았어요. 제가 양쪽에서 반항적 혈통을 타고났다는 것을 이제 아시겠지요." 윌은 도러시아에게 환하게 미소를 지으며 말을 맺었고, 그녀는 생전 처음 연극을 보는 아이처럼 진지하게 골똘히 눈앞을 응시했다.

그러나 그녀도 미소를 지으며 말했다. "그것이 당신이 다소 반항적인 것에 대한 변명이로군요. 캐소본 씨의 소망에 대해서 말이에요. 당신은 남편이 당신에게 최선이라고 생각한 것을 하지 않았음을 기억하셔야 해요. 그리고 만일 남편이 당신을 싫어한다면 — 조금 전에 당신은 혐오감이라고 하셨지만 — 저는 이렇게 말해야겠어요. 만일 그가 당신에게 어떤 고통스러운 감정을 보여 주었다면 연구에 지친 나머지 무척 예민해졌음을 고려해야 한다고요. 어쩌면……." 그녀는 간청하는 어조로 말을 덧붙였다. "캐소본 씨의 병이 얼마나 심각한지 큰아버지께서 말씀하지 않으셨겠지요. 건강하고 잘 견뎌 낼 수 있는 우리가 큰 시련을 겪는 사람에게서 받은 사소한 모욕을 대단하게 생각한다면 매우 옹졸한 일일 거예요."

"제가 더 나은 인간이 되도록 가르쳐 주시는군요." 윌이 말했다. "그 문제에 대해 다시는 투덜거리지 않겠습니다." 그의 목소리는 부드러웠다. 도러시아는 거의 깨닫지 못했지만 그녀가 남편에 대한 순수한 연민과 충실함의 머나먼 곳으로 나아가고 있음을 인식하면서 느낀 이루 말할 수 없는 흐뭇함에서 나온 부드러움이었다. 윌은 그녀의 연민과 충실함을 기꺼이 흠모하고픈 심정이었다. 그런 감정을 표명할 때 그녀가 그를 자신과 결부시켜 준다면 말이다. "사실 저는 때로 심술궂게 굴었어요." 그가 말을 이었다. "하지만 다시는, 피할 수만 있다면, 당신이 탐탁잖아 할 일은 하지도, 말하지도 않겠어요."

"당신은 무척 좋은 분이에요." 도러시아는 또다시 활짝 미소를 지으며 말했다. "그렇다면 저는 제가 지배할 수 있는 작은 왕국을 갖게 되겠군요. 하지만 당신은 곧 떠나시고 제 지배에서 벗어나시겠지요. 그레인지에 머무는 것이 곧 싫증나실 거예요."

"바로 그것이 제가 말씀드리고 싶었던 문제입니다. 부인과 단둘이 이야기하고 싶었던 이유 중 하나이고요. 브룩 씨께서 제게 이 지역에 머물기를 제안하셨어요. 그분은 미들마치의 신문 하나를 사들이셨는데 제가 그것을 운영하면서 다른 면에서도 돕기를 바라십니다."

"그러면 당신의 더 나은 앞날을 희생하는 것이 아닐까요?" 도러시아가 말했다.

"어쩌면 그렇겠죠. 하지만 저는 앞날에 대해 생각만 하고 어디에도 정착하지 못한다는 비판을 늘 받아 왔어요. 그런데 이제 제안을 받은 거죠. 제가 그 제안을 받아들이기를 부인께서 원치 않는다면 포기하겠어요. 그게 아니라면 멀리 떠나기보다는 여기 시골에 머물고 싶습니다. 저는 달리 어디에도 누구에게도 속하지 않거든요."

"여기 머무신다면 저는 무척 좋을 거예요." 도러시아는 로마에서 그랬듯이 소박하게 재빨리 말했다. 그 순간 마음에는 그렇게 말해서는 안 될 이유가 조금도 없었다.

"그러면 머물겠습니다." 래디슬로는 고개를 뒤로 젖히며 비가 멎었는지 살펴보려는 듯 일어나 창가로 가면서 말했다.

하지만 다음 순간 점점 확고해지는 습성에 따라 도러시아는 남편의 감정이 자신과 다르다는 것을 생각하기 시작했다.

자신이 남편의 감정에 어긋나는 말을 했으리라는 당혹감과 이처럼 반대되는 의견을 윌에게 암시해야 한다는 이중의 곤혹스러운 감정에 얼굴이 붉게 달아올랐다. 그가 바라보고 있지 않아서 말을 꺼내기가 더 쉬웠다.

"하지만 그런 문제에서 제 의견은 거의 중요하지 않아요. 당신은 캐소본 씨의 지도를 받아야 한다고 생각해요. 저는 제 감정 외에 다른 것은 전혀 고려하지 않고 말했고, 제 감정은 현실적인 문제와 관련이 없으니까요. 하지만 캐소본 씨는 그 제안이 현명하지 않다고 여기실지 모른다는 생각이 들었어요. 조금 기다렸다가 직접 말씀하시겠어요?"

"오늘은 기다릴 수 없습니다." 윌은 캐소본이 들어올지 모른다는 생각에 속으로 겁이 났다. "이제 비가 완전히 멎었군요. 브룩 씨에게 저를 데리러 오시지 말라고 말씀드렸습니다. 8킬로미터를 걸어가는 편이 더 좋아서요. 홀셀 공유지를 가로지르면서 젖은 풀잎 위에 반짝이는 빛을 보겠지요. 그것을 좋아하거든요."

그는 악수를 하려고 도러시아에게 서둘러 다가갔다. "이 문제를 캐소본 씨한테 언급하지 마세요."라고 말하고 싶었지만 감히 말을 꺼낼 수 없었다. 아니 입에 올릴 수도 없었다. 그녀에게 덜 소박하고 덜 솔직하게 처신하기를 부탁한다면 수정을 통과하는 빛을 보고 싶으면서도 그 위에 입김을 불어 대는 것과 마찬가지다. 그리고 그녀의 눈에 그가 흐릿해지고 영원히 빛을 잃을지도 모른다는 또 다른 두려움이 떠나지 않았다.

"기다리실 수 있으면 좋을 텐데요." 도러시아는 일어서서 손을 내밀며 슬프게 애도하듯이 말했다. 그녀에게도 입에 올리고 싶지 않은 생각이 있었다. 윌은 지체 없이 캐소본 씨의 조언을 구하고 그가 바라는 바를 참조해야 한다. 그러나 이렇게 재촉한다면 지나친 간섭으로 보일 것이다.

그래서 그들은 "안녕히."라고 인사만 하고 헤어졌고, 윌은 집을 나서자 캐소본 씨의 마차와 맞닥뜨릴 위험이 없도록 들판을 가로질렀다. 마차는 4시가 넘어 대문 앞에 나타났다. 집에 돌아오기에 어정쩡한 시간이었다. 정찬을 위해 옷을 갈아입는 따분한 일에서 정신적 도움을 얻기에는 너무 일렀고, 그날의 하찮은 의식과 사건들을 털어 내고 진지한 연구에 몰입할 준비를 하기에는 너무 늦었다. 이럴 때 그는 대개 서재의 안락의자에 몸을 파묻고 눈을 감고는 도러시아에게 런던 신문들을 읽어 달라고 했다. 그러나 오늘은 이미 공적인 일을 너무 많이 봐야 했으므로 이런 휴식을 거절했다. 하지만 도러시아가 피곤한지 물었을 때 평소보다 더 쾌활하게 대답했고, 조끼와 넥타이를 갖춘 차림이 아닐 때도 절대 벗어나지 않는 격식을 차리려 애쓰며 덧붙였다.

"오늘 흐뭇하게도 옛 지인인 스패닝 박사를 만났소. 그분도 찬사를 받을 만한 훌륭한 사람인데 칭찬을 하시더군. 이집트의 신비에 관한 내 최근 논문을 매우 너그럽게 평가하셨소. 실로 내가 되풀이하기에 적절치 않은 어휘를 사용하면서." 마지막 문장을 입에 올리며 캐소본 씨는 의자의 팔걸이 너머로 몸을 숙이고, 그 적절하지 않은 어휘를 되풀이하는 대신 근육으로 내보이려는 듯이 고개를 위아래로 흔들었다.

"당신에게 그런 즐거운 일이 있었다니 무척 기뻐요." 도러시아는 남편이 평소 이 시간에 느끼는 것보다 덜 지쳐 있었기에 즐거운 마음으로 말했다. "당신이 오기 전에 저는 오늘 당신이 외출한 것을 유감스러워하고 있었어요."

"왜 그랬소, 여보?" 캐소본 씨는 다시 몸을 뒤로 젖히며 말했다.

"래디슬로 씨가 왔었거든요. 그가 큰아버지의 제안에 대해서 말했는데 당신의 의견을 알고 싶었어요." 그녀는 남편이 이 문제에 실로 관련이 있다고 느꼈다. 세상사에 무지했음에도 불구하고 그녀는 윌에게 제안된 직책이 그 친지의 지위에 걸맞지 않는다고 막연히 느꼈던 것이다. 확실히 캐소본 씨는 의견을 제시할 권리가 있었다. 그는 아무 말 없이 그저 고개를 끄덕였다.

"큰아버지께서는 당신도 아시다시피 여러 가지 계획을 갖고 계세요. 큰아버지께서 미들마치의 어떤 신문을 인수하신 것 같아요. 그리고 래디슬로 씨에게 여기에 머물면서 그 신문을 발행해 달라고 부탁하셨대요. 다른 일들도 도와 드리고요."

도러시아는 남편을 바라보면서 말했지만 그는 처음에 눈을 껌벅거리다가 나중에는 눈을 보호하려는 듯이 감아 버렸다. 그동안 그의 입술은 더 팽팽해졌다. "어떻게 생각하세요?" 그녀는 잠시 멈추었다가 다소 소심하게 덧붙였다.

"래디슬로 씨가 내 의견을 물으려고 일부러 찾아왔소?" 캐소본 씨는 눈을 가늘게 뜨고 칼날 같은 눈으로 도러시아를 바라보았다. 그녀는 그 물음에 무척 불편한 심정이었지만 눈길을 돌리지 않고 그저 조금 더 진지하게 대답했다.

"아뇨." 그녀가 즉시 대답했다. "당신 의견을 물어보러 왔다고는 말하지 않았어요. 하지만 제안에 대해 이야기하면서 당연히 제가 당신에게 그 이야기를 전하기를 기대했어요."

캐소본 씨는 아무 말도 하지 않았다.

"저는 당신에게 반대 의견이 있을지도 모른다고 생각했어요. 하지만 그렇게 재능이 많은 젊은이는 큰아버지께 분명 큰 도움이 되겠지요. 큰아버지께서 더 나은 방식으로 좋은 일을 하시도록 도울 거예요. 그리고 래디슬로 씨는 확고한 직업을 갖고 싶어 했어요. 그런 일을 찾지 않는다는 비난을 받았다고 하더군요. 그리고 다른 곳에는 그에게 관심을 기울여 주는 사람이 없어 이 지역에 머물고 싶어 했어요."

도러시아는 이런 말이 남편의 마음을 누그러뜨릴 거라고 생각했다. 하지만 그는 대답하지 않았고, 그녀는 곧 스패닝 박사와 부주교와의 아침 식사에 대한 이야기로 돌아갔다. 그러나 이 화제에도 더 이상 햇빛이 들지 않았다.

다음 날 아침 도러시아가 모르는 사이에 캐소본 씨는 "친애하는 래디슬로 씨"로 시작하는 (전에는 언제나 "월"로 시작했었다.) 편지를 보냈다.

캐소본 부인이 자네가 어떤 제안을 받았고 (과도하게 추측하지 않아도 알 수 있는바) 자네 쪽에서 어느 정도 수용한 그 제안은 자네가 이 지역에 머물러야 할 필요를 수반하는 것이라고 알려 주었네. 그 직책은, 내가 이렇게 말해도 정당화될 수 있는 바 나 자신의 지위에 상당한 영향을 미칠 터이므로, 위에 언급한 제안을 자네가 수용하는 것이 내게 대단히 불유쾌한 일이라고 즉각 진술하는 것은 그 결과를 적법한 감정으로 고려해 볼때 자연스럽고 정당할뿐더러, 그 동일한 결과를 내 책임에 비추어 고려해 볼 때 내게 지워진 의무라네. 이 문제에서 내가 거부권을 행사할 권리가 있다는 것은 우리 관계를 아는 합리적인 사람이라면 부정하지 않으리라 믿네. 자네의 최근 처신으로 그 관계가 과거지사가 되긴 했으나, 그럼으로써 선행 사건들을 결정지은 그 관계의 성격이 무효화된 것은 아니라네. 이 문제에서 나는 어느 누구의 판단력도 비난하지 않겠네. 내게 다소 가까운 친척이 내 지위보다 훨씬 낮을 뿐 아니라 기껏해야 문학적 혹은 정치적 모험가들의 천박한 지식과 결부된 지위로 이 지역에서 어떤 식으로든 이목을 끄는 일이 없도록 막을 사회적 타당성과 법도가 있다는 사실을 지적하는 것으로 충분하다고 생각하네. 어찌 되었든 이 불순한 문제로 인해 자네를 더 이상 내집에 받아들이지 않겠네.

여불비례,

에드워드 캐소본

그동안 도러시아는 아무것도 모른 채 남편의 기분을 더욱 상하게 할 문제를 생각하고 있었다. 윌이 부모와 조부모에 대해 들려준 이야기를 곰곰 생각하다가 연민이 일면서 마음이 어수선해졌다. 그녀는 낮에 혼자 있는 시간을 대개 청록색 내실에서 보냈고, 그 활기 없고 기묘한 분위기를 좋아하게 되었다. 외적으로 달라진 점은 아무것도 없었다. 그러나 느릅나무 가로수 길 너머 서쪽 들판 위로 여름이 서서히 지나가면서 휑한 방은 어떤 내적 삶의 기억들을 그러모았고, 그 기억들은 눈에 보이지 않지만 작용하고 있는 우리의 정신적 승리나 타락의 형상으로, 구름처럼 몰려든 착한 천사나 나쁜 천사들로 허공을 메웠다. 그녀는 가로수 길 너머 서쪽의 반원형 빛을 바라보면서 마음을 다지려고 몸부림치다가 다짐하는 데 너무도 익숙했으므로 그 풍경 자체가 소통하는 능력을 갖게 되었다. 심지어 태피스트리의 희끄무레한 수사슴도 뭔가를 상기시키는 눈빛으로 잠자코 "그래요, 우리는 알고 있어요."라고 말하는 것 같았다. 미묘하게 감응된 초상화들은 지상에서의 자신들 운명에 대해 더 이상 심란해하지 않았지만 여전히 인간적 관심을 느끼는 존재들로서 청중을 이루었다. 특히 남편에게 묻기가 결코 쉽지 않았던 신비로운 '줄리아 이모'가 그랬다.

이제 윌과 이야기를 나눈 후 윌의 할머니인 줄리아 이모 주위에 새로운 이미지가 많이 모여들었다. 그 세밀한 초상화의 인물은 도러시아가 아는 살아 있는 얼굴처럼 그녀의 감정을 집중하는 데 도움을 주었다. 한 아가씨가 오로지 가난한 남자를 선택했기 때문에 가족에게 의절당하고 보호와 상속을 받지 못하다니 얼마나 잘못된 일인가! 어릴 때 도러시아는 주위에서 일어나는 일에 대해 어른들에게 성가시도록 질문을 해왔기에 장남은 왜 우월한 권리를 가지는지, 토지는 어째서 한정 상속되어야 하는지, 그 역사적이고 정치적인 이유를 독자적으로 꽤 명료하게 이해했었다. 어느 정도 경외감을 느끼게 했던 그 이유들은 그녀가 아는 것보다 더 강력할지 모르지만 여기서 문제는 그런 이유를 침해하지 않는 유대였다. 여기에 딸이 있고, 그 자녀는 우선적 권리를 갖는다. 은퇴한 식료품 상인처럼 귀족도 아니고 작은 뜰과 방목장 외에는 "하나로 모을"[175] 토지도 없는 사람들이 귀족의 관습을 흔히 모방하며 따르더라도 말이다. 상속이란 선호의 문제일까 아니면 책임의 문제일까? 도러시아의 열렬한 본성은 책임 쪽으로 기울었다. 결혼과 양육처럼 우리 행위에 입각한 권리의 충족인 것이다.

캐소본 씨가 래디슬로 씨 가족에게 빚이 있고, 그 가족이 부당하게 빼앗긴 것을 갚아야 하는 것은 사실이라고 그녀는 생각했다. 그런데 이제 그녀는 남편의 유언장을 떠올렸다. 그들이 결혼할 당시에 작성한 유언장에는 그녀가 자식을 낳을 경우에 조건부로 그의 재산 대부분을 그녀에게 상속하게 되어 있었다. 그 유언장은 수정해야 하고, 지체 없이 그렇게 되어야 한다. 이제 윌 래디슬로의 직업과 관련된 문제는 새롭고 올바른 기반 위에서 상황을 정립하는 계기가 될 것이다. 부당하게도 재산이 그녀의 이익에 집중되었으므로 만일 그녀가 제안한다면 남편은 예전에 행동했던 대로 기꺼이 공정한 관점을 취할 거라고 그녀는 믿었다. 그의 정의감은 반감으로 불릴 만한 것을 극복해 왔고 앞으로도 극복할 것이다. 그녀는 큰아버지의 계획을 캐소본 씨가 찬성하지 않으리라고 예상했고, 그

---

175) 장남에게 거의 전 재산을 상속하고 한정 상속으로 특히 남자 한 명에게 모든 재산을 물려주는 영국의 상속법은 집중 상속으로 가문과 재산을 이어 가려는 제도로 여겨져 왔다.

렇기 때문에 새로운 합의에 이르는 것이 더욱 시기적절해 보였다. 그러면 윌은 동전 한 푼 없이 인생을 시작하느라 처음으로 제안된 일거리를 받아들일 필요가 없을 것이다. 남편의 생전에는 남편이 지급하는 적법한 수입을 얻고, 유언장을 즉시 수정함으로써 남편의 사후에도 재산을 확보할 수 있다. 마땅히 이루어져야 할 이런 조치를 떠올리자 갑자기 햇살이 쏟아져 들어와 자신의 어리석음이나 남편과 다른 사람들의 관계에 무관심하고 자신에게만 몰두한 무지함을 일깨우는 것 같았다. 윌 래디슬로가 캐소본 씨의 도움을 거절한 근거는 더 이상 타당해 보이지 않았다. 그리고 캐소본 씨는 주어진 의무가 무엇인지 완전히 알지 못했다. "하지만 남편은 알게 될 거야!" 도러시아는 말했다. "이런 면에 강직한 성품을 가졌으니까. 그리고 우리가 가진 돈으로 뭘 하겠어? 수입의 절반도 쓰지 않는데. 내 돈으로 살 수 있는 것은 불편한 양심뿐이야."

자신에게 예정되어 있던, 그리고 늘 너무 많다고 생각했던 재산을 이처럼 나누는 것은 도러시아에게 특히나 매력적인 일이었다. 알다시피 그녀는 남들 눈에는 분명히 보이는 많은 것을 보지 못했고, 실리아가 경고했듯이 부적절한 곳에 발을 들여놓을 가능성이 컸다. 하지만 자신의 순수한 목적에 포함되지 않은 것은 보지 못했기에 눈으로 보았더라면 공포에 질려 위험했을 벼랑 옆으로 안전하게 지나갔다.

고독한 내실에서 선명해진 그 생각은 캐소본 씨가 윌에게 편지를 보낸 날 온종일 그녀를 끊임없이 사로잡았다. 남편에게 속마음을 털어놓을 기회가 생길 때까지는 모든·일이 성가신 방해물로 여겨졌다. 연구에 몰두하고 있는 그에게 말을 걸 때면 어떤 화제를 꺼내든 부드럽게 접근해야 한다. 자신이 그를 동요시킬지 모른다는 두려움을 그의 발병 이후에 한순간도 잊은 적이 없었다. 그러나 젊은 열정이 즉각적인 행동 계획에 대해 심사숙고할 때는 행동 자체가 독자적 생명력을 갖고 갑자기 튀어나와 상상 속의 장애물을 제압하는 듯하다. 그날은 평소와 다르지 않게 음울하게 지나갔고, 캐소본 씨는 유난히 말이 없어 보였다. 그러나 밤이 되면 대화를 나눌 기회가 있을 것이다. 남편이 잠들지 못하는 것을 알면 도러시아는 일어나 촛불을 밝히고 그가 다시 잠들 때까지 책을 읽어 주는 습관이 생겼다. 그날 밤 그녀는 결심으로 흥분하여 아예 잠을 이루지 못했다. 그는 평소처럼 몇 시간을 잤다. 하지만 그녀는 살그머니 일어나서 거의 한 시간 동안 어둠 속에 앉아 있었고, 이윽고 그가 말했다.

"도러시아, 일어나 있으니 촛불을 켜 주겠소?"

"몸이 불편하세요?" 그의 말을 따르며 먼저 물었다.

"아니, 전혀 그렇지 않소. 하지만 당신이 깨어 있으니 로스[176]의 책을 몇 페이지 읽어 주면 고맙겠소."

"그 대신 당신과 이야기를 좀 해도 될까요?" 도러시아가 말했다.

"물론이오."

---

176) 로버트 로스(Robert Lowth, 1710~1787)는 주교이고 히브리어 학자이며 옥스퍼드 대학에서 시를 가르쳤다.

"온종일 저는 돈에 대해 생각해 보았어요. 제게는 늘 돈이 너무 많았고, 특히 앞으로 너무 많이 갖게 될 일에 대해서요."

"그것은, 사랑하는 도러시아, 신의 은총이오."

"그러나 다른 사람들이 부당한 대우를 받은 결과로 너무 많은 것을 갖게 된다면 그 잘못을 바로잡으라고 하시는 신의 목소리에 순종해야 할 것 같아요."

"아니, 여보, 그 말이 무슨 뜻이오?"

"당신은 저를 위해서 너무 관대하게 많은 것을 마련해 주셨어요. 제 말은, 재산에 관해서 말이에요. 그 때문에 저는 행복하지 않아요."

"어떻게 그렇소? 내게는 비교적 먼 친척밖에 없소."

"저는 줄리아 이모님에 대해 생각해 보았어요. 그분이 가난한 사람과 결혼했기 때문에 궁핍하게 사셨다는 것 말이에요. 남편분이 무가치한 분이 아니었으니 그분의 결혼은 수치스러운 일이 아니었지요. 제가 알기로는 그런 이유에서 당신은 래디슬로 씨를 교육시키고 그 어머니를 부양해 주셨고요."

도러시아는 말을 이어 가도록 도와줄 답변을 잠시 기다렸다. 그러나 아무 대답도 없었다. 그래서 그녀의 다음 말은 어두운 침묵 위로 또렷이 떨어지면서 더욱 강력하게 느껴졌다.

"하지만 분명 우리는 래디슬로 씨의 권리를 훨씬 더 큰 것으로, 당신이 저를 위해 예정해 놓은 재산의 절반까지도 되는 것으로 간주해야 해요. 그리고 그런 양해에 따라 즉시 그를 부양해야 한다고 생각해요. 우리는 부자인데 그가 가난에 얽매여 사는 것은 옳지 않아요. 그리고 그가 언급한 제안에 대해 반대

의견이 있다면 정당한 자리와 정당한 몫을 제공함으로써 그가 그 제안을 받아들일 이유를 없앨 수 있을 거예요."

"래디슬로 씨가 당신에게 이 문제에 대해서 이야기했나 보구려?" 캐소본 씨는 그에게 흔치 않은 신랄한 어조로 재빨리 말했다.

"아뇨, 천만에요!" 도러시아는 진지하게 말했다. "그가 최근에 당신의 도움을 거절했는데 어떻게 그런 상상을 하실 수 있어요? 그는 부모님과 조부모님에 대한 이야기를 조금 했을 뿐이에요. 그것도 전부 제가 물어보아서 대답했을 뿐이고요. 당신은 너무나 선량하고 공정하신 분이라서 당신이 옳다고 생각하신 모든 일을 하셨어요. 하지만 제 생각으로는 그 이상을 해야 옳을 것 같아요. 그리고 그 문제에 대해 말해야 할 사람은 바로 저예요. 그 '이상'을 하지 않음으로써 이른바 이득을 볼 사람이 저니까요."

상당한 침묵이 흐른 후에 캐소본 씨는 조금 전처럼 빠르지는 않지만 더욱 신랄하게 힘주어 대답했다.

"도러시아, 여보, 당신의 역량을 넘어서는 문제에 관해 당신이 나서서 판단을 내린 것이 이번이 처음은 아니지만 마지막이기를 바라오. 어느 정도의 극단적인 행위가 특히 혼인 문제에서 가족의 권리를 상실하는 요인이 되는가 하는 문제는 지금 언급하지 않겠소. 당신은 이 문제를 분별할 자격이 없다는 것으로 충분해요. 이제 당신이 이해하기를 바라는 바는 내가 분명히 그리고 타당하게 내 일로 숙고해 온 문제의 범위 내에서 어떤 수정도 받아들이지 않고, 지시는 더더욱 받아들이지 않는다는 것이오. 당신은 나와 래디슬로 씨 사이에서 간섭해서는 안 되고, 내 처분을 비판하는 전갈을 당신에게 보내도록 그를 부추기는 것은 더욱더 안 될 일이오."

어둠의 장막에 덮여 있던 가엾은 도러시아는 상충하는 감정들이 휘몰아치는 바람에 엄청난 혼란에 빠졌다. 남편의 마지막 암시에 일말의 공정함이 있을지 모른다는 생각에서 일어난 의혹과 양심의 가책을 완전히 떨쳤더라도 그녀는 남편이 강력히 표현한 분노가 그의 몸에 영향을 미칠지 모른다는 두려움 때문에 자신의 분노를 표현하지 않으려 했을 것이다. 말을 마친 그의 빠른 숨소리에 귀를 기울이면서 그녀는 겁에 질려 비참한 상태로 앉아 있었다. 두려움으로 온 힘이 억눌린 이 악몽 같은 삶을 견딜 수 있도록 도와 달라고 속으로 말없이 절규하면서. 그러나 더는 아무 일도 없었고, 두 사람 다 말 한마디 없이 긴 시간 잠을 이루지 못했을 뿐이었다.

다음 날 캐소본 씨는 윌 래디슬로에게서 다음과 같은 답장을 받았다.

친애하는 캐소본 씨,

저는 어제 보내신 귀하의 편지에 마땅히 관심을 기울여 숙고했습니다만 상호 간의 지위에 대한 귀하의 관점을 전적으로 받아들일 수 없습니다. 과거에 제게 베풀어 주신 귀하의 관대한 처사에 충심으로 감사하게 생각하나, 그래도 저는 이런 종류의 의무가 귀하께서 당연하게 여기시듯이 정당하게 저를 구속할 수 있다고 생각하지 않습니다. 시혜자의 소망이 마땅히 권리를 주장할 수 있다고 가정하더라도 그러한 소망의 속성에 대해서는 언제나 제한이 따라야 합니다. 그 소망은 더 필수적인 고려 사항과 상충할 수도 있습니다. 혹은 시혜자의 거부권이 한 인간의 삶을 강제로 부정해 버림으로써 그로 인해 빚어진 공백의 무자비함은 그 시혜의 관대함을 능가할 수도 있습니다. 저는 다만 강력한 예를 들고 있을 뿐입니다. 현재 당면한 문제에서 저는 그 직책 — 풍부한 경험을 제공하는 직책은 분명 아니지만 그렇다고 불명예스럽지는 않은 — 을 받아들이는 것이 귀하의 지위에 미칠 영향에 대한 귀하의 관점을 받아들일 수 없습니다. 귀하의 지위는 너무나 견고하므로 그런 희미한 그림자 같은 것에 영향을 받을 수 없다고 생각하니까요. 우리 관계에 어떤 변화가 생기더라도 (분명 아직까지는 어떤 변화도 없었습니다.) 과거에 제게 지워진 의무는 폐기될 수 없다고 생각하지만 제가 선택한 곳에서 일상적인 자유를 행사하며 살아가고 제가 선택한 합법적 직업으로 스스로를 부양하지 못하도록 그 의무가 저를 구속한다고는 생각하지 않음을 용서하십시오. 귀하께서 전적으로 시혜를 베푸는 입장이었던 이 관계에 관해 견해 차이가 존재한다는 것을 유감스럽게 생각합니다.

늘 의무감을 갖고 있는

윌 래디슬로

가엾은 캐소본 씨는 누구보다도 혐오감과 의혹을 느낄 정당한 이유가 있다고 (우리는 공정한 사람들이므로 그의 감정에 조금 공감해야 하지 않을까?) 느꼈다. 젊은 래디슬로가 자신에게 도전하고 괴롭힐 작정이며, 도러시아의 신뢰를 얻어 남편에 대한 불경심과 어쩌면 혐오감마저 심어 주려 한다고 그는 확신했다. 윌이 갑자기 계획을 바꿔서 캐소본 씨의 원조를 거부하고 여행을 중단한 사정을 설명하려면 표면에 드러나지 않은 어떤 이유가 있어야 했다. 그리고 그가 과거의 선택과는 너무나 달리 브룩 씨의 미들마치 사업 같은 것을 받아들임으로써 이 근방에 정착하려는 도전적인 결정을 내린 것은 그 밝혀지지 않은 이유가 도러시아와 관련이 있음을 명백히 드러냈다. 단 한 순간도 캐소본 씨는 도러시아에게 기만적 이중성이 있으리라고 의심하지 않았다. 그녀를 의심한 것은 아니었지만 (그 못지않게 언짢은 상황으로) 남편의 행동을 평가하려는 경향은 윌 래디슬로에게 호감을 품고 그의 말에 영향을 받아서 생긴 것이라고 확신했다. 자신의 오만한 침묵 때문에 그는 도러시아가 애초에 큰아버지에게 윌을 그의 집으로 초대해 달라고 부탁했으리라는 오해를 풀 수 없었던 것이다.

그런데 이제 윌의 편지를 받고 나자 캐소본 씨는 의무를 생각해야 했다. 자기 행동을 의무가 아닌 다른 것으로 부른다면 마음이 편치 않았을 것이다. 그런데 이번에는 서로 엇갈리는 여러 이유에 밀려서 그는 반박해야 했다.

그가 직접 브룩 씨에게 물어보고 그 골칫거리 신사에게 제안을 철회해 달라고 요청해야 할까? 아니면 제임스 체텀 경과 상의해서 모든 일가친척과 관련된 조치에 항의하도록 만들어야 할까? 어느 쪽이든 실패와 성공의 가능성이 엇비슷하다는 것을 캐소본 씨는 알고 있었다. 그 문제와 관련해서 도러시아를 언급할 수는 없었다. 그리고 브룩 씨는 두렵고 절박한 일이 아니라면 어떤 의견에든 겉으로 동의한 후에 결국 이렇게 말할 것이다. "걱정 말게, 캐소본! 정말이지 젊은 래디슬로는 자네에게 칭찬거리가 될 걸세. 정말이지 나는 올바른 일에 착수한 거야." 그리고 캐소본 씨는 제임스 체텀 경과 그 주제에 대해 이야기를 나누는 데 대해서도 불안하게 움츠러들었다. 체텀 경과 따뜻한 호의를 나눈 적이 없었고, 그는 도러시아에 대한 언급이 전혀 없어도 즉시 그녀를 떠올릴 것이다.

가엾은 캐소본 씨는 자신에 대한, 특히 남편으로서 자신에 대한 다른 사람들의 감정을 신뢰할 수 없었다. 누구든 그가 질투하고 있다는 의혹을 품는다면 그의 불리한 입장에 대한 그들의 (의심스러운) 견해를 인정하는 꼴이 될 것이다. 그리고 그들이 그가 결혼을 특별한 축복으로 생각하지 않았음을 알게 된다면 (아마도) 예전에 표명했을 반대 의견에 그가 동조하는 것으로 여겨질 터다. 그것은 그가 '모든 신화의 실마리'의 자료를 구성하면서 얼마나 퇴보적인지를 카프와 브래스노스 모두에게 알리는 것만큼 고약한 일이다. 평생 캐소본 씨는 자신에 대한 의혹과 질투의 쓰라린 상처를 스스로도 인정하지 않으려 애써 왔다. 그리고 가장 미묘한 사적인 문제에서 의혹을 품고 오만하게 과묵함을 유지하는 습관은 두 배로 효과적이었다.

그리하여 캐소본 씨는 오만하고 완고하게 침묵을 지켰다.

그러나 월이 로윅 매너에 오지 못하도록 금지했고, 그를 좌절시킬 다른 방법을 속으로 궁리하고 있었다.

38장

그것은 사람들이 인간의 행동에 관해 내리는 판단과 똑같다. 조만간 그것은
효과를 발휘한다.

— 기조[177]

　제임스 체텀 경은 브룩 씨의 새로운 행보를 전혀 만족스럽
게 바라볼 수 없었다. 하지만 그것을 가로막는 일은 반대 의
사를 표명하는 것보다 더 어려웠다. 제임스 경은 어느 날 캐드
월레이더의 집에 혼자 점심을 먹으러 온 이유를 이렇게 설명
했다.

　"실리아 앞에서는 마음대로 말을 할 수 없어요. 아내가 속
상해할 테니까. 사실 그건 옳지 않은 일이지요."

　"무슨 말인지 알겠어요. 그레인지에서 《개척자》를 발간한
것 말이죠!" 이웃의 입에서 나온 말이 끝나기도 전에 캐드월

---

177) 프랑수아 기조(François Guizot, 1787~1874)의 『프랑스 문명사』 4권
364쪽.

레이더 부인이 득달같이 끼어들었다. "끔찍한 일이에요. 호루라기를 사서 누구나 들으라고 불어 대다니. 가엾은 플레시 경처럼 온종일 침대에 누워 도미노 게임만 한다면 개인적인 문제라고 참아 줄 만했을 텐데."

"《트럼펫》에서 우리의 벗 브룩을 공격하기 시작했더군." 목사가 뒤로 몸을 기대고 편안하게 미소 지으며 말했다. 그는 자신이 공격을 받아도 그랬을 것이다. "미들마치에서 160킬로미터도 떨어지지 않은 곳의 지주에 대해 신랄하게 비꼬았더라고. 소작료를 직접 받으면서 돌려주는 게 없다고 말이지."

"제발 그런 일 좀 하지 않으시면 좋겠어요." 제임스 경은 불쾌한 기색으로 얼굴을 찡그리며 말했다.

"그런데 정말로 국회 의원 지명을 받으려는 건가?" 캐드월레이더 씨가 말했다. "어제 페어브라더를 만났소. 그는 휘그당이라서 브로엄과 '유용한 지식'[178]을 기치로 내걸고 있지. 내 생각엔 그에게서 가장 나쁜 점이 바로 그거요. 그런데 브룩이 상당히 강력한 일당을 모으고 있다더군. 은행가 불스트로드가 선두에 섰다고 말이오. 하지만 지명전에서 브룩에게 좋지 않은 결과가 나올 거라고 예상하던데."

"맞아요." 제임스 경이 진지하게 말했다. "나도 상황을 알아보았어요. 전에는 미들마치의 정치에 관해 아무것도 몰랐으니까. 내 임무는 주에 관련된 일이니 말입니다. 백부님은 올리버

---

178) 헨리 브로엄 경(Henry Brougham, 1778~1868)은 자유당 정치가이자 법률 개혁가로 1825년 '유용한 지식의 확산을 위한 협회'를 창설해 지대한 영향을 미쳤다.

가 필을 지지하기 때문에 쫓겨나리라고 기대하죠. 하지만 홀리 말로는 휘그당원을 내세운다면 틀림없이 백스터가 될 거라더군요. 그 후보자는 어디서 왔는지 아무도 모르지만 각료들에 대해 단호히 비판하는 데다 의원 경험이 있답니다. 홀리는 꽤 거칠게 말하더군요. 누구와 이야기하는지도 잊고 말이지. 백부님이 시시한 자리라도 원한다면 국회 의원 지명 연단에 가지 않고 더 값싸게 얻을 수도 있다고 하더라고요."

"당신들에게 경고했잖아요." 캐드월레이더 부인이 양손을 내밀어 흔들며 말했다. "브룩 씨가 진흙탕에서 세상을 놀라게 할 거라고 이미 오래전에 험프리에게 말했어요. 그런데 이제 그런 일을 저지른 거죠."

"글쎄, 결혼하려는 생각을 할 수도 있었을 텐데." 목사가 말했다. "그랬더라면 정치에서 작은 불장난을 치는 것보다 더 심각한 궁지에 빠졌겠지."

"나중에 그럴지도 모르죠." 캐드월레이더 부인이 말했다. "학질에 걸려서 진흙탕을 빠져나온 다음에 말이에요."

"내가 가장 우려하는 것은 그의 품위입니다." 제임스 경이 말했다. "물론 가족들 때문에 더 신경이 쓰이지만. 지금은 그가 그럭저럭 잘 살아가고 있는데 대중에 노출되는 것은 생각하고 싶지도 않아요. 사람들이 그에 대해 온갖 일을 들춰낼 테니까."

"설득하려 해 봐야 아무 소용 없을 거요." 목사가 말했다. "묘하게도 브룩은 완고하면서 변화무쌍한 사람이지. 그 문제에 대해 그에게 이야기해 보았소?"

"아뇨." 제임스 경이 말했다. "이래라저래라 지시하는 듯이 보일까 봐 마음이 쓰이네요. 하지만 잡일을 맡긴 래디슬로라는 젊은이와 이야기를 나눠 봤어요. 래디슬로는 무슨 일이든 할 수 있을 만큼 영리해 보이더군요. 그의 말을 듣는 편이 더 낫다고 생각했죠. 그런데 그는 백부님이 이번에 입후보하는 데 반대하더군요. 그가 백부님의 생각을 바꿔 놓을 겁니다. 후보 지명은 피해 갈 것 같아요."

"알겠어요." 캐드월레이더 부인이 고개를 끄덕이며 말했다. "무소속 후보자가 자기 연설문도 다 외우지 못했군요."

"그런데 이 래디슬로는…… 여기 또 성가신 일이 있어요." 제임스 경이 말했다. "우리는 그를 백부님의 손님이자 캐소본의 친척으로 (당신들도 그를 만났겠지만) 두세 번 초대해서 정찬을 함께했어요. 그가 잠시 방문하는 줄 알았지. 그런데 이제 보니 《개척자》의 편집인으로 미들마치 사람들의 입에 오르내리고 있더군요. 펜을 놀려 대는 외국인이라느니, 외국 첩자라느니 하는 소문이 돌고 있어요."

"캐소본이 좋아하지 않겠군." 목사가 말했다.

"래디슬로는 외국인의 피가 흐르는 사람이에요." 제임스 경이 말했다. "그가 극단적인 의견에 빠져서 백부님을 이끌지 않으면 좋겠는데."

"아, 위험한 젊은이로군요, 래디슬로 씨 말이에요." 캐드월레이더 부인이 말했다. "거창한 노래를 부르고 교묘한 말재주가 있고 말이죠. 바이런식 영웅, 호색적인 음모가랄까. 그런데 토마스 아퀴나스는 그를 좋아하지 않더군요. 그 그림을 가져오던 날 그걸 알겠더라고요."

"나는 그 문제에 대해 캐소본과 이야기하고 싶지 않아요."
제임스 경이 말했다. "나보다는 그에게 참견할 권리가 더 많지.
하지만 그건 누구에게나 불쾌한 일이지요. 점잖은 친인척이
있는 사람이 스스로 형편없이 품격을 떨어뜨리다니! 신문이나
만들고! 《트럼펫》을 만드는 켁을 보면 잘 알 수 있어요. 일전
에 홀리와 함께 만난 적이 있는데 글은 그럭저럭 봐줄 만하지
만 너무 출신이 비천한 자라서 차라리 반대쪽 입장이기를 바
랄 정도였지요."

"하찮은 소문이나 퍼뜨리는 미들마치 신문에서 무엇을 기
대하겠소?" 목사가 말했다. "진정한 관심을 느끼지도 않는 이
해관계에 대해 글을 쓰고 또 소매가 닳지 않은 옷을 입을 만
큼의 보수도 받지 못하면서 글을 쓰는 사람에게서는 고귀한
문체를 찾아볼 수 없겠지."

"맞아요. 그렇기 때문에 그런 일자리에 인척을 썼다는 게
더 화가 납니다. 내 생각으로는 그런 일을 받아들인 래디슬로
가 바보지만."

"그건 아퀴나스의 잘못이에요." 캐드월레이더 부인이 말했
다. "연줄을 이용해서 그를 외교관보로 만들든지 인도로 보내
든지 할 수 있을 텐데 왜 그렇게 하지 않는 거죠? 상류층 가
문은 골치 아픈 자식을 그런 식으로 처리하잖아요."

"그 해악이 어디까지 미칠지 모르겠어요." 제임스 경이 걱정
스럽게 말했다. "하지만 캐소본이 아무 말도 하지 않는다면 내
가 뭐라고 할 수 있겠어요?"

"오, 친애하는 제임스 경……." 목사가 말했다. "이 문제에 너무 신경 쓰지 맙시다. 그저 연기처럼 사라질지 모르니까. 한두 달 지나면 브룩과 래디슬로 씨는 서로에게 싫증이 날 테니. 그러면 래디슬로는 다른 곳으로 날아가겠지. 브룩은 《개척자》를 팔고, 그러면 모든 것이 예전으로 돌아갈 거요."

"한 가지 나쁘지 않은 가능성이 있어요. 그는 자기 돈이 줄줄 새어 나가는 걸 좋아하지 않으리라는 거죠." 캐드월레이더 부인이 말했다. "내가 선거 비용 항목을 조목조목 알면 겁을 줄 텐데. 그에게 비용이라는 모호한 단어를 자꾸 말해 봐야 아무 소용도 없어요. 정맥에서 나쁜 피를 뽑는 치료법에 대해 말할 게 아니라 아예 항아리 가득 든 거머리를 그의 몸에 쏟아붓는 거예요. 우리처럼 인색한 사람들이 가장 싫어하는 것은 6페니 동전이 우리에게서 빠져나가는 거라고요."

"그리고 과거 소행을 들추는 것도 좋아하지 않을 겁니다." 제임스 경이 말했다. "사유지 경영 문제가 있지요. 벌써 그것을 들춰내기 시작했어요. 나는 그걸 보기가 정말 괴로워요. 바로 코앞에서 벌어지는 골치 아픈 일이니. 사람은 자기 땅과 소작인들을 위해 최선을 다해야 한다고 생각해요. 특히 요즘처럼 어려운 시절에는 말이지요."

"어쩌면 《트럼펫》 덕분에 그가 정신을 차려 달라질 수 있고, 그러면 이로운 일이 생길 수도 있겠군." 목사가 말했다. "그러면 기쁠 텐데. 사람들이 십일조를 내면서 불평하는 소리가 줄어들 테니 말이오. 팁턴에서 십일조 대신 지급하는 고정된 보상금이 없으면 내가 뭘 할 수 있을지 모르겠소."

"백부님이 적절한 사람을 고용해서 그런 일을 관리하면 좋겠어요. 다시 가스를 고용했으면 합니다." 제임스 경이 말했다. "십이 년 전에 가스를 해고했는데 그 후로 모든 일이 잘못되었거든요. 나는 가스에게 관리를 맡길 생각이에요. 내 건물의 설계도를 그가 만들었는데 아주 탁월했어요. 러브굿은 거의 기대에 부응하지 못했지만. 그런데 가스는 백부님이 전부 다 맡기지 않으면 팁턴 사유지를 다시 떠맡지 않을 겁니다."

"게다가……." 목사가 말했다. "가스는 독립적인 사람이오. 독창적이고 소박한 마음을 가진 사람이지. 하루는 날 위해 뭔가 가치 평가를 해 주면서 목사들은 사업에 대해 아무것도 모르고, 간섭하려 들면 오히려 해가 된다고 솔직하게 말하더군. 그런데 마치 선원에 대해 말하듯이 조용히 경의를 품고 말하더라고. 브룩이 관리를 맡긴다면 가스는 팁턴을 완전히 다른 교구로 만들어 놓을 거요.《트럼펫》덕분에 그런 일이 이루어지면 좋겠소."

"도러시아가 옆에 있으면 좀 가능성이 있었을 텐데." 제임스 경이 말했다. "그녀는 백부님께 서서히 어느 정도 영향력을 미칠 수 있었을 겁니다. 농장에 대해 늘 불편해했으니까요. 그런 일에 관해서 놀랍게도 좋은 생각을 가졌거든요. 그런데 이제 캐소본이 그녀를 완전히 독차지하고 있지. 실리아의 불평이 이만저만이 아니에요. 그가 발작을 일으킨 후에는 언니를 정찬에 초대할 수도 없다고 말이지요." 제임스 경은 연민과 혐오감을 담은 표정으로 말을 맺었고, 캐드윌레이더 부인은 그 부분에서 달라질 일이 없을 거라고 말하듯이 어깨를 으쓱했다.

"가엾은 캐소본!" 목사가 말했다. "위험한 발작이었소. 전날 부주교의 집에서 만났을 때 완전히 지쳐 보이더군."

"사실······." 제임스 경은 '발작'에 대해 생각하지 않으려 하면서 다시 말을 꺼냈다. "백부님이 소작인이나 다른 사람들에게 고약하게 굴려는 건 아니에요. 다만 비용을 절감하고 삭감하려는 습성이 있을 뿐이지."

"그건 축복이에요." 캐드월레이더 부인이 말했다. "아침에 일어나서 자신을 알아볼 수 있게 해 주니까. 자기 의견이 뭔지는 몰라도 자기 지갑은 틀림없이 알아보겠죠."

"자기 땅에서 인색하게 굴어 지갑이 두둑해진다고는 생각하지 않아요." 제임스 경이 말했다.

"아, 인색함도 다른 미덕처럼 남용될 수 있어요. 자기 돼지들을 여위게 해서는 도움이 되지 않죠." 캐드월레이더 부인이 말했다. 그녀는 일어나서 창밖을 내다보았다. "그런데 무소속 정치가에 대한 이야기를 하고 있으려니 바로 나타나는군요."

"아니, 브룩이?" 남편이 말했다.

"그래요. 자, 당신은 《트럼펫》을 갖고 질문 공세를 퍼부어야 해요, 험프리. 그러면 내가 그에게 거머리를 쏟아붓겠어요. 당신은 뭘 할 건가요, 제임스 경?"

"사실 난 그 이야기를 꺼내고 싶지 않아요. 서로 입장이 있으니까. 그 일은 전체적으로 너무 불쾌해요. 사람들이 신사답게 처신하기를 진정으로 바라고요." 성격 좋은 준남작은 이것이 사회의 안녕을 위한 소박하고 포괄적인 계획이라고 느끼며 말했다.

"모두 여기 있었군그래?" 브룩 씨가 발을 끌며 들어와 악수를 나누면서 말했다. "조금 있다가 자네 저택으로 갈 생각이었네, 체텀. 다들 만나니 기쁘군. 그런데 여러 사태에 대해서 어떻게 생각하나? 약간 급하게 진행되고 있지! 라피트[179]의 말이 정말이지 사실이라네. '어제 이후로 한 세기가 지나가 버렸다.' 알다시피 반대편 사람들은 다음 세기로 넘어간 거지. 우리보다 더 빨리 나아가니까."

"아, 그렇습니다." 목사가 신문을 집어 들며 말했다. "여기 《트럼펫》이 당신을 시대에 뒤처진 사람이라고 비난했더군요. 보셨어요?"

"그래? 아니." 브룩 씨는 장갑을 모자 안에 넣고 서둘러 안경을 눈에 대며 말했다. 하지만 캐드월레이더 씨는 눈가에 미소를 띠고 신문을 계속 든 채 말했다.

"여기 보세요! 전부 다 미들마치에서 160킬로미터도 떨어지지 않은 곳에 사는 어떤 지주에 대한 이야기입니다. 소작료를 직접 받는다고 말이지요. 그가 이 주에서 가장 퇴행적인 사람이라는군요. 당신이 《개척자》에서 틀림없이 그 단어를 가르쳐 주었겠지요."

"아, 켁이 쓴 기사로군. 알다시피 무식한 사람이지. 그런데 퇴행적이라니! 자, 이건 중요한 문제로군. 그는 그것을 파괴적이라는 뜻으로 생각하고 있어. 나를 파괴주의자 취급을 하고

179) 자크 라피트(Jacques Laffitte, 1767~1844)는 프랑스 정치가로 1830년 혁명의 주동자 중 한 명이다.

싶은 거지." 브룩 씨는 적수의 무식함에서 기운을 얻어 쾌활하게 말했다.

"그는 단어의 뜻을 알고 있었을 겁니다. 여기 한두 가지 날카로운 공격이 있군요. '가장 사악한 의미에서 퇴행적인 사람을 묘사하자면 자신이 당장 책임져야 할 이해관계가 썩어 가는데도 스스로를 헌법 개혁가라고 부르는 사람이라고 말해야 한다. 그는 악당 한 명이 교수형을 당하는 것은 참지 못하는 박애주의자이지만 정직한 소작인 다섯 명이 굶어 죽을 지경이 되는 것은 개의치 않는 사람이다. 부패에 소리 높여 항의하지만 자기 농장에서는 엄청나게 비싼 소작료를 받는 사람이다. 부패 선거구[180]에 대해 얼굴이 시뻘게지도록 고함을 지르지만 자기 농장의 들판마다 문짝들이 썩어 문드러져도 개의치 않는다. 그는 틀림없이 리즈와 맨체스터[181]에 대해 매우 너그럽고, 돈으로 국회 의원 자리를 사는 대표자의 숫자를 얼마든지 지지할 것이다. 다만 소작료 지급일에 소작인들이 가축을 사도록 도와줄 약간의 돈을 돌려주는 것이나, 혹은 소작인의 헛간에 바람이 들지 않도록 문을 막고 소작인의 오두막이 가난한 아일랜드 농사꾼의 집과 조금 달리 보이도록 고치기 위한 수리 비용을 주는 데 반대할 뿐이다. 그러나 우리는 그 게으름뱅이가 박애주의자를 어떻게 정의하는지 알고 있다. 거리가 멀어질수록 그에 비례해서 자비심이 커지는 사람이 박애

---

180) 유권자 수가 줄어도 의원 선출 권리를 보유했던 선거구로 1832년에 폐지되었다.
181) 당시 대규모 제조업 도시로 국회 의원 의석이 거의 없었다.

주의자다.' 기타 등등입니다. 나머지는 박애주의자가 어떤 국회 의원이 될지를 예상하는 내용이지요." 목사가 신문을 내려놓으며 말하고는 양손을 머리 뒤로 깍지 끼고서 유쾌하고 중립적인 태도로 브룩 씨를 바라보았다.

"그래, 알다시피 그럭저럭 괜찮군." 브룩 씨는 신문을 집어들면서 이웃처럼 편안한 태도로 공격을 받아들이려고 애썼지만 얼굴이 붉어지며 다소 불안한 미소를 띠었다. "부패 선거구에 대해 얼굴을 시뻘겋게 붉히며 고함친다고! 내 평생 부패 선거구에 대해서는 한마디도 한 적이 없네. 그리고 얼굴을 붉히며 고함친다는 표현을 보면 이 사람들은 훌륭한 풍자가 어떤 것인지 절대로 이해하지 못해. 알다시피 풍자는 어느 정도 사실이어야 하네. 《에든버러》[182]의 어딘가에서 그런 말을 본 적이 있지. 풍자란 어느 정도로는 사실이어야 한다고."

"글쎄요, 문짝에 대한 이야기는 정확합니다." 제임스 경은 조심스럽게 접근하려 애쓰며 말했다. "대글리가 일전에 자기 농장에 쓸 만한 문짝이 하나도 없다고 불평했거든요. 가스가 새로운 형태의 문짝을 고안했는데 그걸 한번 시도해 보시지요. 갖고 있는 목재를 그런 식으로 써야 하니까요."

"자네는 멋진 농장을 좋아하지, 체텀." 브룩 씨가 《트럼펫》의 칼럼을 훑어보며 말했다. "그건 자네 취미지. 자네는 비용을 들이는 것도 개의치 않고."

"내 생각에 세상에서 가장 값비싼 취미는 의회에 출마하는

---

182) 1802년에 창간된 유명한 계간지 《에든버러 리뷰》.

거예요." 캐드월레이더 부인이 말했다. "미들마치에서 지난번에 떨어진 입후보자, 그 사람 이름이 자일스였던가요? 그 사람은 1만 파운드를 썼는데 뇌물을 충분히 주지 못해 떨어졌다더군요. 그걸 생각하면 얼마나 속이 쓰리겠어요!"

"누군가 말하길……." 목사가 웃으며 말했다. "뇌물 수수로 보자면 이스트 랫퍼드[183]는 미들마치와 비교할 때 아무것도 아니었답니다."

"그런 일이 있어서는 안 되지." 브룩 씨가 말했다. "알다시피 토리당원들이 매수한다네. 홀리와 그 패거리가 한턱을 내고, 구운 사과 같은 것들로 매수한다고. 투표자를 취하게 만들어서 투표소로 끌고 가고 말이지. 하지만 앞으로는 그런 식으로 하지 못할 거야. 알다시피 앞으로는 안 될 거라고. 미들마치는 좀 뒤처져 있어. 나도 인정하네. 일반 주민의 수준이 좀 떨어지지. 하지만 우리가 교육시킬 걸세. 알다시피 그들을 이끌어 갈 거라고. 최고로 좋은 사람들이 우리 편에 있으니까."

"홀리 말로는 백부님 편에 있는 사람들이 백부님께 해가 될 거라던데요." 제임스 경이 말했다. "은행가 불스트로드가 백부님께 해가 될 거라고 하더군요."

"누군가 당신에게 썩은 달걀을 던진다면……." 캐드월레이더 부인이 말했다. "그 달걀의 절반은 당신네 선거대책위원장에 대한 증오심을 뜻할 거예요. 맙소사! 잘못된 의견 때문에 썩은 달걀 세례를 받는다면 대체 어떤 기분일지 생각해 보세요.

183) 매수 행위가 극심해 의석을 박탈해야 한다는 제안이 있던 선거구다.

그리고 어떤 사람에 대한 이야기가 생각나는데, 사람들이 그를 목말을 태우는 척하다가 일부러 쓰레기 더미에 떨어뜨렸다지 뭐예요."

"그런 식으로 내던지는 건 사람들이 과오를 찾아내는 것에 비하면 아무것도 아니지요." 목사가 말했다. "솔직히 고백하건대 만일 목사들이 승진 후보 발표 연단에 서야 한다면 가장 두려운 것은 바로 이겁니다. 사람들이 제가 낚시질하면서 보낸 날들을 일일이 세어 보리라는 것이지요. 실로 사람들이 던질 수 있는 가장 단단한 무기는 진실이라고 생각합니다."

"사실……." 제임스 경이 말했다. "사람이 공적 생활을 하려면 그 결과에 대한 준비가 되어 있어야지요. 스스로 비방을 막아 낼 방어막이 되어야 합니다."

"친애하는 체텀, 모두 훌륭한 말이네." 브룩 씨가 말했다. "하지만 어떻게 스스로를 비방을 막는 방어막으로 만들겠나? 자네는 역사를 읽어야 하네. 오스트라시즘, 박해, 순교, 그런 것들을 보게. 그런 일은 늘 가장 훌륭한 사람들에게 일어난다네. 그런데 호라티우스가 뭐라고 했더라? '세상이 멸망하더라도 정의가 이루어지도록 행하라.'[184] ……그런 말이 있지."

"맞습니다." 제임스 경이 평소보다 약간 더 열을 내며 말했다. "비방을 막는 방어막이란 그 비방이 모순된 것이라고 지적할 수 있다는 뜻입니다."

---

184) 흔히 인용하는 라틴어 어구이지만 호라티우스의 『시론』에 나오는 것은 아니다.

"그리고 자기 앞으로 달아 놓은 청구서에 돈을 지불하는 것은 순교가 아니에요." 캐드월레이더 부인이 말했다.

하지만 브룩 씨를 가장 심란하게 한 것은 제임스 경이 분명 화가 나 있다는 사실이었다. "자, 알다시피, 체텀……." 그는 일어서면서 모자를 들고 몸을 굽혀 지팡이를 잡으며 말했다. "자네와 나는 방식이 다르다네. 자네는 농장에 돈을 들이는 것을 좋아하지. 내 방식이 어느 상황에서나 훌륭하다고 주장하고 싶지는 않네. 어느 상황에서나 그런 건 아니라고."

"때때로 가치를 새로 평가해야 합니다." 제임스 경이 말했다. "이따금 돈을 돌려주는 것도 아주 좋은 일이지요. 하지만 저는 공정한 가치 평가를 좋아합니다. 어떻게 생각하세요, 캐드월레이더?"

"경의 말에 동의합니다. 내가 브룩 씨라면 당장 가스에게 농장의 가치를 새로 산정하라고 맡기고 문이나 다른 것들을 보수하도록 백지 위임장을 줘서 《트럼펫》의 목을 조르겠어요. 정치적 상황에 대한 내 견해는 그렇습니다." 목사는 엄지손가락을 겨드랑이에 끼고 가슴을 쭉 펴고는 브룩 씨를 바라보고 웃으며 말했다.

"그런 건 다 허식을 부리는 일이야." 브룩 씨가 말했다. "그렇지만 나처럼 연체금 때문에 소작인을 괴롭히지 않는 다른 지주가 있다면 알려 주게. 나는 오래된 소작인은 계속 머물게 해 주었어. 다시 말하지만 나는 보기 드물게 너그러운 사람이라네. 흔치 않게 관대한 사람이지. 내 나름의 이념이 있고 그 바탕 위에 내 입장을 세운다네. 그렇게 하는 사람은 언제나 괴짜라느니 변덕스럽다느니 하는 비난을 받지. 나는 행동 노선을 바꾸더라도 내 나름의 이념을 따를 걸세."

그러고 나서 브룩 씨는 그레인지에서 소포를 보내야 한다는 것을 기억하고는 서둘러 모두에게 작별 인사를 했다.

"나는 브룩에게 무례하게 굴고 싶지 않았어요." 제임스 경이 말했다. "보시다시피 그는 화가 났어요. 하지만 오래된 소작인에 대한 그의 말을 따져 보자면 사실 새로운 소작인이라면 현재의 조건으로 그 농장을 떠맡지도 않을 겁니다."

"시간이 지나면 그를 설득할 수 있겠지." 목사가 말했다. "하지만 엘리너, 당신이 한쪽으로 잡아당겼고 우리는 다른 쪽으로 끌어당겼어요. 당신은 브룩 씨가 겁나서 돈을 쓰지 못하게 하려 했고, 우리는 그에게 겁을 주어 돈을 쓰게 하려 했으니. 그가 인기를 얻으려 애쓰면서 지주로서 그의 평판이 앞길을 막는다는 사실을 스스로 깨닫도록 내버려 두는 편이 좋겠어. 그것이 《개척자》나 래디슬로, 또는 브룩이 미들마치 사람들에게 연설하는 데는 전혀 문제가 되지 않겠지만 팁턴 교구민의 생활이 편안해지는 데는 중요한 문제지."

"미안하지만 방향을 잘못 잡은 것은 당신들이에요." 캐드월레이더 부인이 말했다. "당신들은 그가 농장 관리를 잘못하면 손실을 볼 거라고 주장했어야 해요. 그런 다음에 다 함께 당겼어야 했다고요. 당신들이 그를 정치에 올라타도록 내버려 둔다면 난 그 결과를 경고하는 거예요. 집 안에서 지팡이에 올라타고 그걸 이념이라고 부르는 거야 괜찮았지."

39장

내가 그랬듯이 당신도
　　　여자의 몸을 걸친 미덕을 본다면
그것을 감히 사랑하고, 그렇게 말한다면,
　　　그리고 남자와 여자를 잊는다면,

그리고 이 사랑에 믿음을 부여하지 않을,
　　　혹 믿더라도 조롱할
비속한 남자들에게서
　　　이 사랑을, 그렇게 있더라도 숨긴다면,

그러면 당신은 모든 명사보다
　　　더 용감한 일을 한 거라네,
거기서 일어날 더 용감한 일은
　　　그 사랑을 계속 숨겨 두는 것이라네.

　　　　　　　　　　　　　　　— 던 박사[185]

　　제임스 체텀 경은 술책을 잘 꾸미지 못하는 성격이었지만
"브룩에게 영향을 미치려는" 조바심이 점점 커지면서 도러시아
가 영향을 미칠 수 있으리라는 변함없는 믿음이 일단 떠오르
자 작은 계획을 짜내게 되었다. 즉 실리아의 몸이 좋지 않다는
핑계를 대어 도러시아를 혼자 집으로 데려오고, 마차를 타고
오면서 그레인지 농장의 상황을 충분히 알려 준 뒤 그곳에 내
려 주는 것이었다.

---

185) 존 던(John Donne, 1572~1631)의 시 「염습」.

이렇게 되어 어느 날 오후 4시에 브룩 씨와 래디슬로가 서재에 있을 때 문이 열리고 캐소본 부인이 도착했다는 전갈이 전해졌다.

조금 전만 하더라도 몹시 권태로운 기분으로 우울하게 브룩 씨를 도와 양 절도범들을 교수형에 처하는 문제에 관한 '문서'를 정리해야 했던 윌은 속으로 그레인지에서 계속 머물지 않고 미들마치에 숙소를 마련할 방법을 궁리하며 인간의 마음이 여러 필의 말에 동시에 걸터앉는 능력을 보여 주고 있었다. 그러는 동안에 호머풍으로 상세하게 쓰인 양 절도에 관한 서사시가 온갖 차분한 이미지 사이로 간질이듯 스쳐 지나갔다. 캐소본 부인의 이름이 들리자 그는 전기 충격이라도 받은 듯이 깜짝 놀라 일어섰고, 손가락 끝이 따끔거리는 느낌이었다. 그를 관찰한 사람이라면 얼굴빛에, 적절히 조절되는 얼굴 근육에, 강렬한 시선에 일어난 변화를 보았을 테고, 그래서 그 몸의 모든 분자가 마술적 감촉의 메시지를 전달했다고 상상했을 것이다. 실로 그러했다. 효과적인 마술이란 초월적인 것이기 때문이다. 그리고 몸뿐 아니라 영혼의 특성을 전달하고, 한 여자에 대한 한 남자의 열정을 다른 여자에 대한 열정과 다르게 만드는 ─ 계곡과 강, 하얗게 눈 덮인 산꼭대기에 비친 아침 햇살에서 느끼는 즐거움이 호롱불과 유리 칸막이 안에서 느끼는 즐거움과 사뭇 다르듯이 ─ 그 미묘한 감촉을 누가 측정할 수 있겠는가? 윌은 감수성이 매우 풍부한 사람이었다. 옆에서 바이올린의 활을 뛰어난 솜씨로 그으면 그에게는 대번에 세상의 얼굴이 달라졌다. 그의 관점은 기분만큼이나 쉽게 달라졌다. 도러시아의 등장은 싱그러운 아침이었다.

"아니, 얘야, 무척 반갑구나." 브룩 씨가 그녀를 맞아 볼에 입을 맞추며 말했다. "캐소본은 책을 보도록 두고 왔겠지. 잘 했다. 여자인 네가 너무 학식이 풍부해서는 안 되지."

"그럴 염려 없어요, 큰아버지." 도러시아는 몸을 돌려 윌과 솔직하고 쾌활하게 악수를 나누면서 말했다. 그러고는 다른 인사말을 덧붙이지 않고 큰아버지의 말에 대답했다. "제가 무 척 굼뜨거든요. 책에 몰두하고 싶을 때도 머릿속으로는 종종 딴생각을 하고요. 학식을 얻는 것은 오두막을 설계하는 일처 럼 쉽지 않다는 것을 알았어요."

그녀는 윌의 맞은편 큰아버지 옆에 앉았고, 어떤 생각에 몰 두해 그를 거의 염두에 두지 않은 것이 분명했다. 그는 그녀의 방문이 자신과 관련 있다고 상상하기라도 한 듯 우습게도 실 망감을 느꼈다.

"그래, 얘야, 네 취미는 설계도 그리기였지. 하지만 좀 중단 해도 괜찮아. 알다시피 취미가 우리를 압도하기도 하거든. 그 렇게 압도되어서는 안 되지. 우리는 고삐를 꼭 잡고 있어야 한 단다. 나는 압도되도록 내버려 둔 적이 없어. 늘 고삐를 당겨 서 멈추었지. 래디슬로에게도 그렇게 말했단다. 그는 나와 비 슷해서 매사에 열중하기를 좋아하거든. 우리는 사형 제도에 대해 조사하고 있었단다. 우리가 함께 일하면 아주 많은 일을 해낼 수 있을 거야. 래디슬로와 내가 말이다."

"네." 도러시아는 그녀답게 단도직입적으로 말을 꺼냈다. "제 임스 경이 큰아버지의 농장 운영에 곧 큰 변화가 있기를 바란다고 말해 주었어요. 큰아버지께서 농장의 가치를 다시 평가하고 수리하고 오두막을 개량해서 팁턴을 완전히 다른 곳으로 만드실 생각이라고요. 아, 정말 기쁜 일이에요." 그녀는 결혼 후에 억눌렸던, 어린아이처럼 충동적인 감정을 다시 드러내며 양손을 맞잡고 말을 이었다. "제가 아직 집에 있었으면 다시 말을 타고 큰아버지와 함께 돌아다니며 모든 것을 살펴보았을 텐데요. 그리고 가스 씨를 고용하실 거라고요. 그분이 제 오두막 설계도를 칭찬했다고 제임스 경이 그러더군요."

"체팀은 좀 성급하구나, 애야." 브룩 씨는 약간 얼굴을 붉히며 말했다. "조금 성급해. 나는 그렇게 하겠다고 말한 적이 없단다. 그러지 않겠다고 말한 적도 없지만."

"체팀 경은 큰아버지께서 그렇게 하실 거라고 믿고 있을 뿐이에요." 도러시아는 「사도신경」의 반주곡을 노래하는 젊은 성가대원처럼 맑은 목소리로 주저 없이 말했다. "큰아버지께서는 사람들의 생활 개선을 위해 노력하는 의원으로 국회에 들어가실 생각이니까요. 그리고 제일 먼저 개선해야 할 것 중 하나는 토지와 일꾼들의 상황이니까요. 킷 다운스에 대해 생각해 보세요, 큰아버지. 아내와 아이들 일곱이 있는데 하나뿐인 거실과 침실이 이 탁자보다 넓지 않은 집에서 살아요. 그리고 가엾은 대글리 가족은 다 쓰러져 가는 농가의 부엌방에서 살고 다른 방들은 쥐들이 쏠아 대고 있어요! 그런 이유 때문에 저는 이 방에 걸린 그림들을 좋아하지 않아요, 큰아버지. 제가 아무것도 모른다고 하시던 저 그림들 말이에요. 그 더럽고 열악하고 추한 모습을 마음속 고통처럼 담고 마을에서 돌아오곤 했는데 거실에서 싱글벙글 웃고 있는 그림들을 보면 거짓에서 즐거움을 찾으려는 사악한 시도 같았어요. 담장 밖에 사는 이웃에게 현실이 얼마나 고통스러운지를 전혀 개의치 않고 말이죠. 가까이 있는 해악을 바로잡으려고 노력하기 전까지는 더 광범위한 개선을 위한 변화를 지지하고 촉구할 권리가 없다고 생각해요."

도러시아는 말을 하면서 감정이 더욱 강렬해졌고, 거리낌 없이 감정을 토로하는 것 외에는 모두 잊어버렸다. 이런 경험이 과거의 그녀에게는 흔한 일이었지만 결혼 후에는 거의 사라졌다. 결혼 생활은 활력과 두려움 간의 끊임없는 몸부림이었으므로. 그 순간 윌의 흠모하는 마음에 어딘가 서늘하게 소원한 느낌이 밀려들었다. 남자는 여자에게서 어떤 위대한 면모를 볼 때 그녀를 아주 잘 사랑할 수 없다고 느끼며 부끄러워하는 일이 거의 없다. 자연은 남자를 위대하게 만들 의도였으므로. 그러나 자연은 그런 의도를 실행에 옮기면서 간혹 안타깝게도 실수로 지나치는 일이 있다. 선량한 브룩 씨의 경우가 그러했는데 그의 남성적 의식은 이 순간 조카딸의 웅변 앞에서 다소 우물쭈물하고 있었다. 그는 당장 생각을 표현할 다른 방법을 찾지 못해 자리에서 일어나 안경을 고쳐 쓰고 앞에 놓인 서류들을 만지작거렸다. 마침내 그가 말했다.

"네 말에 일리가 있단다, 얘야, 네 말에 일리가 있어. 하지만 그게 전부는 아니란다. 그렇지 않나, 래디슬로? 자네와 나는 우리의 그림과 조각들이 비난받는 것을 좋아하지 않지. 젊은 숙녀들은 좀 불같이 열정적이야. 약간 한쪽으로 치우쳐 있단다, 애야. 미술과 시, 그런 것들은 국민을 고양시키거든. '품행을 순화한다.'[186] 이거지. 네가 이제는 라틴어를 좀 알아듣겠지. 그런데…… 어, 무슨 일인가?"

이 질문은 대글리의 아들이 방금 죽인 새끼 토끼를 들고 있는 것을 관리인이 발견했다고 보고하러 온 마부에게 건넨 것이었다.

"곧 가겠네, 가겠어. 그 꼬마를 용서해 줄 거란다." 브룩 씨는 도러시아에게 말하면서 아주 쾌활하게 발을 끌며 나갔다.

"제가 바라는, 그리고 제임스 경이 바라는 변화가 옳은 일이라고 느끼시면 좋겠어요." 큰아버지가 나가자마자 도러시아는 윌에게 말했다.

"그래요, 그 문제에 대한 부인의 말씀을 들었으니까요. 그 말을 잊지 못할 겁니다. 하지만 지금은 다른 문제에 대해 생각할 수 없을까요? 어떤 일에 관해 부인께 말씀드릴 기회가 다시 없을지 모릅니다." 윌은 조급하게 일어서서 양손으로 의자 등받이를 잡고 말했다.

"무슨 일인지 이야기해 주세요." 도러시아 역시 일어서서 열린 창문으로 걸어가며 근심스럽게 말했다. 그곳에서 몽크가 들여다보고 헐떡이며 꼬리를 흔들고 있었다. 그녀는 창틀에 등을 기대고 손을 개의 머리에 얹었다. 알다시피 그녀는 안아 올려야 하거나 발에 밟힐 애완동물은 좋아하지 않았지만 개

---

186) emollit mores. 오비디우스의 『흑해에서 온 편지』에 나오는 구절이다. "학예를 충실히 연구하면 품행을 순화한다."

들의 감정에 늘 관심을 기울였고, 그것들의 접근을 거절해야 하면 매우 정중하게 거절했다.

윌은 눈으로만 그녀의 몸짓을 좇으며 말했다. "캐소본 씨께서 제가 그분 집에 출입하지 못하도록 금지한 사실을 아시겠지요."

"아뇨, 몰랐어요." 도러시아가 잠시 가만히 있다가 말했다. 마음이 무척 동요한 것은 분명했다. "정말이지 무척 죄송해요." 그녀는 슬프게 덧붙였다. 그녀는 윌이 알지 못하는 것, 깜깜한 어둠 속에서 남편과 나누었던 대화를 떠올렸고, 자신이 캐소본 씨의 행동에 영향을 미칠 수 없다는 절망감에 다시 충격을 받았다. 그러나 확연히 드러난 그녀의 슬픈 표정에서 윌은 그 슬픔이 오로지 그에게 주어진 것이 아니고, 자신에 대한 캐소본 씨의 혐오와 질투가 그녀와 관련되어 있다는 생각이 그녀의 머리를 스친 적이 없음을 확인했다. 그러자 묘하게도 즐거움과 분노가 뒤섞인 느낌이 들었다. 그가 깨끗한 집에 머물듯이 그녀의 생각 속에 아무런 의혹 없이, 티끌 한 점 없이 머물고 소중하게 간직될 수 있다는 기쁨과 그가 그녀에게 너무나 중요하지 않은 인물이고 강력하지도 않은 존재라서 서슴없이 너그러운 — 우쭐하게 느낄 수 없는 — 대접을 받고 있다는 분노였다. 하지만 도러시아에게 어떤 변화가 있을지 모른다는 두려움이 자신의 불만감보다 더 강했기에 그는 그저 설명하듯이 말을 덧붙였다.

"캐소본 씨가 그렇게 하신 것은 그분의 친척으로서 제 위상에 맞지 않는다고 생각하시는 직업을 제가 여기서 택한 것을 불쾌하게 여기시기 때문입니다. 이 점에 대해서는 양보할 수 없다고 말씀드렸어요. 제게는 우습게 보이는 편견 때문에 제 삶의 진로가 방해받는 것은 좀 너무 가혹한 일입니다. 너무 어려서 그 의미를 알지 못할 때는 의무라는 것을 우리에게 찍힌 노예라는 낙인 못지않게 확대 해석할 수도 있겠지요. 제가 이 직책을 유용하고 명예롭게 만들 생각이 아니었으면 받아들이지 않았을 겁니다. 가문의 품위를 그 밖의 다른 의미로 간주해야 할 의무는 없습니다."

도러시아는 비참한 기분이었다. 남편이 전적으로 잘못했다고 생각했고, 윌이 언급한 것 말고도 여러 이유가 있었다.

"그 문제에 대해서는 이야기하지 않는 편이 낫겠어요." 그녀에게 흔치 않은 떨리는 목소리였다. "당신과 캐소본 씨의 의견이 다르니까요. 당신은 여기 머물 생각이시겠지요?" 그녀는 우울한 생각에 잠겨 잔디밭을 내다보았다.

"네, 하지만 이제는 부인을 거의 뵐 수 없겠지요." 윌은 사내아이처럼 불평하는 투로 말했다.

"네." 도러시아가 눈길을 돌려 그를 정면으로 바라보며 말했다. "거의 그럴 거예요. 하지만 나는 당신에 대한 이야기를 들을 거예요. 당신이 큰아버지를 위해서 어떤 일을 하시는지 알게 되겠지요."

"저는 부인에 대해 아무것도 알지 못할 겁니다." 윌이 말했다. "어느 누구도 제게 들려주지 않을 테니까요."

"아, 제 생활은 무척 단순해요." 도러시아가 말했다. 입술이 정교한 미소로 곡선을 이루며 우울한 얼굴을 빛나게 만들었다. "늘 로윅에 있으니까요."

"끔찍한 감방입니다." 월은 충동적으로 말했다.

"아니, 그렇게 생각하지 마세요." 도러시아가 말했다. "저는 어떠한 갈망도 없어요."

그는 대답하지 않았지만 그녀는 그의 표정에서 어떤 변화를 보고 말했다. "제 말은 저 자신에 대한 갈망 말이에요. 다만 남들을 위해 아무것도 하지 않는 처지에 제 몫보다 훨씬 많은 것은 갖고 싶지 않다는 갈망이 있군요. 하지만 저만의 믿음이 있어 거기에서 위안을 얻어요."

"그게 무엇입니까?" 월은 그 믿음을 약간 질투하며 물었다.

"완벽한 선을 희구함으로써, 그것이 무엇인지 잘 알지 못하고 또 우리가 하고자 하는 것을 할 수 없을 때라도, 우리는 악에 대항하는 성스러운 힘의 일부가 된다는 것이에요. 빛의 언저리를 넓혀 나가고 어둠과의 투쟁을 더 좁혀 가면서."

"아름다운 신비주의입니다. 그건……."

"그걸 어떤 이름으로도 부르지 말아 주세요." 도러시아가 간청하듯이 두 손을 내밀며 말했다. "그것이 페르시아나 어떤 다른 지역의 관념이라고 말할 수 있겠지요. 그건 제 삶이에요. 저는 그것을 찾아냈고, 그것과 떨어질 수 없어요. 저는 어릴 때부터 늘 제 종교를 찾으려 했어요. 기도를 무척 많이 올렸지요. ─ 지금은 거의 하지 않아요. 저는 순전히 저 자신만을 위한 욕망은 갖지 않으려고 노력해요. 그것이 다른 사람들에게 좋지 않을 수 있으니까요. 그리고 이미 저는 가진 것이 너무 많아요. 그저 로윅에서 제 하루하루가 어떻게 지나가는지를 알려 드리려고 이런 말을 했어요."

"그런 말씀을 해 주시다니 하느님의 축복이 있기를!" 윌은 열렬히 말했고 스스로에게 다소 놀라움을 느꼈다. 그들은 새들에 대한 비밀 이야기를 하는 두 다정한 아이처럼 서로를 바라보았다.

"당신의 신앙은 무엇인가요?" 도러시아가 말했다. "제 말은 당신이 종교에 대해 아는 것이 아니라 당신에게 가장 도움을 주는 믿음 말이에요."

"선하고 아름다운 것을 볼 때 그걸 사랑하는 것입니다." 윌이 말했다. "하지만 저는 반항아예요. 부인과 달리 저는 제가 좋아하지 않는 것에 복종해야 한다고 느끼지 않습니다."

"하지만 당신이 선한 것을 좋아한다면 같은 결과에 이를 거예요." 도러시아가 미소를 지으며 말했다.

"지금 말씀은 교묘하군요." 윌이 말했다.

"네, 캐소본 씨는 제가 너무 교묘하다고 종종 이야기하세요. 하지만 저는 그렇게 느끼지 않아요." 도러시아는 장난스럽게 말했다. "그런데 큰아버지께서 오래 나가 계시네요. 가서 큰아버지를 찾아봐야겠어요. 체팀 경 댁에 가야 하거든요. 실리아가 기다리고 있어요."

윌은 브룩 씨에게 말을 전하겠다고 제안했다. 그러나 브룩 씨가 곧 들어와서 도러시아와 함께 마차를 타고 대글리네 집까지 가겠다고 말했다. 새끼 토끼를 갖고 있다가 잡힌 어린 범법자에 대해 이야기를 나눌 생각이었다. 마차가 출발하자 도러시아는 농장에 대한 이야기를 다시 꺼냈지만 이제 브룩 씨는 기습 공격을 당한 것이 아니었기에 자기 나름대로 변명할 여유가 있었다.

"지금 체텀은……." 그가 대답했다. "나를 비난하고 있단다, 얘야. 하지만 체텀이 아니라면 내가 사냥감을 보호할 이유가 전혀 없을 거야. 체텀은 사냥터 보존 비용이 소작인들을 위한 거라고는 말할 수 없겠지. 사실 그건 내 감정과도 좀 어긋나거든. 속사정을 들여다보면 그건 밀렵이나 다름없단 말이야. 체텀에게 그 이야기를 건넬까 종종 생각했지. 얼마 전에 감리교 설교자인 플라벨이 산토끼를 죽였다고 붙들려 왔었단다. 아내와 함께 걷고 있는데 산토끼가 앞에 불쑥 나타났다는구나. 그는 아주 민첩하게 산토끼의 목을 부러뜨렸다지."

"그건 아주 야만적인 것 같아요." 도러시아가 말했다.

"글쎄, 그런데 감리교 설교자가 그런 일을 하다니 속이 좀 엉큼하게 보였지. 존슨이 말하더구나. '그가 얼마나 위선자인지 아실 수 있을 겁니다.' 사실 플라벨이 '가장 품격 높은 인간[187]'으로 보이지는 않는다고 생각했지. 누군가는 그리스도교인을 그렇게 불렀다지. 아마 영, 시인 영일 거라고 생각한다만. 너도 영을 알고 있겠지? 글쎄, 닳아빠진 검은 각반을 두르고서 플라벨은 하느님이 자기와 아내에게 좋은 저녁거리를 보내 주셨다고 생각했다더구나. 자신이 하느님 앞에서 니므롯처럼 힘센 사냥꾼[188]은 아니지만 그 산토끼를 때려잡을 권리가

---

187) 에드워드 영(Edward Young, 1683~1765)의 유명한 묘지 시 『한밤중의 사색』, iv. 788행.
188) 「창세기」 10장 9절 참고.

있다고 항변했단다. 정말이지 우스꽝스러운 광경이었어. 필딩이라면 그 사건으로 뭔가 만들어 냈을 거야. 아니면 스콧이. 스콧이라면 이야기를 잘 발전시킬 수 있었겠지. 그런데 실로 그 문제를 곰곰 생각해 봤더니 그 친구가 감사의 기도를 올리고 먹을 수 있는 산토끼 한 마리를 얻었다는 것이 흐뭇하더구나. 그건 순전히 막대기니 각반이니 하는 것들에 대한 편견의 문제고, 그 편견을 지지하는 법의 문제지. 그러나 그런 것들에 대해서 논리적으로 따져 봐야 안 될 일이야. 그리고 법은 법이니까. 하지만 나는 존슨을 입 다물게 하고 그 문제를 묻어 버렸단다. 체텀이라면 더 가혹하게 굴지 않았을까 싶은데도 체텀은 내가 이 주에서 가장 냉혹한 사람인 양 나를 호되게 비난한단다. 자, 대글리의 집에 다 왔구나."

브룩 씨는 농가의 대문 앞에서 내렸고 도러시아는 마차를 계속 달렸다. 우리는 어떤 일로 비난을 받는다는 생각만 들어도 놀랍게도 그 일이 더 추악하게 보인다. 심지어 거울에 비친 우리 몸도 그리 감탄스럽지 않은 점이 있다는 솔직한 말을 듣고 나면 모습이 달라 보인다. 반면에 불평을 전혀 하지 않거나 불평을 털어놓을 상대가 없는 사람들의 권리를 침해할 때 놀랍게도 우리 양심은 그것을 대단히 유쾌하게 받아들인다. 《트럼펫》이 비난하고 제임스 경이 되풀이한 이야기 때문에 마음이 상한 브룩 씨의 눈에 대글리의 농가는 오늘처럼 황량해 보인 적이 없었다.

실로 어떤 관찰자는 다른 사람들의 궁핍을 아름답게 표현한 풍경화를 보고 감정이 순화된 나머지 "자유민의 끝"이라 불리는 이 농가를 보고 즐거움을 느꼈을지 모른다. 오래된 집의 검붉은 지붕에는 천창이 있고, 굴뚝 두 개는 담쟁이덩굴로 뒤덮이고, 커다란 현관은 장작더미로 막히고, 창문의 절반은 재스민 가지들이 무성하게 뻗어 나간 벌레 먹은 잿빛 셔터로 닫혀 있었다. 그 너머로 접시꽃들이 피어 있는 썩어 가는 정원 담장은 고도로 복합적인 차분한 색조를 연구하기에 적합한 대상이었다. 그리고 (틀림없이 흥미로운 미신 때문에 키우고 있을) 늙은 염소 한 마리가 열려 있는 뒤쪽 부엌문에 기대어 엎드려 있었다. 외양간의 이끼 긴 초가지붕과 부서진 잿빛 헛간 문, 수레에 가득한 밀 이삭을 아침 일찍 탈곡할 수 있도록 헛간에 내려놓는 일을 거의 끝마친 누더기 바지 차림의 가난한 일꾼, 젖을 짜려고 젖소들을 밧줄로 묶어 놓은 자그마한 낙농장과 절반이 비어 있는 누르스름한 헛간, 그대로 내버려 둔 울퉁불퉁한 뜰에서 너무 형편없는 찌꺼기만 먹고 자라기운이 없는 듯 이리저리 돌아다니는 돼지와 흰 오리들. 이 모든 것이 높이 떠 있는 구름들로 대리석 무늬가 새겨진 하늘의 고요한 빛을 받으며 한 폭의 그림을 이루었을 테고, 우리 모두 그런 그림을 찬찬히 바라보면서 "매력적인 풍경"으로 여겼을 것이며, 당시 신문에서 끊임없이 설파했듯이 안타깝게도 농경 자본의 결핍과 농업의 침체로 인해 일깨워진 감정 외에 다른 감성을 자극했을 것이다. 그러나 지금 브룩 씨에게는 그런 성가신 생각들이 끈질기게 떠오르면서 그 풍경의 정취를 깨뜨렸다. 대글리 씨가 쇠스랑을 들고 젖 짤 때 쓰는, 앞이 납작해진 낡은 비버 모자를 쓰고 그 풍경에 나타났다. 겉옷과 바지는 그가 가진 옷 중에서 제일 좋은 것이었는데 장에 가지 않았더라면 평일에 그렇게 입지 않았을 것이다. 그는 블루 불의 선술집 식탁에서 저녁을 먹으며 흔치 않은 재미를 맛보다가 평소보다 늦게 돌아왔다. 어떻게 그런 사치스러운 일에 빠져들었는지는 다음 날 스스로 생각해도 놀라울 것이다. 그러나 식사 전에 나라 정세에 관한 이야기며 파 딥스의 추수가 잠시 중단된 일이나 새로운 왕에 대한 이야기를 나누고 벽에 붙은 수많은 전단을 보다 보니 약간 분별없이 굴어도 괜찮을 듯싶었다. 좋은 음식에는 좋은 음료를 곁들여야 한다는 것이 미들마치의 금언이자 상식이었고, 대글리는 그 음료라는 것을 식탁에 넘치는 맥주와 입가심으로 마실 럼주와 물로 해석했다. 이 알코올음료에는 어느 정도 진실만 담겨 있고 가엾은 대글리를 유쾌하게 만들 거짓이 전혀 없어서 평소와 달리 불만을 입 밖에 내놓도록 만들었을 뿐이었다. 그는 진흙탕 같은 정치에 관한 소문을 너무 많이 들었다. 그 이야기들은 현재 상태는 뭐든지 다 나쁘고, 조금이라도 변화가 있다면 더 나빠질 거라고 여기는 그의 보수적인 농장 운영 방침을 위험하게 교란하며 자극했다. 지주가 한 손을 바지 주머니에 넣고 다른 손으로는 가느다란 지팡이를 흔들면서 편안한 걸음걸이로 발을 질질 끌며 다가오고 있을 때 쇠스랑을 쥐고 서 있던 그는 불그레한 얼굴에 분명 싸우려는 기세가 등등한 눈으로 똑바로 쳐다보았다.

"대글리, 어이, 좋은 친구." 브룩 씨는 그 꼬마에 대해 친절하게 말해야 한다고 생각하면서 말을 꺼냈다.

"아, 그래, 제가 좋은 친구라구요. 그런갑쇼? 고맙수다, 나리, 고마워." 대글리가 으르렁거리듯이 큰 소리로 빈정거리자 양치기 개 팩이 벌떡 일어나 귀를 쫑긋했다. 그러나 밖에서 빈둥거리다가 마당에 들어오는 몽크를 보자 다시 살피는 자세로 주저앉았다. "좋은 친구라는 말을 들어서 즐겁수다."

브룩 씨는 그날이 장 서는 날이라는 것을 기억하고 이 귀중한 소작인이 아마 거기서 한잔 걸친 모양이라고 생각했지만 이야기를 중단할 까닭은 없었다. 꼭 해야 할 말은 대글리 부인에게 다시 말해서 예방책을 강구할 수 있었다.

"자네 어린 아들 제이콥이 새끼 토끼를 잡다가 붙잡혔네, 대글리. 비어 있는 마구간에 한두 시간 애를 가둬 놓으라고 존슨에게 말했어. 그냥 겁을 주려는 걸세. 하지만 밤이 되기 전에 집으로 돌려보낼 거야. 그러면 자네가 애를 돌보고 호되게 꾸짖게. 알겠나?"

"아뇨, 안 할 거네요. 나리나 다른 사람들의 비위를 맞추려고 혹시라도 아들을 가죽띠로 때리느니 차라리 내가 죽고 말지. 나리가 지주 한 명이 아니라 스무 명이라도, 나쁜 지주라도 절대로 안 한다구요."

대글리의 목소리가 컸기 때문에 아내가 맑은 날에는 늘 열어 놓는 유일한 출입구인 뒤쪽 부엌문에 나타났고, 브룩 씨는 달래듯이 말했다. "그래, 그래, 자네 아내에게 이야기하지. 나는 때릴 의도는 없었네, 알지?" 그러고는 집 쪽으로 걸어가려고 돌아섰다. 그러나 대글리는 달아나려는 신사에게 '하고 싶은 말을 다 하겠다.'라는 마음이 솟구쳐서 곧 뒤를 따랐다. 팩은 그의 발꿈치에 붙어 고개를 파묻고 걸어가면서 어쩌면 너그러운 의도로 다가오고 있을 몽크를 부루퉁한 얼굴로 피했다.

"잘 있었소, 대글리 부인?" 브룩 씨가 약간 서둘러 말했다. "당신 아들에 대해 이야기하러 왔소. 부인이 아들에게 몽둥이질을 하지 않기 바라오." 그는 이번에는 아주 분명히 말하려고 주의를 기울였다.

일에 지친 대글리 부인은 여위고 초췌한 여자였다. 예배 보러 갈 때 만족감을 느끼게 해 줄 나들이옷 하나 없을 만큼 그녀 삶에서 기쁜 일은 죄다 사라져 버렸다. 남편이 집에 돌아온 후 이미 말다툼을 벌인 다음이라서 우울한 기분이었고 최악의 상황을 예상하고 있었다. 그러나 남편이 먼저 대답했다.

"아뇨, 나리가 원하건 말건 애가 몽둥이찜질을 당할 일은 없을 거구만요." 대글리는 마치 한 방 날리고 싶은 듯이 목청껏 소리를 질러 댔다. "나리가 오셔서 몽둥이에 대해 이러쿵저러쿵할 필요가 없다니까요. 농장을 수리하라고 작대기 하나도 준 적이 없으니까. 미들마치에 가셔서 나리가 어떤 사람인지 물어보시라구요."

"입 다물어요, 대글리." 아내가 말했다. "여물통을 발로 차서 뒤집어엎지 말라고요. 집안의 가장이라는 사람이 시장에가서 돈 쓰고 술 마시면서 꼬락서니를 엉망으로 만들었으면하루치 못된 짓으로 충분하니까. 그런데 제 아들이 무슨 짓을했는지 알고 싶습니다, 나리."

"뭘 했든 신경 쓰지 마." 대글리가 더욱 사납게 말했다. "말하는 건 내 일이지 임자 일이 아니야. 그리고 난 말할 거라고.

할 말은 해야겠어. 저녁을 먹든 말든 말이야. 내가 할 말은 나이전에 아버지와 할아버지 때부터 나리 땅에서 살아왔고, 우리 돈을 이 땅에 쏟아부었고, 이제 나와 내 자식들이 이 땅에 누워 썩어서 웃거름이 될 거라는 거야. 거름을 살 돈도 없으니까. 국왕께서 막아 주시지 않는다면 말이지."

"이보게나, 자네 취했네." 브룩 씨는 부드럽게 말했지만 적절한 말이 아니었다. "다음에 이야기하세, 다음에." 그가 덧붙이며 가려는 듯이 돌아섰다.

그러나 대글리는 즉시 앞을 가로막았다. 주인의 목소리가 더 커지고 더욱 무례해지자 그 발꿈치에 있던 팩이 나지막하게 으르렁거렸고, 몽크도 다가와서 아무 소리 없이 품위 있게 지켜보았다. 마차에 있던 일꾼들은 일을 멈추고 귀를 기울였다. 고함치는 남자에게 쫓겨서 우스꽝스럽게 달아나기보다는 가만히 있는 편이 더 현명해 보였다.

"저도 나리와 마찬가지로 안 취했구만요. 그만큼도 안 취했다고요." 대글리가 말했다. "술을 마셔도 말짱해서 무슨 말을 하는지 잘 알고 있수다. 그리고 제가 하려는 말은 국왕께서 그걸 끝장낼 거라는 거외다. 그걸 아는 사람들은 그렇게 말하니까. 개혁이 일어나면 소작인을 공정하게 대우하지 않은 지주들은 허둥지둥 꽁무니를 빼고 달아나야 할 거란 말이외다. 미들마치에는 개혁이란 게 뭔지 아는 사람들이 있더만요. 누가 달아나야 하는지도 알고 말입니다. 그런 사람들이 말합디다. '자네 지주가 누군지 알아.' 그래서 내가 말했지요. '그를 알고 있어서 자네들에게 이득이 되기를 바라네. 내겐 그렇지 않았거든.' 그들이 또 말합디다. '그는 구두쇠야.' '그래, 그래.' 내가 말했지요. '그는 개혁 대상이 될 사람이야.' 그들이 말합디다. 바로 그렇게 말하더라구요. 그래서 저는 개혁이 뭔지 알았지요. 그건 나리와 나리 같은 사람들을 달아나게 만드는 거라구요. 지독한 냄새를 풍기는 것들도 함께 말이지요. 이제 나리하고 싶은 대로 하십쇼. 나리가 전혀 무섭지 않으니까. 그리고 내 아들은 그냥 내버려 두는 게 나을 겁니다. 개혁이 나리 등에 올라타기 전에 나리 자신이나 살피라구요. 제가 할 말은 바로 이거라굽쇼." 대글리 씨는 쇠스랑을 힘차게 땅에 내리꽂으며 말을 맺었다. 다시 뽑으려 했지만 곤란하게도 잘 빠져나오지 않았다.

이 마지막 움직임에 몽크가 큰 소리로 짖어 대기 시작했고, 이때가 바로 브룩 씨가 탈출을 시도할 적시였다. 그는 가급적 빠른 걸음으로 마당을 지났고, 자신의 기이한 꼬락서니에 아연한 마음을 금할 수 없었다. 전에는 자기 땅에서 모욕을 당한 적이 없고, 어디에서나 인기가 있다고 (다른 사람들이 우리에게 원하는 것보다 우리 자신의 친절함에 대해 더 많이 생각할 때 그렇게 생각하기 쉽듯이) 여겼다. 십이 년 전에 케일럽 가스와 말다툼을 벌였을 때 그는 지주가 직접 농장 운영을 맡으면 소작인들이 기뻐할 거라고 생각했었다.

그의 경험담을 들은 어떤 사람들은 대글리 씨가 새까만 무식쟁이라는 것을 의아하게 생각할지 모른다. 하지만 당시에 그 신분의 세습 농부가 무식한 것은 너무도 당연했다. 어쨌든 뼛속까지 철저한 신사인 목사가 옆 교구에 살고, 그 목사보다 더

박식하게 설교하는 부목사가 더 가까운 곳에 거주하며, 모든 분야, 특히 미술과 사회 개선에 전념한 지주가 있고, 5킬로미터밖에 떨어지지 않은 곳에서 미들마치의 온갖 불빛이 비치더라도 말이다. 인간이 지식을 얼마나 쉽게 회피할 수 있는지를 알아보려면 지성의 광휘가 타오르는 런던에 사는 평범한 지인을 떠올려 보자. 정찬 파티에 초대되어도 괜찮을 그 사람이 만일 팁턴의 교구 서기에게 '덧셈'하는 법을 어설프게 배웠고, 이사야나 아폴로 같은 이름의 철자를 두 번 써 보고도 여전히 어려워서 성서의 한 장을 아주 어렵사리 읽었다면 과연 그가 무엇이 되었을지 생각해 보라. 가엾은 대글리는 일요일 저녁에 어쩌다가 시를 몇 편 읽었고, 적어도 그에게 세상이 예전보다 더 깜깜하지는 않았다. 그가 속속들이 잘 아는 것도 있었다. 말하자면 '자유민의 끝'에서 농사를 칠칠치 못하게 짓는 습성이나 만만치 않은 날씨, 가축과 곡물 같은 것들 말이다. '자유민의 끝'이라는 농장 이름은 누군가 원한다면 그곳을 자유롭게 떠날 수 있지만 그에게 열려 있는 지상의 '그 너머'는 존재하지 않는다는 의미로 분명 빈정대기 위해서 붙였을 것이다.

40장

그는 매일 현명하게 노동했지.
신앙이나 정치가 아니라
근면함의 결실에
최고의 판단력을 쏟아부었지.
보상이라고는 노동뿐이었던,
자신의 작은 역할에 완벽했던 자들,
그들이 없었다면 법이나 미술,
혹은 우뚝 솟은 도시들이 어찌 일어설 수 있었으랴?

우리는 그저 전지(電池)가 미치는 효과를 관찰할 때도 종종 우리 자리를 이동하고 우리가 관심을 둔 기계 장치가 설치된 곳에서 약간 떨어진 지점의 특정한 혼합체나 집단을 조사할 필요가 있다. 내가 조사하려는 집단은 지도가 걸리고 책상이 있는 큰 거실에서 케일럽 가스의 아침 식탁에 모인 부모와 다섯 명의 아이들이다. 메리는 이제 집에 머물면서 일자리를 기다렸고, 그 옆에 앉은 사내아이 크리스티는 부친에게는 실망스럽게도 '사업'이라 불리는 성스러운 일 대신 책을 파고들었기에 스코틀랜드에서 저렴하게 학식과 숙식을 해결할 수 있도록 준비하고 있었다.

편지가 배달되었는데 아홉 통이나 되는 비싼 우편물이어서 3실링과 2펜스 은화를 우체부에게 지불했다.[189] 가스 씨는 차와 토스트를 내버려 둔 채 편지를 읽으며 하나씩 펼쳐서 탁자에 올려놓았다. 때로는 천천히 고개를 흔들고 때로는 입술을 꼭 다문 채 속으로 논쟁을 벌였지만 그는 잊지 않고 편지에서 붉은색의 커다란 봉랍을 부서지지 않게 떼어 냈고, 레티가 기회를 노리던 테리어처럼 그것을 낚아챘다.

다른 가족들 사이에서는 대화가 중단되지 않고 이어졌다. 케일럽의 집중력은 글을 쓰고 있을 때 탁자를 흔드는 것 외에는 무엇에도 방해받지 않았다.

아홉 통의 편지 중 두 통은 메리에게 온 것이었다. 그녀는 그것을 읽은 후 어머니에게 건네주고는 멍하니 찻숟가락을 만지작거렸다. 그러다가 아침을 먹는 동안 무릎에 내려놓았던 바느질거리를 갑자기 생각난 듯이 다시 집었다.

"아, 바느질하지 마, 메리!" 벤이 그녀의 팔을 끌어당기며 말했다. "빵 껍질로 공작새를 만들어 줘." 아이는 그럴 생각으로 빵을 뭉쳐서 조그만 덩어리로 만들어 놓았다.

"아냐, 안 돼, 장난꾸러기야!" 메리는 명랑하게 말하면서 바늘로 그의 손을 가볍게 찔렀다. "네가 직접 해 봐. 내가 만드는 걸 많이 봤잖아. 이 바느질을 끝내야 해. 로저먼드 빈시에게 줄 거야. 다음 주에 결혼하는데 이 손수건이 없으면 결혼을 못 하거든." 메리는 마지막 생각이 재미있어서 명랑하게 말을 맺었다.

---

189) 당시 영국에서는 편지를 부치는 사람뿐 아니라 받는 사람도 요금을 지불했다.

"왜 할 수 없어, 메리 언니?" 레티가 이 희한한 말에 진지한 관심을 느끼며 얼굴을 들이대어 메리는 이제 위협적인 바늘을 레티의 코로 향했다.

"왜냐하면 이건 열두 개 중 하나인데 이것이 없으면 열한 개밖에 안 되니까." 메리가 진지하게 설명하듯 말하자 레티는 뭔가 알게 되었다고 생각하며 자리로 돌아갔다.

"마음을 정했니, 메리?" 가스 부인이 편지들을 내려놓으며 말했다.

"요크에 있는 학교에 가겠어요." 메리가 말했다. "가정집보다는 학교에서 가르치는 게 그나마 나을 거예요. 학급을 가르치는 편이 더 좋아요. 아시다시피 교사가 되어야 하고요. 달리할 일이 없으니까."

"가르치는 것이 내게는 세상에서 가장 즐거운 일이란다." 가스 부인이 꾸짖는 기미가 담긴 어조로 말했다. "네게 지식이 부족하거나 아이들을 싫어한다면 가르치기 싫어하는 것이 이해가 될 텐데."

"우리가 좋아하는 것을 다른 사람이 왜 싫어하는지는 결코 이해할 수 없을 거예요." 메리가 다소 퉁명스럽게 대답했다. "저는 교실이 싫어요. 바깥세상이 더 좋거든요. 몹시 불편하게도 그건 제 결함이에요."

"여자아이들 학교에서 계속 지내려면 아주 시시할 거야." 앨프리드가 말했다. "발라드 부인의 학생들처럼 둘씩 짝지어서 걸어가는 그런 멍청이들뿐이니까."

"그 애들에게는 재미있는 놀이도 없어." 짐이 말했다. "던지기도 못 하고 뛰지도 못해. 메리가 싫어하는 게 당연해.”

“메리가 무엇을 싫어한다고?” 아버지가 다음 편지를 뜯기 전에 잠시 안경 너머로 바라보면서 말했다.

“멍청이 같은 여자아이들과 함께 지내는 거요.” 앨프리드가 말했다.

“제안받은 일자리가 그런 것이냐, 메리?” 케일럽이 딸을 바라보며 부드럽게 말했다.

“네, 아버지. 요크에 있는 학교예요. 받아들이기로 마음먹었어요. 제일 나은 곳이에요. 일 년에 35파운드를 받는데 피아노에 서툰 어린아이들을 가르치면 과외 수입도 있어요.”

“가엾게도! 메리가 우리와 함께 지낼 수 있으면 좋겠소, 수전.” 케일럽은 불평하듯이 아내를 보며 말했다.

“메리는 자기 의무를 다하지 않으면 행복하지 않을 거예요.” 가스 부인은 의무를 다했음을 의식하면서 당당하게 말했다.

“그런 고약한 의무를 다해야 한다면 난 행복하지 않을 거야.” 앨프리드가 말했다. 그 말에 메리와 아버지는 말없이 웃었지만 가스 부인이 엄격하게 말했다.

“네가 불쾌하게 생각하는 것에 대해서 ‘고약한’보다 더 나은 단어를 쓰도록 해라, 앨프리드. 그리고 메리가 버는 돈으로 네가 햄머 씨의 학교에 가도록 도와줄 수 있다면?”

“그건 부끄러운 일이에요. 하지만 메리는 오래된 벽돌[190]이야.” 앨프리드는 자리에서 일어나며 메리의 머리를 뒤로 당겨

---

190) 믿고 신뢰할 수 있는 사람을 뜻하는 표현이다.

입을 맞추었다.

메리는 얼굴을 붉히며 웃었지만 눈물이 나오는 것을 숨길 수 없었다. 케일럽은 눈썹꼬리를 떨구고 안경 너머로 바라보다가 즐거움과 슬픔이 뒤섞인 표정으로 다음 편지를 뜯었다. 조용히 만족스러운 기분으로 입술을 오므리고 있던 케일럽 부인도 벤이 즉시 그 말을 받아서 느린 박자에 맞춰 주먹으로 메리의 팔을 두드리며 "오래된 벽돌이야, 벽돌, 벽돌이라고!"라고 노래를 불러도 그 부적절한 단어를 고쳐 주지 않고 내버려두었다.

그러나 가스 부인의 눈길은 이제 남편에게 향했다. 그는 읽고 있는 편지에 이미 푹 빠져 있었다. 예사롭지 않게 놀란 표정을 지어 조금 걱정이 되었지만 남편이 편지를 읽는 동안 질문받는 것을 좋아하지 않았으므로 근심스럽게 바라보기만 했다. 이윽고 그는 편지의 시작 부분으로 돌아가서 갑자기 즐거운 웃음을 짧게 터뜨렸다. 그는 안경 너머로 아내를 바라보며 낮은 목소리로 물었다. "당신은 어떻게 생각하오, 수전?"

그녀는 남편에게 다가가 의자 뒤에 서서는 그의 어깨에 손을 올려놓고 편지를 함께 읽었다. 제임스 체텀 경이 보낸 편지였는데 가스 씨에게 프레싯과 다른 곳의 농장 관리를 맡아 줄 것을 제안하면서 또한 동시에 팁턴 농장의 관리를 다시 맡을 의향이 있는지 확인해 달라는 브룩 씨의 요청을 받았다고 덧붙였다. 준남작은 프레싯과 팁턴의 사유지를 동일한 사람이 관리해 주기를 특별히 바라고 있다고 매우 정중한 말로 덧붙였고, 두 곳의 관리직을 가스 씨에게 좋은 조건으로 제시할 수 있기를 바라며, 이튿날 12시에 자기 저택에서 가스 씨를 만나면 기쁘겠다는 것이었다.

"그는 글을 멋지게 쓰는군, 그렇지 않소, 수전?" 케일럽은 눈을 들어 아내를 바라보며 말했고, 그녀는 그의 어깨에서 귀로 손을 쓸어 올리며 턱으로 머리를 부드럽게 눌렀다. "브룩이 내게 직접 요청하려 하지 않는다는 걸 알겠소." 그는 말없이 웃고는 말을 이었다.

"얘들아, 아버지께 명예로운 일이 생겼단다." 가스 부인은 부모를 뚫어지게 바라보는 다섯 쌍의 눈을 둘러보며 말했다. "오래전에 아버지를 해고한 사람에게서 다시 일을 맡아 달라는 요청을 받으셨어. 그건 아버지께서 일을 잘하셨고, 그래서 그들이 아버지가 필요하다고 생각한다는 것을 보여 준단다."

"킨키나투스처럼 말이지. 만세!" 벤은 규율이 느슨해졌으리라고 즐겁게 믿으며 의자에 뛰어올라 소리쳤다.

"사람들이 아빠를 모시러 올까요, 엄마?" 레티는 관복을 차려입은 시장과 시 의회를 떠올리며 말했다.

가스 부인은 레티의 머리를 쓰다듬으며 미소를 지었고, 남편이 서류들을 모아 들고 곧 손닿을 수 없는 곳으로 가서 신성한 '사업'에 몰두하려는 것을 보고는 그의 어깨를 누르며 힘주어 말했다.

"자, 당신은 꼭 정당한 보수를 요구해야 해요, 케일럽."

"아, 물론이오." 그는 그렇지 않은 경우를 상상하는 것은 터무니없다는 듯이 낮은 목소리로 동의했다. "두 농장을 합하면 400파운드에서 500파운드 사이가 될 거요." 그러고는 불현듯 생각난 듯이 말했다. "메리야, 편지를 보내서 그 학교를 거절하렴. 집에 있으면서 어머니를 돕고. 이제 그걸 생각하니 펀치[191] 처럼 기쁘구나."

케일럽의 태도는 의기양양한 펀치와 더할 수 없이 달랐다. 그러나 그는 적절한 표현을 찾아내는 데 재능이 있는 사람은 아니었다. 편지를 쓸 때는 아주 꼼꼼하게 단어를 고르고 아내를 정확한 언어의 보고로 여겼지만 말이다.

이제 아이들은 요란하게 법석을 떨었고, 메리는 수를 놓던 흰 삼베 손수건을 간청하듯이 어머니에게 내밀었다. 사내아이들이 그녀를 잡아끌어 춤을 추려는 바람에 그것을 손에 닿지 않게 치워야 했다. 가스 부인은 잔잔한 기쁨을 느끼며 컵과 접시들을 한데 모았고, 케일럽은 책상으로 가려는 듯이 식탁에서 의자를 밀어내며 여전히 편지를 든 채 말없이 생각을 표현하는 그의 습성대로 왼쪽 손가락들을 쭉 펴면서 생각에 잠겨 바닥을 바라보았다. 마침내 그가 말했다.

"크리스티가 사업을 좋아하지 않아 무척 유감이오, 수전. 나는 오래지 않아 도와줄 사람이 필요할 텐데. 앨프리드는 공학 기술을 배우러 가야지. 그것에 대해서는 마음을 정했소." 그는 다시 한참 생각에 빠져 손가락으로 웅변을 토하더니 말을 이었다. "브룩이 소작인들과 새 계약을 맺도록 설득하고 곡물을 돌려짓기하도록 계획을 세워야겠소. 그리고 보트 변두리

---

191) 영국 인형극 「펀치와 주디 쇼」의 주인공. "펀치처럼 기쁘다."라는 말은 관용적으로 쓰인다.

에 있는 진흙으로 멋진 벽돌을 만들 수 있다는 데 내기를 걸어도 좋소. 그걸 살펴봐야지. 그러면 수리 비용이 적게 들 거요. 그건 훌륭한 일이오, 수전! 딸린 식구가 없는 사람이라면 공짜라도 일을 기꺼이 할 거요."

"당신은 공짜로 해 줘선 안 된다는 걸 명심해요." 아내가 손가락을 세우며 말했다.

"물론, 물론이오. 하지만 사업의 본질을 아는 사람에게 그건 멋진 일이오. 작은 시골 땅이라도 사람들이 말하듯이 양호한 상태로 만들고, 사람들이 올바른 방식으로 농사를 짓게 하고, 훌륭한 발명품과 견고한 건물을 조금이라도 만들 기회를 얻는 것 말이오. 지금 사는 사람들과 나중에 올 사람들이 그 덕분에 더 나은 혜택을 받도록 말이지. 난 많은 재산보다 그런 일이 더 좋소. 그런 것이 가장 명예로운 일이라고 생각하니까." 이 부분에서 케일럽은 편지를 내려놓고 조끼 단추들 사이에 손가락들을 밀어 넣고 똑바로 앉았지만 이내 고개를 천천히 한쪽으로 돌리면서 경외감이 담긴 목소리로 말했다. "그건 신의 위대한 선물이오, 수전."

"정말 그래요, 케일럽." 아내는 그의 말에 상응하는 열렬한 어조로 대답했다. "그리고 그런 일을 한 아버지를 두었다는 것이 당신 아이들에게도 축복일 거예요. 이름이 잊히더라도 아버지의 훌륭한 업적은 계속 남을 테니까요." 이 순간 그녀는 급료에 대한 이야기를 더는 꺼낼 수 없었다.

저녁이 되어 하루 일과로 다소 지친 케일럽이 무릎에 수첩을 펼쳐 놓은 채 말없이 앉아 있고 가스 부인과 메리는 바느질을 하고 구석에서 레티가 인형과 속삭이며 대화를 하고 있을 때 페어브라더 씨가 과수원 길을 따라서 8월의 화창한 빛과 그림자를 수풀과 사과나무 가지들로 가르며 올라왔다. 우리가 알고 있듯이 목사는 교구민인 가스 가족을 좋아했고 메리에 관해 리드게이트에게 언급할 가치가 있다고 생각했다. 그는 미들마치의 신분 차이를 무시할 수 있는 목사의 특권을 최대한으로 누렸고, 가스 부인이 도시의 어떤 부인보다도 숙녀답다고 모친에게 늘 말해 왔다. 하지만 여러분이 알다시피 그는 저녁 시간을 대개 빈시의 집에서 보냈다. 그 집 부인은 불을 환하게 밝힌 응접실과 휘스트 게임에서 안주인 노릇을 했지만 그리 숙녀답지 않았다. 당시 사람들은 교제할 사람을 오로지 존중심에 따라서만 선택하지는 않았다. 그러나 목사는 진심으로 가스 집안을 존중했고, 그의 방문은 그 가족에게 놀라운 일이 아니었다. 그럼에도 그는 악수를 하면서 찾아온 이유를 설명했다. "저는 특사로 왔습니다, 가스 부인. 당신과 가스 씨에게 프레드 빈시의 말을 전하려고요. 실은 그 가없은 친구가……." 그는 자리에 앉아서 자기 말에 귀를 기울이는 세 사람을 빛나는 눈으로 돌아보았다. "제게 솔직히 털어놓았습니다."

메리의 심장이 좀 빨리 뛰기 시작했다. 프레드가 어디까지 털어놓았을지 궁금했다.

"우리는 몇 달간 그 애를 보지 못했소." 케일럽이 말했다. "그 애가 어떻게 되었는지 모르겠군."

"어딘가를 방문하러 떠났어요." 목사가 말했다. "집안 분위기를 견디기 어려웠고, 가엾은 친구가 아직 공부를 시작해서는 안 된다고 리드게이트가 그 모친에게 말했거든요. 그런데 어제 그가 찾아와서 속마음을 털어놓았고, 그래서 저는 무척 기쁩니다. 그가 열네 살 아이 때부터 자라는 모습을 지켜봐 왔으니까요. 그리고 제가 그 댁에서 스스럼없이 지내기 때문에 아이들이 제게는 조카와 조카딸들 같습니다. 하지만 조언을 하기는 어려운 경우이지요. 어쨌든 그는 이제 떠날 예정이고 당신에게 진 빚을 갚을 수 없어서 몹시 참담한 심정이라고, 그래서 작별 인사를 하러 직접 오는 것도 견디기 어렵다고 전해 달라고 했습니다."

"그건 동전 한 푼어치만큼도 중요치 않다고 전해 줘요." 케일럽이 손을 저으며 말했다. "우리는 곤경을 겪었고 극복했다고요. 그리고 이제 내가 유대인처럼 부자가 될 거라고 말이오."

"보물이라도 발견하신 겁니까?" 페어브라더 씨가 말했다.

"프레싯과 팁턴 두 농장의 관리인이 될 거요. 어쩌면 로윅의 좀 작은 토지도 관리하게 될 테고. 모두 같은 집안 일이라서 일단 시작만 하면 일이 물처럼 번져 나가거든요. 그래서 무척 기쁩니다, 페어브라더 씨." 이 부분에서 케일럽은 고개를 약간 젖히고 양팔을 의자 손잡이에 올려놓았다. "농장 관리를 다시 맡아서 한두 가지 개선 방안을 실행에 옮길 기회를 얻게 되어 말입니다. 수전에게 종종 말했듯이 말을 타고 지나가다가 산울타리 너머에 잘못된 것이 보여도 그걸 고치려고 손을 댈 수 없어서 근육에 경련이 일어날 것 같았거든요. 정치를 하는 사람들은 대체 무엇을 하는지 모르겠어. 고작 몇백 에이커의 땅이 잘못 관리되는 것만 봐도 거의 미칠 듯이 화가 나는데."

케일럽이 이처럼 길게 말하는 경우는 거의 없었다. 하지만 행복감은 산속의 청명한 공기처럼 퍼져 그의 눈을 반짝이게 했고, 애쓰지 않아도 말이 술술 나왔다.

"진심으로 축하드립니다, 가스 씨." 목사가 말했다. "프레드 빈시에게 전해 줄 최고의 소식이군요. 그는 금전적 손실을 끼친 자기 잘못을 매우 깊이 반성하고 있으니까요. 당신들이 다른 용도로 써야 할 돈을 강탈했다고 말하더군요. 프레드가 이제는 게으름을 부리지 않기를 바랍니다. 그에게는 아주 좋은 점도 있어요. 부친은 그에게 약간 가혹하더군요."

"프레드가 어디를 가는데요?" 가스 부인이 다소 냉랭하게 말했다.

"학위를 받기 위해 다시 도전할 겁니다. 학기가 시작되기 전에 공부하러 갈 거예요. 제가 그렇게 하라고 충고했어요. 목사가 되라고 권고한 건 아닙니다. 오히려 그 반대이지요. 그러나 합격하기 위해 공부한다면 그에게 활력과 의지가 있다는 것을 입증하게 되겠지요. 그는 어찌해야 할지 모르고 있어요. 달리 할 수 있는 일도 알지 못하고요. 거기까지는 부친의 뜻을 따를 겁니다. 그동안 저는 빈시의 마음을 돌려서 아들이 다른 직업을 선택하더라도 받아들이게끔 설득해 보겠다고 약속했어요. 프레드는 자신이 목사가 되는 데 적합하지 않다고 솔직하게 말했고, 저는 잘못된 직업을 선택함으로써 치명적인 전철을 밟는 일이 없도록 돕기 위해 무엇이든 할 겁니다. 그가 당신이 무슨 말을 했는지 알려 주었어요, 가스 양. 기억해요?"

(페어브라더 씨가 전에는 '가스 양'이 아니라 '메리'라고 부르곤 했지만, 빈시 부인의 말에 의하면 이제 밥벌이를 위해 일을 하기 때문에 세심하게 그녀를 존중해 주었다.)

메리는 불편한 심정이었지만 그 질문을 가볍게 넘기려고 즉시 대답했다. "저는 프레드에게 건방진 말을 많이 했어요. 오랜 소꿉친구니까요."

"프레드의 말에 의하면 그가 우스꽝스러운 목사가 되어서 다른 목사들도 모두 우습게 보이도록 만들 거라고 했다지요. 실은 그 말이 너무 날카로워서 나도 상처를 좀 받았어요."

케일럽이 웃었다. "메리는 당신 말솜씨를 물려받았어, 수전." 그가 재미있어하면서 말했다.

"제 경박한 말은 물려받은 게 아니에요." 메리는 어머니가 불쾌해할까 염려되어 재빨리 말했다. "그런 경박한 말을 페어브라더 씨에게 옮기다니 프레드는 너무 나빠요."

"그건 분명 경솔한 말이었어, 메리." 가스 부인이 말했다. 성직자에 대해 나쁘게 말하는 것은 매우 나쁜 행실이었다. "옆 교구에 우스운 부목사가 있다고 해서 우리 목사님을 덜 존경해서는 안 되는 거야."

"하지만 아이의 말에도 일리가 있소." 케일럽은 메리의 예리한 지적이 과소평가되기를 바라지 않았다. "어떤 일에서든 솜씨가 나쁜 직공은 동료들마저 불신을 받게 만드니까. 다 하나로 취급되거든." 바닥을 내려다보면서 그는 생각에 비해 말이 빈약하다고 느끼며 발을 거북하게 움직였다.

"물론 그렇습니다." 목사는 즐거운 기분으로 말했다. "경멸을 받을 만하게 처신함으로써 우리는 사람들의 마음을 경멸하려는 기분에 맞춰 놓는 겁니다. 그 문제에서 저는 가스 양의 생각에 전적으로 동의합니다. 그 견해로 인해 제가 비난을 받든 그렇지 않든 말이지요. 하지만 프레드 빈시에 대해서는 공정하게 좀 너그러이 봐줄 수 있습니다. 페더스톤 노인이 기만적인 처사로 버릇을 망가뜨려 놓았으니까요. 결국 그에게 동전 한 푼 남기지 않은 것은 다분히 사악한 일이었어요. 하지만 프레드는 분별력이 있으니 그 일에 집착하지 않을 겁니다. 그리고 부인의 마음을 상하게 한 것을 무엇보다도 염려하더군요, 가스 부인. 부인이 자기를 다시는 좋게 생각하지 않을 거라고 말이지요."

"저는 프레드에게 실망했어요." 가스 부인이 딱 부러지게 대답했다. "하지만 타당한 이유가 있다면 그를 다시 좋게 생각할 거예요."

이때 메리가 레티를 데리고 방에서 나갔다.

"아, 젊은 애들이 미안해할 때는 용서해 줘야지." 케일럽은 메리가 문을 닫고 나가는 것을 보며 말했다. "그리고 말씀하셨듯이, 페어브라더 씨, 그 노인네에게는 악마적인 데가 있었소. 이제 메리가 나갔으니까 한 가지 이야기를 들려 드리지. 수전과 나만 아는 이야기인데 목사님이 그 이야기를 옮기지는 않으시겠지요. 늙은 악당이 죽던 바로 그날 밤에 메리에게 유서 중 하나를 태우라고 했답니다. 애가 혼자 옆에 앉아서 밤샘을 하고 있을 때 말이오. 그렇게 한다면 상자에 든 돈을 주겠다고 제안했답니다. 그러나 메리는, 아시겠지만 그런 일을 할 수 없었고, 그의 철제 금고나 그런 것들에 손도 대지 않으려 했어요. 그런데 그가 태우려던 유서가 마지막 것이었소. 그러니 메리가 그의 뜻을 들어줬더라면 프레드 빈시는 1만 파운드를 받았을 거요. 마지막에 노인네가 프레드에 대해 마음을 돌린 모양이오. 그것이 메리에게는 무척 마음 쓰이는 일이지요. 그 애로서는 어쩔 수 없었더라도. 옳은 일을 했지만 그 애 말로는 스스로를 적법하게 방어하려다가 의도치 않게 누군가의 재산을 때려 부숴 버린 느낌이랍니다. 어쨌든 나도 메리의 심정에 공감을 해요. 우리에게 입힌 손해에 대해서 악감정을 품기는커녕 그 가엾은 애에게 조금이라도 보상해 줄 수 있다면 기꺼이 그렇게 하고 싶소. 자, 목사님 생각은 어떠시오? 수전은 내 생각에 동의하지 않아요. 아내 말로는, 당신이 직접 말하지, 수전."

"메리는 프레드에게 어떤 영향을 미칠지 알았더라도 달리 행동할 수 없었을 거예요." 가스 부인은 하던 일을 멈추고 페어브라더 씨를 바라보며 말했다. "그런데 그 애는 전혀 몰랐어요. 저는 우리가 옳은 일을 하는 바람에 다른 사람에게 손실을 안겨 주더라도 그것으로 양심의 가책을 느껴서는 안 된다고 생각해요."

목사는 즉시 대답하지 않았고 케일럽이 말했다. "문제는 감정이오. 메리는 그런 식으로 느끼고, 나는 그 애의 감정에 공감해요. 당신이 길에서 물러서려 할 때 당신 말이 그럴 의도가 없었지만 혹시 개를 짓밟게 된다면 그렇게 느낄 테니까."

"가스 부인께서 그 말씀에 동의하실 거라고 생각합니다." 페어브라더 씨는 어떤 이유에선지 말을 하기보다는 곰곰이 되새겨 생각하고 싶어 하는 듯했다. "프레드에 대해서 말씀하신 감정이 그릇되었다거나 잘못되었다고 말할 수는 없습니다. 물론 어느 누구도 그런 감정을 요구해서는 안 되지요."

"그래, 그래요." 케일럽이 말했다. "이건 비밀이오. 프레드에게는 말씀하지 않으시겠지요."

"물론 안 할 겁니다. 하지만 좋은 소식을 전하겠어요. 그가 초래한 손실을 감당하실 수 있게 되었다고요."

페어브라더 씨는 곧 집을 나섰고, 메리가 레티와 과수원에 있는 것을 보고는 작별 인사를 하러 갔다. 이파리가 거의 떨어진 오래된 가지에 매달린 사과들이 석양빛을 받아 화사한 색깔을 뿜어내는 가운데 그들은 아름다운 그림 한 폭을 이루었다. 자주색 줄무늬의 무명옷에 검은 리본을 맨 메리가 바구니를 들고 있고, 레티는 낡은 면바지 차림으로 떨어진 사과를 주웠다. 메리가 어떻게 생겼는지 더 자세히 알고 싶은 사람은 내일 혼잡한 거리에서 지켜보고 있으면 십중팔구 그녀와 같은 얼굴을 보게 될 것이다. 그녀는 이스라엘의 거만한 딸들처럼 목을 쑥 빼고 거만한 눈으로 맵시를 부리며 걸어 다니는 부류에 속하지 않았다. 그런 여자들은 모두 지나가게 내버려 두고 약간 작고 통통하고 누르스름한 여자를 주목하라. 그녀는 확고하지만 조용한 태도로 주위를 돌아보되 누군가 자기를 쳐다보고 있다고는 생각하지 않는다. 넓적한 얼굴에 이마는 네모진 데다 눈썹이 뚜렷하고 검은 머리카락은 곱슬곱슬하며 입가에는 드러나지 않지만 눈가에 즐거운 표정이 어려 있고 외모에 달리 두드러진 점이 없다면 그 평범하지만 보기 흉하지 않은 여자를 메리 가스로 여겨라. 당신이 그녀를 미소 짓게 하면 작은 치아들이 가지런히 드러날 것이다. 그녀를 화 나게 한다면 목소리를 높이지 않으면서도 아마 당신이 지금껏 들어 보지 못한 신랄한 말을 내뱉을 것이다. 혹시 당신이 친절한 일을 해 준다면 그녀는 그것을 결코 잊지 않을 것이다. 메리는 솔질이 잘되고 실밥이 드러날 정도로 낡은 옷을 입은 예리한 표정에 잘생기고 몸집이 자그마한 목사를 지금껏 보아 온 어떤 남자보다도 존경했다. 그가 현명하지 않은 행동을 했다는 것은 알았지만 어리석은 말을 하는 것은 들은 적이 없었다. 그녀는 어쩌면 페어브라더 씨의 현명하지 못한 행동보다 어리석은 말을 더 못마땅해했을 것이다. 희한하게도 목사로서 그가 실제로 가진 결함은 성직자가 되었을 때 프레드 빈시에게 예상되는 결함에 대해 그녀가 이미 보여 준 조롱과 반감을 조금도 이끌어 내지 않았다. 이처럼 한결같지 않은 판단은 내가 생각하기에 메리 가스보다 더 성숙한 마음에서도 찾아볼 수 있다. 우리의 공정한 판단이란 누구도 본 적 없는 추상적인 미덕이나 결함에 보존되어 있으니 말이다. 매우 상이한 이 두 남자 중 어느 쪽에 메리가 여자로서 특별한 애정을 품었는지 추측해 볼 수 있을까? 그녀가 가혹하게 대하려는 사람일까 아니면 그 반대일까?

"오랜 소꿉친구에게 전할 말이 있나요, 가스 양?" 목사는 그녀가 내민 바구니에서 향긋한 냄새를 풍기는 사과를 집어 주머니에 넣으며 말했다. "그 가혹한 비판을 누그러뜨려 줄 말이요. 나는 곧장 그를 만나러 갈 테니까."

"아뇨." 메리는 미소 짓고 고개를 저으며 말했다. "그가 목사
가 되어도 우습지 않을 거라고 말하려면 그보다 더 나쁠 거라
고 말해야 하니까요. 그렇지만 공부하러 떠난다는 것을 알게
되어 무척 기뻐요."

"나는 당신이 일하러 멀리 떠나지 않게 되어서 정말 기쁩니
다. 당신이 목사관에 와 주면 어머니께서 무척 기뻐하실 거예
요. 알다시피 어머니께서 젊은 사람들과 말씀 나누는 걸 무척
좋아하시거든요. 그리고 옛날이야기도 하실 것이 많고요. 당
신은 정말이지 큰 친절을 베푸는 게 될 겁니다."

"그럴 수 있으면 저도 무척 기쁘겠어요." 메리가 말했다. "갑
자기 모든 것이 너무 행복하게 보여요. 저는 집을 그리워하는
것이 늘 제 삶의 일부일 거라고 생각했어요. 그런 불만이 사라
지니까 좀 텅 빈 느낌이에요. 분별력이 아니라 그 불만감이 제
마음을 채우고 있었던 모양이에요."

"나도 같이 가도 돼, 메리 언니?" 레티가 속삭였다. 모든 이
야기를 귀담아들으며 몹시 불편하게 하는 아이였다. 하지만
페어브라더 씨가 턱을 살짝 꼬집고 뺨에 입을 맞추자 아이는
몹시 기뻐했다. 엄마와 아빠에게 들려줄 사건이었다.

목사가 로윅으로 걸어가고 있을 때 그를 자세히 관찰한 사
람이 있다면 어깨를 두 번 으쓱하는 것을 보았을 터다. 이런
몸짓을 하는 희귀한 영국인은 절대로 무거운 사람이 아니라고
나는 생각한다. 아니 느릿느릿 움직이는 경우도 있을지 모르
니 거의 아니라고 말하겠다. 그들은 대개 기질이 섬세하고 (자

신을 포함한) 사람들의 사소한 과오에 너그럽다. 목사는 마음 속으로 대화를 나누면서 프레드와 메리 가스 사이에 오랜 소꿉동무의 호감을 넘어서는 무언가가 있을 거라고 말했고, 그 자그마한 여자는 유치한 젊은 신사에 비해 너무 훌륭한 여성이 아닌가라는 물음으로 답했다. 이 물음에 대한 답으로 처음 어깨를 으쓱했다. 그러고 나서 자신이 결혼할 처지라도 되는 듯이 질투심을 느낀 것 같았기에 스스로를 비웃었다. "내가 결혼할 수 없다는 것은 대차대조표처럼 명백한 사실이야."라고 그는 덧붙였다. 이 말에 이어 두 번째로 어깨를 으쓱한 것이다.

서로 너무나 다른 두 남자는 메리가 스스로를 묘사했듯이 이 "누르스름한 누더기"에서 무엇을 보았을까? 그들의 마음을 끈 것은 분명 평범한 외모가 아니었다. (그리고 평범한 아가씨들은 미모의 결핍에 자신감을 가지라는 사회의 위험한 권고에 대해 경계심을 가져라). 이 연로한 나라에서 인간은 대단히 경이로운 통합체이고, 오랫동안 주고받은 영향력들이 서서히 창조해 낸 존재다. 그리고 매력이란 그러한 두 통합체, 사랑하는 존재와 사랑받는 존재가 만들어 낸 결과다.

부인과 단둘이 앉아 있을 때 케일럽이 말했다. "수전, 내가 뭘 생각하는지 맞혀 보구려."

"농작물 윤작 방법이요." 가스 부인은 뜨갯거리 위로 얼굴을 들고 미소 지으며 말했다. "아니면 팁턴 오두막들의 뒷문이거나."

"아니." 케일럽이 진지하게 말했다. "내가 프레드 빈시에게 꽤 큰 변화를 줄 수 있다고 생각하는 중이었소. 크리스티는 떠났고, 앨프리드는 곧 떠날 테고, 짐이 일을 할 수 있으려면 오 년은 걸리겠지. 나는 도움이 필요할 텐데, 프레드가 내 밑에 와서 사물의 이치를 배우고 일하면 그를 유용한 인간으로 만들 수 있을 거요. 목사가 될 생각을 버린다면 말이지. 당신 생각은 어떻소?"

"내 생각으로는 그 가족이 정직한 일 가운데 그것만큼 반대할 일도 없을 거예요." 가스 부인이 단호하게 말했다.

"그들의 반대에 내가 왜 신경을 써야 하지?" 케일럽 씨는 자기 의견이 있을 때 드러내곤 하던 확고한 태도로 말했다. "프레드는 성년이 되었고 밥벌이를 해야 해. 그 애는 지각이 있고 영리하기도 하고 게다가 땅을 밟는 것을 좋아한다고. 그가 관심을 쏟기만 하면 '사업'을 잘 배울 거라고 믿소."

"하지만 그런 일을 하려 할까요? 부모는 그 애가 멋진 신사가 되기를 바랐어요. 그 애도 같은 생각일 거예요. 그들은 우리가 자기네보다 신분이 낮다고 생각해요. 당신이 그런 제안을 한다면 빈시 부인은 우리가 메리 때문에 프레드를 붙잡고 싶어 한다고 생각할 거예요."

"그런 어처구니없는 생각으로 결정된다면 인생은 한심한 수작이지." 케일럽은 정나미가 떨어진다는 듯이 말했다.

"그래요, 하지만 온당한 자존심도 있는 거예요, 케일럽."

"바보들의 생각에 방해를 받아 훌륭한 일을 할 수 없다면 온당하지 못한 자존심이오. 바보들의 말에 신경을 쓴다면 도대체 잘할 일이 어디 있겠소?" 케일럽은 강조하려고 손을 내밀어 위아래로 흔들며 열렬히 말했다. "자기 계획이 옳다고 속으로 확신하면 그 계획을 따라야 하는 거요."

"나는 당신이 마음에 둔 계획이라면 어떤 것도 반대하지 않겠어요, 케일럽." 가스 부인이 말했다. 그녀는 심지가 굳은 여자였지만 온순한 남편이 자기보다 더 요지부동인 때가 있음을 알았다. "하지만 프레드는 대학에 돌아가기로 결정한 모양이에요. 그 애가 그 후에 무엇을 선택할지 두고 보는 편이 낫지 않을까요? 사람들을 그들의 의지와 정반대로 이끌기는 쉬운 일이 아니에요. 그리고 당신은 아직 당신이 할 일이 무엇인지, 당신이 무엇을 원할지 확실히 알지 못하잖아요."

"그래, 조금 기다리는 편이 낫겠지. 하지만 두 사람 몫이 될 만큼 일거리가 많을 거라고 확신할 수 있소. 내 손에는 늘 정신없이 일거리들이 넘쳐 났고, 항상 새로운 일거리가 생기곤 했지. 아, 바로 어제, 가만있자, 당신에게 말하지 않은 것 같군! 좀 묘하게도 서로 다른 두 사람이 똑같은 것을 감정해 달라고 내게 왔었소. 누군지 알겠소?" 케일럽은 설명의 일부이기라도 하듯이 손가락으로 코담배를 집어 들었다. 그는 생각이 날 때마다 코담배 냄새를 맡기 좋아했지만 대개는 이 도락을 마음대로 누릴 수 있다는 것도 잊고 지냈다.

아내는 뜨갯거리를 내려놓고 주의 깊게 바라보았다.

"한 사람은 바로 그 리그, 아니 리그 페더스톤이었소. 그런데 그보다 먼저 불스트로드가 왔었지. 그래서 불스트로드를 위해 그 일을 할 생각이오. 그들이 저당을 잡으려는지 매매하려는 건지 아직 모르겠소."

"바로 얼마 전에 물려받은 땅을 팔 생각일까요? 그 때문에 성도 물려받았는데?" 가스 부인이 말했다.

"악귀나 알겠지!" 케일럽이 말했다. 그는 남부끄러운 행위를 아는 것을 악귀보다 높은 권능의 소관으로 돌리지 않았다. "그런데 불스트로드는 오랫동안 괜찮은 땅을 구입하고 싶어했소. 그건 내가 알지. 그리고 이 지역에서 그런 땅을 구하기는 쉽지 않거든."

케일럽은 코담배를 들이마시지는 않고 살살 흩뿌린 다음에 덧붙였다. "돌아가는 상황이 참으로 희한하단 말이야. 여기 땅이 있고, 사람들은 그게 프레드에게 갈 거라고 줄곧 예상해 왔지. 그런데 노인은 그에게 한 평도 남겨줄 생각이 없었어. 숨겨 뒀던 사생아에게 땅을 넘기고는 그가 거기 붙어살면서 사람들을 괴롭힐 거라고 생각했지. 자신이 살아 있으면서 직접 괴롭히는 것과 똑같이 말이야. 그런데 결국 그 땅이 불스트로드의 손에 들어간다면 참으로 묘한 일이지. 노인은 불스트로드를 미워해서 절대 그 은행과 거래하지 않았으니까."

"야비한 노인이 왜 아무 관계도 없는 사람을 미워했을까요?" 가스 부인이 말했다.

"푸! 그런 사람의 이유를 알아야 무슨 소용이 있겠소? 사람의 영혼은⋯⋯." 케일럽은 이 단어를 쓸 때마다 늘 그랬듯이 목소리를 낮추고 엄숙하게 고개를 흔들었다. "사람의 영혼은 깊이 썩어 들어가면 온갖 해로운 독버섯을 품을 테고, 그 씨앗이 어디에서 왔는지는 아무도 모를 거요."

자기 생각을 표현할 말을 찾기 어려울 때 케일럽이 다양한 관점이나 마음 상태를 연상시키는 단편적인 시어들을 포착했다는 것은 그의 진기한 점 가운데 하나였다. 경외심을 느낄 때는 언제나 직감적으로 떠오른 성서 구절의 의미에 매료되었다. 비록 정확하게 인용하지는 못했지만 말이다.

41장

나는 뽐내며 활보했어도 절대 성공할 수 없었지,
비가 내렸다 하면 매일 내리니까.

—『십이야』[192]

스톤 코트에 딸린 토지와 관련해서 불스트로드 씨와 조슈아 리그 페더스톤 씨가 케일럽 가스에게 위탁했던 거래가 진척되면서 이 인물들 간에 편지가 한두 통 오가게 되었다.

글이 어떤 영향을 미칠지 누가 알겠는가? 우연히 돌에 새겨진 글이라면 몇백 년간 사람이 살지 않는 해안에서 얼굴을 밑으로 박고 있더라도, 혹은 "수많은 정복의 북소리와 짓밟는 발걸음 밑에서 고요히 쉬고"[193] 있더라도 결국에는 오래전의 제국에 관해 뜬소문으로 떠돌던 왕위 찬탈이나 추문의 비밀을 우리에게 알려 줄지 모른다. 분명 이 세상은 속삭이는 소리들

---

192) 셰익스피어의 『십이야』 5막 1장 398~399행.
193) 토머스 브라운 경의 『호장론』에서 인용.

로 가득 찬 거대한 화랑이다. 그런 일이 우리의 보잘것없는 생애에서 미세한 규모로 재현되는 경우가 종종 있다. 몇 세대에 걸쳐 어릿광대들의 발길에 차이던 돌멩이가 기이하고도 사소한 인과의 고리에 의해 학자의 눈에 띄면 그의 노고를 통해서 급기야는 침략 일자를 확인하고 종교의 비밀을 밝히게 될지도 모르듯이 오랫동안 물건을 싸거나 구멍을 메우는 데 쓰이던 종이와 잉크가 마침내 지식이 풍부한 한 쌍의 눈 아래 펼쳐지면 재앙의 서막으로 바뀔 수 있다. 태양에 앉아서 행성의 역사가 전개되는 것을 지켜보는 우리엘[194]에게 한 가지 결과는 다른 결과와 마찬가지로 그저 다분히 우연의 산물일 것이다.

이처럼 다소 고상한 비유를 들었으므로 이제 나는 그리 불편하지 않은 마음으로 저급한 존재들에게 관심을 돌리겠다. 우리가 아무리 싫어하더라도 어떻게든 끼어들어서 세상의 진로를 상당 부분 결정짓는 사람들 말이다. 우리가 그런 사람들의 숫자를 줄이는 데 도움이 된다면 분명 좋은 일일 테고, 그들이 등장할 기회를 경솔하게 제공하지 않는 것으로도 뭔가를 이룬 게 될 것이다. 사회적으로 말해서 조슈아 리그는 대체로 없어도 되는 잉여의 존재라고 단언할 수 있었다. 그러나 피터 페더스톤처럼 자신과 닮은 복사판을 남기라는 요구를 절대로 받지 않을 사람들은 산문으로든 운문으로든 그런 요구가 나오기를 기다리지 않는다. 이 경우에 그 복사판은 모친을 닮았고, 그 여자의 개구리 같은 얼굴은 혈색 좋은 뺨과 균

---

194) 태양을 관장하는 천사로 7대 천사 중 하나.

형 잡힌 몸매와 결합하여 어떤 찬미자에게는 상당히 매력적으로 보일 수 있었다. 그 결과가 어쩌다 개구리 얼굴을 가진 남자로 나타나는데 확실히 그것은 지능이 있는 어떤 존재에게도 바람직하지 않은 결합이다. 특히 그가 다른 사람들의 기대를 좌절시킬 증거물로 난데없이 제시되었을 때 가장 저급한 양상으로 사회적 잉여가 드러난 것이다.

그러나 리그 페더스톤 씨의 저급한 특징은 술을 입에 대지 않고 물만 마시는 말짱한 정신에서 나왔다. 이른 새벽부터 밤 늦은 시간까지 온종일 그는 자신과 흡사한 개구리처럼 반질반질하고 말끔하고 냉정했다. 늙은 피터는 자신보다 더 타산적이고 훨씬 더 냉정한 자식을 두고 은밀히 기뻐했다. 그는 손톱을 늘 꼼꼼하게 다듬었으며, 교육을 잘 받고 외모가 보기 좋고 확고한 중산층으로 친인척이 흠잡을 데 없는 아가씨와 (아직 정해지지 않았지만) 결혼할 생각이었다는 말을 덧붙이겠다. 그러므로 그의 손톱과 조심성은 대개의 신사들과 비교될 만했다. 비록 야심은 어느 항구의 작은 가게에서 서기와 회계원으로 일하면서 커졌을 뿐이지만 말이다. 그는 시골의 페더스톤 집안을 매우 무식하고 한심한 사람들이라고 생각했고, 그들은 그들 나름대로 그가 항구 도시에서 '성장'했다는 사실 때문에 피터 형제에게, 아니 피터의 재산에 그런 자식이 딸려 있다는 끔찍한 사실이 더 소름 끼친다고 여겼다.

스톤 코트의 징두리널을 두른 응접실의 두 창문에서 보았을 때 정원과 자갈길은 리그 페더스톤 씨가 집주인으로서 뒷짐을 지고 뜰을 내다보며 서 있는 지금보다 더 말끔하게 손질된 적이 없었다. 그러나 그가 밖을 내다보는 것이 사색을 위해서인지 아니면 방 한가운데서 다리를 넓게 벌리고 양손을 바지 주머니에 넣고 서 있는 사람에게 등을 돌리기 위해서인지는 분명치 않았다. 그 사람은 반질반질하고 냉정한 리그와 모든 점에서 대조적이었다. 분명 예순 가까이 되는 남자로 얼굴이 검붉고 털투성이였으며 무성한 잿빛 구레나룻에 숱 많은 곱슬머리였다. 몸은 뚱뚱한 편이라서 약간 닳은 옷의 솔기가 다 드러났고 허풍쟁이 같은 분위기를 풍겼다. 불꽃놀이가 한창일 때도 남들의 이목을 끌려 하고, 곡예에 대해 자기가 늘 어놓는 말이 그 곡예보다 더 흥미로울 거라고 생각하는 허풍쟁이 말이다.

그의 이름은 존 래플스였고, 때로 서명 뒤에 우스꽝스럽게 W. A. G.라고 덧붙였다. 이렇게 쓸 때마다 그는 이름 뒤에 B. A.라고 붙이던 핀스베리의 레너드 램에게 배운 적이 있으며 자신이 그 훌륭한 교장을 바-램이라는 재치 있는 별명으로 부르기 시작했다고 말했다. 래플스 씨의 외모와 마음의 특징은 이러했고, 두 가지 모두 당시 여인숙의 여행자들 방에서 나는 퀴퀴한 냄새를 발산하는 것 같았다.

"자, 이봐, 조시……." 그는 깊이 울리는 소리로 말하고 있었다. "이런 식으로 생각해 보라고. 이제 자네의 가엾은 모친이 노년에 이르렀고, 자넨 모친을 좀 편하게 해 드릴 무언가 멋진 일을 할 수 있다니까."

"당신이 살아 있는 동안에는 아무것도 안 해. 당신이 살아 있는 한 어떻게 해도 엄마가 편해질 수 없으니까." 리그가 차갑고 높은 목소리로 대답했다. "내가 엄마에게 주는 것을 당신이 다 뺏어 갈 테니까."

"자넨 내게 앙심을 품고 있군, 조시, 그건 알겠어. 하지만 이제 보라고. 남자 대 남자로, 허튼소리 없이 말이야. 자본이 조금만 있으면 내가 그 가게를 일류급으로 만들 수 있어. 담배 장사가 성장하고 있기 때문에 내가 최선을 다하지 않으면 코가 떨어져 나갈 거야. 난 양털에 달라붙는 벼룩처럼 날 위해서 그 일에 달라붙어 있을 걸세. 내가 늘 그 자리에 있어야 해. 그러면 자네의 가엾은 모친은 누구보다도 행복해하겠지. 젊은 혈기로 피우던 난봉은 다 끝났네. 난 쉰다섯이 되었어. 내 난롯가에서 정착하고 싶다고. 내가 일단 담배 장사에 진지하게 달라붙으면 다른 데서 급히 찾을 수 없는 머리와 경험을 죄다 끌어다가 그 일에 쏟을 수 있어. 이따금 자네를 성가시게 굴고 싶지도 않고, 모든 것을 단번에 제대로 방향을 잡아서 끌어가고 싶네. 그걸 생각해 봐, 조시. 남자 대 남자로서. 그러면 불쌍한 모친이 평생 편안하게 살 거란 말이지. 난 언제나 자네 모친을 좋아했네, 맹세코."

"그랬나?" 리그 씨가 창에서 얼굴을 돌리지 않고 조용히 말했다.

"그럼, 그랬지." 래플스는 탁자에 놓인 모자를 잡고 웅변을 토하듯이 모자를 찔러 대며 말했다.

"그렇다면 내 말 똑바로 들어. 당신이 헛소리를 늘어놓을수록 나는 더욱더 믿지 않을 거야. 당신이 내가 뭔가 해 주기를 바랄수록 더욱더 하지 않을 거라고. 내가 어릴 때 당신이 나를 발로 차고, 가장 좋은 음식을 나와 엄마에게서 빼앗아 전부 먹어 치운 걸 잊을 줄 알아? 당신이 집에 올 때마다 죄다 팔아 치우고 훔쳐서 다시 가 버리고 우리를 궁지에 빠뜨린 걸 용서할 줄 알아? 당신이 마찻길에서 채찍질당하는 걸 보면 속이 후련하겠어. 엄마는 당신에게 멍청하게 굴었지. 엄마는 내게 계부 따위를 만들어 줄 권리가 없었어. 그 때문에 벌을 받는 거야. 엄마에게 매주 용돈을 주겠지만 그뿐이야. 그것도 당신이 이 집에 다시 발을 들여놓거나 다시 이 지방으로 날 찾아온다면 끝장내겠어. 다음에 당신이 여기 대문에 나타나면 개들을 풀고 마차꾼을 시켜서 채찍으로 쫓아낼 거야."

리그는 마지막 말을 뱉으면서 몸을 돌려 불룩 튀어나온 냉혹한 눈으로 래플스를 보았다. 십팔 년 전 리그가 발길에 차일 만한 볼품없는 소년이었고 래플스는 술집과 뒷방에서 거들먹거리던 좀 땅딸막한 아도니스[195])였을 때 그랬듯이 그 대조는 두드러졌다. 그러나 이제 돈보이는 쪽은 리그였고, 이 대화를 들은 사람이라면 아마도 래플스가 싸움에 진 개처럼 물러나리라고 예상했을 것이다. 그러나 실제로는 그렇지 않았다. 그는 게임에서 '아웃'될 때마다 늘 그랬듯이 얼굴을 찡그리며 웃었다. 그런 다음에는 너털웃음을 터뜨리고 주머니에서 브랜디 병을 꺼냈다.

"이봐, 조시……." 그가 달래듯이 말했다. "브랜디 한 숟갈만 주게. 그리고 돌아갈 차비로 1파운드만 줘. 그럼 돌아가지. 맹

---

195) 그리스 신화에 나오는 잘생긴 젊은이.

세코. 총알처럼 사라지겠네, 정말이야!"

"명심해." 리그가 열쇠 꾸러미를 꺼내면서 말했다. "혹시라도 내 눈앞에 다시 보인다면 말도 하지 않겠어. 난 당신을 아버지로 인정하지 않아. 까마귀를 본 거나 매한가지지. 당신이 나를 자식이라고 주장하려 든다면 뻔뻔한 철면피에 다른 사람들 등쳐 먹는 건달이라고 정체가 폭로되는 것 말고는 얻는 게 없을걸."

"그건 유감스러운 일이군, 조시." 래플스가 어쩔 줄 모르겠다는 듯 머리를 긁적이고 이마를 찌푸리는 척하며 말했다. "난 자네를 무척 좋아하거든, 맹세코 정말이야! 자네를 괴롭히는 것보다 더 재미있는 일은 없으니까. 넌 네 어미와 똑같아. 난 그런 재미가 없으면 못 살아. 하지만 브랜디와 1파운드 금화면 싼 거지."

그가 휴대용 술병을 잽싸게 앞으로 내밀자 리그는 열쇠를 들고서 멋지고 오래된 참나무 장으로 다가갔다. 래플스는 술병을 내밀다 위험하게도 가죽 덮개가 꼭 맞지 않고 헐거워진 것이 기억났다. 그래서 난로 망 안에 떨어진 종잇조각을 보고는 집어서 술병이 움직이지 않도록 덮개 밑에 끼워 넣었다.

그때 리그가 브랜디를 가지고 와서 술병에 술을 채우고 1파운드를 건네주었지만 래플스를 쳐다보지도 않고 말도 하지 않았다. 장을 다시 잠근 후 그는 창가로 걸어가서 처음 대화를 시작했을 때처럼 무표정하게 밖을 내다보았고, 그동안 래플스는 짜증스러울 정도로 천천히 한 모금 마시고는 마개를 돌려 달아 옆 주머니에 넣은 다음 의붓아들의 등을 쳐다보며 얼굴을 찡그리고 웃었다.

"잘 있게, 조시. 어쩌면 영원히!" 래플스는 문을 열면서 고개를 돌리고 말했다.

리그는 그가 뜰을 벗어나 길로 나서는 것을 보았다. 우중충한 구름이 가느다란 이슬비로 바뀌면서 산울타리와 샛길 가장자리의 풀밭이 싱그럽게 보였고 마지막 곡물 가리를 싣는 일꾼들을 재촉했다. 비에 젖은 고요한 시골 풍경과 부지런히 일하는 사람들 사이에서 시골길을 어슬렁거리는 도시 건달의 불안정한 걸음을 옮기던 래플스는 동물원에서 탈출한 비비처럼 어울리지 않는 존재였다. 그러나 오래전에 젖을 뗀 송아지들 외에는 누구도 그를 바라보지 않았고, 그가 다가서자 바스락거리며 달아난 작은 물쥐들 외에는 아무도 그의 등장에 혐오감을 드러내지 않았다.

운 좋게도 그는 큰길에 이르렀을 때 역마차를 잡아타고 브래싱으로 갈 수 있었다. 그곳에서 새로 생긴 기차를 탔고, 철도가 허스키슨에게 그런 짓을 했으니[196] 이제는 충분히 길이 들었을 거라고 승객들에게 떠벌렸다. 대체로 래플스 씨는 자신이 교육받은 사람이라는 의식이 있었고, 그럴 마음만 먹으면 어디서나 괜찮은 사람으로 통할 수도 있었다. 실로 그는 자기가 놀리거나 괴롭힐 수 없는 사람은 주위에 한 명도 없다고 생각했고, 그럼으로써 다른 사람들을 재미있게 해 준다고 믿

---

196) 토리당 정치가인 윌리엄 허스키슨은 1830년 맨체스터와 리버풀 간 철도 개통식 당시 플랫폼에서 떨어지는 바람에 치명적인 부상을 입었다.

었다.

이제 그는 여행의 결과가 만족스러운 듯이 활기차게 사람들을 즐겁게 해 주고 틈날 때마다 술병을 찾았다. 그가 끼워 놓은 종이는 니콜라스 불스트로드라는 서명이 적힌 편지였는데 래플스는 그 종이를 현재의 유용한 자리에서 빼낼 것 같지 않았다.

42장

생각건대 내가 이 남자를 얼마나 지독히 경멸할 수 있으랴,
자비심으로 억제되지 않았으면!

— 셰익스피어, 『헨리 8세』[197]

    리드게이트가 신혼여행에서 돌아온 직후에 왕진을 간 곳 중 하나는 로윅 매너였다. 방문 시간을 정해 달라고 요청하는 편지를 받았다.

    캐소본 씨는 자기 병세의 특징에 대해 리드게이트에게 물어보지 않았고, 그 질병으로 인해 자신의 노고와 생명이 얼마나 단축될지에 대한 불안감을 도러시아에게도 내비친 적이 없었다. 다른 문제에서도 그렇지만 이 문제에서도 그는 동정을 받을까 봐 몸을 사렸다. 자신도 모르는 사이에 자기 운명에 관한 추측이나 이미 알려진 사실로 인해 동정을 받을지 모른다는 의혹으로 마음이 쓰라렸지만 두려움이나 슬픔을 솔직

---

197) 3막 2장 297~298행.

히 인정함으로써 동정적인 표현을 끌어낸다는 생각은 도무지 참을 수 없었다. 자존심이 강한 사람이라면 이런 감정을 어느 정도 안다. 그 감정을 극복하려면 홀로 외롭게 분투하는 것을 자랑스럽게 여길 게 아니라 오히려 졸렬하고 옹졸한 일이라고 여길 만큼 깊은 유대감이 있어야 한다.

그러나 이제 캐소본 씨는 무언가에 관해 곰곰이 생각하게 되었고, 추수기가 되어도 무르익지 않은 그의 저술보다도 바로 그것 때문에 자신의 건강과 수명에 대한 의문이 침묵하고 있는 그를 사로잡아 더욱 끈질기게 괴롭혔다. 저술이 그에게 가장 중요한 야심이라고 말할 수 있다는 것은 사실이다. 하지만 어떤 종류의 저술에서는 가장 큰 결실이 단연코 저자의 의식에 축적된 불안한 감성이다. 오랫동안 쌓인 불편한 진흙 퇴적물 사이에 흐르는 몇몇 실개천을 보고 강을 짐작할 수 있듯이 말이다. 캐소본 씨의 고달픈 지적 노고가 그런 식이었다. 그 노고의 가장 특징적인 결실은 '모든 신화의 실마리'가 아니라 남들이 높은 위상을 인정해 주지 않았고 자신은 그것을 받을 자격을 입증하지 못했다는 음울한 의식, 자신에 대한 남들의 견해가 자기에게 유리한 것이 아니라는 끝없는 의혹, 성취를 위한 노력에 우울하게도 부재한 열정, 그리고 아무것도 성취하지 못했다는 고백에 대한 강렬한 저항이었다.

그러므로 남들이 보기에 그를 삼켜서 말려 버린 것 같았던 그의 지적 야심은 사실 상처를 막아 줄 안전장치가 아니었고, 무엇보다도 도러시아에게 받은 상처를 막아 주지 못했다. 그리고 이제 그는 예전에 생각했던 것보다 왠지 더 쓰라린 미래의 가능성들을 그려 보기 시작했다.

어떤 사실들에 대해서 그는 무력했다. 윌 래디슬로의 존재, 그가 도전적으로 로윅 근방에 체류한다는 사실, 널리 인정된 진정한 학식의 소유자에 대한 그의 시건방진 마음에 대해서. 늘 새로운 형태의 열렬한 행동을 추구하는 도러시아의 성격에 대해서도. 그녀가 복종하고 침묵할 때도 열렬한 이유가 감춰져 있었기에 그것을 생각하면 짜증스러웠다. 또 그녀와 터놓고 말할 수 없을 주제와 관련해서 그녀의 마음을 사로잡은 어떤 생각과 호감에 대해서도 무력했다. 그가 아내로 삼을 수 있었을 아가씨 중에서 도러시아가 가장 고결하고 사랑스러운 여자라는 것은 부정할 수 없었다. 그러나 젊은 여자는 예상보다 훨씬 더 골치 아픈 존재라는 것이 입증되었다. 그녀는 그를 간호했고, 책을 읽어 주었고, 그가 원하는 것을 미리 알아차렸고, 그의 감정 상태를 염려했다. 그러나 그를 판단하고 있으며, 아내로서의 헌신은 그녀의 불신 — 이와 더불어 남편과 남편의 행위를 전반적 상황의 한 부분으로 너무나 명료하게 파악하는 비교 능력 — 을 회개하고 속죄하려는 것이라는 확신이 남편의 마음에 스며들었던 것이다. 그의 불만은 그녀의 온갖 부드러운 애정 표현을 증기처럼 뚫고 나가서 몰이해한 세계에 들러붙었다. 그녀는 그 세계를 그에게 더 가까이 밀어 주었을 뿐이었다.

가엾은 캐소본 씨! 이 고통은 배신처럼 보였기에 더욱 참기 어려웠다. 그를 완벽히 신뢰하며 숭배하던 어린 아가씨가 재빨리 비판적인 아내로 변해 버린 것이다. 처음에 드러낸 그녀의 비판과 분노는 이후의 지극한 애정과 순종으로도 지울 수 없는 인상을 남겼다. 그의 마음속 의혹에 따라 판단하자면 지금 도러시아의 침묵은 억눌린 반항이었고, 그가 전혀 예상하지 못했던 그녀의 말은 우월감의 주장이었다. 부드러운 대답은 짜증스럽게도 조심스러운 데가 있었다. 그녀의 순종은 스스로를 훌륭하다고 생각하며 인내심을 발휘하는 것에 불과했다. 그가 자기 내면의 드라마를 숨기려고 집요하게 노력할수록 그것은 더욱 생생해졌다. 다른 사람들에게 들리지 않기를 바라는 소리가 자기 귀에 더욱 선명하게 들리듯이.

나는 캐소본 씨에게 찾아온 이 비참한 결과에 놀라기는커녕 다분히 평범한 일이라고 생각한다. 우리 눈 가까이 있는 작은 얼룩은 온 세상의 찬란한 아름다움을 지워 버리고 그 얼룩을 볼 여지만 남기지 않을까? 내가 알기로는 사람의 자아처럼 골치 아픈 얼룩도 없다. 만일 캐소본 씨가 자기 불만을, 자신이 더 이상 무비판적으로 사랑받지 않는다는 의혹을 설명하려 했다면 그 의혹에 타당한 이유가 있다는 것을 누가 부정할 수 있었을까? 오히려 자신이 명료하게 고려하지 않은 확실한 이유, 즉 그가 순전히 경탄스러운 존재는 아니라는 것을 덧붙일 수 있었다. 그는 다른 것들에 대해서도 그렇듯이 그것이 사실일 거라고 막연히 짐작했지만 스스로 고백하지는 않았다. 그리고 우리도 그렇듯이 그 사실을 절대로 알아내지 못할 벗이 있다면 큰 위안이 될 거라고 느꼈다.

도러시아와 관련된 이 쓰라린 감정은 윌 래디슬로가 로윅에 돌아오기 전에 이미 확고하게 자리 잡고 있었다. 그 후에 일어난 일들로 인해 캐소본 씨는 분노에 차서 더욱 활발히 의혹을 키웠다. 그는 이미 아는 사실에다 상상으로 빚어낸 과거와 현재의 사실을 덧붙였다. 그 상상의 사실들은 더 강한 혐오감과 더 큰 쓰라림을 불러일으켰기에 실제의 사실보다 더욱 생생했다. 윌 래디슬로의 의도에 대한 의혹과 질투, 도러시아의 감정에 대한 의혹과 질투가 끊임없이 섞여 짜였다. 도러시아에 대해 상스러운 오해를 했으리라고 가정한다면 그를 전적으로 부당하게 평가한 것이다. 솔직하고 고귀한 그녀의 성격뿐 아니라 그 자신의 마음과 행위의 습성 덕분에 그는 그런 과오에 빠지지 않을 수 있었다. 그가 질투한 것은 그녀의 의견이었고, 그녀의 열정적인 마음이 판단을 내릴 때 받을지 모를 모종의 영향력, 그리고 그 판단으로 인해 그녀가 나아갈 미래의 가능성들이었다. 윌에 대해서는 도전적인 마지막 편지를 받기 이전에는 의혹을 정식으로 제기하기 위해 선택할 명확한 근거가 없었지만 이제 그가 반역적 기질과 억제되지 못한 충동을 가진 사람을 매료시킬 어떤 수작이라도 부릴 인물이라고 믿어도 무방하다고 느꼈다. 윌이 로마에서 돌아오고 인근에 정착하겠다고 결정한 것은 도러시아 때문이라고 믿었다. 그리고 상황이 이런 식으로 발전하도록 도러시아가 순진하게 고무했다고 그는 예리한 통찰력으로 상상했다. 그녀가 윌에게 애착을 느끼고 그의 제안을 고분고분 받아들이리라는 것은 더없이 분명했다. 그들이 밀담을 나눈 다음에 그녀는 언제나 새로운 골칫거리를 제안했고, 캐소본 씨가 아는 그들의 마지막 만남은 (프레싯에서 돌아왔을 때 도러시아는 윌을 만났다는 사실을 처음으로 언급하지 않았다.) 예전에 느낀 적 없는 두 사람에 대한 강렬한 분노를 일으킨 사태로 나아갔다. 깜깜한 한밤중에 도러시아가 재산에 대한 생각을 털어놓음으로써 남편의 마음에는 더 혐오스러운 여러 예감이 떠올랐을 뿐이다.

그런데 최근 건강 문제로 받은 충격이 딱하게도 그를 떠나지 않았다. 사실 그는 상당히 회복했고 평소의 연구 능력을 거의 되찾았다. 그 병은 그저 피로 때문이었을지 모른다. 앞으로 연구를 마무리할 시간이 이십 년 더 남았을 수도 있고, 그러면 지난 삼십 년간의 준비 작업을 정당화할 수 있을 것이다. 이런 앞날을 떠올리면 카프와 그 무리의 성급한 조롱에 대한 보복이 더욱 달콤하게 느껴졌다. 캐소본 씨가 가느다란 촛불을 들고 과거의 무덤 속을 헤매는 동안에도 이 현대의 인물들은 어둑한 불빛을 가로질러 가면서 그의 근면한 탐구를 방해했던 것이다. 카프가 자기 실수를 인정해서 예전에 내뱉은 말을 되삼키고 극심한 소화불량을 일으키게 만들 수 있다면 의기양양한 저술 작업의 유쾌한 일대 사건이 될 것이다. 지상에서 후세까지 이름을 날리고 천국에서 영원히 살아가는 전망을 그려 볼 때 그 사건은 빼놓을 수 없었다. 따라서 끝없이 이어지는 자신의 지고한 행복을 예감한다고 해서 이미 일깨워진 질투심과 복수심의 쓰라림이 사라지는 것은 아니었으니, 그가 천국에 들어서고 있을 때 다른 사람들이 지상의 덧없는 행복을 맛본다면 감미로운 느낌을 강렬하게 주지 못하리라는 것은 그리 놀랍지 않다. 만일 어떤 질병이 몸을 해치는 것이 사실이라면 그가 죽었을 때 행복할 가능성이 더 커지는 사람들도 있을 것이다. 그런 사람 중 하나가 윌 래디슬로라면 그에 대한 캐소본 씨의 반감이 너무 강렬했기에 그 불쾌감은 육신을 떠난 영혼에도 남아 있을 것 같았다.

이 상황을 매우 노골적으로, 따라서 매우 불완전하게 묘사하면 이러하다. 인간의 영혼은 여러 다양한 경로로 움직인다. 캐소본 씨는 우리가 알다시피 강직한 의식과 명예의 요건을 충족하는 데 존중받을 만한 자부심이 있었고, 따라서 자기 행동을 설명하기 위해 질투심과 복수심이 아닌 다른 이유를 찾아야 했다. 캐소본 씨는 이 상황을 이런 식으로 설명했다.

'도러시아 브룩과 결혼하면서 내가 죽을 경우에 대비해 그녀의 평안을 위해 조처해야 했지. 하지만 평안한 삶이란 독자적인 재산을 충분히 소유한다고 확보되는 것은 아니지. 오히려 그런 재산 때문에 더 큰 위험에 빠질 수도 있어. 그녀의 따뜻한 열정이나 돈키호테 같은 열광을 교묘히 이용할 줄 아는 남자에게 손쉬운 먹잇감이 되겠지. 바로 그런 의도를 품고 기다리는 남자가 있어. 일시적인 변덕 외에는 아무 원칙도 없는 남자, 나에 대한 개인적 원한을 품은 남자. 그 원한은 틀림없이 배은망덕한 생각에서 생겨났고, 조롱을 통해 끊임없이 발산되었겠지. 그 조롱을 직접 들은 거나 매한가지로 확신할 수 있어. 내가 목숨을 오래 부지하더라도 그가 간접적으로 영향을 미쳐 무엇을 시도할지 불안하게 주시할 수밖에 없겠지. 이 남자는 도러시아가 자기 말을 귀담아듣게 만들었으니까. 그녀를 매료시켜서 관심을 갖게 만들었고. 그는 분명 내가 자기에게 베풀어 준 것보다 더 큰 권리가 있다는 생각을 도러시아의 마음에 심어 주려 했겠지. 만일 내가 죽는다면…… 그가 그것을 기다리며 여기 대기하고 있다면…… 결혼하자고 설득하겠지. 그러면 그녀에게 재앙일 테고, 그에게는 승리가 되겠지. 그녀는 그것을 재앙이라고 생각하지 않을 거야. 그가 그녀로 하여금 무엇이든 믿게 만들 테니까. 그녀는 지나친 애착을 품는 성향이 있고, 내가 그것에 반응하지 않는다고 속으로 나를 원망하지. 그리고 벌써 그의 재산에 신경을 쓰고 있어. 그는 손쉬운 정복으로 내 보금자리에 들어오려고 노리고. 반드시 막아야 해! 그 결혼은 도러시아에게 치명적일 테니까. 반박하는 것 말고 그자가 무엇이든 끈기 있게 노력해 본 적이 있었던가? 지식을 쌓는 일에 언제나 대가를 적게 치르면서 허세를 부리려 했지. 종교에 관해서는 기분 내키는 대로 도러시아의 기발한 생각들을 고분고분 되풀이했겠지. 어설픈 지식과 방종에서 벗어난 적이 한 번이라도 있었던가? 그의 도덕관념은 조금도 믿을 수 없어. 내 의무는 그의 계획이 이뤄지지 않도록 전력을 다해 막는 거야."

캐소본 씨가 결혼할 때 작성한 혼인 합의서에는 그가 강경한 조치를 취할 여지가 남아 있었다. 하지만 합의서를 곰곰이 살펴보려니 별수 없이 자신의 생존 가능성에 관한 생각에 이르게 되어 가급적 정확하게 예측할 수 있도록 마침내 오만한 침묵을 깨고 병세에 대해 리드게이트의 의견을 들어 보기로 결정했다.

그는 리드게이트가 3시 30분에 오기로 했다고 도러시아에게 말했고, 그녀가 몸이 불편한지 걱정스럽게 물어보자 이렇게 대답했다. "아니, 그저 상습적인 증세에 대해 의견을 묻고 싶을 뿐이오. 당신은 그를 만날 필요가 없소. 주목 산책로로 그를 보내라고 일러두겠소. 평소처럼 그곳을 산책하고 있을 테니."

주목 산책로에 들어섰을 때 리드게이트는 습관대로 뒷짐을 지고 고개를 숙인 채 천천히 걷고 있는 캐소본 씨를 보았다. 아름다운 오후였다. 높다란 참피나무의 이파리들이 칙칙한 상록수 위로 소리 없이 떨어지고 빛과 그림자가 나란히 머물고 있었다. 들리는 소리라고는 까마귀의 까악까악 소리뿐이었는데 그 소리가 익숙한 귀에는 자장가처럼, 아니 마지막 엄숙한 자장가인 만가처럼 들렸다. 한창 젊고 활기 넘치는 몸을 의식하면서 리드게이트는 곧 따라잡을 그 남자가 고개를 돌렸을 때 약간의 연민을 느꼈다. 그를 향해 다가오는 인물은 학자다운 굽은 어깨와 쇠약한 팔다리, 우울하게 주름진 입가가 조로의 징후를 예전보다 더 뚜렷이 드러내고 있었다. '가엾은 사람.' 그는 생각했다. '동년배의 어떤 이들은 사자처럼 팔팔해서 완전히 성장했다는 것 말고는 나이를 알 수 없을 정도인데.'

"리드게이트 씨." 캐소본 씨는 변함없이 예의 바른 태도로 말했다. "시간을 지켜 줘서 특히 고맙소. 괜찮으면 이리저리 걸으면서 대화를 나누도록 하지요."

"불쾌한 증상의 재발 때문에 저를 보자고 하신 것이 아니기를 바랍니다." 그가 말을 멈추자 리드게이트는 대답했다.

"그게 직접적인 이유는 아니오. 아니지. 당신을 만나려 한 이유를 설명하려면 내 목숨이 온갖 부수적인 이유에서는 하찮은 것이지만 완성되지 않은 노작 때문에 조금이나마 중요한 의미를 갖는다는 것을 언급해야겠소. 그렇지 않으면 언급할 필요도 없지만 말이오. 그 연구는 활력이 넘치던 젊은 시절에도 끊임없이 지속되어 왔소. 간단히 말해서 나는 오랫동안 손에서 놓지 않았던 저서를 적어도 인쇄에 넘길 만한 상태로 남기고 싶소. 다른 사람에 의해서라도 말이지. 만일 그것이 내가 합리적으로 기대할 수 있는 최선이라고 확신하게 된다면 그 확신을 토대로 내 노력을 제한하고, 그것을 길잡이 삼아 연구 과정을 적극적으로나 소극적으로 조정할 수 있을 거요."

이 부분에서 캐소본 씨는 말을 멈추더니 뒷짐 진 손을 풀고 코트의 외줄 단추들 사이로 밀어 넣었다. 인간의 운명에 널리 정통한 마음이라면 평소처럼 단조롭게 고개를 흔들면서 입 밖에 낸 딱딱하고 신중한 말에 함축된 내면의 갈등이 무엇보다도 흥미로웠을 것이다. 아니, 자기 삶에서 가장 중요한 의미 ─ 아무도 필요로 하지 않는 곳에 밀려왔다가 쓸려 나가는 물결처럼 사라질 의미 ─ 가 있는 작업을 포기하라고 강요받는 영혼의 몸부림보다 더 숭고하게 비극적인 상황이 과연 많을까? 하지만 캐소본 씨에게는 숭고하게 보이는 점이 전혀 없었고, 무익한 연구에 대해 늘 경멸했던 리드게이트는 연민과 뒤섞인 우스움도 조금 느꼈다. 현재 그는 괴로워하는 사람의 강렬한 이기심을 제외하면 그 무엇도 비극의 수준에 미치지 못하는 운명의 비애감에 어떠한 불행이 밀려드는지를 너무도 모르고 있었다.

"건강이 악화되어 지장을 받을 가능성에 대해서 말씀하시는 겁니까?" 그는 망설임으로 막혀 있는 듯한 캐소본 씨의 심중을 드러내도록 도와주려고 말했다.

"그렇소. 선생께서는 증상을 주의 깊고 꼼꼼하게 — 내가 증언할 수 있듯이 — 관찰하면서 그것이 치명적인 질병에서 비롯되었다고 암시한 적이 없소. 하지만 만일 사실이 그렇다면, 리드게이트 씨, 그 진실을 남김없이 알고 싶소. 그리고 선생의 결론을 정확하게 말해 주기 바랍니다. 친절하게 도와 달라고 요청하는 것이오. 만일 내 생명이 일상적인 재난 이외의 다른 문제로 위협받지 않는다고 말해 준다면 나는 이미 언급한 이유에서 기뻐할 것이오. 그렇지 않다면 진실을 아는 것이 더 중요한 일이오."

"그렇다면 더 이상 망설이지 않고 제 생각을 말씀드리겠습니다." 리드게이트가 말했다. "하지만 먼저 제 결론이 이중으로 불확실하다는 것을 분명히 말씀드려야겠습니다. 제가 오류를 범할 수 있을 뿐 아니라 심장병이란 특히나 예측하기 어렵기 때문에 불확실하다는 것이지요. 어떤 경우이든 대단히 불확실한 생존 가능성을 눈에 띄게 늘릴 수는 없습니다."

캐소본 씨는 겉으로 드러날 정도로 움찔했지만 그저 고개를 끄덕였다.

"저는 목사님께서 이른바 심장의 지방 변성이라는 병을 앓고 계신다고 생각합니다. 그 질병에 관해서는 그리 오래지 않은 과거에 청진기를 만든 사람 라에네크가 처음으로 발견하고 연구했지요. 그 원인에 대해서는 더 많은 경험과 더 오랜 지속적 관찰이 필요합니다. 하지만 목사님 말씀을 들으니 이 질병이 종종 돌연한 사망으로 이어진다는 말씀을 드리는 것이 제 의무라고 생각합니다. 동시에 그런 결과를 예측하는 것은 불가능합니다. 목사님의 질환은 앞으로 십오 년이나 그 이상 꽤 안락한 여생을 누리시는 데 아무 문제도 없을 수 있습니다. 이 질병에 대해서는 해부학적, 의학적 설명 외에 덧붙여 알려 드릴 것이 없습니다. 그런 설명들이 예상하는 바도 정확히 똑같습니다."

섬세한 본능으로 리드게이트는 과장된 주의 사항을 완전히 배제한 있는 그대로의 설명이 캐소본 씨에게 존중심을 보여 주는 것으로 여겨질 거라고 생각했다.

"고맙소, 리드게이트 씨." 캐소본 씨는 잠시 침묵을 지킨 후에 말했다. "한 가지만 더 물어야겠소. 지금 내게 말한 내용을 캐소본 부인에게 알려 주었소?"

"부분적으로, 말하자면 있을 수 있는 결과에 대해서 알려 드렸습니다." 리드게이트는 왜 도러시아에게 말했는지를 설명하려 했지만 캐소본 씨는 대화를 끝내려는 의지를 분명히 드러내며 팔을 가볍게 젓고 다시 말했다. "고맙소." 그러고는 드물게 맑은 날씨라고 말했다.

리드게이트는 환자가 혼자 있기를 바란다고 생각하여 곧 그를 두고 떠났다. 검은 옷을 입은 그 형체는 뒷짐을 지고 고개를 숙인 채 계속 산책로를 걸었다. 거무스름한 주목은 말없이 그의 우울한 기분을 벗해 주었고, 햇빛이 비치는 작은 섬들 사이로 스치는 새나 이파리의 작은 그림자가 슬픔 앞에서 아무 소리 없이 슬그머니 지나갔다. 지금 여기에 생전 처음으로 죽음의 눈을 들여다보고 있음을 알게 된 사람이 있었다. 그는 평범한 사실의 진실성을 실감하는 희귀한 경험의 순간을 지나고 있었다. 이른바 안다는 것과는 전혀 다른 경험이다. 땅 위에 고인 물을 보는 것과 타들어 가는 혀를 식히려고 마실 수 없는 허깨비 같은 물의 환영을 보는 것이 다르듯이. '우리는 죽어야 한다.'라는 평범한 사실이 갑자기 '나는 죽어야 한다, 곧.'이라는 날카로운 의식으로 바뀔 때, 그때 죽음은 우리를 손아귀에 움켜잡고 잔인한 손가락으로 압박을 가한다. 후에 죽음은 우리 어머니가 그랬듯 우리를 팔로 감싸 안으러 올 테고, 지상에서 의식이 남아 있는 마지막 희미한 순간은 첫 순간과 같을 것이다. 이제 캐소본 씨는 마치 자신이 갑자기 검은 강둑에 서서 다가오는 노의 철썩이는 소리를 들으며 형체는 알아볼 수 없지만 자기를 부르는 소환을 기다리는 듯했다. 이런 순간에 마음은 평생 지속된 편견을 바꾸는 것이 아니라 오히려 상상으로 그 편견을 죽음 건너편으로 밀고 가서 어쩌면 성스럽고 평온한 자비로움으로, 어쩌면 자기를 주장하려는 치졸한 열망으로 뒤돌아본다. 캐소본 씨의 편견이 무엇이었는지는 그의 행동에서 단서를 찾아볼 수 있다. 현재에 대한 평가와 미래에 대한 희망과 관련해서 그는 자기 자신을 신앙심이 있는 그리스도교인이라고 간주하고 학자답게 약간 사적인 단서를 붙였다. 그러나 우리가 충족하려 애쓰는 욕구는 비록 그것을 요원한 희망이라고 부를지 몰라도 실은 즉각적인 욕망이다. 우리가 도시의 좁은 길에서 고되게 일하며 얻으려는 미래의 장원은 이미 우리의 상상과 사랑 속에 존재한다. 그리고 캐소본 씨의 즉각적 욕망은 지상의 환경을 벗어난 신성한 교감과 빛이 아니었다. 안타깝게도 그의 열렬한 갈망은 아주 어둑한 곳에 안개처럼 낮게 깔려 있었다.

리드게이트가 떠난 것을 알고 도러시아는 즉시 남편에게 가 보려는 충동으로 정원에 들어섰다. 하지만 주제넘게 나서서 남편의 기분을 상하게 할까 두려워 망설였다. 지속적으로 거부당한 그녀의 열정은 선명한 기억을 떠올리며 두려움을 키워 왔고, 좌절된 활력은 마음속으로 가라앉아 몸서리쳤다. 그녀는 가까이 나무들이 무더기로 모여 있는 숲 주위에서 천천히 어슬렁거렸고, 이윽고 자기 쪽으로 다가오는 남편을 보았다. 그러고 나서 그에게 다가간 그녀의 모습은 이제 남아 있는 짧은 시간이 슬픔을 예상하며 더 간절하게 매달리는 충실한 사랑으로 채워지리라는 약속을 전하려고 하늘에서 내려온 천사처럼 보였을 것이다. 그녀의 눈길에 답한 그의 시선이 너무나 냉랭해서 그녀는 더욱 겁을 먹고 소심해졌다. 하지만 몸을 돌려 그의 팔에 손을 끼었다.

캐소본 씨는 여전히 뒷짐을 지고 있었고, 그녀의 나긋나긋한 팔이 그의 완고한 팔에 간신히 매달리도록 내버려 두었다.

이 냉혹한 무반응은 도러시아에게 뭔가 소름 끼치는 느낌을 주었다. 그 단어가 강한 표현이기는 하지만 지나치게 강하지는 않다. 이처럼 사소하게 보이는 행동에서 기쁨의 씨앗은 영원히 허비되고, 결국 남자와 여자는 스스로 허비하여 만들어 낸 황폐한 상황을 초췌한 얼굴로 돌아보며 이 지상은 달콤한 과실을 맺지 못한다고 말하고 이렇게 부정하는 것을 지식이라 부른다. 여러분은 도대체 왜 캐소본 씨가 남자다움이라는 미명하에 그런 식으로 행동했는지 물을 것이다. 그의 마음은 동정심을 겁냈다는 것을 감안하자. 그 마음을 슬픔으로 짓누르고 있는 사실이 동정심을 드러냄으로써 이미 불쾌감을 준 그 존재에게 실로 현재나 미래에 만족감의 원천이 될지 모른다는 의혹이 그 마음에 어떤 영향을 미치는지 여러분은 혹시 지켜본 적이 있는가? 더욱이 그는 도러시아의 감정을 거의 알지 못했고, 지금 같은 경우에 그 감정의 강도는 카프의 비판에 대한 자신의 감정과 비슷하다는 것을 생각하지 못했다.

도러시아는 팔을 빼지 않았지만 감히 입을 열지 못했다. 캐소본 씨는 "혼자 있고 싶소."라고 말하지 않았지만 아무 말 없이 집으로 걸음을 옮겼다. 그들이 동쪽의 유리문으로 들어섰을 때 도러시아는 팔을 뺐고, 남편을 홀가분하게 해 주려고 매트 위에서 머뭇거렸다. 그는 서재에 들어가 자신의 슬픔과 함께 스스로를 가뒀다.

그녀는 내실로 올라갔다. 참피나무들이 긴 그림자를 드리운 가로수 길을 비추던 화창한 오후의 찬란한 햇빛이 열린 내닫이창으로 들어왔다. 그러나 풍경이 눈에 들어오지 않았다. 그녀는 눈부신 햇살을 온몸에 받고 있다는 것을 알지 못하고 의자에 털썩 주저앉았다. 거기에 뭔가 불편한 점이 있었다면 그것이 자신의 참담한 심정의 한 부분인지 아닌지 어떻게 알 수 있었겠는가?

그녀는 결혼한 후에 느꼈던 어떤 감정보다 더 강렬한 반발과 분노에 휩싸였다. 눈물 대신 이런 말들이 쏟아져 나왔다.

"내가 대체 뭘 했다고, 내가 무엇이기에 남편은 날 그렇게 대하는 걸까? 그는 내 마음에 무엇이 있는지 조금도 알지 못해. 전혀 관심이 없어. 내가 무엇을 하든 무슨 소용이야? 그는 나와 결혼하지 않았기를 바라고 있어."

그녀는 자기 목소리를 듣기 시작했고, 자신을 억제하면서 정적에 빠져들었다. 길을 잃고 지친 사람처럼 앉아서 다시는 되돌리지 못할 젊고 희망찬 마음이 걸어온 길을 흘긋 바라보았다. 그리고 그 비참한 빛 아래서 똑같이 선명하게 드러나는 자신의 고독과 남편의 고독을 바라보았다. 어떻게 그들은 외따로 걷게 되어 그녀가 그를 살피게 되었는지를. 그가 그녀를 끌어당겼으면 그녀는 결코 그를 살피지 않았을 테고, "그를 위해 살 만한 가치가 있을까?"라고 묻지 않았을 것이며, 그를 그저 자기 삶의 한 부분으로 느꼈을 것이다. 이제 그녀는 쓰라리게 외쳤다. "그건 그의 잘못이야, 내 잘못이 아니라." 그녀의 온 존재가 격렬하게 뒤틀리고 연민은 내동댕이쳐졌다. 그를 믿은 것이, 그의 훌륭함을 믿은 것이 그녀의 잘못이란 말인가? ─ 그런데 그는 정확히 말해서 과연 어떤 존재일까? ─ 그녀는 그를 충분히 평가할 수 있었다 ─ 전율하면서 그의 시선을 받들었던 그녀, 그를 기쁘게 해 줄 하찮은 존재가 되려고 최고의 영혼을 감옥에 가두고 그저 몰래 찾아갔던 그녀. 이런 위기에서 어떤 여자들은 증오하기 시작한다.

해가 기울었을 때 도러시아는 아래층으로 내려가지 않고 몸이 좋지 않아서 위층에 머물겠다는 전갈을 남편에게 보내려 했다. 전에는 이렇게 분노에 압도되도록 방기한 적이 없었다.

그러나 이제 그를 다시 보면 자기 감정에 관한 진실을 말할 것 같았다. 방해받지 않고 그렇게 할 수 있을 때까지 기다려야 한다. 그는 그녀의 전갈에 놀라고 상처받을지 모른다. 그가 놀라고 상처를 받는다면 좋은 일이다. 그녀의 분노는 분노가 늘 그렇듯이 하느님이 자신과 함께 있다고, 자기들을 지켜보는 천사들이 가득 차 있을 천국이 자기 편이라고 말했다. 그녀가 종을 울리려고 마음먹었을 때 문을 두드리는 소리가 들려왔다.

캐소본 씨가 서재에서 저녁을 먹겠다는 전갈을 올려 보냈다. 그는 여러 가지 일에 몰두하고 있어서 오늘 저녁에는 혼자 있기를 바란다는 것이었다.

"그럼 난 저녁을 먹지 않겠어, 탠트립."

"아, 마담, 간단한 요깃거리를 갖다 드릴게요."

"아냐, 몸이 좋지 않아. 잠자리에 들 수 있게 준비해 줘요. 그리고 날 다시 방해하지 말아 줘."

저녁이 서서히 깊어지며 밤이 되는 동안 도러시아는 거의 꼼짝하지 않고 앉아서 생각에 잠겨 몸부림쳤다. 그러나 몸부림은 끊임없이 달라졌다. 공격하려는 몸짓으로 시작했다가 공격 욕구를 억누르는 것으로 끝날 사람 같았다. 영혼의 고귀한 습성이 다시 나타날 때 범죄를 부추기는 힘은 순종을 결심하도록 고무하는 데 필요한 힘보다 작아진다. 남편을 만나러 나갔을 때 떠올렸던 생각 — 그는 연구가 중단될 가능성에 대해 물어보았을 테고 그 대답을 듣고 가슴이 찢어지도록 아팠으리라는 확신 — 이 오래지 않아 그의 모습 옆에 떠올랐고, 조언을 하려는 환영처럼 슬픈 항의를 담은 눈길로 그녀의 분노를 바라보았다. 그 슬픔에 연민을 느낄 수 있도록 그녀는 슬픈 장면을 떠올리고 소리 없이 외쳐야 했다. 마침내 순종이 결연히 살아났다. 온 집 안이 정적에 잠기고 캐소본 씨가 습관적으로 잠자리에 들 시간이 되었을 때 그녀는 조용히 문을 열고 바깥 어둠 속에 서서 그가 촛불을 들고 위층으로 올라오기를 기다렸다. 그가 곧 올라오지 않으면 아래층으로 내려가서 또 다른 고통을 초래하는 것도 무릅쓰겠다고 생각했다. 그 외의 다른 것은 결코 다시는 기대하지 않으리라. 그러나 서재 문이 열리는 소리가 들렸다. 카펫 위로 발걸음 소리는 들리지 않았지만 촛불 하나가 서서히 층계를 올라왔다. 남편이 맞은편에 섰을 때 그녀는 더욱 초췌해진 그의 얼굴을 바라보았다. 그녀를 보자 그는 약간 놀랐고, 그녀는 아무 말 없이 간청하듯 그를 올려다보았다.

"도러시아!" 그는 놀란 목소리로 부드럽게 말했다. "나를 기다리고 있었소?"

"네, 당신을 방해하고 싶지 않았어요."

"갑시다, 여보, 갑시다. 당신은 아직 젊어서 밤을 새우며 당신 인생을 늘릴 필요가 없소."

그 친절하고 차분하고 우울한 말이 귀에 닿자 도러시아는 절뚝거리는 동물을 해칠 뻔한 위험에서 간신히 벗어났을 때 마음속에 솟아오르는 고마움 같은 것을 느꼈다. 그녀는 남편의 손에 자기 손을 밀어 넣었고, 그들은 넓은 복도를 함께 걸어갔다.

(2권에 계속)

세계문학전집 436

미들마치 1 지방 생활의 고찰

1판 1쇄 펴냄 2024년 1월 15일
1판 4쇄 펴냄 2024년 8월 26일

지은이   조지 엘리엇
옮긴이   이미애
발행인   박근섭, 박상준
펴낸곳   (주)민음사

출판등록   1966. 5. 19. (제 16−490호)
서울특별시 강남구 도산대로1길 62(신사동) 강남출판문화센터 5층 (우편번호 06027)
대표전화 02−515−2000 팩시밀리 02−515−2007
www.minumsa.com

ISBN 978−89−374−6436−2
ISBN 978−89−374−6000−5 (세트)

세계문학전집 목록

세계문학전집은 계속 간행됩니다.